民國詞話叢編

第三册

南開詩學書系

MINGUO CIHUA CONGBIAN

孫克强 楊傳慶 和希林／編

第三册目録

閨秀詞話

雷　瑨　雷　瑊◎輯

雷瑨（1871～1941年），字君曜，號娱萱室主，筆名雲間顛公、縮庵老人等，清光緒十四年（1888）舉人。曾任掃葉山房編輯，後又任《申報》編輯。雷瑨工詩善文，熟諳掌故，勤於著述，纂有詩、詞、文鈔多種，另有小説、史論、筆記、日記等。雷瑊，字君彦。除《閨秀詞話》外，二人又輯有《閨秀詩話》《青樓詩話》。《閨秀詞話》民國年間由上海掃葉山房石印本印行，本書所據爲民國十四年（1925）石印本。王英志主編《清代閨秀詩話叢刊》（鳳凰出版社，2010）、朱崇才《詞話叢編續編》、葛渭君《詞話叢編二編》均收録該詞話。

《閨秀詞話》目録

卷四

閨秀詞話

自　序

古今閨秀能詩者，究不敵男子之多，而專輯閨秀詞話尤如麟角鳳毛，寥寥不易覯。歷覽記載，惟金匱楊蕊淵女士嘗輯古今閨秀詩話爲《金箱薈説》，陳雲伯大令爲之序。丹徒王碧雲女士著有《愛蘭軒名媛詩話》八卷，錢塘沈湘佩女士著有《名媛詩話》，未詳卷數。以閨秀而輯閨秀詩話，不可謂非美談，惜乎卷帙不富，書亦不甚流傳，訪之故家，求之書肆，無由得其原書而讀之。昔櫟下老人有言：婦人女子之詩最易傳播，以其爲婦女也，人不求備，不大望焉，故一脱口而詩即傳。斯言也，或亦有所激而然耶，不然何輯閨秀詩話者，且爲能詩之女士而竟不能垂之久而傳之遠也。甲寅之夏，足患濕疾甚苦，經月不能步履，郁伊無聊時，與吾弟君彦，取各家詩集及筆記、詩話諸書，隨意浏覽，以消永晝，見有涉閨秀之作，則别紙録之。四方朋好，又時貽書以閨秀詩録示，或專集，或一二零章斷句，有僅具姓氏者，亦有遺聞逸事足資談柄者。每有所得，輒付管城子記之，不分時代，不限體格，大旨以有清一代閨秀詩爲斷，元明間閨媛名著，偶亦附入焉。閱一年，爲乙卯夏，成書十六卷，得閨秀一千三百餘人。另輯《閨秀詞話》四卷，《青樓詩話》二卷。自維譾陋，藏書又少，珠遺滄海，詎能免譏？又況向於詩學絶少研究，評騭品題，萬難允當。徒以自古迄今名媛淑女之諧吟咏、工聲律者，咸思以嘔心鏤肝之詞，托諸好事文人，載其一二愜心語，以借知音者之流連吟賞。使名篇佳什，零落散佚，無人爲之悉心搜輯，勒成一書，恐不及數十載，文詞錦綉蕩爲雲烟，而姓氏且不留於人口。後世即有風雅名流，搜求遺佚，而名閨著述渺焉難求，不亦閨秀所傷心，而爲藝林之憾事乎？僕之輯是篇也，何敢自附於著作之林，特以閨秀能詩，古今爲韵事，搜遺訂墜，亦冀藉此以廣其傳。嘗睹前人纂成一書，後之學問淹博、識論高遠者，往往以駁雜誚之，疏陋病之，索瑕尋瘢，動遭詬辱，而恕之者，則謂書固不能無疵，然其采輯之勤，記迹之富，得因此而窺一代故實，則亦未始不足供獵取資采擇也。僕之爲是編，其亦此意也夫。至於甄采新咏，補輯遺詩，付之續編，請俟異日。乙卯六月一日，松江雷瑨識於娱萱室之北窗下。

卷一

一　楊升庵夫人黄氏

明楊升庵夫人黄氏有才情，升庵久戍滇中，夫人寄〔黄鶯兒〕一曲云："積雨釀春寒。見繁華，樹樹殘。泥塗滿眼登臨倦。江渡幾灣，雲山幾盤。天涯極目空腸斷，寄書難。無情征雁，飛不到滇南。"即升庵所謂難得閨中錦字書也，讀者傷之。

二　徐媛

徐媛，字小淑，適范副使允臨，卜築天平山，享園亭詩酒之樂，嘗賦〔漁家傲〕云："板扉小隱清溪曲，夜月羅浮花覆屋。木籠戛戛摇生穀，莊田熟，桔槔懸向茅檐宿。　青山一片芙蓉簇，林皋逸韵瓢横竹。遠浦輕帆低幾幅，濃睡足，笑看小婦雙鬟緑。"妝點農家，饒有林下風致。

三　張紅橋

福清林子羽鴻，洪武時應召爲膳部員外郎，御試《龍池春曉》《孤雁》二詩，名動京師。性脱落，免歸。娶閩縣張紅橋，才女也，其唱和詩世多傳之。後子羽之金陵，作〔大江東去〕一闋留别紅橋云："鍾情太甚，人笑我、到老也無休歇。月露烟雲多是恨，况與玉人離别。軟語叮嚀，柔情婉孌，鎔盡肝腸鐵。歧亭把酒，水流花謝時節。　應念翠袖籠香，玉壺温酒，夜夜銀瓶月。蓄意含嗔多少態，海岳山盟都説。此去何之，碧雲春樹合。晚峰千叠。圖將羈思，歸來細與伊説。"紅橋依韵賦别云："鳳凰山下，玉漏聲、恨今宵容易歇。一曲陽關歌未畢，栖鳥啞啞催别。含怨吞聲，兩行珠泪，漬透千重鐵。柔腸幾寸，斷盡臨歧時節。　還憶浴罷畫眉，夢回携手，踏碎花間月。謾道胸前懷豆蔻，今日總成虚設。桃葉渡頭，河水千里合。凍雲叠叠。寒燈旅邸，熒熒與誰閑説。"紅橋自子羽去後，獨坐小樓，感念成疾而卒。

四　徐元端

廣陵女子徐元端，工填詞，有入李易安之室者。如："珠簾輕揭，憔悴憐黄葉。忽憶小亭人乍别，正是重陽時節。""當初一段清秋。平分兩地離愁。""試向西風寄問，知他還是儂否。""起來慵向妝臺倚。亂綰凌雲髻。歸期曾説柳青時。鎮日懨懨，衹是惱春遲。""小園昨夜西風劣。吹落漫天雪。""侍兒佯笑捲簾紗。却道玉梅已放、滿枝花。""獨座數歸期。花影重重日影低。無計徘徊思好句，支頤。除却春愁没個題。閑倚畫樓西。芳草青青失舊堤。猶記當時人去處，依依。紅杏花邊卓酒旗。""看西風、吹起滿庭碎葉。閉珠户、獨坐還怯。窗外芭蕉點點，做盡淒切。禁不住芳心欲折。殘燈挑盡，隱隱半暗半滅。羅衾衹借香温熱。今夜裏、這愁腸勝似離别。寬褪了、裙兒幾折。"

五　徐君寶妻

宋岳州徐君寶妻某氏，被虜來杭。其主者數欲犯之。因告曰："俟妾祭謝先夫，然後乃爲君婦不遲也。"主者喜諾。即嚴妝焚香再拜默祝，南向飲泣，題〔滿庭芳〕詞一闋於壁上，投大池中以死。詞曰："漢上繁華，江南人物，尚遺宣政風流。緑窗珠户，十里爛銀鈎。一旦刀兵齊舉，旌旗擁，百萬貔貅。長驅入，歌樓舞榭，風捲落花愁。　　清平三百載，典章文物，掃地具休。幸此身未北，猶客南州。破鑒徐郎何在，空惆悵、相見無由。從今後，夢魂千里，夜夜岳陽樓。"

六　王瓊奴

王瓊奴，徐苕郎妻也。後苕郎戍邊，有吴指揮者，以計殺之，欲納瓊奴。瓊賦〔滿庭芳〕自誓云："彩鳳群分，文鴛侶散，紅雲路隔天臺。舊時院落，畫棟滿塵埃。謾有玉京離燕，東風裏、似訴悲哀。主人去，卷簾恩重，空屋亦歸來。　　涇陽憔悴女，不逢柳毅，書信難裁。嘆金釵脱股，寶鏡離臺。萬里遼陽郎去，知何日、却得重回。丁香樹，含花到死，肯共野蒿開。"後鳴於御史，得白其冤，遂自殺。

七　宣和士女

宣和間，上元張燈，許士女縱觀，各賜酒一杯。一女竊所飲金杯，衛士見之，押至御前。女誦〔鷓鴣天〕詞云："月滿篷壺燦爛燈，與郎携手至端門。貪觀鶴陣笙簫舉，不覺鴛鴦失却群。　　天漸曉，感皇恩。傳宣賜酒飲杯巡。歸家唯恐公姑責，竊取金杯作照憑。"道君大喜，遂以杯賜之，令衛士送歸。

八　朱淑真

朱淑真，錢塘人，幼警慧，善讀書，工詩，風流藴藉。嫁市民家，其夫村惡。淑真不得志，詩多嗟怨。時牽情於才子，竟無知音，悒悒抱恚而死。宛陵魏端禮爲之輯其詩詞，名曰《斷腸集》。其詞多柔媚，獨《送春》一詞，頗疏俊可喜。詞云："樓外垂楊千萬縷，欲繫青春，少住春還去。猶自風前飄柳絮，隨春且看歸何處。　滿目山川聞杜宇，便做無情，莫也愁人意。把酒送春春不語，黄昏却下瀟湘雨。"相傳淑真有《元夜》〔生查子〕詞，云："去年元夜時，花市燈如晝。月上柳梢頭，人約黄昏後。　今年元夜時，月與燈依舊。不見去年人，泪濕春衫袖。"楊升庵《詞品》云："詞則佳矣，豈良人婦女所宜耶?"王漁洋云："此詞見《歐陽文忠集》一百三十一卷，不知何以訛爲朱氏作。世遂以此詞疑淑真失婦德。紀載不可不慎也。"

九　徐燦

徐湘蘋名燦，海寧陳相國之遴賢佩，著《拙政園詩餘初集》。小詞絶佳，南宋以來閨房之秀，一人而已。其詞娣視淑真，姒蓄清照，至道"是愁心春帶來，春又歸何處"，又"衰楊霜遍灞陵橋，何處是前朝"等語，纏綿辛苦，兼攝屯田、淮海諸勝。又《感舊》二首〔西江月〕云："剪燭閑思往事，看花尚紀春游。侯門東去小紅樓。曾共翠娥杯酒。　聞説傾城尚在，可知舊日風流。忽忽彈指十三秋。怎不教人白首。"〔水龍吟〕云："合歡花下流連，當時曾向君家道。悲歡轉眼，花還如夢，那能長好。真個而今，臺空花盡，亂烟荒草。算一番風月，一番花柳，各自鬥，春風巧。　休嘆花神去杳，有題花、錦箋香稿。紅英舒捲，緑陰濃淡，對人猶笑。把酒微吟，譬如舊侣，夢中重到。請從今秉燭，看花切莫，待花枝老。"

一〇　浦映緑

黄比部夫人浦映緑，字湘青，有詩名，亦工詞。有《題周絡隱〈坐月浣花圖〉》〔滿江紅〕詞一闋云："彼美人兮，宛相對、珊珊欲下。恰此夕、月華如洗，花枝低亞。盼到圓時仍未滿，看當開半還愁謝。與月神花姊細商量，歸來罷。　　憐嫩蕊，銀瓶瀉。回清影，晶簾挂。奈晚妝，猶怯鏡臺初架。二十餘年芳草恨，兩三更後長籲夜。幾時將、絡秀舊心情，呼兒話。”

一一　王朗

金沙王朗，學博次回女也。學博以香奩艷體，盛傳吴下。朗亦生而夙悟，詩歌書畫，靡不精工，尤長小詞，爲古今絶調。生平著譔甚多，兵火以來，便成遺失，惟傳其〔浪淘沙〕《閨情》三首，其一云：“幾日病淹煎，昨夜遲眠。强移心緒鏡臺前。雙鬢淡烟低□滑，自也生憐。　　不貼翠花鈿，懶易衣鮮。碧油衫子褪紅邊。爲怯游人如蟻擁，故揀陰天。”其二云：“疏雨滴青簾，花壓重檐。綉閫人倦思懨懨。昨夜春寒眠不足，莫捲香簾。　　羅袖護摻摻，怕拂妝奩。獸爐香倩侍兒添。爲甚雙蛾長翠鎖，自也憎嫌。”其三云：“斜倚鏡臺前，長嘆無言。菱花蝕彩個人蔫。吩咐侍兒收拾去，莫拭紅綿。　　滿砌小榆錢，難買春還。若爲留住艷陽天。人去更兼春去也。煩惱無邊。”才致如許，真所謂却扇一顧，傾城無色矣。又有《春愁》〔浣溪沙〕詞，前段云：“抱月懷風繞夜堂。看花寫影上紗窗。薄寒春懶被池香。”説者謂“抱月懷風”四字，非温尉、韋相不能爲也。“緑肥紅瘦”，何足言警。又有詞云：“昨夜睡濃兼好夢，一身春懶起還遲。”亦是好句。按朗適梁溪秦氏，父彦泓，任楚中學博，朗集唐以餞其行，中有“君向瀟湘我向秦”之句，可謂雅尚。又有“學綉青衣間刺鳳，自把金針，代補翎毛空”一詞，才思雕妍，殊爲巧妙。

一二　吴永汝

虞山吴永汝，字小法，母故尚書姬也。七歲善琴筝，十歲工詞翰。樂府、詩歌，一見即能詮識，人有霍王小女之目。其母携之毘陵。十二而字鄒大，後爲雀角所阻。見其《訣别詞》有云：“質如蒲柳，敢偶姬姜；年豈桑榆，忍甘騆儈。念一生其已矣，將九死以何之。”其〔如夢令〕一闋云：“簾外一枝花影。月到花梢陰冷。夜坐穗燈消，寂寂小窗寒寢。夢醒。夢醒。重把離愁細整。”又〔蝶戀花〕半闋云：“傷心衹怕天公遠。好運何時，薄命應須轉。西鄰姊妹閑相勸。抽篫步入桐陰院。”餘俱楚楚可誦。鄒大有〔惜分飛〕四十四闋，并製序以悼之。

一三　康鄴

康鄴字湘雲，直隸邢臺人，黄更生内子也。所著有《臨風閣集》，其〔菩薩蠻〕詞有云：“徙倚聽疏鐘，臨眠愁殺儂。”又〔玉樓春〕詞云：“妾顔自愧石邊花，君心莫化花邊石。”其警句多如此。王西樵有《贈更生詞》云：“殿前筆札凌雲賦，樓上鶯花織錦妻。”蓋美康之能文也。康又有〔小重山〕，起句云：“春雨瀟瀟杜宇愁。綺窗驚曉夢，蹙眉頭。”亦韵語也。

一四　顧文婉

無錫顧文婉，字碧汾，自號避秦人。詩詞極多，恒與王夫人仲英相唱和，著有《栖香閣詞》二卷。録其〔浣溪沙〕云：“風雨妨春苦不寬。開簾怕見嫩紅殘。錦屏深護早春寒。　新懶一身扶不起，愁痕萬點鏡慵看。空拈斑管寫長嘆。”又云：“獨坐無聊對簡編。閑題恨字滿花箋。夕陽西去轉凄然。　掩泪低徊妝閣畔，掀簾私語瘦梅前。此時試問阿誰憐。”又云：“曉日凝妝上翠樓。惱人春色遍枝頭。湘簾風細蕩銀鈎。　燕子未歸寒側側，梅花初落恨幽幽。重門深鎖一天愁。”又有〔天仙子〕《十影》三首，最愛其“自掬清流憐瘦影”“梅花界斷闌干影”“繁華夢去難留影”，亦是閨閣中之“三影詞人”也。

一五　湯淑英

湯婉生名淑英，長洲人，適休寧吴翩。工詩善弈，年三十六夭。其《暮春》〔南鄉子〕云："天氣最無憑。乍雨還晴又做陰。時候困人三月也，清明。暗買韶光柳釀金。　杯酒恣閑吟。寂寞春庭門草心。院落黄昏簾幕静，深深。獨坐譙門又起更。"

一六　浦夢珠

浦合仙女士夢珠，于歸後數日，題〔臨江仙〕詞云："記得纙笄侵曉起，畫眉初試螺丸。春痕淡淡上春山。乍驚新樣窄，較似昨宵彎。　一様敷來仙杏粉，難勻怪煞今番。傳聞郎貌玉珊珊。妝成嬌不起，偷向鏡中看。"情致絶佳。又有一闋云："記得傷春經病起，日長慵下妝樓。慧因悔向隔生修。草偏栽獨活，花未折忘憂。　尺幅生綃窗下展，親將小影雙鈎。畫成未肯寄牽牛。衹緣描不出，心上一痕秋。"視崔徽寫真寄裴，更進一意，倍覺凄艷動人。

一七　胡夫人茂份

冷女史蕙貞，畫《秋花》長卷，爲成都胡夫人茂份所見，夫人夙工繪事，自謂研究十餘年無此工力。爰題〔減字浣溪沙〕四闋於幅端云："幾穗幽花颭草蟲。冷紅凉緑一蘩蘩。小屏風上畫豳風。　如此秋光如此艷，者般畫筆者般工。者般工有幾人同。""也似當年葉小鸞。秋風横剪燭花殘。生綃八尺剩琅玕。　聞道焰摩歸去早，浮提容得此才難。寫圖留與阿娘看。""樹蕙滋蘭記小名。些些年紀忒聰明。一天秋韵畫中生。　殺粉調朱真個好，吹化嚼蕊若爲情。南樓斂手憚冰驚。""好女兒花好女兒。幽花特與素秋宜。華鬘一現使人思。　儂也愛花耽畫癖，寫生也在少年時。衹慚工麗不如伊。"其傾倒至矣。蕙貞年未二十，明慧娟潔，女紅之事，一見輒精。能作小楷書，其父權江北知縣，官文書多出其手。偶然作畫，超妙勝於時流。戚黨見者，詫爲神仙中人。惜其姊怛化，傷悼太甚，不數日亦同歸忉利。胡夫人詞輕清婉麗，直可遠姒幽栖，近娣秋水。《秋花》長卷之妙，不必見而後知矣。

一八　某閨秀

或述某閨秀詞兩句云："關山夜半斷人行，有來往征人夢。"真佳句也。惜全闋不傳，姓氏亦已失之矣。

一九　沈錫齡

嘉興沈佑之女史錫齡，工詩詞，早世。《冬夜》〔憶秦娥〕詞云："一簾花影，滿庭霜月。"使天假以年，亦當與《漱玉》《斷腸》争勝。

二〇　堵霞

梁溪堵進士女綺齋，工詩，善填詞。有"燒殘燈一盞，數到漏三更"之句。其〔如夢令〕《月夜》云："如醉。如醉。怪殺海棠先睡。"〔十六字令〕《春望》云："愁。幾片飛花過小樓。春歸否。尚在柳梢頭。"

二一　沈宜修

沈宜修字宛君，吴江虞部葉紹袁夫人，有《午夢堂集》，中有〔踏莎行〕一闋，自序云："春思翻教阿母疑，余以爲破瓜之年，亦何須疑，直是當信耳。作問疑字詞，戲示瓊章。""芳草清歸，梨花白潤。春風又入昭陽鬢。綉窗日静綺羅閑，金鈿二八人如蕣。　碧字題眉，細香寫韵。青鸞玉綫裙榴襯。若教阿母不須疑，妝臺試向飛瓊問。"

二二　陸游妾

放翁至蜀，宿驛中，見壁上詩云："玉階蟋蟀鬧清夜，金井梧桐辭故枝。一枕淒涼眠不得，挑燈且作感秋詩。"詢之，知爲驛卒女，遂納爲妾。後夫人妒，逐之。妾有〔生查子〕詞云："祇知眉上愁，不識愁來路。窗外有芭蕉，陣陣黄昏雨。　曉起理殘妝，整頓教愁去。不合畫春山，依舊留愁住。”

二三　方玉坤

順天方玉坤女史，能詩，性聰穎。適丁筱舫部郎，後丁南旋，女史賦《雁字》長短句寄之云：“叮嚀囑咐南飛雁。到衡陽與儂代筆，行些方便。不倩你報平安。不倩你報飢寒。寥寥數筆莫辭難。衹寫個、一人兩字碧雲端。高叫客心酸。高叫客心酸。萬一阿郎出見。要齊齊整整，仔細讓他看。”丁得詩即歸。

二四　王素音

王素音，長沙女子，爲亂兵所虜，題詩三絶及〔減字木蘭花〕詞一闋於良鄉琉璃河驛壁。讀之令人凄絶，仿佛中夜萬籟俱寂時，聽杜鵑作泣血啼也。宜輿陳迦陵先生《然脂集》中載之。詞云：“塵沙障眼，細計來程家漸遠。野草閒花，不見當年阿母家。　詩題古驛，鷄骨柔情無筆力。錦字偷裁，立到黄昏月上時。”

二五　陳紉蘭

陳烈婦紉蘭，事未詳，有詞一首，蒼凉悲慨，如聽潯陽琵琶也。詞云：“碧雲天，黄葉浦。烟影瘦秋樹。千里家山，迢遞夢中路。夜闌多謝寒蛩，憐儂凄楚。似道我、不如歸去。　爲誰住。盡鳳泊與鸞飄，歸期又輕誤。積恨成痴，愁緒那堪訴。料伊紅豆青燈，相思無數。有幾許斷人腸處。”調寄〔祝英臺近〕。

二六　楊芸

楊芸字蕊淵，金匱人。蓉裳先生之淑女，適同邑秦承霈。幼受四聲，慧辨金絲，妙修琴譜。詞風流美發，在《片玉》《冠柳》之間，著《琴清閣詞》，又輯《金箱薈説》，皆古今閨閣詩話。兹録其〔菩薩蠻〕《春閨》云：“東風何事多輕薄，梨花又逐桃花落。小步下蘭階，紅占金縷鞋雕。　雨絲吹袖濕，窗外春雲黑。莫勸餞春杯，荼蘼尚未開。”〔大江東去〕《二喬觀兵書圖用坡仙韵》云：“英風俠氣，笑蛾眉也似，江南人物。妝罷韜鈐書對展，緑字香生椒壁。手握靈珠，胸藏慧劍，俊眼光如雪。同心借箸，奇哉兒女人杰。　　難得姊娣齊肩，環姿相照，并蒂雙花發。一縷爐烟噴鵲尾，仿佛陣雲明滅。人已飛仙，事經塵劫，雕盡姮娥髪。抽觴對古，吴宫何處新月。”〔金縷曲〕《送畹蘭歸吴江》云：“往事思量否。最難忘、踏青期近，弓鞋同綉。鬥草尋花驚蝶夢，小燕呢喃如呪。怎一霎雨僝風僽。腸斷臨歧無一語，衹啼痕、萬點沾衣透。　　空彳亍，把衫袖。離愁脉脉濃於酒。最無情、清秋殘照，兩行疏柳。行矣長途須自愛，莫共黄花争瘦。算楓落吴江時候。烟水歸帆安穩到，寄雙魚、慰我眉間皺。家山約，盼携手。”〔百字令〕《和紉蘭春夜聞雁》云：“蘭釭遥暈，正房櫳悄悄，畫屏塵滿。長夜雁聲來枕側，中帶江南新怨。舊苑鶯殘，遥汀鷗散，料也無佳伴。羡君歸早，燕關草碧如染。　　我亦身世淒凉，難成鄉夢，抱影吟孤館。細雨蘼蕪江岸闊，回首不勝銷黯。古瑟彈冰，閑簫裂玉，簾隔春星遠。月華全黑，一繩風外吹斷。”

二七　李佩金

長洲李佩金，字紉蘭，一字晨蘭，山陰何仙帆室。工詩詞，以《秋雁》詩得名，稱“秋雁詩人”。與楊蕊淵、王畹蘭、許林風諸女士爲知心友，時唱和投贈，有《生香館詞》一卷。〔西子妝〕《題美人曉妝圖》云：“曉氣如烟，春寒似剪，好夢鶯聲宛轉。一番情思倦懨懨，拂菱花、碧紗畔。畫眉人怨，曾否念、鏡中嬌面，鎖雙彎。多少閑愁怨，歸來始展。　　東風懶。不到天涯，那有魚和雁。瘦腰無力倚樓臺，掠雲鬟、怕抬纖腕。鬢釵斜罥。記當日、花枝輕撚。指尖尖、笑染黛痕深淺。”《自題〈生香館詞集〉後并寄林風、畹蘭》，調寄〔金縷曲〕云：“往事思量遍。鏡臺前、雙眉青鬬，幾時曾展。費盡心魄詞百首，蠶老尚餘殘繭。認滿紙、泪痕猶泫。珍重寄君紅豆句，鎮相思、何日還相見。知兩地，共腸斷。　三生悔煞耽文翰。到而今，殘楠剩墨，依然焚硯。骨肉遠離知己别，對景不勝凄怨。料此恨、古今難免。烟水家山無恙在，到江南、重覓當時伴。算此外，無他願。”《癸亥元旦喜雪，次韵蕊淵二姊韵》，調寄〔東風第一枝〕云：“門掩梨花，庭飛蝶粉，素彩縈窗凝素。銀裝十二闌干，喜逗烟光媚嫵。東風弄影，見吹起、半簾香霧。試麋丸、硯凍微烘，也效謝家吟絮。　細展誦、雲藍佳句。正亂撒、瓊花催賦。歌裁白紵輕翻，曲按羽衣低舞。漫揎羅袖，撥爐火、重添檀炷。眩雙眸、萬頃瑀田，春在空香深處。”〔虞美人〕《贈王畹蘭妹》云：“飛來青鳥傳嬌病。消瘦梨花粉。東君爲惜曉妝成，止住風姨、莫遣曉寒侵。　愁波皺碧春山斂，情性耽幽澹。卿卿合唤小梅仙，别有一般風韵、是天然。”又〔生查子〕《送春》云：“把酒問東風，怨入花鈴語。祇解送春歸，未肯吹愁去。　雲影蕩輕烟，簾外飄香雨。枉煞柳絲長，不繫韶光住。”松江許林風女士見而和韵云：“珠箔隔輕寒，鸚鵡玲瓏語。悄唤鎖重門，莫放春歸去。　桃李可憐情，别我啼紅雨。點點帶愁飄，吹入春江住。”

二八　商景蘭

古有爲人作書與婦者，無過以文爲戲，敷陳藻采。然寄書者必將其意，受書者亦宜會其誠，不以假手於人而有所隔也。至於惜别懷人，情自我發，莫能相代。良以無其事則無其情，無其情則文不能至，又安所貴耶？會稽商景蘭《錦囊詩餘》有〔十六字令〕《代人懷遠》云：“瓜。今歲須教早吐花。圓如月，郎馬定歸家。”又〔眼兒媚〕云：“將入黄昏枕倍寒。銀漢指闌干。半輪淡月，一行鳴雁，雲老霜殘。　憑著飄英風自掃，小院掩雙鐶。離情難鎖，岧岧江水，何處關山。”又〔菩薩蠻〕《代人憶外》云：“臘華香動烟中影，紗窗半掩羅幃冷。孤雁宿沙汀，寒砧夢裏聲。　夢到相思地，誰訴相思意。夜雨渡芭蕉，懷人正此宵。”再三爲之，殊不可解。景蘭字眉生，明吏部尚書商周祚女，祁鍾惠公彪佳室。

二九　葛秀英

吾郡黄㢑堂先生著《香屑集》，爲藝林所珍寶。嗣見寶山邵心炯《艾廬遺稿》中有《香屑詞》一卷，組織如天衣無縫，嘆爲得未曾有。蓋集詩難，集詞尤不易。以詞句有長短，詞韵有平仄，一字一句，俱有譜律束縛，不容假借也。偶閲葛秀英女史《澹香樓詞》亦有集古數闋，大好之，爰録於此。〔憶王孫〕《寄呈夫子》云："畫堂深處麝烟微。(顧夐) 閑立風歙金縷衣。(韓偓) 紅綃帶緩緑鬟低。(白居易) 落華飛。(王勃) 不見人歸見燕歸。(崔魯)" 又〔虞美人〕云："庭前芳樹朝朝改。(李嶠) 尚有餘芳在。(韋莊) 年光背我去悠悠。(沈叔安) 恰似一江春水、向東流。(李後主)　此時欲别魂俱斷。(韓偓) 試取鴛鴦看。(李遠) 不挑紅燼正含愁。(鄭穀) 别有一番滋味、在心頭。(李後主)" 又〔巫山一段雲〕云："麗日催遲景，(公乘億) 羅幃坐晚風。(趙嘏) 自盤金綫綉真容。(王建) 翻疑夢裏逢。(戴叔倫)　離恨却如春草。(李後主) 滿地落花慵掃。(李珣) 思量長自暗銷魂。(韓偓) 蛾眉向影顰。(劉希夷)" 又〔卜算子〕云："花繞玉屏風，(鄭遂初) 氤氲蘭麝馥。(白居易) 何事歙簫向碧空，(王維) 鸞鳳調琴曲。(張説)　惜别酒頻添，(杜甫) 侍兒催畫燭。(錢起) 此後相思幾上樓。(黄滔) 終日求人卜。(杜牧)" 又〔生查子〕《贈雙妹兼以送别》云："桃花落臉紅，(陳子良) 困立攀花久。(白居易) 垂柳拂妝臺，(歐陽瑾) 掬翠香盈袖。(趙嘏)　不敢苦相留，(盧綸) 去是黄昏後。(韓偓) 欲去又依依，(韋莊) 幾日還携手。(韓偓)" 又〔浪淘沙〕《送張湘蘭之湖南》云："華屋艷神仙，(杜甫) 冶態嬌妍。(陸龜蒙) 纖腰婉約步金蓮。(毛熙震) 多事春風入閨闥，(權德輿) 獨立花前。(馮延巳)　遥指夕陽邊。(劉長卿) 嫩草如烟。(歐陽炯) 離人獨上洞庭船。(李頻) 一去那知行近遠，(崔顥) 目斷遥天。(馮延巳)"

三〇　蘇穆

周止庵爲《四家詞選》，冠以《序論》，所見多獨到處。其側室山陽蘇佩囊工詞，有〔望海潮〕云："濛濛疏雨，漸敲朱户，西風吹逗簾旌。深閣晝眠，重幃暗鎖，鶯啼殘夢偏驚。春盡絮飛輕。共海棠落去，千片無聲。此際魂銷，但將離恨寄春行。　清池水上橋横。被行人遮住，隔岸初晴。斜日樹邊，檐前燕子，銜泥虚傍瑚楹。人倚越山屏。是爲花憔悴，減却芳情。冷落香篝，又隨雲想度長更。"〔婆羅門引〕云："西風過後，更無落葉作秋聲。錦機偏動幽情。萬里天涯路窄，何處月長盈？嘆滄波一片，輕换陰晴。　凝眸短檠。渾未辨、舊時明。況又蕭蕭細雨，遥夜争鳴。繁華夢久，怕相將、都付與雲屏。愁玉女、立盡殘更。"〔大聖樂〕《咏落梅》云："瘦骨亭亭，偏宜妝澹，共争春色。裊數枝、簾外湘雲，一片清波誰惜，天涯傾國。最恨掃紅東風勁，送藟亂、幽香隨翠陌。無言處，謾凝立畫闌，猶見遺迹。　多情忽教抛擲。料雙燕、歸來難自識。算春光情鍾，桃李那管，離愁狼藉。嫩柳搓黄，含烟露，更嗚咽。長堤悲倦客。斜陽晚，悵空寫生綃盈尺。"數詞開闔動蕩，蓋能深得止庵之法者。佩囊名穆，一名姞，所著爲《貯素樓詞》，後殉粤匪之難。

三一　顧翎

顧翎，字羽素，無錫人。顧繁恒女，楊敏勛之德佩也。幼習爲詩，兼工長短句，著《茝香詞》。録其〔太常引〕《七夕》云："烟羅澹捲水雲輕。飛蝠拂簾旌。殘夜在中庭。移立傍、梧陰竹陰。　穿針樓畔，冰盤瓜果，往事記深盟。銀漢浪紋生。那忍看、牛星女星。"〔金縷曲〕《題黄仲則先生詞稿後，即和原韵》云："展卷吟懷放。嘆斯人、文章歌哭，古今同望。豈止才華傾八斗，應是閑愁無量。更似落梅凄悵。鶴背風高仙骨冷，人間塵土詩魂葬。星欲墮，月痕蕩。　玉笙寒徹瓊筵上。記當時、金徽按拍，狂吟清況。是否娜嬛曾有約，歸去琳宫無恙。聽砧度、良宵深巷。静掩鮫紋秋夢瘦，冷西風、雪涴茱萸帳。誰擊碎，珊瑚響。"《探梅惠山石浪山偕浣香弟作》，調寄〔天香〕云："素影飄溪，暗瓊浮笠，珊枝海月初挂。薄絮愁香，冰霞凝翠，瘦蝶怯寒欲化。鳳簫韵遠，嘆朱閣、藹紅將謝。探取鶴巢消息，倦游曲巷嘶馬。　　踏歌尋春來也。寄江潭、魚書曾寫。小憑疏窗如此，吟懷高雅。寒静緑迷簾下。憐落砌、脂痕半狼藉。而許高情，傍籬遠舍。”羽素性愛梅，顔所居曰“緑梅影樓”，作填詞圖。一時名公才媛應題甚夥。

三二　孫秀芬

婚姻嘉禮，以合兩姓之歡，而女子適人者，必流涕登車，則人將笑之，非其情也。偶見仁和孫秀芬〔洞仙歌〕，自述婚事云：“畫堂銀燭，照氤氲瑞氣。吉日良時是誰筮。看門闌、喜聚冰上人來，人争羡，兩座輶軒太史。　　曉妝雲鬢掠，玉鏡臺前，試點青螺暈眉翠。偷檢彩羅箱，絛脱雙金，回圈意、袖中私繫。怪無語、人前鎮含羞，算衹有菱花，知儂心喜。”末語可謂曲盡隱微。又定情後作〔菩薩蠻〕云：“沉沉漏箭催清曉，鴨爐猶剩餘裊。吹滅小銀燈，半窗斜月明。　　綉衾金壓鳳，好夢同郎共。含笑語檀郎，何須更斷腸。”風流繾綣，令人意消。秀芬原名琦，後名蓀意，一字苕玉，孫震元女，訓導蕭山高第室，舉人丙曦湖南鹽道枚之母。工詩，著《貽硯齋詩集》，洪亮吉爲之序。性愛貓，著《銜蟬小譜》。所著詩餘爲《衍波詞》一卷，中多佳作。〔念奴嬌〕《題東洋美人圖》云：“風鬟霧鬢，記斷腸詩句，蔡郎曾賦。試向畫閣重省識，别是消魂眉嫵。衣曳鮫綃，釵横玳瑁，巧様看梳裹。龜兹唱罷，背人小立無語。　　遥想弱水東頭，三山宛在，定有神仙侣。玉雪雙趺高躡屐，壓倒南朝蓮步。雲海微茫，蓬萊縹緲，空惹愁千縷。真真須唤，彩雲莫共飛去。”〔高陽臺〕《題李香君小影》云：“曼臉匀紅，修蛾暈碧，内家裝束輕盈。長板橋頭，最憐歌管逢迎。無端鼙鼓驚鴛夢。悵倉皇、雲鬢飄藹。黯銷凝、舊院春風，芳草還生。　　桃花扇子携羅袖，問天涯何處，寄與多情。廿四樓空，白門明月凄清。江山半壁成何事，但蒼茫、一片蕪城。莫傷心、金粉南朝，猶剩娉婷。”

三三　沈善寶

沈善寶，字湘佩，錢塘人。山西朔平知府來安武淩雲繼室。善畫工詩。著有《名媛詩話》《鴻雪樓詩詞》，女弟子百餘人。其詞曾由吴蘋香女士精選，皆有裁雲鏤月之妙，湔香滴粉之奇。如《咏秋海棠》調寄〔蝴蝶兒〕云：“點秋光。傍銀牆。嬌紅淺白鬥新妝。緣何號斷腸。艷極神難寫，吟多齒亦香。紅絲葉背粲成行。西風蝶夢凉。”《寒砧》調寄〔河滿子〕云：“幾陣金風送響，誰家玉臂生寒。霜裏聲聲聽斷續，攪愁驚夢無端。催得樓頭刀尺，工夫徹夜難寬。　　共月敲來漏永，隔林傳去溪喧。惹起羈人無限恨，故鄉極目關山。何事年年輕别，却令遠念衣單。”〔風入松〕《讀〈鏡花緣〉作》云：“瑶池春暖宴蟠桃。仙樂奏雲璈。花神月姊無端甚，逞機鋒魔劫先招。上苑群芳已放，山中棋子猶敲。
黄粱夢醒鬢蕭蕭。舟泛海天遥。異國神山游歷遍，書老生清福能消。纔把奇花手植，誰知仙籍名標。”余尤愛其兩渡揚子江所作〔滿江紅〕悲壯蒼凉，聲情激越，讀之令人興起。詞云：“滚滚銀濤，瀉不盡、心頭熱血。想當年、山頭擂鼓，是何事業。肘後難憑蘇季印，囊中剩有文通筆。數古來、巾幗幾英雄，愁難説。　　望北固，秋烟碧。指浮玉，秋陽赤。把篷窗倚遍，唾壺擊缺。游子征衫攙泪雨，高堂短鬢飛霜雪。問蒼蒼、生我欲何爲，空磨折。”其又一闋云：“撲面江風，捲不盡、怒濤如雪。憑眺處、琉璃萬頃，水天一色。釃酒又添豪杰泪，然犀漫照蛟龍窟。一星星、螄螺與漁汀，凝寒碧。　　千載夢，風花滅。六代事，漁樵説。衹江流長往，消磨今昔。錦攬牙檣空爛漫，暮蟬衰柳猶嗚咽。笑兒家、幾度學乘查，悲歌發。”

三四　陳嘉

仁和陳嘉，字子淑，適同邑高望曾，貞静好禮，妙解文辭。咸豐、庚申，遭洪楊之難，自杭州東渡錢塘，避居蕭山之桃源鄉。有〔洞仙歌〕述途中所見云："錢江東去，蕩一枝柔櫓。大好溪山快重睹。算全家、數口同上租船，凝眺處，隔岸峰青無數。　桃源今尚在，黄髮垂髫，不識人間戰争苦。即此是仙鄉，千百年來，看鷄犬、桑麻如故。問何日、扁舟賦歸歟。待掃盡欃槍，片帆重渡。"事定歸杭州，辛酉東，復被圍成中。食且盡，嘉春粟進姑，自咱糠秕。城破，奉姑出奔，會大風雪，餓不能興，乃屬姑於妯娌而死。所著有《寫眉樓詞稿》凡二十四首。佳者如〔柳梢青〕《新柳》云："望裏魂銷。和烟和雨，緑遍亭皋。半拂征塵，半牽離恨，亂逐風飄。　踏青纔過花朝。聽一路、鶯聲畫橋。淺蹙顰眉，微開倦眼，低舞纖腰。"〔踏莎行〕《花朝》云："芳草侵階，落花辭樹。韶光一半隨流去。杏餳門巷又清明，踏青試約鄰家女。　旅燕初歸，流鶯欲語。垂楊緑遍閑庭宇。二分春色一分陰，一分不定晴和雨。"〔如夢令〕《春盡日聞杜鵑》云："試問春歸何處。幾度欲留不住。樓上子規啼，似向東風説與。歸去。歸去。滿院落紅如雨。"説者謂其人足傳其詞，其詞亦足傳其人，信然。

三五　曹慎儀

新建女子曹慎儀，字叔蕙，禮部尚書文恪公孫女，兵部侍郎雲浦先生女也。適同里顧侍郎清昕。髫齡授五經卒業，女紅餘事，耽尚吟咏，尤工詩餘。其至佳者，雖《漱玉》《斷腸》諸集，不能過也。有《玉雨詞》一卷。佳者如〔吴山青〕《聽雨》云："雨絲絲。漏遲遲。簾幕低垂枕獨倚。閑吟聽雨詩。　響荷池。戛梧枝。香冷燈昏夢覺時。愁心衹自知。"〔沁園春〕《秋夜病懷》云："爐篆烟微，瓶花香澹，寂寞綺櫳。對秋檠一點，寒蛩四壁，紛然離緒，和夢忽忽。綉幕低垂，玉鈎不挂，斜倚熏籠怯晚風。難消遣，任病顔憔悴，瘦影惺忪。　樓頭又過飛鴻。縱繫帛、天涯信怎逢。望萬山霜木，自憐凋碧；滿階落葉，誰更啼紅。疏懶心情，凄凉懷抱，吟盡秋聲恨未工。消魂處，見半彎殘月，扶上梧桐。”〔玉漏遲〕《咏燈》云：“緑蔭凉月暗，風簾欲下，紗籠初捲。病起支離，瘦影怕教重見。紅豆珠光一點，繫多少、春愁舊怨。思無限。香殘漏盡，酒闌歌散。　曾記舊日蘭閨，正刻燭分題，尚嫌宵短。争似而今，衹解照人腸斷。况對疏窗冷雨，更獨倚、熏篝挑倦。鄉夢遠。心緒落花零亂。”〔浪淘沙〕《寄外》云：“往事怕思量，易斷離腸。捲簾又見燕歸梁。聞説嶺梅春信早，誰寄江鄉。　愁繫柳絲長。無意尋芳。鎖窗鎮日懶添香。一任庭花開復落，風雨凄凉。”

三六　鄭蓮

鄭蓮，字采蓮，爲新城陶響甫先生家侍婢，有《春草》詞調寄〔菩薩蠻〕云：“春風二月江南路，春山如畫春光妒。緑幔捲高樓，黛痕眉上愁。　薄烟團幾里，拾翠人歸矣。又聽子規啼，如絲雨下時。”末二句含蓄無窮，得意内言外之旨，康成詩婢而後，僅見斯人。

三七　陈圓圓

吴三桂引滿清兵入關除李闖，説者謂三桂以闖據其愛姬陳圓圓，憤而出此。故吴梅村祭酒《圓圓曲》有“沖冠一怒爲紅顔”句。滿清主中夏幾三百年，其發端始於一圓圓，然則圓圓亦歷史上可紀之人物矣。圓圓著有《舞餘詞》，嘗見其小令二闋，因亟録之，俾讀者知圓圓固不僅以貌勝也。〔荷葉杯〕《有所思》云：“自笑愁多歡少。痴了。底事倩傳杯。酒一巡時腸九回。推不開。推不開。”又〔轉應曲〕《送人南還》云：“堤柳。堤柳。不繫東行馬首。空餘千縷秋霜，凝泪思君斷腸。腸斷。腸斷。又聽催歸聲唤。”圓圓，武進人，名沅，亦字畹芬，事詳陸次雲所作《圓圓傳》。

三八　梁德繩

梁德繩，字楚生，錢塘人，相國文莊公孫女，沖泉司空次女，歸德清許先生宗彦。工詩詞，有《古春軒集》。詞不滿二十闋，而均清麗可誦。〔南浦〕《咏萍》云：“水暖熨韡紋，怪無端、揉碎澄湖千頃。鏡影倚嬌酣，魚龍舞、一搦纖腰初整。飛花滚滚，爲誰催作春陰冷。便擬扁舟從此去，早有桃鬟相等。　　幾番皺損柔蛾，誤天涯蕩子，萍飄難穩。幸自不知愁，凝妝莫向翠樓輕□。黏天膩緑，添他南浦魂銷盡。待得晚來風乍定，吹雨濛濛愁暝。”〔醉太平〕《月湖秋泛》云：“雲散銀鱗，山圍翠屏。蘭橈畫碎波紋，閃漁燈一星。　　弦調素琴，杯斟緑醽。人行橋上三更，遍乾坤月明。”〔南鄉子〕《寄四兒邵武》云：“迢遞阻關山。輾轉愁腸去住難。便是華堂開夜宴，愁看。柏酒雖濃未解顔。　　寄語且心寬。春水生時好放船。此夕衙齋清絶處，遥憐。爆竹聲中又一年。”〔憶江南〕《寄示蘋香穎卿》云：“春風裏，相約倒金樽。楊柳緑遮堤畔路，桃花紅入水邊村。何處滌愁痕。”

三九　孫蘭友沁園春詞

宋劉改之以〔沁園春〕咏美人指甲及美人足，體驗精微，一時傳誦。詞體本卑，雖纖巧，無傷也。後人紛紛效之，俱無足道。惟元邵復孺美人眉目二首，差堪媲美耳。近讀錢塘女史孫蘭友《聽雨樓詞》，亦依其調咏指甲云：“雲母裁成，春冰碾就，裹住葱尖。憶緑窗人静，蘭湯悄試；銀瓶風細，絳蠟輕彈。愛染仙葩，偶挑香粉，點上些兒玳瑁斑。支頤久，有一痕鈎影，斜映腮間。　　摘花清露微沾。剖綉綫、雙虹挂月邊。把霓裳悄拍，代他象板；萬絲白雪，掐個連環。未斷先愁，將修更惜，女伴燈前比并看。消魂處，向紫荆花上，故逞纖纖。”又咏後鬟云：“青縷針長，靈犀梳象，妝成内家。正蘭膏試後，微黏綉領；紅絲繫處，低襯銀叉。背面丰神，鏡中側影，愛好工夫著意加。端詳久，要雙分燕尾，雅稱盤鴉。　　春寒較重些些，被護耳、貂茸一半遮。甚羅巾風掩，輕籠頸玉；鬌雲醉舞，欲度腮霞。蟬翼玲瓏，鸞釵句惹，鬢畔斜承半墜花。香閨伴，垂髻攏上，幾許年華。”此則現身説法，宜其工妙矣。

四〇　孫蘭友

蘭友小詞，時有瀟灑出塵之概，其〔浣溪沙〕云：“細雨和風灑竹扉。憑闌心逐濕雲歸。故山回首夢依依。　　罥樹花疏蛛網密，翻書人瘦蠹魚肥。病深愁重易沾衣。”摘句如：“月上珠簾和影捲”，又“半夜秋聲千里夢，三年心事數行書”，皆可誦也。

四一　龔氏

番禺梁節庵守武昌日，署楹聯云：“零落雨中花，春夢驚回栖鳳宅；綢繆天下事，壯心消盡食魚齋。”上聯蓋指龔夫人事也。栖鳳即夫人所居地。聞夫人非但有艷名，且工詩詞。或誦其〔長亭怨慢〕一闋云：“甚一片、愁烟夢雨。剛送春歸，又催人去。鷗外帆孤，東風吹墮南浦。畫廊携手，是那日、消魂處。茜雪尚吹香，忍負了，嬌紅庭宇。　　延佇。柳邊初月，又上一痕眉嫵。當初已錯，忍道是、尋常離緒。念别來、葉葉羅衣，已减了、香塵非故。恁短燭低篷，自擁衾愁語。”其藴藉處，頗近周清真，當可入近時《婦人集》也。

四二　胡慎容菩薩蠻詞

蔣茗生太守序玉亭女史之詩曰：“《離》象文明，而備位乎中。女子之有文章，蓋自天定之。”玉亭名慎容，姓胡，山陰人，嫁馮氏。所天非解此者，遂一旦焚弃之。然其韵語已流播人間。有《紅鶴山莊詩》行世。袁子才先生嘗問茗生，玉亭貌可稱其才否？茗生乃誦其〔菩薩蠻〕一闋云：“人言我瘦形同鶴。朝朝攬鏡渾難覺。但見指尖長。羅衣褪粉香。　　若能吟有異。不管腰身細。清減肯如梅。凋零亦是魁。”可想見風調，使人之意也消。

四三　胡慎容

《紅鶴山莊詩》乃王菊莊孝廉爲之刊行，玉亭作詞謝云：“多謝詩人，深蒙才士，不憎戚末堪因倚。吴頭楚尾一相逢，白雲紅鶴傳千里。　　南浦悲吟，西窗閑技，居然捲附秋香裏。寸心從此莫言愁，人間已有人知己。”

四四　王倩

山陰王雅三，名倩，字梅卿，永定兵備道王謀文女。歸同邑諸生陳竹士爲繼室。工文善畫，著有《問花樓詩集》《洞簫樓詞》，海内士夫，咸推才媛。竹士元配爲長洲金纖纖女士，亦才華清艷，最善吟咏，爲隨園老人入室弟子。使與梅卿并世生，閨中瑜亮，角逐騷壇，正未易决勝負耳。梅卿詞之佳者，如〔金縷曲〕《花影同竹士作》云：“到眼朦朧極。記宵來、牆陰簾角，似争相識。四壁横陳扶不起，愁煞棱棱玉骨。訝消瘦、比儂還怯。□□模黏香氣澹，恁空空、怎把秦宫活。更寫照，五更月。　　渾身滴露何嘗濕。祇無端、銀燈狡獪，弄他明滅。幾度臨風教起舞，不管阿嬌無力。怪一霎、將人抛撇。蝴蝶繞階栖未穩，悵成烟、紫玉誰能即。痴小婢，欲偷折。”又前調《花魂》云：“何處尋君迹，怪春來、落紅成陣，苦催離别。斷祇因風，消成爲雨，受盡幾番磨折。渾不信，呼之肯出。除却東皇幡一首，便上天、入地應難覓。來婉娩，去飄瞥。　　投椾會向天公乞。好教他、風姨十八，深憐輕惜。彩勝高懸鈴漫語，禁住聲聲檐鐵。勸安穩、依栖香國。那用巫陽煩帝遣，有前生、蝴蝶能相識。笑剪紙，計非得。”又〔留春令〕《自題畫梅卷》云：“雪壓猶花，月斜自影，一枝誰折。夢醒羅浮，賺他翠羽，誤報春消息。　　倚竹臨溪風韵絶。索笑渾相識。美人何處，相思難寄，怕聽高樓笛。”

四五　歸懋儀

常熟歸佩珊夫人工詩詞，有“女青蓮”之目，龔定盦題其集云：“一代詞清，十年心折，閨閣無前古。”又云：“紅妝白也，逢人誇説親睹。”所著《聽雪詞》，傳世者凡二十首。如〔鳳凰臺上憶吹簫〕《題瘞花圖》云：“芳草黏天，垂楊蘸水，聲聲啼鴂催春。把玉人驚覺，鏡裏眉顰。昨夜紅窗風雨，知多少、墮溷飄茵。相憐甚，花真儂命，儂是花身。　紛紛。掃來還滿，將紅袖輕兜，不放沾塵。向水邊林下，築個花墳。讓與鶯兒燕子，寒食候、好替招魂。湖山背，何人聽來，悄揾啼痕。”〔買陂塘〕《葑山觀荷》云：“問江妃、爲卿來者，賞音千古能幾。蘭橈蕩入花深處，先愛撲襟清氣。人乍起，更難得、紅妝新掃眉山翠。倩風扶住，看帶露盈盈，凌波渺渺，宿酒殢殘醉。　凝眸處。花亦銷魂無語。萍鄉相對延佇。横不是仙源路，可許舊游人渡。時欲暮。漫想到、愁紅怨緑迷烟霧。離愁正苦。怕荻岸秋高，鷗波夢冷，心事和誰訴。”皆清新俊逸之作。然又有和定盦〔百字令〕一首云：“萍踪巧合，感知音得見，風前瓊樹。爲語青青江上柳，好把蘭橈留住。奇氣拿雲，清談滚雪，懷抱空今古。緣深文字，青霞不隔泥土。　更羡國士無雙，名姝絶世，仙吕劉樊數。一面三生真有幸，不枉頻年羈旅。綉幕論心，玉臺問字，料理吾鄉去。海雲東起，十光五色争睹。”氣甚充盈，而集中未載，然則世所傳布者，固非全豹也。

四六　楊繼端

楊繼端，字古雪，遂寧人，船山太守弟張問萊之室人也。著《古雪齋詩集》及《古雪詩餘》。《咏梔子花》調寄〔瑶花〕云：“塗香暈色，膩粉團酥，産瑶池仙境。梅風乍拂，看六出、差與雪花相近。晶盤貯水，常伴得、玉纖清潤。笑綺窗、對此同心，也算合歡蠲忿。　朝凉恰好梳頭，稱蟬翼輕分，斜壓雲鬢。菱花月滿，釵朵重、不減舊時丰韵。多情蛺蝶，又栩栩、飛來相并。誤幾回、夢醒紗櫥，尋遍小屏山枕。”〔畫堂春〕《憶別》云：“春山春水繞離思，垂楊新緑絲絲。索居情緒半成痴，懶譜新詞。　　記得蘇臺分袂，尊前强自扶持。桃花落盡有誰知，暗蹙雙眉。”又〔驀山溪〕《寒夜聽雨》云：“紙窗風裂，攪碎檐牙鐵。更凍雨簾纖，和長夜、欺人情劣。心頭耳畔，打迸著銷魂，小梅邊，修竹裏，點點真愁絶。　　關山夢遠，斷送人輕別。待卜與晴時，衹除是、五更微雪。鴛衾耐冷，準擬不成眠，篆香殘，譙鼓澀。燈影看明滅。”

四七　陳契①

通州陳無垢女史挈，其祖大科，仕清爲大司馬，幼適孫安石。安石家中落，以契無子，不相得，挈婢異居。挈乃歸母家。久之，落髮事焚修，然不廢吟咏。晚而益貧，至併日以食，隱忍不以告人，病數月起，覆水墮樓死，人咸惜之。其境之哀有如此。女史有〔菩薩蠻〕詞云：“今生浪擬來生約。從今悔却從前錯。腰帶細如絲。思君君不知。　　五更風又雨。雨地儂和女。著意待新驩。莫如儂一般。”哀而不怨，怨而不怒，此之謂矣。讀者能勿爲之腸斷。

四八　姚倚雲

通州范伯子先生，爲吴摯甫弟子，詩文與張季直、朱曼君齊名，時人稱爲“三鳳”。繼妻桐城姚倚雲，亦有清才，著《蘊素軒詩稿》，附伯子集以行。詞不多作，見其〔好事近〕一首云：“供養水仙花，窈窕佩欹簪折。一片歲寒清思，共幽香雙絶。　　碧天雲净雪初消，又見風吹葉。人意鐘聲俱遠，有一冰輪月。”

四九　蔣蕚

宜興蔣蕚，工詩，早歲知名，老而爲丹徒縣教諭。對客輒談故事及身所經歷，終日不倦。娶同邑儲嘯凰，賢而早卒。每舉其所著

---

① 原稿作“契”，誤。据《衆香詞》改。

《哦月樓詩餘》告人，且自嘆以爲弗及也。録其〔一剪梅〕云："旭日東昇上海棠。紅映雕梁，緑映瑶窗。曉妝纔罷出蘭房，羅袂生香，錦襪生凉。　風送梅花處處揚。鴨唼回塘，燕啄回廊。流鶯也解惜春光，半學調簧，半勸飛觴。"又〔惜分飛〕云："簾幕深沉人静悄，杜宇數聲啼了。夢醒紗窗曉，博山寶篆香猶裊。睡起凝妝渾覺早，窺鏡眉痕略掃。著意東風小，海棠一夜開多少。"

五〇　葛秀英

舊日閨中女兒，每值鳳仙花開，多擷花捶汁，染指甲上，紅斑深透，以爲美觀。年來女界昌明，群趨學校，指甲多剪去，以利操作。纖纖春葱，乃不復見。而染指甲事，亦遂不復道。吴門葛秀英女史玉貞，有〔醉花陰〕詞一闋咏其事，録之用志舊日紅閨雅事。詞云："曲欄鳳子花開後，搗入金盆瘦。銀甲暫教除，染上春纖，一夜深紅透。　點絳輕濡籠翠袖，數亂相思豆。曉起試新妝，畫到眉彎，紅雨春山逗。"玉貞爲梁溪秦鏊側室，其母夢吞梅花而生，玉貞性又愛梅，故以"澹香"名其樓。惜不永壽，年十九遽卒。所著《澹香樓詞》，佳者甚多。集古數闋已録於前，兹再録其〔柳梢青〕《咏泥美人》云："撮土猶香，塑成嬌艶，絶世風神。月下娟娟，松間小小，畫裹真真。　美人黄土生春，向何處、藍橋問津。憨態無言，羞顔似笑，注眼如顰。"

五一　王筠

閨媛填傳奇，古今所少，長安女史王筠，幼嗜書，以身列巾幗爲恨，嘗撰《繁華夢傳奇》，自抒胸臆。以女人王氏登場，生數出始出，變例也。自題〔鷓鴣天〕一詞於首云："閨閣沉埋十數年。不能身貴不能仙。讀書每羡班超志，把酒長吟太白篇。　懷壯志，欲沖天。木蘭崇嘏事無緣。玉堂金馬生無分，好把心情付夢詮。"稿成，就正於其戚南浦王元常，爲加評，藏之篋中。乾隆戊戌，偶出以示張息圃觀察鳳孫，即制軍畢秋帆之舅也。息圃即轉呈畢太夫人，共相擊賞，爲之梓行，并作序詩以弁首云。

卷二

一　吴規臣

金壇女史吴香輪規臣，一字蜚卿。工畫花卉，風枝露葉，雅秀天然。嘗以便面《九秋圖》貽友人改七香、倪小迂等。皆寫生妙手，見之嘆賞不置。客白門時，刻小詞數闋。〔采桑子〕云："昨宵星月今宵雨，首似春蓬。心似秋蟲。畢竟情懷那樣同。　小樓深閉愁無那，纔聽疏鐘。又聽征鴻。莫道吴儂不懊惱。"〔青玉案〕云："烟痕作莫風絲冷。□衹有、儂心領。逝水年華真一瞬。春花多笑，秋花多病。都是傷心境。　危樓鎮日無人影。小立也、抛清茗。濁酒澆來心自警。歡時偏醉，愁時偏醒。[①]"抑何凄戾乃爾。

二　李琬

馮雲伯夫人李琬，字梅卿，《寒夜》〔南柯子〕詞云："細點瓜虀譜，閑載萱草花。三年爲婦慣貧家。且喜蘆簾，紙閣手同叉。　獸火温簫局，蛾燈罷紡車。戲他小女綰雙鴉。懶放鴛枕，今夜較寒些。"静好之意，宛然如見。著有《隨月樓詩詞》，賦才清綺，而降年夙隕，雲伯有悼亡詞，極工。

三　葛宜

葛宜字南有，海寧人，明舉人臒庵第三女，諸生諸爾邁室。性閑静，喜讀書，日坐小樓，以筆墨自娱。書畫弈算，無不精妙。兼通西法，能以儀器測量星象。曾於夢中得"蕭蕭木葉送殘秋"句，知爲不詳，未幾卒。其《玉窗遺稿》，女史李因序而刻之。詩餘凡

① 據《小檀欒室彙刻閨秀詞》，此處脱"何處商量準"。

一十二闋，最愛其〔長相思〕《懷遠》云："雨聲響，雨聲沉，雨漲溪頭溪水深，情牽緑絲陰。　春色寒，春夜闌，静倚東風不忍看，一天雁影還。"又〔南鄉子〕云："春澹澹，柳依依，黄鸝聲裹落花時。暮雨紗窗人寂寞，愁無托。萬里相思重叠叠。"又〔踏莎行〕《寄書》云："花撲珠簾，雲生烟樹。倚樓望斷人歸路。却憐一夜雨和風，落紅滿地吹無數。　新燕初飛，雛鴉拂羽。有客行行千萬里。欲去尺書江水深，春來春去傷心處。"

四　錢潔

陳鼎字子重，號定九，又自署鐵眉道人。著有《黔滇紀游》二卷，《滇黔土司婚禮記》一卷。少時隨宦粤西，值明季騷擾不克歸，贅土司龍氏女。名繼桓，字又少，年十七而殁。續娶亦龍氏女。本常熟錢伯可女，字瑜素，名潔，幼爲龍氏養女，著有《蓉亭詞》。《秋海棠》〔雨中花〕云："滿砌殘紅嬌欲滴。似睡起、渾無氣力。看苔蘚籠香，薜蘿擁翠，相映幽姿别。　妒煞曉霞争艷色。奈暮雨、絲絲如織。想腸斷西風，自憐冷落。未與春相識。"

五　薛瓊

無錫女士薛瓊，字素儀。李芥軒崧繼室。雅善詩詞，夫婦白首偕隱，有梁孟風。子大本，亦能世其業。婦人以才著而無缺陷者，人推素儀。嘗同芥軒賦〔沁園春〕云："利鎖名繮，蠅頭蝸角，且自由他。幸瓶中鼠竊，尚餘菽粟；畦邊蟲嚙，還剩蔬瓜。隨意盤餐，尋常荆布，無愧風流處士家。齊眉案，看鬢霜髭雪，漸老年華。　何妨嘯傲烟霞，喜到處、徜徉景物奢。且籃輿同眺，青山紅樹；蓬窗共泛，白露蒼葭。出不侵晨，歸常抵暮，稍有囊錢便買花。隨女兒，各經營耕織，檢點桑麻。"

六　江瑛

甘泉解元江璧之妹，名瑛，字芷珊，有《緑月樓詞》，〔東風第一枝〕《咏白桃花》云："細雨梳春，晴雲抹曉，武陵一夜華遍。吹開幾叠冰綃，獨自臨溪洗艷。烟青霧白，似淡月、梨花庭院。記玉除、和露曾栽，怎敵人間重見。　　沉宿醉、銀瓶低掩。鎖舊恨、粉痕愁顫。自傷誤嫁東風，却把紅塵久厭。凌波人杳，莫問春潭深淺。應黯然、卸盡鉛華，素雲凄斷。"〔長命女〕《病起》云："斜日後。獨倚西闌痴望久。風冷羅衫袖。　　小園蟬聲凄咽，暮靄低籠衰柳。春去秋來還似舊。衹是人消瘦。"《聞江上戒嚴，寄階符夫子》云："屯霧催寒，戰雲壓暮，腸斷悲秋時候。兵火匆匆，哭路幾人飢走。纔閉門怕聽笳鳴，奈隔戍遥傳角奏。哀不盡江北江南，孤鴻聲咽朔風驟。　　故鄉喬木似舊。念人間何世，劫灰飛又。觸目驚心，多少營邊衰柳。謾説是鳥亦含冤，便籬菊近來都瘦。更幾處篝火狐鳴，荒城白晝。"

七　徐燦

京城元夜，婦女連袂而出，踏月天街，必至正陽門下，摸釘乃回。舊俗傳爲"走百病"。海寧陳相國夫人徐湘蘋，有〔御街行〕詞以紀其事，詞云："華燈看罷移香屧。正遇陌游塵絶。素裳粉袂玉爲容，人月都無分别。丹樓雲淡，金門霜冷，纖手摩挲怯。
三橋婉轉凌波躡。斂翠黛低回説。年年常向鳳城游，曾望蕊珠宫闕。星橋雲爛，火城日近，踏遍天街月。"按：末三語，小檀欒室所刻《拙政園詩餘》作"茫茫咫尺，眼前千里，况是明年月。"

八　丁静蘭

咸豐庚申年，常州城陷。婦女殉節者，縉紳家尤夥。丁定甫大令之女静蘭，有《絶命詞》，調寄〔滿庭芳〕云："萬里銀波，漏殘人静，寥寥天籟無聲。寒窗孤影，獨自對殘燈。無限凄凉舊事，細追思、黯黯傷神。問姮娥，何因生我，弱質太凋零。　　銷魂。當此際，空梁懸影，誰與招魂。但留得清名，薄命傳人。此去黄泉前路，了茫茫、指示無人。惟剩此、一痕冷月，送我去尋親。"掩抑悲凄，讀之能不令人腸斷？

九　鍾韞

仁和鍾眉令女史，名韞，查羲之室人也。有詞十闋，名《梅花園詩餘》。〔鵲踏枝〕《贈鄰女》云："幼女性情天與慧。紅杏窗前，愛把新妝試。怨粉愁香如有意。相思未解真滋味。　露濕春枝花更麗。半面含嬌，的的争明媚。深院垂楊門晝閉。春風何限登樓思。"〔鷓鴣天〕《寄妹》云："一春愁蹙兩蛾眉。花自芳妍人自悲。蛺蝶穿花渾是夢，少年風味杳難追。　頻折柳，試春衣。亂紅深處鳥争啼。生憎呢喃雙燕子，飛來飛去共差池。"

一〇　宗婉

常熟宗婉，字婉生，與妹倩宜，均嫻詞翰。婉生幼敏慧，未及笄即能詩，著有《夢湘樓詩詞稿》，及《梓餘草》《桐葉吟》，詞凡五十一闋。〔高陽臺〕《題小青瘦影自臨春水照圖》云："一種愁容，十分病態，可曾真個痴心。强整新妝，春風獨自沉吟。無情有憾誰人見，衹一池、春水分明。冷清清。庭院深深，楊柳陰陰。　天荒地老尋常事，算人間衹有，此憾難平。薄命紅顔，枉教占斷才名。傷心我亦工愁者，向畫中、訂個知音。願從今。卿自憐儂，儂自憐卿。"又寇氛未靖，雨窗悶坐，燈下填〔百字令〕云："已交冬杪，恁蕭蕭颯颯，似將秋作。幾陣飄來斜復整，亂撲小窗燈火。風緊雲凄，天低月黑，旅夢如何度。聽殘宵柝，披衣還起愁坐。　見説故里兵戈，他鄉鼙鼓，處處烽烟阻。不定行踪萍泛水，瑣尾吟成誰和。老逼人來，飢驅兒去，衹剩凄惶我。仰天而嘆，泪花和雨飛墮。"又〔大江東去〕《海舶書懷》云："海波不作，水天外、一望茫然無際。萬頃琉璃，人倒影、濯盡脂香粉膩。振袖臨風，飛觴酹月，大有髯蘇意。銅琶鐵板，許儂也吐豪氣。　休爲萍泊他鄉，故國荆棘，滿腹生牽繫。屈指年華過半百，須識浮生如寄。歷盡艱難，從今應悟，離合悲歡理。學書學劍，有兒幸亦摩厲。"諸作均清氣往來，且不落纖佻家數。至若《憶蘭》之"心情欲托春風訴，怕春風不到瀟湘。"《秋憶》之"夢與葉聲同墜"及"秋風裊裊，洞庭波矣"。《染指》之"認紅豆初拈，幾誤鸚哥偷嗛"《花光》之"暈入東風春欲笑，不定香痕如水"諸語，可稱絶唱。其清煉處，正得白石師法，宜論者謂：虞山自道華夫人而後，當以女士爲詞宗也。

一一　周詒蘩

周詒蘩，字茹馨，湘潭人，元氏縣知縣張玉夫室。姊詒端，即文襄左侯夫人也。蘩與姊并傳詩學於母王氏，文襄曾合刻其詩詞爲《慈雲詩鈔》。蘩尤工於倚聲，著《静一齋詩餘》二卷。與玉夫唱和之作甚多。〔摸魚兒〕《咏蛙》云："怪生來、衣青紆紫，看誰如爾僥幸。怒懷不向滄溟吐，衹傍石窩苔莖。喧暮井。似草澤英雄，躍馬相爭競。吟餘睡醒。愛蝌蚪文奇，將伊學字，比爛冰勁。　黄昏後，休道多言厭聽。當年曾荷恩命。五胡蹂躪中原路，望斷華林佳境。嘆故國繁華，已付東流盡。憑君莫問。縱往事悠悠，終宵閣閣，不盡爲官恨。"語有寄托，咏物中上乘之作。又〔滿江紅〕《咏虞姬》云："痛隱千秋，分争處、誰爲故國。論往事、殘民背約，入關先失。玉斗謀成隆準志，楚歌聲盡重瞳力。最堪憐、天意屈英雄，真無術。　江東地，難栖息。樽前舞，徒淒惻。記當年神勇，衹今空惜。鐵甲寒沾豪杰泪，吴鈎難送傾城色。嘆從容、一死縱酬恩，悲何極。"〔鳳凰臺上憶吹簫〕《咏孫夫人》云："龍戰天池，鳳占皇族，豫州來卧東床。訝合歡簾内，劍影如霜。天下英雄入彀，絲幕下、仔細評量。花叢裏，心傾季女，膽怯劉郎。　相將。兩心自得，鴛夢驚干戈，巧促行裝。冀此身終托，山海情長。不道阿兄謀拙，舟一葉、聲斷柔腸。蟂磯水，從教釀成，萬古淒凉。"〔水調歌頭〕《咏紅拂》云："天地毓奇氣，巾幗有英雄。鎖春珠户深遠，超出綉幃中。識得人間英杰，解却香閨玉佩，青眼薄楊公。妙手竟何似，蒼鶻落晴空。　跨驄馬，披紫綺，任西風。望中不意兄妹，奇遇合雲龍。不有太原公子，讓走虯髯豪士，何處表奇踪。却嘆衛公智，猶勝女郎風。”〔沁園春〕《咏西子》云：“濃抹淡妝，丰韵天然，其誰與侔。看凉憑玉檻，魚驚俏倩；香拈蓮萼，花讓温柔。醉舞難支，輕顰更好，不耐歡娱衹耐愁。嬌慵甚，聽長廊寂寂，綉襪遲留。　春風無限綢繆。奈梧葉、飄飄易感秋。悵臺游麋鹿，繁華自歇；苑鳴蟬雀，零落誰尤。翠黛猶新，回腸未斷，又泛平湖一葉舟。堪悲處，把君恩萬種，付與東流。”諸作均開闔動蕩，絶不粘滯，足見功力之深。

一二　左又宜

新建夏盥人，詩學郊島，尤善爲詞。娶左文襄女孫綴芬。淑慎多才，唱和相樂。盥人詞中載〔暗香〕〔疏影〕，題云：“樓中列盆梅數株，先春破萼，嫣然一枝，除夕綴芬置酒花下，以風琴歌白石此詞，因各倚聲合之。”綴芬作〔暗香〕云：“四山寒色。漸冷魂唤醒，燈樓横笛。細蕊乍舒，雪底闌邊好攀摘。驚聽催春戲鼓，休閑擱、吟箋詞筆。趁此夕、一醉屠蘇，花暖燭瑶席。　南國。思寂寂。嘆歲去歲來，萬感縈積。翠禽漫泣。仙夢羅浮那堪憶。清漏簾間滴盡，疏竹外、雲封殘碧。怕暗暗、年華换也，有誰見得。”〔疏影〕云：“苔盆種玉。倚綉屏婀娜，深夜無宿。碧袖天寒，朔管頻吹，凄風弄響檐竹。熏籠低帳烘纔暖，但笑索、枝南枝北。想姹紅、悉待春來，讓却此花開獨。　同向燈筵送歲，醉顔對鏡淺，杯映梅緑。末世悲歌，及早收身，可有孤山林屋。宵殘臘剩忽忽去，瞬息奏、落梅酣曲。恐漸携、卧陌長瓶。酒漬掃香裙幅。”沉思健筆，雖盥人無以過也。今綴芬已卒，聞遺集正付鏤板云。

一三　秦清芬

《識小録》載〔鷓鴣天〕詞云：“偶剥瓜仁排卍字，漫將碗底印連環。無事上眉彎。”指爲梁溪顧文婉女史詞，實則秦清芬作也。見江陰金湼生《粟香三筆》。

一四　楊瓘華

陽湖楊蘊蕚女史，名瓘華，楊蕉隱大令晋藩之女。適宜興徐氏，早寡，父母以孝稱。能詩詞，兼好篆隸，有《聽秋館詩稿》，取法甚高，無閨襜綺艷之習，詞亦有數十首。〔清平樂〕云："晝長人倦。寶鴨沉烟暖。檻外閑雲和夢捲。寂寞緑蔭深院。　愁多懶整花鈿。酒醒猶是慵眠。鶯燕已銜春去，空餘長日如年。"〔臺城路〕《蓬山秋夜》云："小園一夜西風急，羈懷更添寂寞。敗葉敲窗，清寒驚夢，頓起閑愁萬斛。鷗盟摇落。况雁序無多，又分南北。自擁羅衾，静看冷月透簾幕。　霜毫寫就新句，但知音别後，誰和新曲。燈暗砧殘，天空籟静，聽盡千山落木。柔情難托。悵拾翠吟紅，舊時行樂。回首前游，幾人能再續。"又有〔百字令〕云："雙槳摇風，片帆挾雨，疏柳啼鴉冷。"〔高陽臺〕《柳花》云："正江南，已過清明，緑遍樓頭。"〔疏簾淡月〕云："冰輪似鏡。正一片天風，亂雲吹净。"又云："十年舊事，被他四壁暗蛩啼醒。"皆清婉可誦。

一五　錢念生

虞山錢餐霞女士，有《綉餘詞》數十闋，〔沁園春〕《贈外》云："約略前身，君與阿儂，有未了因。但自慚蒲柳，敢言伉儷；替司巾櫛，怎許娉婷。刺綉閑時，吟箋寄興，月底花前聊遣情。君休笑，是班門弄斧，愧不如卿。　珠傾露洗秋汀。道秋水、儂神一様清。本桃紅杏艷，從來羞比；鶯嬌燕婉，衹是慵聽。君守清貧，妾甘淡泊，舉案光鴻記也曾。低聲囑，願百年偕老，莫負荆釵。"又〔醉花陰〕《寄外》云："别夢初圓風擊碎。夢醒填憔悴。一片落花飛，知道春歸，知道人歸未。　東君去後重門閉。諳盡愁滋味。差勝絮飄零，江北江南，流遍離人泪。"又〔點絳唇〕《寄外》云："嶺隔雲高，夢兒欲把羊城繞。怪他雙棹。不送魂飛到。　多病多愁，多恨多煩惱。誰知道。情田雖小，長遍相思草。”又〔釵頭鳳〕《燈下寫家書寄外》云：“同心偶。分離久。自憐無日舒眉柳。妝臺角。燈花落。聽殘宵漏，又聞街柝。閣。閣。閣。　秋凉後。西風透。暗愁生逼腰肢瘦。衣單薄。人蕭索。此情誰寄，倩他靈鶴。托。托。托。”詞意纏綿，讀之令人增伉儷之情。

一六　張聯芳

松江張聯芳女士，詩舲尚書之女孫也。幼敏慧逾衆，年十三，即能作小詞，或七言絶，頗有思致。善洞簫，清風明月時，於山水佳處，偶一吹弄，颯颯移人也。秋夜納凉，領略荷池香韵，漏三下猶未寢，致積寒成疾以卒。殁後，稿皆散佚，惟傳有《雨後看荷》〔臨江仙〕詞一闋。片鱗一爪，亦可寶也，亟録之。詞云：“好雨做成凉世界，疏疏滴碎荷聲。遠山一片濕烟横。細垂千葉柳，圓點半池萍。開了亭前窗四面（家有塔射園，四面亭，園中之一景也。），波光緑映圍屏。閑吟一曲逸情生。香風吹幾度，翠蓋露珠傾。”可謂清雅絶俗。

一七　夢芙女史

有在都中廠肆，以百錢購得鈔本詞一册。纔可廿餘頁，末數頁蟲蝕過半，漫漶不能卒讀，可辨識者約廿餘闋，字迹娟好，詞復凄艷，題名《倦綉詩餘》，不著姓名，書角有小印，審視爲“夢芙女史”，不知爲誰氏手筆。兹記其〔浣溪沙〕云：“寒食清明奈怨何。傷春人已泪痕多。可堪春在病中過。　徒有相思縈遠夢，了無情緒畫雙蛾。子規底事斷腸歌。”掩抑凄凉，不堪重讀，未知作者胸中有何棖觸也。

一八　莊盤珠

盤珠，陽湖人，莊有鈞女。其母夢珠而生，故名。字蓮佩，幼穎慧，好讀書，女紅精巧，然輒手一編不輟。卒時年二十有五。垂絶復蘇，謂其家人曰："余頃見神女數輩，抗手來迎，云須往侍天后，無所苦也。"余觀其詞，故多凄苦之音。言爲心聲，宜其短折也。至如〔菩薩蠻〕《冬夜》作云："梅枝正壓垂垂雪，梅梢又上娟娟月。雪月與梅花，都來作一家。　也知人世暫，有聚翻成散。月落雪消時，梅花剩幾枝。"又〔浪淘沙〕《海棠盛開以詞志感》云："夢斷小紅樓，宿雨初收。鬧晴蜂蝶上簾鈎。一院海棠春不管，儂替花愁。　吟賞記前游。轉眼都休。風前扶病强抬頭。知道明年人在否，花替儂愁。"一則於聚時悟離散之相因，一則於盛時悲榮華之易謝，豈真所謂湛然了徹，不昧宿根者邪？天上徵文，竟濟長吉，夫亦可以無恨矣。

一九　莊盤珠秋水詞

武陵王夢湘，於近代閨秀中獨好莊盤珠《秋水詞》。嘗手録一過，推爲清世第一。又謂其馨逸不减《斷腸》，高邁處駸駸入《漱玉》之室。至譚復堂選《篋中詞》，僅録四首。或謂王君所稱或逾其量，而譚選則有未盡。集中如〔醉花陰〕《清明》云："春好翻愁春欲去。燕子銜飛絮。何處響餳簫，楊柳門前，幾點清明雨。　紙灰飛過棠梨樹。斜日無情緒。芳草古今多，誰定明年，重踏青郊路。"〔浣溪沙〕云："睡起紅留枕上紋。病餘緑减鏡中雲。晝簾窣地又斜曛。　倦蝶分明尋斷夢，浮萍容易悟前因。無聊天氣奈何人。"〔踏莎行〕《青霄裏舟中夜歸》云："待放蘭橈，重過菊徑。人和凉月同扶病。輕帆未挂恨行遲，挂時又怕西風勁。　剪燭嫌頻，推篷怯冷。荒凉野岸三更近。草梢露重寂無聲，孤螢照見秋墳影。"〔天仙子〕《春暮送别凝暉大姊》云："蝶到花間飛不去。人在花前留不住。春歸人去一時同，春也誤。人也誤。無數落花攔去路。　昨夜同聽簾外雨。梅子青青青幾許。留人不住奈春何，行一步。離一步。怎怪鷓鴣啼太苦。"皆幽咽宛轉，令人輒喚奈何也。〔蘇幕遮〕《咏柳絮》云："早抽條，遲作絮，不見花開，衹見花飛處。繞砌縈簾剛欲住。打個盤旋，又被風吹去。

野棠村，荒草渡。離却枝頭，總是傷心路。待趁殘春春不顧。葬爾清池，恨結浮萍無數。”凄惋幽咽，真傷心人别有懷抱矣。

二〇 张綰英

張翰風宛鄰《詞選》，爲倚聲家圭臬。其子仲遠，曾刊其女兄弟詩詞爲《毘陵四女集》。一門風雅，可想見其淵源有自矣。長孟緹，名䌌英，適常熟吴氏，有《澹菊軒稿》。次婉紃，名綸英，適同邑孫氏。三緯青，名紃英，適江陰章氏，早卒，有《緯青詞》。季若綺，名紈英，適太倉王氏，有《餐楓館稿》。《澹菊軒詞》筆意秀逸，得碧山、白雲之神。〔浪淘沙〕云：“病怯晚寒嚴，休捲重簾。穿簾無奈朔風尖。人與梅花同瘦損，一晌懨懨。　新月上雕檐。眉影纖纖。閑愁暗逐漏聲添。回首岳雲千里外，清泪空黏。”〔南浦〕《蘆花和夫子》云：“秋意釀寒汀，正蕭蕭，響到連番凄切。一片白雲深，波心冷、洗出亭亭清潔。潯江客去，琵琶聲斷秋時節。一幅輕帆斜捲處，灑作滿天晴雪。　應憐鬢影摧殘，感韶華，好與愁人共説。清影覆横塘，西風緊、吹動澄波千尺。歸鴻嘹喨，一聲叫徹長天闊。望斷伊人何處也，凄絶一規霜月。”〔虞美人〕云：“去年燕子來無數，不住呢喃語。今年燕子恁無情，知是病餘憔悴、不堪聽。　支離三月幽閨我，强自扶床坐。幾時散步倚闌干，已是春花落盡、未忍看。”

二一 张綸英

宛紃著有《緑槐樹屋詩集》，詞余僅見於《澹菊軒詞》中。和若綺妹〔高陽臺〕《咏菊》云：“春夢驚回，槐陰盡捲，闌前暗逗新秋。雨細風疏，廿番花信皆休。叢殘已分同芳草，仗輕雲、扶上瓊樓。最堪憐、淺笑輕顰，還抱新愁。　東皇應是嫌幽獨，恨霜天寥回，穠艷都收。容我輕狂，一般顧影籬頭。閑情陶令長相憶，嘆江梅、沉夢汀洲。好憑他、丹桂清芬，伴我忘憂。”

二二　张綳英

《緯青詞》，不滿二十闋，其佳者如〔浪淘沙〕云："無事憑闌干，玉笛聲閑。軟紅零落暗香殘。不道春風餘幾日，花已闌珊。　砌下落梅寒。怎忍頻看。清池春水碧潺潺。一片隨波何處去，能否重還。"〔滿庭芳〕《咏薔薇》云："艷似調朱，嬌如約粉，幾枝裊娜迎風。嫣然帶笑，顏色有誰痛。粉蝶枝頭時度，花影下、積翠重重。蒼苔畔，清池一曲，低照影溶溶。　湘簾終日捲，曲闌干外，時透香濃。好相將携手，緩步芳叢。正對花前一醉，酒醒時、兩袖飛紅。嬉游晚，一鈎明月，掩映畫橋東。"如此清才，惜天奪其壽，盛年遽損，人咸惜之。其姊孟緹尤痛深折翼，一再形諸吟咏。〔菩薩蠻〕《月夜不寐憶亡妹緯青》云："瓊樓十二無消息，返魂難覓鴻都術。一卷篋中詩，心情衹自知。　十年餘涕泪，忽忽成憔悴。依舊月光寒，誰教特地寒。"又云："夜深風勁侵肌骨，清暉一院飛晴雪。此度捲簾看，誰憐雙袖寒。　霜華飄鬢影，往事空追省。不敢怨宵長，知君更斷腸。"又前調《落梅傷緯青亡妹》云："江南多少離人恨，依稀記得年時影。新月正如眉，盈盈笑靨開。　巡檐曾索笑，衹道春長好。開落任東風，羅浮一夢中。"又云："西風吹滿空山雪，冰姿自是神仙格。小劫墮塵寰，相逢一晌間。　花旛誰解護，悔煞當時誤。倩影杳難尋，幽香空外沉。"

二三　张紈英

《餐楓館詞》未見原本，《小檀欒室彙刻閨秀詞》亦未采入。惟《澹菊軒詞》中載其與孟緹唱和數闋，清才雅思，殆堪抗手。〔疏影〕《咏水仙》云："瑣窗清冷。有數枝綽約，低傍妝鏡。素靨盈盈，玉骨玲瓏，嫣紅怎許相并。冰魂算與瓊樓遠，忍便入、等閑花徑。到夜闌、明月飛來，簾底暗窺纖影。　還記當時顦顇（一作深宮舊事。），翠鬟愁不整，塵夢初醒。故國雲迷，洛水依然，幽恨訴將誰省。珊珊休憶凌波步，怕前度、佩環難認。盡深深、銀蒜低垂，不管曉來風勁。”又〔高陽臺〕《咏菊》云：“雲護簾櫳，霞烘庭院，一枝獨倚斜曛。净洗鉛華，西風展盡愁痕。幽懷衹有姮娥識，傍瓊臺、避却芳塵。笑東風、花信頻番，誤了春人。　玉樓好伴難重省，剩疏桐夜月，衰草重門。此日相看，休辭顛倒芳尊。碧闌干外秋如夢，有幽香、飛上羅巾。願年年、把酒疏籬，伴我黄昏。”

二四　沈善寶

張仲遠觀察，有《比屋聯吟圖》。錢塘沈湘佩女史善寶題〔壺中天〕詞，有序云：“仲遠大令暨德配孟儀夫人令緹，性均孝友，與叔姊婉紃、季姊若綺兩夫人伉儷同居，家政悉咨叔姊，遵尊甫、翰風先生遺命也。兩夫人善詩古文詞，婉紃夫人尤喜作擘窠大字。孟儀夫人嗜文學，工漢隸。姑娣切磋，交相愛敬。妹婿孫叔獻、王季旭兩先生，皆抱經濟文章之士。大令才兼三絶，相與商榷古今，嘯歌風月，情義如昆弟焉。”其中表妹湯碧痕女史嘉名，爲繪《比屋聯吟圖》，詞云：“蘭姨瓊姊，喜仙鄉共住，團圓骨肉。阿弟多才夫婿雅，萬卷奇書同讀。秋月宵澄，春花晨艷，消受清閑福。劉樊趙管，人間無此雍睦。　　更憐繞屋扶疏，樹皆交讓，玉笋抽叢竹。相約臨池邀覓句，無間雨風寒燠。花萼交輝，鴛鴦比翼，樂事天倫足。重逢官舍，傷心偏少徐淑。”時仲遠將宰武昌，孟儀夫人已逝世云。

二五　吴宛之

孟緹女史，適常熟吴緯卿刑部（名廷鉁）。詩詞於諸姊妹中，工力尤至。其女孫吴宛之夫人得其傳，爲宜興任筱沅中丞繼配。有《灌香草堂詩稿》。閨中唱和，又刻詞稿曰《沅蘭詞》。嘗繪《退食聯吟圖》，一時傳爲佳話。〔賀新凉〕詞云：“已是傷離别。更那堪、風風雨雨，助人凄切。寶鼎香寒銀鐲暗，遠夢迷離難覓。更破曉、流鶯聲滑。似説金門人待漏，負香衾、一樣工愁絶。身千里、寸心折。　　天涯驛使遲消息。倚闌干、腰支盈握，衹應自惜。三五良宵團圞影，相對可憐遥夕。算衹有、題痕凝碧。目極蒼茫雲樹外，料鞭絲、空裊斜陽陌。魂銷處，共誰説。”一往情深，有往復低徊之致。

二六　關鍈

錢塘關鍈，字秋芙，適諸生蔣坦。鍈嘗學書於魏滋伯，學畫於楊渚白，學琴於李玉峰。鏡檻書床，可想文采。工愁善病。幼耽禪理，因署妙妙道人。有《夢影樓詞》，自言學道十年，綺語之戒，誓不墮入。然其嫁後諸作，傷離怨別，情語綢繆，愛根終在，豈能掃除重障邪？故其自序謂：“于歸後，爲藹卿牽率，卒蹈故轍。”如〔清平樂〕云：“畫梁春淺。簾額風驚燕。不信天涯人不見。草也池塘生遍。　　東風吹淺屏紗。飛飛多少楊花。何怪兒家夫婿，一春長不還家。”又〔河傳〕《七夕懷藹卿》云：“七月。初七。病懨懨。樓上茶瓜上筵。別離似今頭一年。天天。懶將針綫拈。驀記當初樓上坐。人兩個。上了羊燈火。一更多。傍銀河。問他鵲兒曾見麽。”

二七　關鍈

《夢影樓詞》，每多沉鬱悲涼之作。如〔高陽臺〕《送沈湘佩入都》云：“淚雨飄愁，酒潮流夢，惜花人又長征。見説蘭橈，前頭已泊旗亭。垂楊原自傷心樹，怎怪他，踠地青青。向天涯、一樣纏綿，各自飄零。　　開筵且莫頻催酒，便一杯飲了，愁極還醒。且住春帆，聽儂細數郵程。壓船烟柳烏篷重，到江南、應近清明。怕紅窗、風雨瀟瀟，一路須聽。”又前調《咏斜陽》云：“斷雁飄愁，盤鴉聚暝，一鞭殘夢歸鞍。酒醒郵程，嶺雲隴樹漫漫。渡江幾點歸帆影，近荒林、一帶楓斑。最難堪，第一峰前，立馬斜看。　　而今休説鄉關路，剩濛濛烟水，瘦柳漁灣。短帽西風，古今無此荒寒。蘆笳聲裏旌旗起，問當年、誰姓江山。有悠悠、幾處牛羊，短笛吹還。”至如〔惜餘春慢〕《餞春》云：“杏燕修巢，柳鶯撤户，春事十分完九。昏昏心上，怕雨思晴，髻也不曾梳就。纔得湘簾半掀，便道西園鼠姑開久。剩野塘風緊，晚來吹蕩，落花紅皺。曾記向，陌上春游。調鶯撲蝶，携得雙鬟柑酒。因循幾日，脂憔粉悴，紅得夕陽都瘦。無計留春不歸，但把海棠，折來盈手。教侍兒知道，者回春色，零星還有。”則規模易安，頗能近似，非他人所及也。

二八　闞錡

秋芙之妹侶瓊，名錡，詞亦婉約。秋芙有〔清平樂〕原唱云：“晝簾人定。更漏聲凄緊。滿枕玉釵春夢冷。斜月小樓鐘影。金猊容易香銷。落花堆過闌腰。還有疏燈一點，酒醒不算明朝。”侶瓊和云：“晚樓鴉定。簾捲東風緊。弱酒亂澆心上冷。摇碎一窗燈影。　零魂不肯輕銷。無端瘦減儂腰。却又無愁無病，等閑過到今朝。”

二九　錢斐仲

錢斐仲，字餐霞，山西布政使錢昌齡女，適德清戚士元學博，最致力於倚聲，著有《詞話》一卷及《雨花盦詩餘》，兼精繪事。最愛其〔虞美人〕云：“凄凉時節凄凉雨，人在凄凉裏。荒村無處訪秋花，衹有豆棚瓜架、是生涯。　安排硯墨應無地，麋鹿爲群已。牙籤玉軸委泥沙，試問客居何處、客無家。”又云：“兵戈日日催人老，豺虎仍當道。斷篷流水各西東，難問親朋何處、寄萍踪。　離離秀苗誰家稻，共説秋來早。一行新雁點晴空，赢得離人清泪、灑西風。”蓋當咸豐庚申秋，避寇村居，感懷而作，故中懷棖觸，不自知其言之凄惋若斯也。又〔菩薩蠻〕《嬉春曲擬飛卿體》三闋，其一云：“趁晴預約嬉游伴，晚妝多謝鶯聲唤。春水一篙深，畫船垂柳陰。　銀壺提玉乳，携取紅牙去。萬一有新詞，清歌佐酒卮。”其二云：“羅裙翠比新荷葉，春衫低約丁香結。雙燕或先歸，湘簾莫慢垂。　　畫綃携小扇，障日非遮面。怕到夕陽斜，暖烘雙臉霞。”其三云：“平湖過雨琉璃净，鴛鴦蕩曲樓臺影。臨水出秋千，水邊人可憐。　　踏青隨處所，芳草迷歸路。那裏有人家，隔籬紅杏花。”清麗芊綿，讀之又覺齒頰生芬。

三〇　趙棻

趙棻，字儀結，一字子逸，號次鴻，晚號善約老人，上海人。工詩詞，所著《濾月樓詩餘》，强半爲酬贈題物之作，然風格清華，不爲所掩。得葉小鸞眉子硯拓本賦〔瑞雲濃〕詞并小序云：“硯側刻八分書‘疏香閣’三字，背刻小楷八十四字云：舅氏從海上獲硯材三，琢成分貽予兄弟。瓊章得眉字硯云：‘天寶繁華事已陳，成都畫手樣能新。如今袛學初三月，怕有詩人説小顰。’‘素袖輕攏金鴨烟，明窗小几展吴箋。開奩一硯櫻桃雨，潤到清琴第幾弦。’己巳寒食題。下有小印篆文‘小鸞’二字。硯已歸粤東某氏，今所見者，秀水計氏拓本也。”詞云：“紅絲片玉，螺香猶沁胭紫。素袖頻番井華洗。櫻桃雨潤，記伴著、瑶宫仙史。夢影鎮悤悤，化飛雲逝水。　　十樣新圖，誰拓出、初三月子。細字銀鉤認題識。優曇花謝，想膜拜、猊床禪偈。墨韵流芬，小顰似此。”又用〔金明池〕調《題柳如是鎮紙拓本》，序云：“震澤王研農，藏河東君書鎮。青田石，高寸餘，刻山水亭榭。款云‘仿白石翁筆’小篆五字，面鎸‘崇禎辛巳暢月，柳蘼蕪製’十字。研農方搜輯河東君詩札爲《蘼蕪集》，將以付梓，適得此於骨董肆，云新出土者。自謂冥冥中所以酬其晨鈔暝寫之勞也。余見其拓本，因題此闋，即用《蘼蕪集》中《咏寒柳》韵。”詞云：“片玉飛來，脂香粉艷，解佩疑臨蘭浦。誰拾得絳雲殘燼，嘆細帙早成風絮。剩芳名、巧逐苕華，揮小草、依約芝田鶴舞。伴十樣濤箋，摩挲纖手，記否我聞聯句。　　玉樹南朝霏泪雨。共紅豆春蕤，飄零何許。沾幾縷、緑珠恨血，袛畫裏、山川如故。二百年、洗出苔痕，感詞客多情，燃膏辛苦。想蘇小鄉親，三生許認，試聽深篁幽語。”自注：河東君，本楊氏，小名影憐，盛澤人。

三一 葛秀英

葛秀英女史《澹香樓詞》中集古數闋，無縫天衣，殆同自己出，已覺難能可貴。兹見《濾月軒詩餘》中，亦有集宋人句數首，可與方駕，爰并録之。〔一痕沙〕《題吴平齋山水册》云：“象筆鸞箋，（姜夔）藜床香篆横輕霧。（王安禮）又還休務。（萬俟雅言）花落空庭暮。（趙鼎） 景趣天然，（劉過）寫我吟邊句。（韓淲）山無數。（秦觀）夕陽烟樹。（石孝友）看盡江南路。（周邦彦）”又前調《題陸芝田雙瑄閣圖》云：“何處君家，（毛滂）柳含烟翠拖金縷。（賀鑄）瑣窗瓊宇。（無名氏）寂寞閑庭户。（謝懋） 點翰舒箋，（袁去華）總人昭華許。（李萊老）憑闌竚。（陳允平）雲山烟渚。（吕勝己）好個霜栖處。”〔壺中天〕《題記二田小滄浪消夏圖》云：“滄浪萬頃，（侯寘）卧冰奩、（仲并）冷浸一天翠。（張元幹）愛此溪山供秀潤，（劉清夫）掃蕩凡襟如洗。（劉儗）料理琴書，（張炎）品題風月，（戴復古）别是閑滋味。（李清照）蓮幽竹篴，（董嗣杲）倚闌疑匪人世。（劉克莊） 此地宜有詞仙，（姜夔）聯鑣飛蓋，（袁去華）人在行雲裹。（辛弃疾）翰墨流傳知幾許，（毛幵）寫出江南烟水。（趙長卿）坐石談元，（李昂英）飛觴浮白，（李彌遠）過雨凉生袂。（汪藻）劃然長嘯，（黄昇）半灘鷗鷺驚起。（蔡伸）”

三二 珠君

近年某報載有無名氏《閨秀詞話》云：“余舊見綾枕一方，綉〔清平樂〕詞，旁有‘珠君’小印，不署姓名，詞意幽怨，决爲閨中所製。嘗屢和其韵，卒不能工。其詞云：‘懨懨春睡。睡又思量起。鳳股釵横雲鬟墜。沾惹脂香粉膩。 無情無緒空閨。憑他寄夢天涯，却怨春風多事。朝朝闌入羅幃。’”

三三　陶夢琴

北方無四聲之辨，吟諷多乖音節。漁洋、秋谷，一時宗匠，而作近體詩，必依譜用字，嘗兢兢焉。詞律細如毫芒，故工者尤少。或舉新城陶夢琴詞相質，嘆此才正是非易，况閨閣中乎？因録〔浣溪沙〕《秋夜》云：“銀漏聲沉篆半殘。幾回親自注沉檀。莫將纖指故輕彈。　怕向水晶簾下立，今宵偏是十分寒。桐陰扶月上闌干。”〔卜算子〕《舟行》云：“雲重壓篷低，沙積闌篙住。雨後山光緑不分，送入天邊去。　岸闊見長蘆，村遠惟疏樹。薄暮漁人泛艇歸，泊向荒烟渡。”又有〔菩薩蠻〕《和鄭轡甫侍婢春草詞》一首云：“濛濛緑遍天涯路，青袍未免妨相妒。日落上西樓，閨中亦有愁。　長亭三十里，都是春光矣。牆外曉鶯啼，惱人惟此時。”

三四　蕭恒貞

蕭恒貞，字月樓，高安人，薌泉方伯妹。歸丹徒周天麟太守。天麟亦工詞，閨中唱和，人以趙管比之。著有《月樓琴語》一卷。録其〔水調歌頭〕《七夕》云：“今夜復何夕，鵲駕已難留。盈盈一水相望，空際碧雲流。携得輕紈小扇，坐向冷螢光裏，人意淡於秋。襟袂極瀟灑，風露浣清愁。　倚銀床，薦冰簟，熨羅裯。不妨夜深低語，笑問女和牛。難道仙家眷屬，也似人生離合，隔歲一綢繆。終古此河漢。别恨總悠悠。”〔南樓令〕《寄外》云：“金井露華濃。秋懷砧杵中。算經年、容易西風。悄向碧闌干外，又一葉、墜梧桐。　何處問游踪。水重山更重。怕楓江、冷斷吴篷。莫怪霜潮消息梗，須早晚、托鱗鴻。”花事將了，春愁正深，追悼雪舫、風琴兩姊，賦〔浪淘沙〕詞云：“風雨五更寒，姊妹花殘。洛陽揮手聽啼鵑。彈指光陰回首夢，卅有三年。　遺稿忍輕删。鏡底重看。此中添我泪汍瀾。一讀一回腸斷處，留與青山。”前詞意有未盡，復填一闋云：“記否手同携，廊曲闌低。一鈎月上粉牆西。竹影參差花影亂，風露含啼。　　往事但重提。眉楚鬟凄。雨香寒食泣棠梨。抔土茫茫何處覓，夢境都迷。”

三五　陳静英

常州陳静英女士，生長世族，幼嗜詩書，尤精史學，論成敗得失，洞悉原委。適孫君征三，早卒，生二女，無子，乃依其次婿聘臣太史以終。著有《擷秀軒剩稿》，詩詞雜文略備。其詞如〔滿江紅〕《感懷》云：“問蒼天、生我竟何爲，空抛擲。”又云：“笑眼前碌碌盡庸流，誰相識。”真巾幗英雄本色語也。

三六　張逸藻

同時名媛與陳氏姻婭者，有張文若女史，名逸藻，爲張月槎進士之女，歸同邑張氏。有《凝輝閣詩》及《錦錢詞稿》。録其小令之佳者，如〔點絳唇〕云：“枝上俱空，堆階重叠花無數。榆錢滿樹。難買春光住。　　杜宇頻啼，亂舞長空絮。風和雨。送春歸去。畢竟歸何處。”〔如夢令〕云：“愁比亂絲常絆。心共芭蕉不展。屈指幾分秋，落葉又驚秋晚。休算。休算。秋不低愁一半。”〔浣溪沙〕云：“倦眼慵開半未醒。雲鬟低壓玉釵横。朦朧扶枕不分明。　　破夢有聲風著力，惜花留影月多情。夜深無語立銀屏。”摘句〔醉公子〕云：“月肯伴人愁。珠簾休下鈎。”〔蝶戀花〕云：“秋水恰如春水皺。春山更比秋山瘦。”長調能學蘇辛，殊少閨幃綺靡之習。

三七　吴清蕙

吴清蕙，字佩湘，吴縣人，同郡彭南屏室，有《寫韵樓詞》行世。愛其〔蝶戀花〕云：“自别蘇臺春色遠。萬縷千絲，那得重相見。絮影漫天飛歷亂。東風著意吹難轉。　　玉井瓶沉音信斷。芳草多情，緑過長洲苑。明月曾窺當日面。畫梁空剩將泥燕。”集中載戲作〔念奴嬌〕〔一叢花〕二首，疑爲調南屏挾妓泛舟之作。

如〔念奴嬌〕云："緑波烟暖，記當時載酒，尋春勝處。七里香風佳麗地，有個蘭舟仙侣。"又云："羡他元白才華，評詩鬥酒，風月年年度。一闋新詞剛譜就，試遣雪兒歌舞。解佩情深，傳巾意密，韵事留佳句。"〔一叢花〕下闋云："尊前私語太匆匆。密意倩誰通。苧蘿訪得芳踪後，早又是、烟月空蒙。"其詞可見也。嘗讀《臨川夢》曲本悼俞二姑事，謂女子多爲才所誤，因題〔浣溪沙〕云："玉茗詞章久擅名。紅牙閑譜牡丹亭。干卿何事太多情。
文士襟懷原磊落，女兒心性本幽貞。誤人端的是聰明。"

三八　吴尚熹

南海吴尚熹，字小荷，巡撫吴榮光女，亦有《寫韵樓詞》。與佩湘同姓，而同以其樓名集，亦是佳話。然評者謂才力不逮湘佩，所作少竟體完善者。然如《邳州道中寄懷》〔南歌子〕云："暖護桃花蕊，寒飄燕子翎。東風吹夢似浮萍。且把一衾愁緒、伴啼鶯。　月影摇山店，垂絲拂驛亭。凄凉誰識此時情。索向客窗尋句、寄惺惺。"殊有清味。《秋夜聞歌〈長生殿〉傳奇〈聞鈴〉》賦〔浪淘沙〕云："秋氣露爲霜，漏漸添長。無聊正欲卸殘妝。忽覺清音偏著耳，韵正凄凉。　傾國悔明皇。驛路蒼茫。馬嵬風雨□何狂。玉隕珠沉空有恨，聽到郎當。"又《赴都省母，水阻王家營，對月感懷》云："憔悴荒郊驛。對空庭、茅檐土壁，旅愁千叠。倦倚單衾懷往事，心比亂絲還結。恨迢迢、玉京遥隔。羈此異鄉如斷梗，望白雲渺渺、思親切。何日裏，慰離别。　飄零心緒同誰説。算衹有、孤燈素影，天邊皓月。彈指悲歡離合事，又是幾回圓缺。這凄凉、似鵑啼血。千古蛾眉磨折恨，待從頭細告、蟾宫魄。瑶闕遠，楚天闊。"亦覺清遠入神。

三九　陸蒨

陸蒨，字芝仙，陽湖人。歸謝嘯林大使。工詩詞。從宦兩浙，其始伉儷敦篤，相敬如賓，雖徐淑、秦嘉殆無以過。後其夫沉湎於酒，漸至狂惑，閨門之内，禮敬蓋寡，女士怡然受之，不以爲忤。卒爲讒言所中，焚稿歸毘陵長齋奉母，口不言文。居三載，值咸豐庚申寇至，罵賊不屈，飲刀以殉。金氏繩武爲輯其稿刊行之，有《倩影樓遺詞》一卷。最愛誦其〔天仙子〕云：“花爲雨多香夢斷，儂爲愁多圍帶緩。花愁儂病自年年，花意懶。儂意懶。蝴蝶成團飛不散。”“春去天涯無計挽，人去天涯音信遠。春歸人去兩難尋，春不返。人不返。一院海棠誰個管。”又，〔百字令〕《別感》云：“嬌柔懶起，正飛花如雪，江南春老。記得鄰家諸女伴，争綉踏青鞋小。梅雨淹魂，梨雪殢夢，怯换輕羅襖。東風無賴，捲簾驚墮啼鳥。　　争奈好事將闌，韶華暗度，離恨知多少。緑樹成陰鶯燕瘦，絮果蘭因潦草。斷腸長亭，魂消別浦，來歲歸須早。閑愁脉脉，落紅平砌休掃。”

四〇　熊璉

如臯熊澹仙夫人璉，苦節一生，老而彌學。嘗作感悼詞數十首，集曰《長恨編》，類皆爲閨中薄命者作也。兹録其《題辭》〔金縷曲〕一闋云：“薄命千般苦。極堪哀、生生死死，情痴何補？多少幽貞人未識，蘭蕙香消荒圃。埋不了、茫茫黄土。花落鵑啼凄欲絶，剪輕綃，那是招魂處。静裏把，芳名數。　　同聲一哭三聲誤。恁無端、聰明磨折，無分今古。憐色憐才憑吊裏，望斷天風海霧。未全入、江郎《恨賦》。我爲紅顔頻吐氣，拂霜毫，填盡凄凉譜。閨中怨，從誰訴？”

四一　吴藻

吴藻，字蘋香，仁和人，著有《花簾詞》。長短調俱絶妙，今之李易安也。記其有〔虞美人〕二闋云：“風漪八尺玲瓏展，午睡何曾慣。自煎湯藥倦攤書，長日如年强半病消除。　　緑沉瓜是清凉飲，熱惱須臾盡。斜陽偏到小窗紅，争得階前添種碧梧桐。”“曉窗睡起簾初捲，十指寒如剪。昨宵疏雨昨宵風，無數海棠摇得可憐紅。　　分明人也因花病，幾度慵看鏡。日高猶是不梳頭，衹聽喃喃燕子話春愁。”〔清平樂〕二首云：“一庭苦雨。送了秋歸去。衹有詩情無著處。散入碧雲紅樹。　　黄昏月冷烟愁。湘簾不下銀鈎。今夜夢隨風度，忍寒飛上瓊樓。”“彎彎月子。偏照深閨裏。病骨闌珊扶不起。衹把紗窗深閉。　　幾家銀鐲金荷。幾人檀板笙歌。一樣黄昏院落，傷心誰似儂多?”可想見其心事矣。蘋香尤多穎悟，心境甚達，記其〔金縷曲〕後半首云：“心情漸覺今非昨。看庭前、殘紅滿地，又添離索。狼藉胭脂香粉散，多半隔宵風惡。因悟道、人生榮落。回首繁華原若夢，再休提，我命如花薄。茵與混，偶然錯。”讀之令人下泪。

四二　許德蘋

么鳳詞人朱和羲側室許香濱女史，名德蘋，吴縣人。自號采白仙子。本揚州鄧氏女，父母早亡，遂爲蘇州許氏女。咸豐辛酉，殉粵匪難。著有《澗南詞》一卷。嘗於夢中賦〔玉樓春〕《春情》一闋云：“閑來幾日尋芳徑，踏碎幾枝楊柳影。枝頭燕子語雙雙，也學人情飛不定。　　憑欄陡起傷春病，滿樹桃花如我命。碧天和露種何年，莫使風吹紅雨冷。”醒後依前調續成夏、秋、冬三詞。《夏情》云：“亭亭曲沼荷風捲，驚起鴛鴦飛去遠。垂楊低挂萬千絲，遮莫青驄都不綰。　　起來又把瑶琴怨，流水高山彈已遍。蒹葭深處有伊人，真個曲中人不見。”《秋情》云：“秋光最是添愁緒，一霎風吹一霎雨。啼螿唧唧到天明，萬叠相思無覓處。　　相思憑著誰人訴?征雁剛來天際語。那人未有一行書，夢裏今宵親自去。”《冬情》云：“重幃未下尖風逗，獨擁熏爐燒炭獸。養娘何事太無情，反欲催人勤刺綉。　　幾回拈起殘針扣，綉出平原猶未就。檐冰倒挂玉玲瓏，梅蕊争開紅結豆。”女史生平瓣香《漱玉》，故集中有《和漱玉詞》一卷。其佳者如〔孤雁兒〕《咏梅》云：“仙人破蠟沖寒起。正索笑，多清思。一枝冷澹報春回，瘦影横斜臨水。初調琴軫，彈成三弄，誰識千金意?　　小心數點藏天地。

恁都感，相思泪。西湖占斷好春光，惟有林逋獨倚。疏簾淡月，與花同夢，終古柔情寄。”又〔賣花聲〕云：“樓角酒旗風，吹起春踪，把杯愁散古今同。樹上辛夷舒木筆，筆筆書空。　江上數雲峰，著處情濃，一番心事有無中。寫恨緘愁憑仗此，望斷歸鴻。”評者謂深得《漱玉》神韵，不同效顰。

卷三

一　被翻紅浪誤解

近日，某報載有《閨秀詞話》云：“淑真‘香冷金猊，被翻紅浪，起來慵自梳頭’，第二句自來誤解。”予按：四字亦隨人所用。《樂章集》云：“酒力漸濃春思蕩，鴛鴦綉被翻紅浪。”《清真集》云：“象床穩鴛衾謾展，浪翻紅縐。”此狎昵之詞也。若辛稼軒云：“被翻紅錦浪，灑滿玉壺冰。”取語雖同，而用意各别。易安此詞，本言蹙被而起，故紋叠波瀾。嘗見人手識其下云：“香冷金猊爲何時，被翻紅浪爲何事？”顧猶暢然言之者。情之所感，男女同也。予辯之曰：“禮：婦人不夜哭，嫌思人道。易安空口寄遠，焉得思存淫媟，以受譏嘲乎？”近聞某氏女喜吟咏，偶襲此詞，其夫遂與之疏。可云陋矣。

二　陳佩忍

吴江陳佩忍，爲其里中節婦。袁希謝刻《寄廛詩詞稿》，并志其後云：“希謝故與里中顧、董二母齊名，號‘吴江三節婦’。刊其詩詞爲《素言集》行世，顧所著不全。余嘗於族孫成洛見節婦手寫本，填詞略多，因假録焉。未幾，成洛亡。余以頻年遷徙，此詞亦遂散失。今年秋，養疴吴趨，而成洛之弟文田重以斯本見畀，故刊而傳之。”其詞如〔阮郎歸〕《七夕戲贈織女》云：“今宵腸斷各東西，不堪新别離。無聊且去理殘機，相思意緒迷。　河畔望，景依稀，餘情繞石磯。早知會後更淒其，何如未會時。”〔南柯子〕《月中遠眺》云：“皎月懸如鏡，微雲淡似羅。恍將樓閣浸澄波，不羨揚州更好二分多。　　顧影憐秋菊，臨風蹙翠蛾。闌干斜倚待如何？思欲凌空飛去伴嫦娥。”皆淡適有味。

三　張令儀

桐城張文端公第三女令儀，字柔嘉，自號蠹窗主人。研齋相國廷玉之女兄。工古文，不專韵語，然偶有所作，殊能勝人。有《蠹窗詩餘》一卷，剛健、婀娜兼而有之，不僅以脂香粉膩爲工也。暮年所作，多蒼凉慷慨之音。如〔庭院深深〕《寒夜》云：“霜剪芙蓉寒刺骨，紙窗破處風嚴。蕭蕭落葉打疏簾。藥爐灰冷，貧與病相兼。　　陋巷簞瓢今已矣，一生常乏齏鹽。哀鴻和露墮窮檐。明朝雙鬢，白髮幾絲添。”又有感賦〔虞美人〕《用李後主原韵》：“匆匆霜雪蒙頭了，細數歡場少。落華無語對東風，可惜韶光都付泪痕中。　　烏衣門巷今何在？回首斜陽改。羨他鷗鳥不知愁，偷食水葓花底逐波流。”又〔玉樓春〕《元夕感懷》云：“良宵已自傷懷抱，簾外春寒偏料峭。銀燈光暗展書慵，紙帳香温尋睡早。　　蔗將啖盡無些好，五十餘年空過了。抽魔縛定不由人，夢魂顛倒添煩惱。”又〔庭院深深〕《夢醒》下半闋云：“弱息天涯爲索米，養親累爾羈留。山田歲歉又難收。窮愁别恨，齊集寸心頭。”又〔鷓鴣天〕《壬寅新歲作》云：“尖惻東風送峭寒，飛花亂點雪漫漫。柳絲難展青青眼，春色窮如我一般。　　剛獻歲，少追歡，梅華幾日不曾看。也應怕上西樓望，滿目雲山客路難。”讀之多窮愁無聊語，不解女史何所感觸，至郁伊乃爾。

四　蓉湖女子

王西樵先生士禄曰“〔菩薩蠻〕回文有二體：有首尾回環者，如邱瓊山《秋思》、湯臨川《織錦》是也；有逐句轉換者，如蘇子瞻《閨思》、王元美《别思》是也。然逐句難於通首，近時惟丁藥園擅此”云云。近讀《衆香詞》，蓉湖女子有〔菩薩蠻〕《仿王修微回文》一首，殊極其妙。詞云：“鏡開休學新妝靚，靚妝新學休開鏡。離别怕遲歸，歸遲怕别離。　　緑痕螺黛促，促黛螺痕緑。千萬約來年，年來約萬千。”回環一氣，情文相生，當不在丁藥園之“書寄待何如，如何待寄書”下也。按：蓉湖女子，《衆香詞》謂其本名家，爲宦室婦。文才敏妙，篇什甚多。特以外君戒其吟咏，故不以姓氏傳云云。

五　沈纕

又長洲沈散花女士纕《浣紗詞》中，亦有回文〔菩薩蠻〕，詞云：“墜華紅處顰眉翠，翠眉顰處紅華墜。春惜可憐人，人憐可惜春。　　隔窗疏雨急，急雨疏窗隔。門掩便黄昏，昏黄便掩門。”

六　孫雲鳳

又仁和孫碧梧女士《湘筠詞》，〔菩薩蠻〕回文云：“小簾疏雨花飛曉，曉飛花雨疏簾小。寒峭覺衾單，單衾覺峭寒。燕歸傷客遠，遠客傷歸燕。愁莫倚高樓，樓高倚莫愁。”

七　沈宜修

又吴江沈宛修女士宜修《鸝吹詞》中：“古今流水愁南浦，浦南愁水流今古。清淺棹人行，行人棹淺清。　　問誰憑去信，信去憑誰問。多恨怯裁歌，歌裁怯恨多。”又云：“曲闌憑遍看漪緑，緑漪看遍憑闌曲。流水去時愁，愁時去水流。　　井梧疏葉冷，冷葉疏梧井。横笛晚舟輕，輕舟晚笛横。”諸作亦佳，因并録之。

八　沈纕

散花女士，字蕙孫，號玉香仙子。沈起鳳女，林衍潮室。工詞賦及駢體文，善吹洞簫。著《簫譜》及《翡翠樓詩文集》《浣紗詞》。前已録其〔菩薩蠻〕回文一闋，兹録其〔清平樂〕《題素琴畫蘭贈清溪夫人》并啓云："蓋聞北渚芳蘭，寫三閭大夫之怨；東籬幽菊，寄五柳先生之情。結佩可以致醉，盈把可以忘醉。則兹二者適相當也。值三月三日之候，慨一咏一觴之虚，言念伊人，繫情彼美。俄有一婢至，言素琴内史持一幅蘭、一幅菊見贈。余受而讀之，不覺見蘭如見静女之芳，見菊如見幽人之致。古人睹物興懷，良有以也。於是綴以俚曲，附寄尺素，勿貽笑爲幸。獨是落英難食，寧同一束之遺；不過枝葉難紉，聊結三秋之想云爾。"詞曰："香生九畹。一幅生綃展。净几明窗供雅玩。仿佛幽人作伴。無言空谷含芳。從然不采何妨？赢得靈均清夢，常縈畫裏瀟湘。"詞既清新，啓亦古雅可頌。

九　江珠

與散花同時，互相唱和者，有江碧岑女史。女史名珠，號小維摩，甘泉人。諸生吾學海室。工詞賦，尤長駢體文。通經史，并善舞劍。閨閣中振奇人也。著《青藜閣詩詞文集》《小維摩集》。性情曠達，能脱離綺障，不專爲傷離怨别之詞。如《雨夜感懷》賦〔燭影摇紅〕詞，其後半云："是事休休，狂懷磨盡渾非舊。不須製恨與箋愁。命也還知否？放却眉間叠皺，脱塵緣、蒲團坐守。千聲古佛，一炷清香，好生消受。"又〔翻香令〕云："有情争似可憐蟲，顧消智慧變痴聾。博得酒酣飯飽，懵騰歸去黑甜中。"又〔鳳凰臺上憶吹簫〕《和任心齋》有云："結習無多，詩魔酒障難消滅。談禪説法，慚愧舌間功德。"

一〇　凌祉媛

錢塘凌茝沅女史祉媛，丁松生丙之室也。生而穎慧，幼即通音律，能吟咏。歸丁後，因母患風病，動止需人，常歸寧侍疾。母病劇，禱神以身代，未幾，母果愈，而祉媛卒。年二十有二。松生爲刊遺稿《翠螺閣詩詞》。録其〔菩薩蠻〕云："檐鈴驚破紅閨夢。曉妝人怯餘寒重。纖手捲簾衣，風前放燕飛。　落紅紛似雪，倦了尋香蝶。樓外易斜暉，春歸人未歸。”清逸無俗韵。女史生於四月八日，製有玉牌，鎸“與佛同生”四字。

一一　趙友蘭

虞山歸佩珊、閩縣汪淑兩女史，均有《咏五色蝶》詩。細膩熨帖，見者嘆賞。近見趙佩雲女史《澹音閣詞》，亦有《咏五色蝴蝶》調寄〔蝶戀花〕，讀之覺與歸、汪諸作，異曲同工，殊堪方駕。詞云：“樓畔猶餘金谷恨。十斛量珠，買得香魂醒。吹水差差添碧暈，苔痕浸入菱花鏡。　　簾外東風憑掃徑。拾翠相邀，休誤尋芳信。一掬□□誰與贈？綴釵飛上清蟬鬢。”又云：“點額塗黄妝最靚。捎向花間，巧與鶯兒并。明月照人渾未省，郁金堂畔芳心警。　　春滿蜜脾蜂□□。逐隊晨衙，俊味誰能忍？鬥草女郎嬌欲近，妒他杏子春衫影。”又云：“紫玉成烟渾不醒。裙褶留仙，淺暈燕支冷。開遍嫣紅春事盡，夜來風雨拚花猛。　　立旁牡丹兜扇影。便與姚黄，占却芳園景。□趁烟光雙翅緊，遥山暝色高樓迥。”又云：“萬樹梨雲圍玉茗。瘦盡東風，邀入羅浮境。柳絮月明難辨影，晚來十二珠簾冷。　　净洗鉛華殘夢醒。待得秋深，菊徑憑游騁。送酒人來拚酩酊，餐英飛過瑶峰頂。”又云：“知白言元應首肯。説與莊生，同入華胥境。一枕黑甜彈指頃，是周是蝶奇情逞。　　偷傍硯池花露冷。墨汁三升，寫出伶俜影。却怪滕王留粉本，被人錯認黄昏景。”女史名友蘭，一字書卿。其詞與《花簾詞》并稱。

一二　鄭文妻

宋太學服膺齋上舍鄭文，秀州人。其妻寄以〔憶秦娥〕云：“花深深，一勾羅襪行花陰。行花陰，閑將梅帶，細結同心。
日邊消息空流泪，畫眉樓上愁登臨。愁登臨，海棠開後，望到如今。”此詞爲同舍見者傳播，酒樓妓館皆歌之，以爲歐陽永叔詞，非也。

一三　易祓妻

易祓，字彦章，潭州人。以優校爲前廊，久不歸。其妻作〔一剪梅〕寄云：“染泪修書寄彦章，貪做前廊，忘却回廊。功名成遂不還鄉，石做心腸，鐵做心腸。　紅日三竿懶畫妝，虚度韶光，瘦損容光。何日得成雙？羞對鴛鴦，懶對鴛鴦。”

一四　張玉珍

華亭張清河女史玉珍，隨園女弟子也。詩賦之外，兼擅倚聲。有〔沁園春〕一闋《咏七字》，詞云：“北斗欄杆，猜是銀河，三更四更。記凉瓜食候，蘭期空誤；巧針穿處，弦月將生。里數山塘，賢留竹塢，若個才華展步成。無聊甚，學盧仝茶癖，風味偏清。　畫樓十二春晴，算五處閑扃懶未登。愛寶釵徐整，閑情脉脉，琴弦低撥，幽韵泠泠。扶下香車，織成襄錦。六一爐縈碧篆輕。於中意，付詞人秦柳，寫倚新聲。”用典處覺多多益善。

一五　王婉儀

元伯顔統兵入杭，宋全、謝兩后以下，皆赴北。有王婉儀者，題〔滿江紅〕於驛壁云：“太液芙蓉，渾不似、舊時顔色。曾記得、春風雨露，玉樓金闕。名播蘭簪妃后裏，暈潮蓮臉君王側。忽一朝、鼙鼓接天來，繁華歇。　龍虎散，風雲滅。千古恨，憑誰説？對山河百二，泪沾襟血。驛館夜驚塵土夢，寶車遥轉關山月。衹姮娥、相顧肯從容，隨圓缺。”

一六　趙我佩

仁和趙我佩女士，字君蘭。有《碧桃館詞》一卷。女士與其妹君蓮及小姑采湘，均工詩詞，彼此唱和投贈之作，裒然成什。未幾，采湘、碧蓮兩人先後化去。女士郁伊寡歡，傷悼之懷，一寄於楮墨，故語多沉痛。如〔月上海棠〕詞《哭采湘》云：“情天有缺愁難補，嘆紅牆、碧海茫茫無路。畫閣重來，冷清清、倩魂何處？君休矣，零落妝臺詞句。　　采鸞不合人間住，猛罡風、吹向瑶京去。幻夢如泡，悟曇花、塵寰小墮。凄境紫玉香烟暮。”〔憶秦娥〕詞《掃采湘墓》云：“東風急，白楊枝上啼鵑泣。啼鵑泣，澹烟疏雨，梨花寒食。　　墓門春暮年年碧，斜陽慣作傷心色。傷心色，盈盈倩女，離魂難覓。”〔摸魚子〕詞四闋《哭君蓮二妹》云：“怪西風、雲羅一雁，迢迢緘札誰贈？驚心寄到江南驛，報導蘭閨人病。催畫艇。唤急棹歸來、片葉飛帆影。離懷未省。早白奈花開，紅蕖香老，短夢霎時醒。　　芳魂杳，悵恨重泉路迥。空教愁絶荀令。畫梅閑煞妝臺筆，奩匣暗封塵鏡。釵燕冷。剩碎粉零脂、門掩銅環静。凄凉幻境。料舊雨多情，相逢地下，携手共悲哽。(謂采湘)”又云：“怕思量、十年前事，羅巾啼滿鵑血。劇憐凋謝椿萱早，君尚垂髫時節。悲韭薤，悵彈指光陰、廿載塵緣絶。回腸寸結。從畫閣重來，玉人何處？泡影似烟滅。　　臨歧路，記得春風送别。河干楊柳同折。(原注：今春赴吴遂與妹别。)片帆吹我天涯去，冷落故鄉明月。愁萬叠。看眉上青山、壓損芙蓉頰。情天易缺。嘆千古傷心，紅顔不久，此恨向誰説？”又云：“最難禁、别離滋味，心如梅子酸逗。追思往事無尋處，赢得黯然回首。還記否？記絮語妝臺、剪燭同挑綉。蟾圓未久。剩江上孤篷，畫中倩影，相對兩眉皺。(原注：妹有春江垂釣遺照。)　　魂消甚，怪底香憔玉瘦。紅冰薦透羅袖。步虚聲裏飛瓊去，天際碧雲依舊。君逝後。恨拆了平原、雙璧連城秀。西風斷柳。怕酒中愁邊，花看病裏，好景盡辜負。”又云：“痛連枝、無端吹折，秋風傷我懷抱。芳魂地下誰呼起？凄絶美人香草。環佩悄，盼月下歸來、夢裏相逢早。紅塵漫擾。嘆錦瑟年華，曇花身世，一霎鏡鸞杳。　　蓬山遥，緘寄泪珠多少。裁箋愁付青鳥。迢迢碧落空回首，目斷彩雲仙島。歸路渺。問紫府瑶臺、可許乘風到？相思未了。衹添我悲凉，爲伊憔悴，懶把翠眉掃。”女史爲名士秋舲先生慶熹之女。先生以詞曲著名，著有《香消酒醒詞》兩卷，《曲》一卷。女史幼能吟咏，家學淵源，有自來矣。

一七　沈伯虔

《松籟閣詩餘》，嘉善沈伯虔女士所著。均係小令，輕靈婉約，別有一種神韵。宛轉讀之，如聽枝頭黄鸝初囀時也。〔醜奴兒〕《春情》云："芳菲落盡春將暮，片片飛紅。穿逗簾櫳。幾度鶯聲向晚風。　　雕欄徒倚情無極，睡醒朦朧。暗鎖眉峰。撩亂晴絲拂檻慵。"〔虞美人〕《初夏》云："鈎簾滿院萋萋草，睍睆流鶯好。亭亭榴蕊未舒花，裊裊游絲撩亂逐風斜。　　碧闌干外消凝久，緑樹清陰逗。青陽遁去曉窗空，拂拂薰風吹盡一庭紅。"〔鷓鴣天〕《咏漁舟》云："烟水蒼茫一葉舟。村醪處處獨傾甌。片帆風急從摇曳，雙槳波平任溯流。　　聊忘世，更無愁。緑蓑作枕睡船頭。晚來堤柳寒烟起，倚棹長歌捲釣鈎。"

一八　許芬

祥符周畇叔星譽姬人吴縣女史許馨令芬，雅擅詩詞，兼工繪事。嘗於山東李家店題詩壁端，傳誦人口，和者甚衆。女史又有〔臨江仙〕詞云："坐又無聊眠又悶，强扶小婢閑行。曲房如水晝簾明。簟腰荷氣嫩，窗眼竹陰清。　　一雨新凉蘇病骨，槐花風灑疏欞。晝長持底遣閑情。重鈎《辭世帖》，細注《度人經》。"情詞婉約，無愧作家。

一九　吴冰仙

長洲吴冰仙，一字片霞，又字素公。工小楷，善丹青，兼善絲竹。家有古琴，時撫弄之。其詩清麗婉約。集中與梅村祭酒相倡和者，稱祭酒曰兄，殆梅村之女弟也。所著《嘯雪庵詩餘》一卷，殊有情韵。玉梅詞人最愛誦其〔鵲橋仙〕《七夕》云："花針穿月，蛛絲織玉，河畔鵲橋催度。相逢漫道是新歡，反惹起舊懷無數。
沉沉鳳幄，依依鴛夢，愁煞曉寒歸路。羲和若肯做人情，成就他雲朝雨暮。"然集中佳者甚多。如〔河滿子〕《自題彈琴小像》云：

“最愛珠絲聲淡，花前漫撫瑶琴。世上幾人能好古，高山流水空尋。目送飛鴻天外，白雲遠樹愔愔。　彈到孤鸞别鶴，凄凄還自沾襟。指下宫商多激烈，平生一片冰心。若話無弦妙處，何須更問知音。”舒捲自如，無堆砌塗飾之習。又《咏花》十闋，細膩熨帖，工於賦物。如〔黄鶯兒〕《咏夾竹桃》云：“疏影碧雲斜。倘嫣生，茜色加。丹枝嫩節春無價。春人種他。王猷愛他。纖纖桃竹勾欄下。不争差。香筠苒弱，細碎貼朝霞。”又前調《咏蝴蝶花》云：“日暖草花芳。滿叢開，粉拍光。分明栩栩韓凴様。似臨風采香。怕輕飛過牆。垂須展翅青枝上。石闌傍。幾回欲畫，點筆笑滕王。”又《咏瀹竹葉》云：“嫩碧長階前。似新篁，葉葉烟。黛痕細折天生蒨。銅花也欠鮮。石花也未妍。青螺一點枝頭顫。翠爲鈿。玉臺妝罷，宜貼兩眉邊。”又《咏洛陽花》云：“幾點守宫砂。蒨紅生，剪彩斜。一叢嫩緑纖枝亞。輕輕碎霞。茸茸細芽。燕支拂綽徐熙畫，莫言誇。洛陽名好，休羡牡丹花。”

二〇　陳彦通鄉某女

無名氏《詞話》云：“義寧陳彦通以一詞見示，云其鄉某女所作，芬芳秀逸，殊可誦也。調〔木蘭花慢〕云：‘甚菱花瘦了，漸秋信，到闌干。正羅帕新愁，香篝舊病，夜雨江南。無端歲華誤盡，問西風、何事獨盤桓？無奈尊前意緒，醉餘翻怯輕寒。　情難。對影休看。堤外柳，又摧殘。悵字渺銀鈎，神消玉笛，幽夢闌珊。深關幾回泪灑，祝從今巢燕莫輕還。未到茱萸時節，料量衣帶先寬。’”

二一　方彦珍

真州方彦珍，字静雲，號岫君。幼從父讀，七八歲即解四聲。長，工吟咏。適陳立基，亦俊才。閨門倡和，穆如也。著有《誠堂詩集》，又詩餘數十闋，樸而不華，别有真味。〔行鄉子〕《述懷》云：“既惡囂喧，又厭煩言。更堪嫌、家務紛纏。惟欣默坐，閑玩詩篇。不喜游，不好要，不貪眠。　　新茶自煮，名花學養，掩紗窗、静護爐烟。針工之暇，筆墨自遣。參書中義、詩中味、静中禪。”又〔八聲甘州〕《乞痴》云：“笑幽人無計遣窮愁，徒自費疑猜。悵風霜屢歷，被誰撥弄，不許開懷。想必嗔儂好學，天不喜憐才。故設牢騷境，巧作安排。　　是痴如教盡改。問蒼穹可肯，賜我痴呆？果真因爲此，何用更徘徊？久情願、頑愚懵懂，若然能、急速换靈臺。也堪算、輪回謫貶，另付形骸。”

二二　殷秉璣

《濾月樓詩餘》，有〔金明池〕詞《咏柳如是鎮紙拓本》，兹見虞山殷莖仙女史。又有《咏柳如是小印》，調寄〔長亭怨慢〕。美人艷迹，流傳千古，固不可無芳馨秀逸之詞以點綴之也。莖仙詞云：“悵人已、玉（平）樓仙去。片石多情，人間留取。兩字茗華，阿誰鎸出篆文古？綢繆花乳，料印遍、簪花譜。玉指記秋風，當紅豆、相思蘼蕪。（原注：紅豆詩序云河東君探枝得之。）　　香墓。傍荒莊拂水，祇剩蘼蕪盈路。（原注：河東君墓在虞山拂水岩下紅豆山莊，前明錢司寇别墅。）妝樓如故（原注：今昭文縣署中有絳雲樓，爲柳如是梳妝處。），問老去、尚書在否？更欲問、芳姓誰傳？借垂柳、春時飛絮。甚私記雙描，不似鴛鴦相聚。”女史又有〔合歡帶〕詞《咏張麗華鏡》云：“月明飛下瑶天，喜圓暈、尚依然。金粉南朝消欲盡，剩菱花、還伴嬋娟。春山索笑，秋波對語，心事先傳。看君王、比肩雙座，桂宫人影如仙。　　畫樓結綺静妝妍。是燈前，是花前。一夢繁華酣未醒，早瓊魂、化了飛烟。殘脂艷井，清歌玉樹，記否當年。照佳人、玉容香頸，可曾還照舊山川？”莖仙名秉璣，陳錫祺室。著有《玉簫詞》。

二三　楊全蔭綰春樓詞話

虞山楊芬若女士《綰春樓詞話》云：“倚聲之道，自唐迄今，專集選本，高可隱人。惟女史之以詞名者，論專集則有《漱玉》

《斷腸》、媲美兩宋。論選本則千餘年來，僅見《藝衡》而已。藝衡名令嫻，梁氏，粤之新會人。卓如先生女。其選本上溯唐五代，下迄有清。博視竹垞《詞綜》，而無其浩瀚；精視皋文《詞選》，而矯其嚴苛。繁簡斟酌，頗具苦心。藝衡亦一詞壇之功臣歟！”

二四 章安貞

無名氏《詞話》云：唐人初爲詞，本由詩體流變，亦不甚分明也。如〔憶江南〕〔花非花〕〔楊柳枝〕等，詩詞并列其體。《竹枝》竟是七言絶句，後人亦以爲詞。予謂此類惟當辨其意境耳。或言閨閣小詩，多有類詞者。因舉錢塘章安貞《香奩》數首云：“入簾晴雪暗殘缸，踏雪看梅故啓窗。徑滑不愁寒不惜，生憎蓮瓣印雙雙。”又：“乞巧穿針事等閑，怪郎饒舌暈羞顔。問儂若也生天上，鵲駕銀河肯曉還？”又：“郎似月圓儂鏡圓，鏡圓常定在郎前。月圓到處儂難管，知送清光阿那邊。”又：“結習難除笑自家，金盆夜搗鳳仙花。玉纖染就羞郎見，翠袖擎杯一半遮。”

二五 孫雲鳳

《花間》詞膾炙人口。後人學之，輒嘆未似。近讀仁和孫碧梧女史所著《香筠詞》，置之《花間集》，直可亂楮葉矣。爲録其〔菩薩蠻〕數闋。其一云：“華堂宴罷笙歌歇，夜深香裊爐烟碧。酒醒小屏風，燭花相對紅。　玉釵金翠鈿，柳葉雙蛾淺。日午未成妝，綉裙雙鳳凰。”其二云：“翠衾錦帳春寒夜，銀屏風細燈花謝。鴛枕夢難成，緑窗啼曉鶯。　愁來天不管，鬢墜眉痕淺。燕子不還家，東風天一涯。”其三云：“日長深柳黄鸝囀，綉床風緊紅絲亂。微雨又殘春，落花深掩門。　高樓眉暗蹙，芳草依然緑。酒醒一燈昏，思多夢似真。”其四云：“爐烟裊裊人初定，紗窗月上梨花影。春色自年年，故人山上山。　露寒風更急，此景還如昔。記得倚闌干，夜深人未眠。”其五云：“小庭春去重簾下，東風一霎吹花謝。底事惜分飛，高樓啼子規。　舉頭還見月，脉脉傷行色。今夜莫教寒，有人羅袂單。”碧梧爲隨園老人女弟子。郭頻迦評其詞謂“寄意杳微，含情遠渺，仿佛飛卿、延巳之間”，殊非過譽。

二六　孫雲鳳長調詞

女史小令單詞，固絶似《花間》。長調亦殊有宋人意境。其〔水龍吟〕《咏游絲》一闋，摇曳纏綿，極宛轉委宛之致。曼聲長吟，殊令人有意軟心銷之概。詞云：“雨晴乍暖猶寒，清明時節閑庭院。飛花簾幕，輕烟池館，綉床針綫。曲曲回腸，悠悠愁緒，隨伊縈轉。揚芳郊翠陌，流雲去水，渾無著，教誰管？　九十韶華過半，記南園、踏青歸晚。紅香影裏，緑陰疏處，飄揚近遠。摇漾吟魂，瞢騰午夢，頓成春懶。但垂垂斜日，小闌人静，晝長風軟。”〔邁陂塘〕《咏燈花》云：“問青燈、今夕何夕？空閨向人花吐。愁多翠葉眉常聚，又禁密珠如語。秋又暮，更窗外、蕭蕭幾陣芭蕉雨。無聊心緒。怕玉子敲殘，金釵撥墜，千里阻魚素。　凝思處。綉幕蘭膏月午。微風影摇烟縷。酒闌背壁垂垂影，似妒江郎仙句。占屢誤。但冷結、閑開報喜偏難據。蟲聲正苦。伴淺碧青紅，遠情深恨，相對共凄楚。”

二七　孫雲鳳蘇幕遮詞

碧梧又有〔蘇幕遮〕一闋，聲調雖胎息於范文正之“碧雲天，紅葉地”，而詞境則實似晏小山。是《湘筠集》中佳構也。詞云：“白蘋洲，黄葉渡，雲静秋空，人逐飛鴻去。目斷高樓天欲暮。遠水孤帆，衰草斜陽路。　漏聲沉，桐陰午。江闊山遥，有夢還難度。簾外霜寒風不住。明月蘆花，今夜知何處？”

二八　張絢霄

畢秋帆尚書姬人張霞城，名絢霄。著《緑雲樓詩》，清麗芊綿，工於體物。詞不多見。偶於海鹽朱葆瑛女史《金粟詞》中，附有霞城和作一闋，亟録之。詞云："繞徑秋容静，却喜花開并。倚檻頻看，抛書欲問，自饒佳景。遲賞音邀月、品寒香，對雙雙瘦影。　　位置清虚境，不怕霜來屏。陶令籬荒，羅舍宅冷，夢遥鄉井。剩一叢嘉種、好徵詩，贈司花總領。"調寄〔連理枝〕。葆瑛原作《謝霞城夫人惠并蒂菊花》云："簾捲西風静，乍見花枝并。斜月窺叢，香霏四照，偏多清景。似素娥青女、鬥寒食，弄翩翩雙影。　　遥想東籬境，霜滿塵氛□。晚節彌芳，祥徵益壽，水分甘井。羨范村佳種，冠秋芳，任君身管領。"

二九　冒德娟

近得如皋冒鶴亭君所刻《冒氏叢書》，亟閲之。乃嘆冒氏自巢民先生以來，三百年間，不特文學之士，接踵繼武；即巾幗中亦多才女，誠海内所僅見者。閨秀之工於倚聲，凡得六人，爰摘録以入詞話。

冒德娟，字嫵婉，巢民先生之猶女也。適同里石巨開。著有《自怡軒詩集》。〔浣溪沙〕《咏春雨》其一云："簾外東風帶曉烟。濕雲醸雨做春天。餘寒未退小窗前。　　初潤花梢知節候，助人嬌困耐人憐。鴛鴦波上雨纖纖。"其二云："細雨蒼苔鎖碧烟。絲絲初洗惜花天。愁心滴碎晚風前。　　堤柳嫩芽難繫恨，江梅春信早相憐。憑欄閑對影廉纖。"又〔滿江紅〕《咏并蒂虞美人》云："窗外幽花，開遍處、這枝奇絶。猩紅染、拖烟帶雨，倚闌嬌怯。似爲當年亡國恨，至今猶吐同心結。愛迎風款款并香肩，迷蝴蝴。　　心未冷，情還熱。嘆玉碎，憐簪折。羨一丘荒土，茁生英烈。一葉半花堪再拜，同生同死無分别。笑青青吕雉戚姬墳，難言説。"

三〇　冒文蕙

冒文蕙，名俊，號碧纕。適錢塘陳子厚太守坤。嘗校刊陽湖莊盤珠《秋水詞》，竟，題其後云："多病復多愁，閨閣風流。篇篇錦綉倚聲柔。福慧雙兼真不易，影幻泡浮。　　識面恨無由。圓月難修。瓣香心事願千秋。重付棗梨傳妙句，吟遍紅樓。”調寄〔浪淘沙〕。

三一　冒文蘅

冒文蘅，字佩卿。適善化許月菡觀察。著有《綺香閣詞鈔》。〔踏莎行〕《題屈逸珊夫人〈含春閣詞集〉》云：“浣月亭高，映江樓古。湖山蘊藉供裁句。欲尋陳迹認南朝，新詞吟到西泠路。　　香潤蘭叢，影留桐絮。聊吟更有神仙侣。玉窗想得静拈毫，濃清不捲疏簾雨。”

三二　鄧繁禎

冒禹書之夫人鄧繁禎女士，字墨嫻，如皋人。著有《思親吟》《静漪詩草》等。《秋夜賦》〔憶秦娥〕云：“秋宵永，紗窗明月微留影。微留影，倚闌獨坐，夜深人静。　　階前絡緯聲難聽，海棠倚石梧風冷。梧風冷，幾多秋色，凄凉幽景。”又《月夜聞笛》賦〔浣溪沙〕云：“殘月斜穿槅子明。誰家巧作斷腸聲。無端心緒最關情。　　風動羅幃驚好夢，披衣重起正三更。蕙蘭露濕暗香生。”又〔惜分飛〕《送弟》云：“悵望秋雲還似舊，黄菊依然清瘦。悶折亭前柳，傷心泪濕羅衫袖。　　記得高堂同載酒，極目湖山明秀。往事難回首，新愁舊恨空消受。”

三三　高槃

冒維楫之夫人高紉蘭女士，名槃。著有《逸園集》。〔望江南〕《同嫂氏過緑雪山房》云：“山房裏，往事足追尋。曉閣校書同問字，午窗鬥茗罷拈針。一局向花陰。”又云：“山房裏，此日總傷神。門閉秋千空挂月，香埋金粉遍生塵。憔悴昔年人。”〔二郎神〕《次答嫂氏寄懷原韵》云：“一聲杜宇，早叫破、緑窗人静。度永日如年，殘春如夢，盡歸江村雁影。獨有離恨難消遣，便説煞、有誰能省？將兔穎蘸酣，雲箋書破，怎傳幽恨？　　香凝。何期忽到，天涯芳信。把往事閑吟，離情細數，知我年來瘦損。玉露啼花，海棠困雨，多少泪珠紅沁。最苦是、雨地思量閑阻，不教愁醒。”

三四　黄甌碧

黄甌碧夫人名曾葵，即鶴亭先生之德配也。鶴亭工詩、古文、詞，年二十舉賢。書出里安黄叔頌太史門下。太史奇其才，遂以女妻之。鶴亭嘗爲夫人作《話荔圖》。夫人自題〔清平樂〕一闋云：“嶺南風味。説也消人意。十萬妝成雲似綺。白玉圓膚致致。珠兒三五輕盈。憐他不帶愁生。何處月明絳樹，吹來都是雙聲。”自學士大夫以迄，閨秀方外，題咏者凡百餘人。

三五　吕碧城

旌德吕鳳岐太史，有女公子三：長曰惠如，次眉生，次碧城，均爲今世女學界之泰斗，研究科學而外，兼事吟咏。有《吕氏三姐妹詩集》。眉生又有《遠東小草》，特詩餘則不多見。偶於某雜志載有碧城女史《題〈三海吟社圖〉》，調寄〔臺城路〕一闋，詞意倜儻，有丈夫氣，亟録之。詞云：“一泓空翠蓬壺鏡，重見漢家宫宇。鏡殿迷香，瀛臺銷怨，何限當時情緒？興亡無據。早玉璽埋塵，銅仙啼露。鵑語煤山，華香痴夢渺何許。　　鶯花無恙誰主？衹天教付與，平原吟侣。銀管縷春，牙籤校秘，蹀躞三千珠履。風騷漫賦。且料理千秋，奇才休負。廿紀風濤，同舟滄海渡。”

三六　徐藴華

語溪徐自華，亦字寄塵；其妹藴華，字小淑：俱以能詞入某社中。曾見其〔菩薩蠻〕云：“桃花氣暖烟光膩，閑階月過清清地。越樣可憐宵，心頭未寂寥。　　五更花似霰，偎倚羅襟顫。河漢響春鴻，聲重夢不重。”又〔少年游〕云：“西園四月，楊花吹雪，燕子斷窺奩。綉譜慵翻，衣篝無用，長晝直須簾。　　纔眠又起行還坐，臨暖薄寒兼。没個人知，除非春返，何計減懨懨。”又〔卜算子〕云：“小病倐經旬，無計消清晝。銀匣閑燒壽字香，烟惹羅衫袖。　　展紙欲臨池，手戰書難就。却怪秋風故入簾，不管人兒瘦。”均秀逸無俗韵。尤愛誦其長調如《秋宵憶韵清女史》賦〔意難忘〕云：“卸却殘妝。聽梧桐疏雨，灑上紗窗。銀缸頻剔焰，寶鴨爐餘烟。愁萬種，未能降，獨自倚吟床。因甚的、秋聲淅瀝，今夜偏長。　　惹人觸起愁腸。憶當年舊事，多少思量。晚妝憐嫵媚，花壓鬢雲傍。明月下，按《霓裳》。此景最難忘。更夜静，殷勤細語，露冷風凉。”《七夕》賦〔賀新凉〕云：“此夜難成寐。步閑階，露凉人静，微風乍起。瘦影憑闌清似水，相對自憐憔悴。那更堪、年來情思。觸景傷心心易感，蹙雙蛾，損盡眉峰翠。愁如許，愁如醉。　　抹空纖月如鈎細。聽桐陰、蛩聲唧唧，滿階秋意。離合悲歡供領略，寸寸愁腸斷矣。怎禁得、千行紅泪。乞巧何心增悵望，問雙星、奚地埋憂處。思往事，皆情累。”小淑有〔惜紅衣〕詞并序，庶幾有白石意度。序云：“往歲旅居吴淞，數繫艇石公長崎間江灣。荷花數十頃，夏景幽寒，終日但聞泉響。每值夕峰收雨，湖氣彌清。臨去惝然，欲索李隱玉表姊寫意，王碧栖詞丈題册而未竟。病窗經歲，轉眼薫來，曉起舒襟，填此寄意。”詞云：“盆石堆冰，屏紗障日，曉來無力。强起堆奩，含情鏡花碧。藥薫細裊，鈎軟燕、簾前嗔客。湛寂，一枕藤陰，約溪人將息。　　蓮汀柳陌，來去鳴篌，舊游半陳迹。經年興致剩憶，斷得米家書畫，烟水刺船尋歷。衹半峰殘雨，猶待碧山詞筆。”有某君見而愛之，因用其韵作《憶舊》，詞云：“解帶量愁，吟詩計日，倦抛心力。過雨聽潮，江干亂山碧。驚窺鬢影，誰更認、當筵狂客？幽寂，閑倚柳陰，覺離亭消息。　　昏鴉古陌，曾試游驄，東風剗塵迹。都無燕雁漫憶。水雲北、後約許扶殘醉，重訴此時經歷。奈正酣春夢，禁得斷腸詞筆。”

三七 秦碧憐

某生客游金陵，偶於妙香庵東廊壁上題舊作〔百字令〕一闋云：“漏聲幾下，看月輪初上，雨絲纔歇。萬里山河同照影，總是一般清澈。歌舞樓臺，蕭條庭院，恩怨相生滅。是誰分與，一家一個明月。　便道碧落姻緣，紅塵福分，咫尺相殊絶。記得年時游覽處，也是一般清澈。好夢烟沉，春華水逝，争又悲歡别。是誰换却，一時一個明月。”後三日，聞有女子和焉。生亟往觀，果見雲箋一幅，墨迹娟秀，詞意蒼凉。署名曰“碧憐”，尾鈐“鴛鴦”小印。詞云：“滄江浩渺，問古今才人多少，華銷英歇。剩有臨川詞筆健，一點文心照徹。芍藥春濃，芙蓉秋老，莫漫悲興滅。一般花影，夕陽何似新月。　回憶劍閣風光，河山雲氣，鄉思徒凄絶。忽見新詞添舊恨，旅雁數聲悲澈。彩筆雲飛，羅衫露冷，畫舫秋風碧。青天難問，古人曾見今月。”後知女秦姓，碧憐其名，蜀人而隨父賈江南者。幼穎慧絶人，從舅氏學詞翰，出語即出舅上，群以女學士目之。生之友有與女父相識者，知有此文字因緣，即爲作合。既定議，女父復設盛筵，延諸文士爲詩會以試之。生果居首選。因乞生詞卷爲聘，而以玉鴛鴦報之。婚娶有日矣，適粤寇陷金陵，女父倉皇携眷出走，中途女父爲潰兵擄去，女亦瀕死者再。流轉上海，依其戚某。生探得消息，亟訪之，而女病已篤。未幾，即玉泠香消矣。生一慟欲絶，聞者無不哀之，亦情天恨海一重慘史也。鉢池山農黄天河，爲作《鴛鴦印》三十六折，以傳其事。

三八 賈雲華

海寧吴衡照《蓮子居詞話》云：“賈似道女雲華，與魏氏子訣别，賦〔踏莎行〕，起云：‘墮水落花，離弦飛箭。此生無處能相見。’語意警絶。卒鬱鬱以死。嗚呼，柏舟守義，而顧得之半閑堂弱息，可謂難矣！因思世俗南詞，動以奸臣之女極道其貞且賢，亦非理之所必無。”

三九　李清照　朱淑真

又云："李易安'眼波纔動被人猜'，矜持得妙；朱淑真'嬌痴不怕被人猜'，放誕得妙：均善言情。"

四〇　李因

李因字是庵，杭州人。光禄寺卿葛徵奇側室。有《竹笑軒集》。書法陳白陽。工詩及詩餘，語短情長，去北宋未遠。《聞雁感懷》賦〔南鄉子〕："嘹嚦過南樓，字字橫空引新愁。欲作家書何處寄，誰投？目送孤鴻泪暗流。　　憶昔共追游，荻岸漁汀繫小舟。又是那年時候也，休休。開到黄花知幾秋。"〔菩薩蠻〕云："鶯聲漸老春歸去，游絲著意留花住。獨自倚空樓，珠簾懶上鈎。　　妒他雙宿燕，故把重門鍵。月照小闌干，羅衣怯暮寒。"

四一　任玉卮

任玉卮，荆溪人，諸生任頌女。適監生吴炘。〔蝶戀花〕云："春雨催花知幾許？盡日濛濛，灑遍江頭樹。纔喜春來春又暮，一年好景成辜負。　　滿目飛花兼落絮。却趁東風，冉冉隨春去。祇有梁間雙燕語，聲聲還在儂家住。"自是致語。詞載《史承豫筆記》。

四二　曹玉雨

《擷芳館詞》，西沙曹玉雨著也。謝家門第，左家才調，合而有之。〔金縷曲〕云："燕子歸來又。鬥輕寒、廉纖細雨，清明時候。長遍階前芳草色，妝點韶華依舊。更消得、幾回僝僽。緑暗紅稀春漸老，恐凄凉、花亦如人瘦。祇愁繫，萬絲柳。　　瑣窗一縷香殘後。夢初醒、者番憔悴，非關病酒。别有傷心無限意，試問東風知否。怎吹去、眉間顰皺。記得當年離别恨，到而今、泪尚盈衫袖。思往事，但回首。"〔南浦〕云："佳節未清明，怪東風吹絮，舞殘春影。芳訊勒花梢，珠簾外、先唤梨雲夢醒。嫩寒深鎖瓊樓，粉蝶迷香徑。紫陌難尋芳草迹，輸與灞橋新咏。　　誰憐瘦骨支離，到春來鎮日，閉門愁病。素帛殢關山，幾誤認、白燕歸來庾嶺。空教幽思茫茫，月浸虚窗冷。倩小鬟、積向冰壺，漫把鳳團重整。”又〔玉漏遲〕云：“緑陰凉月暗，湘簾欲下，紗籠漫捲。病起支離，瘦影怕教重見。休認夜珠一點，繫多少、春愁秋怨。思無限，香消漏盡，酒闌歌散。　　曾記舊日蘭閨，正剪燭分題，尚嫌宵短。争似而今，祇解照人腸斷。况對疏籬冷雨，更獨倚、熏篝挑倦。鄉夢遠、心緒落花零亂。”〔滿庭芳〕云：“鋤月孤山，同憐種玉，羅亭别有仙標。艷歌一曲，無語墮珊翹。莫知江妃吟倦，東風倚、愁緒無聊。冰壺泪，偷彈纖指，芳漬透鮫綃。　　寒峭。巡檐見，暖烟烘雪，笑破櫻桃。怕彩雲易散，横笛休招。憶否瑶臺清曉，驚香夢、翠羽鈴摇。朱闌畔，枕痕霞暈，粉額未全消。”〔大酺〕云：“翠颭簾波，銀鈎挂，暝色漸迷烟樹。湘闌還倚遍，向緑陰芳砌，幾回閑步。樓角疏星，柳梢淡月，暗記篆香新炷。被鵑魂唤起，剩蛛網飛紅，燕泥零絮。又獨檢雲奩，展冰絲紙，賦春歸句。　　楝花風信暮，望天外、極斷峰回浦。謾贏得、青衫泪濕，玉笛聲寒，凄凉譜出淋鈴雨。悵小屏曲榭，渾不似、舊曾經處。更休問、愁何許。鶯花短夢，都付陽關倦旅。銷盡黯然離緒。”

四三　余淑柔

《七修類稿》：“寶祐間，有女子余淑柔，題〔浪淘沙〕詞於臨川驛壁云：‘雨溜和風鈴，滴滴丁丁。釀成一紙别離情。可惜當年陶學士，孤負郵亭。　　邊雁帶秋聲，音信難憑。花須偷數卜歸程。料得到家秋正晚，菊滿寒城。’”按：金錢卜響卜，俱見唐人詩中。又：吐番能以鷄骨卜年歲。此云花須可卜，未知起於何時？豈即古者大衍五十之遺意歟？

四四　錢斐仲

餐霞女士姓錢氏，名斐仲，浙西戚曼亭明經室人也。工詩能畫，長短句猶所擅長。著有《雨花庵詞稿》。歿後，曼亭爲刻以行世。録其佳者數首：〔高陽臺〕《清明掃墓》云："銜肉鴉盤，飛灰蝶舞，累累多少荒墳。青草萋萋，染他幾許啼痕。東風不管傷心地，放垂楊、冷眼窺人。暗銷凝，岸蓼汀蒲，都返春魂。　平橋曲水依然在，但歡情漸減，疏了清樽。摇雨孤逢，重來不是尋春。無端逗起閑情緒，恨桃花、點綴柴門。再休題，那裏芳津，那日湔裙。"又〔醉太平〕《題自畫牡丹》云："瑣窗半開，湘簾半垂。雨絲風片樓臺，映翠雲一堆。　烟迷霧催，蜂疑蝶猜。曲闌干外飛來，繞羅裙數回。"又〔鷓鴣天〕云："臺榭新晴燕燕飛，畫闌芳草緑萋萋。自憐多病凋青鬢，可奈閑愁約翠眉。　魂黯黯，夢依依。落花和泪點春衣。情痴枉自傷春去，迢遞家山哪得知。"又〔浪淘沙〕云："昨夜動輕雷，花被春催。濛濛細雨濕樓臺。一桁簾櫳垂著地，燕子頻窺。　深院忍重來。户是□開。無端太息惹人猜。認取兜鞋□踏地，都是莓苔。"其二云："濃暖逼衾裯，宿雨初收。不知花事幾分休。本是無眠鶯又唤，獨下層樓。　自起上簾鈎，蝶侣蜂儔。年時歡事水東流。痴立海棠紅影裏，情思悠悠。"其三云："湘簟滑琉璃，微帳低垂。海綃織就鳳皇兒。梁燕未歸人不見，午夢醒時。　香爐冷金猊，簾影參差。枕棱幾點濕胭脂。忘了鬢邊花片子，拈起尋思。"哀艷之音，溢於紙上，讀此亦可見一斑矣。

四五　葉慧光

女史葉妙明，工長短句。著有《疏蘭詞稿》。録其〔珍珠簾〕《咏孤雁》云："冥冥萬里分儔匹，嘆浮生、也復漂流南北。一點落平沙，認往時泥迹。輾轉驚魂猶未定，正寒滿、寒灘蘆荻。待寫怨留情，不成行墨。　清影獨占天涯，傍瀟湘苦竹，泪痕凝碧。天半動哀聲，似斷弦瑶瑟。十二樓中明月夜，悵舊侣、那堪思憶。孤塞。衹哽鶴横江，如曾相識。"凄楚之音，令人酸鼻。後嫁未數年而寡，言爲心聲，固不宜而也。

四六　袁紫卿

錢塘袁紫卿女史，隨園老人之女孫也。適江寧吴伯瑛大令。著有《簪芸閣詩稿》《瑶華閣詞鈔》。最愛誦其〔菩薩蠻〕《咏春不老》云："一畦種向荒園裏，一繩曬向晴窗底。細灑水晶藍，曾勞玉指尖。　佳名聽便好，真個春難老。乾脆醒微酲，尊前最憶卿。"又〔清平樂〕《咏女兒紅》云："脂紅粉白。可是閨娃植？鏡裏嬌容同一色。怎忍金刀輕劈。　登筵曾佐辛盤。漬來糖醋微酸。不爲傷春傷别，也應棖觸團圓。"細膩風光，善於咏物。

四七　談印梅

談印梅，字緗卿，歸安人。談學庭次女，南河主簿孫亭昆室。詩學得孫秋士先生指授，與姊印蓮、夫族姑佩芬稱"歸安三女史"，有《菱湖三女史集合刻》。緗卿又有《九疑仙館詞》一卷。小令佳者，如〔滿宫花〕第二體云："寒意新，添半臂，瘦影誰憐孤倚。偶成小夢到遼西，却被黄鶯驚起。　妝罷翻嫌脂粉膩，嬌怯不勝羅綺。斷腸花對斷腸人，又值斷腸天氣。"〔點絳唇〕云："惜别年年，游絲撩亂東風裏。如憎如喜，微露聰明意。　折盡柔腸，隔水還凝睇。渾無計。燈前月底，没個商量地。"〔杏花天〕云："瘦桃艷李穠芳歇。有一霎，花殘月缺。天心不管人悲切。不鑄黄金鑄鐵。　心比似冰清玉潔。身比似浮萍落葉。免教日日肝腸結。生别何如死别。"〔洛陽春〕云："望斷江長海闊，雲端天末。垂楊不肯繫青驄，何不把垂楊折。　閱盡悲歡離合，死生存殁。好隨鴻雁到天涯，悄悄把心兒説。"〔誤佳期〕云："别後車輪常轉，死後蠶絲難斷。千般懊惱萬般嬌，憐而何曾慣。　愛極轉生憎，聚久何妨散。明知歸信尚難憑，先把歸程算。"

四八　凌祉媛

錢塘凌祉媛女史，所著《翠螺閣稿》，閨秀題詞者頗多。同邑韓菊瑛有〔憶江南〕二闋云："聰明誤，冰雪擅才華。秋雨芙蓉人似玉，春風楊柳筆生花。雲錦織流霞。""聰明誤，才藻損年華。剩月新編工柳絮，堪嗟薄命比桃花。鸞馭返烟霞。"吴縣陸芝仙〔乳燕飛〕云："獨抱牙琴怨。忒無端，一彈再鼓，朱弦重斷。天下傷心誰似此，恨海終難填滿。嘆歲月暗中偷换。刻燭論詩人似玉，怎匆匆、鏡裏空花幻。便夢也，抑何短！　　翠螺眉黛紅螺硯。最凄凉、一般閑却，張郎斑管。剩有閨中酬唱稿，待付香檀梨板。未讀也、寸腸先亂。何况痴情儂亦累，算蠶絲、未了餘生喘。愁病味，備嘗慣。"過變以下，聲情激越，抑何其言之悲也！

四九　馮弦

毛西河少年時以度曲知名。薄游馬洲，當壚者馮二，名弦，夜聞西河歌，倩人致意。西河辭之曰："吾不幸遭厄，吹篪渡江。彼傭不知音，豈誤以我爲少年游耶？"次日遂行。馮氏有《讀西河新詞》〔江城子〕二闋云："緑陰何處曉啼鶯？弄新聲，最關情。一夜寒花，吹落滿江城。讀得斷碑黄絹字，人已渡，暮潮横。"其二云："蘭陵江上晚花飛，冷烟微，著人衣。無數新詞，最恨是桃枝。待得蘭陵新酒熟，桃葉好，送君遲。"

卷四

一　沈宛

清初詞人，工爲南唐五季語者，當以納蘭容若爲最。《飲水》一編，既已如柳七之"曉風殘月"，有井水處傳唱殆遍矣。其集中《悼亡》諸作，逸響凄音，含思宛轉，想見閨中風調，亦復不凡，宜乎熏香荀令有神傷之戚也。然觀蔣氏《詞選》，録吴興女史沈御蟬宛《選夢詞》，謂是容若妾。其〔菩薩蠻〕云："雁書蝶夢都成香，雲窗月户人聲悄。記得畫樓東，歸驄繫月中。　　醒來燈未滅，心事和誰説？衹有舊羅裳，偷沾泪兩行。”妾侍中有如許才調，乃《飲水》詩詞中，絶無一語提及，宜詞意之有怨抑矣。

二　吕采芝

陽湖趙鶴皋室吕采芝女史壽華，有《幽竹齊詩》及《秋笳詞》一卷。《柏舟》早賦，率多凄楚之音。〔蝶戀花〕《春暮憶美》云：“寂寞重簾庭院悄。門掩梨花，燕子歸來早。寒食清明都過了。池塘又見荷錢小。　極目荒烟迷故道。冀北江南，夢逐征鴻渺。盼得魚書偏草草，近來肥瘦難知曉。”頗見風致。

三　伍蘭儀

毘陵閨秀，瓣香《秋水》者爲多。伍蘭儀女史酷嗜莊盤珠詩詞，有《緑蔭山房詩稿》。〔壺中天〕《送春》云：“簾前鳥語，正景色融和，乍晴天氣。柳緑桃殘春已暮，惆悵人生如寄。匣裏珠璣，裏中綉錦，一旦皆捐弃。浮雲過盡，塵緣回想無味。　堪嘆粉蝶尋春，游蜂釀蜜，也被韶光餌。轉瞬落紅花滿地，猶是相偎相依。萬種凄凉，千般懊惱，終日如沉醉。無情風雨，韶光一霎更易。”蓋女史歸陸雁峰司馬，殉庚申之變，故所作詩詞，類多凄惻云。

四　李道清

《綰春樓詞話》云：“先母合肥李夫人，自署道清，字味蘭。年未三十，便即仙去。生平極嗜倚聲，所作恒散置奩篋中，自謂殊不足存，每不加珍惜。辭世後，家大人檢點殘篇，爲刊《飲露詞》一卷，不及廿闋。嗚呼！吾母畢生心血，盡於此矣！每一展讀，涕爲琳琅。兹録呈九闋，用志吾哀。至先母詞之品高意遠，當世君子已有定評，吾不敢贅一辭也。〔浣溪沙〕云：‘小閣紅簾均未休。碧烟狼藉百花洲。春陰暗暗夢悠悠。　蝴蝶路迷芳草遠，黄鸝聲住水東流。古來誰得倩春留？’〔浪淘沙〕《春閨》云：‘柳葉淡如烟，柳絮如綿。黄鶯紫燕共纏綿。一片飛花斜月裏，紅過秋千。　無語下珠簾，怕聽啼鵑。閑愁棖觸上眉尖。一曲琵琶渾不是，廿五冰弦。'〔浣溪沙〕云：'春水悠悠澹遠空。無言閑立畫橋東。夕陽影裏落花中。　　有恨門開千嶺緑，無情簾捲一庭紅。黄昏惆悵雨和風。'〔青玉案〕《暮春》云：'海棠澹白胭脂褪。更寂寞、無人問。九曲回腸君莫訊。如今猜透，春愁離恨。總是詞人分。　　博山一綫春寒緊。侍女初將翠裘進。何處銷魂銷不盡。碧紗簾外，飛花成陣。又是黄昏近。'〔更漏子〕《秋思》云：'菡萏香，龍鬚冷。簾子風摇難定。更添衣，玉墀清漏稀。　　畫樓近，天涯遠。夢裏醉中恩怨。無可奈，不堪尋。小庭秋雨深。'〔菩薩蠻〕云：'博山香定爐烟直，薄牀閑坐西窗側。棋罷正思眠，畫屏春夜寒。　　玉階苔蘚薄，花雨廉纖落。春恨自闌珊，梨花一半殘。'〔相見歡〕云：'晝長正自堪眠，雨廉纖。半是開花時候落花天。春如夢。閑愁重。總堪憐。無奈去年今日到今年。'〔菩薩蠻〕云：'蓮塘夜静簫聲起，銀屏夢覺凉如水。玉臂捲湘簾，星河秋滿天。　　悠悠今夜怨，祇有鴛鴦見。清影不分明，巧雲移月行。'"

五　俞綉孫

俞曲園先生此女，字彩裳。幼而明惠。曲園題其所居曰："慧福樓"，曰："冀其福與慧兼也。"性嗜詩。及歸武陵許佑身太守，又致力於詞。所作如〔虞美人〕《寄仲蘐小姑》云："當時玉笋紅窗裏，不識愁滋味。無端一别各西東，負了闌干幾度月明中。　　年年折盡離亭柳，贏得人消瘦。雲山總是萬重遮，昨夜相思有夢到天涯。"〔如夢令〕云："春色漸歸芳樹。愁思暗和疏雨。莫去倚闌干。簾外清寒如許。無語。無語。誰識此時情緒？"皆清婉可誦。長調佳者，如〔長亭怨慢〕云："正三月、落花飛絮。歲歲魂消，緑波南浦。剩有紅箋，斷腸留得斷腸句。一江春水，量不盡、情如許。欲别更徘徊，但泪眼盈盈相覷。　　日暮。縱歸舟不遠，已抵萬重雲樹。無眠强睡，怕辜負、翠衾分與。想别後、獨自歸來，對羅帳、凄凉誰語？祇兩地相思，挑盡一燈疏雨。"是闋原題注云："春暮，隨家大人返吴下。静壹主人坐小舟送至城外，賦〔南浦〕一闋見贈。别後，舟窗無事，因倚此調寄之云。"女士後以産卒。未卒前一月，盡焚其稿。曲園檢其舊藏，序而刻之，名《慧福樓幸草》。意取《論衡》所云："火燔野草，其所不燔，名曰'幸草'。"凡詩七十五首，詞十五首。

六　俞慶曾

又曲園先生孫女俞慶曾，字吉初，爲綉孫侄女。生而穎慧，四五歲即多識字。未及十齡，誦古詩已琅琅上口。偶一爲之，輒多佳句。及長，歸上元宗子岱爲繼室。宗年少多才，未弱冠已掇巍科。結婚之日，曲園親書："金榜題名""洞房花燭"八字榜於東西兩楹。人皆見而艷之。美滿姻緣，神仙眷屬，宜乎享閨房之樂矣。孰知情天多恨，好月不圓。結褵後，伉儷綦篤，乃不能見容於姑嫜。時以小事起勃谿，慶曾每順受也。然慶曾愈柔婉，而姑待之愈虐。卒因不能承受，以非命死。著有《綉墨軒詞》，見者謂其小令清麗處，且遠出其姑母彩裳女史之上。〔浪淘沙〕云："往事慣消魂，銀甲金尊。珠絲應罥舊題痕。孤館簾垂燈上早，疏雨江村。　夢裏暫温存，衹欠分明。花陰燕子鎖重門。兩地酒醒燈灺後，一樣黄昏。"〔踏莎行〕《秋夜》云："秋露泠泠，秋風細細。秋蟲切切如私語。有人不寐倚秋燈，銀屏疏影清如水。　秋入愁腸，愁生秋際。秋聲聽無情緒。開簾獨自看秋星，秋河隱隱微波起。"〔浣溪沙〕云："惜别情懷幾度猜。熏籠閑依漏聲殘。霜濃鴛瓦綉衾寒。　度曲怕拈紅豆子，送人記泊緑楊灣。消魂又是月初三。"〔浪淘沙〕《七夕》云："羅襪縱情多，不解凌波。年年此夕問嫦娥。碧海青天明月裹，畢竟如何？　凉露濕金梭，風捲雲羅。相思細細訴黄姑。無賴天鷄催曉處，寂寞銀河。"

七　張慶松

上海張緑筠女士慶松，自號補羅山人。幼字某姓，無賴，不偶。女史薄命自憐，守閨不嫁，惟拈弄筆墨，消遣身世而已。著有《花韵居詩詞稿》，悱惻纏綿，時露哀怨之旨。蓋傷心人也。曾見其小令〔卜算子〕一闋云：“日暖晝簾纖，紫燕雙雙語。銜得絨絲出綉扃，倩繫春光住。　　悄立掃閑花，香霧融泥絮。一陣輕風過玉樓，灑遍棠梨雨。”

八　夏令儀

常熟夏令儀女史，工丹青，墨竹尤佳，名滿天下。年七十餘，尤濡筆揮灑。目力過人。有見其所繪紈扇《幾竿秋雨圖》，吴佩纕女史莒題〔鎖窗寒〕詞一解云：“露挹風清，依依萬個，淡摇空翠。腕底蕭疏，都是吴江秋意。記横窗、夜月朦朧，碧紗篩影重重碎。更孤燈聽雨，黯銷魂者，簌聲徐起。　　增媚。三分水。便醉壓攲斜，盡醫俗味。彈琴坐嘯，想見幽閨詩思。視玲瓏、瘦石濃苔，舊愁細寫雲烟裏。怪無端、篋笥抛殘，不減湘妃泪。”

九　江淑則

常熟江閬仙女史淑則，廣文樹叔先生之女。幼慧，十一歲即能詩。年二十二，適同邑俞幼蘭鍾綸，倡隨甚樂。嫁四載，以産後不謹，升血而亡。亦紅顔命薄者也。著有《獨清閣詩》四卷，賦一卷。戛戛獨造，無脂粉氣。詩餘亦甚清麗。〔踏莎行〕云：“新月初娟，良宵正静。無聊獨自穿芳徑。聆小犬吠花陰，池塘星點凉波浸。　　詩思頻句，綺懷誰省？深林宿鳥枝頭警。不教幽夢落銀床，弓鞋露濕蒼苔冷。”〔如夢令〕云：“不解春歸何處？望斷天涯雲樹。啼鴃又聲聲，夢破香稱烟縷。無語。無語。一陣亂紅飛去。”

一〇　鄒佩蘭

鄒佩蘭女史，爲壯節公鳴鶴之女，適蕩口華氏。有《紉餘小草》一卷。詩餘如〔眉峰碧〕云：“一點燈光静。歸信渾難定。昨夜歡娱今夜愁，更重説、黄花病。　　泪濕文鴦冷。無奈宵長醒。

恨煞寒鷄不肯啼，分明要把愁支領。”

一一　葛慧生　葛蘭生

吴門葛慧生及蘭生，均學詩於無錫鄒翰飛先生。所作藻思奇想，清麗芊綿，頗爲先生所褒。嗣復學作長短句，不兩月已楚楚可觀。慧生倚〔念奴嬌〕爲先生題《瀟湘侍立圖》云：“紅塵小謫，恨今生、誤了玉京仙宇。回首紅樓當日夢，句起柔情千縷。汲水燒花，添香撥火，十二釵曾聚。萬竿修竹，瀟湘風景如許。我亦惋惜顰卿，葬花詩句，血泪拚紅雨。名士多愁工寄托，拚爲佳人辛苦。痴意茫茫，空花草草，且自調鸚鵡。問誰相與？回腸轉出凄楚。”〔御街行〕《舟過横塘》云：“銀塘畫棹穿晴旭。鏡裏秋光沐。一葉剪斜陽，紅蓼風前相逐。長堤秋草，畫橋秋柳，撲地湘烟緑。此間定有雙鴛宿。歡夢凉邊續。蔚藍深處采菱歌，料得伊人如玉。鏡波照影，水中綽約，野岸歸舟速。”〔誤佳期〕云：“數日東風吹足。滿眼添來肥緑。海棠已嫁莫思量，空把雙眉蹙。　記得踏青游，歡事渾難續。美人年紀好春天，一樣流光速。”蘭生〔如夢令〕云：“簾外落紅滿地。簾内愁春何計。此境最難堪，費得數行珠泪。無謂。無謂。儂替春風勸慰。”〔蘇幕遮〕云：“緑雲濃，紅雨亂，病裏懨懨，已是春過半。蝶恨鶯愁飛燕倦。滿地青青，芳草無人管。　瘦香肌，消玉腕。忒也無聊，還聽哥唤。小小闌干簾未捲。窗外殘花，衹有殘陽怨。”

一二　揚州農家女

揚州西鄉有農家女者，年方十五，爲巨富某姓家婢。某夫人能詩，見其穎慧，輒教以吟咏，不三年而成。里中僉以才女目之。又富商某欲納爲側室，女不從，曰：“我寧爲嬰兒子，不願爲小青也。”尋又議婚農家子，女亦不從，曰：“我不能爲雙卿。”竟不嫁。專事吟哦。十八歲而卒。其所作多散佚，惟剩〔眼兒媚〕詞一首而已。詞云：“杏花枝上月朦朧。此境與誰同？無端絢爛，無端零落，都是春風。　　多情怕見傷心事，垂泪問殘紅。月圓何地，花開何時？人住愁中。”詞絶佳，是亦奴星中不可多得之才也。

一三　蔡捷

《聽秋聲館詞話》云：“蔡步仙女史捷，爲閩縣林西仲大令雲銘室。大令集中附女史詞數闋，《紀仁和沈孝女刲肱殞命》〔滿江紅〕云：‘有限春暉，却不道、陰晴莫測。更聽得，巫醫耳語，參苓力竭。擗地譬將遺體代，呼天暗把爐香爇。掣金刀、良藥腕間尋，他何恤！　　冀挽住，西山月。早流盡，襟邊血。奈絲堪重續，玉偏易折。五夜驚回雙豎夢，一絲喘斷三更月。謝夫君、莫怨暫歸寧，成長别。”惜未載其父與夫家名。

一四　盧倩雲

又云：“余久聞長樂梁蓉函女史工填詞，覓其稿，未得。近見《紫霞軒詩》附詞，爲閩縣諸生魏鵬程室盧倩雲女史著。《春暮有感》〔鋸解令〕云：‘朝來幾陣催花雨，早柳絮，風前亂舞。瑶箏試理十三弦，漫彈出，閑愁無數。　　呢喃燕語。多少離懷待訴。玳梁未改舊巢存，却爲低飛來又去。’女史失所天后，四子均早夭，無嗣。僅一寡婦，親族無可依。爲女學究自贍，垂老仳離，有足悲者。”

一五　曹景芝

吴縣曹宜仙女史景芝，爲同邑陸元第室。著《壽研山房詞》。有《梅魂》一闋，調寄〔綺羅香〕，詞絶凄咽，殆亦别有所悼耶？爲録如下。詞云：“院宇蕭條，美人何處？斷腸黄昏片月。誰吊芳妍？枝上數聲啼鴃。依舊似、彈袖來邪，悄地共、華燈明滅。影亭亭，小立蒼苔，乍驚清露更凄絶。　　東風輕揚似許，尋遍闌干，衹有半庭春雪。澹露空濛，誤却栖香蝴蝶。但一縷縈住湘雲，扶不起、珊珊瘦骨。還衹怕、玉笛吹殘，亂愁千萬叠。”

一六　錢孟鈿

毘陵錢冠之孟鈿女史，爲刑部尚書文敏公維城女，崔龍見室。賦性至孝，嘗剪臂療父疾。生平嗜龍門《史記》，研索殊有心得。旁通韵事，所著《浣青詩餘》。兹録其《楊花》〔長亭慢〕一闋，咏事殊覺婉約，頗有南宋詞人氣息也。詞云："似花似雪渾無緒，過眼韶光，這般滋味。數點霏微，畫檐飄盡，向何許？斷腸堪寄、更莫向章臺路。便折得長條，已不是、舊時眉嫵。　遲暮。望天涯漠漠，忍見亂紅無數。池塘夢醒，倩鶯兒唤他重訴。却又被、曉風吹去。更凄冷、一天烟雨。算衹有灞橋，幾曲縮愁千縷。"

一七　孫汝蘭

魯山孫湘筌女史汝蘭《參香室詞》，又《采蓮》詞，戲用獨木橋體，調寄〔百尺樓〕云："郎去采蓮花，儂去收蓮子。蓮子同心共一房，儂可如蓮子？　儂去采蓮花，郎去收蓮子。蓮子同房各一心，郎莫如蓮子。"淵淵古馨，樂府之遺也。

一八　張友書

無名氏《詞話》云："丹徒陳敬亭，研解經學，配同邑張静宜，則能詩。閨房講肄。儼若分科，然雍容想得也。其子克敏、克勤，皆承母教。梓行遺集有《倚雲閣詩餘》三種。余與某君同坐閲之，問何首最佳，某君舉其〔國香慢〕《咏水仙》云：'沅湘何處。嘆蘼蕪杜若，飄零無數。洛浦寒深，宛宛流年，望斷美人遲暮。江皋風雨朝還夕，衹相伴、寒梅千樹。悵蒼梧、落木蕭蕭，一派江聲流去。　最好移來汝閣，看星眸素靨，翠幃低護。盆盎波深，照影亭亭，羅韈不教塵污。明璫翠珮今何在，又怨入、東風無語。暗香風露。問甚時寫入瑶琴？待倩伯牙重譜。'余笑曰：'此點竄彭元遜詞爲之，且非〔國香慢〕本調，但以〔疏影〕改名，又誤增'暗香風露'四字耳。不如其〔點絳唇〕《春陰》一首，尚存本色。’今録之，云：‘門徑愔愔，苔痕濃淡籬根繞。過春社了，燕子歸來早。　　鄉夢難憑，一覺晨鐘曉。簾櫳悄。篆烟猶裊，此際愁多少。’”

一九　素君

又云：“文道羲《雲起軒詞鈔》有〔長亭怨慢〕《和素君寄遠》一首，其下闋云：‘文園病也，更堪觸傷春情緒。便月痕、不上菱花，盡難忘、衣新人故。但乞取天憐，他日剪燈深語。’并附素君詞云：‘甚一片、愁烟夢雨。剛送春歸，又催人去。鷗外帆孤，東風吹泪墜南浦。畫廊携手，是他日、消魂處。茜雪尚吹香，忍負了、嬌紅庭雨。　　延伫。悵柳邊初月，又上一層眉嫵。當初已錯，認道是尋常離緒。念别來、葉葉羅衣，已减了香塵非故。恁短燭依篷，獨自擁衾愁語。’詳其往復，明爲男女相愛之辭。乃後見程子大《美人長壽庵集》中亦載此首，則攘爲己作。惟改‘已錯’爲‘見慣’、‘離緒’爲‘歌舞’、‘羅衣’爲‘春衣’，似反不逮原作，抑又何也。”

二〇　王貞儀

王貞儀，字德卿，江寧人。宣城詹枚室。記誦淹貫。最嗜梅氏天算之學，所著有《術算簡存》五卷，《星象圖釋》二卷，《籌算易知》《重訂策算證訛》《西洋籌算增删》《女蒙拾誦》《沉疴囈語》各一卷，《象數窺餘》四卷，《文選詩賦參評》十卷，《秀帙餘箋》十卷，《德風亭初集》十四卷，《二集》六卷。詞多登臨吊古之作，然非其至者。録其〔浪淘沙〕《吉林秋感》云：“關塞冷西風，沙霧迷濛。可憐秋去又匆匆。凝望亂烟衰草外，離恨無窮。　　最好故園中，黄菊丹楓。蟹螯雙擘酒盈鍾。此景哪堪回首憶，愁見歸鴻。”〔清平樂〕《由平原過東方曼倩故里》云：“衛河西去。料指沙洲北路。此是歲星名里處。大隱金門堪慕。　　懸珠編貝空游。書生嘆息封侯。歸念細君分賜，談諧竟尔風流。”〔沁園春〕《過羊叔子故里》云：“路指前途，汾水之南，太傅江鄉。羡戈戟臨戍，輕裘裝束；旌旗領隊，緩帶飄揚。談笑兵符，風流將術，卓識誰能與抗行？還回想，想東吴信壓，西晋功揚。　偶來此地堪傷，想蓋世才華百戰場。剩麥穗千畦，實垂宿雨；棗林萬樹，花發新香。舊里嘗存，殘碑可讀，揮泪何須上峴岡？而今事，嘆推賢已矣，更謬青囊。”

二一　陸蓉佩

江陰金潍生《粟香五筆》云：“陽湖陸蓉佩女士，廣専太史之妹也。其弟霖生上舍，出示《光霽樓遺詞》。〔菩薩蠻〕《秋蝶》云：‘荒園露冷花枝少，匆匆舊夢春前杳。抱蒂似尋思，伶俜弱不支。　天涯風景换，霜緊飛應倦。黄菊耐秋風，蕭疏獨伴儂。’又《咏鏡影》云：‘年時憔悴常扶病，開奩怕見菱花影。相對事耶非？端相還自疑。　顰眉非復舊，幻相參應破。拂拭費工夫，模糊看欲無。’〔綺羅香〕《咏燈花》云：‘彩筆難描，金刀未剪，芳事忽驚如許。多少愁心，寂寞背人初吐。伴小樓、永夜長吟，却幾度、疑風疑雨。縱非花，也當花憐，風簾低下爲深護。　盈盈能否解語？一樣嫣紅燦爛，不教春妒。驀地驚看，問卜幾番疑誤。愛繽紛，巧勝天工，恐化作、彩霞飛去。費騷人、百遍思量，剔殘天欲曙。’蓋吾鄉閨秀，爲詞多瓣香《秋水》云。”

二二　錢媛

武進蘇部郎士達之配錢玉爰女史，名媛。爲宛平錢小南先生之女。有《小玲瓏舫詞》一卷。〔清平樂〕《春日》云：“柳摇花顫。吹遍東風軟。好夢驚回鶯百囀。天遠何如人遠。　乍寒乍暖無憑。一宵幾遍陰晴。猜著天公情性，算他真個聰明。”〔蝶戀花〕《冬夜寄書》云：“寒夜沉沉更漏動。欲寄相思，不管銀毫凍。閑恨閑愁千萬種，寫來紙角都無縫。　明月今宵千里共。雁杳魚沉，祇合通魂夢。慣聽鵲聲檐外弄，燈花也把人兒哄。”摘句如

〔點絳唇〕《舟行和璞含弟》云：“離人酒醒，摇夢波無定。”〔清平樂〕《閨外納姬喜賦》云：“名花解語，須倩東風護。”亦可想見其賢淑矣。

二三　左錫嘉

剪彩爲花，其制已古。《武進陽湖志》：“土産通草花絨花，蓋以通草染五色，絨則刮染爲片，剪製枝葉花朵，名曰‘像生花’。常州女工所製，盛傳各省。”左韵卿夫人有《寒夜自製通草花感作》〔解語花〕，詞云：“光陰草草，世界花花，何處幽懷寫？數椽鴛瓦，霜華重，課子一燈初灺。機聲軋軋（作去），祇贏得、泪珠盈把。誰爲憐？生計難拋，剪彩消長夜。　休説寒閨韵雅，甚天然工巧，奚辨真假？葉攢花亞，檀心苦、婉轉細熏蘭麝。并刀試乍，并不向、東風輕借。待買來，深巷明朝，增洛陽聲價。”卞頌臣制軍序謂“即此可想見含荼茹蘖時操履之純潔”云。夫人名錫嘉，字浣芬，爲左巢生司馬季女。歸華陽曾吟村太僕。曾卒，夫人改號冰如。著有《冷吟仙館詩稿》八卷，《詩餘》《文存》一卷。

二四　曾懿

華陽曾懿，字伯淵。適湖南觀察使袁某。治家賢能，於家政裁縫烹飪諸學，皆有專書述之。兼通醫理。餘暇則爲詩詞。有《浣月詞草》。録其〔如夢令〕云：“春水粼粼波皺。南浦銷魂時候。風雨阻歸期，隔住行人那岫。消瘦。消瘦。鎮日簾垂永晝。”〔采桑子〕《咏秦淮》云：“湖山罨畫秦淮好，王謝堂前。雙燕呢喃，芳草斜陽水拍天。　六朝金粉銷魂地，桃葉溪邊。撫景流連，亞字闌干定子簾。”又“清秋澹冶秦淮好，瘦了青桐。紅了江楓，金碧樓臺醉夢中。　山河舊影依稀在，凉月惺忪。廿四橋東，一片秋心玉笛風。”〔菩薩蠻〕云：“東風已緑西堂草，詩魂争奈離情攪。好景艷陽天，年年愁病兼。　畫屏金縷鳳，香鎖深閨夢。別緒滿關山，人閑心未閑。”

二五　張慶青

慶青，姓張氏，潤州金壇田家婦也。工詩詞，不假師授。然不以村愚怨其匹。有鹽賈某，百計謀之，終不可得。以艷語投之者，絶不答，可謂以禮自守，勝於張紅橋、姚日華多矣。董曉滄《東臯雜鈔》載其詞二闋，兹録其《孤鴻》一闋，云："碧盡遥天。但暮霞散綺，碎剪紅鮮。聽時愁近，望時怕遠。孤鴻一個，去問誰邊？素霜已冷蘆花渚，更休倩、鷗鷺相憐。暗自眠。鳳凰縱好，寧是姻緣。　　凄凉勸你無言。趁一河半水，且渡流年。稻粱初盡，網羅正苦，夢魂易警，幾處寒烟。斷腸可似嬋娟意，存心裏、多少纏綿。夜未闌，倦飛誤宿平田。"詞雖不佳，然亦不俗。存之以見此中正大有人在。

二六　張襄

蒙城張麗坡將軍，好風雅。嘗爲江蘇撫標中軍參將。有女公子名襄，號雲裳者。年十餘齡即能詩，不三四年著書盈尺矣。有《錦槎軒詩集》十卷。吴蘋香女史爲作〔金縷曲〕一闋題其集云："一夜觀星墮。步珊珊、碧空飛下，水仙花朵。名將儒風從來少，况有雛鳳親課。喜嬌小，才偏勝左。硯匣琉璃隨身抱，拂紅箋、吟盡書窗火。九天外，落珠唾。　　凝妝鎮日臨池坐。好清閑、書禪畫聖，香名早播。始信大家聲調别，福慧他年誰過？覺展卷、自慚形涴。儂是人間傷心者，怕郊寒島瘦詩難可。拈此闋，代酬和。"以蘋香之才而傾倒如此，可以知雲裳矣。

二七　林少君

侯官丁耕鄰《閩川閨秀話續編》云："林少君，莆田人。〔浣溪沙〕《贈鄒程村》詞一闋，頗典麗。詞云：'麟篆知縱九夜扪。詩皇金誥佩隨身。映梅争羡氣絪緼。　　綉紙十番傳虎僕，蒸雲千首動龍賓。於今壇坫自推君。'"

二八　陸鳳池

上海陸錫山先生女弟名鳳池，適同里曹謌廷。幼禀家學，詩詞兼工，嗜讀《離騷》。于歸十日，從夫婿案頭取而朗誦，侍婢私語曰："主所誦何與在家時無異。"謌廷因贈一絶云："幽意閑情不自知，碧窗吟遍楚人詞。添香侍女聽來慣，笑説書聲似舊時。"歸未數年，即卒。謌廷爲輯《梯仙閣詩詞稿》，中有《咏西洋楊妃山茶》調寄〔山花子〕云："異域移來絶世姿。一江春水淡胭脂。却較芙蓉更如面，上皇思。　　微暈酒痕回舞處，梨花帶雨洗妝時。要與樓西梅鬥寵，肯開遲。"

二九　幼卿

有題詞於陝府驛壁云："幼卿少與表兄同硯席，雅有文字之好。未笄，兄欲締姻好。父兄以兄未禄，難其請，遂適武弁。明年，兄登甲科，職教洮。而良人統兵陝右，相與邂逅於此。兄鞭馬略不相顧，豈前憾未平耶？因賦〔浪淘沙〕以寄情云：'目送楚雲空，前事無踪。漫留遺恨鎖眉峰。自是荷花開較晚，辜負東風。　　客館笑飄蓬，聚散匆匆。揚鞭那忍驟花驄。望斷斜陽人不見，滿袖啼紅。'"無限離恨，惜其姓不傳。

三〇　李清照

苕溪漁隱云："近時婦人能文詞。如李易安，頗多佳句。小詞云：'昨夜雨疏風驟。濃睡不消殘酒。試問捲簾人，却道海棠依舊。知否？知否？應是緑肥紅瘦。'此語甚新。又《九日詞》云：'簾捲西風，人似黄花瘦。'此語亦婦人所難到也。"

三一　李清照

易安〔點絳唇〕詞云："蹴罷鞦韆，起來慵整纖纖手。露濃花瘦，薄汗輕衫透。　　見客入來，襪剗金釵溜。和羞走。倚門回首，却把青梅嗅。”可謂綺語撩人。又〔浣溪沙〕云：“綉面芙蓉一笑開。斜飛寶鴨襯香腮。眼波纔動被人猜。　一面風情深有韵，半箋嬌恨寄幽懷。月移花影約重來。”又〔浪淘沙〕《咏閨情》云：“素約小腰身，不奈傷春。疏梅影下晚妝新。褭褭婷婷何樣似，一縷輕雲。　歌巧動朱唇，字字嬌嗔。桃花深徑一通津。悵望瑶臺清夜月，還送歸輪。”清詞麗句，讀之齒頰芬芳，真才媛也。

三二　左錫璿

陽湖左芙江女士，名錫璿，韵卿夫人之姊也。幼受贄於張孟緹，工詩詞。畫宗南田，亦秀潤有法。歸武進袁厚安太史績懋爲繼室。未十年，太史觀察閩之延平，都師剿賊殉節。時年甫三十，留居閩橋，畫荻教子，有賢母風。著有《碧梧紅蕉館詩詞稿》。近見其〔賀新郎〕一闋，題爲《外子以詞見示作此奉答》：“一紙書來速。道空齋、倏然對影，不勝幽獨。欲倩主人爲留意，見取如花碧玉。待他日，貯之金屋。若得可人如我願，更何妨拚却珠千斛。但衹恐，難從欲。　風流好個良司牧。向風塵、尤耽吟咏，公然脱俗。衹有纏綿情不改，恣意尋歡取樂。渾不解、鬢絲如擢。寄語東君宜自遣，還須留意於官牒。書中意，容徐覆。”壯言妙語，讀之殊堪解頤，亦閨房佳話也。女士小令佳者，如〔虞美人〕《元夜》云：“去年花下同吟玩，夜月東風院。綺羅香裏暗塵輕，譜得新詞彩筆共題燈。　而今華月妍如故，人向天涯去。無聊懶倚曲闌干，却下簾兒怕見月團圞。”〔南樓令〕云：“鎮日掩簾櫳。春寒細雨中。嫩苔痕緑到牆東。院角小桃香欲折，枝頭露，一猩紅。　遠岫暮雲封。樓高芳草空。倚危闌離思千重。瘦減沈腰非爲别，都衹是，可愁濃。”

三三　賀雙卿

賀雙卿，字秋碧，丹陽人。負絶世才，秉絶代姿。爲農家婦，姑惡夫暴，勞悴以死。生平所爲詩詞，不欲留墨迹，每以粉筆書蘆葉上，以粉易脱，葉易碎也。其旨幽深窈曲，怨而不怒，古今逸品。史梧岡《西青散記》載雙卿事甚詳。其詞稿名《雪壓軒》，刊入《小檀欒室閨秀詞》第十集中。僅一十六闋，知不過片鱗一爪耳。兹録其〔鳳凰臺上憶吹簫〕云："寸寸微雲，絲絲殘照，有無明滅難消。正斷魂魂斷，閃閃搖搖。望望山山水水，人去去，隱隱迢迢。從今後，酸酸楚楚，衹似今朝。　青遥。問天不應，看小小雙卿，裊裊無聊。更見誰誰見，誰痛花嬌。誰望歡歡喜喜，偷素粉、寫寫描描。誰還管生生死死，暮暮朝朝。"又〔春從天上來〕《餉耕》云："紫陌春晴，漫額裹春紗，自餉春耕。小梅春瘦，細草春明。春田步步春生。記那年春好，向春燕，説破春情。到如今，想春箋春泪，都化春冰。　憐春痛春，春幾被一片春烟，鎖住春鶯。贈與春儂，遲將春你，是儂是你春零。算春頭春尾，也難算春夢春醒。甚春魔，做一春春病，春誤雙卿！"又〔一剪梅〕云："寒熱如潮勢未平。病起無言，自掃前庭。玫花魂斷碧天悠，推下凄凉，一個雙卿。　夜冷荒鷄懶不鳴。擬雪猜霜，怕雨貪晴。最閑時候妾偏忙，纔喜雙卿，又怒雙卿。"又〔二郎神〕云："午寒偏準，早瘧□初來，碧衫添襯。宿髻慵梳，亂裹帕羅齊鬢。忙中素裙未浣，摺痕邊，斷絲雙損。玉腕近看如繭，可香腮還嫩。　算一生凄楚也拚忍。便化粉成灰，嫁時先忖。錦思花情，敢被爨烟熏盡。東菑却嫌餉緩，冷潮回，熱潮誰問？歸去將棉曬取，又晚炊相近。"讀此數詞，亦可見雙卿身世之苦矣。

三四　葉紈紈

吴江葉仲韶先生紹袁，有才名。其夫人沈婉君女士，亦工詩詞。著《鸝吹集》，又有《伊人思》，輯閨秀詩詞甚備。子女俱擅吟咏，門以内唱和無虚日。長女紈紈，字昭齊。其季則葉小鸞也。昭齊適袁子凡孫，年二十三卒。有遺稿名《愁言》。《名媛集》稱其詩"俊逸蕭永，如新桐初引，青山照人"。其詞亦復而而。曾見所著《芳雪軒詞》，小令爲多。如〔三字令〕《咏香撲》云：“疑是鏡，又如蟾。最嬋娟。紅袖裏，緑窗前。殢人憐。蓋錦帶，妒花鈿。　蘭浴罷，襯春纖。撲還拈。添粉艷，玉肌妍。麝氤氲，香馥鬱，透湘簾。”〔蝶戀花〕《秋懷》云：“近日重簾垂不捲。庭院蕭條，已是秋光半。一片閑愁難自遣，空憐鏡裏容華换。　寞寂香殘屏半掩。脉脉無端，往事思量遍。正是消魂腸欲斷，數聲新雁南樓晚。”〔踏莎行〕《暮春》云：“花落閑庭，春歸小院。沉沉嫩緑鶯初囀。晝長人静掩重門，《楞嚴》讀罷花陰轉。　清思幽然，沉情盡遣。一簾幽靄東風晚。數聲啼鳥欲黄昏，滿階月影澄澄見。”其清麗處不減易安。

三五　葉小鸞

小鸞，字瓊章，一字瑶期，自號煮夢子。四歲能誦《楚辭》。十齡時，寒夜倚母坐，出句云：“桂寒清露濕”，應聲曰：“楓冷亂紅凋。”人以爲敏捷，不知其讖也。及長，工詩善畫，能鼓琴，書大令《洛神賦》尤精絶。年十七，未嫁而夭。人咸謂仙去，以其亡後七日肢體輕軟也。父仲韶亦夢青衣持寄《游仙詩》一絶。雖語屬荒渺，要之，若小鸞者，其或生有自來歟？小鸞所居曰“疏香閣”，故即以名其詞集。〔點絳唇〕《咏采蓮女》云：“粉面新妝，澹紅衫子輕羅扇。昨宵鄰伴，來約蓮塘玩。　棹泛扁舟，影共蓮花亂。深深見，緑楊影裏，空載閑愁返。”〔謁金門〕《秋晚憶兩姊》云：“情脉脉，簾捲西風争入。漫倚危樓窺遠色，晚山留落日。　芳樹重重凝碧，影浸澄波欲濕。人向暮烟深處憶，綉裙愁獨立。”〔水龍吟〕云：“芭蕉細雨瀟瀟，雨聲斷續砧聲逗。憑欄極目，平林如畫，雲低晚岫。初起金風，乍零玉露，薄寒輕透。想江頭木葉，紛紛落盡，衹餘得，青山瘦。　且問泬寥天氣，當年宋玉應知否？半簾香霧，一庭烟月，幾聲殘漏。四壁吟蛩，數行征雁，漫消杯酒。待東籬綻滿黄花，摘取暗香盈袖。”

三六　朱中楣

吉水朱遠山，名中楣，原名懿則。明宗室議汶女，尚書李元鼎室也。著有《石園五集》，錢牧齋宗伯爲序。熊雪堂少宰稱其詩餘"穠纖清麗，不減易安"。陳伯璣、李雲田遴選《國雅》，海内閨秀，僅得二人，惟夫人與秀水黄皆令而已。海寧陳相國夫人徐湘蘋女史，工長短句，風調不減宋人。夫人題其詞稿云："泪眼愁懷，聊祇把、芳詞翻閱。句清新、堪齊絡緯，并稱雙絶。字字相傳今古憤，行行書破英雄策。倩玉簫、吹徹漢宫秋，聲聲咽。　　離別悶，仍猶結。舊游處，燕臺月。□一番風雨，亂紅愁叠。玉樹森森連紫苑，英才盡是人中杰。盼相逢、約略在何年？從頭説。"調寄〔滿江紅〕。又〔千秋歲〕《別顧横波夫人南歸》云："天涯分袂，更覺愁千倍。憑寂寞，添憔悴。風移蟬唱短，雨滴梧桐碎。方通道，離懷未飲心先醉。　　濕花疑有意，點點如紅泪。新荷碧，殘葭翠。秋清人漸遠，水静鴛濃睡。知音少，斯時別去何時會？"

三七　錢鳳綸

清初顧和知夫人名若璞，以詩文名海内。著有《卧月軒集》，藝林無不傳誦。其曾孫婦錢雲儀女史，實能嗣音。女史名鳳綸，仁和錢繩庵太史女公子也。少承母氏顧夫人之瓊教，拈弄筆墨，品題花鳥，有謝家風致。父母絶愛憐之。賦詩諸體皆工。取材於漢魏，覽典於騷雅。與姊静婉、柔嘉、柴秀嫻、如光、顧仲楣、啓姬、李端芳、馮又令、弟婦林亞清，結社湖上之蕉園，即景填詞，一時稱盛，世稱爲"蕉園七子"。著有《古香樓詞》。女史精於弈，故詞中恒及之。〔憶王孫〕《與顧仲楣對弈》云："青梅如豆又春殘。燕啄飛花到畫闌。午夢初回清晝閑。爇沉檀。紅子輕敲賭鳳團。"《春日與亞清弈》云："深院閑春晝，小篆噴金獸。一杯清茗一枰棋，正杏雨香飛候。　　鸜鵒新聲溜。驀地驚回首。無端輸却玉搔頭。倚屏笑拈花枝嗅。"閨中韵事，一經吟咏，覺此中大有人在。呼之欲出，真妙筆也。又《初夏偕同社壽柴嫻凝香室讌集，別後賦謝》調寄〔綺羅香〕云："宿雨飛來，輕雲不散，掩映遥山黛色。鶴馭凌風，霧髻雲鬟微濕。傾玉液，翠羽流觴，燦晴霞、珠光盈壁。最堪誇、青鳥翩翻，銜將丹詔降層碧。　避塵小築書齋，看栽梅放竹，携琴枕石。何處吹來，天上玉簫鐵笛。聲緩緩，遏響行雲，影遲遲，花翻瑶席。更相期、月逗前溪，踏歌還綺陌。"

三八　屈秉筠

虞山屈宛仙，名秉筠。適同里趙子梁。夫婦工詩，袁隨園、吴蔚光比之"鷗波眷屬"。宛仙復工畫，尤善白描。嘗得龜山女史李今生所繪《水墨花鳥卷》，即用卷中錢浣青夫人元韵，題〔金縷曲〕一闋云："烟水縈歸艇。剩蕭蕭，秋畦夕照，菊松三徑。愁聽念家山唱破，清泪明珠比瑩。借筆墨，閑情聊騁。繪出淒凉花鳥意，軟紅塵，不點生綃净。脂粉斷，倍幽静。　宣和舊譜重思省。問當年，南朝烟月，雪泥鴻影。竹笑軒中春去久，一點佛燈低映。又收拾，筆床嚴整。展卷風流如可接，鷗波小夢同驚醒。寫不盡，韶光冷。"按：今生，明季人，字是庵，名因。葛徵奇之側室。著有《竹笑軒吟稿》。

三九　季蘭韵

季蘭韵，字湘娟，亦虞山才媛也。適屈文學宙甫。屈少穎異，爲擘窠書，詩畫學即工。季博涉經史，亦工詩畫。一時閨閣有秦淑、徐嘉之目。著有《楚畹閣詩餘》。秋夜夢外，醒後成〔金縷曲〕云："秋雨敲窗急。夢驚回、曉鐘乍動，殘燈將滅。片刻相逢留不住，宛轉深情如昔。渾未改，舊時行迹。醒後音容何處去？但贏來，滿枕啼痕濕。身世恨，一時集。　追思往事心傷絶。痛而今，生誠有恕，死尤無益。衹悔當年儂負約，不合任君輕别。何苦把，孱軀偷活。輸與鴛鴦能并命，枉千回百轉空相憶。心衹願，早同穴。”如泣如訴，極掩抑凄凉之致，傷心人其堪卒讀耶？

四〇　鄧瑜

彭城民女高婉姬貞娥，少以孝聞。年十七，適郝氏子。守身貞潔，頗不得於庶姑。姑以女之異己也，銜之，巇以蜚語，而故聞其夫。夫果惑，加以棰楚。女不堪其辱，且無以自明，仰藥死。郝氏子諉以暴疾，女父疑訟於銅山令。驗之，得死狀。郝氏子殊不承。旋有蜨大如盌，黑質而斑彩，繞尸飛不去。睨郝氏子若與仇，且撲其面。於是令叱之曰："此爾妻也，自來鳴冤矣。尚可遁乎？"鞫之，遂得實。蜨乃轉投令前，若稽首謝。又投女父懷，若永訣然。翩翩向西南逝。銅山令高君，首唱二十絶，以表其異，并徵求名流吟咏。金匱鄧慧玨女史，爲填〔祝英臺近〕一闋，云："盡伶俜，憑折挫，藩溷幾曾墮。影瘦腰纖，幽恨一身裹。可奈雨雨風風，凄凄慘慘，等閑把、浮生輕過。　情無那，幻出弱態翩躚，分明示因果。怊悵芳魂，飄泊倩誰妥？適從何處飛來？還歸何處？也不管、柳昏花彈。"女史爲錢塘諸可寶繼室。著有《蕉窗詞》。

四一　鄭蘭孫

錢塘鄭蘭孫，字娱清，仁和徐花農先生琪之太夫人也。著有《蓮因室詞》。〔浣溪沙〕并小序云："細雨霏微，疏燈明滅，舊游如昨。人感重生，幻夢疑烟，情悲隔世。明明玉鏡，晚妝慵寫雙蛾；薄薄羅衾，瘦骨自憐新病。春蠶未死，空餘舊日纏綿；秋燕慵飛，已識營巢辛苦。琉璃硯匣，一任塵生；綺羅花晨，何須簾捲。紅蔫緑悴，好句遲拈；月暗雲迷，畫欄怕倚。雪鴻踪迹，浮生何啻萍蓬；草木形骸，幻質非同金石。塵緣雖悟，客思難消；旅館清寥，聊成短闋。信筆直書，殊不覺愁痕之深也。""悶倚龍須八尺牀。隔簾微雨送凄凉。銀釭剔了又昏黄。　夢欲尋時偏寐少，事難言處最情長。不堪回首耐思量。"詞既清婉，序更幽馨可誦，閨秀中實罕見之。

四二 阮恩灤

阮文達女孫媚川女史，有〔漢宫春〕一闋，序云："揚州隋文選樓巷，見於宋王象之《輿地紀勝》等書。隋曹憲以《文選》學開之，唐李善等以注《選》繼之，非昭明太子讀書處也。予家在文選巷，嘉慶十年，先文達公始於隙地築樓五楹，即名曰隋文選樓。樓之上奉曹憲及魏模、公孫羅、李善、魏景倩、李邕、許淹七栗主。左右藏書所。樓之下爲西塾。庚戌暮春，偶步選樓下，因溯厥由來，謾賦此闋。""曹氏開先，更諸儒繼後，選學遥傳。回思舊時堂構，都付榛烟。幸存古址，記吾家，卜築林泉。願自此，蘋蘩永祀，馨香俎豆年年。　莫道風流雲散，念門牆桃李，多士班聯。（昔曹憲居此聚徒教授，凡數百人，公卿多從之。）尋來雪泥鴻爪，餘韵流連。依依斜照，喜高樓、百尺參天。任羅貯、名書萬卷，未教媲美前賢。"讀此可知文達之儒雅好古，宜乎流風餘韵被及閨幃也。

四三 沈鵲應

侯官林暾谷先生旭，負異才，以救國爲己任。遭前清戊戌變政之禍，朝衣東市，竟罹極刑。海内無不哀之。其夫人沈孟雅，聞耗亦以死殉。一死國，一死節。嗚呼，可謂烈已！夫人名鵲應，爲前江西巡撫沈瑜慶之女公子。博學能文章，尤工詩餘。有《崦樓詞》一卷。佳者如〔高陽臺〕《懷蘋妹西洋女塾》云："海上春風，淮壖寒食，相望獨自離家。街北高樓，記曾携手同車。鯨鏗報午停鉛槧，顫金釵，蹴鞠喧嘩。共流連，一半吴娃，一半蠻花。　如今姐妹勤相憶，況亞洲異日，天共人遐。欲寄魚書，江長不到天涯。危欄獨倚斜陽下，似苕苕，一水蒹葭。最無聊，滿耳鵑啼，滿目雲遮。"〔甘州〕《懷金陵梁間燕子》云："嘆一年一度此淹留，軟語話温柔。傍雕梁綉户，驚人好夢，故蹴簾鈎。舊宅重來風景，换却一番秋。可念征蓬轉，淮海漂流。　同是倦游羈旅，誤匆匆柳色，豈爲封侯。止憑誰，珍重羽毛修。向天涯、殷勤凝望，對斜暉、不見舊妝樓。遡歸罷、悵繁華謝，金谷荒丘。”

四四　錢湘

《緑夢軒遺詞》，毘陵錢季蘋女士所著。女士姑母，即詩名卓著之孟鈿夫人也。閨門風雅，本有淵源。女士幼好讀漢魏、六朝、唐宋諸詩，口誦心解，無所留滯，多至二千餘首。間自爲之，思致有逸。及歸趙君仁基，即喜填詞。未一年，所詣遠出詩上。然好爲憂傷憔悴之語。如〔高陽臺〕《賦秋海棠》云：“葉碧低遮，花紅散緑，年年深護秋陰。倩影含嬌，亭亭照出波心。西風又是花時節，倚雕欄、消息重尋。一日間，幾度徘徊，幾度沉吟。　　芳魂一縷知何處？但苔深静掩，雨細斜侵。空自凄凉，早秋望到而今。名花應怕人斷腸，衹者番、腸斷偏深。待重新，灑向階前，清泪涔涔。”女士卒不永年。言爲心聲，殆有不能自已者耶？

四五　屈蕙纕

黄岩王子裳太守，字咏霓。清光緒間，由刑部郎中出守鳳陽，旋告歸。優游林下，專力於詩、古文、詞。所著名《函雅堂集》。繼室屈蕙纕女史，亦工詩詞，伉儷間多唱和之作。袁爽秋京卿甚至有“元管仲姬不得專美於前”之語。女史詩未見專集，僅附見《函雅堂集》中數首。詞則有《含真閣詩餘》一卷。〔長亭怨慢〕《和外咏絮字韵》云：“悵飛盡、桃花桐絮。塵鎖妝樓，網縈朱户。柳外闌干，昔時羅袖共憑處。翠眉安在？又緑暗、垂楊樹。惜逝水華年，忍更憶、瑣窗歡聚。　　薄暮。正晝簾微雨，點點漏聲頻數。夢殘酒醒，那復伴、夜深低語。最苦是、紅謝榴花，問燕子、雕梁誰主？算一例端陽佳節，兩番愁度。”又〔減蘭〕《楊花和夫子韵》云：“春魂唤起，扶夢隨郎行萬里。縱别長條，猶自離情繞灞橋。　　東風欲盡，消息天涯何處問？漫舞簾前，催送春歸亦可憐。”〔金縷曲〕《寄外疊韵》云：“送别仍南浦。黯消魂、春波渺渺，飛花無數。緑遍天涯芳草色，迷却來時舊路。空凝睇，關河修阻。雲水千重山萬叠，便模糊、夢影尋還誤。情脉脉，敢輕訴。 蘗蘭紅瘦春光暮。倚東風、玉杯誰賞，綺琴誰撫？閑煞窗前青玉案，静掩碧紗如霧。重爇起，博山爐火。密緒纏綿緘尺楮，押銀泥小印重重護。拈舊韵，寫幽愫。”芳心秀逸，宛轉生情，可傳之作也。

四六　黄易瑜

漢壽黄易瑜，字仲厚，爲仲實、叔由兩先生女弟。淵源家學，造詣可知。著有《湘影樓詩選》。識解超卓，見者無不傾佩。詩後附詞若干闋。〔念奴嬌〕《謝仲實五兄贈硯》云：“紫雲一片，是媧皇當日、補天之石。墨暈苔花，凝結處、幻作蒼然深碧。金盌留香，玉蟾浥露，應笑痴成癖。多君持贈，緑窗清伴晨夕。 誰信似錦華年，吹花掠絮，綺句難尋覓。願祝掃眉斑管上，分得墨池仙液。滿紙松烟，一奩桃雨，細寫烏絲格。青釭如豆，夜凉吟倦秋色。”置之湘社集中，亦復何減玉枲金友也！

四七　劉絮窗

常州管蘅若德配劉絮窗女史，工吟咏。詩多清新俊逸之作。偶爲倚聲，亦復不讓《秋水》。〔行香子〕云：“柳色纔勾，草色方新。怪東風、釀就離情。弦鳴玉軫，酒泛金樽。奈不銷愁，不銷恨，衹銷魂。 極目行雲，是處傷神。看斜陽、又近黄昏。桃花片片，杜宇聲聲。正欲歸春，欲歸鳥，未歸人。”

四八　董琬貞

雙湖夫人董氏，名琬貞，字容壺，曉滄先生之孫女也。曉滄先生贅於海鹽，遂家焉。琬貞有小印曰“生長蓉湖家澉湖”，因以雙湖自號。適武進湯雨生。嘗畫墨梅寄雨生於九江旅次，題〔卜算子〕於後，以代家書。詞云：“折得嶺南梅，憶著江南雪。君到江南雪一鞭，可是梅時節？ 畫了一枝成，没個誰評説。衹得家書寄與看，瘦似人今日。”雨生依韵和云：“一夢落春風，萬里緘香雪。不定相逢在幾時，别是黄梅節。　　别恨兩紛紛，衹共梅花説。嫁得林逋瘦一雙，長是天寒日。”客窗吟咏，何減秦嘉、徐淑之贈答也！

四九　吕碧城

旌德吕氏，有才女子三。其季碧城尤絶，如“吴江三葉”之有瓊章也。碧城《題吴虚白女士〈看劍飲杯圖〉》，調寄〔法曲獻仙音〕云：“緑蟻浮春，玉龍回雪，誰識隱娘微旨？夜雨談兵，春風説劍，夢繞專諸舊里。甚無限憂時泪，都消酒樽裏。　　君認取，試披圖、英姿懔懔，正鐵花、冷謝臉霞新膩。漫把木蘭花，錯認作、等閑紅紫。遼海功名，恨不到、青閨兒女。剩一腔豪興，寫入丹青閑寄。”讀之正如酒氣拂拂，從十指間出也。碧城又有〔燭影摇紅〕二闋。其一《庚戌感事偕芷升同賦》云：“絮影萍根，海天芳信吹來遍。野鷗無計避春風，也被新愁染。早又黄昏時漸，意惺忪、低徊倦眼。問誰繫住，柳外驕陽，些兒光綫。　　一霎韶華，可憐顛倒閑鶯燕。重重帝網滯春魂，花綴零臺滿。底説人天界遠，待懺了、芷愁蘭怨。銷形作骨，鐵骨成塵，更因風散。”其二《癸丑春感蒙古事有作用舊韵寄示芷升》云：“重展殘箋，被人顛倒吟思遍。嫣紅點點燦秋棠，總是啼痕染。纔喜芳菲時漸，悄搴簾、且舒愁眼。含情待見，五色春曦，組成光綫。　　不到春來，樓空人杳愁歸燕。阿誰鈎引玉清逃？草露湔裙滿。底説高句鸝遠，聽鵑語、替傳哀怨。小桃無主，嫁與東風，已因風散。”感事傷時，詞婉而諷，恐非李易安、朱淑真所能及也。

五〇　宋女士

宋女士《閨情詞》云：“牡丹帶露珍珠顆，佳人折向庭前過。含笑問檀郎，花强妾貌强？　　檀郎故相惱，衹道花枝好。一面發嬌嗔，挼碎打花人。”詞名〔菩薩蠻〕。後唐伯虎仿其格調，成

《妒花》詩一首，轉覺詞費。

五一　王翔

嶺南王藴文女士，名翔，爲臨淮楊畹清夫人之女公子。近見其〔壺中天〕詞，《題趙子昂學士畫馬》云："金鞍玉勒，裊珊鞭、噴出五花神駿。萬里踏殘青海鐵，不比尋常馳騁。雪鬣霜蹄，雲螭月駟，留得驊騮影。英雄老去，筆端饒有豪興。　恰好粉本傳來，雙縑寫就，添個鷗波印。良驥騰驤逢伯樂，紫陌長楸堪證。一縷芸香，三分淡墨，人在繁華境。披圖想見，寶臺多少清韵。"女士母畹清夫人，名秀藻，所著詩詞甚夥。詩格雅淡清真，有似劍南，填詞尤精細。如〔祝英臺近〕《咏落花》云："過雕闌，粘綉履，繞砌濺紅雨。百囀流鶯，嚦嚦轉凄楚。况當國士天涯，美人遲暮，更銷盡、吟魂幾許。　啓朱户。回憶羯鼓催開，宫妃笑相語。一霎光陰，浪逐晚風去。任地幽谷芳姿，凌波仙步，也衹共、軟塵飛舞。"又〔霜天曉角〕從竹屋體，《咏落葉》云："如此飄零，西風吹不停。緑蠟也知垂泪，蕭瑟盡，悶中聽。　空庭聞雁聲。醉霜楓木醒。莫問榮枯細事，留石骨，露深青。"又〔南歌子〕云："細雨生春草，輕風落杏花。半溪流水小橋斜，知是誰家。門柳正啼鴉。"又〔漁歌子〕云："霜滑征途緩玉驄。曉鷄驚夢夢初終。風料峭，月朦朧。一絲鞭影過橋東。"選聲煉字，具見實學。宜其女公子有咏絮才也。

五二　包蘭瑛

丹徒包蘭瑛夫人者香，一字佩芬。適如皋朱芙鏡司馬。工詩善畫，尤長於詞。〔風蝶令〕云："楊柳青遮路，芭蕉緑滿廊。湘妃簾子捲斜陽。分付東風留住落花香。　曲折蘼蕪徑，彎環薜荔牆。一重羅幕一重窗。中有呢喃燕子語雙雙。"又〔水晶簾〕一首，《自題錦霞閣》云："小樓窗檻太玲瓏，繞簾櫳，緑陰濃。曲露闌干、斜抹夕陽紅。柳外人家花外寺，聽不厭、晚來鐘。　好山如畫隔牆東。兩三峰，暮烟籠。密竹疏林、遮得月朦朧。詩債尋常隨處有，都記在，曲屏風。”又〔杏花天〕《本意送外》云：“賣花深巷清明後。有幾處、酒旗風皺。倚樓容易教人瘦。何況是晚妝時候。　　胭脂雨偶沾衣袖。雕梁燕、今年來否？料君匹馬長安走。好消息雨中應有。”清麗纏綿，酷似《漱玉》。

（本書參考采納朱崇才整理之《閨秀詞話》的部分校勘成果）

餐碧簃詞話

葉靈鳳◎著

葉靈鳳（1905～1975），原名蘊璞，筆名曇華、臨風、亞靈等，齋名霜紅室。江蘇南京人。畢業於上海美術專科學校。1925年加入創造社，曾負責《創造》《現代文藝》《星島日報》等刊物。1975年病逝於香港。著有《雙鳳樓隨筆》等。《餐碧簃詞話》刊於《針報》1925年9月26日，署名“蘊璞”。本書即據此收録。

《餐碧簃詞話》目録

餐碧簃詞話

一　姜白石論宫調

姜白石云："凡曲言犯者，謂以宫犯商、商犯宫之類。如道調宫上字住，雙調亦上字住，所住字同，故道調曲中犯雙調，或雙調曲中犯道調。其他准此。"

二　鄭文焯詞

近人高密鄭文焯叔問，晚號大鶴山人，以名孝廉官吴中。詩書畫金石文章而外，尤工填詞。清末隱居自放，蓄一鶴自隨。其寵姬亦解音律，曾記山人有冷紅閣醉題〔清平樂〕一闋云："花枝倦拗。紅陣和愁掃。簾外扶妝人悄悄。鏡檻瞥逢一笑。　　湘幃乍揭冰綃。近身花氣如潮。凉到一眉春月，夢痕緑上芭蕉。"清麗疏狂，固毋忝白石道人"小紅低唱我吹簫"也。然其所以能至此者，咸謂其通律之原，故能聲出金石，深美閎約如此。

三　詞用事最難

詞用事最難，要體認著題，融化不澀。如坡翁〔永遇樂〕云："燕子樓空，佳人何在，空鎖樓中燕。"用張建封事。白石〔疏影〕云："猶記深宫舊事，那人正睡裏，飛近蛾緑。"用壽陽事。又云："昭君不慣胡沙遠，但暗憶江南江北。想佩環月夜歸來，化作此花幽獨。"用少陵詩。此皆用事不爲事所使。

四　石次仲多麗詞

湖上爲天地間靈氣所鍾，古來騷人墨士，題咏殆遍，然真佳句亦不多見，而詞之旖旎風光者，莫過於石次仲〔多麗〕一曲。其詞曰："晚山青。一川雲樹冥冥。正參差烟凝紫翠，斜陽畫出南屏。館娃歸、吴臺游鹿，銅仙去、漢苑飛螢。懷古情多，憑高望極，且將樽酒慰漂零。自湖上愛梅仙遠，鶴夢幾時青。空留在、六橋疏柳，孤嶼危亭。　　待蘇堤、歌聲散盡，更須携妓西泠。藕花深、雨凉翡翠，菰蒲軟、風弄蜻蜓。澄碧生秋，鬧紅駐景，采菱新唱最堪聽。一片水天無際，漁火兩三星。多情月，爲人留照，未過前汀。"可謂詞與景稱矣。惟次仲在宋，并未著名。而著名者未必都工，是非無據，自宋已然，豈獨晚近乎哉？

五　易哭庵壽樓春詞

亡友易哭庵，晚年以醇酒婦人自戕餘生。才名冠世，其所爲詩文，海内知之矣。不知其詞亦天才横溢，并不在清真、玉田之下，蓋有真性靈而後有真才調。非必如一二標榜門户、矜爲獨得之秘者可以同日而語。憶其〔壽樓春〕一闋云："霜花腴還魂。憶靈岩唤酒，水瘦烟昏。更憶蠻江聽雪，市橋沽春。都老了，翩翩人。舊屐裙、張循王孫。悵埋玉山川，銷金歲月，環燕一般塵。　　秦淮曲，丁簾曛。共招凉藕國，翠雨飄尊。甘向紅樓乞食，勝他朱門。黄月暈，圍如軍。照兩萍吴頭吴根。空墨泪模糊，詩痕醉痕凄滿巾。"嗟乎！新詞依舊，而鄰笛凄然，不勝華屋山丘之感矣。

（以上《針報》1925年9月26日）

求物治齋詞話

葉靈鳳◎著

《求物治齋詞話》，刊於《針報》1925 年 11 月 14 日，署名“蘊璞”。本書即據此收録。

《求物治齋詞話》目録

求物治齋詞話

一　晚近末流詞

“近時詞人，多不詳看古曲下句命意處，但隨俗念過便了”，此宋沈伯時語也。夫在宋時，已不免此弊。况晚近末流，以能凑象一詞便矜博雅。對於音律兩字，早已置諸度外，此詞宗之所以寥寥也。

二　朱彊邨手書西平樂長調小立幅

鄭大鶴後，自當以歸安朱彊邨爲近代名家。昨在余素庵處，見其手書〔西平樂〕長調小立幅一幀，風格遒勁，筆法古拙，蓋二十年前贈余物也。中有警句云：“消不得能言怪石，犯斗靈槎，説甚虞翻宅徒，陸賈書新，一夜江湖夢已凉。”大氣盤旋，根柢深厚，非老斫輪手不辦。

三　作詞煉句下語最是緊要

作詞煉句下語最是緊要。如説桃，不可直説破桃，須用“紅雨”“劉郎”等字；如咏柳，不可直説破柳，須用“章臺”“灞岸”等事，此一例也。又如“玉箸雙垂”，便是泪了，不必更説泪；如“緑雲繚繞”，便是髻了，不必更説髻。一般淺學，多不知此妙用，指爲不分曉，豈非大謬。

四　蕙風詞尚有宋賢軌範

臨桂況夔笙先生，予耳其名有年，顧未見面。詞亦嘗在友人處，偶見一二，未窺全豹。近閲其自刊《蕙風詞》二卷，尚有宋賢軌範。而得力於彊邨前輩，亦復不少。〔減字浣溪沙〕《櫻花》詞云："萬里移春海亦香。五雲扶檻渡花王。從教彩筆黄平章。尃緑華尤標俊賞。藐姑射不競濃妝。遍翻芳譜衹尋常。"吾友少眉，謂其末句改成容若語。予則謂古人亦有之，未可深病也。

五　況稿之病

又〔水調歌頭〕《落花》詞云："擁被不堪聽，作算一宵晴。峭風多事吹送，到枕一更更。花落已知不少，一半可能留得，未問意先驚。簾幕帶烟捲，紅紫綉中庭。"云云。少眉又謂其格律既卑，煉句又不成話，未免爲況稿之病。予則謂按諸古人集中，亦隨處多有，殆未能忍心愛割之過也。抱千秋之想者，不可不慎。

（以上《針報》1925年11月14日）

詞讕

宣雨蒼◎著

宣雨蒼，以字行。吉林人。曾爲羅振玉家塾師，羅繼祖從其學。《詞讕》刊於《國聞周報》1926年第3卷3月7日第8期、3月14日第9期、3月21日第10期。本書即據此收録。張璋等《歷代詞話續編》、朱崇才《詞話叢編續編》均收録該詞話。

《詞讕》目録

詞　讕

一　詞之遞嬗

詞，詩餘也。其源從樂府長短句遞嬗而來。唐人采樂府製新律，而後有詞。其嚆矢於何人，無可指實。第舉世之所傳最首出者，李白之〔菩薩蠻〕〔憶秦娥〕，然亦不得即謂權輿於太白也。其後有唐一代，所傳作者，韋應物、王建、韓翃、白居易、劉禹錫、皇甫松、司空圖、韓偓，并有著作。而温庭筠最稱杰出。五季南唐，小令之工，後無能媲。北宋詞引爲慢聲，正如初唐五七言律詩，多在古近體之間。求其通體工稱之作，殊不多數。捨東坡如天馬行空，别成一格外，餘子如淮海、耆卿，相傳諸作，往往一首中雖有可誦名句，而俗艷浮響，無謂俚言，亦復不免雜出，金鍮互見。誠不能爲古人曲諱。至於清真，漸臻完密，然生硬處仍時有之。蓋其時猶以爲詞者乃詩之餘，未足并重。但以尋聲爲尚，而修詞次之。此其所以失也。南宋作者，究心倚聲，重於詩歌，一時士夫能文章者，無不旁通音律，故能聲文并茂。其最高爲姜堯章。《詞品》謂其高處有美成不能及者。多自製曲，初則率意爲長短句，既成，乃按以律吕，無不協者。其〔長亭慢〕自序亦如此。是知堯章之製詞，固先有文而後有聲，有聲而後有律，深合歌以永、律諧聲之道。此其所以集大成也。

二　澀體爲南宋一時風尚

世既知倚聲之重於修詞矣，而澀體亦於是婁入。澀體爲南宋一時風尚，文氣艱澀怪誕，以詞害意，不獨爲禍倚聲，實千古文字之大劫運，可謂南宋亡國文字之妖孽。而近人亦多崇尚此體者，蓋同爲亡國之餘，固應有此亡國之咎徵也。

三　窣堵波

夢窗詞，世號澀體，玉田已謂其七寶樓臺，拆下不成片段。本朝張茗柯《詞選》，亦毅然去之，所以正詞苑之風氣也。不圖近日詞家争相祖述，餖飣寫來，幾不成語。嘗見今世奉爲詞伯者有傳句云："窣波鐘動，歸去連錢，蜻蛉催泛"，可謂澀矣。然"窣波"何不徑用佛樓，"連錢"何不徑用花驄，"蜻蛉"何不徑用扁舟，使讀者可以豁然意爽，仍未見其稍倍詞旨，必欲强借名詞，一一帖括，好爲其難，毋論矣。乃并其强借之名詞，不求甚解，是誠大可怪也，試爲正之。如"窣堵波"，爲梵語，譯即塔也，塔非藏鐘之地，鐘則别有鐘樓，而"窣堵波"一句梵語，尤斷不能截去"堵"字，但用"窣波"，致不成語。即彼或曾見前人有誤用者，以爲是有所本，而不知爲"一盲引衆盲，相牽入火坑"也。彼執詞壇牛耳者，傳作且如此，世之依草附木，自號倚聲家，更可知矣。詞苑波旬，可爲一慨。近世西人有鐘塔，此若指彼鐘塔，即應用彼名詞，非吾所知。然"窣堵波"，吾固知其明明梵語，截去"堵"字，忽作"窣波"，則斷不許如此割裂也。

四　梅溪不逮姜遠甚

世以姜史并稱，梅溪細膩運帖，允稱作家。而考其根柢，實不逮姜遠甚。蓋白石風度，如孤雲野鶴，高致在詩人陶、孟之間，豈彼權門堂吏所可希及。人有真性情而後有真文字，彼搔首弄姿者，雖工亦奚以爲？

五　稼軒詞静細處

稼軒詞感慨蒼凉，自具一格。亦南宋之東坡也。後之學者，自改之、竹山，已不免病在犻狂。試讀辛“野塘花落”“羅帳燈昏”諸作，其静細處豈尋常操心人能道一語，使舉後學之鄙獷叫囂，以爲胎息不善，歸咎師資，稼軒不能受也。

六　咏物詞有寄托而後雋永

咏物詞，必有寄托而後雋永，當以碧山樂府爲最。其盛傳者如〔眉嫵〕之咏新月，〔齊天樂〕之咏蟬，〔慶清朝〕之咏榴花，〔高陽臺〕之咏梅，無不感時傷事，深契風人之旨。至於後世作者，運典而不運意，雖極工麗帖切，不過一事類詞耳，誠何足觀。

七　玉田詞

草窗與玉田相近，玉田於白石具體而微，然風骨終不能及。

八　不善學詞

雅正如白石，不善學者將流爲平滑。然壯如稼軒，不善學者將流爲犻獷。藴藉如碧山，不善學者將流爲纖巧。斟酌飽滿如夢窗，不善學者將流爲堆砌敷衍，無所不至。

九　著作有著作之時代

著作有著作之時代，必遇文武成康之世，而後可陳雅頌，必遇東周王室之變，而後可極諷刺。此皆時代爲之，非偶然也。至於尋常時世，固不可爲無病之呻吟，亦不可作太平之粉飾。作者唯以嘲風弄月，各抒懷抱，雖非興觀群怨之旨，然不失其爲本色語也。至於今日天崩地坼，生民未有，誠爲空前絶後大著作之時代也。而猶光景流連，尊俎酬唱，意本帖括，詞尚餖飣，不唯負此著作，亦大負此時代矣。此稼軒之“斜陽烟柳”，白石之“廢池喬木”，所以傳之千古，而繼響風騷也。

一〇　倚聲之難甚於尋常韵語

言語之精華爲文章，文章之精華爲韵語。倚聲亦韵語之一類，雖小道，其入彀之難，尤甚於尋常韵語也。使如吃者之口，前後剌剌，聾者之耳，東西茫茫，是即不能成爲語言。不能成爲語言者，安能成爲文章，反安能成爲韵語之文章邪？彼工爲澀體，而理晦於詞，從事帖括，而詞複於意，是何異聾者之聽茫茫，吃者之口剌剌邪？倚聲云乎哉？

一一　倚聲乃有韵文字最精密者

文字以立意爲主。意立而後選詞，詞修而後連筆。意猶生氣，詞猶骨肉，筆猶血脉，三者有一或缺，不能成文。倚聲乃有韵文字而最精密者，安可不求其美備邪？蓋有意無詞，其病枯燥；有意無筆，其病沉悶。有筆無意，其病空衍，有筆無詞，其病浮滑；有詞無意，其病支離，有詞無筆，其病板滯。三者缺一，其病已及於此。缺二，非散漫即隔閡。甚則複冗敷廓，蕪穢而不能成章矣。

一二　周濟詞好爲澀體

前清周止庵，祖述夢窗者。其論詞於白石時有不足，與張茗柯之不選夢窗正同。門户之見，雖詞章小道，亦復不免。然周詞甚不逮張，以其好爲澀體，仍陷拆下不成片段窠臼中。如《咏蟬》詞之起句，“聽倉黄病柳，一聲凄婉”，柳豈有聲而可聽邪？彼固咏蟬，而如此起法，則不辨所聽者爲蟬爲柳矣。亦拆下不得之昭昭者，求澀而以詞害意也。雖然，予之指摘止庵，不免予之門户見耳。

一三　玉田慢詞之失

張玉田言：“作慢詞，最是過變不要斷了曲意。”是倚聲家不可不知，然人之短玉田者，或謂其慢詞换筆不换意。言之雖過，而玉田此失，亦時有之。蓋本其不斷曲意一語而來也。倚聲豈易言哉？

一四　作長調須段段有意

作長調，兩三換頭者，如〔鶯啼序〕〔哨遍〕〔蘭陵王〕〔寶鼎現〕之類，須段段有意，句句成彩，不複而不斷，纍若貫珠，密若布網，具一常山索然之勢，否則毋寧其已。

一五　詞調中有難工稱者

詞調中有難工稱者。如〔壽樓春〕之多平，〔繞佛閣〕之多仄，〔霓裳中序第一〕之多韵，以及〔夜飛鵲〕〔綺寮怨〕之類。皆須以自然高妙出之。稍有牽合，便非作家。亦不如置之，而别求悲壯激昂宛轉流麗之文，考詞定義，按部就班，庶不至有乖風雅也。

一六　倚聲之韵

音韵之學，久已乖離。今世所用之詩韵，斷不足以代古韵也。倚聲之韵，又與詩韵稍異。蓋詩韵古所通者，倚聲無不可通，且但分平仄，不分上去，更較詩韵爲寬。惟於入聲爲獨用，實止略分四部：屋沃其一，覺藥其二，質陌錫職緝其三，物月乃至合洽其四，此稍異也。然古詩於質陌物月十餘韵均得相通，試讀杜韓大家五古，如《北征》《南山》諸篇，可以概見。而詞家清真、白石，亦間有通用者。自後世詞韵出，而某通、某獨、某半通，分别井然，世遂奉爲金科玉律，而不察其并未折衷於古大家也，不亦陋乎？

一七　清真浪淘沙慢用韵

清真〔浪淘沙慢〕，通首用月屑韵，而有“恨春去、不與人期，弄夜色”一韵在焉，假令此句不入韵，而後人填此調者，莫不依韵填押，即近世鄭叔問號爲知音，其集此調用質陌韵，此句爲“似泪粉、亂點東風，悵恨極”，固知爲韵無疑。

一八　白石暗香折字韵

白石〔暗香〕“折”字韵，後人以“摘”字易之，所以强就詞韵也。然當時吴毅夫所和，却爲“鐵石心腸爲伊折”。其原韵“不管清寒與攀折”之“折”字，尚可强以“摘”字相代，於義未悖，而吴和之“折”字，若竟以“摘”字代，尚成語邪？

一九　白石詞韵

白石〔慶宫春〕詞，即是“月曷合洽”通用，誦者便知，毋俟深考。又〔霓裳中序第一〕用質陌韵，而“羅衣初索”之索韵，亦借叶入，“索”固在藥韵也。

二〇　詞韵通用

詞韵以侵韵爲獨用，元韵爲半通，真文與庚青蒸、寒删先與覃鹽咸，均分爲兩韵通用。仄韵寢沁同侵爲獨用，阮願同元爲半通，而旱銑翰霰與感儉勘艶等韵，軫震與梗敬等韵，亦同平韵寒覃真庚等韵，各分兩韵。然考之古諸詞家，并無如此之必相分者。如玉田之〔憶舊游〕《登蓬萊閣》一首，真文庚青蒸侵六韵全用，陳西麓之〔絳都春〕一首，元與寒先亦復全通，而周草窗之〔木蘭花慢〕，先鹽寒删覃等韵亦各通用。其仄韵詞韵所分，而詞家所通，尤復比比皆是，不可勝舉，是皆可爲先例也。

二一　古韵支魚紙語本屬相通

白石〔長亭怨慢〕，全首用語遇韵，而中有“也不合青青如此”之此韵在焉，今詞韵固不相通，後人遂以“此”字改作“許”字，又將前之“暮帆零亂向何許”之“許”韵，改作“向何處”，此皆深中詞韵流毒不可藥者，故敢肆意妄誣古人。姑毋論其改所在點金成鐵，貽咲作家，且并白石自序“極愛桓大司馬”語亦忘之。桓語爲“如此”邪，“如許”邪。蓋古韵支魚紙語本屬相通，固非陋儒所知，而遑論於考定詞韵之老樂工邪？

二二　方音叶韵

弁陽老人選《絶妙好詞》，膾炙人口。開卷第一，即張于湖〔念奴嬌〕，其叶韵，今之所謂落腔也。兩宋詞家，多有以方音叶韵者，原不可從，至於酌用古韵，亦斷不可妄肆訾議。

二三　戈順卿知音而不知詞

今人所奉詞韵，實遵戈氏。按，戈順卿知音而不知詞。其自作詞，世有傳之者乎？俞曲園之序鄭叔問詞，有曰“戈氏深於律而不工於詞。律之不工，固不可言詞，詞之不工，又何以律爲”之數語，知言也。蓋戈氏僅可謂之知音之樂師，不可謂爲倚聲之詞人也。

二四　詞必情文并茂

詞固以音律爲尚，然果是浩氣流行，及天然渾成佳句，即有一二字不叶者，盡可聽其自然，萬勿强肆雕琢，致損太璞。試觀兩宋詞人，諸大家中，亦不乏此等出入，後世製譜者，必且曲爲之解，曰借某，叶某，非遇狂易無憑謬充詞伯之老伶工，斷不敢肆口詆語。總之，既名曰詞，則必情文并茂，方可傳世，若僅乞靈聲律，但一工尺譜足矣，又何必填詞爲邪？

二五　戈順卿選刻宋七家詞

戈順卿選刻《宋七家詞》，爲清真、梅溪、白石、夢窗、草窗、碧山、玉田。選宋詞而遺稼軒，已是不知子都之佼。其所選者，自謂律韵不合雖美弗收，故於梅溪〔雙雙燕〕詞，以爲庚青真文四韵雜用，毅然屏之，而白石之〔慶宫春〕〔眉嫵〕二詞，亦以用韵不合不録。此固彼自圓其説，猶有詞也。乃於所選白石〔摸魚兒〕詞，竟將“湘竹最宜欹枕”，改作“湘簟正宜宵永”，

“閑記省”，改作“閑對景”，“無人與問”，改作“無人細省”，“微月照清飲”，改作“微月照清境”，以强就彼所訂詞韵，不屑上誣古人。如此而操選政、講韵學，倚聲道中，有此闡提，可爲千古詞人同聲一哭。

二六　定詞韵應就大家所作之詞

著書講學，當有淵源。定詞韵者，必應就古諸大家所作之詞，更參古韵，而詳考之，定爲一是，以範後學，則人不敢不瓣香以祀，無可置喙。若捨諸大家所作，而自我作古，定其所定，人亦何不可各定其定，安在必以詞韵爲準繩邪？

二七　賴以邠詞譜謭陋

萬紅友《詞律》，亦多私臆。然所駁正《圖譜》之處，確有卓見。至於後出賴以邠之詞譜，幸而所收詞調不備，譜中破句，十調而五。謭陋至此，偏欲著書，吾不知其何以流傳至今，尚有奉之者。此譜不毁，貽誤後來詞學將絶矣。

二八　《詞律》之失

《詞律》之失，亦在崇拜一家。但有夢窗之作，必將其他名家異同之處，强爲改就，於白石自度之〔暗香〕〔徵招〕諸詞，皆不深信，轉引他作爲證，是亦不可救藥之病也。

二九　詞律言夢窗白石交厚

《詞律》一再言夢窗、白石二公交厚，同游最久，數數援以爲證。自予按之，則白石集中，從無與夢窗賡和之作，不知紅友數百年下，何以得知。此蓋欲融門户之見，而愈形穿鑿也。

三〇　和韵非古

和韵非古也。詩且不宜，而况乎詞。勉强爲之，終近生捏。苟有獨運意匠，語語自然者，自爲有數之作，亦不可廢。余生平不嘗與人賡和，惟丁巳春，偶有《和人獨游中央公園》〔念奴嬌〕一首，稍信裁縫尚無針迹。惜乎原韵係用古通之入韵。與今詞韵大背。予固非墨守詞韵者，且不忍自没苦心，附録於此，亦遂不復再編入集矣。詞曰："永嘉以後，算風流、誰是渡江人物。泣下新亭成底事，且讓雄譚捫蝨。白髮燈前，黄塵馬上，字字從何説。千門宫殿，潛行依舊春日。　　祇恐化作衰蘭，荒凉月落，送盡咸陽客。定有騷魂招不盡，凄斷陸離長鋏。芳草生時，流鶯嚦處，幾個無家别。天涯如此，素心羞問晨夕。"

三一　歐西之樂絶非中國之聲

近時教育，亦尚樂歌，列於學科。其所謂樂者，歐西之樂耳，不但非我古學，且絶非中國之聲，用夷變夏，極於如此，禮樂安得不亡。有心人聞之，宜如何驚且慨也。

三二　喝火令一譜

學校風琴中，有將慢令各調譜入者，其律斷非中國之舊有，然其聲亦間有可聽。嘗記其〔喝火令〕一譜，與詞譜稍異，而音尚颯颯，頗近昆曲。時方長夏，就其所譜，爲填一令，以當蓮歌。詞曰："三十六陂外，水香開白蓮。江南舊曲唱田田。爲問幾分湖雨幾湖烟。爲問湖烟湖雨，今日是何年。"音調殊哀以怨矣。

三三　風琴樂譜

風琴樂譜，以較中國之樂，不唯古樂，即比倚聲，其難易不啻霄壤。村學究，數黄口兒，均能唱和一堂。其聲淫哇噍殺，具勿深論，而歌詞俚鄙，尤出里巷風謡之下。用之校中焉，用之軍中焉。風尚如此，尚欲與之言樂律、言倚聲，非秦咸池而享爰居，有不垂頭欲死者邪？是誠不可以已乎。

三四　内典入文字

内典入文字，最爲高尚。然必用之適當，方稱合作。萬一不求甚解，草率拈來，不第不能成詞，且不成語，如前載以“窣波”名詞代塔者是矣。唐人多通佛學，其運梵典，絶少譌謬。兩宋以後，已有强作解事者，不可爲訓。前清以來，至於今日，其自號著作者，尤喜用之，然十人而誤者八九，亦可知今不逮古矣。

三五　竹眠詞數用梵典

黄仲則《竹眠詞》，亦嘗數用梵典，工否不一。如〔金縷曲〕《報勞濂叔手書大悲咒以贈》有云：“檀那衣鉢何曾吝。”其全詞甚佳，唯此句義獨晦。蓋檀那，譯即布施；衣鉢，爲師弟授受淵源之表法，如禪以心印相授受，律以戒行相授受，如此可得名之衣鉢。此曰檀那衣鉢，則似以布施相授受矣。檀爲六度之一，義兼財法。其所言財法者，乃以法以財爲施，施與授義相若，循其詞義，非兩義複出，即成以衣鉢爲現前法物而施之矣。故甚不可。又〔清平樂〕《河間曉發》有云：“替戾聲催裝上馱。”替戾，鈴語也，見《佛圖澄傳》。此則不唯精當工貼，且將顯神形容入妙。如此運用，便是作家。

三六　竹垞詞用梵典

竹垞於前朝詞人中號爲博雅，自無間言。然其〔滿庭芳〕《咏佛手柑》詞，并不敢多搜梵典，不過“白牛露地，鹿女雙林”，略舉一二，且以活筆襯之。雖覺稍泛，尚無疵戾，殊有自知之明，長於後來儉腹高心者多矣。予因竹垞此詞，亦嘗擬作〔春風裊娜〕一首，稍信運典處無可訾議。附録於此。詞云：“正拈花倦了，游戲人間。分檐蔔，獻瞿曇。問携歸、誰解結巾妙用，供來合送，攬几餘閑。薰得天香，沁回塵夢，接引休嗟入勝難。爲要圓通鼻功德，兜羅綿相示君看。　堪咲衆生顛倒，低垂下處，莊嚴事、錯認般般。真嚼蠟，也稱柑。撑拳或有，竪拂無關。轉語空猜，後身金粟，比量不似，前度銅盤。何如還去，對茶鐺藥鼎，黃龍一指，于细重參。”此詞工切似已完備，唯絶少寄意，即予所謂“事類詞”也。雖佳，亦不應録，故屏之集外。而尚贅此者，聊以標運用梵典一格耳。

三七　藝蘅館詞選極稱鄭叔問

《藝蘅館詞選》，梁啓超托其女令嫻名所輯也。自唐迄今，不盡純萃。彼新學家眼光，無論何事，例視他人别具一副，原無足異。其於今人中，極稱鄭叔問氏，録詞甚多。然所録者，大半皆叔問自删之作，不逮今集存者遠甚。“文章千古事，得失寸心知”，叔問之心知，自高出藝蘅之知人。

三八　叔問樵風樂府

叔問《樵風樂府》九卷，誠晚近倚聲之卓卓者。自光緒甲午、戊戌、庚子以來，所作寄意深遠，具有家國之感。宣統辛亥後，遂絶筆矣。宗旨如此，此其可以傳也。

三九　叔問於詞能以少而精

叔問於詞，所作多而所存少，果於割愛，故能以少而精。此其所以長也。大凡著作家，貪多者必敗。人生之精力有限，文字之精華亦有限。與其多而招尤，何如罕而見珍。鳳毛麟角，誠多乎哉?

四〇　白石外集當係僞托

白石外集一卷，當係僞托。不惟詞不相類，即製題亦復不似。假爲白石自删之餘，而後人搜集成之，是亦可見其精於自鑒，而果於自决。大過人處，正在於此。離之則雙美，合之則兩傷，斯之謂歟?

四一　黄仲則竹眠詞

黄仲則《竹眠詞》，真氣横逸，開古今詞家未有之面目。然亂頭觕服，不自修飾，往往一首中金鍮互見，完璧甚尠。而荒穢不能成章者，尤時有之。甚可惜也。蓋仲則客死晋中，遺稿俱其平生交游好之者代爲搜輯，初無抉擇，至於如此。今若就其所傳稿中，重加選訂，存十二三，壽之名山，可以不朽矣。他日予將爲竹眠爲之。

四二　咸同詞人以蔣鹿潭爲獨步

咸同中詞人，以江陰蔣鹿潭先生爲獨步。其所傳《水雲樓詞》，止百餘首，未刻遺稿尚多。曾於其子子播茂才處見之。子播死，不知今佚何處。若藝蘅館所選詞中，即有其未刻之〔琵琶仙〕一曲，亦甚精美。先生所爲詞，沉抑雅正，白石後有數作者。惜其遇甚窮，以鹽官浮沉淮上，又值亂離，终客死於吴江舟中。平生善吹簫，得新詞，必自吹度，令妾婉君曼歌，有小紅低唱之風。既死，婉君殉之。馬塍啼損，尤爲希有。先生與先大夫同官於淮，遂聯縞紵。其流寓東州時，每來揚州，輒館予家。予孩提中曾見先生丰采。嘗指予謂先大夫曰："此子有慧根，將來必能文也。"今雖都不復記，而於先生生平，知之尚詳，先生有一佚事可附記之。

四三　揚州名娼小劉

同治初，揚州名娼小劉者，鹺商某求以重幣納之。劉鄙其俗，不許。先生嘉劉之識，贈以小詩，有句云："不嫁商人空老大，吴陵疏雨怨琵琶。"劉遂引爲文字知己。先生歿後，其子子播落拓淮上。時劉已退爲房老，養女數人，并名於時。審知子播困，求得之，爲之納粟，得雜職。又介紹於其家往來豪客中，檄委不斷，以贍終身。若劉者，信有古俠妓風。而詞人生無所遇，死乃食報於風塵文字知己，可傳，亦可悲矣。

四四　艷詞甚不易作

艷詞甚不易作。作者貴有纏綿反側一往之深情，忌爲妖冶猥瑣刺目之褻語。如東坡“缺月挂疏桐”〔卜算子〕一首，或謂其爲老兵女而作。而茗柯選之，引鮦陽居士所論，謂其與《考槃》極似。若此，可謂善言詞者。至於山谷語業，已造犁泥，再如“妝樓長望”“羅帶輕分”之類，直是俗艷浮響耳。毫厘有差，天然懸隔，學者宜慎擇之。

四五　白石艷詞

白石集中，亦間作艷詞。如戲平甫、戲仲遠諸作。游戲之中，仍具深情。又其苕溪記見、金陵感夢，均艷在情緻，而不在語言，是方稱爲艷詞合作。予亦習爲之，但師白石一派，斷不敢肆口昵昵。非戒之，蓋鄙之耳。

四六　艷詞毋爲詞妖

彭羡門以鴻博第一名世。所著《延露詞》，妖艷特甚。記其〔卜算子〕有云：“身作合歡床，臂作游仙枕。打起黄鶯不放啼，一晌留郎寢。”評者謂爲神品。就艷詞言，誠爲佳構，然而風雅道喪矣。至於晚近作艷詞者，亦是風尚。樊樊山、易實甫之流，皆好爲之。又如宋芸子有句云“口脂紅雨頰紅雲”之類，艷而不詞，尚成語邪。吾願世之爲艷詞者，稍以藴藉出之，毋爲詞妖，以禍後進也。

四七　應酬文字

應酬文字，每多溢美不衷之言，未免近諂。不佞生平之所深惡痛絶，故不敢作，不忍作，不能作。即勉强作之，亦斷不工，誠不若不作爲得。嘗觀古人此等著作，亦絶少當意。善乎，白石一窮布衣，生平受知於當代名公巨儒，其自述者實繁有徒，而張平甫最稱知己。至謂十年相處，情甚骨肉，亦不得不謂交游之廣矣。就集中觀之，其所交中，微平甫、石湖外，餘子見者幾何？蓋與張、范之交，素心晨夕，迥異流俗，故得有此。然餘子能好白石者，自非庸俗不文可知，乃其自甘窮放，絶不以此爲罔道求合之具，益足信其品操之高逸、著作之矜貴矣。

四八　白石之所耻

或難之曰：子安知白石當日不嘗爲此邪？作而不存，非不可也。曰：世之好白石者，好其文也。果有投贈，白石不以人矜，人將以白石矜，虽不自存，寧無代存者乎？信是作而不存矣，亦可見其自好爲不可及。若後世作者，雖無契合，且將攀拊一二知名士，以爲榮譽。幸如白石之遇，將不知其感恩知己之言，如何連篇累牘，窮形盡態也。嗚呼，白石之所耻，某亦耻之。

四九　酬應之風今日極盛

酬應之風，至今日而極盛。新學名詞，謂之運動。文字雖非所習，而風琴歌譜，固所風尚。舊有慶吊無論矣，更益之以歡迎、歡送、紀念、開會，種種繁文，均莫不譜之歌詞，以媚賓客。昔北齊有士大夫語顔之推曰：我有一兒，年已十七，頗曉書疏，教其鮮卑語，及彈琵琶，稍欲通此，以伏事公卿，無不寵愛，亦要事也。顔氏低頭，至不欲聞。是即今日之好教科也。哀莫大於心死，不具死心而生今世，猶欲於詞章之末，抗論氣節，予亦自知其辭費矣。

五〇　下筆矜貴

白石之詞，於〔慶宫春〕，其自序曰：過旬塗稿乃定。於〔長亭怨慢〕，其自序曰：初率意爲長短句，而後協以律。是可知其或先成詞而塗稿鄭重，或先得句而協律精審，皆非率意爲之。昔人云："得句將成功。"喻其難也。唯知難，則下筆自然矜貴。今也不然，以文字爲無足重輕之物，故肯以之爲無謂周旋之用。不自知其難，遂亦不見人之苦心，安得有佳構，安得有賞音也？然亦可喻今之將略，不恤天下膏血頭顱，以争一己之權利，僥幸用之，遑計得失。誠如曹孟德與孫吴書云：將與將軍會獵於吴。是固以士卒爲鷹犬，人民爲飛走耳。何功之可言成，亦何成之足爲貴。斯文道喪，未有甚於今日者也。

五一　選家權衡

有宋詞家極盛，而選詞善本極少，唯弁陽老人《絶妙好詞》尚饜人意。餘如《花間》《草堂》《樂府雅詞》《陽春白雪》《絶妙詞筆》之類，大都純疵互見。蓋以當時人操當時選政，徒媚於親愛，而選政於是濫矣。即弁陽所選，其第五、六、七卷，多其并時之人，故選人者亦復不能盡當。此其書之所以復不逮前也。夷謂選家與史家權衡相同，皆有華衮鈇钺之操縱，不能具《春秋》之心，不必誣人，亦不必自誣。

五二　有清詞家

嘗有人評有清詞家，謂如竹垞、迦陵爲才人之詞，《衍波》諸家爲詩人之詞，惟《飲水》《憶雲》《水雲樓》三家，乃真詞人之詞。其論尚屬允當。然《飲水》小令，可稱神化，而慢曲單緩不協，什之七八。其令可傳，其慢不可傳也。《憶雲》工整稍近夢窗，亦似肉多於骨。予所瓣香無間言者，《水雲樓》而已。

五三　填詞須通首詞氣匀配

填詞須通首詞氣匀配。或前虛後實，前實後虛，或前遠後近，前近後速。實字過多，則嫌堆砌，否亦隔閡。虛字過多，則嫌薄弱，否亦弛懈。故必均匀支配。太促，則用排蕩之筆以疏其氣；太散，則用研練之筆以緊其機。務以一氣呵成者爲上，次亦必求通體疏達，饒有餘味。若僅以字面工麗，從事妝點，是非我所敢取也。

五四　倚聲一道亦有一時之風氣

衆生耽軟暖。耽軟暖則慕榮利，慕榮利則習揣摹。不能揣摹者，即爲自絶於時。其不至放弃終身者，尠矣。若兩漢之訓詁、六代之駢儷，唐之詩，宋之詞，元之曲，明之制藝，皆隨時爲風氣。著述如此，即其他之讖緯、清譚、理學門户，亦各揣摹之一道也。有清盛時，各種學派，皆有提倡，皆有揣摹。至於衰世，争尚西學，而昔所揣摹，都成糠秕。國變十年，其揣摹者，上下交征，廉耻道喪而已。生民以還，無斯變相，吾誠不知所言。然倚聲一道，尚未至成《廣陵散》者，亦有一時之風氣也。能揣摹者，未嘗無人，特與予之所言背道而馳。予固自絶於時者，軟暖非不耽，而揣摹生不習，寧獨幸聾然邪？時絶我乎，我絶時乎？

（本書參考采納朱崇才整理之《詞讕》的部分校勘成果）

一葦軒詞話

劉德成◎著

劉德成，字化民、話民，號一葦，遼寧營口蓋州人。民初畢業於北京大學，曾任奉天警察廳秘書，東北大學編輯主任，馮庸大學教授。著有《詞學概論》《一葦軒詩剩》《愁愁詩詞》《綠閨知己》等。《一葦軒詞話》刊於《東北大學周刊》1926年10月10日第1期。本書即據此收録。張璋等《歷代詞話續編》收録該詞話。

《一葦軒詞話》目録

一葦軒詞話

一　詞協律未可忽視

詞立意固重，而協律亦未可忽視。張惠言爲清代詞家常州派之首領，而論詞以立意爲本，協律爲末。於是乾隆以後之詞調，祇可讀而不可歌矣。

二　太白詞

太白爲千古詩仙，其詞則不多見。今世所傳者，僅有〔菩薩蠻〕〔憶秦娥〕〔清平調〕〔桂殿秋〕〔連理枝〕數詞而已；然真僞尚屬疑問也。考唐大中初，女蠻國入貢，其人危髻金冠，瓔珞被體，人謂之“菩薩蠻”。當時娼優，遂制〔菩薩蠻〕曲，蓋出於唐之末季，今太白集有其詞，疑後人僞托也。他若〔憶秦娥〕等詞，恐亦非真。溯詞曲創於隋，至唐作者漸多。然當時詞曲，多出於音樂家，或精於音樂之文人。非若後人不解音樂，僅以詩筆填詞也。余意太白雖豪爽風流，或不解音樂，故無詞集盛行於世。不然，玄宗善製曲，最重太白，何未聞與太白有詞曲佳話之流傳乎？蓋後人作詞，恐人微言輕，不足以膾炙人口，故藉太白盛名以傳，理或然矣。

三　小山詞

北宋詞家，多精曉音律，能製腔填詞。然多視爲消遣品，或應酬品。若終其身不以詞媚權貴者，厥爲晏小山。小山視詞如神聖，不肯作世俗應酬之作。其詞品之佳，千古無兩。

四　白話詞

詩以言志，用白話似矣。詞則以意爲經，以言爲飭，其旨隱，其詞微，用文言尚難盡其含蓄之妙，況白話乎？黄山谷詩才尚可，詞則粗俗淺露，爲宋代詞家之最下者。所創白話詞，尤卑鄙不堪。蔣竹山之〔沁園春〕，石次仲之〔惜多嬌〕，私淑山谷，竟體白話，更自鄶以下矣。

五　填詞不妨稍涉輕佻

填詞不妨稍涉輕佻，詩則力避之。故吾謂詩中所吐弃之句，或爲詞中最美滿之句。

六　宋詞家

蘇東坡之詞豪放，周美成之詞沉鬱，晁無咎之詞伉爽，辛稼軒之詞激壯，黄山谷則近於粗鄙矣。

七　温韋并稱

詞家之有温韋，猶詩家之有李杜也。李杜各有所長，不能强分上下。飛卿根柢《離騷》，十九寓言，不愧千古詞家正宗。端已深情曲致，清雅宜人，然終不免有意填詞。故温韋并稱，似非平允。

（以上《東北大學周刊》第 1 期）

長興詞話

温　匋◎著

温匋（1898～1930），字彝罍，祖籍廣東嘉應州（今梅縣），因祖父温以燠在吴興做官，因愛湖州山水清遠，遂寓居於湖。1916年嫁與長興藏書家王修（字季歡），後創辦《鼎臠美術周刊》等。1923年，得《漱玉詞》一册，以多種版本校定後出版。因温氏好填詞，崇李清照，故名其藏書處爲“拜李樓”。因難産而逝。著有《拜李樓遺墨》《長興詞存》《彝罍詞》等。温氏《長興詞存》輯録歷代長興詞人詞作，意在保存鄉土文獻，黄賓虹爲序。前五卷録詞，後附《詞話》一卷。上海圖書館古籍部藏有1926年排印本，本書即據此收録。另，朱崇才《詞話叢編續編》收録該詞話。

《長興詞話》目録

長興詞話

一　吾邑詞人

趙宋以詞人著，而吾邑僅得劉燾、陳璧二人，亦云儉已。端師子以郡人顧邑乘，自顧志以來，傳諸方外，有詞四首，不啻璆琳。

二　陳君玉詞

陳君玉詞，朱彊邨宗伯《湖州詞徵》僅〔踏莎行〕〔玉樓春〕〔謁金門〕三闋。曩從湘鄉曾氏借閲《泰州府志》，中有君玉詞，當時未鈔，今無從求得，寧非憾事？

三　安閑和尚净端遺著

安閑和尚净端遺著，《長興縣志・藝文》著録，僅有《端禪師語録》，注云：佚劉誼序。日本《續藏經》第三十一函中有《吴山净端禪師語録》二卷，爲法孫師皎重編，蓋流傳東土而不存宗國久矣。近聞有人影印以行，恨未得其書，不能證其中有無詩詞，足補蒐羅之未逮。

四　長興詞有專集

長興宋人詞無專集，無論已。元朱晞顔詞多至四十闋，亦無單刊本，僅附《瓢泉吟稿》以行。詞有專集，當以明顧司寇應祥《崇雅堂樂府》一卷爲始，顧僅見其名於黄氏《千頃堂書目》及

《明史·藝文志》，亦無傳本。

五　元朱晞顔

劉宰《漫堂集》有《故湖州通判朱奉朝墓志銘》，云：君諱希顔，景淵字也。世家吴門，入太學爲諸生，陞内舍，中上舍試，擢第，就上元尉，調揚州教授，用舉者改秩，知湖州歸安縣。君爲之立類帖而催科簡，勸義役而役使均，置田以飯囚而絶瘐死之冤，爲禮以勸分而得賑饑之實。烏程褚氏女奴竊藏以逃，其父懼及，迫之溺死而訟，褚氏疑不能明，郡以是屬君。君致女奴之弟，一問得其情，闔郡駭嘆。社稷壇壝，按之禮典，新其什器，神用休嘉，物無疵厲。倪公思一代名臣，高其能，爲紀之，滿秩舉最，差福建轉運司主管文字，歷通判湖州。湖經總制額特重，會前政多故，吏滋爲奸，期會稽違，督責日峻。君即與所部約截爲期而除宿負，度宜定數而減虚額。屬部欣然，力省而事集。罷爲主管建昌軍仙都觀，葬湖州長興縣至德鄉福來山鄉太陽塢之原。銘曰："耕之地同，彼獲則厚；賈之肆同，彼鬻則售；貨寧彼珍，力則我勩。嗚呼景淵，而止於是。有苾其香，式敬烝嘗。弁山之陽，庶幾桐鄉。"乃《四庫全書總目》：《瓢泉吟稿》五卷，元朱晞顔撰。《提要》云："考元代有兩朱晞顔。其一爲作《鯨背吟》者，其一爲長興人，字景淵，即著此稿者。晞顔始末不甚可考，惟《吴澄集》有晞顔父文進墓表，載及晞顔。稱其能詩文而爲良吏，亦不詳其爲何官。今以集中詩考之，則初以習國書被選爲平陽州蒙古掾，又爲長林丞，司煮鹽賦。又曾爲江西瑞州監税，蓋以郡邑卑吏終其身者。其集藏書之家罕見著録，惟焦竑《國史·經籍志》，載有《瓢泉集》四卷，而世無傳本。顧嗣立録元詩三百家，亦不及其名。今據《永樂大典》所載，鈔撮編次，釐爲詩二卷，詩餘一卷，文二卷。又牟巘、鄭僖原序二首尚存，仍以弁諸卷首。集中所與酬贈者，爲鮮于樞、揭傒斯、楊載諸人。故耳目薰濡，具有法度，所作雖邊幅稍狹，而神理自清。牟巘序所稱擬古之作，今具在集中，頗得漢魏遺意，異乎以割剥字句爲工。其雜文亦刻意研練，不失繩墨。惟鄭僖所賞《麯生》《菊隱》二傳，沿《毛穎》《革華》之體，自羅文、葉嘉以來，已爲陳因之窠臼。僖顧以奇瞻許之，殆所謂士俗不可醫矣。”僅據《吴澄集》而不考《漫堂集》，不得不謂其疏率，而嘆考據之難。至同治《湖州府志·名宦》，竟改《漫堂集》文，作蘇州吴縣人，謂：“朱希顔字景淵，蘇州吴人，寧宗朝知歸安，立類帖以簡催科，勸義役以均役使，置田飯囚，捐俸賑饑。烏程有疑獄，郡守屬之希顔，一問得其情，闔郡駭嘆。尋通判湖州。湖經總制額特重，會前政多故，吏滋爲奸，期會稽違，督責日峻。希顔即與所部約截爲期而除宿負，度宜定數而減虚額。屬部欣然，力省而事集。未幾，主管建昌仙都觀。卒，葬長興。”斠以原文，不僅難辭妄改之愆，且無徵不信，貽欺來學矣。

六　朱立齋有詞三種

朱立齋有詞三種，曰《清湘瑶瑟譜》《續譜》，曰《楓江漁唱》。吴興劉氏刊于《吴興叢書》。吾家藏有其曾孫叔倫手寫本，後有會稽孫德祖跋。中惟《漁唱》有自序。蓋成稿最先。序云：“吾郡家藏烟浦，户具畫船。匪直詩林，抑亦詞窟。趙宋南遷，地當畿輔。子墨客卿，於時廬旅，則有石帚領異於前，草窗標新於後。葩爲世鏡，蔚爲太宗。有明以來，厥風不振，筝琶雜奏，嗣響綦難。往者，徐君咏梅，欲集同岑數人，爲詞社之舉。有志未成，斯人蚤逝。么弦寡和，彈不成聲。顧念天才，未必增長神智，不欲自腐，爰取舊作，益以今篇，共五十餘闋，爲一卷。嘗恨宫調失傳，庸音自綴，茫乎宫梋之梵字，寂然太樂之啞鐘，無由發唱歌喉，寫聲横竹。世有嫺音律如楊守齋、徐南溪其人乎，固將北面求之，竊比於玉田焉。道光戊子季秋既望，長興朱紫貴自序。”

七　詞有確知其僞

詞有見於往籍，而確知其僞。如陳後主所傳詞，以及出自乩筆者，皆後人游戲之作。縱聲律翕諧，迹近詭誕，但可存諸小説，何能亂例，貽譏詞林，故從割愛。

八　吾邑詞人

吾邑詞人顧應祥，有《崇雅堂樂府》一卷，朱齐有《倚聲集》《旗亭集》，朱文震有《鬟雲樓詞稿》，朱紫貴有《楓江漁唱》《清湘瑶瑟譜》，施垂青有《却病詞》一卷，錢琴有《韵清詞》，王禄有《萬竹樓謡》一卷。兹外附見詩集，間或有之。然或存或亡，頻年搜求，迄無所得，生晚之感彌深。

九　寄龕詞問序

先公祥生府君，亦喜填詞，顧從不留稿。季歡六歲失怙，殆有零稿，亦力所不及保存歟。惟《序孫彦靖先生寄龕詞問》一文，可以見先公於詞學致力之一班。特録之。序云："天下之境，有寓于目而快于心者。夫人而可與知也，然而知之未必其能言，言之未必其能盡。不能强一世之人，而胥同吾好，而終不敢靳言之所好，而勿公諸人。學問之道，何獨不然。寄龕先生之秉鐸吾邑也，承湛以年家子辱收門籍，得聞文章大抵根源。六籍淹貫，百家用訽，瀹其性靈，而神明乎規榘。製不限洪纖，篇無論修短，要之，意之所至，筆亦隨之。尋常百思所不到者，矢口而陳，俯拾即是。曲而能達，動中自然。文詩雜著諸刻，以次流傳遐邇。諒有目者宜有公好，無所不悦，豈惟及門。乃者以多能餘事，有《詞問》之編，簡端自叙，言之備矣。間嘗非時請益，獲以燕間，受而讀之，見夫琱鎪景物，細祕騁妍，調變宫商，循聲赴節，固已本醖釀之淵深，展才思之旖旎，抱景咸叩，裹響畢彈。夫其唾瓊瑶爲投報，則臭挹蘭言；攬文藻于江山，則瑟彈古怨。以至委心絲竹，資訽寫于中年；極目鄉關，寄纏綿於遠道。莫不循温柔敦厚之教，吐流連往復之音。樂而不淫，哀而不傷。是謂祖述風詩，奚啻衙官屈宋。近歲儀徵宗伯采風兩浙，得先生詩，嘗亟稱之。以爲才長學富，律邃詞清，或者人有偏長，兼之實難，其選尤以至性至情，往往無心流露，嘆爲有裨名教，不慚抗席儒林。竊意依兹品藻，可讀先生之詞，而知意寓環中，韵流弦外，亦麗以則，亦正而葩。間寫滋蘭樹蕙之思，仍標節性防情之準。夫文以載道，詞以言情，各有攸宜，莫之能廢。是故廬陵椽筆，曾題鳳髻龍文；涑水名賢，亦譜紅烟翠霧。凡以擷靈均之香草，傳忠袍于千春；同陶令之《閑情》，染古芬于萬口。體有分途，情無二致。揆之昔悊，誼在兼收。是用請授梓人，公諸藝苑，并抒窺管以諗知音。非敢云知而能言，言之能盡，亦曰學問之中，詞固文家餘事，而其間實有此快心之境也。與寓目者，儻有同心，阿私所好，吾知免矣。光緒二十六年，歲在庚子春二月，受業年愚姪長興王承湛祥生校刊并叙。"

一〇　徐正梧《各夢山房遺稿》附詞

徐正梧《各夢山房遺稿》一卷，嘉慶十九年刻本。金子長表兄花近樓有之。前有邑人丁樹芝序，後有吴榮跋。中附詞十首，兹即賴以録存。

一一　曩格選家不録生存

朱立齋紫貴所作詞，南林劉氏既爲刊傳矣，揆以存人之義，故但取《楓江漁唱》一集，而捨其餘，非有取去存乎其間也。物以希爲貴，曩格選家不録生存，今采《花近樓詞》，固自破例，竊不敢承竊陋，且欲謂吾邑詞壇盛衰，假此存梗概焉。

（本书参考采納朱崇才整理之《長興詞話》的部分校勘成果）

讀紅館詞話

潘與剛◎著

潘與剛，字次檀，上海人。1927 年與黄意城、金世德、潘鈍鈎、蔡祖光等在上海創辦《秋棠月刊》，任社長，以研究國學、文化爲主。稿件大部分由本社社員撰寫，以“聯合友誼，研究文學，發揚文化”爲宗旨。欄目有古體詩詞、駢文、雜感、小學音韵等。1931 年畢業於上海法學院法律系。著有《讀紅館詩話》等。《讀紅館詞話》，刊於《秋棠》1927 年第 1、2 期，署名“次檀”。又刊於《驪珠》1927 年 10 月 16 日、11 月 4 日、1 月 14 日、12 月 4 日。本書即據此收録。楊傳慶、和希林《輯校民國詞話三十種》收録該詞話。

《讀紅館詞話》目録

讀紅館詞話

一 詞能煉則句整

詞能煉則句整，能有氣則句圓，然過則不及，多煉則傷物，多氣則無物。傷物之病，夢窗是也。無物之病，白石是也。昔人先我言之矣。

二 清代詞人

清代詞人，超絕前代，若我所知者論之。朱竹垞涉獵百家，猶留意周秦，可學。厲樊榭以白石、玉田爲家數，拾冷艷之字，運幽雋之思，得其片爪，便可超凡，可學。彭駿孫渾合一片，組織有法，其《金粟詞話》可與劉公勇《詞繹》并驅，可學。若迦陵之惟宜感慨，納蘭之衹工小令，略取之可矣。

（以上《秋棠》1927 年第 1 期）

三 句意兩得

句意兩得，情景交煉，眂其中心，奇光焕發，妙味盎然。

四 作詞着不得一絲暴氣

作詞着不得一絲暴氣，然蘇辛有時未嘗不暴，其天分足，而出之腕力者也。

五　詞中妙境

“此去劍門道上，鳥啼花落，無非助朕悲悼”，唐玄宗語。“陌上花開好，緩緩歸矣”，錢武肅王語。二語哀感頑艷，詞中妙境。

六　白石詞有當我心者

春夜檢白石詞，有當我心者。若“數峰清苦，商略黄昏雨”。(〔點絳脣〕)“曲曲屏山，夜凉獨自甚情緒。”(〔齊天樂〕)“滿汀芳草不成歸，日暮移舟向甚處。”(〔杏花天影〕)“恨入四弦人欲老，夢尋千驛意難通。當時何似莫匆匆。”(〔浣溪沙〕)“因嗟念似去國情懷，暮帆烟草。”(〔秋宵吟〕)“虚閣籠寒，小簾通月，暮色偏憐高處。”(〔法曲獻仙音〕)諸句所謂意象幽閑，不類人境。

（以上《秋棠》1927年第2期）

七　字面造作自然

用一故一實，寫一情一景。於字面上，務使脱化無滯，造作自然，期如己出。而望之鮮艷，味之幽敻，欣賞之而不能已也。如是始可謂作家。彼活剥江爲之句，生吞商隱之詩，畢竟化外人，不可語以道也。

八　王蘭泉琴畫樓詞

吾邑王蘭泉，《琴畫[1]樓詞》四卷，雖爲姜張家數所限，然清妍雅静，南宋高手中，亦所僅見。此孝尼品謝女，自是大家閨秀，不失林下風致者也。

（以上《驪珠》1927年10月16日）

---

① “畫”，原作“圖”。

九　琴畫樓詞題水墨仕女十二首

《琴畫樓詞》中，最愛其題水墨仕女十二首，〔尋芳草〕《踏青》曰："嫩柳緑如許。誰得寫傷春情緒。望蘅皋且幸携仙侣。正落紅滿鈿路。　恁風揚銖衣，試羅襪凌波微步。想雙雙共訴閑情趣。憑拾翠晚歸去。"〔采桑子〕《采桑》曰："板橋桑葉陰陰緑，小曳羅衫。親揭筠籃。正是田家欲飼蠶。　清和時節將登簇，雪繭分函。翠釜頻探。更置繅車曲牖南。"〔留春令〕《思春》曰："似夢聞香，如雲漏月，憶春何處。招取東君，低鬟掩袖，思共嬌鶯語。　廿四番風猶未度。身與韶光住。衹愁南陌，緑稀紅暗，又送花神去。"〔海棠春〕《簪花》曰："海棠開遍香階側。唤小玉春葱輕摘。初日照輕紅，添上雲鬟色。　妝成不向垂楊陌。愛消遣蘭閨岑寂。試仿衛娘書，别作簪花格。"〔望梅花〕《撫梅》曰："苔石猶存殘雪。枝北數花明滅。來領寒香争忍折。可似上元佳節。憶得年時簾外月。夢到故山幽絶。"〔品令〕《品茶》曰："風信冷。下閑階猶覺宿酲難醒。石臺畔喜見松爐暖，分泉試茗。　未啓櫻桃小啜，一剪香暗誰省。應還念相汝曾病渴，唤取待共品。"〔更漏子〕《校書》曰："倦彈棋，停擪管。愛校青箱萬卷。微步到，小窗西。梧桐日影低。　勞想像。耽吟賞。應與檀奴酬唱。比謝女，傲班姬。還須絶妙詞。"〔華清引〕《待月》曰："碧梧葉葉下銀牀。聽盡寒螿。檀槽獨抱誰見，冰輪照晚妝。　不須銀甲奏宫商。秋閨無限凄凉。欲傳清瑟怨，莫認在潯陽。"〔一落索〕《擣衣》曰："長日含情添綫。又還擣練。梧桐影裏井華凉，砧杵照鬟伴。　料得龍沙人遠。泪痕零亂。此聲好祝五更風。好吹入昭陽殿。"〔醉花間〕《折桂》曰："濃香起，芳園裏。折贈應誰寄。却憶小檀郎。可到蟾宫未。　盈盈抬翠袂。先得姮娥喜。携插膽瓶看，笑望泥金字。"〔清商怨〕《彈琴》曰："苔茵小坐香軟。對玉琴輕按。徐拂冰弦，蕭蕭秋度雁。　天涯欲寄清怨。但悵望瀟湘雲遠。飄緲餘音。風篁留共轉。"〔河傳〕

《禮佛》曰："性耽。仙梵。慣向松龕。香雲獨占。小坡陀下，蕙炷初染。木槵。休更攬。　　團蒲清課真無厭。還細勘。稍覺芳意斂。比同天女何忝。散好共驗。"

（《驪珠》1927 年 11 月 4 日、14 日）

一〇　龔定盦蔣劍人詞

龔定盦、蔣劍人二子，以飛揚跋扈之才，融辛、柳於一爐，其力如虎，詞場怪杰哉。顧視綿邈温麗之音，高曠淡雅之調，風斯下矣。

一一　黄人摩西詞

近人常熟黄人《摩西詞》，和龔、蔣二氏，神完氣足，而精實過之。蓋得力乎夢窗爲多也。或謂其署名之怪，余曰自有出處。明季黄周星字九烟，上元人，晚變名甚多。曰黄人，曰略似，又號圃庵，又曰汰沃主人，又笑蒼道人，布衣素冠，寒暑不易。人有一言不合輒謾罵，嘗賦詩曰："高山流水詩千軸，明月清風酒一船。借問阿誰堪作伴，美人才子與神仙。""摩西"之名，其在斯人乎？

（以上《驪珠》1927 年 12 月 4 日）

醉月樓詞話

伊　鵑◎著

伊鵑，生平不詳。《醉月樓詞話》刊於《民彝》1927年8月第1卷第1期。本書即據此收録。該詞話大半見於劉德成《一葦軒詞話》。張璋等《歷代詞話續編》收録該詞話。

《醉月樓詞話》目録

醉月樓詞話

一　温韋并稱

詞家之有温韋，猶詩家之有李杜也。李杜各有所長，不能强分上下。飛卿根柢《離騷》，十九寓言，不愧千古詞家正宗。端已深情曲致，清雅宜人，然終不免有意填詞。故温韋并稱，似非平允。

二　真解音律之詞家

蘇東坡之詞豪放，周美成之詞沉鬱，晁無咎之詞伉爽，辛稼軒之詞激壯，而黄山谷則近於粗鄙矣。北宋詞家以東坡、少游、山谷、美成爲最著名，實則坡等皆以詩筆填詞，未必真解音律，真解音律之詞家，乃寇准、韓琦、司馬光、范仲淹諸名臣也。惜後人多不知耳。

（《民彝》第1卷第1期）

聽歌詞話

周瘦鵑◎著

週瘦鵑（1894～1968），原名週祖福，字國賢（一說名），號瘦鵑，以號行。筆名有蘭庵、紫蘭主人、紫羅蘭主、香雪園主人等。江苏吴縣人。歷任《申報·自由談》副刊、《春秋》副刊、《禮拜六》週刊主編，《樂觀》月刊、《紫羅蘭》月刊主編。南社社友，園藝學家。解放後曾任江蘇省文史館館員、全國政協委員、蘇州博物館名譽副館長、中国作家协会會員等。著有《花前瑣記》《花花草草》《行雲集》《拾花集》《農村雜唱》《亡國奴日記》《花前續記》《賣國奴日記》《農村雅唱》《新秋海棠》《盆栽趣味》等。《聽歌詞話》刊於《紫羅蘭》1927 年第 2 卷。

聽歌詞話

一　項鴻祚聽歌詞

錢塘項蓮生先生有《憶雲詞》之作，手訂甲乙丙丁四稿，每稿皆係以小序，中如“不無累德之言，抑亦傷心之極致”“不爲無益之事，何以遣有涯之生”等語，至今膾炙人口。而其詞之幽異窈眇、哀感頑艷，從可知矣。先生喜聽歌，故其稿中諸詞，多有爲聽歌聞樂而作者。如《清涼亭聽亞雲校書彈琵琶》〔醉太平〕云：“橋横碧汀。山圍翠屏。小亭弦索凄清。雜溪聲樹聲。　烟籠鬟清。風吹酒醒。幾時待訪雲英。趁江船月明。”《春夜聞隔墻歌吹聲》〔減字木蘭花〕云：“闌珊心緒，醉倚緑琴相伴住。一枕新愁，殘夜花香月滿樓。　繁笙脆管，吹得鏡屏春夢遠。衹有垂楊，不放秋千影過墻。”《彈琵琶》〔菩薩蠻〕云：“檀槽細響龍香播。玉纖攏袖雙條脱。深院落花天。鶯啼楊柳烟。　驟如風雨歇。萬里關山月。眉黛一痕愁。湘雲入鬢流。”《客中聞歌》〔太常引〕云：“杏華開了燕飛忙。正是好春光。偏是好春光。者幾日風凄雨凉。楊枝飄泊，桃根嬌小，獨自個思量。剛待不思量。吹一片簫聲過墻。”《鐙下聽琴孃吹洞簫，窗外雨聲間作》〔燭影摇紅〕云：“潤濕琴絲，暗敲窗竹人初定。膽瓶清瘦小桃枝，屏底娟娟影。象局嬌嫌袖冷。倚瓊簫閑銷夜永。紅牙按到，自琢新詞，緩吟細聽。　摇曳無端，恰如烟裊沉香鼎。曲中約略度殘更，淅淅檐聲静。錦瑟華年謾省。笑何曾柔鄉醉醒。歌樓銀燭，第一難忘，恁時風景。”又

《聽琴孃彈碧天秋思之曲》〔疏影〕云："天空夜寂。蕩泠雲萬頃，飛上層碧。不信人間，容易西風，齊州九點烟隔。瓊樓玉宇應難到，算惟有、嫦娥知得。待月明、控鶴歸來，説與此時游歷。　多事移商换徵，悄驚塵夢遠，無限幽憶。杳杳悠悠，作盡秋聲，拗折冰弦誰惜。還愁縞袂凌波去，却似泛、清湘瑶瑟。怕泪痕、暗漬金徽，盼斷廣寒消息。"諸作緣情綺靡，讀之令人神往。金匱鄧濂謂"其字必色飛，語必魂絶"，信然。

柳溪詞話

向迪琮◎著

向迪琮（1889～1969），字仲堅，四川雙流人，曾就讀四川鐵道學堂，後入唐山交通大學。曾任天津海河工程局局長，四川大學教授。向氏自然科學外，涉獵文史，少有詩名，對詞學亦有造詣，著有《柳溪長短句》《柳溪詞話》《雲烟回憶録》等。《柳溪詞話》，刊於天津姚靈犀主辦的《南金雜志》1927年第5期，爲未完稿，因《南金雜志》僅出刊十期即停辦，故詞話未得連載。楊傳慶、和希林《輯校民國詞話三十種》收録該詞話。

《柳溪詞話》目録

柳溪詞話

一　論詞體

武進張皋文論詞曰："詞者，蓋出於唐之詩人，采樂府之音以製新律，因係其詞，故曰詞。傳曰'意内而言外謂之詞'，其緣情造端，興於微言，以相感動，極命風謡里巷男女哀樂，以道賢人君子幽約怨悱不能自言之情。"近世江山劉子庚撰述《詞史》，其於源流正變之故，推闡詳明，援據精確，所言詞出於樂府，樂府出於風詩三百篇者。五音之起源，郊廟用之，燕饗用之，瞽宗之所掌，髦士之所肄，不以六律，不能正五音。孟晋於詞，必求合乎古樂。臨桂況夔笙曰：詞之爲道，智者之事。酌劑乎陰陽，陶寫乎性情，自有元音，上通雅樂，别黑白而定一尊，亘古今而不敝。是皆於詞學有深造自得之言。蓋我國文章之事，爲類至繁，自有詞後，其變遂極，其出彌巧。詩不能道者，詞可婉約達之；文不能盡者，詞可曲折宣之。其旨隱，其辭微，其感人也深，其托意也遠，明乎古人言樂之法，則可論於詞之道矣。然詞旨至深，詞境至險，自隋唐迄今，千有餘年，其間以倚聲顯於世者，曾不及詩之十之一。造詣之難，蓋可想見。然習詞者，苟能潛心探討，低徊要眇，爲之既久，則深者自淺，險者自夷，且愈深愈險，而其味亦愈永。浸假而不忍自盡，是易爲知者道，難與俗人言也。

二 論詞韵

毛奇齡言詞本無韵，今則爲韵，轉失古意。每見宋人詞，有以方音爲叶者，如黄魯直〔惜餘歡〕閣、合同押，林外〔洞仙歌〕鎖、考同押，曾覿〔釵頭鳳〕照、透同押，劉過〔轆轤金井〕溜、倒同押，吴夢窗〔法曲獻仙音〕冷、向同押，陳允平〔水龍吟〕草、驟同押，遂疑毛氏之言，或亦不無依據。余初學詞，每於入聲韵，率爾臆押，未及檢閲韵書，以故篇中落腔處，層見迭出。癸亥春間，曾以所爲行卷謁彊邨翁。翁因言詞韵向無專書，宋《菉斐軒詞韵》今已失傳，坊間所見《詞林要韵》，題爲菉斐軒刊本者，係後人僞托，因無入聲一部，是爲北曲韵書，非詞韵明也。其他韵書詳略不同，寬嚴互異，并難依據，宜以戈氏《詞林正韵》四印齋刊本爲定本。方今坊間詞韵，名目繁多，習者不慎，易中其病，余故特揭彊翁之言，以爲初學津梁焉。

三 論詞律

草窗賦〔木蘭花慢〕西湖十景詞成，楊守齋見之曰：語麗矣，如律未協何。因與訂正，閲數月而後定。草窗自謂詞不難作，而難於改；語不難工，而難於協。玉田《詞源》謂美成負一代詞名，所作詞渾厚和雅，善於融化詩句，而於音譜間有未諧。是知詞之工不難，而詞之工而協爲尤難矣。玉田時以協律教人，其集中詞，如〔齊天樂〕之去上音，往往不協。草窗、西麓諸大家，亦偶坐是病。元明以後，倚聲家僅循平仄，而於四聲之説，皆淡漠置之。萬氏《詞律》僅守上去二音，而於四聲亦多疏漏。夫兩宋名賢，以知律著者，自以北宋之耆卿、美成，南宋之白石、夢窗等爲最。耆卿集中同調詞如〔迷神引〕等，其四聲間亦有異，然僅入代平，平代入，或上代入，入代上之類，顧亦有不代者。至方千里之和清真，則四聲無一字異者，夫豈漫然爲之，自不能不如是者。在其後夢窗之和清真、白石莫不繩尺森然。今世不守律者，往往自托豪放不羈，不知東坡賦〔戚氏〕，其四聲與《樂章》多合。稼軒之賦〔蘭陵王〕，與美成音節，亦無大謬。今雖音律失傳，而詞格俱在，自未可畏難苟安，自放律外，蹈伯時所謂不協則成長短詩之譏。

四 況朱二公晚年守律至嚴

況、朱二公晚年守律至嚴，況公尤甚。其集中〔戚氏〕賦櫻花及贈梅蘭芳二作，四聲一依柳詞，亦云難矣。況公《蕙風詞話》嘗云："守律誠至苦，然亦有至樂之一境。常有一詞作成，自己亦既愜心，似乎不必再改。唯據律細勘，僅有某某數字，於四聲未合，即姑置而過存之，亦孰爲責備求全者。乃精益求精，不肯放鬆一字，循聲以求，忽然得至雋之字。或因一字改一句，因此句改彼句，忽然得絶警之句。此時曼聲微吟，拍案而起，其樂何如！雖剥璿出璞，選薏得珠，不逮也。彼窮於一字者，皆苟完苟美之一念誤之耳。"前輩致力之艱苦如是，後學詎可忽視耶？因録況公是言，以告後之學者。

五 蕙翁往昔所作

余友淳安邵次公曾向余言，蕙翁往昔所作，及應酬熟調，有極流暢婉美、盡情遠意者。《餐櫻詞》〔燭影摇紅〕〔高陽臺〕等篇是（甲寅作），餘則頗有窮澀之病，蓋爲四聲所束也。

秋蘋詞話

蘋　子◎著

蘋子，身份不詳。《秋蘋詞話》發表於《紫羅蘭畫報》第 2 卷第 20 期（1927 年）。

《秋蘋詞話》目録

秋蘋詞話

一　海内六個半詞人

近代詞人如納蘭容若、項蓮生、饒石頑、鄭叔問、朱古微、成肇麟、馮蒿庵諸賢，皆卓然自立，各盡其妙，所謂“海内六個半詞人”也。

飲水哀艷，憶雲凄婉，湘渌雋逸，冷紅幽凉，余最喜誦之。漱泉、蒿庵二詞非余性所近，彊邨則力逼夢窗，小子更不敢贊一詞矣。此亦如“昌歜”“羊棗”之嗜，各有不同，未易詰其所以然者。

二　饒石頑寄姬人詞

饒石頑先生詞多散失，曩見其寄蓉初姬人〔羅敷媚〕一闋云“南來詞客多秋氣，枕外鄉魂。燈外騷魂。簾捲西風酒一尊。
知卿此際相思苦，巾上啼痕。紙上愁痕。細雨青燈獨掩門。”

三　清道人詞

清道人亦工詞，其〔浣溪沙〕〔長相思〕諸闋讀之尤令人魂斷也。〔浣溪沙〕云：“珠漏頻催旅舍清。淡雲微雨滿荒城。相思一夜枕邊生。　　脉脉暗肌銷瘦盡，懨懨斜卧數長更。教人愁病不分明。”〔長相思〕云：“愁纏綿。病纏綿。自家將息自家憐。春漏永於年。　　朝無眠。夜無眠。誰道家在枕兒邊。看看又曉天。”

四　晚紅老人詞

辛酉冬，余識晚紅老人於武昌，老人倚聲亦妙絶時人。兹録其兩闋，〔昭君怨〕云："江上烟波雲樹。回首鄉關日暮。風雨助離愁。况經秋。　怕對良宵圓月。偏到月圓佳節。佳節客中過。悵如何。""别恨"調寄〔鷓鴣天〕云："天付多情便付愁。荻花楓葉可憐秋。相思不待臨歧始，那日樽前已起頭。　多少恨，壓輕舟。緑楊深處是妝樓。蓬窗夜雨湘江水，并入離人眼底流。"

垂云戀愛閣詞話

朱劍芒◎著

朱劍芒（1890～1970），江蘇吴江黎里人，原名長綬，因慕名古代俠士朱家而改名慕家，字仲康、仲亢，劍芒是其别號，室名劍廬、吹花嚼目録廬、鶯愁蝶倦室、秋棠室等。曾任上海環球中國學生會教師，兼編《學生會周刊》。爲南社首批社員。積極以文字鼓吹革命，反對清廷之腐敗。一度赴閩南永安辦《長風報》，1945年與林秋葉等組織南社閩集，被推爲社長。1951年，經柳亞子介紹，赴常熟從事教育工作。朱氏任上海國學整理社編纂工作期間，彙編《美化文學名著叢刊》。著有《南社詩話》《南社感舊録》《陶庵夢憶考》等。《垂雲閣戀愛詞話》原刊載於1928年第33期《紅玫瑰》。

《垂云戀愛閣詞話》目録

垂云戀愛閣詞話

詞雖詩餘，而寫情作品，較詩爲尤有佳趣。蓋必深於情者，乃能作綺語，亦必工於詞者，乃能描寫兒女間之至情。余嗜讀詞，而嗜之最篤者，十九爲寫情作品。因撰《戀愛詞話》，以供我同嗜者之快讀。世之鄙夫陋儒，苟以輕啓口孽責我，則正如柳君亞子所謂“泥犁黑獄”，不足以嚇吾輩。兩廡特豚，本非所屑也。

一　潘蘭史小詞極側艷

番禺潘蘭史，所作小詞，俱極側艷。《香痕奩影録》中，亦盛稱之，謂與病紅山人足相伯仲。其〔臨江仙〕一闋，記情如繪，詞云：“第一紅樓聽雨夜，琴邊偷問年華。畫房剛掩緑窗紗。停弦春意懶，儂代脱蓮靴。　也許胡床同靠坐，低教蠻語些些。起來新酌咖啡茶。却防憨婢笑，呼去看唐花。”代脱蓮靴，胡床同靠，低教蠻語，起酌咖啡，極狀初次相值。即兩情繾綣，忽起忽坐，手忙足亂，所以憨婢在旁，亦慮其竊笑也。又有〔如夢令〕《玉蓉樓録别》一闋云：“不分玉樓雙鳳。唤醒紅窗幽夢。半晌不抬頭，衹道一聲珍重。休送。休送。江上月寒霜凍。”“半晌不抬頭”一語，含有無限凄楚。《西厢記》“長亭”一出，在此小令中包括無遺，可謂寫情妙手者矣。

二　古人作詞本多白話

古人作詞本多白話。北宋詞家如石孝友、柳耆卿、秦少游輩，集中白話作品，隨處可見。石有〔品令〕一闋，寫離别時依依狀態，讀之宛然在目。其詞云："困無力。幾度偎人，翠鬟紅濕。低低問、幾時麽，道不遠、三五日。　你也自家寧耐，我也自家將息。驀然地、煩惱一個病，教一個、怎知得。"余謂凡愛情濃厚之新婚夫婦，當初次别離，設展讀此詞，必致泣下沾襟，正不止"翠鬟紅濕"。

三　屯田少年游詞

往讀《隨園詩話》所載，謂有弃其室人，久客異鄉，不作歸計者，有友賦詩寄之，末二句云："知否秦淮今夜月，有人樓上數歸期。"其人獲詩，即涕泣而歸，信乎人非鐵石，終有感悟之望也。如屯田〔少年游〕一首云："一生贏得凄凉。追前事、暗心傷。好天良夜，深屏香被，争忍便相忘。　王孫動是經年去，貪迷戀、有何長。萬種千般，把伊情分，顛倒盡猜量。"末句之妙，真無與倫比，雖文君白頭之咏，亦不得占美於前也。

四　黄山谷歸田樂詞

世間至速之物，爲電光石火，而情之轉移，有較電光石火爲尤速者。如男女間之忽愛忽憎，一念中即可轉移，有不自知其所以然也。黄山谷〔歸田樂〕詞有句云："拚了又捨了，一定是這回休了，及至相逢又依舊。"細加咀嚼，真堪令人失笑。

海綃説詞

陳　洵◎著

陳洵（1870～1942），字述叔，號海綃。廣東新會人。光緒間曾補南海縣學生員，後爲塾師。辛亥（1911）後在廣州加入南國詩社，晚歲任中山大學教授。作詞甚得朱祖謀推許，著有《海綃詞》四卷。《海綃説詞》之《宋吴文英夢窗詞》曾收入《彊邨遺書》（1929 年 9 月），後唐圭璋又將其説詞稿編成《海綃翁説詞稿》録入《詞話叢編》。

《海綃説詞》目録

宋周邦彦片玉詞

海綃説詞

通論

一 本詩謂三百篇

《詩》三百篇，皆入樂者也。漢魏以來，有徒詩，有樂府，而詩與樂分矣。唐之詩人，變五七言爲長短句，製新律而繫之詞，蓋將合徒詩、樂府而爲之，以上窺國子弦歌之教。謂之爲詞，則與廿五代興者也。

二 源流正變

詞興於唐，李白肇基，温岐受命。五代纘緒，韋莊爲首。温韋既立，正聲於是乎在矣。天水將興，江南國蹙，心危音苦，變調斯作，文章世運，其勢則然。宋詞既昌，唐音斯暢。二晏濟美，六一專家。爰逮崇寧，大晟立府，製作之事，用集美成。此猶治道之隆於成康，禮樂之備於公日，監殷監夏，無間然矣。東坡獨崇氣格，箴規柳秦，詞體之尊，自東坡始。南渡而後，稼軒崛起，斜陽烟柳，與故國月明相望於二百年中，詞之流變，至此止矣。湖山歌舞，遂忘中原，名士新亭，不無涕泪，性情所寄，慷慨爲多。然達事變，懷舊俗，大晟餘韵，未盡亡也。天祚斯文，鍾美君特。水樓賦筆，年少承平，使北宋之緒，微而復振。尹焕謂前有清真，後有夢窗，信乎其知言矣。

稼軒由北開南，夢窗由南追北，善乎周氏之能言也。南宋諸家，鮮不爲稼軒牢籠者，龍洲、後邨、白石皆師法稼軒者也。二劉篤守師門，白石別開家法。

白石立而詞之國土蹙矣。至玉田演爲清空，奉白石爲祧廟。畫江畫淮，號令所及，使人遂忘中原，微夢窗誰與言恢復乎？

周止庵曰："近人頗知北宋之妙，然終不免有姜、張二字，横亘胸中。豈知姜、張在南宋亦非巨擘乎？論詞之人，叔夏晚出，既與碧山同時，又與夢窗別派，是以過尊白石、但主清空。後人不能細研詞中淺深曲折之故，群聚而和之，并爲一談，亦固其所也。"

洵按：自元以來，若仇仁近、張仲舉，皆宗姜、張者。以至於清竹垞、樊榭極力推演，而周吴之緒幾絶矣。竹垞至謂夢窗亦宗白石，尤言之無理者。

三　師周吴

周止庵立周、辛、吴、王四家，善矣。惟師説雖具，而統系未明。疑於傳授家法，或未洽也。吾意則以周、吴爲師，餘子爲友，使周、吴有定尊，然後餘子可取益。於師有未達，則博求之友。於友有未安，則還質之師。如此，則系統明，而源流分合之故，亦從可識矣。周氏之言曰："清真，集大成者也。稼軒斂雄心，抗高調，變温婉，成悲凉。碧山切理饜心，言近指遠，聲容調度，一一可循。夢窗奇思壯采，騰天潛淵，返南宋之清泚，爲北宋之穠摯，是爲四家，領袖一代。"所謂師説具者也。又曰："問塗碧山，歷夢窗、稼軒，以還清真之渾化。"所謂統系未明者也。

周氏自言受法於董晉卿，而晉卿則師其舅張皋文。又曰："已而造詣日以異，論説亦互相短長。晉卿初好玉田，余曰：'玉田意盡於言，不足好。'余不喜清真，而晉卿推其沉著拗怒，比之少陵。牴牾者一年，晉卿益厭玉田，而余遂篤好清真。"又曰："因欲次第古人之作，辨其是非，與二張董氏，各存岸略。"張氏輯

《詞選》，周氏撰《詞辨》，於是兩家并立，皆宗美成。而皋文不取夢窗，周氏謂其爲碧山門徑所限。周氏知不由夢窗不足以窺美成，而必曰問塗碧山者，以其蹊徑顯然，較夢窗爲易入耳。非若皋文欲由碧山直造美成也。吾年三十，始學爲詞。讀周氏《四家詞選》，即欲從事於美成。乃求之於美成，而美成不可見也。求之於稼軒，而美成不可見也。求之於碧山，而美成不可見也。於是專求之於夢窗，然後得之。因知學詞者，由夢窗以窺美成，猶學詩者由義山以窺少陵，皆涂轍之至正者也。今吾立周、吴爲師，退辛、王爲友，雖若與周氏小有異同，而實本周氏之意，淵源所自，不敢誣也。

四　志學

有志然後有學，學所以成志也。學者誠以三百廿五爲志，則温柔敦厚其教也，芬芳悱惻其懷也。人心既正，學術自明，豈復有放而不返者哉？若夫研窮事物以積理，博采文藻以積詞，深通漢魏六朝文筆以知離合順逆之法，入而出之，神而明之。海水洞汨，山林杳冥，援琴而歌，將移我情，其於斯道，庶有洽乎。

五　嚴律

凡事嚴則密，寬則疏，詞亦然。以嚴自律，則常精思。以寬自恕，則多懈弛。懈弛則性靈昧矣。彼以聲律爲束縛者，非也。或又謂宫商絶學，但主文章，豈知音節不古，則文章必不能古乎。（無韵之文尚爾，何况於詞。）凝思静氣，神與古會，自然一字不肯輕下。莊敬日强，通於進德，小道云乎哉？

六　貴拙

唐五代令詞，極有拙致，北宋猶近之。南渡以後，雖極名隽，而氣質不逮矣。昔朱復古善彈琴，言琴須帶拙聲，若太巧，即與箏阮何異。此意願與聲家參之。

七　貴養

詞莫難於氣息，氣息有雅俗，有厚薄，全視其人平日所養，至下筆時則殊，不自知也。

八　貴留

詞筆莫妙於留，蓋能留則不盡而有餘味。離合順逆，皆可隨意指揮，而沉深渾厚，皆由此得。雖以稼軒之縱横，而不流於悍疾，則能留故也。

九　以留求夢窗

以澀求夢窗，不如以留求夢窗。見爲澀者，以用事下語處求之。見爲留者，以命意運筆中得之也。以澀求夢窗，即免於晦，亦不過極意研煉麗密止矣，是學夢窗，適得草窗。以留求夢窗，則窮高極深，一步一境。沈伯時謂夢窗深得清真之妙，蓋於此得之。

一〇　由大幾化

清真格調天成，離合順逆，自然中度。夢窗神力獨運，飛沉起伏，實處皆空。夢窗可謂大，清真則幾於化矣。由大而幾化，故當由吴以希周。

一一　内美

飛卿嚴妝，夢窗亦嚴妝。惟其國色，所以爲美。若不觀其倩盼之質，而徒眩其珠翠，則飛卿且譏，何止夢窗。（玉田所謂碎拆不成片段者，眩其珠翠耳。）

一二　襟度

清真不肯附和祥瑞，夢窗不肯攀援藩邸，襟度既同，自然玄契。詩云：“惟其有之，是以似之。”

宋吴文英夢窗詞

一 霜花腴

海綃翁曰：此泛石湖作，非身在翠微也。次句乃翻杜子美宴藍田莊詩意，言若翠微路窄，則誰爲整冠乎。翻騰而起，擲筆空際，使人驚絶。三四五，座中景，如此一落，非具絶大神力不能。起句如神龍夭矯，奇采盤空。至此則雲收霧斂，曠然開朗矣。"病懷强寬"領起，"恨鴈聲偏落歌前"轉身，纔寬又恨，纔恨便記，以提爲煞，漢魏六朝文往往遇之，今復得之吴詞。换頭三句，遥接歌前，與年時相顧，正見哀樂無端。芳節二句，用反筆作脱，則晴暉句加倍有力。"多陰"、映"幕烟疏雨"。"稀會"、映"舊宿凄凉"。夾叙夾議，潛氣内轉。移船就月，再跌進一步，筆力酣暢極矣。收合有不盡之意。上文奇峰叠起，去路却極坦夷，豈非神境。霜花腴名集，想見覺翁得意。於空際作奇重之筆，此詣讓覺翁獨步。

二 霜葉飛

海綃翁曰：起七字，已將"縱玉勒"以下攝起在句前。"斜陽"六字，依稀風景。"半壺"至"風雨"十四字，情隨事遷。以下五句，上二句突出悲凉，下三句平放和婉。"彩扇"屬"蠻素"，"倦夢"屬"寒蟬"。徒聞寒蟬，不見蠻素，但仿佛其歌扇耳，今則更成倦夢，故曰不知。兩句神理，結成一片，所謂關心事者如此。换頭於無聊中尋出消遣，"斷闋慵賦"，則仍是消遣不得。"殘蛩"對上"寒蟬"，又换一境。蓋蠻素既去，則事事都嫌矣。收句與"聊對舊節"一樣意思，見在如此，未來可知。極感愴，却極閑冷，想見覺翁胸次。

三　澡蘭香

海綃翁曰：此懷歸之賦也。起五句全叙往事，至第六句點出寫裙，是睡中事。“榴”字融人事入風景，“褪萼”見人事都非，却以風景不殊作結。後片純是空中設景，主意在“念秦樓也擬人歸”一句。“歸”字緊與“招”字相應，言家人望己歸，如宋玉之招屈原也。既欲歸不得，故曰“難招”，曰“莫唱”，曰“但悵望”，則“也擬”亦徒然耳。擊首則尾應，擊尾則首應，擊中間則首尾皆應，陣勢奇變極矣。金針度人，全在數虚字。屈原事，不過借古以陳今。薰風三句，是家中節物。秦樓倒影，秦樓用弄玉事，謂家所在。

四　六幺令

海綃翁曰：此事偏要實叙，不怕驚死談清空一流，却全是世間痴兒女幻境。極力逼出换頭二句。“那知”二字，劈空提出。“乞巧樓南北”，倒鈎。以下分作兩層感嘆。“誰見金釵擘”，則不獨“不見津頭艇子”，人天今古，一切皆空。惟有眼前景物，聊與周旋耳。前段運思奇幻，後段寄情閑散，點化處在數虚字。

五　唐多令

海綃翁曰：玉田不知夢窗，乃欲拈出此闋，牽彼就我。無識者群聚而和之，遂使四明絶調，沉没幾六百年，可嘆。

六　八聲甘州

海綃翁曰：换頭三句，不過言山容水態，如吴王、范蠡之醉醒耳。“蒼波”承“五湖”，“山青”承“宫裏”，獨醒無語，沉醉奈何，是此詞最沉痛處。今更爲推演之，蓋惜夫差之受欺越王也。長頸之毒，蠡知之而王不知，則王醉而蠡醒矣。女真之猾，甚於勾踐。北狩之辱，奇於甬東。五國城之崩，酷於卑猶位。遺民之憑吊，異於鴟夷之逍遥。而游艮岳、幸樊樓者，乃荒於吴宫之沉湎。北宋已矣，南渡宴安，又將岌岌，五湖倦客，今復何人。一“倩”字有衆人皆醉意，不知當時庾幕諸公，何以對此。

七　宴清都

海綃翁曰：衹運化一篇《長恨歌》，乃放出如許異采，見事多，識理透故也。得力尤在换頭一句。“人間萬感”，天上嫠蟾，横風忽斷，夾叙夾議，將全篇精神振起。“華清”以下五句，對上“幽單”，有好色不與民同意，天寶之不爲靖康者幸耳，故曰“憑誰爲歌長恨”。

八　渡江雲

海綃翁曰：此詞與〔鶯啼序〕第二段參看。“漸路入仙塢迷津”，即“逆紅漸招入仙溪”。“題門”“墮履”，與錦兒偷寄幽素，是一時事，蓋相遇之始矣。“明朝”以下，天地變色，於詞爲奇幻，於事爲不祥，宜其不終也。

九　風入松

海綃翁曰：思去妾也。此意集中屢見。〔渡江雲〕題曰西湖清明，是邂逅之始，此則别後第一個清明也。“樓前緑暗分携路”，此時覺翁當仍寓西湖。風雨新晴，非一日間事，除了風雨，即是新晴。蓋云我衹如此度日。“掃林亭”，猶望其還，賞則無聊消遣。見秋千而思纖手，因蜂撲而念香凝，純是痴望神理。“雙鴛不到”，猶望其到，“一夜苔生”，蹤迹全無，則惟日日惆悵而已。當味其詞意醞釀處，不徒聲容之美。

一〇　三姝媚

海綃翁曰：池上道，湖上故居。吹笙仙侣，“王孫重來”，客游初歸，則别非一日矣。“旋生芳草”，倒鈎。“燕沉鶯悄”，杳無消息。“禁烟殘照”，時節關心，兩層聯下，爲往事二字追逼。“怨紅凄調”，再跌進一步作歇。態濃意遠，顧望懷愁。“方亭”即西園之林亭，“雙鴛”即惆悵不到之雙鴛。彼猶有望，此但記憶，記字倒鈎。“頓隔年華”，起步，“似夢回花上，露晞平曉”，復留步，真有回眸一笑之態。客即孤鴻，可與放客送客之客字參看，言在此而意在彼也。又字還字最幻，蓋其人之去，已兩清明矣。所謂“頓隔年華”，“青梅已老”，比怨紅更悲，却是眼前景物。

一一　瑞鶴仙

海綃翁曰：此詞最驚心動魄，是“暮砧催、銀屏剪尺”一句。蓋因聞砧而思裁剪之人也。堂空塵暗，則人去已久，是其最無聊處，風雨不過佐人愁耳。上文寫風雨，層聯而下，字字凄咽，誰知却衹爲此。“行客”，點出客即燕，〔三姝媚〕之孤鴻言客，此之燕去亦言客，皆言在此而意在彼也。“似曾相識”，言其不歸來，語含吞吐，此曲斷腸，惟此聲矣。“林下”二句，西園陳迹。今則惟有“寒蛩殘夢，歸鴻心事”耳。一“念”字有無可告訴意。夜笛比暮砧又换一境，暮砧提起，夜笛益悲，人生如此，安得不老。結句情景雙融，神完氣足。

一二　瑞鶴仙

海綃翁曰：吴苑是其人所在，此時覺翁不在吴也，故曰“花飛人遠”。〔鶯啼序〕曰：“晴烟冉冉吴宫樹。”〔玉蝴蝶〕曰：“羨故人還買吴航。”〔尾犯〕《贈浪翁重客吴門》曰：“長亭曾送客。”〔新雁過妝樓〕曰：“江寒夜楓怨落。”又是吴中事，是其人既去，由越入吴也。旗亭二句，當年邂逅，正是此時。蘭情二句，對面反擊，跌落下二句，思力沉透極矣。舊衫是其人所裁，“流紅千浪”，複上闋之花飛。“缺月孤樓，總難留燕”，複上闋之人遠，爲凄斷二字鈎勒。“歌塵凝扇”，對上“蘭情蕙盼”，人一處，物一處。“待憑信，拚分鈿”，縱開，“還依不忍”，仍轉故步。“箋幅偷和泪捲”，複“挑燈欲寫”，疑往而復，欲斷還連，是深得清真之妙者。“應夢見”，尚不曾夢見也。含思凄婉，低回無盡。

一三　齊天樂

海綃翁曰：此與〔鶯啼序〕蓋同一年作。彼云十載，此云十年也。西陵，邂逅之地，提起。“斷魂潮尾”，跌落。中間送客一事，留作换頭點睛三句，相爲起伏，最是局勢精奇處。譚復堂乃謂爲平起，不知此中曲折也。“古柳重攀”，今日。“輕鷗聚别”，當時。平入逆出。“陳迹危亭獨倚”，歇步。“凉颸乍起”，轉身。“渺烟磧飛帆，暮山横翠。”空際出力。“但有江花，共臨秋鏡照憔悴”，收合倚亭。送客者，送妾也。柳渾侍兒名琴客，故以客稱妾，〔新雁過妝樓〕之宜城當時放客，〔風入松〕之舊曾送客，〔尾犯〕之長亭曾送客，皆此客字。“眼波回盼”，是將去時之客。“素骨凝冰，柔葱蘸雪”，是未去時之客。“猶憶分瓜深意”，别後始覺不祥，極幽抑怨斷之致，豈其人於此時已有去志乎。“清尊未洗”，此愁酒不能消。“凉颸”句是領下，此句是煞上。“行雲”句著一“濕字”，藏行雨在内。言朝來相思，至暮無夢也。夢窗運典隱僻，如詩家之玉溪，“亂蛩疏雨”，所謂“漫沾殘泪”。

一四　鶯啼序

海綃翁曰：第一段傷春起，却藏過傷别，留作第三段點睛。燕子畫船，含無限情事，清明吴宫，是其最難忘處。第二段“十載西湖”，提起。而以第三段“水鄉尚寄旅”作鈎勒。“記當時、短楫桃根渡”，記字逆出，將第二段情事，盡銷納此一句中。“臨分”“泪墨”，“十載西湖”，乃如此了矣。臨分於别後爲倒應，别後於臨分爲逆提。漁燈分影，於水鄉爲複筆，作兩番鈎勒，筆力最渾厚。“危亭望極，草色天涯”遥接“長波妒盼，遥山羞黛”，望字遠情，嘆字近况，全篇神理，衹消此二字。“歡唾”是第二段之歡會，“離痕”是第三段之臨分。“傷心千里江南，怨曲重招，斷魂在否”，應起段“游蕩隨風，化爲輕絮”作結。通體離合變幻，一片凄迷，細繹之，正字字有脉絡，然得其門者寡矣。

一五　絳都春

海綃翁曰：“情黏舞綫”，從題前起。“悵駐馬灞橋，天寒人遠”，反跌。“旋剪露痕”，入題。“移得春嬌栽瓊苑”，歇步。“流鶯”以下，空際取神，開合動蕩，却純用興體，以起後闋所賦。“梅花”以下，又遥接“移得春嬌”，讀之但覺滿室春氣。詞中不外人事風景，鎔人事入風景，則實處皆空。鎔風景入人事，則空處皆實。此篇人事風景交煉，表裏相宜，才情并美，應酬之作，難得如許精粹。

一六　祝英臺近

海綃翁曰：前闋極寫人家守歲之樂，全爲换頭三句追攝遠神。與“新腔一唱雙金斗”一首，同一機杼。彼之“何時”，此之“舊”字，皆一篇精神所注。

一七　珍珠簾

海綃翁曰：此因聞簫鼓，而思舊人也，亦爲其去姬而作。起七字千錘百煉而出之。“蜜沉”伏“愁香”，“烟裊”伏“雲渺”，“麟帶”，舊意。“舞簫”，今情。作兩邊鈎勒。“恨縷情絲”，提起。“銀屏别是一處”，非貴人家。垂柳腰小，亦指所思之人，與貴家按舞無涉。“緑水清明”是其最難忘處，當年邂逅，正此時也。乃彼則銀屏難到，此則客枕幽單，徘徊嘆息，蓋爲此耳。“香蘭如笑”按舞之樂，而已則歌沉人去，惟有落泪。一篇神理，注此二句，題目是借他人酒杯。

一八　浣溪沙

海綃翁曰：“夢”字點出所見，惟夕陽歸燕。“玉纖香動”，則可聞而不可見矣。是真是幻，傳神阿堵，門隔花深故也。“春墮泪”爲懷人，“月含羞”因隔面，義兼比興。東風臨夜，回睇夕陽，俯仰之間，已爲陳迹，即一夢亦有變遷矣。“秋”字不是虚擬，有事實在，即起句之舊游也。秋去春來，又换一番世界，一“冷”字可思。此篇全從張子澄“别夢依依到謝家”一詩化出，須看其游思縹緲，纏綿往復處。

一九　浣溪沙

海綃翁曰：“玉人垂釣理纖鈎”，是下句倒影，非謂真有一玉人垂釣也。“纖鈎”是月，“玉人”言風景之佳耳。“月明池閣”，下句醒出。甲稿〔解蹀躞〕“可憐殘照西風，半妝樓上”，半妝亦謂殘照西風。西子西湖，比興常例，淺人不察，則謂覺翁晦耳。

二〇　風入松

海綃翁曰：此非賦桂，乃借桂懷人也。西園送客，是一篇之眼。客者，妾也。西園，故居。郵亭，别地。既被妨，故還泊，而秋娘不可見矣，此游固未到西園。蟬聲似曲，歌扇都非，“臨水開窗”，故居回首，至重尋已斷，則西園固可不到矣，何恨於矮橋哉。和醉應唤酒，脉絡字字可尋。

二一　探芳訊

海綃翁曰：本是傷離，却説爲春。鬬草探花，佳時易過，雨聲如此，晴晝奈何。曰年年，則離非一日。曰半中酒，則此懷何堪。用兩層逼出换頭一句。以下全寫相思，相思是骨。外面祇見嬌嬾，傳神阿堵，須理會此兩句。

二二　花犯

海綃翁曰：自起句至相認，全是夢境。“昨夜”，逆入。“驚回”，反跌。極力爲“送曉色”一句追逼。復以“花夢準”三字鈎轉作結。後片是夢非夢，純是寫神。“還又見”應上“相認”，“料喚賞”應上“送曉色”。眉目清醒，度人金針。全從趙師雄夢梅花化出，須看其離合順逆處。

二三　解連環

海綃翁曰：起三句與〔新雁過妝樓〕“風檐近、渾疑玉佩丁東”同意，蓋亦思去妾而作也。“暮凉”，起賦。“故人”，點出。“來邈”一斷，却以“夜久”承“暮凉”。“纖白”一斷，却以“夢遠”承“來邈”。掩帷倦入，跌進一步，復以闌承檐。筆筆斷，筆筆續，須看其往復脱换處。换頭六字，一篇命意所注。未秋先覺，加一倍寫，鈎勒渾厚。“抱素影”三句，謂舊意猶在，未忍弃捐。“翠冷”二句，謂其人已去。“絳綃暗解”，追憶相逢，“褪花墜蕚”，則而今憔悴，人事風景，一氣鎔鑄，覺翁長技。明月謂扇，楚山扇中之畫，却暗藏高唐神女事，疑其人此時已由吴入楚也。

二四　高陽臺

海綃翁曰：“淺畫成圖”，半壁偏安也。“山色誰題”，無與托國者。“東風緊送”，則危急極矣。“凝妝”“駐馬”，依然歡會。酒醒人老，偏念舊寒，燈前雨外，不禁傷春矣。“愁魚”，殃及池魚之意。“泪滿平蕪”，則城邑丘墟，高樓何有焉。故曰“傷春不在高樓上”，是吴詞之極沉痛者。

二五　掃花游

海綃翁曰：“水雲共色”，正面空處起步。“章臺春老”，側面實處轉步。“山陰夜晴”，對面寬處歇步。“遍地梨花”，復側面空處回步，以下步步轉，步步歇，往復盤旋，一步一境。换頭五字，貫澈上下，通體渾融矣。

二六　聲聲慢

海綃翁曰：郭希道池亭，即清華池館，是覺翁常游之地。孫無懷祇以別筵暫駐，平時之多宴，固未與也。“知道”二字，爲無懷設想，真是黯然銷魂。“膩粉”以下，純作痴戀語，爲惜別加倍出力。學者須聽弦外音。人在、凝眸、瞰妝，純用倒捲。共惜、知道、輪他，是詞中點睛。起八字殊有拙致。

二七　杏花天

海綃翁曰：“幽歡一夢成炊黍”，以下三句皺足，“樓上宮眉在否”，以上三句逼取，順逆往來，無不如意。

二八　青玉案

海綃翁曰：“疏酒”，因無翠袖故也，却用上闋人家度歲之樂，層層對照，爲“何時”二字，十二分出力。

二九　金縷歌

海綃翁曰：“此心與、東君同意”，能將履齋忠款道出。是時邊事日亟，將無韓岳，國脉微弱，又非昔時。履齋意主和守，而屢疏不省，卒致敗亡。則所謂“後不如今今非昔，兩無言、相對滄浪水。懷此恨、寄殘醉”也。言外寄慨，學者須理會此旨。前闋滄浪起，看梅結。後闋看梅起，滄浪結。章法一絲不走。

三〇　夜游宫

海綃翁曰：通章祇做“夢覺新愁舊風景”一句。“見幽仙，步凌波，月邊影”，是覺。“紺雲欹，玉搔斜，酒初醒”，又復入夢矣。

三一　夢芙蓉

海綃翁曰：前闋全寫真花。“記長堤”，逆入。“當時”，平出。

"自別"轉，"慵起"結，然後以"秋魂"起、"環佩"落，千回百折以出。"畫圖重展"四字，真有"玉花却在御榻上"之意。"驚認舊梳洗"，真有圉人太僕皆惆悵之意。"夢斷瓊娘"，復回顧前闋，又真有"榻上庭前屹相向"之意。寫神固不待言，難得如此筆力。

三二　尾犯

海綃翁曰：此因浪翁客吴，而思在吴之人也。在吴之人，即其去姬。"流水膩香，猶共吴越"，托此起興，言外見人之不如。"十載"二句，請其人留吴已久，有如此曲折，則蟬歌之咽，蓋不爲今別矣。"曾送客"，揭出。項莊舞劍，固意在沛公。"錦雁"是西湖上山，〔祝英臺近〕所謂"錦雁峰"前也。下二句，謂其人去，則錦雁之泪眼，與孤城接連，惟見"平蕪烟闊"耳。半鏡猶冀重逢，故人但有夢見，茫茫此恨，不知已浪翁能代傳否。篇中忽吴忽越，極神光離合之妙。

三三　玉蝴蝶

海綃翁曰：此篇脉絡頗不易尋，今爲細繹之。當先認定"書光"，"書"字謂得其去姬書札也。"生動""凄凉"，全爲此書。所謂"萬種"，祇此一事。秋氣特佐人悲耳。"舊衫"二句，乃從去時追寫。謂臨别之泪，染此衫中，今則已成舊色，爲此書提起。而"花碧""蜂黄"，皆歷歷在目，所謂凄凉也。"傷"字，又提。"楚魂"應悲秋，"雁汀""來信"，收束"書"字。以虛結實。"都忘"，反接，最奇幻，得此二字，超然遐舉矣。言未得書前，往事都不記省也。"水沉"，花香。"岸錦"，葉色。舊賞，則未别前事。御溝題葉，又是定情之始。今則此情"應不到流湘"矣，蓋其人已由吴入楚也。"數客路、又隨淮月"，又將由楚入淮，則身益零落，固不如居吴時也，吴則覺翁常游之地，故曰"羡故人還買吴航"，二語蓋皆書中所具。語語徵實，筆筆凌空，兩結尤極縹緲之致。

三四 點絳唇

海綃翁曰：此亦思去姬而作。“西園”，故居。“清明”，邂逅之始。“春留”，正見人去。却衹言往事，衹言舊寒。既云不過，則緑陰燕子，皆是想像之詞，當前惟有征衫之泪耳。

三五 解連環

海綃翁：雲起夢結，游思縹緲，空際傳神。中間“來時”，逆挽。“相憶”，倒提。全章機杼，定此數處。其餘設情布景，皆隨手點綴，不甚著力。

三六 拜新月慢

海綃翁曰：“昨夢”九字，脱開以取遠神。以下即事感嘆。“身世游蕩”四字是骨。後闋複起。三句作層層跌宕，回視昨夢，真如海上三神山矣。

三七 絳都春

海綃翁曰：“墜燕”，去妾也。已成往事，故曰又。“葉吹”十一字，言我朝暮衹如此過。從“夜凉”再展一步，然後以“當時”句提起，“客路”句跌落。“霧鬟”三句，一步一轉，收合“明月娉婷”。“别館”正對“南樓”，乍識似人，從不見轉出。“舊色舊香”，又似真見，“閑雨閑雲情終淺”，則又不如不見矣。層層脱换，然後以“真真難畫”，衹作花看收住。復轉一步作結，筆力直破餘地。

三八 瑞龍吟

海綃翁曰：一詞有一詞命意所在，不得其意，則詞不可讀也。題是夢窗送梅津，詞則惟説梅津傷别。所傷又是他人，置身題外，作旁觀感嘆，用意透過數層。“黯分袖”，謂梅津在吴，所眷者此時不在別筵也。第一二段設景設情，皆是空際存想。後闋始叙別筵，一宵歌酒，陡住。翠微是西湖上山，故下云“西湖到日”。“猶憶”是逆溯，“到日”是倒提。“誰家聽、琵琶未了，朝驄嘶漏”，乃用孫巨源在李太尉家聞召事。梅津此時蓋由吴赴闕也。“待來共凭，齊雲話舊”，一筆鈎轉。然後以“莫唱朱櫻口”一句歸到別筵。“空教人瘦”，則黯分袂之人也。吴詞之奇幻，真是急索解人不得。

三九　憶舊游

海綃翁曰：言是傷春，意是憶別，此恨有觸即發，全不注在澹翁也，故曰“送人猶未苦”“片紅”“潤緑”，比興之義。跌起賦情，筆力奇重。病渴分香，意乃大明。不爲送人，亦不爲送春矣。“西湖斷橋”，昔之別地。下二句，言風景不殊。“離巢”二句，謂其人已去。“故人”，指澹翁。寫怨正與賦情對看，言我方在此賦情，故人則到彼，爲我寫怨矣。澹翁此行，當是由吴入杭。

四〇　三姝媚

海綃翁曰：過舊居，思故國也。讀起句，可見“啼痕酒痕”，悲歡離合之迹。以下緣情布景，憑吊興亡，蓋非僅興懷陳迹矣。“春夢”須斷，往來常理，人間二字，不可忽過。正見天上可哀，“夢緣能短”，治日少也。“秦箏”三句，回首承平，“紅顔先變”，盛時已過，則惟有斜陽之泪，送此湖山耳。此蓋覺翁晚年之作，讀草窗“與君共承平年少”，及玉田“獨憐水樓賦筆，有斜陽還怕登臨”，可與知此詞。

四一　新雁過妝樓

海綃翁曰：“翠微”西湖上山，“流水”則西湖也。其人以春來以秋去。故曰“苦似春濃”。“紺雲未合”，佳人未來之意。“不見征鴻”，則音問全無。“宜城放客”，分明點出江楓夜落，其人在吴。下句謂其思我題葉相寄，亦如我之賦情也。結與起應，神光離合。

四二　隔浦蓮近

海綃翁曰："依舊"，逆入。"夢繞"，平出。"年少"，逆入。"恨緒"，平出。筆筆斷，筆筆續。"旅情懶"三字，縮入上段看。以下言長橋重午，衹如此過，無復他情。詞極蕭散，意極含蓄。

四三　應天長

海綃翁曰：上闋全寫盛時節物，極力爲换頭三句追逼。至"巷空人絶，殘燈塵壁"，則幾不知爲元夕矣。此與〔六醜〕吴門元夕風雨立意自異。此見盛極必衰，彼則今昔之感。

四四　解蹀躞

海綃翁曰：此蓋其人去後，過其舊居而作也。從題前起，言前此未來，魂夢固已時到矣。且疑醉疑醒，如倦蜂之迷著矣。"梨花"乃用梨花雲事，亦夢也。三句一氣，非景語。"還做一段相思"，從下二句見。"還做"句，倒提。下二句，逆挽。"朱橋深"巷，"殘照西風"，夢境依稀，通體渾化，欲學清真，當先識此種。

四五　鶯啼序

海綃翁曰："横塘"，吴地，伏結段之吴宫。"西園"，杭居，承第三段之"西湖"。第二段閉門思舊，空際盤旋，是全篇精神血脉貫注處。花歸而人不至，舊愁新恨，掩抑怨斷，當爲其去姬作。

四六　惜黄花慢

海綃翁曰：題外有事，當與〔瑞龍吟〕黯分袖參看。"沈郎"謂梅津，"繫蘭橈"，蓋有所眷也。"仙人"謂所眷者，"鳳簫"則有夫婦之分。"斷魂"二句，言如此分别，雖《九辯》難招，況清真詞乎？含思凄婉，轉出下四句，實處皆空矣。“素秋”言此間風景，不隨船去則兩地趁濤，惟葉依稀有情。“翠翹”即上之仙人，特不知與〔瑞龍吟〕所别，是一是二。

四七　齊天樂

海綃翁曰：此夏日泛湖作也。“春换”，逆入。“秋怨”，倒提。“平蕪未剪”，鈎勒。“一夕西風”，空際轉身，極離合脱换之妙。

四八　踏莎行

海綃翁曰：讀上闋，幾疑真見其人矣。换頭點睛，却衹一夢。惟有雨聲菰葉，伴人凄凉耳。生秋怨，則時節風物，一切皆空。

四九　青玉案

海綃翁曰：此與“黄蜂頻撲秋千索”異矣，豈其人已没乎？詞極凄艷，却具大起大落之勢，大家之異人如此。

五〇　浪淘沙

海綃翁曰：“春草”，邂逅之始。“秋烟”，别時。“來去年年”，遂成往事，“西園”，故居，“春事改”，人事遷，也不承上闋秋字。

五一　六醜

海綃翁曰：題是“吴門元夕風雨”。上闋乃全寫昔之無風雨，却以“年光舊情盡别”作鈎勒。下文風雨衹閑閑帶出。“少年花月”，回首承平。“長安夢”，望京華也。天時人事之感，故國平居之思，復誰領得。

五二　鷓鴣天

海綃翁曰：“楊柳閶門”，其去姬所居也。全神注定，是此一句。“吴鴻歸信”，言己亦將去此間矣，眼前風景何有焉。

五三 夜行船

海綃翁曰：此與〔鷓鴣天〕皆寓化度寺作。彼之池上，化度寺中之池。此言“西池”，西園中之池，當時别地也。兩首合看，意乃大明。

五四 古香慢

海綃翁曰：此亦傷宋室之衰也。“月中游”用唐玄宗事。“殘雲剩水”，則無復霓裳之盛矣。“夜約羽林”用漢武帝事，“輕誤”則屯衛非人矣。滄浪韓王别業，故家喬木，觸目生哀。故後闋遂縱懷故國，“殘照誰主”，不禁説出。重陽催近，光景無多，勢將岌岌。詞則如五雲樓閣，縹緲空際，不可企矣。“金風翠羽”是七夕，“月中游”則中秋也，重陽又催近，由此轉出，離合之妙如此。豪宕感激，真氣彌滿，却非稼軒。嘗論詞有真氣，有盛氣。真氣内充，盛氣外著，此稼軒也。學稼軒者無其真氣，而欲襲其盛氣，鮮有不敗者矣。能者則真氣内含，盛氣外斂。

五五 夜游宫

海綃翁曰：“楚山”夢境，“長安”，京師，是運典。“揚州”則舊游之地，是賦事。此時覺翁身在臨安也。詞則沉樸渾厚，直是清真後身。

五六 點絳唇

海綃翁曰：詞中句句是懷人，且至於夢，至於啼。又曰“可惜人生”，曰“心期誤”，淒咽如此，决非徒爲吴吟可知。當與“楊柳閶門”參看。

五七 惜秋華

海綃翁曰：“殘蛩”正見深秋，細響則懷抱無多耳。因物起興，風詩之遺。已是燈前始念殘照，又由殘照而追曉影，純用倒捲。此筆尚易見，一日之中，已是不堪回首，況隔年乎。用加倍法以逼起。换頭五字如此運意，則急索解人不得矣。“娟好”正對“老”字，有情故老，無情故好。“晚夢”三句有情奈何，“秋娘”二句無情奈何。層層脱换，筆筆變化。“泪”字是“雨”字倒影，結句縮入上“閑”字看。“畫船”，多少人家樂事。已則無心游賞，所以閑也。閉門思舊意，却不説出，含蓄之妙如此。案亦思去姬而作。其人以秋去，故曰“深秋懷抱”。“翠微”，西湖上山，舊携手地也。“秀色”“秋娘”，義兼比興。題曰重九，僅半面耳。將此詞與清真〔丹鳳吟〕并讀，宜有悟入處，則周、吴之祕亦傳矣。

五八　丁香結

海綃翁曰：咏物題却似紀游，又似懷舊，俯仰陳迹，無限低徊。置身空際，大起大落，獨往獨來。穠摯中有雄杰意態，讀吴詞者所當辨也。“自傷時背”，賢者退而窮處意。“秋風换故園夢裏”，朝局變遷也，言外之旨，善讀者當自得之。

五九　喜遷鶯

海綃翁曰：“趁飛雁、又聽數聲柔櫓”，已動歸興。“藍尾”二句，人家節物，歸興愈濃。至此咽住，却翻身轉出舊時羈旅，言欲歸不得，正不止今日江亭也。讀者得訣，在辨承轉。讀六朝文如是，讀吴詞亦如是。“雪舞”以下江亭風景，言此時宜做初番花信矣。而峭寒如此，天心尚可問乎。身世之感，言外寄慨。何處正對江亭，博簺良宵，則無復關心花信，故曰“誰念行人，愁先芳草”。“短檠”二句，非紅燭畫堂所知。“便歸好”，蓋猶未也。結句，正見年華如羽，見在如此，未來可知。

六〇　風入松

海綃翁曰：是香是夢，游思縹緲，吴詞之極費尋索者。“不藏香”，起，“楚雲”則夢也。“爐燼”承香，“朝陽”承雲。香既不可久，則夢亦不可留，故曰“怕暖消春日朝陽”。“晴熏”則日暖未消，“斷烟”則餘香尚裊，斷續反正，脉絡井井，不得其旨，則謂爲晦耳。“思量”起下闋，樓隔垂楊，燕鎖幽妝，人已去也。“梅花”二句，影事全空，徒增煩惱。“霜鴻”往事，“寒蝶”今情，當與〔解蹀躞〕一闋參看。蓋亦爲其去姬而作也。

六一　好事近

海綃翁曰：上闋已了，下闋加以烘托，始覺萬籟皆寂。

六二　倦尋芳

海綃翁曰：起從題前盤旋，結從題後摇曳。中間叙遇舊，真是俯仰陳迹。

六三　朝中措

海綃翁曰：思去姬也。“衹別時難忘”一句耳，却寫得香色皆空，使人作天際真人想。

六四　解語花

海綃翁曰：“舊滴”，逆入。“新啼”，平出。復以“殘冬”鈎轉。三句極伸縮之妙。“澹烟”二句脱開，寫春人如畫。梅痕二句複“舊滴”“新啼”。歇拍，復寫春人續“凌波”“挑薺”。“辛盤葱翠”，節物依然。“青絲牽恨”，舊情猶在。“還鬬”，平入。“曾試”，逆出。“帆去”，復由雁回轉落。“泥雲萬里”，重將風雨一提，然後跌落。“剪斷紅情緑意”，“輕憐”“宜睡”，復拗轉作收。筆力之大，無堅不破。

六五　塞垣春

海綃翁曰：題是元旦。自起句至“花心短”，却全寫除夕。至

“夢回”“春遠”，乃點出春字。下闋寫春事如許，回憶曲屏，向所謂遠者，今乃歷歷在目矣。章法入神，勿徒賞其研煉。“柳絲裙”，言柳絲如春人之裙也。“争拜東風盈灞橋岸”，是柳絲，是春人，寫得絢爛。“鬢落”二句，言元旦則簪花勝矣。而燕子遲來，故釵落成恨，用事入化。

六六　惜秋華

海綃翁曰：因“樓陰墮月”，而思“宫漏未央”。因“宫漏未央”而思“鈿釵遺恨”。觸景生情，復緣情感事。以下夾叙夾議，至於此情難問，則人間天上，可哀正多，又不獨鈿釵一事矣。殆未忘北狩帝后之痛乎？

六七　燭影揺紅

海綃翁曰：湖山起，坊陌承“漸暖”，則忘却暮寒矣。“恣游不怕”，并且無愁，湖山奈何，殘梅自怨，翠屏自不照，哀樂不同也。“楚夢”，衰世君臣，“留情未散”，彼昏不知。“天長信遠”，猶望明時。“春陰簾捲”，仍復無望，如此看去，有多少忠愛。

六八　高陽臺

海綃翁曰：“南樓”七字，空際轉身，是覺翁神力獨運處。細雨二句，空中渲染，傳神阿堵。解此二處，讀吴詞方有入處。

六九　掃花游

海綃翁曰：不過寫春陰變雨耳。“驟捲風埃”，從輕雲深霧一變。“紅濕杏泥”，從冷空澹碧一變。却用“笙簫”二句横空一斷，從游人眼中看出，帶起下闋。“艷辰易午”，“恨春太妒”，是通篇眼目。天氣既變，人情亦乖，奈此良辰美景何，極穠厚深摯。

七〇　過秦樓

海綃翁曰：因妒故怨，怨字倒提。"凝情誰愬"，怨妒都有。下闋人情物理，雙管齊下。"衰蟬"三句，見盛衰不常，隨時變易，而道則終古不變也。"能西風老盡，羞趁東風嫁與"，是在守道君子。此不肯攀援藩邸，而老於韋布之大本領，勿以齊梁小賦讀之。

宋周邦彦片玉詞

一　瑞龍吟

海綃翁曰：第一段地，"還見"逆入，"舊處"平出。第二段人，"因記"逆入，"重到"平出，作第三段起步。以下撫今追昔，層層脱卸。"訪鄰尋里"，今。"同時歌舞"，昔。"惟有舊家秋孃，聲價如故"，今猶昔。而秋孃已去，却不説出，乃吾所謂留字訣者。於是"吟箋賦筆"，"露飲""閑步"，與"窺户""約黄"，"障袖""笑語"，皆如在目前矣。又吾所謂能留，則離合順逆，皆可隨意指揮也。"事與孤鴻去"，咽住，將昔游一齊結束。然後以"探春"二句，轉出今情。"官柳"以下，復緣情叙景。"一簾風絮"，繞後一步作結。時則"褪粉梅梢，試花桃樹"，又成過去矣。後之視今，猶今視昔，奈此斷腸院落何。

二　風流子

海綃翁曰：池塘在莓牆外，莓牆在綉閣外，綉閣又在鳳幃外，層層布景，總爲"深幾許"三字出力。既非巢燕可以任意去來，則相見亦良難矣。"聽得""遥知"，衹是不見。夢亦不到，見字絶望。甚時轉出見字後路，千回百折，逼出結句。畫龍點睛，破壁飛去矣。

三　蘭陵王

海綃翁曰：托柳起興，非咏柳也。“弄碧”一留，却出“隋堤”。“行色”一留，却出“故國”。“長亭路”複“隋堤上”。“年去歲來”複“曾見幾番”。“柔條千尺”複“拂水飄綿”。全爲“京華倦客”四字出力。第二段“舊踪”往事，一留。“離席”今情，又一留，於是以“梨花榆火”一句脱開。“愁一箭”至“數驛”三句逆提。然後以“望人在天北”一句，複上“離席”作歇拍。第三段“漸别浦”至“岑寂”，證上“愁一箭”至“波暖”二句。蓋有此漸，乃有此愁也。愁是倒提，漸是逆挽。“春無極”遥接“催寒食”。“催寒食”是脱，“春無極”是複。結則所謂“閑尋舊踪迹”也。踪迹虚提，“月榭”“露橋”實證。

四　瑣窗寒

海綃翁曰：此篇機杼，當認定“故人剪燭西窗語”一句。自起句至“愁雨”，是從夜闌追溯。由户而庭，乃有此西窗。由昏而夜，乃爲此剪燭。用層層趕下。“嬉游”五句，又從“暗柳”“單衣”前追溯。旗亭無分，乃來此户庭。儔侶俱謝，乃見此故人。用層層繳足作意，已極圓滿。“東園”以下，復從後一步繞出，筆力直破餘地。“少年”“遲暮”，大開大合，是上下片緊凑處。

五　丹鳳吟

海綃翁曰：本是“睡起無憀”，却説“春光無賴”。已“暮景”矣，始念“朝來”。已“殘照”矣，因思“晝永”。筆筆逆，筆筆斷，爲“迤邐”二字曲曲傳神。以墊起换頭“況是”二字。不爲别離，已是無憀，縮入上闋，加倍出力。然後轉出下句。“心緒惡”則比“無憀”難遣，故曰“無計”。進此一步，已是盡頭，復作何語。却以“那堪”二句鈎轉。“弄粉”二句放開。至“怕人道著”，則無憀無計，一齊收起，惟有無賴之春光耳。三“無”字極幻化。

六　滿路花

海綃翁曰："玉人新閑闊"，脱。"更當恁地時節"，複上六句。後闋全寫著這情懷。前用虚提，後用實證。

七　慶春宫

海綃翁曰：前闋離思，滿紙秋氣。後闋留情，一片春聲。而以"許多煩惱"一句，作兩邊綰合，詞境極渾化。

八　華胥引

海綃翁曰：日高醉起，始念夜來離思，即景叙情。順逆伸縮，自然深妙。

九　意難忘

海綃翁曰："一檐露滴，竹風凉"六字，如繁休伯與魏文帝箋。是時日在西隅，凉風拂衽也。

一〇　霜葉飛

海綃翁曰：衹是"美人邁兮音塵絶，隔千里兮共明月"二句耳，以换頭三句結上闋。鳳樓以下，則爲其人設想。一邊寫景，即景見情。一邊寫情，即情見景。雙烟一氣，善學者自能於意境中求之。

一一　法曲獻仙音

海綃翁曰：著眼兩"時"字，曰倦曰困，皆由此生。又著眼"向""處"字，窗外窗内，一齊收拾。以换頭三字結足上闋。文園以下，全寫抱影凝情。虚提實證，是清真度人處。

一二　渡江雲

海綃翁曰："暖回"二句，"人歸落雁後"也。"驟驚春在眼"，"偏驚物候新"也。皆從前人詩句化出。又皆宦途之感，於是不禁有羨於山家矣。"何時"妙，"委曲"又妙。下四句極寫春色，乃極寫山家。換頭"堪嗟"二字，突出甚奇。"東""西"又奇，"指長安"又奇。如此則還山無日矣。春到而人不到，謂之何哉。此行當是由荆南入都。風翻潮濺，視山家安穩何如。水驛蒹葭，視山家偃息何如。"處"字如此心安處之處，是全篇結穴。

一三　六醜

海綃翁曰：薔薇謝後，言春去也。故直從惜春起。"留"字"去"字，將大意揭出。"爲問家何在"，猶言春歸何處也。"夜來"以下，從薔薇謝後指點。結則言蜂蝶但解惜花，未解惜春也。惜花小，惜春大。"東園"二句，謝後又换一境。"成嘆息"三字用重筆，蓋不止惜花矣。"長條"三句，花亦願春暫留。"殘英"七字，"留"字結束，終不似至"欹側"，"去"字結束。"漂流"七字，願字轉身。"斷紅"句逆挽"留"字，何由見得逆挽"去"字，言外有無限意思。讀之但覺回腸蕩氣，復何處尋其源耶。

一四　夜飛鵲

海綃翁曰：河橋逆入，前地平出。换頭三句，鈎勒渾厚。轉出下句，始覺沉深。

一五　滿庭芳

海綃翁曰：層層脱卸，筆筆鈎勒，面面圓成。

一六　花犯

海綃翁曰：起七字極沉著，已將三年情事，一齊攝起。舊風味從去年虛提。“露痕”三句，復爲照眼作周旋。然後去年逆入，今年平出。相將倒提，夢想逆挽。圓美不難，難在渾勁。

一七　過秦樓

海綃翁曰：通篇衹做前結三句。自起句至“更箭”，是去秋情事。“梅風”三句，又歷春夏，所謂“年華一瞬”。“見説”三句，“人今千里”。“誰信”三句，“夢沉書遠”也。明河疏星，又到秋景。前起逆入，後結仍用逆挽。構局精奇，金針度盡。

一八　大酺

海綃翁曰：玩一“對”字，已是驚覺後神理。“困眠初熟”，却又拗轉。而以“郵亭”五字，作中間停頓，前後周旋。换頭五字陡接。“流潦”八字，復繞後一步出力。然後以“怎奈向”三字鈎轉。將前闋所有情景，盡收入“傷心目”中。“平陽”二句，脱開作墊，跌落下六字。“紅糝”二句，復加一層渲染，托出結句。與“自憐幽獨”，顧盼含情。神光離合，乍陰乍陽，美成信天人也。

一九　塞垣春

海綃翁曰：“漸别離氣味難禁也”，脱。“更物象、供瀟灑”，複上五句。然後以“念多才”十二字，歸到别離氣味上。後闋全從對面寫，層聯而下，總收入“追念”二字中，正是難禁難寫處。比“金花落燼燈”一首，又加變化。學者悟此，固當飛昇。

二〇　四園竹

海綃翁曰：“鼠摇”“螢度”，於静夜懷人中見，有東山詩人之意。“猶在紙”一語驚人，是明明有前期矣。讀結語則仍是漫與。此等處皆千回百折而出之，尤佳在樸拙。

二一　隔浦蓮近拍

海綃翁曰：自起句至换頭第三句，皆驚覺後所見。“綸巾”“困卧”，却用逆叙。“身在江表”，夢到吴山。船且到，風輒引去，仙乎仙乎。周詞固善取逆勢，此則尤幻者。“檐花簾影”，從“萍破處”見。蓋曉燈未滅，所以有檐花。風動簾開，所以有簾影。若作簾花檐影，興趣索然矣。胡仔固是膠柱鼓瑟，王楙又愈引愈遠。可惜於此佳處，都未領會。

二二　齊天樂

海綃翁曰：此美成晚年重游荆南之作。觀起句，當是由金陵入荆南。又先有次句，然後有起句。因“殊鄉秋晚”，始念“緑蕪雕盡”也。留滯最久，蓋合前游言之。渭水長安指汴京。此行又將由荆南入開封矣。〔渡江雲〕“晴嵐低楚甸”，疑繼此而作。王國維謂作於金陵，微論後闋，即第二句已不可通矣。周濟謂渭水長安指關中，亦非。

二三　拜星月慢

海綃翁曰：荒寒寄宿，追憶舊歡，祇消秋蟲一嘆。“伊威在室，蠨蛸在户”，不可畏也，伊可懷也。畫圖昭君，瑶臺玉環，以比師師。在美成爲相思，在道君爲長恨矣，當悟此微旨。

二四　解連環

海綃翁曰：全是空際盤旋。“無托”起，“泪落”結。中間“紅藥”一情，“杜若”一情，“梅萼”一情。隨手拈來，都成妙諦。夢窗“思和雲結”，從此脱胎。味“縱妙手能解連環”句，當有事實在，疑亦謂李師師也。今謂“信音遼邈”，昔之“閑語閑言”，又不足憑。篇中設景設情，純是空中結想，此周詞之極幻者。

二五　闗河令

海綃翁曰：由更深而追想過去之暝色，預計未盡之長夜。神味拙厚，總是筆力有餘。

二六　綺寮怨

海綃翁曰：此重過荆南途中作。楊瓊，蘇州歌者，見白香山詩。"徘徊""嘆息"，蓋有在矣。"斂愁黛，與誰聽"，知音之感。"何曾再問"，正急於欲問也。"舊曲""誰聽"，"念我""關情"，問之不已，特不知故人在否耳。拙重之至，彌見沉渾。江陵以下，言知音難遇也。故人二字倒鈎。未歌先泪，又不止斂愁黛矣。顧曲周郎，其亦有身世之感乎？

二七　尉遲杯

海綃翁曰："淡月""河橋"，始念隋堤日晚。"畫舸""烟波"，"重衾""離恨"，節節逆溯，還他隋堤。"舊客京華"，仍用逆溯。"漁村水驛"，收合河橋。夢魂是重衾裹事。無聊自語，則酒夢都醒也。"小檻"對"疏林"，"歡聚"對"偎傍"，"珠歌翠舞"對"冶葉倡條"，"仍慣見"對"俱相識"，是搓挪對法。紅友謂於傍字讀，非。"亭亭畫舸繫春潭。衹待行人酒半酣。不管烟波與風雨，載將離恨過江南。"張文潛詩。

二八　浪淘沙

海綃翁曰："經時信音絶"，是全篇點睛。自起句至"親折"，皆是追叙别時。下二段全寫憶别。上下神理，結成一片，是何等力量。

二九　應天長

海綃翁曰：前闋如許風景，皆從"閉門"中過。後闋如許情事，偏從“閉門”中記。“青青草”以下，真似一夢，是日間事，逆出。

三〇　掃花游

海綃翁曰：微雨春陰，繞堤駐馬，閑閑寫景。“信流去”陡接，怨題逆出。“任占地持杯，掃花尋路”，言任是如此，春亦無多耳。縮入上句。“看將愁度日”，再推進一層。如此則好春亦祇是愁。而春事之多少，更不足問矣。“文君更苦”，復從對面反逼。“遍城鐘鼓”，游思縹緲，彌見沉鬱。

三一　玉樓春

海綃翁曰：上闋大意已足，下闋加以渲染，愈見精采。

三二　漁家傲

海綃翁曰：“醉”字倒提。“金杯側”逆挽。上闋是朝來事，下闋是昨宵事。

三三　驀山溪

海綃翁曰：“無窮路”，從歸來後追憶此柳，真是黯然銷魂。“偏向此山明”，有多少往事在。“倦追尋、酒旗戲鼓”，所以見此山而無語凝佇也。前虚後實，鈎勒無迹。“今宵”以下，聊復爾爾，正見往事都非，“幸有”云者，聊勝於無耳。

三四　秋蕊香

海綃翁曰：春閨無事，妝罷惟有睡耳。作想像之詞看最佳，不必有本事也。夢春遠，妙。此時風景，皆消歸夢中，正不止一簾内外。

三五　品令

海綃翁曰：如此美景，祇於簾内依稀。“曲角闌干”，却不敢憑，以其爲“舊携手處”也。如此，則應是“不禁愁與恨”矣。以换頭結上闋。“縱相逢難問”，加一倍寫。“黛痕”七字，即恨即愁。“後期無定”，未有相逢，“腸斷香消”，收足起句。

三六　木蘭花令

海綃翁曰：“薄酒”七字，是全闋點睛。“歌時”三句，從醒後逆遡。下闋句句是愁。

三七　丁香結

海綃翁曰：起五句全寫秋氣，極力逼起“漢姬”五字，愈覺下句筆力千鈞。“登山臨水”，却又推開，從寬處展步。然後跌落换頭“牽引”二字。以下一轉一步一留，極頓挫之能事。

三八　驀山溪

海綃翁曰：“恨眉羞斂”，結上闋所謂往事。“人去”五字，轉出今情，却從梅寫，氣味醲厚。

三九　夜游宫

海綃翁曰：橋上則“立多時”，屋内則“再三起”，果何爲乎。“蕭娘書一紙”，惟已獨知耳，眼前風物何有哉。

宋辛弃疾稼軒詞

一　永遇樂

海綃翁曰：金陵王氣，始於東吴。權不能爲漢討賊，所謂英雄，亦僅保江東耳。事隨運去，本不足懷，“無覓”亦何恨哉。至於寄奴王者，則千載如見其人。“尋常巷陌”勝於“舞榭歌臺”遠矣。以其能虎步中原，氣吞萬里也。後闋謂元嘉之政，尚足有爲。

乃草草卅年，徒憂北顧，則文帝不能繼武矣。自元嘉二十九年，更謀北伐無功。明年癸巳，至齊明帝建武二年，此四十三年中，北師屢南，南師不復北。至於魏孝文濟淮問罪，則元嘉且不可復見矣。故曰“望中猶記”，曰“可堪回首”。此稼軒守南徐日作，全爲宋事寄慨。“廉頗老矣，尚能飯否”，謂已亦衰老，恐無能爲也。使事雖多，脉絡井井可尋，是在知人論世者。

二　摸魚兒

海綃翁曰：時春未去也，然更能消幾番風雨乎。言衹消幾番風雨，則春去矣。倒提起。“惜春”七字，復用逆遡，然後跌落下句，思力沉透極矣。“春且住”，咽住。“無歸路”，復爲春計不得。“怨春不語”，又咽住。“蛛網”“飛絮”，復爲怨春者計亦不得，極力逼起下闋“佳期”。果有佳期，則不怨春矣，如又誤何。至佳期之誤，則以蛾眉之見妒也。縱有相如之賦，亦無人能諒此情者，然後佳期真無望矣。“君”字承“誰”字來。既無訴矣，則君亦安所用舞乎，咽住。環燕塵土，復推開，言不獨長門一事也，亦以提爲勒法。然後以“閑愁最苦”四字，作上下脱卸。言此皆往事，不如眼前春去之閑愁爲最苦耳。斜陽烟柳，便無風雨，亦衹匆匆。如此開合，全自龍門得來，爲詞家獨辟之境。“佳期”二字，是全篇點睛。時稼軒南歸十八年矣，《應問》三篇，《美芹十論》，以講和方定議，不行。佳期之誤，誰誤之乎。讀公詞，爲之三嘆。寓幽咽怨斷於渾灝流轉中，此境亦惟公有之，他人不能爲也。然苟於此中求索消息，而以不似學之，則亦何不可學之有。

讀詞星語

蕭滌非◎著

蕭滌非（1907～1991）原名忠臨，江西臨川人。1933年畢業於清華大學。曾任西南聯大教授、山東大學教授。中國文學史家、杜甫研究專家。主編《杜甫全集校注》，著有《解放集》《漢魏六朝樂府文學史》《杜甫研究》《樂府詩論藪》等。《讀詞星語》，刊於《清華周刊》第三十二卷第二期（1929年10月），含作者所作"小引"，共計66則。據文後所記"十八，五，二十，蕭滌非初稿"，可知此稿完成於民國十八年（1929）五月二十日。1926年，蕭滌非因仰慕梁啓超之名，進入清華大學學習，《讀詞星語》正是其在清華學習期間所撰。盡管蕭先生之建樹不在詞學，然其步入古代文學研究正自詞學始，《讀詞星語》是其最早發表的古代文學研究著作。除《讀詞星語》之外，蕭先生尚有《片玉詞集注補正》數則，見《清華周刊》第三十卷第七期。楊傳慶、和希林《輯校民國詞話三十種》收録該詞話。

《讀詞星語》目録

讀詞星語

吾友臨川蕭君，治文學，尤好詞。此篇之作，蓋在去年。計所論列，於五代有李後主、韋莊、馮延巳、李珣、鹿虔扆，於宋有晏殊、晏幾道、柳永、張先、歐陽修、蘇東坡、秦觀、黄山谷、孫洙、趙令時、陳去非、周美成、李清照、辛弃疾、趙彦端、吴文英、蔣捷、馬莊父、康伯可、張炎，於近代則有王國維，填詞名家，略備於此。蕭君此作大旨，要在指出以上各家代表作品之來源出處。君讀書至淵且博，故能窮源竟委，發前人所未發。教授楊振聲先生曾稱此篇“多獨到處，具見功力”，其搜輯之精勤，從可知矣。詞爲吾國文學中永遠不朽之一體，吾人得蕭君此文，其有助於讀名家作品者，正自匪尠也。爰請諸蕭君，載入本刊，以餉閲者。十八年十月旭光於本刊社。

小　引

賀黄公曰：“詞家多翻詩意人詞，雖名家不免。”余年來致力於詞，居恒欲取一二專集爲之注釋，而時間精力，兩病未能，然以涉獵所及，要亦不無所得，其於詞中佳句之出處，頗有爲前人所未發，亦間有與舊説相補正者，零星斷錦，原無關乎宏旨，而對此鷄肋者，又不忍遽弃捐，爰爲録出，略以作家時代之先後爲次，聊以供同好者之談助與賞鑒耳，而後當不復費日力於此矣。

詩詞之分也，顯而微，彰而隱，前人亦少作具體之説明，李東陽云：“詩太拙則近於文，太巧則近於詞，宋之拙者皆文也，元之巧者皆詞也。”李東琪云：“詩莊詞媚，其體元别。”必欲嚴詩詞之分際，則巧、拙、莊、媚四字，差可以概舉之，是以詩詞二者，俱各有其本色語。一相混雜，必無是處，故盡有巧語，在詩則寂然無聞，入詞則流膾人口者，小山之“落花人獨立，微雨燕雙飛”，其明例也。詞家之翻詩語，概即取其近於詞者，并非漫無決擇，且其點染變化之間，語氣之輕重，造句之巧拙，亦各有别。要皆“自然而然”，故仍不失爲佳句，此點則有望於讀者之注意也。《野客叢書》謂“好處前人皆已道過，後人但翻而用之”。此固不盡然，但亦事實所不免，不經人道語，原没有許多也。

一　李後主

李後主〔浪淘沙〕詞“别時容易見時難”，《能改齋漫録》以爲本《顔氏家訓》“别易會難，古人所重。江南餞送，下泣言離，此間風俗，不屑此事，歧路言别，歡言分首”。實覺支離，不足爲訓。余按魏文帝《燕歌行》云：“别日何易會日難，山川悠遠路漫漫。”後主蓋用此語耳。又宋武帝《丁督護歌》“别易會難得”，戴叔倫《織女詞》“難得相逢容易别”，意亦正與詞同。

後主〔憶江南〕詞“還似舊時游上苑，車如流水馬如龍”，蓋用唐蘇頲《公主齋夜宴詩》成語也。詩云：“車如流水馬如龍，仙史高臺十二重。天上初移衡漢匹，可憐歌舞夜相從。”然皆本《後漢書·馬后紀》“車如流水，馬如游龍”二語。

《後山詩話》載王安石謂張先“雲破月來花弄影”不如李冠“朦朧淡月雲來去”。按此爲〔蝶戀花〕詞，《尊前集》則以爲後主作。《樂府朝雲曲》云：“巫山高高上無極，雲來雲去長不息。”此其語所自本也。

又〔相見歡〕詞“自是人生長恨水長東”，《人間詞話》謂此語氣象特大，爲《金荃》《浣花》所未有，然其句調，亦有所祖。

李涉詩“半是半非君莫問，好山長在水長東”。周濟《宋四家詞選叙》謂“詞韵各具聲響，不可草草亂用”。又云“東真韵寬平”，然後主此詞用東韵，而并非寬平。是知音韵亦有時而可爲詞之一助耳。填詞者固不可以詞害意，亦不應以韵害詞。無所固執可也。

後主以俗語白話入詞，如“酒惡時拈花蕊嗅”，“酒惡”乃當時俗語。又如〔相見歡〕詞“剪不斷，理還亂，是離愁。別是一般滋味在心頭”則純爲白話矣。

《湘山野録》載吴越王錢鏐還臨安與父老飲酒詞云：“爾輩見儂良歡喜，别是一般滋味子，永在我儂心子裏。”此其所本也歟？特後主用以言離愁，故更覺意味深長，真切動人耳。

二 韋莊

前人於其心愛語，往往詩詞并見。如晏同叔之“無可奈何花落去，似曾相識燕歸來”，是最著者也。他如蘇東坡“明日黄花蝶也愁”之句，亦然。余按此實端已有以開其先例，其〔浣溪沙〕詞云：“暗想玉容何所依，一枝春雪凍梅花。”又《春陌》詩云：“滿街芳草卓香車，仙子門前白日斜。腸斷東風各回首，一枝春雪凍梅花。”然此等語，要皆以入詞爲宜，因置之詩中，則嫌纖巧，反覺有傷原句之美也。

三 馮延巳

正中《長命詞》云：“春日宴，緑酒一杯歌一遍。再拜陳三願：一願郎君千歲，二願妾身常健，三願如同梁上燕，歲歲長相見。”其詞調頗爲别致，余按白居易《贈夢得》詩云：“前日君家飲，昨日王家宴，今日過我廬，三日三會面。當歌聊自放，對酒交相勸。爲我盡一杯，與君發三願：一願世清平，二願身强健，三願臨老頭，數與君相見。”馮詞得非祖此乎？

正中〔南鄉子〕詞“細雨濕流光”，《人間詞話》謂五字能攝春草之魂。《蜀中詩話》以此語爲本孫光憲詞“一庭疏雨濕春愁”。

余按二人同出一詩，决非相爲剽竊，《詩話》蓋誤以馮詞爲後主作耳，王維詩“清風細雲濕梅花”，又“草色全經細雨濕”，馮詞豈無所承？特有冰水青藍之妙。

馮〔謁金門〕詞“鬥鴨闌干獨倚”，胡適《詞選》作鬥鴨一截，意亦可通，惟觀詞中語氣，似不如此。且恐非作者本旨也，度其意殆以闌干不可以鬥鴨名，故爲别出枝解，實則不然，《説郛》：“南唐馮延巳詞有‘鬥鴨闌干獨倚’之句，人疑鴨未嘗鬥，余按《三國志·孫權傳》注引《江表傳》‘魏文帝遣使求鬥鴨，君臣奏宜無與，權曰：‘彼居諒陰中，所求若此，豈可與言禮哉？’具以與之，《陸遜傳》‘遠昌侯盧作鬥鴨闌’。……則古蓋有之。”又余按宋錢易《南部新書》亦有關於此事之記載，今并録之：陸龜蒙居震澤之南積莊，産有鬥鴨一闌，頗極馴養。一旦有驛使過，挾彈斃其尤者。龜蒙詣而駭之曰：“此鴨能人語。”復歸家，少頃，手一表本云：“見待附蘇州上進，使者斃之何也？”使人恐，盡與橐中金以糊其口。龜蒙始焚其章，接以酒食。使者俟其稍悦，方請其人語之由。曰：“能自呼其名。”使者憤且怒，拂袖上馬。復召之，還其金，曰：“吾戲之耳。”（亦見於《中吴紀聞》及《唐代叢書》中。）自三國以迄晚唐，可知鬥鴨之風，流行甚久。而“鬥鴨闌”遂亦成爲文人慣用之名詞。有是名，初不必即有是事也，韓翃《送客還江東》詩云“池畔花深鬥鴨闌，橋邊雨洗藏鴉柳”，非馮詞之先例歟？

四 李珣

陸游《老學庵筆記》：“白樂天詩‘微月初三夜，新蟬第一聲’，晏元獻云‘緑樹新蟬第一聲’，王荆公云‘去年今日青松路，憶似聞蟬第一聲’，三用而愈工，信詩之無窮也。”余按寇萊公詩云“臨風忽起悲秋思，獨聽新蟬第一聲”，亦是用白詩，又李珣〔浣溪沙〕詞“斷魂何處一蟬新”則稍加變化矣。

五　鹿虔扆

鹿〔臨江仙〕詞"曲折盡變，有無限感慨淋漓處"，其後半闋云："烟月不知人事改，夜來還照深宫。"則係用前人語意，李玖《四丈夫同賦》詩："春月不知人事改，閑垂光景照深宫。"又雍陶《經杜甫舊宅》詩："山月不知人事變，夜來江上與誰期?"《草堂詩餘》注缺，余故表而出之。

六　晏殊

同叔〔玉樓春〕詞："無情不似多情苦。一寸還成千萬縷。天涯地角有窮時，衹有相思無盡處。"《草堂》注引東坡詞"多情却被無情惱"及白居易詩"春來何處不同游，地角天涯遍始休"。皆不類。余按韋莊詩云"纔喜相逢又相送，有情争得似無情"，又張仲素《燕子樓》詩（一作《關盼盼》詩。）："樓上殘燈伴曉霜，獨眠人起合歡床。相思一夜情多少，地角天涯不是長。"晏正用此語也。

"昨夜西風凋碧樹，獨上高樓，望盡天涯路。"同叔〔蝶戀花〕詞也，《人間詞話》極稱之，蓋喜其氣魄之大。杜詩云："霜凋碧樹待錦樹"，此其首語所自來，又〔踏莎行〕詞"高臺樹色陰陰見"，亦本義山詩"後堂芳樹陰陰見"。

七　晏幾道

小山〔臨江仙〕詞，是爲特出，其"落花人獨立，微雨燕雙飛"之句，尤爲卓絶千古，膾炙人口，然實則用五代翁宏《宫詞》語也，《五代詩話》輯《雅言系述》云："翁宏字大舉，桂嶺人，隱居韶賀間，不仕能詩。《宫詞》云：'又是春殘也，如何出翠帷，落花人獨立，微雨燕雙飛。寓目魂將斷，經年夢亦非。那堪向秋夕，蕭颯暮蟾輝。'《秋風》云：'又是秋殘也，無聊意若何?客程江外遠，歸思夜深多。峴首飛黄葉，湘濱走白波。仍聞漢都護，今歲合休戈。'"翁詩衹此二首，亦見《函海》《全五代詩》卷六十二，蓋又間接本於《五代詩話》者。《雅言系述》一書，余曾詢朱希祖、朱自清二先生，皆云未見。佚否不可知，而對於碩果，彌覺可貴矣，吁！同一語也，翁爲原作，而闃其無聞；晏乃襲用，而飛聲千古，豈非巧拙之道不同，而用之有得不得耶？

叔原〔虞美人〕詞："采蓮時節定來無？醉後滿身花影倩人扶。"陸龜蒙《春日酒醒》詩云"覺後不知新日上，滿身花影倩人扶"，用此語也。

叔原〔浣溪沙〕詞"户外緑楊春繫馬，床前紅燭夜呼盧"，蓋用韓翃詩"門外碧潭春洗馬，樓前紅燭夜迎人"。陸游《老學庵筆記》謂"晏詞氣格，乃過本句，不謂之剽竊可也"。《能改齋漫録》謂用《樂府水調歌》，然叔原之詞甚工，所謂《樂府水調歌》者即是韓詩。張宗橚《詞林紀事》乃謂晏詞衹易得韓詩二字。不知其何所本而云然。余按《全唐詩》及《唐人萬首絶句》所載，皆無二致。又李龔《剪綃集》所集韓此詩，亦作"門外碧潭春洗馬"，然則張氏雖有異本，殆不足爲信矣。近人胡雲翼《宋詞研究》亦謂晏詞衹易得二字，蓋又誤因《詞林紀事》而未之細考也。

八　柳永

耆卿〔雨霖鈴〕詞"楊柳岸，曉風殘月"之句，最爲古今稱誦，前人有謂本飛卿〔更漏子〕詞"簾外曉鶯殘月"者。余按唐韓琮詩"幾處花枝招離恨，曉風殘月正潸然"，耆卿雖未必本此，然要是前人已道語也。張惠言以比興論詞，其《詞選》於耆卿獨不録，實不免偏見，且其中亦多有與其本旨不相吻合者，如王雱之〔眼兒媚〕，其著者也。沈去矜曰："詞不在大小淺深，貴於移情，'曉風殘月''大江東去'，體制雖殊，讀之皆身歷其境，惝恍迷離，不能自主，文之至也。"可謂知言。

耆卿〔八聲甘州〕詞"是處紅衰翠減，冉冉物華休"，李義山《贈荷花》詩："此花此葉長相映，翠減紅衰愁殺人"，用此語也。又此詞"想佳人妝樓長望，誤幾回天際識歸舟"，則全用謝朓詩：

“天際識歸舟，雲中辨江樹。”

九　張先

子野〔一叢花令〕詞：“懷高望遠幾時窮。無物似情濃。離愁正引千絲亂，更東陌、飛絮濛濛。嘶騎漸遥，征塵不斷，何處認郎踪。　雙鴛池沼水溶溶。南北小橈通。梯横畫閣黄昏後，又還是、斜月簾櫳。沉恨細思，不如桃杏，猶解嫁東風。”《過庭録》謂此詞一時盛傳，歐陽永叔尤愛之，恨未識其人。子野家南地，以故至都，謁永叔，閽者以通，永叔倒屣迎之曰：“此乃桃杏嫁東風郎中也。”古今以爲美談，後之用者，亦不一而足。如東坡〔南歌子〕詞：“莫翻紅袖過簾櫳，怕被楊花勾引嫁東風”，又沈自炳〔玉樓春〕詞：“年年同嫁與東風，祇有小園紅杏樹”，皆是也。余按此語，并非由子野創作，唐人詩中，數見不鮮，其最早者，如李賀《南園子》詩：“花枝草蔓眼中開，小白長紅越女腮。可憐日暮嫣香落，嫁與春風不用媒。”又韓偓《寄恨》詩云：“秦釵枉斷長條玉，蜀紙虚留小字紅。死恨物情難會處，蓮花不肯嫁春風。”又五代庾傳素〔木蘭花〕詩亦有云“若教爲女嫁東風，除却黄鶯難匹配”。然此等語，在詩中則微嫌纖巧軟媚，自以入詞爲本色，此子野所以能獨享盛名也。

蕙風謂詞中最要境界爲“静”，子野詞好押“影”字，曾有“三影”之目，其〔木蘭花〕詞云“無數楊花過無影”，朱彝尊以爲在所傳“三影”之上，蓋亦以其境界之静故也。余按顧況詩“落花繞樹疑無影，回雪從風暗有情”，子野得非祖此乎？

子野〔天仙子〕詞“雲破月來花弄影”，《人間詞話》謂著一“弄”字而境界全出。宋吴幵《優古堂詩話》以爲本《樂府》劉氏謡《暗别離》“朱弦暗斷無人見，風動花枝月中影”。余按元稹《襄陽爲盧竇紀事》詩亦有云：“風弄花枝月照階”，於詞語爲尤近，然子野之言自工。

子野〔慶金枝〕詞“抱雲勾雪近燈看，算何處不堪憐”，蓋用

〔子夜歌〕“婉伸郎膝上，何處不可憐?”前人多謂張詞韵高於柳，若此語，正耆卿所不屑用也。

一〇 歐陽修

“闌干十二獨憑春，晴碧遠連雲，千里萬里，二月三月，行色苦愁人。謝家池上，江淹浦畔，吟魄與離魂，那堪疏雨滴黄昏，更特地、憶王孫。”歐公〔少年游〕詞也，《能改齋漫録》以此詞及梅堯臣〔蘇幕遮〕、林逋〔點絳唇〕爲古今咏草三絶，《人間詞話》云：“此詞前半闋語語都在目前，便是不隔。”余按顧況《春草謡》云：“春草不解行，隨人上東城。正月二月色綿綿，千里萬里傷人情。”則歐詞固亦有所本矣。

永叔〔浣溪沙〕詞有“緑楊樓外出秋千”之句，晁補之云：“衹一‘出’，便後人所不能道。”《人間詞話》以爲本馮延巳〔上行杯〕詞“柳外秋千出畫牆”，但歐語尤工。余按王維《寒食城東即事》詩云“秋千競出垂楊裏”，是馮詞亦有所本也。劉熙載《詞曲概》謂歐陽永叔得馮之深，《人間詞話》亦謂歐學馮延巳。余謂此在詞句方面，亦頗足資證明，如馮《羅敷艷歌》詞“雙燕歸來畫閣中”，歐〔采桑子〕則云“雙燕歸來細雨中”；又馮〔蝶戀花〕詞“日日花前常病酒，不辭鏡裏朱顔瘦”，歐〔浪淘沙〕則云“縱使花前常病酒，也是風流”，此等處，殆非偶然。

永叔〔踏莎行〕詞“離愁漸遠漸無窮，迢迢不斷如春水”，蓋本寇萊公詩：“杳杳烟波隔千里，白蘋香散東風起。日落汀洲一望時，愁情不斷如春水。”唐李頻亦有詩云“春情不斷若連環”，皆妙。又此詞末云“平蕪盡處是春山，行人更在春山外”，釋天隱謂與石曼卿詩“水盡天不盡，人在天盡處”相似，王漁洋謂石詩平板，不如歐之深曲，實則以七言較五言摇曳耳，“長袖善舞”，未可以優劣論也。

歐公〔蝶戀花〕詞“泪眼問花花不語，亂紅飛過秋千去”，前人謂本嚴渾詩“盡日問花花不語，爲誰零落爲誰開”。余按飛卿詞亦有云“百舌問花花不語”，然皆不如歐語之真摯也。鄭谷詩云“情多最恨花無語，愁破方知酒有權”，此語最能道出歐公心事。

馮正中〔玉樓春〕詞“芳菲次第長相續，自是情多無處足。尊前百計得春歸，莫爲傷春眉黛促”。王静安謂永叔一生，似專學此種詞，然永叔詞中盡有極悲凉者。如〔玉樓春〕一闋云：“妖冶風情天與指，清瘦肌膚冰雪妒。百年心事一宵同，愁聽鷄聲窗外度。　信阻青禽雲雨暮。海月空驚人兩處。强將離恨倚江樓，江水不爲流恨去。”末語情尤凄厲。杜牧詩云：“徒想夜泉流客恨，夜泉流恨恨無窮。”歐公得非祖此乎？《草堂詩餘》注缺，沈東江云：“徐師川‘柳外重重叠叠山，遮不斷，愁來路。’歐陽永叔‘强將離恨倚江樓，江水不爲流恨去。’古人語不相襲，又能各見所長。”是尚不知有杜詩也。

一一　蘇東坡

東坡〔臨江仙〕詞：“多病休文都瘦損，不堪金帶垂腰。望湖樓上暗香飄。和風春弄笛（彊邨本“笛”作“袖”，似勝，坡〔行香子〕詞“飛步巉岩，和風弄袖”，杜牧詩“紫陌微微弄袖風”。），明月夜聞簫。　酒醒夢回清漏永，隱床無限更潮。佳人不見董嬌饒。徘徊花上月，空度可憐宵。”末語余深愛之，初不知爲前人成語也。《韵語陽秋》載葉少藴云李益詩“聞門風動竹，疑是故人來”，沈亞之詩“徘徊花上月，虚度可憐宵”，皆佳句也。乃知東坡用唐人詩句，惟余查《全唐詩》沈亞之集及其所作諸傳奇小説，均不載。《升庵詩話》曾載此詩全首，蓋一五絶也，然又未題作者，是知古人佳什，其遺佚爲不少矣。詩話云：“詩盛於唐，其作者往往托於傳奇小説，神仙幽怪，以傳於後，而其詩大有絶妙今古，一字千金者，試舉一二。‘卜得上峽日，秋江風浪多。巴陵一夜雨，腸斷木蘭歌。’又：‘雨滴空階曉，無心换夕香。井梧花落盡，一半在銀床。’又：‘舊日聞簫處，高樓當月宫。梨花寒食夜，深閉翠微中。’又：‘人事無人笑，含嬌何處嬌。徘徊花上月，空度可憐宵。’”度東坡亦自酷愛此語也，子野〔燕春臺〕詞“猶有花上月，清影徘徊”，亦正本此。

東坡《和章質夫》〔水龍吟〕咏楊花詞，《人間詞話》謂其：“和韵而似原唱，爲咏物詞之最工者。”然詞中語意，亦自有所來。《艇齋詩話》云：“此詞‘思量却是無情有思’，用老杜‘落絮游絲亦有情’也。‘夢隨風萬里，尋郎去處，依前被鶯呼起’，即唐人詩云：‘打起黄鶯兒，莫教枝上啼。啼時驚妾夢，不得到遼西。’‘細看來、不是楊花，點點是離人泪’，即唐人詩云：‘時人有酒送張八，惟我無酒送張八。君看陌上梅花紅，盡是離人眼中血。’皆奪胎换骨手。”所釋均是，末解尤有見地。惟余按唐裴説《咏柳》詩云：“思量却是無情樹，不解迎人衹送人。”則是“思量”句，東坡分明用此也。又此詞首云“似花還似飛花”，亦本梁元帝咏柳詩“楊花非花樹，依樓自覺春”，《草堂》注缺皆。

東坡嘗面笑少游“銷魂當此際”爲學柳七句法，蓋以柳〔内家嬌〕詞曾有“帝里，風光當此際”之語也。然其〔蝶戀花〕詞“衣帶漸寬無别意，新書報我添憔悴”，獨非學柳詞“衣帶漸寬終不悔，爲伊消得人憔悴”句法乎？使當時少游以此反詰者，不知東坡何以自解。以余意度之，坡殆以少游此詞纏綿綺旎，風格於柳獨近，故特標此一語以爲言耳，亦即“山抹微雲秦學士，露花倒影柳屯田”意也。若第以句法論，則劉禹錫《聞蟬》詩“年年當此際，那免鬢凋零”，視柳詞不已早乎？

王昌齡《西宫秋怨》詩云“芙蓉不及美人妝，水殿風來珠翠香”，東坡〔洞仙歌〕詞“水殿風來暗香滿”用其語也。徐陵詩“竹密山齋冷，荷開水殿香”，李白詩“風動荷花水殿香”，此則其詞意所本。

東坡好爲集句及檃栝前人詩文入詞，如〔哨遍〕之於《歸去來辭》，〔定風波〕之於杜牧《九日齊安登高》詩，其著者也。然皆不過微改其詞耳。若其〔水調歌頭〕（遺章質夫家善琵琶者。）之於韓愈《聽琴詩》，則檃栝而近於創作矣。余最愛其首段云：“昵昵兒女語，燈火夜微明。恩怨爾汝來去，彈指泪和聲。忽變軒昂勇士，一鼓填然作氣，千里不留行。”其描寫琵琶，可謂入神。吾人循其聲而意自見，正不必求甚解。蓋其中全以字聲之陰陽爲之錯綜，而又益之以詞句之長短，故極幽咽抑揚之致，視原詩，信後來居上矣。其“千里不留行”句，用莊子《説劍》：“臣之劍，十步一人，千里不留行。”李白《俠客行》云：“十步殺一人，千里不留行”，亦正本此。又其後半闋云“起坐不能平”，亦係全用後主〔烏夜啼〕詞語，是皆檃栝而出於原詩之外者也。

羅隱《隴頭水》詩：“借問隴頭水，終年恨何事。深疑嗚咽聲，中有征人泪。”東坡〔減字木蘭花慢〕詞“玉觴無味，中有佳人千點泪”。蓋脱胎於此。

東坡〔水調歌頭〕中秋詞“不知天上宫闕，今夕是何年？”《草堂詩餘注》引韓愈詩“今夕是何朝”，余按戴叔倫詩“已悟化城非樂土，不知今夕是何年”，意坡用此。又〔念奴嬌〕詞“驚潮拍岸，捲起千堆雪”，《注》引李白詩“潮白雪山來”，余按孟郊詩“古鎮刀攢萬片霜，寒江浪起千堆雪”，是詞自别有所本也。

重字在詩中易避，而在詞則難。因詩第分平仄，而詞則兼辨四聲。故詞中兼有重字，倚聲者亦在所不忌也，世多謂東坡〔念奴嬌〕詞用三江三人二國等重字，於詞不宜。指以爲詬病，陋矣。以東坡爲未諳音律耶？然耆卿、美成可謂知音，而耆卿〔八聲甘州〕“對瀟瀟暮雨灑江天”詞，重字乃有七處之多。美成〔宴清都〕“凄凉病損文園……更久長不見文君”。不用相如，而用文園。〔玲瓏四犯〕“但認取芳心一點，又片時一陣風雨惡，吹分散”，連用兩一字。其〔浣溪沙〕：“樓上晴天碧四垂。樓前芳草接天涯。勸君莫上最高梯。　新笋已成堂下竹，落花都上燕巢泥。忍聽林表杜鵑啼。”則竟連用二樓二天三上諸重字，皆未聞有舉而非之者，何獨於坡而爲已甚乎？《後山詩話》載游次山〔卜算子〕詞“風雨送人來，風雨留人住。草草杯盤話别離，風雨催人去。　泪眼不曾晴，眉黛愁還聚。明日相思莫上樓，樓上多風雨。”《逸老堂詩話》云“一詞叠用四風雨，讀去不厭其繁，句意清快可喜”。即此一例，已足見詞之不忌重文，顧用之如何耳。

東坡論文，謂“如行雲流水，初無定質，但常行於所當行，常止於不可不止”。吾人於其詞，亦正可作如是觀。余頗愛其〔少年游〕一闋云：“去年相送，餘杭門外，飛雪似楊花。今年春盡，楊花似雪，猶不見還家。　對酒捲簾邀明月，風露透窗紗。恰似姮娥憐雙燕，分明照，畫梁斜。”音調極其自然，前半闋尤累累如貫珠。余按何遜與范雲聯句云：“洛陽城東西，却作經年別。昔去雪如花，今來花似雪。”東坡得非翻用此語。

一二　秦觀

少游〔虞美人〕詞：“行行信馬横塘畔，烟水秋平岸。緑荷多少夕陽中，知爲阿誰凝恨背西風。　紅妝艇子來何處，蕩槳偷相顧。鴛鴦驚起不無愁，柳外一雙飛去却回頭。”蓋全用杜牧之詩，詩云：“兩竿落日溪橋上，半縷輕烟柳影中。多少緑荷相倚恨，一時回首背西風。秋聲無不攪離心，夢澤蒹葭楚雨深。自滴階前大梧葉，干君何事動哀吟。”（《齊安郡中偶題》）又題水口草市詩：“倚溪侵嶺多高樹，誇酒書旗有小樓。驚起鴛鴦豈無恨，一雙飛去却回頭。”雖是襲用，然亦可見其變化處。

少游〔千秋歲〕詞末句云“落紅萬點愁如海”，《艇齋詩話》謂當時人多能歌此詞，山谷欲和之而終難於“海”字。《後山詩話》云：王平甫之子嘗云今語襲陳言，但能轉移耳。世稱此詞“愁如海”爲新奇，不知李後主〔虞美人〕詞已云“問君還有幾多愁，恰似一江春水向東流”，但以“江”爲“海”耳。余按唐詩中，以海喻愁情者，已多有之。《後山詩話》所載，實非確論。如李群玉詩“請量東海水，看取淺深愁”。又如白樂天詩“借問江湖與海水，何似君情與妾心。相恨不如潮有信，相思始覺海非深”。皆是也。且江海之間，一動一静，其意自别，未可混爲一談。若少游〔江城子〕云“便作春江都是泪，流不盡，許多愁”，則可謂本後主語耳。

“芳草萋萋憶王孫，柳外樓高空斷魂，杜宇聲聲不忍聞。欲黄昏，雨打梨花深閉門。”此詞向以爲觀作，《花庵詞選》及《歷代詩餘》皆以爲李重元詞，李詞凡春夏秋冬四闋，此其春景一闋也。觀此，當爲李作無疑。其末語最爲名句，然少游〔鷓鴣天〕詞固亦有之，即“甫能炙得燈兒了，雨打梨花深閉門”是也。《古今詞話》云：“此詞形容愁怨之意最工，末語有言外之意。”《草堂詩餘注》引《長恨歌》“梨花一枝春帶雨”，此大可絶倒也。余按吴聿《觀林詩話》云：“荆公酷愛唐《樂府》‘雨打梨花深閉門’之句。”是知此語，實非少游創作。然現存唐《樂府》不載，大概已遺佚矣。吴聿，宋人。其言當可信。少游殆亦愛而用之耳。

《人間詞話》：“少游詞境淒惋，至‘可堪孤館閉春寒，杜鵑聲裏斜陽暮’，則變而爲淒厲矣。”《漁隱叢話》載山谷謂此詞高絶，惟“斜陽暮”三字，有語病，改爲“簾櫳暮”。後《郴州志》遂作“斜陽度”，而米元章書此詞，則竟改爲“斜陽曙”矣，此皆無理取鬧，前人辯之已詳。實則此三字，絶不重復，此在今日稍有文法學者，皆能知之。若潘正叔《迎大駕詩》“朝日順長途，夕暮無所集”。阮嗣宗《咏懷》“朝爲媚少年，夕暮成老醜”，及《樂府》“出儂吴倡門，春水碧緑色”，則真重複矣。此固不足爲訓，然亦舊體詩詞中難免之現象也。《草堂注》引義山詩“望帝春心托杜鵑”，及杜詩“子規枝上月三更”，皆不得要領。余按寇萊公詩“無奈鄉心倍寥落，殘陽中有鷓鴣聲”，詞中境界，與此正相吻合，又此詞末云“郴江幸自繞郴山，爲誰流下瀟湘去?”東坡極賞之。釋天隱謂二語由戴叔倫詩“沅湘日夜東流去，不爲愁人住少時”，變化而來。余按唐詩中，類此者正多。如元稹詩“若到莊前竹園下，殷勤爲繞故山流”，又“殷勤輞川水，何時出山流?”而杜牧詩“水殿半頃蟾日澀，爲誰流下蓼花中?”於詞語爲尤近，蓋文人發興造語，往往而合，非必有所因襲也。

周濟《四家詞選叙》云：“詞韵各具聲響，不可草草亂用。”

又云“蕭尤韵感慨”，少游〔江城子〕詞“飛絮落花時候一登樓”，正可爲其一例，《全唐詩》張泌詞云“飛絮落花時節近清明”，此其語調所仿，然少游爲不可及矣。

羅隱《牡丹》詩“若教解語應傾國，任是無情也動人”。少游〔南鄉子〕題畫，“盡道有些堪恨處：無情，任是無情也動人”，用其語也。

《艇齋詩話》少游詞“高城望斷，燈火已黄昏”，用歐陽詹詩“高城已不見，况復城中人”。因《詩話》余乃解得白石詞二句“日暮望高城不見，惟見亂山無數”。又少游“憑欄久，疏烟淡日，寂寞下蕪城”之句，余謂亦係用武元衡詩“誰堪此時景，寂寞下高樓”。

少游〔八六子〕“倚危亭，恨如芳草，萋萋剗盡還生”。蓋用後主〔清平樂〕詞“離恨恰如春草，更行更遠還生”。惟余按前人詩中，已多有以草喻愁情者，然皆不如二詞之工致也。范雲詩“思君如蔓草，連延不可窮”，杜牧詩“恨如春草多”，秦韜玉“又覺春愁似草生，何人種在情田裹?”又李康成“思君如百草，繚亂逐春生”，皆是也。

一三　黄山谷

《詞苑叢談》：山谷過瀘帥，有官妓盼盼，帥嘗寵之，山谷戲作〔浣溪沙〕贈之云：“脚上鞋兒四寸羅。唇邊朱粉一櫻多。見人無語但回波。　料得有心憐宋玉，衹應無奈楚襄何。今生有分共伊麽。”此殆山谷少作，法秀所謂“當墮犁舌獄”者也。李義山詩云“料得也應憐宋玉，一生惟事楚襄王”，此其後半語所本。按此詞亦見《淮海集》，今觀此本事，似當爲山谷作也。

《誠齋詩話》：“五七言絶句最少而最難工，雖作者亦難得四句全好者。如王建《宫詞》‘樹頭樹尾覓殘紅，一片西飛一片東。自是芳心貪結子，錯教人恨五更風’。則四句全好。”山谷〔定風波〕詞曾翻用此語，頗得自然之趣。詞云：“牆上夭桃簌簌紅。巧隨輕絮入簾櫳。自是芳心貪結子。翻使。惜花人恨五更風。　露萼鮮濃妝臉靚。相映。隔年情事此門中。粉面不知何處在。無奈。武陵流水捲春空。”余按此詞後半闋，則用崔護詩：“去年今日此門中，人面桃花相映紅。人面不知何處去，桃花依舊笑春風。”余謂此詩亦四句全好。

山谷〔清平樂〕詞云：“春無踪迹誰知？除非問取黄鸝。百囀無人能解，因風飛過薔薇。”余按李頻詩“却羨浮雲與高鳥，因風吹去有吹來”。又鄭谷詩《咏燕》詩云“千言萬語無人會，又逐流鶯吹短牆”。詞殆由此脱變而來。

一四　孫洙

巨源〔河滿子〕秋怨詞“悵望浮生急景，凄凉寶瑟餘音。楚客多情偏怨别，碧山遠水登臨。目送連天衰草，夜闌幾處疏砧。　黄葉無風自落，秋雲不雨長陰。天若有情天亦老，摇摇幽恨難禁。惆悵舊歡如夢，覺來無處追尋”。意調最爲凄凉，後半闋數語，尤哀怨動人。其“黄葉”二句，用唐盧綸送萬巨詩“霜葉無風自落，秋雲不雨空陰”，祇易得二字。《草堂詩餘注》引杜甫“浮雲蔽秋曉”，非也。其“天若有情”句，則全用李賀《金銅仙人辭漢歌》“衰蘭送客咸陽道，天若有情天亦老”。《草堂注》并失，此詞雖拾前人詩句，然運用自然，了無痕迹，固不失其爲絶妙好詞也。

一五　趙令畤

李東陽《懷麓堂詩話》謂“夢”字唐詩中用者極多，然説夢之妙者，絶少，如“重門不鎖還家夢”乃覺親切。余按令畤〔錦堂春〕詞“重門不鎖相思夢，隨意遠天涯”，正用此語也。《苕溪漁隱叢話》謂徐師川“門外重重叠叠山，遮不斷愁來路”，與此詞造語不同，而意絶相類，信然。惟余按岑參詩“别君祇有相思夢，遮莫千山與萬山”。（“遮莫”，唐俗語，猶言盡教也。）是此意，前人早已道過，第二詞造語特工耳。

一六　賀方回

方回以〔青玉案〕詞知名，其末云："試問閑愁都幾許：一川烟草，滿城風絮，梅子黄時雨。"列舉三者，蓋以喻愁之多也，然格調最爲奇特，後人乃獨賞其末句，曾有"賀梅子"之目。此實無道理，"梅子黄時雨"，不過是當前景物，有何佳處，潘子真詩話謂係本寇萊公詩"杜鵑啼處花成血，梅子黄時雨如霧"。恐亦係偶然相同耳。余按宋二十一家集所載寇公詩，并無此二語，殆已佚耶？

方回〔踏莎行〕詞"當時不肯嫁東風，無端却被西風誤"，上句用韓偓詩，次句用退之《落花》詩"無端又被春風誤，吹落西家不得歸"。雖全出因襲，亦頗見變化工夫。

一七　陳去非

去非〔臨江仙〕詞有"長溝流月去無聲"之句，造語甚覺新奇。余按隋煬帝詩"流波將月去，潮水帶星來"，孫逖詩"圓潭瀉流月，晴明含萬象"，又張若虚詩"江水流春去欲盡，江潭落日復西斜"，是其語意，亦自有所本也。《草堂注》引杜詩"月湧大江流"，猶嫌迂闊。

一八　周美成

蕙風論詞，特標重拙大三者，余以爲重大尤可，惟拙爲難。蓋拙語純出白描，别具天趣，不可力學而致也。自北宋而下，已無此種境界，由疏拙而細密，固亦文學演進必然之公例，周保緒乃謂"南宋下不犯北宋拙率之病，高不至北宋涵渾之旨"，夫豈知言哉？美成集北宋之大成，其詞於結語，尤多以拙語取勝。視北宋諸家爲尤甚，此實其詞之一大特點也。如〔風流子〕"天便教人，霎時廝見何妨"，〔法曲獻仙音〕"待花前月下，見了不教歸去"，〔風流子〕“多少暗愁密意，惟有天知”，〔慶春宫〕“許多煩惱，祇爲當時一霎留情”，〔滿路花〕“除共天公説，不成也，還似伊，無個分别”，諸如此類，所在多有，要皆白描淡寫，不事纖巧，語愈拙而意愈濃，故讀之極似無道理，而却極動人，殆老子所謂物極必反，而“大巧若拙”者耶？後人學美成者多矣，陳允平、楊澤民、方千里之所唱和，且一步一趨，雖四聲亦不易，而終未得其神似者，蓋其愚有不可及也。

美成〔感皇恩〕詞“怎奈向言不盡，愁無數”。毛本無“奈”字，考之《詞律》，此句亦似多一字，惟就文意言，則以有“奈”字爲長。美成〔拜星月〕“怎奈向一縷相思，隔溪山不斷”。又〔大酺〕“怎奈向蘭成憔悴，衛玠清羸”，是“奈”三字，實係連文也。（又秦少游〔八六子〕“怎奈向歡娱漸隨流水”亦可證明。）

美成〔六醜〕薔薇謝後作詞，時而説花，時而説人，時而人花并説，極變化渾成之妙。其“釵鈿墮處遺香澤，亂點桃蹊，輕翻柳陌。”則仍是説花，非説人。《片玉詞集注》引杜詩“神女落花鈿”，失其旨矣。唐徐匯《薔薇詩》云“朝露灑時如濯錦，晚風飄處似遺鈿”。詞蓋本此。全詞“似牽衣待話，别情無極”，陳注缺，余按儲光羲《薔薇歌》云“高處紅鬚欲就手，低邊緑刺已牽衣”。

美成以善於融化詩句見稱，然亦有化全首者，如〔尉遲杯〕“無情畫舸，都不管烟波隔南浦。等行人，醉擁重衾，載將離恨歸去”。全用唐鄭仲賢詩：“亭亭畫舸繫春潭，直到行人酒半酣。不管烟波與風雨，載將離恨過江南。”

此詩作者，頗有疑問，蔡寬父《詩話》謂：客有見此詩於舍壁者，莫知誰作。或云：“鄭兵部仲賢也。”然集中無有。好事者或填入樂府。《冷齋夜話》及《宋文鑒》則以爲宋張文潛詩，《詞林紀事》遵之。余按《升庵詩話》云：“余弟未庵，酒邊誦一絶句云云，‘兄以爲何人詩？’余曰：‘按《宋文鑒》則張文潛詩也。’未庵取《草堂詩餘》周美成〔尉遲杯〕注云‘唐鄭仲賢詩’。余因嘆唐之詩人，姓名隱而不傳者何限！或文潛亦愛而書之，遂以爲文潛作耳。”是此詩當爲鄭作無疑。蓋注必有所本。且宋人多有竊取唐人詩者，雖大家不免。如王荆公詩：“山中十日雨，晴霽門始開。坐看蒼苔文，欲上人衣來。”末二句全用王維詩。黄山谷“人家圍橘柚，秋色老梧桐”，用太白“人烟寒橘柚，秋色老梧桐”。又山谷詩“草色青青柳色黄，桃花歷亂李花香。東風不爲吹愁去，春日偏能惹恨長”。此唐賈至詩也，特改易五字耳。（賈詩：桃花歷亂李花香；又：東風不爲吹愁去，惹夢長。）

美成讀書甚博，所著有文集二十卷，惜爲詞名所掩，以致散佚。吾人今日，亦惟有於詞中能窺其身世思想之一二而已。然詞中所言，大抵不外男女相思、離别悲歡之作，綺詞艷語，在所不免，而後人不察，遂群以風格爲周詞詬病，幾於異口同聲，一孔出氣，此不獨不足以知美成，亦不足與言文學也。劉熙載《詞曲概》云：“美成律最精審，邦卿句最警煉，然未得爲君子之詞者，周旨蕩而史意貪也。”又云：“周美成詞，或稱其無美不備。余謂論詞莫先於品，美成詞信富艷精工，衹是當不得個貞字。是以士大夫不肯學之，學之，則不知終日意縈何處矣。”此謬論也。夫文學所貴，惟在真實，男女起居，大欲所存，周詞雖多艷語，要不失爲實録，非必思君懷國，而後可爲君子之詞也。“瓊樓玉宇”，固是好詞；“曉風殘月”，又何嘗不是好詞？夫以道學觀念，雜入文學，成已無有是處，況以之言詞耶？至士大夫學之者不知終日意縈何處，則尤非周詞之過矣。又《人間詞話》云：“歐公、少游，雖作艷語，終有品格，方之美成，便有淑女與倡伎之别。”此亦不免偏見，而未之細察，其失正與劉氏等。歐陽姑無論矣，若少游，則其〔河傳〕：“語軟聲低，道我何曾慣？雲雨未諧，早被東風吹散，悶損人、天不管。”視美成〔拜星月〕之“眷戀潤雨雲温，苦驚風吹散”何如？其〔滿庭芳〕“銷魂當此際，香囊暗解，羅帶輕分”，視美成〔憶舊游〕之“鳳釵半脱雲鬢，窗影燭光摇”，又何如？所謂“淑女與倡伎之别”何在？所謂“雖作艷語，終有品格者”又何在？以品論詞，竊所不取也。

一九　李清照

易安〔一剪梅〕詞“一種相思，兩處閑愁。此情無計可消除，纔下眉頭，却上心頭”。王阮亭謂是從范希文〔御街行〕詞“都來此事，眉間心上，無計相回避”脱胎。而李欲特工。余按唐羅隱詩云“春色惱某遮不得，别愁如瘧避還來”，此語正可與詞相參看。

易安造語最工，如“寵柳嬌花”，“緑肥紅瘦”，皆極新奇。其〔醉花陰〕詞：“莫道不消魂，簾捲西風，人比黄花瘦”之句，尤爲世所稱道。余按唐胡曾詩云“窗殘夜月人何處？簾捲春風燕復來”，又少游詞“人與緑楊俱瘦”，此其造語所自仿歟？《草堂詩餘》失注。

二〇　辛弃疾

稼軒〔祝英臺近〕“寶釵分，桃葉渡”詞，張端義《貴耳集》載有本事，係爲其逐妾而作。沈東江亦謂此曲昵狎温柔，魂銷意盡，與他詞之激蕩奮厲者不同。是此詞祇是實説，并無表德也。其末云：“是他春帶愁來，春歸何處？却不解帶將愁去！”蓋亦回應前半闋“斷腸點點飛紅”數語耳。張惠言《詞選》乃謂“春帶愁來”爲刺趙張（趙鼎、張浚，因二人舉用秦檜。），實不免斷章取義，過爲曲解，或惠言欲爲自身説法，故别出新意，以求合其所謂比興之義，恐非辛詞本旨也。《耆舊續聞》云：幼安“是他春帶愁來”之句，人皆以爲佳，不知趙德莊〔鵲橋仙〕詞云：“春愁元自逐春來，却不肯隨春歸去。”蓋德莊又本李漢老楊花詞：“驀地便和春帶將去。”大抵後輩作詞，無非道人已道底句，特善能轉换耳。余按李端詩云“緑草將愁去，遠入吴雲暝”。又雍陶《送春》詩：“勿言春盡春還至，少壯看花復幾回？今日已從愁裏去，明年更莫共愁來。”是詞實皆翻用詩意也。《草堂詩餘注》缺。

稼軒〔清平樂〕詞“屋上松風吹急雨，破紙窗間自語”，造句頗新。按《樂府道君曲》云“中庭有樹自語，梧桐推枝布葉”。又陳後山詩“庭梧盡黄隕，風過自成語”。又“沖風窗自語，涴壁蝸成字”。是亦有所本矣。余最愛杜牧之一絶云：“秋聲無不攪離心，夢澤蒹葭楚雨深。自滴階前大梧葉，干卿何事動哀吟。”意亦猶人，而運筆遣辭之間，獨覺細緻。

二一　趙彦端

趙〔謁金門〕詞云：“休相憶。明夜遠如今日。樓外緑烟村冪冪。花飛如許急。　柳岸晚來船集。波底斜陽紅濕。送盡去雲成獨立。酒醒愁又入。”《貴耳集》云：“德莊宗室之秀，賦西湖〔謁金門〕云：‘波底夕陽紅濕。’阜陵問誰詞，答云端彦所作。上曰：‘我家裹人也，會作此等語！’甚喜。”《耆舊續聞》以爲本後主詞（當係馮詞之誤。）“細雨濕流光”與《花間》“一庭疏雨濕春愁”，其境界亦頗相類。惟余按庾信《月詩》云“渡河光不濕”，意德莊翻用此語也。嘗見梁任公先生爲人書一聯云：“送盡赤雲成獨立，緩尋芳草得歸遲”，則似又賞其次句也。“赤”字殆任公以意改。

二二　吴文英

夢窗〔望江南〕詞云：“三月暮，花落更情濃。人去秋千閑挂月，馬停楊柳倦嘶風。堤畔畫船空。　懨懨醉，長日小簾櫳。宿燕夜歸銀燭外，啼鶯聲在緑陰中。無處覓殘紅。”“人去”一聯，造語極工，然實有所本。宋王得臣《麈史》載張頌舉進士，不第，館其家，讀書外，口不及他事。然好吟詩曰“人散秋千閑挂月，露冷蝴蝶冷眠風”。夢窗不能掠美矣。

二三　蔣捷

蔣〔浪淘沙〕重九云：“不解吹愁吹帽落，恨煞西風”！語極新巧。余按李白《獨酌》詩云“東風吹愁來，白髮坐相侵”。又賈至《思春》詩“東風不爲吹愁去，春日偏能惹恨長”。此其造語所自。

二四　馬莊父

馬〔鷓鴣天〕詞："睡鴨徘徊烟縷長。日高春困不成妝。步欹草色金蓮潤，撚斷花鬚玉笋香。　輕洛浦，笑巫陽。錦紋親織寄檀郎。兒家閉户藏春色，戲蝶游蜂不敢狂。"前人謂末二語有深意，余按薛維翰《春女怨》詩云："白玉堂前一樹花，今朝忽見數枝開。女家門户尋常閉，春色緣何得入來?"語蓋本此，惟意境則視詩又更進一層。

二五　康伯可

詞中於前人詩句，有減字用之者。如山谷之"斷送一生惟有，破除萬事無過"，美成之"且莫思身外，長近樽前"是也。亦有增字用之者，如康〔鷓鴣天〕詞"見來怨眼明秋水，欲去愁眉淡遠峰"，用李義山《垂柳》詩"怨目明秋水，愁眉淡遠峰"。此種用法，最易將讀者混過。

二六　張炎

樓近思謂叔夏詞以翻案側筆取勝，其〔高陽臺〕《西湖春感》詞"東風且絆薔薇住，到薔薇春已堪憐"！可爲此語一例，胡適之先生於張詞獨愛此二句，"春已堪憐"余亦恒訝其新，後讀唐詩，乃知叔夏語固亦有自來，蘇頲《桃花詩》云"東望望春春可憐"，又崔顥《少年行》"長安道上春可憐"。

二七　明媛黄氏

中國向以禮教爲治，其於婦女，尤多所桎梏，然在文學上意志之表現，則女子與男子幾處於同等之地位，享有相當之自由，此種情形，在詞中尤爲昭著，其間往往有男子所不肯道（或亦不能道。）者，乃出於嬌羞女子之口，如鄭雲娘寄張生〔西江月〕及《兜兜鞋兒曲》其尤者也。蓋情動於中，則歌韵外發，吐納之間，有非禮教所能囿者。又如明媛黄氏〔巫山一段雲〕歌詞亦極妖艷，詞云：“巫女朝朝艷，楊妃夜夜嬌。行雲無力困纖腰，媚眼暈春潮。　阿母梳雲髻，檀郎整翠翹。起來羅襪步蘭苕，一晌又魂銷。”此詞與唐蔣蘊《贈鄭氏妹》詩，可稱伯仲，皆三百中之鄭衛也。因有可與詞相參看處，今并録之，詩云：“艷陽灼灼河洛神，珠簾綉户青樓春。能彈箜篌弄纖指，愁殺門前少年子。笑開一面紅粉妝，東園幾樹桃花死。朝理曲，暮理曲，獨坐窗前一片玉。行也嬌，坐也嬌，見之令人魂魄銷。堂前錦褥紅地爐，緑沉香榼傾屠蘇。解佩時時歇歌管，芙蓉帳裏蘭麝滿。晚起羅衣香不斷，滅燭每嫌秋夜短。”

二八　王國維

静安先生賦性忠樸，而詞中乃多綺語，不類其爲人，其中有無寓意，則吾人不得而知，今第就詞論詞而已。其〔浣溪沙〕一詩云：“畫舫離筵樂未停。瀟瀟暮雨闔閭城。那堪還向曲中聽。　衹恨當時形影密，不關今日别離輕。夢回酒醒憶平生。”“衹恨當時”一聯，可謂有目共賞，余按賈島《寄遠》詩：“始知相結密，不及相結疏。疏别恨應少，密離恨難袪。”與詞意正暗合，然静安之言工矣。

二九　崔華

《詞苑叢談》：王阮亭《和漱玉詞》云：“凉夜沉沉花漏凍，欹枕無眠，漸覺荒鷄動。此際閑愁郎不共，月移窗罅春寒重。　憶共錦衾無半縫，郎似桐花，妾似桐花鳳。往事迢迢徒入夢，銀筝斷續連珠弄。”人稱爲“王桐華”。崔華出其門，有“黄葉聲多酒不辭”之句，人號爲“崔黄葉”。汪鈍翁云：“有王桐華爲師，正不可無崔黄葉作弟子”，當時傳爲佳話。崔全詩見《清詩别裁》，題爲《滸野舟中别相送諸子》，詩云：“溶溶月色漾河湄，曉起頻將玉笛吹。同上郵亭忘别緒，獨行驛岸解相思。丹楓江冷人初去，黄葉聲多酒不辭。此路三千今日始，薊門回首雪霜時。”詩亦甚平凡，“黄葉”句雖佳，然係剽竊歐陽修《東閣雨中》詩語，并非崔氏自創。歐詩云“緑苔人迹少，黄葉雨聲多”。得不本此耶？此固無關乎詞，因後人猶多唧唧稱道之者，緣爲附録於此，亦所以明士衡“傷廉愆義”之意也。

（十八，五，二十，蕭滌非初稿）

怡簃詞話

翁麟聲◎著

翁麟聲（1908～1994），後改名偶虹，筆名藕紅、怡翁、怡簃、碧野。滿族。祖籍河北大興，生於北京。幼即愛好詩詞曲賦，酷嗜京劇，著名京劇作家，又致力於戲曲研究與教學。1935 年任中華戲曲專科學校編劇和導演。1949 年後任職於中國戲曲研究院、中國京劇院。1988 年任中央文史研究館館員。著有《鎖麟囊》《將相和》《大鬧天宫》《紅燈記》等，學術著作有《翁偶虹戲曲論文集》《翁偶虹編劇生涯》等。《怡簃詞話》，分 31 期連載於《華北畫刊》（1929～1930 年）第 11、14、16、17、18、19、22、24、25、27、28、29、30、31、32、33、34、35、36、37、38、39、43、45、46、49、50、55、56、60、62 期。楊傳慶、和希林《輯校民國詞話三十種》收録該詞話。

《怡簃詞話》目録

怡簃詞話

一　操與慢

晋鈕滔母孫氏《箜篌賦》云："樂操則寒條反榮，哀曼則朝華晨滅。"按曼與慢同，故詞以操名者，多歡樂之音。如〔醉翁操〕等是。以慢名者，多哀靡之音。如〔石州慢〕〔聲聲慢〕等是。

二　鐵花仙館詞集

予師何伯雍先生，詩文辭無不精絶，繪事尤冠時儕。近爲予作《楓猴圖》，予自製駢序，張鬱庭先生題〔滿庭芳〕一闋云："露冷吴江，秋深巴峽，楓人雨立黄昏。半天長嘯，鸞鳳咽蘇門。正是霜紅龕裏，丹厓叟排奡愁雲。期相共狙公攫父，栖隱晚霞村。　誰跳圈子出，諸侯割據，舉世紛紜。空勞媒孽，樹倒散猢猻。何處安棋掃石，風塵外、幾度聲酸？休猜作綃山詞影，葉上迸啼痕。"盡態極妍，而清勁之氣，猶蟠縈字句間。鬱公年五十有一，生平嗜謎，所輯謎書都百餘種。而詞曲之學，尤獲雋譽。嘗謂詞以靈空爲主，神韵爲輔，至於詞飾，特餘藻耳。有《鐵花仙館詞集》。如〔青玉案〕《秋痕》云："霜天清景安排遍，費幾度，量寒暖。道是神工工渲染。嫩黄園菊，冷青階蘚，點破蒼烟雁。　檐牙蛛網篩晴綫，卅六鱗雲簇天半。月色平分何處見，閃燈籬落，捲簾池館，梧影黄昏院。"〔晝夜樂〕《含苞菊》云："重陽近幸無風雨，却醖釀，黄花乳。輕伸一指天龍，又被秋風勒住。恰是得人憐惜際，偏怕咏小珍詩句。瘦影不教肥，恐青霜相妒。分明嬌小玲瓏女，好精神，匯還聚。有香無待先春，別蓄艷情如許。願乞佳時常不老，留晚節不傷遲暮。把酒向卿澆，問卿卿開否。"〔虞美人〕《新月》云："姮娥小試弓鞋樣，愁蹙尖兒上。清寒詎耐鎖娥眉，勾起相思减却九分肥。　誰憐碧海青天夜，玉鏡何時下。孤高偏愛内家妝，影取昭陽飛燕額間黄。"又〔虞美人〕《咏雁來紅》云："一枝分得繪雲赤，争爲秋生色。臨風摇曳不知寒，來寄蠻箋十樣報平安。　應封葉赫稱酋長，禮與花王抗。横秋老氣本來豪，駐得朱顏有術傲三茅。"〔一斛珠〕《小婢結絨繩花三朵，簪於髮頂，頗有趣致，譜此狀其態》云："軟絨花朵。同心結倩針兒鎖。薔薇玉露還偷涴，欲逞新妝，故向身邊過。斜襯牙梳雲鬢嚲。低徊顧影嬌無那。風來生恐吹將墮。仔細多些，纖手頻頻捼。"〔陌上花〕《友人楊仲子索作模特兒詞，填此一闋，聊以解嘲》云："情天色相，緣何肯把汗衫輕褪。纖手頻遮，幾度低徊雲鬢。條條縱不絲兒挂，別有攝魂風韵。最難描意緒，傳神阿堵，眼波偷睃。逞天魔妙舞，弓腰折處，去覓墮香飄粉。玉骨冰肌，曲綫囫圇都俊。萬方素女陳儀態，一任打量分寸。待工師寫取，翻新花樣，美人標本。"此數詞，皆極倩秀，題極小，而鑄詞能乎大，允神品也。

（以上 1929 年 3 月 24 日第 11 期）

三　填詞之苦

湖上笠翁云："予襁褓識字，總角成篇，於詩書六藝之文，雖未精窮其義，然皆淺涉一過。總諸體百家而論之：覺文字之難，未有過於填詞者。"誠以填詞之苦，千態萬狀。歷來中國文字之難，紛紜複雜，浩渺深邃。而限制又極嚴格。以分股限字，調聲叶律爲言：分股則帖括時藝爲尚，先破後承，始開終結，内分八股，股股相對。繩墨不爲不嚴，然其股法句法，從無定矩。以意驅之，長短由人，雖嚴而不見其嚴也。限字則駢偶之文爲尚，語有一定之字，字有一定之聲，對必同心，意難合掌。矩度不爲不肅，然祇限以數，未定以位。衹限以聲，未定以格。上四下六可，上六下四，亦未嘗不可。仄平平仄可，平仄仄平，亦未嘗不可也。雖肅實實未嘗肅也。至於調聲叶律，又兼分股限字者，則詩中之近體爲尚。起句五言，則句句五言。起句七言，則句句七言。起句用某韵，則句句用某韵。起句第二字用平聲，則下句第二字必曰仄聲。第三四又復顛倒用之，前人定法，亦云密且詳矣。然起句五言，句句五言，起句七言，句句七言。想入五言一路，則七言之句不來矣。想入七言一路，則五言之句不來矣。起句用某韵，以下俱用某韵則已。起句第二字用平聲，下句第二字必用仄聲。則拈得平聲之字，上去入三聲之字，皆可置之不問矣。守定平仄仄平二語，再無變更。自一首至千百首，皆出一轍。保無朝更夕改之令，隨人適從矣。是其密猶未密，詳猶未詳也。至於填詞：則句之長短，字之多寡，聲之平上去入，韵之清濁陰陽，皆有一定之嚴格。如宋玉之賦美人，添一分不能，少一分不可，又復時少時多，忽長忽短，令人把握不定。當平者平，用一仄字不得。當陰者陰，用一陽字不能。調得平仄成文，又慮陰陽反覆。分得陰陽清楚，又與聲韵乖張。此種苛法，即字穩音適，已足大幸，况品之低昂，情之工拙，在在爲批評之中堅。本來詞者倚聲也，可拍而爲歌也。故古人能創詞牌，今人獨不能創乎？古人所作，大都協於宫商，適於音調，任佐何樂，僉可上口，是以遺萬世而不朽。後人奉之爲譜，按式填文，有以然也。海上陳蝶仙先生《古今詞曲品》云："近人汪曼鋒編唱歌教科書，收張蒼水〔滿江紅〕二闋，張詞舛誤特甚，汪書既爲教科而設，深恐貽誤後學，亟爲點正。原詞云：'蕭瑟風雲，埋没盡、英雄本色。最發指、駝酥羊酪，故宫舊闕。青山未築（應仄仄平平）祁連（應平）冢，滄海（應平）又銜（應仄）精衛（應平）血，又誰知、鐵馬也郎當，雕弓折。　誰討賊，顔卿檄。誰抗敵，蘇卿節。拚三臺墜指，九卿藏碧。燕語呢喃新舊雨，雁聲嘹嚦興亡月。想當年、西臺（應仄）痛哭（應平）人，泪（應平）盈臆。'其二云：'屈指興亡，恨南北、皇圖銷歇。更幾個、孤忠大義，冰清玉烈，趙信城邊羌笛雨，李陵臺畔胡笳月。慘模糊、吹出玉關情，聲淒切。　漢苑露，梁園雪。雙龍（應仄）逝，一（應平）鴻滅。剩逋臣怒擊，唾壺皆缺。豪氣欲吞白（應平）鳳髓，高樓肯飲黃羊血。試撥雲、待把捧日（應平）心，訴（應平）金闕。'近時歌曲，往往有讀平作仄，讀仄作平者，究屬聱牙詰屈，不成聲調。……"愚按詞之一道，上不同於詩，下不同於曲。其難已如上言，故作者雖多，入選者則極少。此特就刻本言。至於倚而爲調，拍之成聲，尤當謹慎從事也。

四　篁溪先生詞

如兄次溪，前寄一函，抄其尊人篁溪先生之詞數首，囑愚編入詞話。其壬子旅京自題小照，調寄〔金縷曲〕云："浪迹同飛絮。自圖形頭顱如此，鬢絲非故。歷遍天涯塵與土。徒慨英雄遲暮。何處是王郎歸路。烟水茫茫人草草，説項斯，名著文章著。還顧影，向誰語。　聊將往事從頭數。卅年來江湖落魄，流光虛度。家國豪懷如畫餅，未遇蘭父休訴。翻笑比，苦寒征戍。頗悔才華難用世，嘆浮生，却受輪蹄誤。空留得，冷香句。"慨當以慷，哀感如畫，而曼聲相引，古調如聞。人居高山流水之間，調在白雪陽春而上。譬夫姑射神人，比綽約於處子。清廟之瑟，有唱嘆之遺音。其神貌所及，又非屏風小扇，孤笋初花之足擬也。此詞爲先生念年前所作，傳誦一時。時人稱爲"張金縷"，與沈南野先生之《落花詩》，同作日月光也。

（以上 1929 年 4 月 14 日第 14 期）

五　題畫詞

題畫詩詞，最難著筆，謂止咏其畫也，則有聲之畫，無聲之詩，已發揮殆盡。謂止寄其慨也，則一紙雲烟，江山勝迹，放杖濠梁之上者，有息機嘆屣之樂，行吟江潭之間者，有蘭忌蕙焚之悸，又豈可以一己之思，發爲翰墨，使後此之讀斯畫者，盡沉浮於其筆尖中。然則題畫之作，從難工矣。曰不然，得其性靈，奇之柔翰，足矣。畫之境，無涯涘，詩詞之境，無邊止，神乎畫者，能發其哀怨幽麗之情，組而成繪。神乎文者，亦能極大宇之大幻，快泄於毫，所謂超然物表，自得天機，車子囀喉，哀感頑艷，成連海上，能移我情。在舊藝爲初元，在新藝曰個性，古今來大書畫家，大文章家，大批評家，所以南轅北轍，要難并迹。燕函越鎛，遞有專家者，有由然也。予故謂以詩詞題畫，非并出己手，難得相輔爲機，雙藴其奥。個中妙著，吾得一人，即吾師何伯雍先生也。先生湖北嘉魚人，旅京垂三十年，滄桑兩代，絲竹中年，其幽怨羈旅之情，無不寄之於畫，得其畫者，無不謂畫中有性情，讀其畫如見其人也。自北歲卸職教壇，惟鬻畫以飽其子女，畫多行於外埠，大連尤多。畫潤不例，不藉文字宣，有見其畫而思得者，乃轉倩其友人爲介，潤不計多少，足一瓶酒可矣。近年作畫，因得暇，時自作小吟，以題其眉，藉吐懷抱，益珍多也。題畫之詞尤佳，如〔昭君怨〕《題淺絳山水直幀》云："越是亂離時節，越想得家山切。無計到家山，畫來看。曾上白雲山頂，確有此村莊景。羡煞太平人，總相親。"又〔風入松〕《題山水示伯埏潔塵》云："當年結伴楚江頭，竟日勾留。水外看山，山外水，一望中、山水全收。江氣高低烟樹，夕陽遠近紅樓。　算來曾有幾春秋，往事都休。飽經溯漠風沙惡，化蝴蝶、縱逐江流。終是殘宵魂夢，還添一段羈愁。"又〔點絳唇〕《題設色山水》云："日影沉山，亂溪流上孤村晚。紫巒翠巘，還襯丹林顯。　山客何來，談笑輕嵇阮。應忘返窄長橋板，夜黑家山遠。"三闋詞筆，姑不論其行詞神韵之妙，求之於氣，則如天龍舞靄，宛轉玲瓏，意思安閑，應手赴節，吹乎天籟，止之衆心，蓋先生早年，优游家山，一丘一壑，都在言笑杖履中，其融於性靈者，何如也。一旦北來，士龍入洛，回首茫茫，墮歡難拾，寄之筆墨，有餘緒矣，嗟乎。雙龕紅葉，低憐影事事之沉浮，玉壺清冰，凄切今生之哀樂，國有人焉，情同此也。

六　清代文人不工詞者

清代文人，有不工詞者二，袁隨園自命才子，當無所不能，而於詞曲一道，未嘗問津，已足相見其短，而又諉爲小道，曰雕蟲之技，丈夫不爲，毋亦英雄欺人之飾詞。毛西河一代偉人，所填詞，雖多駢花儷葉，濃麗可珍，惟謬處特多，不足爲工詞者道。如〔調笑令〕云："怨怨。柳如綫。青漆鴉頭紅脰燕。背人偷弄金條釧。一曲柳枝相戀。落花飛滿春江面。飛過春江何限。"詞凡三疊，悉如此格，核與〔調笑令〕，迥然有別，不知固何所本。如係自度，則不當沿用〔調笑令〕之名也。又如〔十六字令〕云："花下影，跟人上玉墀。誰推到，横箸半氈兒。"按〔十六字令〕本三用韵，第一字起韵，係一字句，西河此詞，與原調迥異，西河既善音律，未審此詞何以謬也。

七　捧月樓詞

《捧月樓詞》，錢塘袁蘭村所作，小調最耐人讀，深得李後主詞中三昧。如〔菩薩蠻〕云："晚風吹入紗窗冷，小樓一粟寒燈影。不是舊歡場，花開也不雙。　　秋心誰共説，衹有如鈎月。月不伴人愁，三更先下樓。"又云："藍橋曾許裴航到，雲翹私語雲英笑。法曲换霓裳，羅衣罩地長。　　重尋歡喜海，玉文窺窗再。一樣髮梳蟬，别時披兩肩。"又云："冰紋鬲子房櫳淺，衫痕鬢影依稀見。隔得似天涯，一重方空（作去。）紗。　　殘釭挑欲滅，小語吹蘭息。不怕夜寒深，剪刀時一聲。"又云："低鬟略道勝常罷，移床坐近娘肩下。笑與説排行，鯉魚紅六雙。　　彩絨閑自理，碧緑青紅麗。命薄小桃花，恁生偏綉他。"又云："謝庭小宴花時節，合歡檀兒圓於月。一笑眼波流，坐來剛兩頭。　　蘭姨智瓊姊，冷眼難回避。特地酒親斟，到儂偏十分。"數詞細膩工致，遣詞異常流動。讀此一通，覺前塵歷歷，殘夢如飛。燈穗摇紅，正兒女情長時也。〔風蝶令〕《過揚州偶紀》云："香未沾荀令，舟曾欵鄂君。相思如夢夢如塵。偏是二分月照，十分人。　萍梗悤悤轉，秋心黯黯生。天涯何處證蘭因。衹恐暮潮平後，恨難平。”此詞收得有力，拍咏之後，覺氣蕩腸回，生許多塊壘也。〔浣溪沙〕《咏緑蝴蝶》云：“飛上閨人碧玉簪。雲鬟彈處辨難分。天涯芳草夢中身。　栖向花叢渾似葉，照將春水欲無痕。撲時迷煞踏青人。”刻畫極肖，惜衹“天涯芳草夢中身”一句有寄托耳。〔卜算子〕《題吴山尊侍讀爲錢小謝畫秋窗聽雨圖》：“風急帶秋來，雲濕依山住。凉入樓心逼夢醒，添陣疏疏雨。　紙上有秋聲，似讀廬陵賦。待買生綃更乞君，畫我林疏處。”以清靈之筆，寫淡泊之句，洗南朝之金粉，滌北地之胭脂，是謂之雅，是謂之潔。〔虞美人〕《聽雨》云：“宵長更著簾纖雨，没地推愁去。一聲聲滴一更更，衹道離人聽得未分明。　低迷春影渾忘却，那分思量著。桃笙如水泪如潮，争不爲人流夢到虹橋。”結句之佳，置之後主集中，不辨楮葉。

（以上 1929 年 4 月 28 日第 16 期）

八　詩詞曲名互異而質則同

詞者詩之餘，曲者詞之餘。詩詞曲，名互異而質則同也。予考夫詞之所由來，常有不出詩之範圍之迹，以詞調命名言，則今日盛傳之詞調，皆昔日之詩題也。如〔黄鶯兒〕咏鶯，〔裊娜東風〕咏柳。〔菩薩蠻〕當作菩薩鬘，西域婦女髻名也。以瓔珞爲飾，如塑佛像，詞即咏此。〔朝天子〕當作“朝天紫”，陸游《牡丹譜》：朝天紫，蜀牡丹名。其色正紫如金紫，大夫之服色，故名。後人以之爲詞名。凡此，皆有所指據，不然，詞調之名，何以各有别乎？故詞實胎脱於詩，今人填詞，其關鍵處，首在有别於詩。顧有名則爲詞，而考其體段，按其聲律，則又儼然一詩。欲覓相去之痕而不可得見也。如〔生查子〕前後二段，與兩首五言絶句何異。〔竹枝〕第二體，〔柳枝〕第一體，〔清平調〕〔八拍蠻〕〔小秦王〕〔阿那曲〕，與一首七言絶句何異。〔玉樓春〕〔采蓮子〕，與兩首七言絶句何異。〔字字雙〕，亦與七言絶同，衹有每句叠一字之别。

〔瑞鷓鴣〕即七言律。〔鷓鴣天〕亦即七言律，惟減第五句之一字。〔卜算子〕即五言律，惟於第三句增兩字耳。凡此等詞，在昔日未必視以爲調，不過取此等詩能協律便歌者，被諸管弦，得此數首。迨後載嬗載紛，五光十色，其道備矣。《人間詞話》謂："四言敝而有楚辭，楚辭敝而有五言，五言敝而有七言，古詩敝而有律絕，律絕敝而有詞。蓋文體通行既久，染指遂多，自成習套。豪杰之士，亦難於其中自出新境，故遁而作他體，以自解脱。"詞曲之來，曷非迹於此境？近言之，今日流行之新體詩，亦即由此徑醖釀所致也。

九　詞中蝶戀花一調

詞中〔蝶戀花〕一調，聲韵鏗鏘，摇曳姿多。古今來最善填此者，當推馮延巳，今記其名句於此。如"誰道閑情抛别久。每到春來，惆悵還依舊。" "獨立小橋風滿袖，平林新月人歸後。" "百草千花寒食路，香車繫在誰家樹。" "庭院深深深幾許，楊柳堆烟，簾幕無重數。" "泪眼問花花不語，亂紅飛過秋千去。" 數句風流跌宕，妍艷流態。蘇軾亦有此詞云："春事闌珊芳草歇。客裏風光，又過清明節。小院黄昏人憶别，落紅處處聞啼鴂。　咫尺江山分楚越。月斷魂銷，應是音塵絶。夢破五更心欲折。角聲吹落梅花月。" 氣湧如雲，彌漫兩間，此蘇詞之妙也。而風格骨肉，則去馮詞遠甚。《勉熹集》亦有此詞題（繼叔重司馬振小紅樓填詞圖。）云："綠綟維窗凉似水。閣外梧桐，摇得秋痕碎。幾折闌干人獨倚，篆烟碧漾湘簾膩。　無限無聊無賴意。譜入香弦，字字相思泪。烟水斜陽紅萬異。閑情少個凉鷗寄。"此詞氣魄雖弱，而淡雅宜人，讀之一通，如蕩蘭橈過莫愁湖畔也。今之詞家，非迫於深奥，即失於靡弱，求一雅潔如此者，亦曰僅見。

一〇　填艷詞者最難

詞以抒纏綿之情，而後之製詞者，非纏綿乃輕佻矣。詞以寫韵妙之事，後之製詞者，非韵妙乃淫蕩矣，如艷體詩然。義山之詩，艷麗極矣，然讀其《無題》《錦瑟》諸詩，則衹見其詞麗而意不淫也，衹見其韵逸而聲不佻也。攻艷詞者，能多讀義山詩，斯足以言詞之艷矣。唐人〔菩薩蠻〕云："牡丹滴露真珠顆，佳人折向筵前過。含笑問檀郎，花强妾貌强？ 檀郎故相惱，衹道花枝好。一面發嬌嗔，碎挼花打人。"此詞膾炙人口者素矣。人皆愛其韵妙而傳也。究之此詞，特戲場丑角之態，非綉閣麗人之容。花來尤物，美不自知。知亦不肯自形於口。未有直誇其美而謂我勝於花者。况揉碎花枝，是爲不韵；挼從打人，是爲不妙，温柔幽閑之義失。温柔幽閑之義既失，則所咏，殆蠢村姑耳。陳後主〔一斛珠〕尾句云："綉床斜倚嬌無那，爛嚼紅絨，笑向檀郎唾。"此詞亦爲人所公賞。惟此種意境，乃娼婦倚門腔。嚼紅絨以唾郎，較之倚市門而大嚼唾棗核瓜子以調路人者何異。填詞之家，以此事謗美人而後之讀詞者，又止重情趣，不問妍媸，復相傳爲韵事。謬乎？不謬乎？無論情節難堪，即就字句之淺者論之：爛嚼打人諸腔，幾於俗殺。豈雅人詞内所宜？吾故謂填艷詞者最難，虎犬鵠鶩之譏，其易見也。吾弟徐君捷之，方治詞，性便慧，初作詞即有風格，惟多趨於艷體，因拾此數語爲奉。

一一 詞中花非花一調

詞中〔花非花〕一調，填者極鮮。湖上李漁有四闋云："花非花，是人面。不教親，止容見。有錢難覓再來紅，銷魂始覺黄金賤。"又云："花非花，是人影。來何徐，去何猛。燈殘月落事茫然，花枝無迹蒼苔冷。"毛稚黄評云："從《楚詞》、《九歌》諸作脱胎，長吉鬼才，亦當却步。"又云："花非花，是人意。意思來，貌佯避。含愁欲語向枝頭，徘徊若倩東風寄。"又云："花非花，是人血。泪中傾，恨時泄。鷓鴣聲裏一春寒，杜鵑枝上三更熱。"顧梁汾評云："石破天驚，得未曾有。"以上四詞，予最愛其末闋。所謂獨繭之絲，乙乙新腔而若抽者，非耶？

（以上1929年5月5日第17期、1929年5月12日第18期）

一二　詞胎源於樂府

韻文最先有歌謠，而樂府，而古詩，而賦，而近體詩，而詞，而曲，而新詩。詞之來，即胎源於樂府也。樂府之體，與歌謠仿佛，必具有懸解，另有風神，無蹊徑之可尋，方入其室。若但尋章摘句，摹擬形似，終落第二。如《穆天子傳》之“白雲謡”，《湘中記》之“帆隨湘轉”，《古樂府》之“獨漉獨漉，水清泥濁”之類，神妙天然，全無刻劃，始可以稱樂府。樂府之名，始於漢初，如高帝之《三候》，唐山夫人之《房中》是也。郊祀類頌，鐃歌鼓吹類雅，琴曲雜詩類國風，故樂府者，繼《三百篇》而起者也。唐人摹擬，惟韓之《琴操》最爲高古。李之《遠別離》《蜀道難》《烏夜啼》，杜之《新婚》《無家》諸別，《石壕》《新安》諸吏，《哀江頭》《哀王孫》《兵車行》諸篇，皆樂府之變也。降而元、白、張、王變極矣。變而又變，取其疏落灑拓之氣，界以聲韵管弦之圍，然後則詞出。或謂樂府之與詞，相去遠矣。子何强而衡以一乎？曰：時之不同，質也則一，文如水也，以浮動不羈之水，入於大江，則大江之波濤也。入於湖澤，則湖澤之波瀾也。時代能産生藝術，文字即藝術中之一種。以藝術獨鍾之才人，優游於時代之下，揆其要，循其氣，浴其風，驅自然之藝術組織，製爲文字，發爲音聲，此詩之所以後於樂府，而詞曲更後於詩也。五千年來，我國風化之所被，如出一軌，莫不由淳而樸，由樸而美，由美而麗，由麗而浮蕩，由浮蕩而至於不可解，由不可解則又反爲浮矣。韵文最古有歌謡，歌謡者，肉言也，天籟也，心聲也，泰然而發之之語也。其質淳，氣淳，聲意亦淳，漸而至於樂府，已入於感情作用之化境。幽怨喜痛之情，泄之而無遺，然猶不失其質之樸厚。降而至於詩詞，則美麗之飾，日臻於極也。故其體雖異，其原是以填詞之家，不能以效古肖古爲己身之長，且亦無持此以欺世人者。撲要言之：詞之源，來自樂府，樂府有古今之别，非有似於他，可任意贋之以顯身手者！

一三　恬庵先生老伶詞

晚近名士風流，以梨園子弟爲囊中詩料者極多，如易實甫、羅癭公、樊樊山諸公，九衢車馬，逐逐於夢梨樹梨中，其風流餘緒，至今不絶。報紙喧刊，不脛而走，花箋乍擘，便覺字比珠多。麝墨才幹，不盡花香蝶戀。惟是衣冠千古，滄桑兩遷，紅顔愧鵑，青衫作燕。回憶往事，摩挲記事之珠；眷懷伊人，仿佛蒼靈之玉。百年之外，白髪何多；十里之中，芳草已歇。個中滋味，有不能已於言者。前於《輿論》附刊《瀚海》中，見恬庵先生《老伶詞》，調寄〔霓裳中序第一〕云云。“鴻泥認印迹。换却宫袍歸未得。愁思隔年似織。又花下扇裙，歌叢箏笛。平泉巷陌。悵去來秋燕如客。層樓畔，鬱輪奏徹，隱約訴胸臆。　人寂。夢都難覓。算此際何戡尚識。銷魂偏在故國。曲繞梁塵，酒話瑶席。鏡鸞猶嘆息。但暗裹春華自惜。漂流久，幽坊庭院，舊事那堪憶。”意纏綿，辭旖旎，氣流動，詞之佳，盡於此矣。予之所以選之實吾詞話者，以其真情摩摯，雅有寄懷。此意人人能知，而未必人人能道。觀名士之風流名作，有一道及於此者乎？

一四　詞調有古已有而不得其名者

詞調之中，有古已有，而不得其名者，如《全唐詩》載吕岩詞三十首。其末首云：“暫游大庾，白鶴飛來誰共語。嶺畔人家，曾見寒梅幾度花。春來春去，人在落花流水處。花滿前蹊，藏盡神仙人不知。”注云：吕岩求齋不得，失注，調名無考。實則今傳之〔减蘭〕（〔减字木蘭花〕）也。又唐馮延巳有〔金錯刀〕詞二首，一名〔瑶醉瑟〕。其一云：“雙玉斗，一瓊壺。佳人歡飲笑喧呼。麒麟欲畫時難偶，鷗鷺何猜興不孤。　歌宛轉，醉模糊。高燒銀燭卧流蘇。衹消幾覺瞢騰睡，身外功名任有無。”按此即〔鷓鴣天〕後半兩叠，而《花間》《草堂》及《圖譜》《嘯餘》《詞律》等，均不載，豈不知其名之有别耶？予於《古今詞曲品》中得見之。

一五　姚素君詞

昔顧梁汾以詞代柬，寄吴漢槎寧古塔，可謂倚聲中之一新紀元。姚君素君亦曾仿其體制，致瀟湘館索君校書，詞凡三叠，皆章臺之綺語債也。第一詞調寄〔金縷曲〕云：“一紙傳青鳥。倘經過素君香閣，相思寄到。爲問佳人無恙否，更祝紅顔不老。兹僕有私衷細告。自古蛾眉傷老大，有幾分春色、歸蘇小。勸落籍，休云早。　芳名賤字安排巧。盡銷魂雲翻雨覆，鸞顛鳳倒。天許香山留阿素，不識名花陪笑。又不卜量珠多少。翹企瀟湘情脉脉，布腹心并，候垂明教。姚君素，臨風禱。”第二詞調寄〔滿江紅〕云：“前肅鸞箋，今諒達、素君妝閣。兹再啓、多情小小，丰姿灼灼。欲訪仙居聆綺語，衹緣棹成秋虐。待月圓、三五慶元宵，褰珠幕。　憐情種，多漂泊。恨富賈，多輕薄。請撑開慧眼，同心早約。顛倒鴛鴦名字巧，漫教鸞鳳因緣錯。望先貽、倩影慰相思，卿休却。”第三詞亦用〔滿江紅〕調云：“未盡所懷，托毫素、重修尺牘。更佳想隨時攝衛，花前暗祝。自笑蘇秦同落拓，誰憐史鳳耽幽獨。正天涯、一對可憐蟲，原堪哭。　願屋把，黄金築。願財把，紅顔贖。爲幾翻款密，幾翻羞縮。力弱楊枝春不綰，歌傳桃葉期先卜。問芳心、知否女英雄，梁紅玉。”别開生面，獨運心裁，至於詞之工，已占盡雅麗二字矣。

（以上 1929 年 5 月 19 日第 19 期）

一六　詞之法度

吾人填得一詞，姑無論是否能被諸管弦。即以詞文之起承轉合言之，果謂盡如其度乎？文章之事，求精最難。文以彩飾，章以法度，無法度不得謂之章，無辭飾不得謂之文。大而言之：詩詞賦曲，無一不在文章之例，即無一不有法度與藻飾，特其顯藴有别耳。以賦言：荀卿雜賦，開北賦之端；屈子《離騷》，肇南賦之首。揆其所作，極自然，極流動，極參差，極曼渺。讀之一通，覺其氣如曲徑柳陰，隨人而緑；小溪細流，傍堤而瀾，自然極矣。苟曲解而精研之，則於錯落機妙中，别有規矩法度在，是最難耳。殆後律賦風厲，仕林作者，趨以奉之。則於整齊之句法，工麗之詞藻中，復繩之以某段起，某段轉，更某段展而拓，某段合而綜，審審然鏡懸於睫也。惟其章法雖完，而詞句必板，此今賦不如古賦之耐人味也。推之於詩，何莫不然。予嘗謂詞出於樂府，樂府者，古詩之宗也。故詩與詞，詞與樂府，名異而質則一。善倚聲者，咸知一詞拍出，依韵脚與字句之轉移，而分起承轉合以及開拓、煞尾、補餘等境之變化。此種不期然而必然之化境，即所謂法度者也。然則詞之法度，果何所例？姜白石《詩説》云："載始末曰引。體如行書曰行。放情曰歌。悲如蛩螿曰吟。通乎俚俗曰謡。委曲盡情曰曲。"此古詩中之有别也。若夫詞，則始末亦載，放情亦抒，委曲亦盡，其爲物，超諸上者耳。求其法度之所在，則因所持情愫之不同，而所抒之情感亦各異。苟以古人所傳之名作爲法，雖研幾極精，亦徒見其誠摯移人，活潑可近，味之有法度在，讀之有法度在，拍以歌之，倚以聲之，亦有法度在，究其法度如何？機抒如何？反不得言矣。欲救此短，惟宜多讀古詩，取其法度，施以詞飾，煉以聲音，齊以節奏，斯純珍也。《古詩十九首》，如天衣無縫，神化攸同，已不易學。陶徵士之作，自寫胸臆，純任真率，爲千古一人，亦不可學。六朝則二謝、鮑照、何遜，唐人則張曲江、韋蘇州數家，庶可宗法。抑有進者，詞之法度氣概，多以韵行，故用韵亦一重要關鍵。大抵通篇平韵者，貴飛揚。通篇仄韵者，貴矯健。而其一承一轉，尤以韵脚爲轉移。如〔虞美人〕之"春花秋月何時了，往事知多少。小樓昨夜又東風，故國不堪回首月明中。　雕欄玉砌應猶在，祇是朱顔改。問君能有幾多愁，恰是一江春水向東流"。此詞"東風"句爲一轉，"猶在"韵爲一承，"多愁"韵爲一轉，"東流"韵爲一補，全篇行氣之宛轉，法度之整齊，無一處不以韵脚出之也。又如〔菩薩蠻〕云："平林漠漠烟如織，寒山一帶傷心碧。暝色入高樓，有人樓上愁。　　玉階空佇立，宿鳥歸飛急。何處是歸程，長亭更短亭。”此詞“高樓”韵，爲一承。“愁”字韵爲一合。“佇立”韵爲一轉。“歸程”韵爲一補，“短亭”韵爲一合。其法度亦在韵中流動。此特就换韵者言之。漁洋山人謂：“七古换韵，起於陳隋，初唐四杰輩沿之，盛唐王右丞、高常侍、李東川尚然。李杜始大變其格。大約首尾腰腹，須銖兩自稱，始克爲法。”此論論詩極有見地，方之於詞，亦有當處。名家之作，其换韵時，類能寓跌蕩於整齊，細味所論之〔虞美人〕〔菩薩蠻〕兩詞即知。至於長詞之以一韵而分法度者：如〔水龍吟〕（咏白蓮）云：“仙人掌上芙蓉，涓涓猶滴金盤露。輕妝照水，纖裳玉立，飄飄似舞。幾度消凝，滿湖烟月，一汀鷗鷺。記小舟夜悄，波明香遠，渾不見，花開處。　　應見浣紗人妒。褪紅衣被誰輕誤？閑情淡雅，冶姿清潤，憑嬌待語。隔浦相逢，偶然傾蓋，似傳心素。怕湘皋佩解，緑雲十里，捲西風去。”此詞通篇用一韵，而章序法度，井井不紊。“露”韵承首句“仙人掌人芙蓉”言，爲一承。“舞”韵三句爲一轉，轉到本題。“鷺”韵三句爲一補，補足白蓮之背景。“處”韵四句又一轉，轉出餘意。“妒”韵承上半韵言。“誤”韵又緊承“妒”韵句。“語”韵三句爲一轉，轉到白蓮本色。“素”韵三句又一轉，由花事而轉到人事。“去”韵三句，綜合而收，人事花心，合而爲一也。通篇之承轉等處，無稍痕迹，而讀者隨其文以尋其境，又不知其境之誰然也？名作之妙有如此。故予論填詞之要，在色爲藻飾與音律，在質爲法度與氣奏。無藻飾音律者不得謂倚聲，無法度氣奏者，亦不得謂綺語也。是以欲填得好詞，須多讀古詩，然後錯之綜之，縱之擒之，庶乎有法度之可言，而不爲大家所齒冷也。

一七　吴康甫詞

吴康甫先生，以書法獨傳，詩餘之學，尤有獨識。惟生平著作，不多見於世，僅於《古今詞曲品》中，見五六作，亦足以矜窺豹矣。如〔高陽臺〕《題春山埋玉圖》云："竹泪成烟，梨魂照水，春歸却向西泠。淡月無言，啼鵑枝上三更。人間天上渾如夢，剩么弦、錦瑟愁聽。報年年，拋了琴心，悔結蘭因。　前生修到隨花伴，便埋香雪裏，詩骨當清。祇恐歸來，峰青不照眉痕。女蘿芳草行吟處，采芙蓉同薦秋馨。更何人，黄絹題銘，紅泪沾巾。"〔齊天樂〕《題半閑堂鬥蟋蟀圖》云："江山半壁秋聲滿，多少沙蟲蠻觸。金籠餘閑，翠盆幽興，小隊鏘鏘鳴玉。合圍籬角。笑草木皆兵，誰收殘局。决勝籌空，徒教天塹亘南北。　西泠路旁遺墨，一般蛩語鬧，不辨堂壑。蘚砌烟埋，豆棚花散，幾對莎鷄相逐。喙長牙錯。任藐爾麽麽，銷沉南國。苔巷荒庵，木棉和雨落。"賈似道玩物喪志，瘟及國家，千古稱恨。此詞以小喻大，納須彌於芥子，其纏綿悱惻之情，記之於矯健豪凌之筆，知我者謂我心憂，不知我者，謂我何求？此語庶可道也。又〔齊天樂〕《咏鮮荔支》云："往來三百供常啖，曾誇嶺南風味。夢醒羅浮，甘懷蔗境，久别紅塵飛騎。筠籠誰寄。早十斛彤霞，芒騰珠氣。凉玉香融，胭脂顔色可憐紫。　楓亭舊傳佳種，鳳含剛半熟，分致千里。火齊囊盛，水晶盤賜，惜少露華鮮膩。拈來纖指。喜粉髓凝膚，拚教酸齒。翠羽玲瓏，相思空結子。"楊太真喜食鮮荔支，勞民疲騎，以奉一口之酸，傾國喪身，獨傳千古之恨。鳳肝麟脯，不啻民脂，燕睨鶯嗔，竟成劫黑。楊太真，千古可人，亦千古罪人也。此詞藉荔支而寄慨，妙在筆有含蓄，非徒以聰明欺人者也。〔生查子〕云："半臂乍裝棉，莫問凉何許。青瑣暗生烟，偏照蕉心雨。　報喜一燈紅，花笑含情語。彩鳳落誰家，前夜吹簫處。"又云："心事苦抽蕉，夢入凉烟瘦（好句）。一點玉釭紅，花散胭脂泪（好句）。　横笛到秋邊，且把芙蓉醉。中酒不知愁，獨抱吟肩睡。"小詞兩闋，清妙玲瓏。昔人句云："自是君身有仙骨，世人那得知其故。"可以持贈此作也。

（以上1929年6月9日第22期）

一八　李後主詞

李後主詞如飛黄脱繮，不受控捉。且傳者極少，未能盡其精華。於周氏《詞辨》中，見其〔玉樓春〕云："晚妝初了明肌雪，春殿嬪娥魚貫列。鳳簫聲斷水雲閑，重按霓裳歌遍徹。　臨風誰更飄香屑，醉拍闌干情味切。歸時休放燭花紅，待踏馬蹄清夜月。"又〔阮郎歸〕云："東風吹水日銜山，春來長是閑。落花狼籍酒闌珊，笙歌醉夢間。　春睡覺晚妝殘，無人整翠鬟。留連光景惜朱顔，黄昏人倚闌。"又〔臨江仙〕云："櫻桃落盡春歸去，蝶翻輕粉雙飛。子規啼月小樓西，玉鈎簾幕，惆悵莫烟垂。　別巷寂寥人散後，望殘烟草低迷。爐香閑裊鳳凰兒，空持羅帶，回首恨依依。"又〔清平樂〕云："別來春半，觸目愁腸斷。砌下落梅如雪亂，拂了一身還滿。　雁來音信無憑，路遥歸夢難成。離恨恰如春草，更行更遠還生。"又〔相見歡〕〔浪淘沙〕〔虞美人〕諸詞，皆有刊作。惟管窺一斑，不無嘗臠涎屠之憾。今并不多傳者亦録之。〔相見歡〕云："林花謝了春紅，太匆匆。無奈朝來寒雨晚來風。　胭脂泪，相留醉，幾時重。自是人生長恨水長東。"〔浪淘沙〕云："往事祇堪哀，對景難排。秋風庭院蘚侵階。一桁珠簾閑不捲，終日誰來？　金劍已沉埋，壯氣蒿萊。晚涼天静月華開。相得玉樓瑶殿影，空照秦淮。"又〔虞美人〕云："春回小院庭蕪緑，柳眼春相續。憑闌半日獨無言，依舊竹聲新月似當年。

笙歌未盡罇罍在，池面冰初解。燭明香暗畫樓深，滿鬢清霜殘雪思難禁。"三詞均以神勝，人謂白石以詩法入詞，李後主之詞，亦有幾分似處也。

一九　性情與學力

無論詩詞，欲其超諸象外，得之環中。其學力與性情，必兼具而後愉快。司空表聖云："不著一字，盡得風流。"此性情之説也。揚子雲云："讀千賦則能賦。"此學問之説也。二者相輔而行，不可偏廢。蓋學力深邃，始能見性情，若不多讀書，多貫穿，而遽言性情，則如出水蟹兒，油嘴猴子，嘵嘵自假。徒見信口成章，而一嚼無餘，粗粗泥人也。若無性情，而侈言學問，則昔人有譏點鬼簿，獺祭魚者矣。學力深，始能見性情。無性情，不足言學問。數語言之於詞，造微破的之論也。填詞之學，無性情則字與字無關，句與句無絡。如美人然，徒具蘭質蕙心，明眸皓齒，梨渦桃暈，玉貌絳唇，而睛不秋波，口不鶯囀，頰不倩笑，手不纖柔。則雖見其色艷，而不得漸其情得也。此之所謂金鑄、珠綴、玉鎸、碧雕，終不見其綽約回環，嬌啼便笑，故其質雖爲珠玉金碧，或并珠玉金碧而尤足珍。殆亦案几之所供陳，與之語也不答，與之吟也不酬，情及之也，無紅豆相思之報。意佻之也，無翠羽堂上之心。如佛偈言，鍾漏俱寂，木灰土沙耳。尚何味之可耐？苟詞中有性情在，則“有我之境”，無物不著我之色彩。“無我之境”，將不知何者爲物，何者爲我。超然物表，自得天機。味其辭句，第覺靈心如蜕，大氣磅礴，語語見性情，句句覘變化，其“斗笋”“銜尾”“煞腹”等處，尤能於不期然而然處出之。此無他，性情所以鍾靈之，抒發之，機趣之也。如韋莊〔菩薩蠻〕云：“紅樓别夜堪惆悵，香燈半捲流蘇帳。殘月出門時，美人和泪辭。　琵琶金翠羽，弦上黄鶯語。勸我早還家，緑窗人似花。”又云：“人人盡説江南好，游人衹合江南老。春水碧於天，畫船聽雨眠。　壚邊人似月，皓腕凝霜雪。未老莫還鄉，還鄉須斷腸。”又云：“如今却憶江南樂，當時年少春衫薄。騎馬倚斜橋，滿樓紅袖招。　翠屏金屈曲，醉入花叢宿。此度見花枝，白頭誓不歸。”又云：“洛陽城裏春光好，洛陽才子他鄉老。柳暗魏王堤，此時心轉迷。　桃花春水緑，水上鴛鴦浴。凝恨對斜暉，憶君君不知。”四詞宛轉低回，如聞秋江上琵琶撥凑，所謂香弦乍響，萬花競飛，鐵笛忽秋，一鷗成夢者也。其性情融之於筆墨，發之於辭句，出之於聲籟，可傳之作也。顧四詞之中，謂活潑則有餘，謂凝練則不足。謂嬌弄則有餘，謂雅正則不足。此何也？有性情而寡學問，以是每詞之中，終覺風騷太重，無稍藴秘也。藴秘者，涵蓄之謂。詩詞無含蓄，不足稱上乘。欲寫性情，而又欲顧及含蓄，則非學力碩足者莫辨。其有祇顧含蓄，一字一句，一言一語，一聲一韵，均審慎揀謹，惟恐鋒芒太露，裸國不衣，爲後世憾。不得已，以藻飾出之，以比喻譬之，以聲調掩之，則其所填，先不論其是否可以見性情，是否有性情。讀之一通，但覺霞飛雲蔚，紙醉金迷，如行九曲之廊，如入三懷之殿。後於我者珠玉，先於我者琳琅，左右我者楚艷齊諧，悒然莫知其何之也？温庭筠所作〔菩薩蠻〕云："小山重叠金鈺滅，鬢雲欲度香腮雪。懶起畫蛾眉，弄妝梳洗遲。　　照花前後鏡，花面交相映。新帖綉羅襦，雙雙金鷓鴣。"又云："水精簾裹頗黎枕，暖香夢惹鴛鴦錦。江上柳如烟，雁飛殘月天。　　藕花秋色淺，人勝參差剪。雙鬢隔香紅，玉釵頭上風。"又云："玉樓明月長相憶，柳絲裊娜春無力。門外草萋萋，送君聞馬嘶。　　畫羅金翡翠，香燭銷成泪。花落子規啼，緑窗殘夢迷。"又云："寶函鈿雀金鸂鶒，沉香閣上吴山碧。楊柳又如絲，驛橋春雨時。　　畫樓音信斷，芳草江南岸。鸞鏡與花枝，此情誰得知。"又云："南園滿地堆輕絮，愁聞一霎清明雨。雨後却斜陽，杏花零落香。　　無言匀睡臉，枕上屏山掩。時節欲黄昏，無寥獨倚門。"五詞艷麗莊凝，其遣解麗而不膩，其造境密而不纖。是學力充而能於含蓄上作功夫者。然以之方於韋莊所作，則韋莊之活潑玲瓏，遠在庭筠之上矣。而庭筠之凝練風神，又遠在韋莊之上矣。究其故何也？蓋韋莊之作，性情多而學力少，庭筠之作，學力足而性情略。古人名制，不免此短，後生未成之作，敢謂及於古人歟？填詞以造境爲主，境之大小，境之有無，境之動静，皆以性情而造之，學力以成之也。性情與學力之説，其填詞者之占畢矣。

二〇　如夢令始作者

〔如夢令〕始作者爲唐莊宗。其詞云："曾宴桃源深洞，一曲舞鸞歌鳳。曾記别伊時，和泪出門相送。如夢。如夢。殘月落花烟重。”蓋莊宗自度曲也。樂府取詞中“如夢”二字名之，今誤傳爲吕岩之作，非也。〔江城子〕始作者爲南唐張泌。其詞云：“碧闌干外小中庭。雨初晴，曉鶯聲。落花時節近清明。睡起捲簾無一事，匀面了，没心情。　浣花溪上見卿卿。眼波明，眉黛輕。高綰緑雲低簇小蜻蜓。好是問他來得么，和笑道，夢多情。”細玩此詞，前後整齊，而情字重押，確係兩首。今合爲一體，蓋誤耳。

（以上1929年6月23日第24期）

二一　詞有時間性

詞有時間性。“現在”“過去”“未來”，全依製詞者出之也。文貴高潔，詩尚清真，況於詞乎？作詞之料，不過情景二字。非對眼前寫景，即據心上説情，情説得透，景寫得明，即是好詞。景者，現在也。情者，届於現在與未來之間。此二者，填詞家所依皈，而不可一日離者。其有專以説古爲托口，一首長調中，用古事以百紀，填古人姓名以十紀。即中調、小令，亦未肯放過古事，饒過古人，其詞之氣、神、風、骨、格、調，姑無論。即依行間字裹讀之，但覺書本之氣泥人，乃信點鬼簿、錦綉堆之説爲有征也。此詞之病，即病於無情景，無現在與未來之時間性，惟以過去之事，過去之人，補足充實，以矜淵博，究之何取？蓋詞之最忌者：有道學氣，有書本氣，有禪和子氣。禪和子氣，不沾而易除。道學氣，雖沾而可除。至於書本子氣，脱無偉大之魄力，鎮紙之學力，相與爲事，期於擺脱。則書本子氣，終難了却。若謂讀書人作詞，自然不離本色，然則唐宋明清諸才人，亦嘗無書不讀，讀書既多，其詞中當有書本氣矣。而求其所讀之書於詞内，則又一字全無此何也？讀書之量，多寡虚實有别而已矣。讀書多，則書侵淫於性，含養於氣，醖釀於情。性以道情，情以遣辭，辭以用氣，如是則骨肉匀，情景肖，風格高，非借物遣懷，即將人喻物，有句句不露秋毫情意，而實句句是情，字字關情者，是讀書多，而能以多量之書氣遣情也。故善填詞者，不論對景抒情，抑或臨情寫景，拈定現在或未來之時間，以氣行之，則好詞出矣。其有讀書雖多，而變幻之能力特鮮，今日畢一册，明日竟一卷，不論於所讀書中，有思致否？有蘊秘否？有感情否？惟以讀一卷，束一卷，博聞强記，自矜其見識之宏，飫嚼之廣。一旦走筆填詞，正襟危坐，拈髭凝色，握兔管，構滯思。但覺心竅痴迷，精神不矚，向日嚼得未爛之書，撲思而來，取此舍彼，裁紅剪緑，以爲滿腹珠璣，觸筆琳琅，苟不一一筆以出之，聲以寄之，終覺向日所讀，有負焦思。不得已，有來不拒，如江海之下百川，東鱗西爪，碎簡零紈，兔角龜毛將盡括之。於是稍有所情，必思合於所讀之書否？苟有所合，則取所讀之書，何人何事，以代其情。欲寫何景，必又思曾記某書與此有似，則又取某書中所合於現在之景者，以代現在欲寫之景，若是，則無論抒一情，寫一景，皆著有書本之色彩，沾染過去之時間，欲其清靈超脱，嗚呼可見？此即讀書淺，而爲書所左右也。笠翁論詞曰："……情景都是現在事，捨現在而不求，而求諸千里之外，百世之上，是捨易求難，路頭先左。安得復有好詞？"凡諸文學作品，皆抒感言情者也。抒感，作者之感也。言情，作者若第二人相近之情也。在時間爲"現在"與"未來"。絶無以現在之情，而以古人忸怩掩飾者。有之，亦不得擬爲上品。填詞家欲得好詞，惟先於"時間"上稍致意也可。

二二　余一鼇詞

無錫詞家余心禪居士，名一鼇，字成之，號心禪。係出浙衢開化之六都。生於道光戊戌八月二十五日，曾候選通判，有《楚楚吟》《覺夢詞》。其自序云："僕也頻年嬰疾，端憂鮮歡，戚抱西河，似亡若失。游閩之滬，終難排遣。壬午九秋，小寓吴門，樓居五旬，主人新有大故，昕夕所聞，無非高音楚語。屬當陰雨連旬，每值風雨撼窗，新寒警枕，耿耿中宵，茫茫百感，擁衾剪燭，輒占小詞。旬日間，凡得〔菩薩蠻〕若干首，名之曰《覺夢詞》。譬諸寒雁唳霜，荒鷄唱月，不知其然而然。柳泉居士所云：自鳴天籟，不擇好音，有由然矣。嗟乎，春歸花落，緬往事以言情；雲散風流，憶墜歡而索句。苟未免有情，亦復誰能遣此。曼吟短闋，不堪我破愁顔。郢拍巴歌，冀博君開笑口云爾。”其詞云：“宵來不覺清霜降，燕巢冷落烏衣巷。屏上鬥寒圖，蘆汀一雁孤。　當年歌舞地，花裏逢君醉。别夢憶瀟湘，瀟湘非故鄉。”又云：“思君不見迢迢鯉，夢中得句爲君起。携手憶河梁，月圓人影雙（好句，清澈便妙。）。　相逢須下馬，别泪臨岐灑。何處是歸程，低頭聞雁聲。”又云：“更殘門掩黄昏月，離愁空抱心如結。何處展雙蛾，聲聲唤奈何。　羅衾寒意重，重憶江南夢。陌上鷓鴣啼，憶君君未歸。”又云：“柳陰濃護秋千索，柳綿飛趁池塘角。去去作青萍，鴛鴦傍一生（好句，一氣如龍。）。　清明春有恨，錯怪東風剪。飛燕惜殘紅，飛來似告儂。”又云：“相思無懶拈紅豆，月明香鈿深深扣。絮語祝君前，人歸在雁先。　枕函蝴蝶夢，夢好應珍重。珍重可憐宵，宵長减瘦腰。（此半闋全以氣行，回環圓澈，玲瓏如弦語。）”又云：“琵琶隔舫瓜洲月，月明風静人離别。别意滿儂懷，懷中荳蔻胎。　郎如風漾絮，妾似花沾雨。雨細蝶飛遲，遲君楊柳枝。”又云：“梨花如雪吹香紛，眉痕低約愁相凖。不信夢無憑，子規三兩聲。　青山憐小别，紅豆無人拾。春燕又銜泥，故園花亂飛。”又云：“緑窗幽夢停紅燭，杜鵑檐外聲相續。又是雨廉纖，春歸人可憐。（好句，明白如話，自然極矣。）　青山無恙在，攬鏡朱顔改。何處去登臨，相思泪滿襟。”數首〔菩薩蠻〕，風格清逸，無書本氣，無道學禪和子氣，可傳之作也。其他名作，於江陰金桂生先生武祥所輯《粟香筆記》卷四中見之，略云：余成之（心禪）别駕，名一鼇，字心禪，爲楊蓉裳先生宅相。搜集楊氏遺著，集字印行。時丁杏舲司馬紹儀輯《詞綜補》，爲搜采校訂尤力。壬辰秋間過訪，携所著詩詞稿數卷，其〔虞美人〕云：“落花有限紅辭樹，一片濛濛絮。柳陰斜日子規啼，送客江頭别夢兩依依。　春來春去尋常過，欲話愁無那。香消酒醒不勝情，回首畫眉江上畫眉聲。”又云：“簾波似水粼粼縐，宕漾春風柳。香温茶熟夢初回，瞥見雙飛蝴蝶上瑶階。　　歸期我亦無憑準，笑指燈花問。緑窗紅燭夜深燒，斜月三更隔院聽吹簫。”〔臨江仙〕云：“春草夢回寒食路，馬蹄踏破芳菲。小樓一角鷓鴣飛，風光大好，誰道不如歸。　　盼到東風渾似剪，陌頭緑綻紅肥。碧波如鏡掩雙扉，重來燕子門巷似耶非。”又〔减字木蘭花〕云：“惜春滋味，寒食清明離别意。渺渺關何，猶有楊花趕著他。”又斷句云：“篋中檢點那時封，啼痕幻作桃花色。”又斷句云：“風雨横塘一葉舟，知君載得幾多愁。”又云：“夢更無聊醒更難，往事思量著。”又云：“便成好夢成何用，何況夢難成。”又云：“拚著腔綺恨付東風。”又云：“衹有飛來燕子替儂愁。”又云：“滿身花影數春星。”皆詞中妙句也。

（以上 1929 年 6 月 30 日第 25 期）

二三　今人填詞不知樂律

“曲宜耐唱，詞宜耐讀。耐唱與耐讀，有相同處，有絶不相同處。”此笠翁之名論也。究其所别，全在一字之音，至有妍媸。同爲一字，讀是此音，而唱入曲中，全與此音不合者，故不得不設身立想。製曲之時，一若置身歌榭，冰雪弦管中，曼聲相引。寧使讀時礙口，以圖利吻於歌場。此所謂耐唱也。至於詞，雖可拍以製歌，然近百年來，合諸家而不顧，即取一二成名之詞人所作，果謂可披弦管乎？古人製詞，先通樂律，今人填詞，并樂律而不知。則詞之宜於今人者，特爲吟誦而設耳。既爲吟誦而設，則當先求耐讀，耐讀之法，則又先求便讀。便讀者何？易上口也。《尚書》雖古，詰屈聱牙之病不免。長慶雖淺，聲圓音澈之譽可當。詩詞，抒性情者也。吾填得一詞，以待第二人或第三人之批評與賞鑒。使第二人，或第三人，讀吾詞，而知吾爲人，洞悉吾隱痛，瞭解吾性情，且認識吾個人之人生觀。此詞中之上乘，亦純文學之精品也。安有玄黄雜采，象膽獺肝，使一潔白無塵之心田，飾虚詞以千萬叠，用虚語以千萬折者乎？屈原作《離騷》，使後人知屈原之高潔；詩陶《咏貧士》，使後人知五柳之清趣。揆其所作，無不吹彼天籟，止乎衆心，清澈淡雅，耐人飫嚼。吾人填詞，雖不能遠期上擬屈生，并肩白石，然使讀者見之，覺一字一韵，都是通家見解。若然，方不負握管之苦心，所謂耐讀者即此也。填詞約分兩時期，先求聲調鏗鏘，爲第一時期。再求旨逸意遠，爲第二時期。格而言之：第一期即所謂求便讀也。第二期即所謂耐讀也。便讀之法，首忌韵雜，次忌音連，三忌字澀。填詞用韵，首以純正爲主。如東江真庚天蕭歌麻尤侵等韵，本來原純，不慮其雜。惟支魚二韵之字，嚨雜不倫。填詞時，非加選擇，難求聲適。支微齊灰，四韵合一，固覺穩宜。然四韵之中，齊微灰可合，支字全韵，究難皆合耳。支韵中如“之”“離”“斯”等字，與齊微等韵，若不調協。而支韵中之“披”“陂”“奇”“碑”等字，則與齊微灰韵，顯然相合，此種用法，端在填詞者把并州剪，有以匀裁者也。又如魚虞二韵，合之誠是。但一韵之中，先有二韵，魚中有諸，虞中有夫是也。盍以二韵之中，各分一半，使互相配合。與魚虞同音者合爲一韵，與夫諸同音者别爲一韵，如是則純之又純，無衆音嘈之患矣。如十三元一韵，“門”“根”“痕”“吞”等字，入真韵；“言”“軒”“喧”“猿”等字，入寒韵。此種分法，填詞家敢不云幸？湖上笠翁，曾言及此，聞有《詞韵》一書，惜未之見。此用韵不可過雜也，至於詞中不用韵之句，還其不用韵。切勿過於騁才，反得求全之毁。蓋不用韵爲放，用韵爲收。譬之養鷹縱犬，全於放處逞能。常有數句不用韵，却似散漫無歸，而忽用一韵收住者。此當日造詞人顯身手處，彼則以爲奇險，實則常技耳。欲得其妙，切記不用韵之數句，務使意連氣串，骨骼相銜，一波一瀾，層層相叠，趕至用韵處，戛然而止。其爲氣也貴乎長，其爲勢也利於捷。妙訣也。若不知其意之所在，飛黄不羈，朽索無形，東奔西馳。直待臨崖勒馬。韵雖收，而意不收，難乎其爲調矣。何謂音連？一句之中，連用音同之數字，如“先烟”“人文”“呼胡”“高豪”之屬，使讀者粘齒泥吻，期期艾艾，不勝其苦。安得好文？非特此也。二句合音，詞家所忌。如上句之韵爲東，下句之韵爲冬。東冬二字，意義雖别，音韵則同。讀之既不發調，且有帶齒粘喉之病。近人多有病此者。作詩之法，上二句合音，猶曰不可，矧下二句之叶韵者乎？何謂上二句合音？如律詩中之第三句與第五句，或第五句與第七句煞尾二字，皆用仄韵，若前後同出一音，如意、義，氣、契，斧、撫，直、質之類，詩中犯此，猶指重症，矧嚴格調律如詞者乎？至於字澀，尤爲詞人必剔之弊。夫琢句煉字，雖貴新奇，亦須新而妥，奇而確。妥與確，在意中不越一理字，在聲中不越一響字。若其不妥不確，匪特意晦，抑且聲澀。欲望句之驚人，先求理之服衆，字無理解，雖珠璣亦不過蟹口之沫耳。如黄庭堅之〔望江東〕有句云："更不怕江攔住"，"攔"字新穎，且極順適，脱易他字，便成頑鐵。蘇軾〔南鄉子〕云："破帽無情却戀頭"，"却"字雖非奇字，然插讀於此，無稍澀滯，用字之神，不得不佩服古人也。又如柳永〔兩同心〕云："鴛衾冷夕雨凄飛"，"凄"字雖奇，而置諸"飛"字上，究犯澀病，不若"零"飛、"柔"飛等字爲妙，且與下句"錦書斷暮雲凝碧"之"凝"字，不相鬥筍也。近人填詞，往往求一字之新奇，輒不顧其澀滯，蓋通病矣。填詞家欲得好詞，此病最當首刃。用字不澀，用韵不雜，用音不合，則清妙洞澈，如聞鍾球。然後於逸旨及幽情中求之，豈獨玉田、竹屋，不見於今日耶？

(以上 1929 年 7 月 14 日第 27 期)

二四　清人咏物詞最工

以詞咏物，清人最工。納須彌於芥子，自成别格。如厲鶚賦包頭咏〔皂羅特髻〕云："膠鬟攏罷，稱滑笏吴綃，折成如水。淺絙素額，更斜遮蟬翅。重窺鏡、非關怕冷，上頭最愛道隨時世。最宜淡溪。恁略施珠翠。　還把一痕綿擘，襯微微紅起。春愁困、莫教半卸，到殘妝、秀暈分明是。碧烟抹斷，看兩蛾尤細。"朱彝尊〔玉樓春〕《咏綉球》云："玉球綉出今番早，蝶翅蜂鬚迭回抱。一年一度雪成團，半雨半晴春未老。　者回上樹青猿報，合配醒紅香入腦。枝頭能得幾人憐，落地始知花亦好。”彭兆蓀〔惜紅衣〕《咏蘳》云：“畫裏移家，吟邊坐雨，病花曾賞。一稜苗肥，筠簾哈低障。秋風蜀道，能幾度、游仙來往。回想。烏菱紫芋，聽同敲吴榜。　　爬沙蟹上。良醖招邀，山厨搗微響。雛婭笑覷，怎忍擘紅掌。付與湅糟香漉，待化辣雲相餉。甚指尖齊斂，疑對柳家新樣。”又〔沁園春〕《咏火判》云：“蠢爾獰顔，也借光明，逞大神通。漸呿張一口，紅霞嚼爛，搜牢衆竅，赤舌燒空。透頂蓬蓬，熱中焰焰，炙手今番意獨雄。能火速，甚五花判事，有此威風。　　形容黄胖差同。道此腹膨亭不負公。倘延爲上客，何妨額爛，用吾下策，直欲心攻。變相圖開焰摩天，任莫是劉鑾塑出工。休相笑。衹與君頭惱様冬烘。”又〔沁園春〕《咏不倒翁》云：“莫笑龍鍾，顛而不扶，蹶然自興。任幾番壓捺，出頭須放，十分挫拗，强項偏能。老子婆娑，是翁矍鑠，隨意盤旋走不脛。如人柳，也一眠三起，態度盈盈。　　掀騰與世何争，訝封得泥丸抵死撑。便空空此腹，盡多消納，團團對面，故學逢迎。何處難眠，有時作劇，拚得浮生紙様輕。驚一跌，早虚空粉碎，蜕去枯形。”此兩作假物喻人，文學中之超然派也。詞家所謂空靈者即此。

二五　蒲江詞

《蒲江詞》，宋盧祖皋撰。祖皋字中之，一字次夔，號蒲江。登慶元五年進士。嘉定中，爲軍器少監。權直學士院。與閩人徐鳳并直北門時，慶澤孔殷，綸言遝布，祖皋爲樓鑰之甥，學有淵源，嘗與永嘉四靈以詩相倡和，然詩集不傳，惟可惜耳！祖皋抒思泉湧，工樂府，字字可入律吕，浙間多歌之。《四庫》中有《蒲江詞》一卷，約二十五闋。如〔西江月〕《中春》云：“燕掠晴絲裊裊，魚吹水葉粼粼。禁街微雨灑芳塵。寒食清明相近。　　謾著宫羅試暖，閑呼社酒酬春。晚風簾幕悄無人。二十四番花信。”收句清靈，如蜻蜓點水，寫意波瀾。綯之有紋，掠之無影者也。〔清平樂〕《春恨》云：“柳邊深院，燕語明如剪。消息無憑聽又懶，隔斷畫屏雙扇。　寶杯金縷紅牙，醉魂幾度兒家。何處一春游蕩，夢中猶恨楊花。”春蠶製繭，層次經綸，意遠絲長，而不爲絲所羈。予作《無題》詩有句云：“自把鳳釵剔鳳筭，有無情緒剥層層。”此境仿佛似之。〔謁金門〕《惜别》云：“蘭棹舉。相趁落紅飛去。一隙輕簾凝睇處。柳絲牽不住。　昨日翠蛾金縷。今夜碧波烟渚。好夢無憑窗又雨。天涯知幾許。”又《春思》云：“閑院宇。獨自行來行去。花片無聲簾外雨（好句。）。悄寒生碧樹。　做弄清明時序。料理春醒情緒。憶得歸時停棹處。畫橋看落絮。”句有神韵，極飄逸，而不失於浮。〔洞仙歌〕《茉莉》云：“玉肌翠袖，較似酴醿瘦。幾度重醒夜窗酒。問炎州。何事得許清凉，塵不到，一段冰壺剪就。　晚來庭户悄，暗數流光，細拾芳英黯回首。念日暮江東，偏爲魂消，人易老，幽韵清標似舊。正簟紋如水帳如烟（好句。），更奈向、月明露濃時候。”咏物之詩，最忌堆砌。托物以懷，又忌散漫，此作意融於辭，韵勝於質，允稱純璧。〔鷓鴣天〕《春懷》云：“纖指輕拈小硏紅。自調宫羽按歌童。寒餘芍藥闌邊雨，落香酴醿架底風。（好句。）　閑意態，小房櫳。丁寧須滿玉西東。一春醉得鶯花老，不似年時怨玉容。”翠羽金紈，藻麗明艷，前半收句，尤足取法。又《春暮》云：“庭緑初圜結蔭濃。香溝收拾樹稍紅。池塘少歇鳴蛙雨，簾幕輕回舞燕風。　春又老，笑誰同。澹烟斜日小樓東。相思一曲臨風笛，吹過雲山第幾重。”藻韵牟於上作，而格調尤上之。〔滿江紅〕《齊雲月酌》云：“樓倚晴空，炎雲净、晚來風力。滄海外、等閑吹上，滿輪寒璧。河漢低垂天欲近，乾坤浩蕩秋無極。憑闌干、衣袂拂青冥，知何夕。　登眺地，追疇昔。吴越事，皆陳迹。對清光衹有，醉吟消得。萬古悠悠惟月在，浮生衮衮空頭白。自騎鯨、仙去有誰知，遥相憶。”氣魄浩乎兩間，擬之於詩，雖青蓮卓爾於前，亦不減東坡興來之作。〔好事近〕《秋飲》云：“雁外雨絲絲，將恨和愁都織。玉骨西風添瘦，减尊前歌力。　袖香曾枕醉紅腮，依約唾痕碧。花下凌波入夢，引春雛雙鵪。”〔菩薩蠻〕《春思》云：“翠樓十二闌干曲，雨痕新染蒲桃緑。時節又黄昏，東風深閉門。　　玉簫吹未徹，窗影梅花月。無語衹低眉，閑拈雙荔枝。”又〔謁金門〕云：“香漠漠。低捲水風池閣。玉腕籠紗金半約。睡濃團扇落。　　雨後凉生雲薄。女伴棹歌聲樂。采得雙蓮迎笑剥。柳陰多處泊。”又云：“風不定。移去移來簾影。一雨池塘新緑净。杏梁歸燕并。　　翠袖玉屏金鏡。薄日綺疏人静。心事一春疑酒，病鳥啼花滿徑。”又〔清平樂〕云：“錦屏開曉。寒入宫羅峭。脉脉不知春又老。簾外舞紅多少。　　舊時駐馬香階，如今細雨蒼苔。殘夢不成重理，一雙蝴蝶飛來。(好句。)”小詞纖雅，都是詞人吐屬，無一字非推敲來者。其凝練處，如讀少陵晚年詩，愈嚼愈覺其味永，愈思愈知其律細。敲窗聽雨，掃榻看烟之餘，玩味再三，乃信昔人所謂詩雜仙心之語，却有十分見地也。詞曲同體，談詞往往及於曲。談曲者亦并詞而口稱之，理固然也。昨與銘馨君談及詞之變化不如曲，即引曲牌合譜者爲證，予然其説，更爲申述之於此：曲譜無新，曲牌名有新，蓋詞人好奇嗜巧，而又不得展其伎倆。故以二曲、三曲合爲一曲，以副獨穎之懷。在昔製者，不另名稱，衹以“犯”字加之。如本曲〔江水兒〕，而串入二别曲，則曰〔二犯江水兒〕。本曲〔集賢賓〕，而串三别曲，則曰〔三犯集賢賓〕。至如本曲〔簇御林〕，本曲〔錦地花〕，而串入别曲，則曰〔攤破簇御林〕〔攤破錦地花〕者，蓋以“攤破”二字概之也。其有熔鑄成名，不假犯、攤破等字者，如〔金索絡〕〔梧桐樹〕，是兩曲串爲一曲，而名曰〔金索挂梧桐〕。〔傾杯序〕〔玉芙蓉〕是兩曲串爲一曲，而名曰〔傾杯賞芙蓉〕。〔駐馬聽〕〔一江風〕〔駐雲飛〕，是三曲，串爲一曲，而名曰〔倚馬待風雲〕。此種取名，要在妙思綺合，名在理論之間。雖巧而不厭其巧也。其有衹顧串合，不詢文義之通塞，事理之有無，生扭數字，撮合而成者，則失顧名思義之體矣。更有以十數曲串爲一曲，而標以總名。如〔六犯青音〕〔七賢過關〕〔九回腸〕〔十二峰〕之類，渾雅可愛，僉足傳也。予謂串舊作新，終是末技。欲有獨到，端於文字音律間求之可矣。試觀詩餘之調，有幾許層巒叠巘者乎?

二六　以詞製謎者

有以詞製謎者，於《絶妙好詞》中見之。是書長洲沈桐威蕢漁所撰。其詞瑰麗筆贍，就詞之本身論之，已足睥睨不群，而所隱之謎，又復鐵畫銀鈎，絲絲入諦。敢謂數千年來，絶無僅有之製也。如〔浣溪沙〕云:“紅袖當爐首懶抬。梢頭荳蔻乍含胎。芳肌瘦盡爲誰來。　采伴雙携還小立，紅潮一綫又輕回。被他玉體半相握。”隱六才句一“早苔徑滑”。紅袖爐者，卓文君也，首懶抬者，去“卓”字之頭也，得“早”字。“荳蔻梢頭”謂草，芳肌瘦盡，意謂去“胎”字之“月”，合臺爲“苔”字。四句意射徑字，末二句射滑字。〔浪淘沙〕云:“折了柳腰身。密意重申。阿奴原是舊清門。明月橋邊傾蓋處，一夜横陳。　剪斷碧衫痕。懷姙三分。梁間燕語口難憑。唯願弄璋兼弄瓦，葉落歸根。”射六才“變做夢裹南柯”。柳腰指小蠻言，折了者，“蠻”字上半也，重申爲又，合爲“變”字。阿奴謂人，舊清門爲故，合爲“做”字。明月橋邊取“二十四橋明月夜”意，謂“夢”字上之苗也，傾蓋指宀言，一夕夜者一夕也，合爲“夢”字。剪斷衫痕，謂衣字分開也。懷姙三分者裹也，合爲“裹”字。梁間燕子取呢喃之意，口難憑去口也，喃去口得“南”字。弄璋者生男也，弄瓦者生女也，古謂一男曰丁，一女曰口，合丁與口爲“可”字。葉落歸根者指木言，加“可”爲“柯”。此作尤見巧妙。中以“夢”字、“柯”字之組成，爲有意趣。智珠在握，犀心自如，予謂此公有萬人不俱之聰明。

(以上1929年7月21日第28期、1929年7月28日第29期、1929年8月4日第30期)

二七　繆金源先生

予師繆金源先生，於一九二九年四月一日，與周瑛女士行結婚禮。一切儀式，力就簡潔，允稱婚禮改良之導者。有《定情集》刊於世，凡親友所賀佳什，無不親爲拱璧。集之首，有繆金源《結婚告親友書》一文，文云：午夜燈前，回想起三十年來的生活，怎禁得無限感慨！如今且説關於結婚這件事，我們中國的小孩，抱在手裹，甚至還在娘胎裹，他的父母便早早替他定婚。我十歲前，東鄰的王太太，西鄰的李奶奶，來議婚的也不知道有多少。然而照例應取决於關帝，我真該感謝的他老人家，每次都因他發下下籤否决了！十歲後，既進入學校，知識漸開，堅决主張婚姻自主。父母因我脾氣古怪，不忍加以强制，衹得聽其自由。我理想中的老婆，標準很高。記得揚州有一位朋友替我做媒，我給他一封長信，將我的理想發揮得淋漓盡致。末尾説：如果遇不到這樣的人，我寧娶梅花。一位桐城派古文家的老師看了這篇文章，很得意的批道：有道之言，超絶流俗。結處風流藴藉，足征高懷。然而理想終於理想罷了。自從進了北京大學，受新思潮的影響，越發主張自由戀愛。然而我們這班老實人，嘴裹盡管大嚷戀愛，實際并不進行，盡管關起門來做幾首情詩，填幾首情詞，實際男朋友已經很少，女朋友不用説了，有時候也遇到可以戀愛的機會，無奈因爲老實的緣故，機會又在面前輕輕的過去了。結果我已是將近三十歲的老孩子，仍然過我的獨身生活。一九二六年的夏天，我回到家鄉。那時候對於老婆的標準，早已降低。深深覺得夫婦衹有一個條件。衹要彼此能真切的瞭解。我的老師繆文功先生很熱心的替我介紹尤蓮清女士。也談過話，也通過信。在那年九月一日，寫了定婚書，蓋了圖章。十二月一日，尤女士反悔了。文功先生感覺很困難。我很慷慨的退還定婚書。我從此再不願談婚姻問題。前年秋天，來到杭州。承楊廉、斯倫兩先生，介紹我和周瑛女士做朋友。我們通信已有一年多，談話已有許多次。我們發生了真摯的愛情。我告訴他身體上有許多缺陷，他容忍了。我告訴他我有許多古怪的脾氣，特異的主張，他容忍了。我告訴他我家境清貧，又不會鑽營，將來衹能過窮生活，他又大度的容忍了。我們的性情，有許多地方很不相同，但我們已真切地瞭解。性情的不同，正可以互相調劑，性情的不同，將來必有同的一日。我們深信在學問上、德行上、生活上，彼此都有極大的互助。我們深信我們的愛，真摯純潔而久遠。我們定於四月一日，在杭州西湖飯店開始共同生活。我們反對一切野蠻的舊禮，尤其是反對所謂“文明結婚”。我們定婚結婚，都没有絲毫儀式。衹照一張相片，做個紀念。親友們送的東西，無論是洋錢，是衣料，是已經題字的書籍或用具，都一概退還。送文字的，無論是一個字，是一篇文章，是白話，是文言，都一概拜領。但望以信紙書寫不必表做對聯屏幅。將來編印成書，每人當各送一册。我敬愛的親友們，你一定贊成我們的主張，你一定能幫助我們，讓我們做一個婚禮改良的模範。(結婚的那天，在校上課如常。四時後，在西湖飯店候駕。一九二九年三月，在杭州第一中學第一部。）文情誠摯，故并書之。何丈伯雍爲填〔瑞鶴仙〕詞以賀之。其詞云：“奇才終有偶。幸早歲，緣慳直頭耽誤。悠悠三十許。記燕廛，游倦尚虚箕帚。意中新婦。似素娥、清寒耐否。不中程，寧娶梅花香影，一簾相守。　　又久朝辭溯漠，夕棹西湖，這回關紐。絲蘿牽附。天公月老無主。問名兒，一樣憐才意思，那不成琴瑟友。笑蓮清女史青盲，没福消受。”此詞空靈清逸，誠非以玉田、竹屋自目者。所可望其肩臂也。

二八　徐捷之瑣窗寒咏螢詞

徐弟捷之近以〔瑣窗寒〕《咏螢詞》見寄，詞云：“小渡朱樓，閑依井邑，又穿芳徑。香羅露濕，惹却小鬟相競。月朦朧，深庭暗過，舊時認得桐陰瞑。便隔簾閃爍，因風吹去，漫流不定。　　人静。良宵永，正促織吟寒，似星掩映。牽牛織女，謫到人間誰省。想伊人閑坐獨愁，玉屏香燼金鴨冷。且看他點點迷空，染亂清秋影。”予依調亦製一闋云：“珠便招涼，玉還凝露，天涯流夢。一年一度，半壁江山斷送。莽庭院説甚蒿萊，秋心和泪前生種。問相思紅豆，都來簾底，休藏扇縫。　　風動。滔人處，是萍隊波瀾，絮團賣弄。銅駝石馬，輪與今朝相較。聽荒鷄啼滿橋霜，曉燈斜月飄零共。者香痕撲假伊人，飛也應珍重。”昨讀《鳳孫樓詞》，亦有〔湘春夜月〕《咏螢》一首云：“近牆隈，暗螢飄墮蒼苔。卜玉團扇輕盈，簾外與低徊。暢好新凉院宇，正星星一點，照見金釵。却何曾識得，重門深鎖，飛上瑶階。　　羅袂無聲，蘭襟欲掩，殘月盈懷。花徑相逢，應尚記、王孫前度，緑遍章臺。冶游何處，問些時、可憶歸來。算衹待，到黄昏月黑，夢隨纖影，同覓天涯。”此作亦清新可誦。

（以上 1929 年 8 月 11 日第 31 期）

二九　詩詞曲之界甚嚴

詩詞曲之界甚嚴，由來説者，鮮有真確之辨斷。蓋詩語可入詞，詞語不可入詩。詞語可入曲，而曲語不可入詞。詞既求别於詩，又務肖曲中腔調。是曲不招我而我自往就，求爲不類，其可得乎？有同一字義而可詞可曲者，有止於在曲而斷斷然不可混用於詞者。試舉一二言之：如閨人口中之自呼爲妾，呼婿爲郎，此可詞可曲之稱也。若稍異其文而自呼爲奴家，呼婿爲夫君，則止宜在曲，而斷斷然不可混用於詞矣。如稱彼此二處，爲這廂那廂，此可詞可曲之文也，若略换一字爲這裏那裏，則又止宜在曲，而不可混用於詞矣。一字一句之微，即是詞曲歧分之界，不可忽也。且空疏者填詞，無意肖曲，而不覺彷彿乎曲，有學問人作詞，盡力避詩而究竟不離於詩。蓋一則苦於習久難變。一則迫於捨此實無也。欲爲天下詞人去此二弊，當令淺者就深，高高就下，一俯一仰，而處於才不才之間，詞之三昧，則得之矣。元人馬東籬《天净沙》小令云：“枯藤老樹昏鴉。小橋流水平沙。古道西風瘦馬。夕陽西下。斷腸人在天涯。”此詞人盛稱道。謂寥寥數語，深得唐人絶句妙境。實則氣魄有以司之耳。試觀其起首三句，何嘗有一動詞？所謂枯藤也，老樹也，昏鴉也，若不之相脉絡。小橋也，流水也，平沙也，若不之相貫串。古道也，西風也，瘦馬也，若不之相關繫。

顧展而讀之，歌而意之，嚼而味之，意而境之，則覺枯藤老樹上，盤無數之昏鴉也。小橋平沙間，有活活之流水也。古道西風中，嘶千百之瘦馬也。以下“夕陽西下”二句，作一烘托，便覺全幅生動，令人生塞上李陵之慨。真神品也。此與納蘭容若〔長相思〕之“夜深千帳燈”句法同一氣魄。《人間詞話》謂納蘭容若以自然之眼觀物，以自然之舌言情，此由初入中原，未染漢人風氣之故。與北齊斛律金之“天蒼蒼，野茫茫，風吹草低見牛羊”同一風格。惟吾怪馬東籬之《天净沙》，是否染漢人風氣也?

三〇　鳳孫樓詞

蘊隆蟲蟲，鑠石流金，冰雪藕絲，不足鎮舌。而扇之一物，反爲墨客吟咏之資。慧心雖矜，殊無妙製。昨讀《鳳孫樓詞》，有〔滿庭芳〕《咏摺扇》云：“研就濤箋，削成湘竹，憑誰剖破清陰。一番把玩，重與認羅襟。未許團圓容易，相思處、曲折難禁。更殘後，莫教分手，長遣伴清琴。　那年曾記得，晚妝卸罷，翠袖瑶簪。向藕花風裏，同坐更深。算是半輪明月，清宵永、難掩秋心。今休也，怕開深摺，題編斷腸吟。”又〔湘春夜月〕《咏芭蕉扇》云：“蹙冰紋，問誰却會裁雲。界上些兒羅綺，點綴忒輕匀。剪取緑烟一段，免西風吹落，到處紛紛。算齊紈難比，任他抛擲，都是君恩。　何年風雨，虚堂冷夕，孤館蕭晨。争信飄零。剩葉曾做，將深恨斷盡羈魂。而今試看，便團圓未展愁痕。空千結，把秋心收拾，瀟瀟休聽。伴我黄昏。”又〔滿庭芳〕《咏團扇》云：“剪取湘雲，裁成璧月，做成一片清陰。團圓如許，何處著秋心。伴取湘江泪竹，西風早、誰問情深。剛相趁，晚凉新浴，螢火上羅襟。　沉吟便與畫，乘鸞倩女，争禁塵侵。自玉纖抛後，又到而今。纔有一分凉意，更幾日、夢也難尋。還拚得，長門鎖斷，不買賦千金。”數作假物咏懷，慨當以慷，輕輕著墨，自得天人。譬夫車子囀喉，哀感頑艷。成連海上，能移我情。佳製也。

三一 朱淑真千古唯一恨人

朱淑真爲千古唯一才人，亦千古唯一恨人。蓋淑真以父母失審，所配非偶，在生已屬不幸。而身後微名，復遭此桑濮之厚誣，尤不幸者也。世傳朱淑真有文無行，乃因楊升庵《詞品》載〔生查子〕一闋“月上柳梢頭，人約黄昏後”語也。毛晋汲古閣刊之，遂跋稱“白璧微瑕”。然此詞實係歐陽修所作，載《廬陵集》第一百三十一卷。而毛晋又刻《宋名家詞》六十二種，此詞即在歐陽修集内，何以不於歐詞下注明，或直作淑真詞。一手所選，而不能互相證辯，已自亂其例矣。乃復貿然謂爲淑真之作，是亦魯莽之甚，而自干“欲加以罪，何患無詞”之詈名矣。且夫詞之作，當以本身爲單位，詞之選，則不能以本身爲單位。詩詞歌曲，皆描寫人生者也。描寫人生，當有自我之人生觀，而其中之喜怒哀樂，以及淫蕩貞正之殊，均能於詞中知之。而不能見之。知與見，有殊也。知爲意忖，見爲意得。古之人，描寫其隱憂幽痛者，類皆使人讀而知，斷不能使人讀而見。屈原之《離騷》，梁鴻之《五噫歌》，左思之《咏史》，陶淵明之《咏貧士》，在在皆抒其伊鬱内藴之所不已於言者也。顧揆其所作，有一直以本身之隱事入吟者乎？淑真之詞，亦猶是也。淑真即有桑濮之瑕，吾意斷不能自視爲宜，且斷斷然不能以之入於詞，而發爲文章也。是作詞時，當以本身爲本位，决不能明以不能示人之事，出之詞而示於人也。選詞者，不能以選者自身爲單位，當以作詞者本身而致思，試思當日之朱淑真，果能以自身之瑕，欲廣播之而傳於世耶？且其詞何謂也？其詞曰：“去年元夜時，花市燈如晝。月上柳梢頭，人得黄昏後。
今年元夜時，花市燈如舊。不見去年人，泪濕春衫袖。”明白如話，直一幅幽會圖也。以善交工韵之朱淑真，安得有此種手筆？此意極易明析，吾不解當時作是説者，亦曾入鷄林而探寶笈否也？又按《四庫全書》中收朱淑真《斷腸詞》一卷，計二十七首，内〔生查子〕二首，係“寒食不多時”及“年年玉鏡臺”兩闋，并無“去年元夜時”一首。《總目提要》，謂係本洪武抄本，是可知淑真本無此詞也。嗚呼！蘭忌當門，痛煩冤之何已？苕還稱璧，奈饒舌之徒然。吾爲淑真呼冤，而爲吾國文藝界呼恨矣！

三二　填詞最忌隸事多

填詞最忌隸事多，隸事多，則真情沉悶，詞而無情，則一堆零金碎玉耳！以詩言：白居易、吴梅村，皆以歌行傳於世。而以《長恨歌》之壯采，所隸之事，衹“小玉雙成”四字，才有餘也。梅村歌行，則非隸事莫辨。白吴優劣，於此可見。宋詞隸事少，清詞隸事多，故清詞終不如宋詞也。近人之詞，雖力易清人之短，而靈活之氣，終不及宋詞耐讀！時代有以然之耶？

三三　竹枝詞本詞中小調

竹枝詞本詞中小調，似容實難。古今作者雖多，而稱意者獨少。湖上笠翁有《春游竹枝詞》十二首。其一云：“新裁羅縠試春三，欲稱蛾眉不染藍。自是淡人濃不得，非關愛著杏黄衫。”吴梅村評云：“淡人濃不得，讀之三日口香。”確論也。今之作竹枝者，非上就於詰，即下流於浮，僅選此作，爲作者榜之。

（以上 1929 年 8 月 18 日第 32 期、1929 年 8 月 25 日第 33 期）

三四　煉詞功夫在“一氣如話”四字

千古好文章，衹是説話，而多之乎者也數字耳。約而言之：自來絶妙筆墨，無不一氣如話。非然者，其文之佳，雖至於不可言之度，亦不過零球碎玉，大珠小珠落玉盤，言氣脉尚不足，矧復求性情於其中耶？前人以一氣如話四字，贊之於詩，詩以言志，言爲心聲，固足當是語也。詞者，較詩尤深刻一層，細緻一層，抒情展藴，説景紀事，無一不較詩爲生動，故作詞之家，尤當於一氣如話四字，載錘載煉，研幾極精，下一番功夫，得一番經驗，而後於詞之囿，庶乎盡之。一氣者何？脉絡相銜接也。如話者何？雖文而不文也。一氣則少隔絶之痕，如話則無隱晦之弊。高挹群言，優游案衍，靈襟獨寫，餘味曲包。所謂吉甫作頌，穆如清風。仲山甫咏懷，以慰其心，最得雅人深致也。惟是文人至於能填詞，於學已有五六分成熟，高傲自假，矜其所長。或輕肆以爲才，或襞積以爲學，或詰屈以爲古，或激壯以爲雄。不知竅啓者乃窘於篇，彼則拖泥而曳水也。綞獵者乃嗇於典，彼則標黄而滂紫也。醷暗者乃弱於氣，彼則建奏而鯨鳴也。優息者乃殫於力，彼則瀦水而壅壞也。彼以爲於詞之一道，矻矻然力之所及，兢兢然心之所至，無所不窺矣！安知彈隋侯之珠，射千仞之雀，所持者重，而求者輕。雙鷄供膳，何如取洎以餐也？此法作詞，終不是詞人之詞。蓋墨海何深，一棹不足得其涯涘，正軌不獲，宜其相背而尋也。吾嘗謂愈是有學問人作詞，愈當於一氣如話四字加以琢磨。欲問其法，先列以明之：小令如秦觀之〔海棠春〕云："流鶯窗外啼聲巧。睡未足把人驚覺。翠被曉寒輕，寶篆沉烟裊。　宿醒未解宫娥報。道别院笙歌會早。試問海棠花，昨夜開多少。"此詞起句先言流鶯之啼，啼而驚人覺，覺後則翠被寒輕，寶篆烟裊矣。斯時也，宫娥來報，所報者，别院已笙歌矣，乃轉悟睡起之遲，試問海棠花，昨夜又紅了多少也？張先之〔青門引〕云："乍暖還乍冷。風雨晚來方定。庭軒寂寞近清明。殘花中酒，又是去年病。　樓頭畫角風吹醒。入夜重門静。那堪更被明月，隔牆送過秋千影。"此詞起句謂乍暖乍冷，是風雨初定時也。其時清明已近，而殘花又如去年之零落矣。不特此也，樓頭畫角，因風吹遞，益助愁懷。乃轉思入夜或得安静，安知明月皎白，把秋千影又送過牆頭也。蘇軾之〔鳳栖梧〕云："春事闌珊芳草歇。客裏風光，又過清明節。小院黄昏人憶别。落紅處處聞啼鴂。　咫尺江山分楚越。目斷魂消，應是音塵絶。夢破五更心欲折。角聲吹落梅花月。"此詞爲春事闌珊，客裏之風光，已過清明節矣。小院黄昏，客情凄冷，憶别時正落紅處處聞啼鴂之景也。乃自念江山咫尺，楚越一方，目斷魂消，音塵迴絶，愁腸轆轆，五更夢醒，心猶欲折！側耳聽之，角聲已吹落梅花月矣。中調如范仲淹之〔鬢雲鬆〕云：“碧雲天，黄葉地。秋色連波，波上寒烟翠。山映斜陽天接水。芳草無情，更在斜陽外。
黯鄉魂，追旅思。夜夜除非，好夢留人睡。明月樓高休獨倚。酒入愁腸，化作相思泪。”此詞謂碧雲黄葉，點染秋色，秋色連波，波上之寒烟亦翠。襯以斜陽之山，斜陽外，更有一遍無情之芳草也。此景凄凉，有客感慨。黯鄉魂，追旅思，無時或已也。夜夜除非好夢留人，不作是想。明月照樓之時休倚，酒莫澆愁，蓋愁極重，飲一滴酒，是多一滴相思泪也。秦觀之〔江城子〕云：“西城楊柳弄春柔。動離憂。泪難收。猶記多情，曾爲繫歸舟。碧野朱橋當日事，人不見，水空流。　韶華不爲少年留。恨悠悠。幾時休。飛絮落花時候、一登樓。便做春江都是泪，流不盡，許多愁。”此詞謂因楊柳之弄春柔而動人離憂，憂以至於泪難收也。所憂者何？猶記多情曾爲繫歸舟也。碧野竹橋當日之事，今則水空流而人不見矣。於此知韶華不爲少年留，恨悠且遠，不知幾時休也。飛絮落花時，登樓一望，春水緑波，横目千里，便都化泪，亦流不盡許多愁耳！長調如李清照之〔鳳凰臺上憶吹簫〕云：“香冷金猊，被翻紅浪，起來慵自梳頭。任寶奩塵滿，日上簾鈎。生怕離懷别苦，多少事、欲説還休。新來瘦，非干病酒，不是悲秋。　休休，這回去也，千萬遍陽關，也則難留。念武陵人遠，烟鎖秦樓。惟有樓前流水，應憐我、終日凝眸。凝眸，從今又添一段新愁。”此詞謂香冷金貌，被翻紅浪，伊人起矣。伊人有愁，雅不自解，雖寶奩之塵滿，簾鈎之日高，亦慵自梳頭也。伊所愁者，離懷别苦也，多少事，欲説還休！以至不病酒不悲秋，而新來之肌容瘦矣。不堪再言，滿懷辛酸。即此次之離别，雖千萬遍陽關，也則難留。念武陵人遠，烟鎖秦樓。惟有樓前流水，應我憐終日凝眸也。一凝眸處，則又添一段新愁矣。周邦彦之〔瀟湘夜雨〕云：“樓上寒深，江邊雪滿，楚臺烟霧空濛。一天飛絮，零亂點孤篷。似我華顛雪頳，渾無定漂泊孤踪。空凄黯，江天又晚，風袖倚蒙茸。　吾廬猶記得，波横索練，玉做山峰。更短坡烟竹，聲碎玲瓏。擬問山陰舊路，家何在水遠山重。漁蓑冷，扁舟夢斷，燈暗小窗中。”此詞描寫雪景，起句謂覺樓上之寒深，知江邊之雪滿，楚臺之烟靄空濛也。對此一天飛絮，零亂點孤蓬時，頗悲己身之華顛雪頹，而漂泊無定踪也！空凄黯江天晚矣，惟風袖倚蒙茸耳！當此之時，吾廬猶記得，是素練横波，寒峰嵌玉景也。短坡烟竹，玲瓏聲碎，更助幽趣！乃擬問山陰舊路，水遠山重，家何在耶？思及此，覺漁蓑頓冷，扁舟夢斷，小窗燈暗矣。以上所選諸詞，譯爲短文，簡峭可愛，有時直用原文，不加增減，亦自成格，可知詞人之詞，自然生動氣如話。非後世別入魔蹊，强玄爲黄者可比。細審諸作，自得妙諦。按此法爲詞，水到渠成，如丸走阪，芙蓉六月，自暈胭脂，鶯鸝三春，便工舌巧。爐火純青之期也。兹述一簡便之法學者庶勿忽之。求詞之一氣，必須認定開首一句爲主，第二句之材料，不用别尋，即在開首一句中想出，如此因因而下，牟尼一串，直至結尾，不求一氣而一氣矣。填詞之如話，則在作詞之家，於秉筆走紙時，勿作文字作，且勿作填詞作，竟作與人面談，又勿作與文人面談，而與妻孥臧獲輩面談。有一字難解者，即爲易去，深恐因此一字模糊，使説話之本意全失，此求如話之方也。三年學詞三年煉詞，昔人數數言之。吾謂三年煉詞之功夫，盡在一氣如話四字上也。

（以上 1929 年 9 月 1 日第 34 期）

三五　詞之有格韵

以“格韵”二字評詩詞，自昔然也。“格”是品格，“韵”是風韵，二者萬不宜混，抑亦不可混耳！詞之有格韵，如骨之於肉，雨之於風，擬之六法，則格是筆廓，而韵是墨彩也。擬之醫治，則格是關蜇，而韵是支蘭也。擬之擊技，則格是内堅，而韵是外運也。相輔相依，表裏至映，稍滯其用，則純金亦頑鐵而已。予讀古人詞，每以格韵相約鑒，粗定其略，分别列述。弃膚抉髓，斂志詣微，味有等於嘗黿，稍無嫌夫斷鶴。未可以“毁舟爲杖，毁鍾爲鐸”作墨言也。古詞人品格之佳，要以太白之“西風殘照，漢家陵闕”爲最高。餘如白石之“二十四橋仍在，波心蕩冷月無聲”，雖不及太白，而清逸極矣。其他如晏殊之“樓頭殘夢五更鐘，花底離愁三月雨”。蘇軾〔南鄉子〕之“酒力漸消風力軟，颼颼。破帽多情却戀頭”。秦觀之〔鵲橋仙〕“柔情似水，佳期如夢，忍顧鵲橋歸路”。陸游之〔夜游宫〕“獨夜寒侵翠被，奈幽夢不成還起，欲寫新愁泪濺紙”。秦觀〔踏莎行〕之“可堪孤館閉春寒，杜鵑聲裏斜陽暮”。蘇軾〔鳳栖梧〕之“夢破五更心欲折，角聲吹落梅花月”。王安石〔漁家傲〕之“茅屋數間窗窈窕，塵不到，時時自有春風掃”。陸游〔賣花聲〕之“賀監湖邊，初繫放翁歸棹，小疏林時時醉倒”。孫浩然〔離亭燕〕之“悵望倚層樓，寒日無言西下”。孫洙之〔河滿子〕“目斷連天衰草，夜來幾處疏砧”。白石之“數峰清苦，商略黄昏雨”。張先之〔謝池春慢〕“綉被掩餘寒，畫幕明新曉，朱檻連空闊，飛絮舞多少”。吴文英〔愁春未醒〕之“東風未起，花上纖塵”。吴文英〔惜秋華〕之“細響殘蛩，傍燈前似説深秋懷抱”。秦觀〔滿庭芳〕之“高臺芳榭，飛燕蹴紅英”。辛弃疾〔聲聲慢〕之“翠華遠，但江南草木，烟鎖深宫”。辛弃疾〔雨中花慢〕之“馬上三年，醉帽吟鞍，錦囊詩卷長留。悵溪山舊誉風月新收”。史達祖之“烟光摇縹瓦，望晴檐風裊，柳花如灑”。周邦彦〔鎖窗寒〕之“桐花半畝，静鎖一庭愁雨”。吕聖求《東風第一枝》之“老樹渾苔，横枝未葉”。王安石〔桂枝香〕之“征帆去棹斜陽裏，背西風酒旗斜矗”。辛弃疾〔念奴嬌〕之“剗地東風欺客夢，一枕雲屏寒怯”。程正伯〔木蘭花慢〕起句之“倩嬌鶯婉燕，説不盡，此時情”。周邦彦〔拜星月慢〕之“念荒寒寄宿無人館，千門閉，敗壁秋蟲嘆”。柳永〔雨霖鈴〕之“寒蟬凄切，對長亭晚，驟雨初歇”。“今宵酒醒何處，楊柳岸，曉風殘月。”吴彦章〔春從天上來〕之“舞徹中原，塵飛滄海，風雪萬里龍庭”。白石之“高樹晚蟬，説西風消息”。辛弃疾〔永遇樂〕之“白髮憐君，尋芳較晚，捲地驚風雨”。梅舜俞〔蘇幕遮〕之“落盡梨花春事了，滿地斜陽，翠色和烟老”。秦觀〔望海潮〕之“柳下桃蹊，亂分春色到人家”。賀鑄〔望湘人〕之“厭鶯聲到枕，花氣動簾，醉魂愁夢相半”。周邦彦〔一寸金〕之“望海霞接日，紅翻水面。晴風吹草，青摇山脚”。史達祖〔内家嬌〕之“紅樓横落日，蕭郎去，幾度碧雲飛”。周邦彦〔大酺〕之“對宿烟收，春禽静，飛雨時鳴高屋”。毛滂〔八節長歡〕之“波濤何處試蛟鼉，到白頭猶守溪山”。陸游〔雙頭蓮〕之“華鬢星星，驚壯志成虚，此身如寄”。馮延巳〔蝶戀花〕之“庭院深深深幾許，楊柳堆烟，簾幕無重數”。李後主〔浪淘沙〕之“流水落花春去也，天上人間”。〔臨江仙〕之“子規啼月小樓西，玉鈎簾幕，惆悵暮烟垂”。白石〔淡黄柳〕之“空城曉角，吹入垂楊陌”。葉夢得〔醉蓬萊〕之“一曲陽關，斷雲殘靄，做渭城朝雨”。白石《琵琶仙》之“十里揚州，三生杜牧，前事休説”。麟聲讀書過少，綜所讀古人詞，足以言品格者，若斯而已。至於依品下格，忖格求神，反失纖細。總之有品格者自不凡同，無待吾輩規規焉競阿好也。詞之有風韵者：以“紅杏枝頭春意鬧”及“雲破月來花弄影”爲最佳，著一“鬧”字、一“弄”字，則境界全出矣。他如康與之〔浪淘沙〕之“夜過春寒愁未起，門外鴉啼”。秦觀〔憶王孫〕之“雨打梨花深閉門”。吴鼎芳〔七娘子〕之“南浦遥看，西樓頻上，天涯衹在心窩嵌”。韵在一“嵌”字。晏幾道〔臨江仙〕之“相尋夢裹路，飛雨落花中”。杜安世〔朝玉階〕之“無風輕絮墮，暗苔錢”。韵在一“暗”字。賀鑄〔青玉案〕之“試問閑愁都幾許。一川烟草，滿城風絮，梅子黄時雨”。極跌極宕，如舟行三峽。秦觀〔千秋歲〕之“春去也，落紅萬點愁如海”。張先〔師師令〕之“蜀彩衣長勝未起，縱亂霞垂地”。韵在一“縱”字。〔百媚娘〕之“緑皺小池紅疊砌，花外東風起”。韵在“皺”“疊”兩字。辛弃疾〔祝英臺近〕之“是他春帶愁來，春歸何處。又不解帶將愁去”。冷雋婉約。蘇軾〔洞仙歌〕之“但屈指西風幾時來，又不道流年，暗中偷换”。超然機趣。柳永〔柳腰輕〕之“顧香砌絲管初調，倚輕風佩環微顫”。韵在“顧”“倚”兩字。吴文英〔愁春未醒〕之“若耶門閉，扁舟去懶，客思鷗輕”。清逸淡雅。周邦彦〔滿江紅〕之“背畫闌脉脉悄無言，尋棋局”。冷雋。趙長卿〔燭影摇紅〕之“酒醒人静，月滿西樓，相思還又”。淡情如水。王元澤〔倦尋芳〕之“海棠著雨胭脂透”。新警。王觀之〔慶清朝慢〕“晴則個，陰則個，餖飣得天氣有許多般”。韵在“餖飣”兩字。吴文英〔珍珠簾〕之“還近緑水清明，嘆孤身如燕。將花頻繞。細雨濕黄昏，半醉歸懷抱”。冷峭。史達祖〔雙雙燕〕之“愛貼地雙飛，競誇輕俊”。韵在“貼”字“誇”字。皎然〔高陽臺〕之“平明幾點催花雨，夢半闌欹枕初聞”。清嫻澄净。白石之〔眉嫵〕“明日聞津鼓，湘江上，催人還解春纜”。水流花放，其境得似。史達祖〔綺羅香〕之“臨斷岸新緑生時，是落紅帶愁流處。記當日門掩梨花，剪燈深夜語”。情文并至，格韵雙絶，此作獨可兼之。周邦彦〔解連環〕之“燕子樓空，暗塵鎖，一床弦索。”韵在“空”字下置一“鎖”字。尹礀民〔一萼紅〕之“却恨閑身，不如鴻雁，飛過妝樓”。所謂取淡於濃，得平於險。鄧光薦〔疏影〕之“客來欲問荆州事，但細語岳陽樓記。夢故人剪燭西窗，已隔洞庭烟水”。導思清研。辛弃疾〔摸魚兒〕之“算衹有殷勤，畫檐蛛網，盡日惹飛絮”。宕逸以取致。約舉以盡情。毛滂〔新雁過妝樓〕之“江寒夜楓悲落，怕流作題情腸斷紅”，哀感頑艷。黄機〔乳燕飛〕之“過横塘試把前山數，雙白鷺，忽飛去”悠然神往。温庭筠〔菩薩蠻〕“雙鬢隔香紅，玉釵頭上風”及“藕花秋色淺，人勝参差剪。”綺麗明艷。韋莊〔菩薩蠻〕之“騎馬倚斜橋，滿樓紅袖招”及“此度見花枝，白頭誓不歸”風流藴藉，而“滿樓紅袖招”之“招”字，尤有神韵。馮延巳〔蝶戀花〕之“日日花前常病酒，不辭鏡裏朱顔瘦”及“百草千花寒食路，香車繫在誰家樹”。妙得輕清兩字訣。歐陽修〔采桑子〕之“飛絮濛濛，垂柳闌干盡日風”。委婉有致，澄潔無扮。至於李後主之〔浪淘沙〕〔虞美人〕〔相見歡〕〔玉樓春〕諸作，竟體雋逸，麗而不溺，密而不纖。蓋情至之文，如水到渠成，山動秀生。情生文耶？文生情耶？天人兼到之作也。言風韵此爲冠矣。

（以上 1929 年 9 月 8 日第 35 期、1929 年 9 月 15 日 36 期、1929 年 9 月 22 日第 37 期）

三六　李敦静詞

南京李敦静先生，致函於予，詞旨撝謙，足征養到功深，篤學士也。函中極贊拙作，於拙論“一氣如話”四字，尤示同心。聲不敏，遥蒙厚褒，載忭載笑。李君近作〔鳳凰臺上憶吹簫〕一闋，雖初試，頗可觀。起句“對酒當歌，將愁供恨”頗見氣勢。惜全幅未純璧稱耳。如收句“……征塵外，蘆花似雪，一望無垠”稍嫌整滯。予妄易爲“……征塵外，蘆花散雪，似髮難簪”率爾操觚，要爲知己者道也。近閲周氏《詞辨》，有一則極功於初徑詞學者，僅録之以實予話，兼爲李君進寸愚焉。“初學詞求空，空則靈氣往來。既成格調求實，實則精力彌滿。初學詞求有寄托，有寄托則表裏相宣，斐然成章。既成格調，求無寄托，無寄托則指事類情，仁者見仁，智者見智。北宋詞下者，在南宋下，以其不能空且不能寄托也。高者在南宋上，以其能實且能無寄托也。南宋則下不犯北宋拙率之病，高不到北宋涵渾之旨。”名言掀奥，下筆如鑄。

三七　風花雪月泉題詞

風花雪月泉，宋鑄。直徑一寸七分，“風花雪月”四字，爲蔡京所書。背作秘戲圖，故又稱秘戲泉，相傳爲壓勝之用。無錫華漁史藏，後歸袁寒雲君。寒雲一代詞宗，瓊什久播，曾譜〔漢宫春〕以題此泉云：“精鑄當年，看蔡京書逕，雪月風花。纖纖斂指，約束還認天家。烏銅竟底，算分明吐渥無遮。依約見，傳經素女，玉臺金鼎丹砂。　　菩薩風流璅骨，更佛雲歡喜，相秘登伽。何如洗兒舊事，艷説些些。巫山一角，盡安排雨逗雲斜。應選取，傳摹萬本，他年定作圖詩。”江都方地山先生題以〔齊天樂〕云：“風流少打皆歡喜。花紋鬥新如此。雪卧山中，月來林下，人約黄昏偎倚。團圓無比，縮影烏銅。迷樓鏡裏。肉好分明，盈盈私處盡墳起。　觀寧宣政制度，瘦金佯御筆。波折蘇米。狎客腰纏，宫娃雜佩，艷説蔡京字體。流傳樣子，看著手成春，洛陽選紙。和墨團綿，一雲閉料理。”意有未盡，又題二絶云：“風花雪月蔡京書，香殿春泉百不如。此是人間歡喜佛，眼皮供養最憐渠。”“零雲拓本已希奇，女手纖纖更合宜。真是美人贈金錯，老夫欲續四愁詩。”諸作皆婉好。

三八　玉屑詞

《玉屑詞》，近人朱芷青所作。詞極清雅，惟俳句灸近於詩中偶聯，便覺濁氣多而清氣少。好句如〔南鄉子〕《咏鷄冠花》云：……“風雨鬥無休，衹欠啼聲向曙流（流字新警有味。）。翠羽花冠栖少樹，昂頭，似訴霜階萬古愁。”〔清平樂〕《咏白蓮》云：“粉雲香冷，淡到波無影。”九字已將白蓮之神韵攝住。〔踏莎行〕《咏鳳仙花》云：……“嬌痕彈上指尖霞，秦樓莫道仙緣淺。”翻空而言，便有晶瑩之致。〔鷓鴣天〕《咏茉莉》云：“……風露盈懷句也香。”警策。〔少年游〕《咏舊劍》云：“平津曾見老龍蟠，挂壁尚生寒。鑒少風胡，求無薛燭，深夜倚燈看。　侯門自笑鋏輕彈，利想截鴻難。回首年時，白虹宵吐，飛夢斬樓蘭。”千古壯愁，慨乎言之，惜“鑒少”一聯嫌詰屈耳！〔行香子〕《蓼花》云：“……看穗含烟，節抽雨，影摇風。……有久藏魚，閑飛蝶，遠歸鴻。”句雖藻整，而含藴中别有韵致，亦巧於用字者！〔驀山溪〕《對月》云：“……萬里絶纖雲，直照得銀河淡了。”疏落淡净，明白如話。〔燭影摇紅〕《咏梅影》云：“……徘徊自賞，詩魂悄引，句隨香度。”身依清禁，抽此秘思，取况幽妍，寄懷綿邈。〔沁園春〕《咏五時花》云：“迎門處，更薰風披拂，文朵蒲絲。”艾而曰朵，而蒲曰絲，皆極新極妙。〔沁園春〕《咏長命縷》云：“……行吟地，看毫揮五彩，自避蛟龍。”豹尾鞭石，收句奇響。前調《咏辟兵符》云：“……願天涯劍氣，盡化青蒲。”羌有餘意，花紅未半之境也。〔念奴嬌〕《月夜讀周叔昀太史東鷗詞》云：“周郎我友，羡當年顧曲，此才無匹。自譜東鷗居士句，紙上玉簫聲徹。風月閑愁，江湖浩感，催老瀛洲客。詞壇幟樹，幾番壓倒元白。　果見淮海樓頭，髯翁一去，公可參其席。我亦豪狂歌水調，欲葉龍宫仙笛。鐵撥音雄，瓊窗彩艷，夢裏都心折。和君誰聽，仰空遥駐凉月。”古音別操，靈響自結。烟墨資其稿飫，元儒養其惠心，是文人之詞也。〔念奴嬌〕《秋日登樓書感》云：“醉倚危欄，閑提吟管，四顧乾坤窄。”有雄氣。〔滿江紅〕《新秋》云：“溽暑無涯，曾幾日、西風又也。深院外、井梧一葉，悄然而下。揮羽久殊人褦襶。披襟倍覺天瀟灑，望銀河、不見有波痕，衹雲瀉。　琴伫月，開軒迓。早染埃，關門謝。料吴蒓知我，亦相思者。篋笥詎嗟紈扇弃，漁樵自喜蓬窗話。笑飽經、風露説高蟬，吟偏啞。”超然物表，自得天機，擬之馬東籬《秋興》一套，則伯歌季舞也。〔滿江紅〕《咏照像》云：“應是媧皇，恨摶土、成難再肖。將借爾、鬼工靈巧，教傳形貌。藥乞一圭顔便駐，毫添寸楮神都到。任虎頭、金粟影如生，輸兹妙。　誰撫石，三生較。疑印月，千潭照。算籬筌鏡像，古皆輕造。境好不妨雲水淡（好句。），姿新更比丹青耀（好句。）。且分摹、倩作百東坡，臨流笑。”意境極新，足征學參變化。〔瑞鶴仙〕《重陽後二日作》云：“暮凉添幾許。已過了重陽，又催風雨。吟詩更無緒。看飄梧掩砌，敗荷盈渚。征鴻驟語。但解説隨陽意苦。問誰知萬里清霜，有客闌干獨撫。　望處處一般蕭索，一種牽縈，一番凄苦。孤懷漫吐。剩自把吴鈎舞。但愁雲盡解，華燈再照，許唱樽前金縷。且任他往日紅娥，悴同青女。”性情之言，發爲藻韵，是品中之最清最高者。詞中俳句，難於跌宕得趣，不難於整麗明艷。要於簪花格子中，不失其龍伸蠖屈珠解泉紛之妙，斯正難耳。《玉屑詞》詞中偶句，即病於此，有極佳之詞，因一二偶句，壅塞其氣，致乏空靈。兹檢一二，以見一斑。予之録此，期乎初心，誠以研究爲正鵠，非故暴同道也。如〔臨江仙〕之“清閑花作友，蕭灑竹封侯”。〔好女兒〕《自嘲》之“相少鳶肩，名牽鷄肋，品愧龍頭”。雖非偶句，而以俳法出之，故僻獨。〔沁園春〕《咏五時花》云：“令節成圖，頻誇綺綉。良辰鬥草，互炫珠璣。”又《咏辟兵符》之“走馬爲歡，游會躪柳。登高辟惡，佩久囊萸”。〔滿江紅〕之“世事喚回蕉鹿夢，文章泣盡珠鮫雨”。皆以詩法入詞，故稍痍惡焉。

三九　學詞須學器

《古今詞曲品》謂：“學詞不學器，與不學等。蓋其所作詞，必不能入樂。無論其造句如何佳妙，要亦不過文章家之駢散文耳。”語固精審扼要，顧期之今世，填詞之家，有幾工是説者乎？所謂學器，即知音也。音韵聲律，又有不同。考律者衹知十二律，二十八調等宮調之原理，而究其某宮須用何種聲音之字配之，則未能確指而明言也。樂工則衹知工尺等字，不復考其工字屬何律？尺字屬何律？第按譜吹聲，於節拍無差，即爲能事矣。而究其工字應用何種聲音之字，配之乃合，亦茫然如聾聵耳！而韵學家衹以四聲辨韵，問其某韵合於宮譜管色中之何字，則亦惟有茫對者。惟音學家獨能以四聲辨五音，以五音配管色，以管色求律吕。故詞曲家必知音，知音者，學器之初仞也。

（以上 1929 年 9 月 29 日第 38 期、1929 年 10 月 6 日第 39 期）

四〇　林琴南詞

林琴南先生，一代名家，雄於文章，詩畫亦妙絶。惜不常覯！而詩餘尤靳所見。昨檢舊存《瀚海》，有署名枰君者，刊一則載畏盧詞一首。其詞附於林譯小説《迦茵小傳》中，詞係〔買陂塘〕，并小序，清俊之至！序云：“秋氣既肅，林居寡歡，仁和魏生時時挾書，就予談譯。齋舍臨小橋，槐榆蒼黄，夾以殘柳。池草向瘁，鳴蟹四徹。寥然不覺其詞之悲也。回念身客馬江，與王子仁譯

《茶花女遺事》，時則蓮葉被水，畫艇接窗。臨楷嘆喟，猶見弗懌。矧長安逢秋，百狀蕭瑟，而《迦茵》一傳，尤爲美人碧血，泌夫詞華。余雖二十年庵主，幾被婆子燒却。而亦不能無感矣。爲書既竟，仰見明月。涉筆窗間，却成此解。"詞云："倚風前、一襟幽恨。盈盈泪珠成瘿。紅瘢腥點鴛鴦翅，苔際月明交頸。魂半定。倩藥霧茶雲，融得春痕凝，紅窗夢醒。　甚恨海波翻，愁臺路近。換却乍來景。樓陰裏，長是紅幽翠屏。消除當日情性。篆紋死後依然活，無奈畫簾中梗。聊試省，碧潭水，阿娘曾蘸桃花影。商聲又警。正蘆葉飄蕭，秋魂一縷，印上畫中鏡。"詞清瑩雋永，所謂洗却鉛華畫牡丹，格雖艷而色不艷者，斯於南唐後主之詞，三折其肱也。

四一　集姜白石詞聯語

歷來集詩文爲聯語者極多。獨於詞，鮮所及焉。蓋詞參差其句，崢嶸其氣，截章取句，嫌其不串耳。前讀《南金雜志》，觀黄秋岳爲梅蘭芳所畫便面，録近集姜白石詞聯語若干首，雋妙天成，真神構也。愛不釋手，轉示友好，僉以録入予話爲宜，循衆議，書於此。其一云："叠鼓夜寒，白頭歌盡明月。寫經窗静，此地宜有詞仙。"［自注：吾於光緒癸卯，始徙家宣南坊，居無何，仲舅北來，設榻東厢。輒出張臯文《詞選》，授吾吟諷，始知倚聲之趣。今垂三十年矣。前年歸省舅於虎節河沿，净室三楹，奉仙人甚虔，寒夜月明，白髮趁趄，行歌故如昔也。因集白石老仙詞句，寄奉左右。(上聯)：玲瓏四犯，念奴嬌。(下聯)：喜遷鶯慢，翠樓吟。］其二云："最可惜一片江山，算空有古木斜暉，舊游在否。更何必十分梳洗，致凝想明珰素襪，雙槳來時。"［自注：昔歲征車南指，爲白下之游。晨登豁蒙樓，北極閣，近覽莫愁，平瞻鍾阜，想像六朝金粉之盛。其後躡屐春申，數詣建業，嘆息江山之美，以爲宜有紫髯吴兒，因緣坐領。兵機既動，蟠據者遂大有人。而氣度殊卑，偷安天塹。江水滔滔，爲減色矣。湖緑有靈，盧家少婦，應有桂棹蘭槳，自來自往，必不流眄兹輩也。(上聯)：八歸，江梅引，淒凉犯。(下聯)：解連環，慶宫春，琵琶仙。］其三云："象筆鸞箋，明年定在槐府。玉人金縷，何堪更繞西湖。"（自注：西湖之美，以春爲最。吾於丙寅花朝後二日入杭州，自臨平西南，山色如蛾緑，如中酒。既至湖上，飲於壺天春，坐有孑民、卡魯、鈞任、爾和諸公。約爲天目之游，辭以未能。其明年北返京師，爾和索觀南游詩，并書吾詩中世間海上一聯相貽，因集石帚詞以報。）其四云：“戍樓吹角，猶厭言兵，憶別庾郎時，甚而今不道秀句。小舫携歌，有人應喜，常恐英兒覺，等恁時再覓幽香。”［自注：乙丑嚴冬，遵海入閩，氣候乃如北地初秋。顧里人久苦兵革。日暮與舜卿登於山，城中炊烟四合，及聞笳吹間作，愀然嘆息而已。歲闌覓舟洪山橋，江魚擊鮮，船娘勸酒。溯流至金山寺，望旗山，心目怡曠，未嘗有也。别吾鄉又三年，吟問疏闊，故里寒梅，何日重訊？離思山積，乃集此聯，寄舜兄福州。（上聯）：凄凉犯，揚州慢，卜算子，法曲獻仙音。（下聯）：瑞鶴仙影，水龍吟，卜算子，疏影。］其五云：“玉笛無聲，還記章臺走馬。琵琶解語，况有清夜啼猿。”［自注：薊門烟柳，隨處關情。二十年間，惱亂人腸者，不止曲中聞折柳也。自甲子以還，鋒鏑頻仍。胭脂坡前，春風盡矣。所余怡賞者：獨有舞榭歌場。梅派奔走天下人，亦二十年。中有玉霜踵起，務以幽誕哀咽動座客。論者比之曹穆善才，然程生過悲，非宫音也。（上聯）：夜行船，探春慢。（下聯）：醉吟商小品，清波引。］其六云：“唤起淡妝人，曲曲屏山，細灑冰泉，湘竹最宜欹枕。追念西湖上，疏疏雪片，緩移箏柱，歌扇輕約飛花。”［自注：吾少居北平，而心念江國。以爲江以南不惟春物奇麗，即恢臺之夏，亦足銷娛。童時住玉尺山房，修竹沁泉，石床莞簟，一一可使冰肌玉骨，清凉無汗。至今猶在心目。近年攬勝，仍無出西湖右者，沉醉青山，淡黄楊柳，哀絲豪竹，烟波畫船，亦可跌宕忘老。兵革阻憂，潘鬢皆霜。欲追賦昔游，而未能也。集白石詞竟，悵然累日。（上聯）：法曲獻仙音，齊天樂，惜紅衣，摸魚兒。（下聯）：凄凉犯，玉梅令，石湖仙，琵琶仙。］其七云：“楊柳嬌痴未覺愁，簾寂寂，夢依依，爲君聽盡秋雨。鴛鴦獨宿何曾慣，浪粼粼，荷冉冉，誰解唤起湘靈。”［自注：集白石詞爲對聯，師曾舊最擅長。辛壬間，師曾數出白石斷句就商，當時不以爲意。今春多暇，自捉搦對仗，乃知匠心之苦。師曾故有聯云：“紅乍笑，緑長嚬，早與安排金屋。引凉飆，動翠葆，誰解唤起湘靈。”隽妙天成。然如吾此聯，亦不易摸索得之耳。（上聯）：卜算子，鷓鴣天，小重山令，念奴嬌。（下聯）：鷓鴣天，隔溪梅令，驀山溪，湘月。］以上七聯，無不玲瓏便妙，悠然神邈，信是得心應手之作。

四二　楊雲史、邵次公菩薩蠻詞

李太白之〔菩薩蠻〕，以激壯豪放之筆出之，自是千古絶調。以後作者，如何籀之“南園滿地堆輕絮，愁聞一霎清明雨。雨後却斜陽，杏花零落香。　無言匀睡臉，枕上屏山掩。時節欲黄昏，無聊獨倚門”。（此詞周氏《詞辨》畫爲庭筠所作，姑依《草堂詩餘》。）秦少游之“蛩聲泣露驚秋枕，羅幃泪濕鴛鴦錦。獨卧玉肌凉，殘更與恨長。　陰風翻翠幌，雨濕燈花暗。畢竟不成眠，鴉啼金井寒”。又云：“金風簌簌驚黄葉，高樓影轉銀蟾匝。夢斷綉簾垂，月明烏鵲飛。　新愁知幾許，欲化絲千縷。雁已不堪聞，砧聲何處村。”黄叔旸之“南山未解松梢雪，西山已挂梅梢月。説似玉林人，人間無此清。　此身元是客，小住娱今夕。拍手憑闌干，霜風吹鬢寒”。孫巨源之“樓頭尚有三通鼓，何須抵死催人去。上馬苦匆匆，琵琶曲未終。　回頭凝望處，那更簾纖雨。謾道玉爲堂，玉堂今夜長”。張子野之“哀箏一弄湘江曲，聲聲寫盡湘波緑。纖指十三弦，細將幽恨傳。　當筵秋水慢，玉柱斜飛雁。彈到斷腸時，春山眉黛低”。陳克之“赤欄橋盡香街直，籠街細柳嬌無力。金碧上青空，花晴簾影紅。　黄衫飛白馬，日日青樓下，醉眼不逢人，午香吹暗塵”。又云：“緑蕪牆繞青苔院，中庭日淡芭蕉捲。蝴蝶上階飛，烘簾自在垂。　玉鈎雙語燕，寶甃楊花轉。幾處簸錢聲，緑窗春夢輕。”辛弃疾之“鬱孤臺下清江水，中間多少行人泪。西北望長安，可憐無數山。　青山遮不住，畢竟東流去。江晚正愁予，山深聞鷓鴣。”以及温庭筠之“小山重叠金明滅”五闋，韋莊之“紅樓别夜堪惆悵”四闋，均流於綺麗倩秀中。欲求太白之元門胎淳，已不可得。有清之納蘭成若，以時代環境之薰染，稍有一二典型遺模，雖可觀，特不多耳。近人作者，猶以摛藻揚芬，挹葩嵌艷爲能事，然清靈超逸，足補古人之短。常熟楊雲史著有《玉龍詞》。所填〔菩薩蠻〕小令極多，如：“香衾重叠春雲熱，梨花慘澹吴宫月。紅豆發枝枝，江南腸斷時。　玉屏燈影薄，雲髻頽香膊。簾外起東風，殘鶯啼落紅。”又云：“鳳凰弦上聞愁語，明朝滋味孤舟雨。含泪出離筵，蓬鬆雲兩肩。　夜寒深閉閣，沁透鴛鴦薄。無力倚東風，長亭紅雨中。”又云：“啼鶯攪碎梨花夢，曉風殘月郎珍重。相送過欄杆，小山花雨寒。　黄鸝枝上語，語語關情緒。樓上正相思，江風吹柳絲。”又云：“狐裘馬上春寒重，胡笳吹破妝樓夢。斜月轉荒溪，子規山上啼。　征鴻千里去，客予同行路。金谷鎖鴛鴦，輸他春夢長。”又云：“吴山月落霜華瀉，夢魂悄近西廊下。紅燭水晶簾，玉人對雨眠。　相逢驚又問，露滴啼紅損。疑是夢中逢，夢中知夢中。”又云：“碧蕪狼藉春烟薄，蜻蜓飛上秋千索。人影柳絲扶，畫橋紅雨疏。　花心斜日劈，絮脚香泥濕。獨自倚雕欄，滿樓重叠山。”又云：“屏山曲曲春寒折，薔薇月冷黄鸝噎。醉酒出重門，黄昏微有雲。　玉簫鸞鳳曲，深院鳴蝙蝠。牆外碧塵飛，玉郎歸未歸。”又云：“洞房窈窕眠鸚鵡，畫廊零落酴醿雨。日暮上紅橋，紅橋春水高。　憶郎當日去，握手來斯處。含泪訂歸函，郎雲三月三。”又云：“羅巾慼叠愁紅濕，春帆過盡無消息。無限夕陽山，桃花春水寒。　黄昏紅撲朔，翠羽香階啄。斜月挂山頭，小樓人自愁。”又云：“海棠結束紅星小，博山香澀香燈悄。風起杏花稀，開門聞馬嘶。　郎歸春夜短，水閣檀雲暖。門外草連空，亂山殘月中。”又云：“狂愁閑逐江流去，東風閑逐江頭絮。春酒月明中，杜陵花又紅。　高樓情脉脉，瓊怨和誰説。宛轉七香車，落英風裏斜。”又云：“銀屏半掩重門静。玉環冷落無人省。故國夢闌珊，梨花斜月寒。　秋千風外動，小閣春寒重。簾外落花輕，曉鶯殘夢輕。”又云：“天涯触目傷心處，孤飄寥落揚州路。回首夢鄉關，江南秋月殘。　秋江何所有，惟有芙蓉秀。欲去采芙蓉，芙蓉零亂紅。”又云：“春流滚滚催帆去，鷓鴣聲裏長亭路。酒後怯春寒，江南無限山。　東風愁渺渺，芳草長安道。日薄柳如烟，鳳城寒食天。”（此闋“鷓鴣”句與“芳草”句嫌複。）又云：“簾櫳新月銀鈎静，蕭蕭秋浪鴛鴦醒。相對泣香紅，野塘風露中。　興亡多少話，湘瑟彈紅謝。妃子不知愁，華清宫裏秋。”又云：“江南秋夢鷗邊冷，淡烟斜月籠秋影。深夜聽風摇，露珠江面抛。　愁臨水裏鏡，鏡裏臨愁影。（用兩“影”字，或梨棗之誤。）鴻雁正來時，思君知不知。”又云：“罘罳不障飛花影，碧雲無力春空冷。月白霧迷迷，五更蝴蝶飛。　此時愁不語，萬里人何處。北斗挂樓梢，吴江生暗潮。”以上録集中詞十數首。於哀感頑艷中，更得雋峭兩字訣。所謂骨肉停勻，多力豐筋，如幗國鬚眉，柔媚中别有剛勁氣者也。蔣廷黻評云：“填詞自毗陵諸老出而其道始尊，嘗聞吕庭芷先生述皋文、北江緒論，耑主澀字。於靈芬館不甚許可，以其過於流動，失之滑也。是卷沉鬱頓挫，深得澀字三昧。”所謂“澀”者，凝練峭拔之意也。無氣魄人爲詞，易流靡弱。矧小令之格局已非長槍大戟，森然磨戛之調，而可以情感挪之耶？邵次公亦有〔菩薩蠻〕十二闋之作，録之以見今日之詞風。其一云：“盤龍鏡裏嬌塵起，桃花染遍東流水。持泪問春寒，人生相見難。　玉階朝復暮，千騎東方去。此意總成虚，還君明月珠。”其二云：“高樓雉雊長安道，葳蕤深鎖蛾眉老。吹過五更風，畫堂春夢濃。　笙歌開别院，燕子時相見。河水送春潮，靨紅從此銷。”其三云：“漢宫秋冷仙娥下，玉笙吹徹初長夜。萬户月朧明，有人眠未成。　畫闌雙挂樹，仙掌芙蓉露。朱鳥不歸來，綺窗紅扇開。”其四云：“章臺街上纖纖柳，寶釵樓上纖纖手。街上少行人，攀條持贈君。　贈君楊柳色，報以雙飛翼。比翼向天涯，柳條吹暮花。”其五云：“西陵松柏風吹雨，銅臺白日聞歌舞。香冷繐幃深，新禽啼故林。　六宫誰第一，傾國傾城色。不見雒川神，襪羅生暗塵。”其六云：“燕池花落青春晚，鳳凰飛去簫聲遠。侍女貼宫黄，回身羅帶長。　銅龍催夕漏，斗帳東風皺。驄馬不聞嘶，珠簾寂寞垂。”其七云：“鷄翹春草鳬翁濯，秦桑三月枝枝緑。織錦幾時成，秋風蜻蛚鳴。　鹿盧千百轉，井上朱絲短。誰唱鹿盧歌，玉繩低曙河。”其八云：“湘靈鼓瑟無人聽，洞庭木落秋風冷。何處寄明珰，微波千里長。　暮雲生極浦，日日神靈雨。回首見巫山，夜深幽夢殘。”其九云：“西江月落啼烏起，吴王沉醉深宫裏。弦管不關愁，宫門梧葉秋。　五湖雙畫槳，越客千絲網。桃李可憐春，浣紗何處人。”其十云：“江南蓮葉田田小，采蓮人唱江南好。秋思滿黄嬴，涉江風露多。　鴛鴦眠枉渚，叠舸凌波去。游子惜紅衣，夜凉垂手歸。”

十一云："虹梁陌上車如水，青絲白馬誰家子。解道惜朱顔，不知行路難。　　錦屏紅蠟燭，花底移寒玉。揮手弄箜篌，月明纖雨頭。"十二云："年年惆悵秦樓别，夢回又過中秋節。歲暮擔忘歸，雲羅無雁飛。　　遠山青歷歷，芳草春風色。芳草映征袍，馬蹄前度驕。"次公先生此作，知得力於十九首者不少。綿邈其音，如聆空山之瑟；澄懷體物，勝探海上之琴。負聲有力，振采欲飛，渾脱瀏漓，尤足爲是詞厚也。以上録楊雲史、邵次公二先生〔菩薩蠻〕都數十首，綺麗豐縟，導思清妍，雖少病於藻腴，而秋江楓錦，别饒清氣，以是見今日詞風之未盡頽也。

（以上 1929 年 11 月 3 日第 43 期、1929 年 11 月 17 日第 45 期、1929 年 11 月 24 日第 46 期）

四三　笠翁無詞不新

補庵論詩，謂："文藝者，時代之元培，而非以追隨時代者也。建安黄初之間，詩之天地，若寶藏初啓，隨手拾之，皆自瑰瑋。吾人讀陳思集，覺其眼前語意，都成絶響。阮步兵《咏懷》諸作，雜入市井流行語，而在古人發之，皆屬妙諦。後之人，寧不爲之，若仿爲之，則嚼蠟矣。且遑論後人，即晋末（指劉宋。）間人，已須自下一番磨洗功夫。試取陶謝之詩，與《古詩十九首》之語意相近者，互參而對照，則晋宋時人，已有我生不古，天然妙文，都被古人先我而有之之嘆！是以二三百年而詩體一變，凡物皆然，不獨詩也。安有跼蹐於轅下，猶規規於聲律氣息中討生活，不出山色江流，雨重雲輕之故轍，四五百年，而不能自辟一新天地如今日者乎？"補公此説，蓋有慨於今日之詩界而發也。夫文字莫不貴新，所謂詩有天地者，新之謂也。文藝中，不獨詩然。倚聲尤甚。不新可以不作，意新爲上，語新次之，字句之新又次之。所謂意新者，非於尋常聞見之外，别有所聞所見而後謂之新也。即在飲食居處之内，布帛菽粟之間，盡有事之極奇，情之極艷。詢諸耳目，則爲習見習聞。考諸詩詞，實爲罕聽罕睹。以此爲新，方是詞内之新，非齊諧志怪，南華志誕之所謂新也。人皆謂眼前事，口頭語，都被前人説盡。焉能复有遺漏者？實則遺漏者正多，説過者未嘗盡其涯涘耳。試觀唐宋明初諸賢，既是前人，吾不復道，衹據眼前詞人論之，如董文友、王西樵、王阮亭、曹顧庵、丁藥園、尤悔庵、吴薗次、何醒齋、毛稚黄、陳其年、宋荔裳、彭羡門諸君集中，言前人所未言而又不出尋常聞見之外者，不知凡幾。由斯以譚，則前人常漏吞舟，造物盡留餘地。奈何泥於“前人説盡”四字，自設藩籬，而委道旁金玉於路人哉？詞語字句之新，亦復如是：同是一語，人人如此説，我之説法獨異，或人正我反，人直我曲，或隱躍其詞以出之，或顛倒字句而出之，爲法不一，昔人點鐵成金之説，我能悟之。不必鐵果成金，但有惟鐵是用之時，人以金試而不效，我投以鐵，鐵即金矣。彼持不龜手之藥，而往覓封侯者，豈非神於點鐵者哉？所最忌者，不能於淺近處求新，而於一切古冢秘笈之中，搜其隱事僻句，及人所不經見之字，入於詞中，以示新艷，高則高，貴則貴矣！其如人之不欲見何？此湖上笠翁論詞之深識也。方邵村評云：笠翁著述等身，無一不是點鐵，此現身説法語也。予更進其説而窮之。所謂新者：當以個人言，不當以衆人論。蓋天地之大，何奇不有？風雲草木，盡態極妍，喜怒哀樂，隨人而别。不能以一己之獨悟，免爲萬象之南針，故曰詩詞所以淑陶性情，瀝攄胸臆，文字貽人，求後世之揚子雲以流傳之，則文藝之源，不致枯涸而斷其流也。詩詞均有境，即詩之天地，詞之天地之謂也。斯境也，謂其大。大而括八弦，範两間，一萬一千峰，九野十一島，不足盡也。謂其小，小而現於眼前，達於耳外，而盤旋於方寸之間，納須彌於芥子，現玄猿於棘端，未見渺也。隨心而生者，隨心而宅。隨心而興者，隨心而度。此人之所以能詩詞，而詩詞之所以有境也。古今詩詞作者，不下千萬，而人各一境，人各一格，絶無相同而毫忽不異者，於是新不新之界出焉。柯亭之竹，見美於邕；海上之琴，引情於俞。同聲相應，同氣相求，同心之言，烈於金石，固其説也。吾境吾詞，不期然而然，爲汝之所不能道，且爲汝所欲道而未有所道之術者，則汝見吾詞，必躍然起，抵掌而呼曰：“何境之新也?”此之所謂新，斯真新耳。笠翁謂詞中有最服其心者：“雲破月來花弄影”郎中是也。有蜚聲千載上下而不能服强項之笠翁者，“紅杏枝頭春意鬧”尚書是也。“雲破月來”句，詞極尖新，而實爲理之所有。若紅杏之在枝頭，忽然加一“鬧”字，此語殊難著解。争鬥有聲之謂鬧，桃李争春則有之，紅杏鬧春，予實未之見也。此説偏於臆見，足征新之於詩詞以及他項文藝，不易走筆立訓，劃爲界説。端在作者之妙手偶成，而讀者之靈心冷釋耳！清之詞家，若笠翁所舉，固多新警之作，而有有一代之詞壇林幟，求其新穎卓出者，猶不免不推重笠翁。笠翁之詞，無詞不新，真所謂不新可以不作。出奇制勝，爲千古有數之風格。兹因篇幅關係，略録小調，以覘片玉。如〔搗練子〕《惜花》云：“花片片，柳絲絲。天爲春工費不貲。一歲經營三日盡，直呼風作蕩家兒。”又云：“紅未盡，緑先濃。同倚芳柯鬥錦叢。命不由人空妒葉，一年秋盡始凋風。”〔搗練子〕《春景》云：“藏麝腦，熄沉烟。蘭忌薰香寶鴨閑。好夢衹教蝴蝶共，常移一榻卧花前。”〔憶王孫〕《苦雨》云：“看花天氣雨偏長。徒面青青薜荔牆。燕子秋寒不下梁。惜時光。等得晴來事又忙。”胡彦遠評云：“詞貴乎真，事又忙三字，無人肯道。”又《山居漫興》云：“不期今日此山中。實踐其名住笠翁。聊借垂竿學坐功。放魚鬆。十釣何妨九釣空。”又云：“似儂才可住蒿萊。四壁蕭然雪滿腮。日日柴門對賊開。賊偏乖。道是才人必少財。”〔如夢令〕《春怨》云：“無緒無懷心孔，何故忽生煩冗。花瓣乍飛時，燕子銜來驚恐。情種情種，知是東皇作俑。”又云：“綉户常年深鎖。不到花時猶可。多事怪花叢，故故與人相左。雙朵。雙朵。切莫開時向我。”又云：“春似人情難據。賺得花開思去。此際是光風，轉眼便成飛颶。堪慮。堪慮。屑紫霏紅如鋸。”〔風流子〕《贈月》云：“最喜多情明月，夜夜伴儂孤孑。雖不語，似聞聲，光是嫦娥精血。照人親切。如在廣寒宫闕。”〔長相思〕云：“轉秋波，定秋波。轉處留情定揣摩。

芳心待若何。蹙雙蛾，展雙蛾。蹙似陰霾展太和。看來好意多。”〔河滿子〕《感舊》云：“記得流螢天氣，有人愛拍輕羅。月下吹簫忘夜短，晏眠好夢無多。紅日三竿補漏，清風一覺成魔。”又云：“記得雪深三尺，有人煨芋忘眠。素靄每從歌口出，教人誤作香烟。寒暑未停絲竹，温和肯廢箏弦。”吴梅村評云：“寒時吐氣，有如白虹，常事也。却未經人道。”〔生查子〕《入春苦雨至人日始晴》云：“春來第一朝，纔睹温和氣。簾捲出餘寒，沁入梅香細。　新鳥試如簧，珍重聲無幾。滿院未開花，盡作縱横計。”〔生查子〕《閨人送别》云：“樽中酒已空，去解青驄馬。慘殺此時情，泪重渾難灑。　欲不看登程，送别胡爲者。覷上寶雕鞍，不覺心如剮。”方邵村評云：“剮字極俚。而用之甚雅。所謂字新也。”〔生查子〕《春閨》云：“春來樂事繁，也忌芳心冗。欲待不看花，無奈金蓮勇。　最喜上秋千，又怕郎心恐。前度墜香階，曾代將心捧。”吴梅村評云：“兩副情腸，一筆畫出。”《賀聖朝引》《春朝送客》云：“草連春水水連雲，送王孫。一片桃花路不分，好迷津。　到處有詩君莫懶，及芳辰。歸來不是舊行人，雪紛紛。”〔昭君怨〕《贈友》云：“無故去家十里，結個茅庵近水。兒女盡相抛，對離騷。　有客尋來懶見，屋後開門一扇。潛步入鄰家，且看花。”〔春光好〕《本意》云：“春光好，見芳叢。互相蒙。妙在桃花能緑，柳能紅。　織錦尚嫌繁雜，畫山終欠玲瓏。天意不隨人弄巧，自然工。”顧梁汾評曰：“忽作宋儒語，天然妙絶。”〔女冠子〕《秋夜懷人》云：“夜深獨嘯，驚得滿林鴉噪。爲何來。記起歌三叠，難忘酒一杯。五年愁雁絶，十度見花開。知他貧欲絶，愧無財。”馮青士評云：“財字爲詞家所忌，笠翁用之最雅。有此妙術，何鐵不金？吾不能不垂涎此指。”〔點絳唇〕《閨情》云：“小立花前，噥噥唧唧同誰語。萬聲千句，同病憐紅雨。　見有人聽，一半留將住，佯推故，連花帶土，逐瓣將來數。”〔浣溪沙〕《題三老看雲圖》云：“家在雲中不識雲。偶來山下送游人。同看不覺自消魂。　看去既成雲世界，原來身住錦乾坤。而今纔識下方貧。”又云：“一姓人衣五色裳。午時又變曉來妝。蒼天不止一痕蒼。　不信但觀先後色，與君坐此待昏黄。昏黄又是一家鄉。”又《夢裏渡江》云：“倦起婆娑事未諳。秋山如醉復如憨。與人相對止相堪。　睡處正酣淮北酒，醒來身已在江南。長房縮地藉風帆。”〔菩薩蠻〕《江干夜泊懷諸同人》云：“秋林霧捲松如沐，孤舟雅伴漁人宿。風逐晚潮生，波痕皺月明。　今宵天共水，清透詩人髓。所恨衹孤吟，凄凄和遠砧。”又《元宵喜晴》云：“昨宵拚坐今宵雨，今宵不道能如許。甘受至愚名，籌陰誤得晴。　罰予金谷酒，滅我談天口。從此衹拚愁，歡娱誤到頭。”又《歌兒怨》云：“歌喉不合清如溜，含羞耐怯當筵奏。最苦遇周郎，低徊眼一雙。　爲憐無可顧，却似聲聲誤。衹爲貌中看，翻令曲受冤。”何醒齋評云：“怨詞那得如此香艷？又絶不用一艷字，所以爲佳。”又《舞女怨》云：“生來不令腰如綫，貪慵怯舞將誰倩。一度試霓裳，花枝一度狂。　盡言風擺柳，柳困君知否。香汗透輕羅，淋漓却爲何。”後半意穎句新，極藴藉之能事。又《巧婦怨》云：“芳心不合明如鏡，百端交集由天性。巧是拙之奴，何妨受厥辜。　所嗟諸事巧，不博些兒好。無米飯能炊，無緣唱莫隨。”以至理言怨，是詞中别開生面者。又《才姬怨》云：“生人不合生彤管，無才何處分長短。彩筆較金針，爲功孰淺深。　可憐十八拍，徒受琵琶厄。妒殺似鳩兒，鴛鴦睡起遲。”激裂纏綿，兼而有之。又《月下聞簫》云：“中庭露下凉飔徹，湘簾雖挂渾如揭。非近亦非遥，誰家吹洞簫。　竹音嬌似肉（好句。），想見唇如玉（好句。）。何處借人教，多念應四橋。”詞中“竹音”二句，真空前絶後妙思妙文，予於笠翁，撫臆虔敬矣。〔卜算子〕《咏榆莢錢》云：“詩眼俗春朝，到處迷阿堵。夷甫從來口不言，一任空中舞。　拾起細評論，改性從商賈。翻怪東皇不愛錢，抛擲同泥土。”其二云：“沽酒正無憑，榆莢飛將至。絶細蠅頭寫一行，權當開元字。　莫道不流通，效用從今始。柿葉蕉書盡可珍，何况錢爲紙。”又云：“不鑿鄧家山，幻出通神具。買盡韶光未破慳，衹道千年聚。　儼是富家翁，人喚摇錢樹。一旦春歸守不牢，陣陣飛將去。”又云：“從未睹錢飛，枉却青蚨號。此際迎風祗一呼，子母齊來到。　莫作杳然觀，虚實曾相較。試問銅山鑄盡年，可是空頭鈔。”四首意警詞新，一掃千古套襲之習，足爲咏物詞之先覺作品。〔巫山一段雲〕云：“何處繁弦絶，誰家綺席翻。歌聲遥似隔重山，妙在有無間。　爲感金風驟，遥憐翠袖寒。不知於我甚相干，却爲惜更闌。”後半詞入化境，所謂一往情深者此也。〔減字木蘭花〕《閨情》云：“人言我瘦，對鏡龐兒還似舊。不信離他，便使容顔漸漸差。　裙拖八幅，著來果掩湘紋縠。天意憐儂，但瘦腰肢不瘦容。”余澹心評云：“寧教身敝，不願色衰，情至語，誰人解道?”又《惜春》云：“春光九十，風風雨雨將過七。餘日無多，屈指纔伸即便過。　東皇有意，暫放花神舒口氣，必欲摧殘，零何掃如一夜删。”尤展成評云：“宛是閨中憤恚語。”又《閨怨》云：“黄昏至矣，露濕欄杆徒自倚。何處留連，衹看杯中不看天。　但償酒債，聽爾來遲儂不怪。所慮清談，座客成雙少第三。”杜于皇評云：“刻畫至此。”又《對鏡》云：“少年作客，不愛巔毛拚早白。待白巔毛，又恨芳春暗裏銷。　及今歸去，猶有數莖留得住。再客三年，雪在人頭不在天。”末句神明獨運，韵意雙絶。陸麗京評曰：“此等調，真堪獨步。宋人以後，絶響五百年矣。”又《聞雁》云：“數聲嘹嚦，釀雨生風寒淅淅。貼近茅檐，影度空階落素蟾。　有人憐你，壓背霜濃飛不起。好覓蘆汀，勉强孤凄待曉行。”清逸之作。又《悔春》詞其一云：“春光太富，似馬離繮收不住。怪煞東皇，散有爲無不善防。　早知今日，緑遍郊原紅寂寂。何不當時，且許鮮葩放一枝。”其二云：“鶯聲太巧，催得百花抽似草。等得花殘，囁囁枝頭舌也乾。　早知易老，不應賤却啼聲好。終日間關，悦耳詞多也類繁。”其三云：“東風太驟，易盛花枝還易瘦。薄露微陽，祗許嫣然不許狂。　此時還在，縱減芳姿餘故態。何至茫然，不怪群芳祗怪天。”其四云：“識春太晚，雪隱梅花人亦懶。待捲簾時，粉褪香銷看已遲。　紛紛桃杏，又爲支床游蹭蹬。病起開殘，青帝空過又一番。”四首標題用“悔春”字樣，已屬新奇，矧論其詞之綺柔耶？熊元獻評云：“悔字妙絶，此題一出，和者紛紛矣。”吴念庵評云：“四闋如燕語鶯啼，不嫌繁絮。所謂汝正傷春，我又悲秋耳！”

（以上1929年12月15日第49期、1929年12月22日第50期）

四四　夢窗詞

《夢窗詞》，宋吴文英著。刻本極多，間多謬誤。予讀吴詞，係歸安朱氏無著厂校刊本，尚精確。至毛晋本及杜文瀾本，則一失之不校，舛謬致不可勝乙；一失之妄校，每并毛刻之不誤而亦改之。朱氏本首載諸家校識語，擇録之，以見諸本之病在何處也。毛晋識云：“或云《夢窗詞》一卷，或云凡四卷，以甲乙丙丁厘目。或又云吴君侍從吴履齋諸公游，晚年好填詞，謝世後，同游集其丙丁兩年稿若干篇，厘爲二卷，末有〔鶯啼序〕，遺缺甚多，蓋絶筆也。與予家藏本合符，既閲《花庵》諸刻，又得逸篇九闋，附存卷尾。山陰尹焕序略云：求詞於吾宋，前有清真，後有夢窗，此非焕之言，四海之公言也。”毛晋又識云：“余家藏書未備，如四明吴夢窗詞稿，二十年前，僅見丙丁兩集，因遂授梓，蓋尺錦寸綉，不忍秘諸枕中也。今又得甲乙二册，但錯簡紛然。如‘風裹落花誰是主’，此南唐後主亡國詞讖也。‘無可奈何花落去，似曾相識燕歸來’之巧對，晏元獻公與江都尉同游池上一段佳話，久已耳熟，豈容攘美？又如秦少游‘門外緑陰千頃’，蘇子瞻‘敲門試問野人家’，周美成‘倚樓無語理瑶琴’，歐陽永叔‘佳人初試薄羅裳’之類，各入本集，不能條舉。但如‘雲接平岡’‘對宿烟收’諸篇，自注附某集者姑仍之。未識誰主誰賓也。”至秀水杜文瀾刻本則云：“南宋端平淳祐之間，工於倚聲者，以吴夢窗爲最著。夢窗名文英，字君特，據《蘋洲漁笛譜》末附録夢窗所題〔踏莎行〕，自稱覺翁，蓋晚年之號。家於四明，高尚不仕，久客杭都及浙西淮南諸郡，與吴履齋諸公游。尹惟曉、沈義甫、張叔夏皆稱之。與周草窗爲忘年之交，《草窗詞》有〔玲瓏四犯〕一闋，題爲戲調夢窗。〔拜星月慢〕一闋，題爲春暮寄夢窗。〔朝中措〕一闋，題爲擬夢窗。而〔玉漏遲〕一闋，即題夢窗《霜花腴詞集》，傾倒尤至。夢窗詞以綿麗爲尚，筆意幽邃，與周美成、姜堯章并爲詞學之正宗。顧《片玉詞》《白石歌曲》，即行於世。而夢窗手定《霜花腴詞集》爲周草窗所題者，散軼不傳。後人補輯之，甲乙丙丁四種，僅附刻於汲古閣《六十家詞集》中。無單行本，因摘出校勘付梓，以廣其傳焉。”儀征劉毓崧跋云：“觀察杜公，博極群書，深於詞律。重編吴夢窗詞稿既成，以定本見示，屬爲作叙。其校正之精，删移之善，輯補之密，評論之公，具見自叙及凡例之中。本無待於揚榷。惟是夢窗之詞品，諸書言之甚詳，而夢窗之人品，諸書言之甚略。故聲律之淵源可溯，而行事之本末罕知。汲古閣毛氏跋語，言其絶筆於淳祐十一年辛亥，今以詞中所述推之，知其壽不止此。蓋夢窗嘗爲榮王府中上客，丙稿中〔宴清都〕一闋，題爲《餞嗣榮王仲享還京》，有‘翠羽飛梁花’之語。〔掃花游〕一闋，題爲《賦瑶圃萬象皆春堂》，有‘正梁園未雪’之語。據周草窗《癸辛雜識》言，榮邸瑶圃，則瑶圃即榮王府中園名，故以梁王比榮王，而以鄒枚自比也。榮王爲理宗之母弟，度宗之本生父。夢窗詞中有壽榮王及壽榮王夫人之作，雖未注明年月，然必在景定元年六月以後，蓋理宗命度宗爲皇子，係寶祐元年正月之事，立度宗爲皇太子，係景定元年六月之事。寶祐元年，干支係癸丑，後於辛亥二年，景定元年，干支係庚申，後於辛亥九年。今按夢窗乙稿内，〔燭影摇紅〕一闋，題爲壽嗣榮王，其詞云‘掌上龍珠照眼’，又云‘映蘿圖星暉海潤。’丙稿内〔水龍吟〕一闋，題亦爲壽嗣榮王，其詞云‘望中璿海波新’。甲稿内〔宴清都〕一闋，題爲壽榮王夫人，其詞云‘長虹夢入仙懷，便洗日銅箒翠渚’。又云‘東周寶鼎，千秋鞏固，何時地拂龍衣，待迎入玉京閶闔’。〔齊天樂〕一闋，題亦爲壽榮王夫人，其詞云‘鶴胎曾夢電繞’。又云‘少海波新’。所用詞藻，皆是皇太子故實。不但未命度宗爲皇子之時，萬不敢用，即已命爲皇子之後，未立爲皇太子之前，亦不宜用。然則此四闋之作，斷不在景定元年五月以前，足征度宗册立之時，夢窗固得躬逢其盛矣！據壽詞所言時令節候，榮王生辰，當在八月初旬，〔水龍吟〕詞云‘金風細裊’，又云‘半凉生’，〔燭影摇紅〕詞云‘寶月將弦’，又云‘未須十日便中秋’。榮王夫人生辰，當亦在於秋月，〔宴清都〕詞云‘蟠桃正飽風露’。〔齊天樂〕詞云‘萬象澄秋’，又云‘凉入堂階彩戲’。〔水龍吟〕詞言瓊海波新，〔齊天樂〕詞言少海波新，必在甫經册立之際，則此兩闋，當即作於庚申秋間，若〔燭影摇紅〕〔宴清都〕兩闋之作，至早亦在辛酉秋間。是時夢窗尚無恙也。況周草窗詞内〔拜星月慢〕一闋，題爲《春暮寄夢窗》，《蘋洲漁笛譜》此調有叙，謂作於癸亥春間，是時夢窗仍無恙也。安得謂辛亥之作，爲絶筆乎？夢窗曳裾王門，而老於韋布，足見襟懷恬淡，不肯藉藩邸以攀援，其品概之高，固已超乎俗流。若夫與賈似道往還酬答之作，皆在似道未握重權之前，至似道聲勢熏灼之時，則并無一闋投贈。試檢丙稿内〔木蘭花慢〕一闋，題爲《壽秋壑》，其詞云‘想漢影千年，荆江萬頃’，又云‘訪武昌舊壘’，又云‘倚樓黄鶴聲中’。〔宴清都〕一闋，題亦爲《壽秋壑》，其詞云‘翠匝西門柳荆州，昔未來時正春瘦’，又云‘對小弦月挂西樓’，就其中所用地名古迹推之，必作於似道制置京湖之日。乙稿内〔金盞子〕一闋，題爲似道西湖小築，其詞云‘轉城處他山小隊，登臨待西風起。’丙稿内〔水龍吟〕一闋，題爲《過秋壑湖上舊居寄贈》，其詞云‘黄鶴樓頭月午，奏玉龍，江梅解舞’。亦均作於似道制置京湖之日。蓋〔水龍吟〕詞言‘黄鶴樓頭’，固京湖之確證。〔金盞子〕詞言‘登臨小隊’，亦制置之明征。〔金盞子〕詞，題言‘西湖小築’，必作於落成之初。〔水龍吟〕詞，題言‘湖上舊居’，必作於既居之後。其次第固顯然也。似道官京湖制置使在淳祐六年九月，其進京湖制置大使在淳祐九年三月。迨十年三月，改兩淮制置大使，始去京湖。夢窗此四闋之作，當不出此數年之中。或疑開慶元年正月，似道爲京湖南北四川宣撫大使，次年四月還朝，此一年有餘亦在京湖。夢窗之詞安見其非作於此際？不知似道生辰係八月初八日，周草窗《齊東野語》言之甚詳。開慶元年正月以後，元兵分攻荆湖、四川，七八月間，正羽檄飛馳之際，似道膺專閫之任，身在軍中，而夢窗此四闋之詞皆係承平之語，無一字及於用兵。如〔木蘭花慢〕詞云'歲晚玉關長，不閉静邊鴻'。〔宴清都〕詞云'正虎落馬静，晨嘶連營，夜沉刁斗'。〔金盞子〕詞云'應多夢岩扃，冷雲空翠'。〔水龍吟〕詞云'錦飄一箭，携將春去，算歸期未卜'。豈得謂其作於此際乎？似道晚節，誤國之罪，固不容誅，而早年任事之才，實有可取。觀於元世祖攻鄂之際，似道作木栅環城，一夕而就，世祖顧扈從諸臣曰：'吾安得如似道者用之。'其後廉希憲對世祖亦嘗稱述此言，是似道在彼時固曾見重於敵國君相，故周草窗雖深惡似道之擅權，而於前此措置合宜者，未嘗不加節取。王魯齋爲講學名儒，生平不肯依附似道，而其致書似道亦嘗稱其援鄂之功。則夢窗於似道未肆驕横之時，贈以數詞，固不足以爲累。況淳祐十年，歲在庚戌，下距景定庚申，已及十年。此十年之中，似道之權勢日隆，而夢窗未嘗續有投贈。且庚申、辛酉正似道入居揆席之初，而夢窗但有壽榮邸之詞，更無壽似道之詞，不獨灼見似道專擅之迹日彰，是以早自疏遠，亦以疇昔受知於吴履齋，詞稿中有追陪游宴之作，最相親善。如丁稿内〔浣溪沙〕一闋，題爲出迓履翁舟中即興，補遺内〔金縷歌〕一闋，題爲陪履齋先生滄浪看梅。是時履齋已爲似道誣譖罷相，將有嶺表之行，夢窗義不肯負履齋，故特顯絶似道耳。否則似道當國之日，每歲生辰，四方獻頌者以數千計，悉俾翹館謄考，以第甲乙。就中曾膺首選者，如陳維慶、廖瑩中等人，其詞備載於《齊東野語》。夢窗詞筆超越諸人，假令彼時果肯作詞，非第一人無以位置，勢必衆口喧傳，一時紙貴，焉有不在草窗所録以内者乎？縱使草窗欲爲故人曲諱，又豈能以一人之手掩天下之目，而禁使弗傳乎？然則夢窗始與似道曾相贈答，繼則惡其驕盈而漸相疏遠，較之薛西原始與嚴嵩相酬唱，繼則嫉其邪佞而不相往來，先後間屬同揆。西原之集，爲生前自定，故和嵩之作，一字不存。夢窗之稿爲後人所編，故和似道之詞，四闋具在。然删存雖異，而志趣無殊。夢窗之視西原，初無軒輊，則存此四闋，豈但不足爲夢窗人品之玷，且適足見夢窗人品之高，此知人論世者所當識也。故詳爲推闡，以見詞品之潔，實由人品之純。觀察尚友古人，爲之刊布是帙，不特其詞藉以傳播，即其人亦藉以表章，此實扶輪大雅之盛意也夫。”按此叙，於夢窗人品之彰映，夢窗作品之考闡，研幾極精，罕識殆聖。故連録數叙，以見其椎輪之所在焉。至於夢窗詞品之幽妍，則另評論之。

（以上 1930 年 1 月 26 日第 55 期、1930 年 2 月 2 日第 56 期）

四五　夢窗詞别具枕戈請纓之奇氣

昔人評《夢窗詞》，謂“如七寶樓臺，炫人眼目”。其詞之瑰麗也可知。予讀《夢窗詞》既竟，掩卷神往者久。既而思曰：情動於中，恒多鬱勃；托諸比興，務在綿邈；吹彼天籟，止乎衆心；刻羽流商，詎聞天上；比青麗白，所謂神工。雖意思安閑，應乎赴節；而靈襟獨寫，餘味曲包。文藝者，追隨時代者也，非所以左右時代者也。夢窗之詞，藻麗其中，剛拔其外，知其錦心綉口之文人，别具枕戈請纓之奇氣。此讀君特詞者，所當知也。夢窗生當似道專横之際，玉弩横飛，金甌倒擲，江山半壁，非仙人劫外之棋；金粉六朝，盡才子傷心之賦。天寒袖薄，夢醒雲孤，托行踪於去馬來牛，嘗世味於殘杯冷炙。遇金人於灞上，能言茂陵；值銅駝於棘中，誰知典午？鬱伊不少，憂患已深。亦惟有共名花而發嘆，和落葉而墜聲耳。是以其詞筆瘦，其聲哀怨。奏雷威琴於深雪之嶂，落魚山梵於清夜之霄，其庶幾乎？試觀其乙稿之〔八聲甘州〕云：“渺空烟四遠，是何年、青天墜長星。幻蒼崖雲樹，名娃金屋，殘霸宫城。箭徑酸風射眼，膩水染花腥。時嘆雙鴛響，廊葉秋聲。

宫裏吴王沉醉，倩五湖倦客，獨釣醒醒。問蒼波無語，華髮奈山青。水涵空、闌干高處，送亂鴉、斜日落漁汀。連呼酒，上琴臺去，秋與雲平。”又〔夜合花〕云：“柳暝河橋，鶯晴臺苑，短策頻惹春香。當時夜泊，温柔便入深鄉。詞韵窄，酒杯長。剪蠟花、壺箭催忙。共追游處，凌波翠陌，連棹横塘。　十年一夢凄凉。似西湖燕去，吴館巢荒。重來萬感，依前唤酒銀釭。溪雨急，岸花狂。趁殘鴉、飛過蒼茫。故人樓上，憑誰指與，芳草斜陽。”激清調於花箋，奏繁聲於素紙。温而不厲，慨當以慷；取况幽妍，寄懷綿邈。豈能以庸朱妖粉之名，强飾佛句仙心之品乎？夢窗詞之可誦讀者極多：如〔尉遲杯〕《賦楊公小蓬萊》云：“垂楊徑，洞鑰啓，時遣流鶯迎。涓涓暗谷流紅，應有緗桃千頃。臨池笑靨，春色滿、銅華弄妝影。記年時、試酒湖陰，褪花曾采新杏。　蛛窗綉網玄經，纔石硯開奩，雨潤雲凝。小小蓬萊香一掬，愁不到、朱嬌翠靚。清尊伴、人閑永日，斷琴和、棋聲竹露冷。笑從前、醉卧紅塵，不知仙在人境”。按楊伯岩字彦瞻，號泳齋，楊和王諸孫。淳祐間，除工部郎，出守衢州，錢塘薛尚功之外孫，弁陽周公謹之外舅也。有《六帖補》《九經補韵》行世。《蘋洲漁笛譜》〔長亭怨慢〕序云：“先子作堂曰嘯咏。撮登覽要，蜿蜒入後圃。梅清竹臞，蔽虧風月，後俯官河，相望一水，則小蓬萊在焉。”境既清幽，詞亦嫻逸，取詞中收句，“笑從前醉卧紅塵，不知仙在人境”。讀而意之，覺世事脱屣，汗漫盧敖，依影冥心，有不期然而然者。此其詞言之多婉，則感人也深。意在求空，則漸人也警。則又讀夢窗詞者不可不知也。又〔瑞鶴仙〕云：“泪荷抛碎壁。正漏雲篩雨，斜捎窗隙。林聲怨秋色。對小山不迭，寸眉愁碧。凉欺岸幘。暮砧催、銀屏剪尺。最無聊、燕去堂空，舊幕暗塵羅額。　行客。西園有分，斷柳凄花，似曾相識。西風破屐。林下路，水邊石。念寒蛩殘夢，歸鴻心事，那聽江村夜笛。看雪飛、蘋底蘆梢，未如鬢白。”收句以蘆花比鬢，意境均穎特。昨年予爲南京李敦静君正詞，有〔鳳凰臺上憶吹簫〕一闋，其原詞收句爲：“……蘆花似雪，一望無垠。”予易爲“蘆花散雪，似髮難簪”。則以蘆花比白髮，意與吴詞同也。此詞本無題，毛本作《秋感》。按宋人詞不盡標題，《草堂詩餘》輒增春景、秋情諸目，取便依時附景，當筵嘌唱而已。甲乙二稿，無一詞無題者，其中秋感、春情、夏景及有感、感懷諸題，凡二十餘見。且依調編次，與丙丁稿體例迥别，顯出後人重定。以意標目，猶踵《草堂》陋習，應一律删去。今從其説。又如玉蘭、梅花、上元、七夕諸題，恐皆有本事，亦經删節。觀《蘋洲漁笛譜》與《草窗詞》，繁簡異同可證，惜舊本久佚，莫能詳考矣。又〔解連環〕云："暮檐凉薄。疑清風動竹，故人來邈。漸夜久、閑引流螢，弄微照素懷，暗呈纖白。夢遠雙成，鳳笙杳、玉繩西落。掩綀帷倦人，又惹舊愁，汗香闌角。　銀瓶恨沉斷索。嘆梧桐未秋，露井先覺。抱素影、明月空閑，早塵損丹青，楚山依約。翠冷紅衰，怕驚起、西池魚躍。記湘娥、絳綃暗解，褪花墜萼。"此詞毛本亦作秋情。詞中"綀"字，毛本作"練"。按《玉篇》：綀紡粗絲，練煮漚也。《廣韵》：綀，所葅切；練，郎甸切。音義俱别。刻本往往相溷。徐鉉詩："好風輕透白綀衣"，趙以夫詞"正蕭然竹枕綀衾"，皆作"練"。且是調此字，無用仄聲者，其爲沿誤無疑也。又〔解語花〕《梅花》云："門横皺碧，路入蒼烟，春近江南岸。暮寒如剪。臨溪影、一一半斜清淺。飛霙弄晚。蕩千里、暗香平遠。端正看，瓊樹三枝，總似蘭昌見。　酥瑩雲容夜暖。伴蘭翹清瘦，簫聲柔婉。冷雲荒翠，幽栖久無語，暗申春怨。東風半面。料準擬、何郎詞卷。歡未闌，烟雨青黄，宜晝陰庭館。"

（以上 1930 年 3 月 2 日第 60 期、1930 年 3 月 16 日第 62 期）

還讀軒詞話

朱保雄◎著

朱保雄，生卒暫未詳。爲朱自清學生，1926 年入清華大學學習，擔任《清華周刊》文藝部主任。著有《納蘭成德評傳》稿本、《漢志屈原賦二十五篇考》《漢志辭賦存目考》《讀顧羨季先生荒原詞》等。《還讀軒詞話》刊於《清華周刊》第 3、4 卷第 1 期（1930 年）。張璋等編《歷代詞話續編》收録該詞話。

《還讀軒詞話》目録

還讀軒詞話

一　蘇州吴歌

昨晚中秋踏月，不禁憶起蘇州最早的一首吴歌："月子彎彎照幾州？幾家歡樂幾家愁？幾家夫婦同衾帳？幾個飄零在外頭？"

二　《人間詞話》受《藝概》影響甚大

重游頤和園，野餐於魚藻軒，爲王静安先生自沉處也。先生中年以後，致力樸學，於考訂古史方面，成績最大。早年致力詞曲，所著有《宋元戲曲史》《人間詞話》等，今收入《王忠愨公遺書》四集者是也。《人間詞話》有箋注本，但標出處，於先生論詞系統源流，多未闡發。先生《詞話》一書，受劉熙載《藝概》影響甚大。不但文筆相類，即其隔不隔之説，亦出於劉先生。今將《人間詞話》與《藝概》足以闡發者，略據數條如下。

三　鬧觸著之字

《人間詞話》云："紅杏枝頭春意鬧"，著一"鬧"字而境界全出；"雲破月來花弄影"，著一"影"字而境界全出。

《藝概·詞概》云：詞中句與字有觸著者，所謂極煉如不煉也。晏元獻"無可奈何花落去"二句，觸著之句也。"紅杏枝頭春意鬧"，"鬧"字，觸著之字也。

四　隔與不隔

《人間詞話》云：間隔與不隔之别，曰陶、謝之詩不隔，延年則稍隔矣；東坡之詩不隔，山谷則稍隔矣。“池塘生春草”，“空梁落燕泥”等二句，好處惟在不隔。詞亦如是。即以一人一詞論，如歐陽公〔少年游〕上半闋云：“闌干十二獨憑春。晴碧遠連雲。二月三月，千里萬里，行色苦愁人。”

語語都在目前，便是不隔。至云：“謝家池上，江淹浦上”，則隔矣。白石〔翠樓吟〕：“此地。宜有詞仙，擁素雲黄鶴，與君游戲。玉梯凝望久，嘆芳草、萋萋千里。”便是不隔，至“酒祓清愁，花消英氣”，則隔矣。然南宋詞雖不隔處，比之前人，自有淺深厚薄之别。

《藝概·詞概》云：詞有點，有染，柳耆卿〔雨淋鈴〕云：“多情自古傷離别。更那堪、冷落清秋節。今宵酒醒何處，楊柳岸、曉風殘月。”上二句點出别離冷落，“今宵”二句，乃就上二句意染之。點染之間，不得有他語相隔，隔則警句亦成死灰矣。

五　人間詞乙稿序

先生論詞要旨具見其《人間詞甲稿序》。序蓋先生自作而托名於樊志厚者。《人間詞甲稿》刊於光緒三十一年，時先生正二十九歲。《乙稿》刊於三十三年，時先生正三十一歲。詞又名《苕華詞》，以詞中多有“人間”二字，故即以“人間”冠集。

《乙稿》序云：去年夏，王君静安集其所爲詞，得六十餘闋，名曰：《人間詞甲稿》，余既序而行之矣。今冬復彙其所得詞爲《乙稿》，丐余爲之序，余其敢辭。乃稱曰：文學之事，其内足以攄己而外足以感人者，意與境而已。上焉者意與境渾，其次或以境勝，或以意勝，苟缺其一，不足以言文學。原夫文學之所以有意境者，以其能觀也。能於觀我者，意餘於境；而出於觀物者，境多於意。然非物無以見我。而觀我之時又自有我在。故二者常互相錯綜，能有所偏重而不能有所偏廢也。文學之工不工，亦視其意境之有無與深淺而已。自夫人不能觀古人之所觀而徒學古人之所作，於是始有僞文學。學者便之，相尚以辭，相習以摹擬，遂不復知意境爲何物，豈不悲哉。苟持此以觀古今人之詞，則其得失可得而言焉：温、韋之精艷，所以不如正中者，意境有深淺也。珠玉所以遜六一，小山所以愧淮海者，意境異也。美成晚出，始以辭采擅長，然終不失爲北宋人詞者，有意境也。南宋詞人之有意境者，惟一稼軒，然亦若不欲以意境勝。白石之詞，氣體雅健耳，至於意境，則去北宋遠甚。及夢窗、玉田出，并不求諸氣體而惟文字之是務，於是詞之道熄矣。自元迄明，益以不振。至於國朝，而納蘭侍衛以天賦之才，崛起於方興之族，其所爲詞，悲凉頑艷，獨有得於意境之深，可謂豪杰之士、奮乎百世之下者矣。同時朱、陳，既非勁敵；後世項、蔣，尤難鼎足。至乾、嘉以降，審乎體格韵律之間者愈微，而意味之溢於詞句之表者愈淺，其非拘泥文字而不求諸意境之失歟？抑觀我觀物之事，自有天在，固難期諸流俗歟？余與静安，均夙持此論。静安之爲詞，真能以意境勝。夫古今人詞之意勝者，莫若歐陽公；以境勝者，莫若秦少游；至意境而渾，則惟太白、後主、正中數人足以當之。静安之詞，大抵意深於歐，而境次於秦。至其合作爲《甲稿》：〔浣溪沙〕之“天末同雲”，〔蝶戀花〕之“百尺朱樓”等闋，皆意境兩忘，物我一體，高蹈乎八荒之表，而抗心乎千秋之間，駸駸乎兩漢之疆域，廣於三代；貞觀之政治，隆於武德矣。方之侍衛，生徒伯仲。此固君所得於天者獨深，抑其非致力於意境之效也。至君詞之體裁，亦與五代、北宋爲近。然君詞之所以爲五代、北宋之詞者，以其有意境在。若以其體裁故，而至遽指爲五代、北宋，此又君之不任受。固當與夢窗、玉田之徒，專事摹擬者同類而笑之也。光緒三十三年十月山陰樊志厚叙。

六　頤和園詞詞句類多出自梅村

吴偉業與錢（謙益）、龔（鼎孳）并稱，有“江左三大家”之目，而吴尤號稱“詩史”。趙翼《甌北詩話》稱其詩有不可及者二：一則神韵悉本唐人，不落宋以後腔調；而指事類情，又宛轉如意。……一則題材多用正史，不取小説家故實。而選聲作色，又華艷動人。……蓋其生平於宋以後詩本未寓目，全濡染於唐人，而己之才情舒捲，又自能推瀾不窮。故以唐人格律，寫目前近事，宗派既正，詞藻又豐，不得不推爲近代中之大家。王國維自稱：首作《頤和園詞》一首，雖不敢上希白傅，庶幾追步梅村。蓋白傅能不使事，梅村則轉以使事爲工。然梅村自有雄氣駿骨，遇白描處尤有深味，非如陳雲伯輩，但秀縟見長，有肉無骨也。而王氏《頤和園詞》，又實從梅村七古得來者。即其詞句亦類多出自梅村，今列表對照如下：

頤和園詞

王國維句	梅村句
更栽火樹千花發， 不數明珠徹夜懸。	早見鴻飛四海翼， 可憐花發萬年枝。 洛陽行
豈謂先朝營暑殿， 反教今日恨堯城。	總爲先朝憐白象， 豈知今日誤黄巾。 洛陽行
嗣皇上壽稱臣子， 本朝家法嚴無比。	我朝家法逾前制， 兩宫父子無遺議。 洛陽行
	本朝家法修清宴， 房帷久絶珍奇薦。 永和宫詞
北渚方深帝子愁， 南衙複遣丞卿怒。	帝子魂歸南浦雲， 玉妃泪灑東平樹。 洛陽行

問膳曾無賜座時，　　　　抱來太子輒呼名，
同懷罕講家人禮。　　　　六宫都講家人禮。

蕭門青史曲

按先生是時新喪偶，故其詞蒼涼激越。過此以往，又轉治宋元明通俗文學。其致力於詞者，亦僅此數載耳。先生於詞，自負甚高，其三十自序中亦謂："近年嗜好，已移於文學，而填詞亦於是時告成功。"又云："雖所作不及百闋，然自南宋以來，除一二人外，未有能及者。"今先生遺詞所存者，計《人間詞》五十九首，《觀堂集林長短句》二十三首，合計八十二首，正不滿百闋耳。而全集精金美玉，幾不能選。序中所謂〔浣溪沙〕"天末同雲"及〔蝶戀花〕"百尺朱樓"一首，諒其得意：你我乃是以代表其萬一也。

〔浣溪沙〕云："天末同雲黯四垂。失行孤雁逆風飛。江湖寥落爾安歸。　陌上挾丸公子笑，座中調醢麗人嬉。今宵歡宴勝看時。"

〔蝶戀花〕云："百尺朱樓臨大道。樓外輕雷，不問昏和曉。獨倚闌干人窈窕。閑中數盡行人小。　一霎車塵生樹杪。陌上樓頭，都向塵中老。薄晚西風吹雨到。明朝又足傷流潦。"

七　先生輯有五代廿十一家詞

先生又輯有《唐五代廿十一家詞》，每家詞後俱有跋。各家籍貫，一依《全唐詩》。跋中評詞之句甚多，可補入詞話中。

（録自《清華周刊》第三、四卷第一期）

天際思儀庵詞話

宋訓倫◎著

宋訓倫（1910～2010），字馨庵，號心冷，別署玉狸詞人，祖籍浙江吴興，生於福州，移居上海。1932年畢業於國立中央大學商學院。早年活躍於上海文化界，與周煉霞相善唱酬，1949年後移居香港，任職於輪船公司，擔任《航運》雜志編輯。工倚聲，有《馨庵詞稿》（宋緒康2005年自印本）存世。附録有《詞的朗頌》《答小友詢問怎樣學習填詞》《詞的災變》《讀沈祖棻涉江詞》等。《天際思儀庵詞話》創作於1929年11月，時宋氏爲中央大學商學院學生，本詞話爲應林仙嶠之約稿而作，原載於1930年《星洲日報周年紀念刊》。

《天際思儀庵詞話》目録

天際思儀庵詞話

年來負笈中大，從事經濟會計諸術，倚聲之學，疏之久矣。老友林君仙嶠遠自叻埠，投書索稿，苦無以應，惟念數千里外故人垂注殷殷，隆情可感，因於匆促間竟斯文，聊以報命，舛誤之處，惟求諸先進之明教焉。

一　詞命終了之秋

十五國風息而樂府興，樂府微而歌詞以起。物久必厭，厭則弃之矣，天下事物何莫非是，豈僅文藝而已哉？以史乘之眼光觀宇宙萬物，皆沿進而無旋退，此自然之趨勢也。然不幸而有崩潰退化之事見，初非原物原事之罪，實人之自誤而已。漢魏之文，卓然可觀，至六朝則萎靡頽敗，乃有唐代韓荆州之革命，學者千餘年來奉韓柳爲圭臬，著韓柳之衣冠，久而本身主體泯滅以亡聞，此衣冠圭臬相承至今，腐且爲灰。當此新文化激蕩澎湃之際，胡適等乃又廓韓柳而清之，蓋頽敗之期，乃學者自誤之時，苟不亟爲改善，一國文學之本身，必且滅亡矣。詞者詩之餘，而曲者又詞之餘，然據不佞三年來浮沉韵語之所見，則古詩之不足供人留戀，正復如古人之不善表情達意，宜其未適用於今世也。綜觀古詩之弊有二：一曰音節不婉轉；二曰字句過呆滯。而斯二弊者皆由於字有定則而來，如七言七律之詩，通篇皆七字之句，缺一不可，多一未能；五言五律正復相同，或曰古詩之歌行樂府，何曾字有定則，子將何以自解？余曰使漢魏以後之詩人盡皆致力於大小樂府，屏定則之詩而勿用，則詩之亡或不若是其速也。詞——長短句——之興，正足以改進之，始則僅有小令短調如李青蓮之〔菩薩蠻〕等是。短調之不足，乃繼之中調，中調之不足，又承之以長調，才人學士之天才伎倆，發揮殆盡。元朝時曲子大興，學者以爲曲子乃補詞之不足而生者。故可謂“詞的改進”。殊不知曲子者乃變相之詞，形體面目一與詞同。非惟不能補詞之不足，并詞之優點而裁遏之。自是以後，歷明清兩代，未見有取詞位而代興之文藝。清季才人如納蘭容若、陳其年、朱竹垞一流，猶且沉湎忘返於其中，爲詞壇上大放異彩。故余謂自唐五代以還，一千餘年之中國韵語，實爲詞所統治者也。時至今日，新詩體興，無韵無平仄更無長短，一以心靈之表現爲主。於是作者蔚然，大小詩人汗牛充棟，文藝復興，於斯爲盛。而中國新文學能使詩人普遍化，尤爲世界文壇一種特色。在此新詩體代興之際或即詞命終了之秋，惜乎詞之聲調婉約，意味入神，雖文學革命領袖猶生未免有情之感，致貽人以不徹底之譏。且觀胡適氏〔滿庭芳〕一闋，可以知其於平仄音韵中，雖一字未敢惑焉，詞曰：“楓翼敲簾，榆錢鋪地，柳棉飛上春衣。落花時節，隨地亂鶯啼。枝上紅襟軟語，商量定掠地雙飛。何須待，銷魂杜宇，勸我不如歸。　歸期。今倦數，十年作客，已慣天涯。况壑深多瀑，湖麗如斯。多謝殷勤我友，能容我傲骨狂思。頻相見，微風晚日，指點過湖堤。”

二　詞曲何罪

柳耆卿流品未高，其詞亦極類其爲人，故風格至卑。除“長安古道馬遲遲，高柳亂蟬嘶”之外，其他諸作皆以纖艷淫狎見著。作家寫真固爲妙手，然兒女情緒之至真摯者，非必以肉感爲要件。周清真之“水驛山回，望寄我江南梅萼。拚今生對花對酒，爲伊泪落”。蘇子瞻之“携手佳人，和泪折殘紅。爲問東風餘幾許，春縱在，與誰同?”歐陽公之“濃醉覺來鶯亂語，驚殘好夢無尋處”。

佳作如林，不勝枚舉，見其韵味入神矣，而未見有狎褻之態也。反觀耆卿所謂“算得伊鴛衾鳳枕，夜永争不相量”“暗想當初，有多少幽歡佳會”“披衣獨坐，萬種無聊情意。怎得伊來，重諧雲雨”，甚至有“且恁相偎倚。未消得憐我，多才多藝。願奶奶蘭心蕙性，表余深意”，其惡俗佻撻有非常人所能想像者。余嘗見舊家家訓有禁子女讀詞曲者，謂詞曲多謾淫足壞人心地，冬烘頭腦不辨是非，固屬可笑。而一般無聊文人如柳三變一流之好作狎詞，亦未始非招尤之因也。嗚呼！詞曲何罪？乃爲一二人之故，而同流合污，不亦冤哉？

三　鍾巽安詞

余雖惡柳詞，亦嘗一度效其體。蓋初學時，僅知艷麗之可愛，不知有所謂風格意境者。習之既久，病乃入於膏肓，偶一著手，便柳態畢露。近雖力以髯公、稼軒自治，而每一詞成，必有柳三變在，飲鴆之深，可以想見。初學者於師徒效法之間，可不慎所取捨哉。猶吾友鍾吾曹巽安（寶讓）素工小令，間作長調亦清雅絶俗。論其詞格高曠處不讓前賢，與不佞之專作兒女語者有上下床之别矣。曩年巽安方讀書白下，有《九日登鷄鳴寺懷古》，調寄〔浪淘沙〕，詞云：“寂寞古豪華。難起龍蛇。荒城蔓草夕陽斜。霸業雄圖都杳矣，折戟沉沙。　辱井坐殘霞。幾處人家。鷄鳴古寺聽悲笳。牢落秋江楓樹晚，又噪寒鴉。”邁古蒼凉之氣縈旋紙上，“牢落”兩句意味特遠，正不必讀鮑參軍蕪城一賦，始令人淒然腸斷也。巽安又有〔鷓鴣天〕詞一闋，則清新醇遠，望而知曾寢饋於王沂孫者。詞曰：“爐篆香銷冷畫屏。最無聊賴過清明。落花時節瀟瀟雨，倦聽山城鼙鼓聲。　愁脉脉，泪盈盈。天涯芳草若有情。憑闌盡日無消息，吹徹青樓紫玉笙。”斯二者，遣辭煉句皆可與古人頡頏。〔鷓鴣天〕猶傳誦朋好間，〔浪淘沙〕則與眼前氣象已不相吻合。當時所謂荒城蔓草者，今已恢復其六朝之勝麗，虎嘯龍吟，風雲際會，即此亦可略窺盛衰否泰之道矣。

四　填詞傳神尤難

填詞匪易，傳神尤難，意境與音韵更有密切之關係。兩相襯托，情文以見，是以昔人有五音十二律吕之説。聲律之理既明，乃必寖淫於兩宋，問道於五代，上窺蘇李之秘，下窺百家之變，耗三數年浮沉留戀之功夫，或可得其大概。

五　田漢詞

世謂倚聲小道，無足深學，吾所云云，或難見信，然余非故作驚人之談，實自身之經歷也。近人田漢以新劇家而兼長文藝，聰明才智非常人能及。田漢嘗一度致力於詞，然以其才氣過人，故得出入辛、蘇，縱横周、姜，摻和而另成一派。并能運用新名辭，貼切適當不見斧鑿痕，可謂難能可貴矣。兹姑録其一二闋，藉供談助。〔念奴嬌〕云："五羊城外，鬧元宵十里，燈紅酒美。尋到沙基橋畔路，姊妹相遲久矣。皓月不來，春風入袖，吹皺珠江水。疍家船裹，有人綽約無比。　　待作長夜清游，亂愁和雨，波上紛紛起。雙槳沙基橋下去，遠遠歌聲未已。碧血川流，彈丸雷發，猶記當年耻。凝眸沙面，緑榕魃魃如鬼。"〔水龍吟〕《白鵝潭紀游》云："肇香舫上憑闌，殘陽影裹蒼波遠。樓船矗立，布帆徐動，輕舟似箭。海舶遥來，濃烟拖墨，電光齊燦。想中山當日，白鵝潭上，爲祖國興亡戰。　　一帶泛家浮院。伴紅燈歌聲微顫。紅衣疍女，不穿羅襪，盈盈送眄。盛景當前，盛筵難再，酒痕飛濺。衹傷心獄底有人此際，泪痕洗面。"欲見其善假新名辭入詞之妙，當於〔桂枝香〕中得之。其詞曰："才停鼓吹，正曉霧漸收，燈眼猶醉。絶愛澄波碧透，衆峰横翠。指點港龍形勝處，嘆前朝，金甌輕碎。罷工當日，繁都冷落，算舒民氣。　　撒克遜，神明所寄，學嶺畔閑雲，登臨凝睇。禹鑿龍門，應似這般心細。一槍一犬流荒島，整江山如此清麗。欲興吾族，人人先讀，魯濱孫記。"此詞賦於香港，異鄉作客，已深游子之愁，舉目憑闌，欲墮河山之泪，非志士非才人哪能有此深情。

六 歌詞作風隨年齒處境而異

歌詞作風，多隨年齒處境而異，大概少年當學秦少游，中年已受世變影響，可效稼軒。老去已飽經世故，感慨隨生，則如放翁、東坡矣。然年齒境遇乃由外而内之影響，而性靈作用乃由内外發者也。内外交感，而作風又變，不必搜求古人，即田漢之詞，已足代表矣。綺思艷發，係自内而起，祖國神思，乃因外而生。今春四月，余隨宋崇九先生登吴淞炮壘，遠眺江上，興盡悲來，余賦〔惜餘春慢〕《寄感》云："急浪敲堤，疾風摧草，此際登臨天塹。輕烟欲上，海鳥孤飛，遠遠鐵檣微閃。遥想八十餘年，揚子江頭，長艤夷艦。與巴爾幹島，同遭凌辱，最爲凄慘。　　休再説凱末神威，介公英武，正氣貫虹如電。浮生若夢，歲月無情，衹怕鬢絲先换。憐我消磨至今，兒女心腸，英雄肝膽。看斜陽落水，捲起千條白練。"凱末（Kamee）爲土耳其革命領袖，介公即蔣介石先生也。曹巽安君謂此詞豪放處酷似稼軒，風格較前似變。不知豪放之情，多由環境逼迫而生，發自心靈乃形之筆墨。讀書人丁國家多事之秋，蒿目盡河山之感，未能投筆，難洗牢愁，發爲詩文，則感慨隨之矣。辛稼軒遭逢北宋偏安之局，半生戎馬，榮辱備嘗，宜其文章中殺氣逼人，非生而豪放也。柔曼側艷之詞，係盛世之文，可以歌舞昇平，不足以激發人心。讀書人處亂世，雖不能報國，亦當退身教人。國人萎靡浮弱久矣，而文人雅士猶一味沉湎於才子佳人之詞，士氣消沉，亦大可憂也。若余此詞，僅略抒牢愁，幾曾豪放？結尾前二三句，猶深兒女之情。譽我者，益滋余愧恧之私。惟今而後，當與有心人共勉之耳。

七 彊邨宗夢窗

吾浙爲海内文人薈萃之區，嶄然露頭角爲文學政治之魁者代有其人，今尤甚焉。山明水秀，鬱鬱葱葱，游其地者，覺天地鍾靈之氣，撲人眉宇。是以歷代詞人輩出，如張子野、葉少藴、周弁陽等皆馳騁詞壇，卓然稱宗。餘如趙子昂父子，則子昂有《松雪齋詞》一卷，子仲穆則有《仲穆遺稿》傳世，惜父子詞才皆爲書畫所掩，至不爲世所重。其實松雪老人之〔蝶戀花〕：“儂是江南游冶子。烏帽青鞋，行樂東風裏。落盡楊花春滿地。萋萋芳草愁千里。　　扶上蘭舟人欲醉。日暮青山，相映雙蛾翠。萬頃湖光歌扇底。一聲催下相思泪。”一種寄懷悱惻之意，溢於辭表。仲穆之〔水調歌頭〕云：“春色去何急，春去微寒。滿地落花芳草，漸覺緑陰圓。馬足車塵情味，暑往寒來歲月，擾擾十餘年。贏得朱顔老，孤負好林泉。　　寶裝鞍，金作鐙，玉爲鞭。須臾得志，紛華滿眼縱相謾。功名自來無意，富貴浮雲何濟，於我亦徒然。萬事付一笑，莫放酒杯乾。”滿腔牢騷抑鬱之情，一寄之於悲歌感慨之中，許初稱此詞，“以孤忠自許，紛華是薄，而興亡骨肉之感，默寓其中。意其父子之仕，當時亦容有所不得已者，良可悲已”。近數十年承夢窗餘緒，集百家菁華，寄美人芳草之愁思，作當代倚聲之正宗者，則唯吾鄉朱彊邨先生矣。彊邨以詞鳴南北者數十年，一時殆無抗手。然沈義甫評夢窗曰：“夢窗深得清真之妙，其失在用事下語太晦處，人不可曉。”彊邨宗夢窗，乃亦正坐晦澀之病，凡曾讀彊邨詩集者，類能道之，後進如小子，豈敢妄指鄉前輩之疵，况先大父與彊邨爲總角之交乎？然於文學立場上言之，或無關大旨耳。總之，吾浙風雅之盛，實爲海内冠，觀夫西子湖濱彊邨、夢坡諸先生所建之兩浙詞人祠，從可知矣。

八　余步李後主虞美人詞

余嘗步李後主韵填〔虞美人〕詞，《暮春寄感》云：“天涯又見春歸了。庭院鶯聲少。游絲無語怨東風。蜜意柔情多付落花中。　　西園昨夢今何在。滿目芳菲改。緑窗可奈有人愁。背著燈兒雙泪枕邊流。”詞成乃書於今年所攝之二十歲小影之下，以爲題照。翌日，曹巽安又題十六字曰：“語凄而怨，意永而深，是多情種，是傷心人。”余一笑置之。

九 少年填詞不可作衰颯語

少年填詞貴有樂境，不可作衰颯語。昔俞曲園次女綉孫女史曾倚〔賀新凉〕調咏落花，有句云：“嘆年華我亦愁中老。”詞意凄婉之至。曲園老人亟另填一闋以正之，有“却笑痴兒真痴絶。感年華寫出傷心句。春去也，那能駐”之句，又曰：“畢竟韶華何嘗老？休道春歸太遽。看歲歲朱顔猶故。我亦浮生蹉跎甚，坐花陰未覺斜陽暮。憑彩筆，綰春住。”雖然，傷心人别有懷抱，藴蓄於中，自然流露於外，既非人力所得遏止之，尤非彩筆所能粉飾者。蓋言爲心聲，文藝所貴亦即在此能忠實無欺的達其意而傳其聲也。同學方女士嘗填〔如夢令〕云：“漫道龐兒消瘦。已是褪花時候。閑倚碧闌干，滿眼風光依舊。長晝。長晝。春被梅子浸透。”又有〔菩薩蠻〕云：“垣外鶯啼尚帶羞。捲簾怕見落花稠。小立趁朝暉。翩躚蛱蝶飛。　　倚闌拂翠柳。無那關情久。閑整舊詩篇。前塵淡似烟。”其詞於音韵格律乖謬滋多，然亦楚楚有其妍態，搔首弄姿，若不勝情。曹巽安以其不合譜律處過多，遂爲文長數千言教之，末又附步韵詞二闋。巽安作〔菩薩蠻〕云：“海棠枝上流鶯語。春來總是傷情緒。雙燕弄斜暉。辛勤簾外飛。　　閑尋池畔柳。獨自沉吟久。何處寄新篇。夢魂縈翠烟。”余則戲和其〔如夢令〕云：“蝴蝶叩窗清晝。芳草撩人時候。睡起理殘妝，揉亂愁痕新舊。消瘦。消瘦。心事倩誰猜透。”方固傷心人也，故後又有〔如夢令〕一闋曰：“杜宇聲聲催送。人事韶華如夢。春去渺難尋，泪與落花相共。影動。影動。樓外千秋風弄。”措詞潤句，每未盡妙，然綜觀前後諸闋於流水年華特多感慨，若〔如夢令〕第一闋之首二句，以及第二闋之三、四兩句，遲暮之憂，不言可喻。然余最喜其〔菩薩蠻〕中“閑整舊詩篇，前塵淡似烟”二語，自有其纏綿凄愴之情焉。

一〇　雙辛夷樓詞

陳師道曰："退之以文爲詩，子瞻以詩爲詞，如教坊雷大使之舞，雖極天下之工，要非本色。"意謂詞之本身，自來即爲叙兒女之情，述離别之感者。故音節句味一主柔和，坡公豪放如鐵馬金戈，入之於詞，便成不類。師道不知詩文詞賦盡爲抒情之工具，詩文可以發激昂慷慨之聲，詞賦何獨不可？人智所以稱萬能者，即在能改良啓發，使萬物各進於至善。夫《花間》《尊前》固爲倚聲始祖，然柔靡纖薄實亡國之餘音。一考其寓意涵思，不爲"性之衝動"，即爲"别離的悲哀"，自五代以至北宋，相沿久矣。坡公詞出，詞格乃高，辛、劉廣之，詞乃大備。於是孤忠祖國之思，甚致談禪議論無不可一寓之於詞。時至今日，詞猶爲一般人所樂道者，正爲此耳。前日偶讀《雙辛夷樓詞》，〔水調歌頭〕有句云："妾必邯鄲之女，馬必大宛之産，飲酒必新豐。醉喝長江水，終古不流東。"又有《柬别邱賓秋》詞，有云："蒼茫千萬古意，越客唱吴謳。東望大江東去，西望夕陽西下，此别兩悠悠。……"此種語調真合引吭高歌，若非自坡公脱胎而來，烏能達而出之於詞耶！詞有東坡，始得大備，孰謂坡詞非本色耶？

一一　豪放之言難學

柔婉之音易致，豪放之言難學。若作柔婉之音，則形而上者可如秦少游，形而下者便類柳耆卿。若作豪放之言，上焉者勉如稼軒，下焉者便貽粗暴之譏矣。東坡是詞仙，猶夫李太白之爲詩仙，天才所至，非凡人能學也。

一二　天際思儀之義

吾爲仙嶠作詞話至此，客有言者曰："可以止乎？直書不已，伊於何底？《星洲日報紀念刊》能有幾多地盤容此陳腐物，况叻埠不乏博邃精通之士，子以詞學後進之人，發此一知半解之論，不令人齒冷乎？子可休矣。”余亟起遜謝，因以日夜來所成之文，前後流覽一過，始知偶爾操瓢，竟達五千餘言之多，可以塞責矣。自悦之餘，遂擱筆。客又曰：“吾已讀夫子之詞話矣，敢問天際思儀之義？”余倉卒無以應，客再强，余笑曰：“水月鏡花何足深究？有酒肴於斯，盍來消寒，且聽余唱趙仲穆〔江城子〕詞爲餘興可乎：‘仙肌香潤玉生寒，悄無言，思綿綿。無限柔情，分付與春山。青鳥能傳雲外信，憑説與，帶圍寬。　花梢新月幾時圓。再團圞，是何年？可是當初，真個兩無緣。極目故人天際遠，多少恨，憑闌干。’”

（十八年（1929）十一月於國立中央大學商學院）

樵盦詞話

陸寶樹◎著

陸寶樹（1876～1940），字枝珊，號醉樵，又號樵庵，江蘇常熟人。与诗友一起创办虞社，并编辑《虞社》期刊。《樵盦詞話》原文作于二十世纪二三十年代，未刊，直至2005年由孫陸文灝整理出版。本書據《樵盦詩話》（天馬出版有限公司，2005）點校整理。《樵盦詞話》曾由楊焄点校发表于《詞學》第二十一輯（2009年第1期）。

《樵盦詞話》目録

樵盦詞話

一　金玉芝詞

金玉芝女士，工填詞，有閨情二闋，〔點绛唇〕云："觸緒牽愁，綉餘無語看花落。闌干寂寞，片片紅飄泊。　　獨倚東風，有恨憑誰托？空庭角，蝶兒雙撲，也怨春情薄。"〔深庭月〕云："風自定，蕩簾鈎，一片娟娟影上樓。縱是爐香灰冷候，教誰冷得到心頭？"詞旨凄惋，不忍卒讀。

二　翁咏春浪淘沙

翁咏春先生，晚年頗喜吟咏，曾見其〔浪淘沙〕《歲暮》云："歲務苦憂煎，愁雨連綿。銀釭剔盡未成眠。惻惻曉寒侵翠被，夢也難圓。　　世變等雲烟，日月流泉。茫茫大海正無邊。好事而今都過了，心怯殘年。"愁懷如訴，其亦張平子之流亞歟？

三　馮靈南詞

馮靈南善填詞，惜多散佚。兹於故篋中檢得詞數闋，〔浪淘沙〕《春暮雜感》云："夕照下簾鈎，倦倚高樓。棠梨開罷落英稠。盡日東風無氣力，儂替春愁。　　身世寄蜉蝣，客思悠悠。一年花事記從頭。緑鬢成絲人影瘦，春替儂愁。"〔金縷曲〕《丁巳除夕》云："舊夢醒難記。嘆年年、江湖落魄，劍消虹氣。夜漏遲遲紅燭短，彈指光陰如寄。對樽酒、澆愁無計。萬劫河山南北戰，祇江頭尚有清游地。玉樓上，幾回醉。　　胸中洗盡榮枯事。倚闌干、高歌一曲，狂吟千字。白社詞人都老矣，莫爲文章牽累。看今夕、平分兩歲。風雪殘年詩骨瘦，擘蠻牋待寫纏綿意。衾如鐵，不成寐。”

四　金亞匏詞

白門金亞匏先生，工長短令。有〔醉公子〕二闋，《無題》云：“風月凉如水，愛趁花陰睡。不要玉郎歸，郎歸定不依。　郎歸方夜半，先向庭心看。扶進碧紗㡡，替寬紅綉襦。”其二：“風擺庭梧葉，燈燼心偏怯。推枕教郎醒，隔窗郎試聽。　郎呼儂并睡，猜準郎心事。軟語峭尖郎，明朝燒佛香。”閨房窈窕，情景逼真，宛是當時口吻，令人絶倒。

五　程松生沁園春

程松生，字筠甫，安徽歙縣人，工填詞。所著有《香雪盦詞稿》，中有〔沁園春〕一闋，咏美人臍，并附小引云：“宋劉改之先生有〔沁園春〕二闋，以咏美人之指甲與足者，尤纖麗可愛。華亭邵清溪、錢塘吴穀人亦有咏眉、目、額、鼻等作。藕香吟社同人擬於諸題之外，再搜珠遺，用成貂續。依體分咏，余分得‘臍’字。”“生小團團，噬也何知，相思慣牽。這斷腸頭緒，情根難剪；滿懷幽怨，心鏡高懸。寶帶輕分，湘裙暗解，露出微凹一點圓。新來病，恐倚闌時候，凉入丹田。　懽然艾炙痌瘥，更抹下絲兜緊著棉。笑檀郎熏麝，分明眼底；侍兒劈蟹，指點胸前。珠顆成渦，玉胎有孕，瘦損腰支劇可憐。初沾汗，看脂凝淺處，浴向温泉。”風流藴藉，亦香艷中之佳構也。

六　李家孚高陽臺

李家孚，字子淵，合肥伯琦先生之長子也。沉静好學，應嶺東壺社課，文辭斐然。年近弱冠，慨家國之多難，飲鴆自戕，聞者惜之。嘗有〔高陽臺〕《遣懷》云："骯髒形容，嶙峋骨相，江山到處勾留。吹簫彈鋏，天涯歲月如流。琴書長物輕抛弃，喜奚囊、猶剩吴鈎。對西風、騷殘緑鬢，倚遍朱樓。　　少年意氣凌山岳，盡築壇拜將，絶域封侯。登臨廣武，依然舊日神州。風流王謝衣冠後，五陵俠、肥馬輕裘。問蒼蒼，楸枰一局，却待誰收?"聲情激越，大有鐵如意擊缺唾壺之慨。

七　黄摩西賀新凉

黄摩西先生，詩詞俱工絶，風流逸韵，允爲江南第一才子，惜以痼卒。其生平著作甚富，半已散佚。嘗見其贈歌妓杏兒、阿素〔賀新凉〕兩闋，亟録之。《贈杏兒》云："春瘦東風倦。太惺忪、玉樓舊夢，等閑吹斷。占領江南花一種，幾度脂揉粉澣。驀開到、黄鸝身畔。冶葉倡條胡點綴，睹繁華不受紅墻管。纔一顧，蜂蝶滿。　　一枝背面分寒暖。怎消受、鏡臺供養，緑華相伴。百計思量千遍約，勾却穠懽一半。還和醉、和愁銷算。十里芳塵鞭馬去，衹黄金休鑄憐香券。盡薄幸，自今唤。"《贈阿素》云："金粉腥羶氣。總輸他、薛家録事，樊家嬌婢。又向嫦娥偷小字，蕩得秋情無際。漸香入、幽蘭心裏。名士傾城留本色，便掃眉不用紅花替。塵萬斛，眼波洗。　　年來潘鬢成絲矣。卅六天、從頭懺悔，紅情緑意。多感憐才才似錦，鳳尾鴛心奇麗。都化作、光明白地。四壁畫禪卿合悟，是吾曹清眄談詩例。携皓腕，驗鈴記。"

八　楊文奴一剪梅

邑人楊文奴女士，係名醫百城先生之女。工吟咏，尤喜填詞。《雨夜》調寄〔一剪梅〕詞云："豈爲催詩雨點飄，聽也魂銷，睡也魂銷。疏疏密密打花梢，夢也無聊，醒也無聊。　　小坐黄昏掩綺寮，燈也慵挑，香也慵燒。更深人静夜迢迢，雨也明朝，晴也明朝。"筆致清新，饒有風韵，可造才也。

九　汪虞陽花自落

汪虞陽先生，偶填小令，詞意藴藉。《飛絮》調寄〔花自落〕：“因風起，一片春魂飄泊。似避兒童何處捉，巧投蛛網絡。　纔下藥欄干角，又上護花鈴索。不管玉人心事惡，過來粘鏡閣。”所惜年僅三十，奄忽以歿。錦囊殘墨，祇留此鱗爪耳。

一〇　顧亮臣望江南

顧亮臣先生，别字瘦蘉，工吟咏。有〔望江南〕四闋，其一云：“江南柳，丰韵自年年。最好秦淮歌舞地，輕移雙槳畫橋邊，暗鎖一溪烟。”其二：“江南柳，揺曳漢宫天。爲甚黄鶯啼不住，曉窗催起玉人眠，纖細楚腰憐。”其三：“江南柳，迎送木蘭船。十里山塘何處泊？館娃宫畔響廊前，綺思綰纏綿。”其四：“江南柳，眉樣鬥來妍。妝罷翠樓人獨倚，陌頭春色别愁牽，夫婿未歸田。”句亦韶秀，殊有三起三眠之致。

一一　吴劍門踏莎行

吴劍門先生，工填詞。《旅次寄内》調寄〔踏莎行〕：“又是黄昏，和愁睡倒，重簾不放天光曉。一燈猶結并頭花，鼓聲壓住城樓悄。　宿雨初過，月華翻皎，心頭别恨添多少？知他病裏也無聊，替儂數到更籌了。”詞義纏綿，是深於情者也。

一二　陸鈞徒青玉案

陸君鈞徒，丁酉應試南闈，薦而不售，乃填〔青玉案〕一闋，和友人《秋夜》云：“西風吹墮雲霄路，莫把了，歸期誤。百五韶光留不住，桐庭珪月，蕉窗珠雨，總是罹愁處。　井欄絡緯聲聲度，凄切衷情爲誰訴？巷柝三更香一炷，殘螢流水，病蛩泣露，忍把秋心賦。”名場蹭蹬，愁懷如訴，殆亦張平子之流亞歟？

一三　宗叔才如夢令

宗叔才先生，别字柳凡，清庠生，常熟人。光緒丙申年間，設帳白茆李第。與陸君維之、汪君伯琛訂交，詩筒投贈，唱酬爲樂。有〔如夢令〕《秋夜》六闋："溪畔納凉秋夜，風動長堤柳綫。紅藕已無花，殘葉半池蒼翠。斜掩。斜掩。猶蓋鴛鴦雙睡。"其一。"唧唧蟲鳴秋夜，助我吟懷清淺。蟋蟀豆花棚，絡緯梧桐庭院。消遣。消遣。一幅花箋題遍。"其二。"桐蔭月明秋夜，亞字闌干憑遍。天上啓冰輪，皎潔素娥粉面。遮掩。遮掩。恨煞秋雲一片。"其三。"深院讀書秋夜，几上燈花吐焰。不閲古人詩，不喜小詞香艷。翻遍。翻遍。一卷《離騷》頻選。"其四。"疏雨滴殘秋夜，小院燈昏紅豆。冷冷復清清，竟把秋心攪碎。静也。静也。何日相思人見?"其五。"漏點最長秋夜，簾捲窗紗深掩。一夕動西風，人比黄花更瘦。清減。清減。未可病懷消遣。"其六。筆姿清麗，吐屬雋雅。置之唐人小令中，幾不能辨。

一四　山樗上人摸魚兒

山樗上人喜吟咏，《題高郵楊甓漁〈柳堤垂釣圖〉，調寄〔摸魚兒〕，次醉樵韵》："弃官歸、溷踪漁父，安危心已明曉。風波静處魚竿下，慣坐柳陰垂釣。人迹少，衹一個、披蓑戴笠楊遺老。生涯潦草。語江上神龍，雲間仙鶴，休要露鱗爪。　　忘機早，久與沙鷗交好。山僧來、惜遲了。甓湖如可浮杯渡，幸借夜珠光照。容嘯傲，喜聽得、高歌白雪陽春調。芥舟非小，且相約龍華，他時開會，乘興放蓮棹。"詞意清新，絶無一點烟火氣，亦禪家所謂正法眼藏也。

一五　方枕雲杏花天

方枕雲先生，尤工詞。〔漁父〕調寄〔杏花天〕："湖濱寄迹殊塵俗，度花朝、魚肥酒熟。春江拍手高歌曲，不問人間榮辱。

虹橋畔、花飛芬馥。看不了、桃紅柳緑。夜來慣伴閑鷗宿，到處渾無拘束。”筆致秀潔。

一六　金病鶴行香子

金病鶴先生，善填詞。《八月剡溪之行，用藝畬送别韵》調寄〔行香子〕：“燈影樓前，帆影江邊。最驚心、别裏華年。有懷誰訴？好月難延。奈柳風殘，蘋風冷，葦風顛。　蟲語秋烟，燕語遥天。□聲聲，催徹離筵。青衫爾我，握手流連。似同心蘭，無心絮，苦心蓮。”詞意纏綿，悠然神往。

一七　潘質之虞美人

潘質之先生，兼工詞。《咏魁芋》調寄〔虞美人〕：“蹲鴟煨裹爐灰暖，切玉凝脂軟。寒宵恰好潤詩腸，取比雪中黄獨更清香。　世間畫餅諳滋味，傀儡登場戲。安眠無夢到簪纓，便是十年宰相總虚名。”滄桑之感，亦流露於楮墨間矣。

一八　戴養軒高陽臺

戴養軒先生，亦善詞。《題磬兒小影》調寄〔高陽臺〕：“夢冷梨雲，愁沾杏雨，江南景物蕭條。玉笛聲中，幾番錯過春宵。樓臺倒映秦淮畔，最難堪、水驛迢遥。恨今生、未了因緣，燭滅香消。　可憐病態難摹寫，想金釵墮落，翠袖飄摇。偎倚闌干，别來獨自無聊。千金買笑成虚話，長相思、暮暮朝朝。問誰能、染出啼痕，畫出心苗。”頗有韵致。

一九　單黼卿風蝶令

單黼卿先生，清庠生，上海人。寓居常熟西門田橋，以硯田自給。喜填詞，自號鬢影詞人。《别情》調寄〔風蝶令〕：“蝶舞鶯飛候，燒香上冢天。尋芳時節啓離筵，怕看長亭，春草碧芊綿。　别語千回囑，愁腸兩地牽。征途寒暖自家憐，江岸斜陽，第一蚤停船。”情緒綢繆。著有《花聲月意樓詞稿》，待梓。年來萑苻不靖，讀“江岸”句，當書諸紳也。

二〇　許瘦蝶洞仙歌

許瘦蝶先生，太倉人，工吟咏。《吊河東君墓》調寄〔洞仙歌〕：“小桃花底，惹幾番延佇。爲問芳魂渺何處？任雪膚似玉，鬟髮如雲，衹赢得一抔香土。　傾城呼不起，三百年來，艷骨猶依尚書墓。家難力能紓，弱質甘拚，畢竟讓、河東千古。聽啼徹空山杜鵑聲，指垂柳絲絲，恍疑眉嫵。”詞意哀艷。

二一　張蟄公蝶戀花

張蟄公先生，吴縣人，兼工詞。《花朝》調寄〔蝶戀花〕：“小雨輕風春一半。姹紫嫣紅，莫問誰家院。佳節且教掄指算，出門試約聽鶯伴。　十里烟光空目斷。到處園林，一片繁華絢。説與蝶蜂渾不管，枝頭替把花旛换。”饒有情致。

二二　葉肖齋青玉案

葉肖齋孝廉，安徽太湖人。《春暮懷余信芳》調寄〔青玉案〕：“楊花又與人争路，看春色，匆匆去。怪底流鶯啼不住。小樓斜月，曲欄微雨，試覓君何處。　年華且莫嗟遲暮，無限傷心誰共訴？幾度閑吟紅豆句。點點齊烟，悠悠江樹，未解相思苦。”筆致纏綿，一往情深。

二三　何鵜亭一剪梅

何鵜亭大令，工詞。〔一剪梅〕：“楊柳千條不繫春。喜見新春，怕説殘春。清和上浣有餘香，明裏勾春，暗裏藏春。　捺住晨鐘衹管春。等待迎春，怎似留春。倘然留得半些春，天倒長春，人更傷春。”藴藉得神。著有《紅橋詞》一卷，合肥李氏序而刊之。

二四　勒少仲詞

勒少仲先生，西江人，工填詞。〔朝中措〕："疏林烏鵲動寒聲，江冷月華清。四望楚天空闊，霜鐘飛下孤城。　蓬窗夜静，香痕半炮，酒意微醒。正是客愁深處，一鐙紅得無情。"〔减字木蘭花〕《旅懷》："清明近了，紫艷紅芳争窈窕。可惜東風，弄影吹香客邸中。　月輪重滿，照徹離愁春不管。對月傷春，一樹桃花冷笑人。"〔醉花陰〕《寶應湖晚泊》："湖上長堤烟壓樹，暝色催津鼓。水闊雁聲寒，唤起離人，夢落荒洲渡。秋來已是添愁緒，更向天涯去。争得不凄凉，一陣西風，一陣蘆花雨。"〔喝火令〕："寶鏡紅鸞舞，靈釵白燕飛。淡烟雙鬢小山眉。長記曲房深幕，含泪訴心期。　薄命憐花蕊，芳顔惜柳枝。直饒相見總相思。况是分襟，况是暮秋時。况是越溪孤棹，月冷聽猿啼。"引商刻羽，磬徹鈴圓。著有《榑洲詞》一卷，録存數闋，以志仰佩。

二五　孫雲鶴詞

孫雲鶴女士，字蘭友，隨園女弟子也。工填詞。〔點绛唇〕："村柝聲寒，鄉關夢斷三更過。紙窗風破，一點殘燈墮。　静院無人，獨自開簾坐。重門鎖，梅花和我，對月成三個。"又《咏美人口》調寄〔沁園春〕："薄染輕朱，艷傳樊素，一點紅凝。愛杏花樓畔，吹簫略掩；海棠風裏，擫笛長横。玉甲偎腮，金釵剔齒，界破盈盈半顆櫻。嚴妝罷，吮毫端螺子，染上微青。　鞦韆欲上還停，怕汗濕冰膚喘未勝。憶午窗慵綉，彩絨半唾；春朝消渴，花露偷噙。斂黛將吁，低鬟欲笑，十度沉吟萬種情。堪憐甚，更戲調鸚鵡，軟語輕輕。"此等題情，出於閨人口吻，尤能體貼入微，描寫得神。

二六　諸秉彝滿江紅

諸秉彝先生，武進人。〔滿江紅〕《答陸醉樵次韵》："策蹇重來，蜿蜒見、栖霞環峙。喜今古、長江天塹，依然如此。智井香埋增感慨，眉樓蕪没悲傾圮。問何人、隻手奠河山，髯掀紫。　帆猶送，東流水。衫猶濕，南朝泪。剩秦淮風月，别開天地。彈鋏魚愁歌未息，傍門燕倦知非計。羡天隨、展卷坐桐陰，秋聲裏。”是時作客秣陵。河山如此，風景全非，惟嵇、吕相交，有春樹暮雲之感耳。

二七　楊甓漁柳梢青

楊甓漁先生，高郵人。〔柳梢青〕《村溪春眺，用秦少游〈春景〉韵》：“風約輕沙，鶯兒睍睆，燕子横斜。兩岸烟清，一溪水暖，紅煞桃花。　萋萋芳草天涯，指點處、垂楊暮鴉。野叟肩鋤，牧童腰笛，畫裏人家。”眼前風景，筆底寫來，不啻倪迂一幅圖畫，爲之傾倒。

二八　張仲清飛雪滿群山

張仲清孝廉，吴縣人，工填詞。〔飛雪滿群山〕《自題〈艮廬填詞圖〉》詞云：“殘劫山川，窮陰時節，就中留著吟魂。凍雲如墨，寒林遍縞，斷知大地無春。小園僵卧久，又添了、牛衣病呻。寓聲羌管，箋愁梵譜，憔悴倦游身。　憑悟徹、浮生同夢覺，看眼前桑海，何苦沾巾。藕腸回幾？蓮心斷未？可憐自種愁根。擬呼真宰訴，恐閶闔、終難上聞。唾壺椎碎，青衫點檢餘泪痕。”俯仰身世，不勝今昔之感。刊《艮廬詞》一卷。

二九　吴悦如齊天樂

吴悦如先生，别字盾夫，常熟人，工詞。《陸子醉樵有〈四十述懷〉之作，爰填〔齊天樂〕一闋應之》：“放翁哀樂中年繫，吟牋懺除豪氣。舊夢江鄉，新愁家國，眼看銅駝流涕。衣冠改矣。正自鏡華顛，此身如寄。百感茫茫，灑然獨在畫圖裏。　黄花早秋開未？想君應笑我，强歲能幾。冷月潯陽，炎風嶺嶠，何處游踪須記。(時從南海歸。)還來把臂。且擊節高哦，及時重勵。對字湖山，共清閑況味。”音節蒼凉，當於酒酣時擊筑歌之。

三〇　許瘦蝶金縷曲

許瘦蝶先生，太倉人，工詞。《和醉樵〈述懷〉之作，填〔金縷曲〕一章》：“四十年來事，破功夫、敲金戛玉，編成巨製。眼底滄桑連番變，一笑華嚴彈指。應自慨、幕巢身世。廿里茆江重回首，祝東風紅豆牽愁思。吟八景，雅懷寄。　壯心漫説强當仕。畫堂前、歡承賢母，經傳令子。覓得桃源甘韜晦，消受幽居況味。有鋤藥、澆花生計。混迹漁樵名心淡，指虞山一角稱知己。招舊侣，共謀醉。”詞意雅潔。

三一　程夢盦詞

程夢盦先生，嘉定人。〔踏莎行〕：“劈絮春慵，揉花風緊，别離滋味從頭省。當初倒是不相知，免教今日嫌孤另。　似假疑真，將温做冷，心腸忒煞無憑準。子規留客又催歸，縱然留也難長等。”〔虞美人〕：“屏山静掩黄昏雨，忽送春歸去。春歸畢竟没人知，但訝鏡中青鬢换絲絲。　鶯嬌蝶嬾忘離恨，消息應難問。却憐燕子獨無家，隨著落花飛絮住天涯。”〔金縷曲〕《題河東君像》：“金粉消殘劫。展生綃、蘼蕪翠影，娉婷猶昔。淪落天涯逢知己，獨向虞山心折。記半野堂前初識。簾捲花陰春未晚，海棠開一幅吟箋劈。私自幸，奉巾櫛。　黨魁北寺休重説。任紛紛、簽名降表，復遭嚴黜。江總歸來憔悴甚，賴有紅妝侍側。恰慰爾、顛毛垂白。還許蛾眉能殉主，料尚書泉下多慚色。難合傳，女中俠。”霞思烟想，楮墨欲流。著有《以恬養智齋詞鈔》。

三二　朱伯康浣溪沙

朱伯康先生，寶山人。〔浣溪沙〕《雜憶影事》四闋，其一云：“記得紅樓月影沉。棗花簾下聽彈琴。十分酒力已難禁。　偷换羅巾防妹覺，戲藏紈扇泥郎尋。此時情况此時心。”其二云：“記得風回水閣凉。替穿末麗看梳妝。一重簾影一重香。　輕撥玉簪蝴蝶粉，乍挑金盒鷓鴣肪。驀然對鏡細思量。”其三云：“記得雲英見面初。洞房深處賭投壺。滿簾竹影要人扶。　剩恐心焦教暫睡，愛看臉暈倩佯輸。開篋攜扇索親書。”其四云：“記得華堂琥珀尊。并肩親遞玉漿温。牽衣秘約等黄昏。　細剥瓜仁抛隔座，愛拈梅豆戲同門。扇邊低語最銷魂。”寄情綿邈，幽趣自深。著有《簫材琴德廬詞鈔》。

三三　楊艮生詞

楊艮生先生，太倉人。〔柳梢青〕：“春恨誰撩，東風刻意，吹緑長條。烟水人家，江南二月，説也魂銷。　眉痕瘦到無聊，記夢裏、玉作平關路遥。數點昏鴉，一絲黄月，幾摺紅橋。”〔行香子〕《秋柳》：“樓外歸鴻，橋下垂虹。記嘶殘、陌上游驄。玉關何處？消息難通。剩一絲烟，一絲雨，一絲風。　眼纈愁封，眉樣難工。瘦腰圍、褪了還鬆。寒塘幾樹、蕉萃秋容。襯豆花黄，蘆花白，蓼花紅。”筆致清麗，追踪秦、柳。昔殷孝章先生有“先憶吾家春水船”句，即今楊君栖止處。著有《春水船詞鈔》。

三四　沈彦和詞

沈彦和先生，寶山人。〔浣溪沙〕《舟行即景》：“買得橫塘鴨嘴船。兩三人坐却安便。載伊秋夢到鷗邊。　荻絮因風疑作雪，柳絲弄暝不成烟。夕陽紅上鷺鷥肩。”〔金縷曲〕《題河東君小像》：“泊鳳飄鸞後。想當年、有情夫婿，結成嘉耦。學士風流憐弱絮，鶴髮倚來紅袖。怎艷福、今生消受。　一朵絳雲才子筆，對瓊樓花月同澆酒。吟興劇，掃眉岫。　村前遍種雙紅豆。甚凄凉、滄桑遞易，那堪回首。怕讀兩朝名士傳，眼底河山非舊。更腸斷、南沙詩叟。揮盡千金原不惜，奈桃花燕子春痕瘦。釵玉冷，忍重扣。”含商嚼羽，清艷絶倫。先生别字小梅，所居曰春雨莊，著有

《碧梧秋館詞鈔》。

三五　汪稚泉滿江紅

汪稚泉先生，别字馨士，太倉人。〔滿江紅〕四闋《三十生日，酒酣放歌》："三十頭顱，一彈指、歲華非故。驚滿眼、狂花妖鳥，痴雲毒霧。京洛何時分筆札，關河到處聽鼙鼓。試銅弦、鐵撥唱江東，公無渡。　誰殺盡，中山兔？誰射盡，南山虎？想美人佳俠，英雄廣武。病馬原無鞭可著，飢蠶尚有絲能吐。看寒星、照壁燭花紅，婆娑舞。"其一。"人世功名，拚抛却、隨身竿木。更説甚、禰衡工駡，唐衢善哭。入市聊從騶卒飲，應官耻飽侏儒粟。祇贏來、玉骨瘦崚嶒，秋山緑。　招不到，天邊鵠。夢不見，隍中鹿。盡才量八斗，愁深萬斛。太史馬牛奔走慣，劉安鷄犬飛昇速。嘆文章、價不抵黄金，書空讀。"其二。"跌宕詞場，憑交遍、迂辛短李。數不了、尊前岸幘，花間倒屣。麈柄清談尋墨客，羊燈小燕圍箏妓。總輸他、俠少五陵豪，聯車騎。　才名也，羞龍尾。世事也，輕蟲臂。便懷鉛握槧，但供游戲。案上藝編紅蠹蝕，匣中蓮鍔青虹閉。怪年來、下筆帶商聲，幽并氣。"其三。"海上鏈關，消磨盡、藥鑪茗盌。搔短鬢、不堪攬鏡，朱顔都换。片刻樓臺嘘白蜃，頻年音信乖黄犬。問青山、真個可埋愁，儂書券。　且莫耻，揚雄賤。也莫諱，嵇康懶。有心如潭月，眼如岩電。蕙帶荷衣居士服，菊齏藕鮓騷人膳。向宵深、一卷自長吟，神仙傳。"其四。悲壯淋漓，大有王郎拔劍斫地歌呼烏烏之概。著有《墨壽閣詞鈔》。

三六　陳同叔詞

陳同叔先生，别字東寅，寶山人。〔鷓鴣天〕："鴛徑苔深憶舊游，絮烟如夢淡簾鈎。春陰漠漠紅墻外，細雨桃花燕子愁。　朱户悄，翠屏幽，些些年事記心頭。東風也惜離人瘦，不放輕寒入小樓。"〔喝火令〕調："粉瘦紅栖蝶，鬟低緑墮鴉。杏花風小日初斜。

瞥見一雙燕子，似説那人家。　　麝屑翻新火，龍團展嫩芽。屏山東角便天涯。記得年時，記得碧窗紗。記得碧窗紗裏，心曲訴琵琶。”靈衿綺思，正如初日芙蓉，天然可愛。著有《尺雲樓詞鈔》。

三七　錢芝門詞

錢芝門先生，太倉人。〔柳梢青〕：“涼月中庭，明河絡角，風露凄清。一抹紅墻，幾株碧柳，三兩秋鶯。　　誰家小院調箏？有多少、愁春未醒？夢裏香痕，酒邊心事，説也零星。”〔金縷曲〕《客譚粵南之勝，爲紀是解》：“銅鼓風濤觸。近南天、荔枝洲畔，芙蓉山麓。一氣冬春渾不辨，奇絶鷓鴣花木。有孔翠、放灘來浴。胡蜨緄圓紋似錦，正佛桑開過榕陰緑。花田唱，感凄曲。　　珠江一帶環艫舳。鎮喧喧、鬣帆朝上，鮫人夜哭。碧海瓊杯歌舞地，小隊蠻姬如玉。恰椰子、酒槽初熟。膏盌紅蚶留客醉，餉金盤綉子檳榔簇。稚川興，待重續。”寫景言情，一往而深。著有《紫芳心館詞鈔》。

三八　陳星涵詞

陳星涵先生，常熟人。〔沁園春〕《聲》：“深院無人，午夢初回，欠呵乍消。喜迴廊宛轉，弓鞋徐點，疏簾蕩漾，裙珮輕摇。脆語欺簧，曼歌遏板，隔院聽來分外嬌。無端嚏，豈檀奴相憶，試問來宵。　　鮫綃學刺鸞交，聽一夜紅燈響剪刀。恰緑窗綉倦，吟詩月夜；翠樓妝罷，宣佛花朝。金釧投盆，玉釵墮枕，第一清魂最易銷。風流福，正春慵微鼾，未忍輕撩。”《息》：“不愛瓊膏，生小凝脂，芳肌可親。喜吹蘭小語，香團霏屑；揾櫻微嗽，液暖生春。擫笛先呵，停樽欲吐，鼻息絲絲半帶醺。千金意，怕有時嬌喘，酒馥氤氳。　　銷魂宛似靈蕓，正珠汗潮回透出真。想并頭枕上，口脂偷度；比肩窗下，髮澤親聞。錦襪酥凝，綉襠暖蘊，醖釀歡邊未有痕。酣眠慣，慣襪羅裾裏，漏泄幽芬。”瓊思瑶想，刻劃入微。又〔風馬兒〕《幽憶》：“緑紗窗外漏迢迢。聽風也蕭蕭，雨也蕭蕭。碎盡離人心事碧芭蕉。摇摇。　相思欲寄雁寥寥。况山也遥遥，水也遥遥。衹許數行清泪灑花梢。飄飄。”〔夢江南〕：“年十五，電影攝嬋娟。羞靨暈嫌瓜子瘦，莊容圓喜杏仁妍，秋水有情天。”其一。“蘭齋邃，小立幾矜持。六曲屏風藏密語，一彎簾月漏情絲，貼耳絮多時。”其二。“添香候，小玉善周旋。茗盌吹波憨唾沫，菰檠燃火笑噴泉，密意昵人憐。”其三。“鴛衾底，衣飾昵商量。檀口丁寧新嚙臂，芳心子細幾回腸，歡語一宵長。”其四。“春風軟，新柳久籠梳。足裹褪猶尖若笋，胸袪鬆漸核如酥，情愛勝於初。”其五。“嬌養慣，芳性好矜誇。呵指癢擰矗縮瑟，騰軀壓禁蟹爬挲，嗔愛亂於麻。”其六。“秋夜長，夜夜擾人眠。釵樹烏雲鬆殢雨，被池紅浪亂掀天，慣學脚劃船。”其七。“柔鄉裏，擁被夢惺忪。衾腹清芬胸坎暖，髻心薌澤鼻端濃，隻手熨芙蓉。”其八。艷冶絶倫，録存八闋，花影絮痕，要亦無傷於大雅也。

三九　楊雲史蝶戀花

楊雲史先生，常熟人。〔蝶戀花〕《和吕碧城女士在瑞士日内瓦見寄之作》：“眼底旌旗猶霸氣。莽莽幽州，風雪來天地。日落長城横一騎，海山都在躊躇裏。　可堪髀肉雄愁起。閑去呼鷹，冷落山和水。如此人間容我醉，手扶紅粉斟寒翠。”其一。“簾捲西樓風雨外。萬馬中原，人物今猶在。破碎山河來馬背，過江風度朱顔改。　清狂人道嵇中散。銅輦秋衾，馱夢回鷄塞。大好男兒時不再，舉杯吞盡千山黛。”其二。“話到飄零都未忍。燈火樓臺，夢裏天涯近。訴與清秋秋不信，江湖滿地難招隱。　念家山破魂銷盡。收拾閑愁，總是詞人分。北去蘭成君莫問，哀江南後非玄鬢。”其三。“紅葉來時秋水滿。前度迷津，洞裏流年换。道是仙源鷄犬暖，秦人合住桃花岸。　吟成一例腸堪斷。小獵荒寒，匹馬關山遠。歸騎數行燈火亂，雪花如掌盧龍晚。”其四。才氣恣肆，名滿江南。著有《詞鈔》四卷。

四〇　陸冠秋滿江紅

陸冠秋先生，太倉人。〔滿江紅〕《養志出扇索題，倚此贈之》："聚散萍蓬，這因果、幾人參透？何況又、亂離時世，風塵奔走。劫後衰年歌哭老，別來舊雨生疏久。算吾儕、偶出本無心，閑雲岫。　潯江上，一尊酒。越江上，千條柳。嘆分飛勞燕，長亭短堠。宦海急流萌退志，寶山深入空回手。衹而今、歲月付吟筇，消磨彀。"如怨如慕，如泣如訴。平子耶？屈子耶？倚燈展讀，令人黯然。

四一　鄒萍倩臨江仙

鄒萍倩女士，無錫人。〔臨江仙〕《偶成》云："小睡覺來心瑣碎，紅閨到晚寒添。羅衾擁定意懨懨。黄昏時候了，唤婢下湘簾。　屈指今宵明月好，初三眉樣纖纖。痴情儂不愛團圓。團圓雖自好，一夕便微弦。"筆亦韶秀。著有《餐英小品》。

四二　許少期詞

許少期羽士，梅村人，工填詞。〔臨江仙〕《庚寅二月，有雲林天竺之游，途次遇雪漫賦》："昨夜輕舟江口渡，今朝縢六飛狂。凍潮無力上銀塘。小桃齋綴玉，弱柳盡瓊裝。　燕子噤寒慵不語，天留古驛梅香。一程程已近松場。香船争下埠，笋擔出餘杭。"又〔蝶戀花〕《吴門正誼書院留别馮小尹齋長》："幾度攀嵇欣識面。入座春風，好語如珠貫。籬菊初黄霜蟹滿，新詩携向尊前看。　底事驪歌催棹轉？水帶離聲，曲曲情難斷。乘興儻尋方外伴，休嫌地僻梅村遠。"清逸拔俗，如聞鈞天之樂，一掃箏琶凡響。著有《聽香仙館詞鈔》。海虞俞調卿先生相與友善，訂方外交。

四三　汪子潛浪淘沙

汪子潛先生，别字蔗畦，太倉人。〔浪淘沙〕《春盡日送别茗仙》："流水蹙羅裙，中有愁痕。畫船雙槳載春人。著意留人留不住，何況留春。　　軟語記溫存，燈火黄昏。賺來離緒總紛紛。魂向當時銷盡也，怎又銷魂？"詞筆亦清麗。

四四　俞嘯琴詞

俞嘯琴先生，常熟人，亦喜填詞。《癸亥秋間，偕同人金閶之游，眷一校書小雙珠，因填三闋贈之》其一云〔小桃紅〕："過了桃花漲，撇下楊花浪。懊惱東風，荔枝紅處，黯然相訪。寫鸞牋、詞句盡牢騷，向枇杷門巷。　　蜜蜜纜絲網，試合仙人掌。暗逗微波，斂眉偏坐，柳枝低唱。祇星眸、回笑暈梨渦，又情苗平長。"其二云〔雙鸂鶒〕："臉際芙蓉含喜，喜煞劉郎平視。應有九明珠琲，直恁玲瓏聰慧。　　我是瑶華公子，淪謫蕊珠宫裏。絮語還攀纖指，年華剛巧輸你。"其三云〔一斛珠〕："蕭蕭暮雨，紅樓聽唱江南句。愁心飛上眉心住，桃葉桃根，莫被春風誤。　　明朝又别金閶路，酒闌歡罷愁如許。瑩娘記取叮嚀語，劉阮重來，好認雙眉嫵。"詞華韶秀，情致纏綿。

四五　邵盅友行香子

邵盅友先生，昭文人，工填詞。〔行香子〕："秋日凄凄，歲月如馳。養痾時、恰是閑時。世間萬事，了不聞知。是九分愁，十分懶，六分痴。　　與我周旋，俗物非宜。領眼前、造化生機。水邊林下，性静神怡。有一枝花，一拳石，一聯詩。"著有《金粟山樓詩餘》一卷。

四六　張南山一剪梅

張南山先生，廣東番禺人。《秋夜偕客放舟赤壁，酒酣填〔一剪梅〕調，扣舷歌之》，詞云："依然赤壁在黄州。古有人游，今有人游。茫然萬頃放扁舟，人在中流，月在中流。　　髯蘇二賦自千秋。佳境長留，佳話長留。何須簫管聽啁啾，詩可相酬，酒可相酬。”豪情逸致，想見當年。披讀之餘，令人神往。

四七　鍾際唐點绛唇

鍾際唐孝廉自題《紅拂圖》，調寄〔點绛唇〕，詞云：“一入侯門，世人閲盡英雄少。落花啼鳥，衹怕人空老。　忽遇英雄，蓮幕抽身早。相逢了，夜深人窅，細語鶯聲悄。”孝廉懷才不遇，嗟貧嘆老，情見乎詞。卒之身污僞職，侘傺以終，其識見遠不及紅拂矣。

四八　陳圓圓醜奴兒令

陳圓圓爲吴將軍三桂之妾，工倚聲。〔醜奴兒令〕《梅落》詞云：“滿溪緑漲春將去，馬踏星沙。雨打梨花，又有香風透碧紗。　聲聲羌笛吹楊柳，月映官衙。懶賦梅花，簾裏人兒學唤茶。”筆致清麗。有《舞餘詞》一卷。弇山吴梅村祭酒作《圓圓曲》紀其事。

四九　柳如是踏莎行

柳如是爲錢宗伯牧齋之妾，工填詞。〔踏莎行〕《寄書》詞云：“花痕月片，愁頭恨尾，臨書已是無多泪。寫成忽被巧風吹，巧風吹碎人兒意。　半簾燈焰，還如夢裏，消魂照個人來矣。開時須索十分思，緣他小夢難尋你。”清艷絶倫。有《鴛鴦樓詞》一卷。牧翁謝世，爲族子所逼，投繯殉節，其志尤可嘉也。

五〇　沈愛廬詞

沈愛廬先生，寶山人，工填詞。〔十六字令〕《花前美人》：“濃。花氣氤氲曉日烘。何曾醉，薰得臉兒紅。”《月下美人》：“期。曾約今宵月上時。丫鬟去，還有影兒隨。”〔桃源憶故人〕《閨情》：“菱花對坐春雲艷，盡日凝妝不厭。多少情絲理遍，怎説工夫便。　春葱斜拔釵頭燕，細剔蛾鬟雙片。祇恐髮髻未斂，偶拂檀郎面。”筆致清艷，令人神往。

五一　陸鈞徒扶乩詞如夢令

陸君鈞徒喜弄笛，曾於隻桐廬扶乩。某仙姑降，詞云：“玉笛聲聲何處？又被濕雲壓住。（以下命鈞徒續之。）一縷透清宵，欲把羲輪催馭。奇遇，奇遇，忽迓蓬萊仙輅。”乩云：“末句易一字，盍呼我爲一字師乎？”鈞徒允之。乩云：“‘迓’字易‘引’。”僉云“引”字甚妙。調係〔如夢令〕也。

五二　鄒緯辰蘇幕遮

鄒緯辰先生，無錫人，工詞。〔蘇幕遮〕：“小窗幽，深院静。仲子墻邊，閑煞秋千影。風約飛花紅不定。打個盤旋，墮入蘼蕪徑。　懶拈針，愁對鏡。忒怪無聊，獨自闌干憑。欲寫相思遥寄贈。搗爛春愁，化作懨懨病。”思致新穎。著有《晚紅軒詞鈔》。

五三　鄒酒匄詞

鄒酒匄老人，梁溪人，工詞。〔卜算子〕：“守著窗兒悄，懶去眉兒掃。别後人兒總不歸，望斷書兒到。妒煞龐兒好，却被花兒笑。鎮日心兒擾不休，反把鶯兒惱。”又〔醉花陰〕：“年年好景成孤負，瞥眼春光驟。時節過清明，又是梨花瘦了桃花瘦。　滿園冷翠渾如舊，燕子銷魂否？春水恁多情，也學愁人，把著眉兒皺。”詞筆艷麗，足見壽徵。

五四　張蟄公詞

張蟄公先生，江蘇吴縣人，工詞。〔青玉案〕《題高郵卞少卿〈獨立圖〉》：“昂藏七尺甘匏弃，衹寫向，丹青裏。長劍分明天外倚，滿腔孤憤，半生豪氣，誰是容身地？　况多一掬滄桑泪，正滿目河山異。四顧蒼茫還自喜。身無長物，眼空餘子，何處尋知己？”又〔滿江紅〕《諸秉彝重游秣陵，次韵和之》：“一局滄桑，剩鍾阜、烟巒高峙。更漫灑、新亭危涕，江山如此。邀笛步空尋約略，勝棋樓古悲荒圮。豁雙瞳、佳氣望猶龍，東來紫。　　三尺膩，秦淮水。千古恨，臺城泪。况萍飄蓬轉，埋愁何地？且寄登樓王粲感，休抛歸隱陶潛計。問年來、賣賦倘千金，長門裏。”托物寫情，藉寄身世之感。著有《惜餘春館詞鈔》。

五五　彭安之詞

彭安之先生，吴縣人，從蟄公游，學填詞。〔踏莎行〕《題〈耦園讀書圖〉》：“石倚長松，橋横曲沼，耦園風景堪游釣。蕓窗半掩讀書堂，花香也彀蟫魚飽。　　杏雨紅霏，茶烟碧裊，林泉寫入丹青妙。回廊繞遍獨沉吟，緑陰深處聞啼鳥。”又〔浪淘沙〕《虎阜懷古》：“一棹倚春風，柳緑桃紅。閑來虎阜寄游踪。剩有點頭頑石在，却少生公。　　古寺起疏鐘，山色朦朧。闔廬霸業已成空。三尺依然騰劍氣，虎踞稱雄。”筆亦清麗。著有《耦園課存》一卷。

五六　俞鷗侶詞

俞鷗侶同社，亦喜填詞。〔浣溪沙〕《春日三橋志游》：“微雨初過天乍晴。山塘迤邐好風迎。黄鶯啼處最關情。　　别緒暗隨芳草長，閑身輸與水鷗輕。歸舟滿載夕陽明。”又〔梁州令〕《離情》：“最是銷魂處，去年送君芳渡。渡頭楊柳緑千絲，怎教綰得行人住。　　春風又弄漫天絮，替寫離情緒。抛殘紅豆無數，青山不隔愁來路。”思致高超，用筆綿邈，頗足耐人尋味。

五七　徐笑雲滿江紅

徐笑雲先生，常熟人，工填詞。〔滿江紅〕《九日登望海墩，感成此闋，歌竟凄然》：“冷落斜陽，且側帽、蒼茫獨立。極目處、西風江岸，飄蕭蘆荻。戲馬高臺今在否？英雄轉盼空陳迹。看秋潮、滚滚向東流，心頭熱。　　聲悲壯，中流楫。音凄怨，山陽笛。更文峰高聳，遥天凝碧。鐵馬嘶風驚鼓角，銅駝泣雨埋荆棘。盡兩行、血泪灑新亭，誰人識?”秋風蕭颯，雲樹蒼茫，正如晋人所云：“風景不殊，舉目有河山之異。”傷時感逝，作者殆屈子之流亞歟?

五八　戴吟石蝶戀花

戴吟石先生，安徽休寧人。與余有金蘭之誼，詩酒唱酬，頗多韵事，并喜填詞。〔蝶戀花〕《次秋厂韵》：“賭罷殘棋輸一著。誤却終身，鸞鳳同飄泊。小别旗亭留艷曲，欲歌恐被人輕薄。　坐背銀燈尋密約。脉脉相思，珍重千金諾。夢入西湖杯泛緑，笙簫何處開妝閣?”晚年境遇坎坷，橐筆淞滬，聊爲館穀計耳。

五九　龐棟才詞

龐棟才先生，别字獨笑，常熟人。光緒丙申科試，與余同游泮水。才氣豪放，尤工填詞。〔浣溪沙〕《留園晚坐》：“門巷愔愔趁夕暉。秋來風物已全非。偶從劫外坐忘機。　雨蘚侵牀琴上疣，雲花歕壁劍生衣。池魚静聽水窗棋。”又前調《秋日游西園》：“小坐虚堂一晌纔。天回地迥我重來。禪房花木罨樓臺。　風合池萍魚闖碎，虹環墻樹雁衝開。一袈裟地即蓬萊。”又〔洞仙歌〕《游荷花蕩》：“春波滑笏，蕩湖船六柱。最愛兜娘蹋摇慣。看靈蛇堆髻，仙蝶飄裾，掩映著、血色鞋兒新艷。　嬌喉珠半串，脆絶吴音，唱到瓊窗五更轉。隱謎故相嘲，風水聲中，墮一朵、碧雲天半。縱唤到無情木石腸，聽暮雨蕭蕭，也應魂斷。”班香宋艷，一往情深。此公久客蘇滬，僕僕風塵，安之若素，不復作歸田計矣。

六〇　顧吟香采桑子

周原真《因果録》中，有顧吟香女士〔采桑子〕《春望》云：“珠簾乍捲迎春雨，漠漠雲低，淡淡烟迷，怕聽鶯兒隔院啼。　棠梨落後東風細，燕啄香泥，馬過長堤，楊柳青青盡向西。”筆致清艷絶倫，諷誦一過，令人神往。

六一　張小庾昭君怨

張小庾先生，常熟人，工詞。〔昭君怨〕《題〈美人搴幃圖〉》："曉夢和愁難醒，早又黄鸝三請。隨意掠雲鬟，更嫣然。　蓮步姗姗初起，欲到畫堂猶未。羅幕恰輪伊，擱柔荑。"詞旨清麗。著有《瓶花廬詞鈔》。

六二　錢名山詞

錢名山先生，武進人，光緒癸卯進士。生平重氣節，不屑仕進。晚年閉門著書，精研程朱之學。而弟子從游者，頗有桃李盈門之盛。并工倚聲，兹録存三闋。〔踏莎行〕《新安歸艇》："小小船兒，真成蚱蜢，無篷無蓋乘來穩。纜繩打結不多長，槐竿倒插鋤頭柄。　小雨零星，淡雲掩映，水平天遠青山近。坐看清景不知疲，到家不礙斜陽暝。"又〔浪淘沙〕："離黍遍神皐，劫火横燒。故人鸞鶴上雲霄。竟作前朝人物去，不算鴻毛。　方寸恨難消，生也無聊。青山無限碧雲高。孰與痛揮亡國泪，把臂漁樵。"又〔南歌子〕《辛酉秋日》："翠失梧桐葉，香殘菡萏叢。本來已是感秋蓬，何況一番狂雨一番風。　白水吞平野，青山落斷虹。登樓一望海天空，不信斜陽尚有幾多紅。"詞華富贍，尤覺生色。刊有《名山詞》一卷。

六三　俞曲園燭影揺紅

元末張士誠稱王姑蘇臺畔，對於人民非常愛護。士誠死後，民衆不忘其德。張字九思，於每月七月晦日，燒九思香，以資紀念。清代俞曲園先生曾譜〔燭影揺紅〕一闋，詞云："乞巧纔過，又看霜月匆匆度。燭奴燈婢早安排，專等斜陽暮。掃凈梧桐院宇，謝天公、收回陣雨。小兒伶俐，先把年華，閑中偷數。　香霧繽紛，夜闌揺曳芙蓉炬。星星明滅晚風前，蠟泪濃如許。何必名山凈土，供香花、家家笑語。兩年月小，小作生辰，明年重睹。”吴俗，此夕插燭於庭前燃之，計一家人年齡若干，就燃燭若干，符合其數。在風清月朗下，一般小兒女團聚於燭花香霧之間，確乎有一種不可言狀的樂趣。

讀詞小紀

張龍炎◎著

張龍炎（1909～2009），后改名隆延，字十之，又字子絣，號蠹翁。江蘇南京人。書法家。1928 年入金陵大學就讀政治系，跨讀國文系，從胡小石習中國文學史、古今詩選與詩道，又得黄侃賞識，收爲入室弟子。1932 年在南京金陵大學畢業，前往法國南溪大學深造，獲法學博士，并於柏林大學、牛津大學及哈佛大學做研究。早年擔任駐德國大使館、聯合國秘書處專員、翻譯員等職務。赴臺灣後，曾任臺灣藝術專科學校校長。1971 年旅居美國，任教於聖約翰大學。著有《西洋景》《張隆炎書法論述文集》《中國書法》等。《讀詞小紀》，作於“庚午暮春”（1930 年），刊於《金聲》1931 年第 1 卷第 1 期，爲著者就讀金陵大學時之讀詞記録。另《清真詞校記》亦載於該期，今一并收録。楊傳慶、和希林《輯校民國詞話三十種》收録《讀詞小紀》。

《讀詞小紀》目録

讀詞小紀

一　詞之情文節奏皆有餘於詩

詞，一名詩餘，如《草堂詩餘》《歷代詩餘》《詩餘圖譜》是。悔庵論詩餘曰，詩何以餘哉？“小樓昨夜”，《哀江頭》之餘也；“水殿風來”，〔清平調〕之餘也；况夔笙曰，唐人朝成一詩，夕付管弦，往往聲希節促，則加入“和聲”，凡“和聲”皆以實字填之，遂成詞，詞之情文節奏，并皆有餘於詩，故曰“詩餘”。俗以爲剩餘，非也。

二　曲子詞

詞，一名“曲子詞”，如燉煌石室之《云謡集雜曲子》是。晋宰相和凝少年好爲曲子，契丹號爲“曲子相公”。

三　唐初歌詞初無長短句

《苕溪漁隱》載唐初歌詞多是五言詩或七言詩，初無長短句，〔瑞鷓鴣〕猶可依字而歌，若〔小秦王〕必須雜“虚聲”乃可歌耳。

四　詞爲宋代獨勝之文學

焦里堂《易餘籥録》論文學之勝衰，各有時代。“一代有一代之所勝，捨其所勝以就其所不勝，皆寄人籬下者耳。”嚴滄浪《詩辨》“夫豈不工？終非古人之詩也”。嚴氏詆晚唐之詩爲“聲聞辟支果”，蓋晚唐以下，詩運已頽，故詞爲宋代獨勝之文學也。

五　詞之勝於宋

詞之勝於宋，緣乎詩之大成於唐也。詩，自風雅頌而楚騷而五言，晋宋以降，易樸爲雕，化奇作偶。齊梁文人，精研聲律。隋代五言，多有絶唱。律詩見於唐而詩至此大成。王静安《人間詞話》謂“蓋文體通行既久，染指遂多，自成習套。豪杰之士，亦難於其中自出新意。故遁作他體”。顧亭林《日知録》所謂“詩文之所以代變，有不得不變者”。蓋詩已大成，不得不變生新文學也。杜甫詩（《偶題》）“文章千古事，得失寸心知。前輩飛騰入，餘波綺麗爲”。所謂“前輩飛騰入”，正可以譬解新體文學之興。創格者才高調新，游刃有餘，故能風靡一世。

六　詞之起於唐詩大成之後

後人局促轅下，無可見長，及錘句煉字，即入“綺麗”之域，文體就衰，乃不得不另闢蹊徑，此詞之所以起於唐詩大成之後也。

七　宴桃源是自度曲子早者

古者先爲詞，後叶音律。得自然工整。《古今詞話》載唐莊宗得斷碑有“曾宴桃源深洞，一曲清歌舞鳳”一闋，命樂工入律歌之，名〔宴桃源〕，是自度曲子早者，宋姜堯章知音精律，有自度曲曰自製曲，吴文英亦有自製曲九調。

八　今詞多不能按腔

詞有譜拍俱存者，故沈梅嬌能歌周清真〔意難忘〕〔臺城路〕二曲，古者自度曲刻録譜拍（餘譜盡傳，乃不刻録。），今并失傳，詞多不能按腔矣。

九 舊譜零落

玉田〔西子妝慢〕序云：吴夢窗自製此曲，久欲述之而未能，惜舊譜零落不能倚聲而歌也，今《白石道人歌曲》，刻本間有旁譜，然以拍亡，亦不能歌矣。

一〇 念奴嬌與湘月調音譜差異

白石敘“五湖舊約，問經年底事”〔湘月〕一闋曰“予度此曲，即〔念奴嬌〕之鬲指聲也，於雙調中吹之‘鬲指’亦謂之‘過腔’”。〔念奴嬌〕與〔湘月〕調音譜差異在調中第三韵上，句法〔湘月〕調作四、三、六，而〔念奴嬌〕調中作七、六、二句也。

一一 詞中溶改詩句

詞中溶改詩句多不遑舉，如秦少游〔滿庭芳〕詞“寒鴉萬點，流水繞孤村”，即隋煬帝詩“寒鴉千萬點，流水繞孤村”。寇萊公詩“梅子黄時雨如霧”，賀方回〔青玉案〕作“一川烟草，滿城飛絮，梅子黄時雨”，傳誦至今。周美成〔西河〕《金陵懷古》一闋“夜深月過女牆來，賞心東望淮水”，直是“淮水東邊舊時月，夜深還過女牆來”二句詩。又宋子京改《千家詩》“借問酒家何處有，牧童遥指杏花村”二句爲〔錦纏道〕“問牧童遥指孤村道，杏花深處，那裹人家有”，益覺生動。

一二 詞句直用詩者

詞句直用詩者，如晏同叔以七律中二句“無可奈何花落去，似曾相識燕歸來”，作〔浣溪沙〕之過遍，較詩中一聯尤佳。賀方回〔臨江仙〕“巧剪合歡羅勝子”一闋末句用薛道衡詩“人歸雁落後，思發在花前”，亦不見痕迹。

一三　詩詞句格終不相似

詩詞句格終不相似，如“夜闌更秉燭，相對如夢寐”自是詩句，“今宵剩把銀釭照，猶恐相逢是夢中”自是詞句。

一四　宛陵詩與易安詞

“不上樓來今幾日，滿城多少柳絲黃”，宛陵詩也，“幾日不來樓上望，粉紅香白已争妍”，易安詞也。

一五　詞之風格

詞中如〔楊柳枝〕〔生查子〕〔小秦王〕〔瑞鷓鴣〕〔紇那曲〕等，字句排列，偶與詩類，然而意境、聲調、運辭自見詞之風格，絶不溷於截句、律詩也。

一六　李後主天真未泯

入山宜深，深則盡林壑之美；入世宜淺，淺則保靈性之真。李後主幸而爲宫闈少主，寄情文采，處優養尊，有“花明月暗飛輕霧”“晚妝初了明肌雪”“金窗力困起還慵”“櫻花落盡階前月”“尋春須是先春早，看花莫待花枝老”一類妙品，是“入世不深”，天真未泯也。

一七　李後主幸而爲亡國之君

李後主又幸而爲亡國之君，身歸臣虜，寄宫人書謂“此中日夕，惟以泪洗面耳”，境窮而有“春花秋月何時了”“多少恨”“人生愁恨何能免”“簾外雨潺潺”一類無上上品詞，蓋歐陽修所謂“窮而後工也”，後主遭遇顛沛，然適得失國前後之雙重時會，苟祇獲其半，不足爲大詞人，是天之遇後主者厚矣。古今帝王，惟後主之詞登峰造極，百年榮貴，易萬世詞宗，何嘗不值？東坡嗤其“揮泪對宫娥”爲全無心肝，豈必欲易爲對廟堂痛哭打滾而庶幾保其“三千里地”乎？

一八　白石與玉田詞

盛英問：“君將何以狀白石歌曲？”對曰：“‘秋林霜月，石上流泉’，何如？”又曰：“何以狀張玉田詞？”曰：“則惟‘白雲舒捲，微風天末’乎。”

一九　詞多無題

詞多無題，亦猶詩之無題，强作蛇足，則不免附會失真。

二〇　詞各具本意

詞寫縹渺之思，各具本意。張惠言《詞選》徒增解注，乃盡變若者爲思君，若者爲憂國，徒勞筆墨，無益文章，否則將盡選詞作修身寶鑒，“臣皆視君如腹心？”

二一　情之感人不能强定是非

詞以縹渺綿邈、哀感頑艷盡之，東坡以爲己詞合關西大漢持銅板高歌乃喜，實則柳耆卿之“曉風殘月”由妙女按紅牙歌之，亦何嘗見有遜色，蓋情之感人者，不能强定是非。

二二　詞間亦有賦、比、興諸類

詞間亦有賦、比、興諸類。即以少游〔浣溪沙〕“淡烟流水畫屏幽”一語爲例，則“淡烟流水”，賦也；“畫屏幽”，比也。歐陽修“庭院深深”，興也。“誰道閑情抛弃久”，賦也。

二三　詞寫情景

梅堯臣曰：“傳不盡之情見於言外，狀難寫之景如在目前。”文學手段之能及此者，其惟詞乎？

附　清真詞校記

余十九歲時，避地古吴麗娃鄉，長夏讀美成詞，自爲校注者近二月。更分之爲“寫懷”“紀别”“節序”“賦物”四卷，既成遂置之。己巳春，盛英復加以點編，抄録成册。每卷冠以小引、目録，名之曰《清真詞注》，要余爲記以實其端。

周邦彦，字美成，號清真，浙之錢塘人也，生年卒月，史無確載，《宋史·文苑傳》及《玉照新志》記其卒于宣和七年，美成享年六十有六，據此則可知其生於嘉祐五年也，然近人王國維著《清真遺事》則謂其生於嘉祐二年，是又較《宋史·文苑傳》所載爲不同矣。

美成疏雋少檢，不爲州里所重（《文苑傳》云云）。元豐初，以太學生進《汴都賦》，神宗召爲太學正，此時美成年少才華，益肆力於詞，乃其後浮沉州縣三十餘年（《揮塵餘話》）。後復出教廬州，知溧水縣，其政敬簡（見强焕序。）。迨崇寧立大晟樂府，又膺命討論古音，八十四調之聲稍傳，乃復增慢曲引近，或爲三犯、四犯之曲（《詞源》）。仕至徽猷閣待制，出知順昌府，徙處州，遂卒（《處州府志》《文苑傳》云云。）。然《玉照新志》更載其卒於南京鴻慶宫焉。周公身歷三朝，顯於元豐，宦游南北，歷叙諸詞，而集中〔西平樂〕一調，唏嘘感慨，實其生平自述也。

周公精音律，善製曲，詞中常自喻公瑾，實頗符洽。陳藏一（《話腴》）稱邦彦以樂府獨步，學士、貴人、市儈、妓女，皆知其詞爲可愛，每成一曲，名流輒依律賡唱。紹興初，都下盛咏〔蘭陵王慢〕一闋，西樓南瓦皆歌之，張炎詞叙中記名伎沈梅嬌、車秀卿能歌美成舊曲，得其音旨。（見《山中白雲詞》〔國香〕〔意難忘〕二調叙中。）强焕又謂式燕嘉賓，歌者以公詞爲首唱，美成既卒，南宋諸詞家尤多望風模擬焉。《四庫提要》稱美成下字用韵皆有法度，且多融會唐人詩句；玉田謂其取字皆從唐之温、李詩中來，博極群書，且爲詞切情附物，風力奇高。周介存（《論詞雜著》）言美成思力獨絶千古，如顔平原書，雖未臻兩晋，而唐初之法至此大備，南渡之後，美成樂章實一時勝寄。

周公詞集初刊本凡三：毛晋跋其所刻《片玉詞》，謂家藏有《清真集》及《美成長短句》，皆不滿百闋，最後得宋刻《片玉集》二卷，調計百八十有奇，考劉肅之叙陳（元龍）本謂猶獲昆山之片珍，琢其質而彰其文，因命之曰《片玉集》，是清真詞實自陳刻而易號，北海鄭叔問校本謂陳元龍始名清真詞爲《片玉集》，是知毛晋謂“片玉”爲“宋刻”之非。又《宋史·藝文志》載美成以“清真”名其集，且方千里、楊澤民、陳允平和詞，及夢窗、玉田詞叙中并稱“清真”，故當以“清真”名其集也。

——晋廬寫記

附　記

周公詞之流行本，有《彊邨叢書》本，係以陳元龍本加以校録，每闋加注宫調，印製頗佳。王（鵬運）氏四印齋本與陶氏（蘭泉）本槧印俱佳，惟陶氏本裝訂過精，值乃奇巨，而誤字不免，爲可惜耳。

毛氏（汲古閣）本載《六十一家詞》中（今上海博古齋有影印本。），以明槧乃不易得，而單字歇拍，皆多誤刊，重價易之殊不值也。

鄭氏（大鶴）校本最精（末附《音律圖考》。），新建夏氏刊行之，惟購求不易得。

此外，商務印書館所發行之《周姜詞》，便於購置。林大椿校本則無箋注，售價俱廉。

周詞散見於《陽春白雪》《花庵詞選》《草堂詩餘》《西泠詞萃》《詞律》以及近人《詞選》《詞絜》等書，不欲窺其全豹者，固無需購備全集也。

詞　説

蔣兆蘭◎著

蔣兆蘭（1855～1938?），字香穀。江蘇宜興人。著有《青蕤庵詞》四卷，《詞説》一卷。唐圭璋編《詞話叢編》收録該詞話。

《詞説》目録

詞 説

自 序

有清一代，詞學屢變而益上。中葉以還，鴻生叠起，闢門户之正，示軌轍之程。逮乎晚清，詞家極盛，大抵原本風雅，謹守止庵“導源碧山，歷稼軒、夢窗以還清真之渾化”之説爲之。雖功力有淺深，成就有大小，而寧晦無淺，寧澀無滑，寧生硬無甜熟，煉字煉句，迥不猶人，戛戛乎其難哉。其間特出之英，主壇坫，廣聲氣，宏獎借，妙裁成，在南則有復堂譚氏，在北則有半塘王氏，其提倡推衍之功，不可没也。慨自清命既訖，道喪文敝，二十年來，先民盡矣。獨有彊邨、蕙風，喁于海上，樂則爲天寶霓裳，憂則爲殷遺麥秀，是可傷已。乃今歲初秋，蕙風奄逝，吾道益孤。猶幸承其風者，有吴君瞿安、王君飲鶴、陳君巢南諸子，大抵學有本原，足以守先而待後。兆蘭無似，友教吴門。諸生以老馬識途，時時從問詞法，兼求詞話，奉爲準則。因念古人名著如《詞源》《詞旨》及《樂府指迷》等作，未必淺深高下之皆宜。而清代叢談、詞話諸書，往往特標一義，以自取重。誠恐博而寡要，勞而少功。又慮近世學者根柢不具，則枝葉不榮。故推本屈、宋、徐、庾之旨，甄别家數選本之精，闡述前賢時彦相承之統緒，撰爲一書，名曰《詞説》。要使本末兼修，古今同化。際兹斯文絶續之會，寧使後之人視吾説爲駢枝，無令嗜學者恨前人不爲傳述也。宜興蔣兆蘭。

一　初學作詞當從詩入手

初學作詞當從詩入手，蓋未有五七言不能成句，而能作長短句者也。詞中小令，收處貴含蓄，貴神遠，與詩之七絶最近。慢詞貴鋪叙，貴敷衍，貴波瀾動蕩，貴曲折離合，尤與歌行爲近。其他四五七言偶句，則近於律詩。是故能詩者，學詞必事半功倍。但使端其趣向，勿誤歧途，一兩年或三四年，用功爲之，便成好手。大抵詩境寬，家數多，故不易自立。詞境窄，家數雖多，而可宗者少，故易於成就。至詞與詩之不同，雖匪一端，而大較詩則有賦比興三義，詞則以比興爲高，纔入賦體，便非超詣矣。

二　作詞當以讀詞爲權輿

作詞當以讀詞爲權輿。聲音之道，本乎天籟，協乎人心。詞本名樂府，可被管弦。今雖音律失傳，而善讀者，輒能鏘洋和韵，抑揚高下，極聲調之美。其瀏亮諧順之調固然，即拗澀難讀者，亦無不然。及至聲調熟極，操管自爲，即聲響隨文字流出，自然合拍。此雖專主論詞，然風騷辭賦駢散諸文詩歌各體，無不有天然之音節，合則流美，離則致乖也。

三　初學作詞先從小令入手

初學作詞，如才力不充，或先從小令入手。若天分高，筆姿秀，往往即得名雋之句。然須知詞以沉着渾厚爲貴，非積學不能至。至如初作慢詞，當擇穩順習用之調，平仄多可移易者爲之，庶幾不苦束縛。既成，再將詞律細心對勘，務使平仄悉諧，辭意雙美，改之又改，方可脱手，出以示人。逮至功夫漸到，然後可作單傳孤調，及研究上去聲字。總之，此道無論天資高下，才情豐嗇，必得三五年功夫方能大成。登高自下，行遠自邇，不容躐等也。

四 纖佻之病必須痛改

填詞以到恰好地位爲最難，太易則剽滑，太難則晦澀，二者交譏。至如淺俗之病，初學尤易觸犯。第淺俗之病，人所易見，醒悟不難。惟纖佻之病，聰穎子弟不特不知其爲病，且認爲得意之筆。此則必須痛改，範以貞正，然後克躋大雅之林。

五 詞體貴潔尤甚

古文貴潔，詞體尤甚。方望溪所舉古文中忌用諸語，除麗藻語外，詞中皆忌之。他如頭巾氣語、南北曲中語、世俗習用熟爛典故及經傳中典重字面皆宜屏除净盡。務使清虚騷雅，不染一塵，方爲筆妙。至如本色俊語，則水到渠成，純乎天籟，固不容以尋常軌轍求也。

六 詞名肇始

《説文》云："詞者意内而言外也。"當叔重著書之時，詞學未興，原不專指令慢而言。然令慢之詞，要以意内言外爲正軌，安知詞名之肇始，不取義於叔重之文乎？至如樂府之名，本諸管弦。長短句之名，因其句法，并無關得失。獨至詩餘一名，以《草堂詩餘》爲最著，而誤人爲最深。所以然者，詩家既已成名，而於是殘鱗剩爪，餘之於詞。浮烟漲墨，餘之於詞。詼嘲褻諢，餘之於詞。忿戾慢駡，餘之於詞。即無聊酬應、排悶解酲，莫不餘之於詞。亦既以詞爲穢墟，寄其餘興，宜其去風雅日遠，愈久而彌左也。此有明一代詞學之蔽，成此者升庵、鳳洲諸公，而致此者實"詩餘"二字有以誤之也。今宜亟正其名曰詞，萬不可以"詩餘"二字自文淺陋，希圖卸責。

七 詞之選本

填詞之學，既始於讀詞，則所讀之選本宜審矣。約而言之，茗柯《詞選》，導源風雅，屏去雜流，途軌最正，世所稱陽湖派者，實本於兹。第墨守者，往往含有蘇辛氣味。不知詞貴清遒，不尚豪邁，可以不必。周止庵《宋四家詞選》，議論透闢，步驟井然，洵乎暗室之明燈，迷津之寶筏也。其後戈順卿氏又選宋七家詞彙爲一編。學者隨取一家，皆可奉爲師法，就此成名。至如宋人選本，惟周草窗《絶妙好詞選》，最爲精粹，可作案頭讀本，他可勿論也。

八　詞家必備之書

清人選宋詞博而且精者，無過朱竹垞《詞綜》一書。此與萬紅友《詞律》、戈順卿《詞林正韵》皆詞家必備之書也。

九　詞家顯分兩派

宋代詞家，源出於唐五代，皆以婉約爲宗。自東坡以浩瀚之氣行之，遂開豪邁一派。南宋辛稼軒，運深沉之思於雄杰之中，遂以蘇、辛并稱。他如龍洲、放翁、後村諸公，皆嗣響稼軒，卓卓可傳者也。嗣兹以降，詞家顯分兩派，學蘇、辛者所在皆是。至清初陳迦陵，納雄奇萬變於令慢之中，而才力雄富，氣概卓犖。蘇、辛派至此可謂竭盡才人能事。後之人無可措手，不容作、亦不必作也。

一〇　清真詞中之聖

詞家正軌，自以婉約爲宗。歐、晏、張、賀，時多小令，慢詞寥寥，傳作較少。逮乎秦、柳，始極慢詞之能事。其後清真崛起，功力既深，才調尤高。加以精通律吕，奄有衆長，雖率然命筆，而渾厚和雅，冠絶古今，可謂極詞中之聖。

一一　堯章於美成外别樹一幟

南渡以後，堯章崛起，清勁逋峭，於美成外别樹一幟。張叔夏擬之"野雲孤飛，去留無迹"，可謂善於名狀。繼之者亦惟《花外》與《山中白雲》，差爲近之。然論氣格，迥非敵手也。

一二　夢窗佳處在麗密

繼清真而起者，厥惟夢窗。英思壯采，綿麗沉警，適與玉田生清空之説相反。玉田生稱其"何處合成愁"篇，爲疏快不質實。其實夢窗佳處，正在麗密，疏快非其本色也。至所舉過澀之句，爲後世學夢窗者點醒不少。草窗詞品，雖與夢窗相近，然煉不傷氣，自饒名貴。

一三　史梅溪詞以幽秀勝

史梅溪詞，以幽秀勝。張功甫稱其有瓌奇警邁、清新閑遠之長，良是。戈順卿列之七家，允爲無忝。

一四　清季詞家抗衡兩宋

初學填詞，勿看蘇、辛，蓋一看即愛，下筆即來，其實秖糟粕耳。竹垞提倡姜、張，太鴻參之梅溪，陽湖推挹蘇、辛，止庵揭櫫四家，而以清真集其成，可謂卓識至論。清季詞家，蔚然稱盛。大抵宗二張、止庵之説，又竭畢生心力爲之。本立言之義，比風雅之旨，直欲突過清初，抗衡兩宋。後有作者，試研幾張（景祁）、譚（獻）、許（增）、鄭（文焯）及四中書（端木埰、許玉瑑、王鵬運、况周頤）、張（仲炘）、朱（孝臧）諸賢所作，當知吾言之不謬也。

一五　論詞諸説

張玉田論詞，以清空不質實爲主，又以騷雅爲高。周止庵則曰："初學詞求空，空則靈氣往來。既成格調求實，實則精力彌滿。"蔣劍人論詞曰："詞以有厚入無間。"譚復堂揭柔厚之旨，陳亦峰持沉著之論。凡此諸説，猶之書家觀劍器，見争道，睹蛇鬬，皆神悟妙境也。學者試於諸説參之。

一六　詩詞同源異派

玉田論清真詞，謂其采唐詩融化如自己者，乃其所長。又言賀方回、吳夢窗皆善於煉字面，多於温庭筠、李長吉詩中來。而沈伯時亦稱清真詞下字運意皆有法度，往往自唐宋諸賢詩句中來。又謂施梅川讀唐詩多，故語雅淡。又言要求字面，當看温飛卿、李商隱，及唐人諸家詩句中字面好而不俗者，采摘用之云云。以上諸説，蓋謂詞家必致力於詩，始有獨得，固已。蒙竊以爲詩詞實同源異派，皆風雅之流别。詞家欲進而上之，則蘭成及齊梁人諸賦皆絶妙詞境。又進而上之，則《董嬌嬈》《羽林郎》等樂府及《高唐》《洛神》《長門》《美人》諸賦，亦一家眷屬。更進而上之，則屈、宋諸作，莫非詞家大道金丹。雖體制各别，而神理韵味，猶蘭茝之與荃蓀也。顧才高者或以詞爲小道，鄙不屑爲。爲之者或根柢不深，或昧厥本原，此詞學之所以不振也。世有韙吾言者乎，盍試上探《騷》《辨》，下究徐、庾，精思熟讀，一以貫之，美成、白石容可幾乎。不佞老矣，能言之而不能行之，可愧已。

一七　詞之用筆與古文一例

詞之爲文，氣局較小，篇不過百許字，然論用筆，直與古文一例。大抵有順筆，有逆筆，有正筆，有側筆，有墊筆，有補筆，有説而不説，有不説而説。起筆要挺拔，要新警。過片要不即不離。收筆要悠然不盡，餘味盎然。中間轉接叠用虚字，須一氣貫注。無虚字處，或用潜氣内轉法。蒙常謂作一詞能布置完密，骨節靈通，無纖毫語病，斯真可謂通得虚字也。

一八　初學填詞首在運意

陸平原《文賦》云："理扶質以立幹，辭垂條而結繁。"蓋無論何種文字，莫不以理爲質，理者意之所寓也。初學填詞首在運意。理之所在，勿觸勿背，則質存而幹立矣。意之所發，文以辭藻，有條有理，不雜不亂，則條暢而繁茂。枝葉花實，附麗本幹，非飄萍斷梗之比矣。大抵才藻富、理路清，入手學夢窗尚可。否則，不如從姜、張入，植其骨幹。迨格調既成，辭意相副，更進而求之可也。

一九 煉意煉句

填詞之法，首在煉意。命意既精，副以妙筆，自成佳構。次曰布局。虚實相生，順逆兼用，搏扼緊凑，或離或即，波瀾老成，前有引喤，後有妍唱，方爲極布局之能事。次曰煉句。四言偶句，必加錘煉，勿落平庸。散句尤宜斟酌，警策處多由此出。試觀陸輔之《詞旨》，所摘警句皆散句也。偶句雖工，終是平板，散句之妙，直有不可思議者，此其所以尤宜注意也。次曰煉字。字生而煉之使熟，字俗而煉之使雅。篇中無一支辭長語，第覺處處清新。情生文，文生情，斯詞之能事畢矣。

二〇 陰陽九音

初學詞能謹守詞律，平仄不差，已是大難。然平仄既協，須辨上去。上去當矣，宜別陰陽。陰陽審矣，乃調九音。所以然者，音律雖已失傳，而近世填詞家，後起益精，不精即不得與於作者之列。况詞固貴宛轉諧和，若一句聱牙，即全篇皆廢。昔玉田論音律，嘗謂“鎖窗深”，“深”字不協，改“幽”字，仍不協，又改“明”字，乃協。所以然者，“鎖窗深”三字，不獨盡是陰聲，而且皆是齒音，宜其歌之不協也。“幽”字雖易喉音，第仍是陰聲，故亦不合。“明”字既是脣音，又屬陽平，正周止庵所謂重陰間一陽，宜其合也。又如所謂〔粉蝶兒〕“撲定花心不去，閑了尋香兩翅”，“撲”字不諧，改爲“守”乃諧。“撲”與“守”皆陰聲，何以一諧、一不諧。蓋“撲”字入聲，其音啞，“守”字上聲，其音緊，此其所以不同也。鄙見如此，故列陰陽九音之説。世有知者音，當不河漢吾言也。

二一　詞林正韵

宋人作詞，未有韵本。然自美成而後，南宋詞家通音律者，隱然有共守之韵。戈順卿依據名家詞，撰爲《詞林正韵》，近代詞家，遵而用之，無待他求矣。獨至押韵之法，趁韵者不論，即每逢韵脚處，便押一個韵，韵雖穩而不能使本韵數句生色，猶爲未善也。名家之詞，押韵如大成玉振之收，聲容益盛，是亦不可不講也。

二二　清季詞人

中國之學，務在師古，歐美之學，專尚改良。詞至南宋，可謂精矣。至元而音律破壞，除二三名家以外，已不饜讀者之心。有明一代，詞曲混淆，等乎詩亡。清初諸公，猶不免守《花間》《草堂》之陋。小令競趨側艷，慢詞多效蘇、辛。竹垞大雅閎達，辭而闢之，詞體爲之一正。嘉慶初，茗柯、宛鄰，溯流窮源，躋之風雅，獨辟門徑，而詞學以尊。周止庵窮正變，分家數，爲學人導先路，而詞學始有統系，有歸宿。吴門七子，守詞律、訂詞韵，於是偭規錯矩者，不敢自肆於法度之外。故以清代詞學而論，誠有如外人所謂逐漸改良者。以故清季詞人，如前所論列諸家，色色皆精，蔚然稱盛，殆亦時會使然。後起之英，亦既致力於詞，苟能精研屈、宋以下，徐、庾而上諸作，神而明之，大而化之，或亦改良之一助歟？

二三　宋七家詞選

戈順卿《宋七家詞選》，標舉詞家準的，詳於南宋者，以詞至南宋始極其精也。其實北宋慢詞如淮海、屯田，并臻極詣，亦治詞家所不容捨也。戈選不收，猶爲缺憾。

二四　宋初諸公皆工小令

歐陽、大小晏、安陸、東山，皆工小令，足爲師法。詞家醉心南宋慢詞，往往忽視小令，難臻極詣。鄙意此道，要當特致一番功力於温、韋、李、馮諸作，擇善揣摩，浸淫沉潛，積而久之，氣韵意味，自然醇厚不復薄索。蓋宋初諸公，亦正從此道來也。

二五　與萬碉盟論詞

三十年前，與南昌萬碉盟（釗）論詞，有足紀者，附録於此。一曰，調如〔賀新郎〕〔沁園春〕〔滿江紅〕〔水調歌頭〕等曲，皆不易填，意謂其易涉粗豪也。二曰，凡四言偶句，仄仄平平、平平仄仄者，上句第二字，下句第四字，古人多用入聲，蓋以兩仄相連，忌用上上去去，故以入聲間之也。又曰：元人詞斷不宜近，蓋以元詞音律破壞，且非粗即薄。他山之助，不敢忘也。

二六　詞亦有史

詞雖小道，然極其至，何嘗不是立言。蓋其温厚和平，長於諷喻，一本興觀群怨之旨，雖聖人起，不易其言也。周止庵曰詩有史，詞亦有史，一語道破矣。

二七　止庵最善言寄托

止庵又云，詞非寄托不入，專寄托不出。一物一事，引伸觸類，意感偶生，假類必達，斯入矣。萬感横集，五中無主，赤子隨母笑啼，野人緣劇喜怒，抑可謂能出矣。此最善言寄托者也。質而言之，要在渾含不露，若即若離，衹用一兩字點明作意，使人省悟。不可發揮太過，反致淺陋。

二八　詞叶入聲韵

詞叶入聲韵者，如美成〔六醜〕〔蘭陵王〕〔浪淘沙慢〕〔大酺〕，及白石〔霓裳中序第一〕〔暗香〕〔疏影〕〔惜紅衣〕〔淒凉犯〕等調，皆宜謹守前規。押入聲韵，勿用上去。其上去韵孤調亦然。不得以上去入皆是仄聲，任意混押。

二九　詞家以入作平

詞家以入作平，固是宋人成例，句苟可不作，豈不更好。若必不得已時，要以讀去諧和方可。

三〇　清真蘭陵王詞

清真〔蘭陵王〕詞“一箭風快”“月榭携手”二句，“一”字、“月”字，疑是以入作平。《詞律》未經注出。按宋人賦此調者於二字多用平聲。後人填此調，莫如照填入聲爲當，勿泛填上去也。

三一　詞宜融情入景

詞宜融情入景，或即景抒情，方有韵味。若捨景言情，正恐粗淺直白，了無藴藉，索然意盡耳。

三二　近日詞人

近日詞人如吴瞿安（梅）、王飲鶴（朝陽）、陳巢南（去病）諸子，大抵宗法夢窗，上希片玉，猶是同光前輩典型。此則自關根柢，有志詞學者，盍且培其根，沃其膏，爲步武名賢地乎。

酹月樓詞話

配　生◎著

配生，不詳爲何人。《酹月樓詞話》刊於1931年5月至7月《北平晨報·藝圃》。張璋等編《歷代詞話續編》收録該詞話。

《酹月樓詞話》目録

酹月樓詞話

一　馮延巳長命女詞

馮延巳〔長命女〕云："春日宴，緑酒一杯歌一遍。再拜陳三願：一願郎君千歲，二願妾身長健，三願如同梁上燕，歲歲長相見。"温柔敦厚，而命辭尤雅，彭羨門以爲雖置在古樂府，可以無愧者也。《珠玉詞》十首中，四五言神仙與壽轍不佳。蓋文詞之道，唯基於性情，然後可以動人。馮公之詞，性情也，元獻則故作休祥語耳。正不知公自以爲視"軸裝曲譜金書字，樹記花名玉篆牌"爲如何也。

二　詞中用典

詞中用典，以不著痕迹爲妙，不然，便足爲清空之累。而用典亦自有律，後主"沈腰潘鬢消磨平"，用沈腰潘鬢律也。梅溪"白髮潘郎寬沈帶"，既云"潘郎"，又云"沈帶"，未免駁雜，斯害於律矣。

三　詞句最忌似詩

詞句最忌似詩，東坡、山谷時蹈此弊，"龍山落帽千年事，我對西風欲整冠"，"顧我已無當世望，似君須向古人求"，"上黨從來天下脊，先生原是古之儒"，"無波真古井，有節是霜筠"，皆詩也。至少游之"自在飛花輕似夢，無邊絲雨細如愁"，耆卿之"漁市孤烟裊寒碧，水村殘葉舞愁紅”，并爲七言對句，細玩之，却不是詩，此所謂當家語也。

四　俚語入詞

山谷〔如夢令〕云：“天氣把人僝僽，落絮游絲時候。茶飯可曾炊，鏡中贏得消瘦。生受。生受。更被養娘催綉。”與東坡之主人嗔小“欲向東風先絶倒，已屬君家，且更從容等待他”并以俚語入詞。以言格調，雖嫌卑下，然自有風人之旨。

五　竹屋詞襲用義山詩

義山詩云：“新灘莫悟游人意，故作風檐夜雨聲。”竹屋〔祝英臺近〕：“静聽滴滴檐聲，驚愁擾夢，更不管庾郎心碎。”襲用此語，而哀婉過之。

六　咏物詞最難於神韵飄逸

咏物詞最難於神韵飄逸，白石之〔暗香〕〔疏影〕、玉田之〔南浦〕諸調，固已膾炙人口，傳爲絶唱。劉子翬〔滿庭芳〕《咏桂》有“秋入微陰，凉生平遠”二語，體物入神，極“覓水影，寫陽春”之妙，惜通首不稱是耳。夢窗亦有咏桂詞〔古香慢〕一闋，警句如“秋淡無光，殘照誰主”。雖復凄艷清雅，然是菊不是桂，此子翬所以爲勝也。

七　吕聖求木蘭花慢詞

昔人稱李清照之“紅藕香殘玉簟秋”爲不食人間烟火語。吕聖求〔木蘭花慢〕：“新愁暗生舊恨，更流螢弄月入紗衣。”神韵清逸，屏絶塵滓，固宜置之《漱玉集》中矣。

八　得全居士詞

得全居士詞，黄叔暘稱其媚婉不減《花間》。予最愛其〔點絳唇〕一闋云："惜别傷離，此生此念無重數。故人何處，遠送春歸去。　美酒一杯，誰解歌金縷？無情緒：淡烟疏雨，花落空庭暮。"末二句，盡將"無情緒"三字寫足。又〔蝶戀花〕調中"年少凄凉天賦與"一語亦奇。

九　顧貞觀和納蘭容若金縷曲詞

顧貞觀和納蘭容若〔金縷曲〕，一時傳誦都下。其過拍云："慚愧王孫圖報薄，但千金、當洒平生泪。曾不值，一杯水。"真俊語也。閑嘗讀《散花庵詞》，其〔酹江月〕换頭云："應笑楚客才高，蘭成愁悴，遺恨傳千古。作賦吟詩空自好，不值一杯秋露。"始知顧詞從此中胎托而出。

一〇　王道輔玉樓春詞

"好一個無聊的我"，放翁語也。皮相之士，多愛其類語體。實則是詞粗獷近俗，初非佳構。王道輔（名寀）〔玉樓春〕云："秋閨思人江南遠，簾幕低垂閑不捲。玉珂聲斷曉屏空，好夢驚回還起懶。　風輕祇覺香烟短，陰重不知天色晚。隔窗人語退朝歸，旋整宿妝匀睡眼。"换頭"風輕"二句，寫眼前景不著一字，真白話也。

一一　朱希真詞

朱希真"多謝江南蘇小，尊前怪我青衫"是極沉痛語，視江東生贈雲英一絶，尤覺凄愴動人，而措辭全不著力。

一二　詞中善用遠字

何籀，字子初，信安人。〔宴清都〕末云："那更天遠，山遠，水遠，人遠。"四"遠"字嫌太著力。不及吕聖求"心與楊花共遠"一"遠"字之纏綿深微。李季秉（持正）之"皓月隨人近遠"，蔡仲道（伸）之"流水天涯遠"皆善用遠字者。

一三　無名氏菩薩蠻詞

無名氏〔菩薩蠻〕云：“牡丹帶露真珠顆。佳人折向庭前過。含笑問檀郎，花强妾貌强？　檀郎故相惱。剛道花枝好。一面發嬌嗔，碎挼花打人。”唐玄宗嘗稱之。時有婦人斷夫兩足者，玄宗戲曰：“此亦碎挼花打人耶？”潘元質〔倦尋芳〕末云：”恨疏狂，待歸來、碎揉花打。”雖本是詞，而婉媚沖雅，過之奚啻倍蓰。

一四　别體奇句

長短句有立意新穎，設詞都麗，别體奇句，可吟玩讚嘆而不可爲法者。蔣竹山〔聲聲慢〕句句皆有“聲”字。初亦未嫌冗雜。此非學者所可輕擬。即在竹山特一爲之耳。使重賦一調，未必若是之工。世所謂“文章本天成，妙手偶得之”，觀是彌徵其信。然竹山亦有所本。後蜀歐陽炯〔清平樂〕云：“春來街砌。春雨如絲細。春徑滿飄紅杏帶，春燕舞隨風勢。春幡細縷春繒。春閨一點春燈。自是春心撩亂，非關春夢無憑。”句句用“春”字，亦清麗可誦。然視竹山自有青藍之判。

一五　宋賢之不可及

後村詞：“空有鬢如潘騎省，斷無面見陶彭澤。”語極奇俊。明詩人張弼詩云：“酒杯不及陶彭澤，詩法將隨陸放翁。”貌雖近似，終嫌平弱，益嘆宋賢之不可及。弼字汝弼，有《鶴城》《東海》二集。詩學劍南，故云。

一六　長調中四字句組織最難

長調中四字句，太半相對而組織最難。言微旨遠，詞簡意深。則草窗、日湖、竹屋、梅溪皆極工此法。如晁次膺之“當時體態，而今情緒”，徐幹臣之“雁足不來，馬蹄難去”皆淺俗不堪入目。宋人猶未免此，况又其下者耶？

一七　張東澤疏簾淡月詞

“楊柳岸曉風殘月”，世稱絶調。良以氣清神逸，得之天助，此雖名家集中，未易數覯。張東澤〔疏簾淡月〕揭拍云：“疏簾淡月，照人無寐。”寫閑情幽致，人妙入神，視三變此詞，庶乎近之。

（《北平晨報·藝圃》一九三一年五月至七月）

詞　品

高　文◎著

高文（1908～2000），字石齋，江蘇南京人。1926年考入金陵大學中文系，師從黄侃、吴梅、胡小石等人，1942年，擔任金陵大學中文系主任，建國後調入河南大學中文系任教授。《詞品》刊於金陵大學中國文學研究會創辦的《金聲》雜志1931年第一卷第一期，其《詞品》仿司空圖《詩品》之例，提煉詞之風格亦有勝義。楊傳慶、和希林《輯校民國詞話三十種》收録該詞品。

《詞品》目録

詞　品

一　凄緊

蘆花南浦，楓葉汀州。關河冷落，斜照當樓。白楊蕭瑟，華屋山丘。試聽悲笳，凄然似秋。風露泠泠，江天悠悠。銀灣酒醒，殘月如鈎。

二　高曠

神游太虚，包舉八紘。萬象在下，俯視衆生。野闊沙静，天高月明。參横斗轉，銀漢無聲。意趣所極，不可爲名。如卧北窗，酒醒風輕。

三　微妙

雲斂氣霽，獨坐夜闌。遥聽琴韵，聲在江干。心無塵慮，始得其端。如臨秋水，寫影曾巒。蘋花漸老，菡萏初殘。蓬窗秋雨，小簟輕寒。

四　神韵

靈機偶觸，忽得真旨。不名一象，自然隨喜。婉約輕微，神會而已。即之愈遠，望之似邇。白雲在天，靡有定止。一曲琴心，高山流水。

五　哀怨

文章百變，以情爲原。瀟湘聽瑟，三峽聞猿。能不感傷，動其煩冤。秋墳鬼唱，旅穀朱門。纏綿悱惻，敦厚斯存。班姬之思，屈子之言。

讀閨秀百家詞選劄記

楊式昭◎著

楊式昭，女，生卒年不詳，河北臨榆人。1928 年畢業于南開女中，1932 年畢業於燕京大學法學院政治學系。畢業後任職于揚子江水道委員會。《讀閨秀百家詞選劄記》乃楊式昭閲讀《閨秀百家詞選》後所寫的讀後感，可謂一部閨秀詞話。《閨秀百家詞選》是選編者吴灝根據徐乃昌《小檀欒室彙刻閨秀詞》精選而成的閨秀詞選，篇幅約有原書的四分之一，1925 年由上海掃葉山房刊行。本書據《文學年報》1932 年第 1 期整理點校。

《讀閨秀百家詞選劄記》目録

讀閨秀百家詞選劄記

一　閨秀詞雄壯之作

閨秀詞中雄壯之作不多，蓋心境閲歷不能爾也。惟王貞儀《德風亭詞》〔惜餘春慢〕《登燕子磯》，宗婉《夢湘樓詞》〔大江東去〕《海舶書懷兩首》足當之。臨江海之壯闊，情慷慨而朗暢，發爲文辭，遂鬱豪氣，亦自然也。左錫璇《碧梧紅蕉館詞》〔水調歌頭〕有句云："欲借吴鈎三尺，掃净邊塵萬里，巾幗事征鞍。"豪氣縱横，直逾愛國健兒。此等句求之閨秀詞中，百不得一。

二　閨秀詞不到處

閨秀詞能工而不能神，能好而不能妙。豈聰明不逮耶？抑工力不到也？其中新穎之作頗有之，欲求其豪氣鬱勃者則不可得。試取閨秀百家之詞與東坡、稼軒比，則立覺得一是名山大川，一是小院方塘；此非獨工力不及，亦學問、經驗、修養不同也。然以之與清真、夢窗比，亦相去遠甚：一則林木丘壑，蔚然深秀，一則淺草直徑，一望到頭，此又非獨學問、經驗不同，亦觀察之力不及，故言情體物不能細膩親切也。大抵大詞家，一須修養好，二須天資好，三須觀察力好。修養好則詞品高；天資好則詞意遠；觀察力好則詞境親切。合此三難，詞不妙而自妙。至於工力如何，猶餘事也。

三　閨秀詞堂廡太小

閨秀詞總是堂廡太小。讀過《花間》及二主、《陽春》、東坡、六一、稼軒諸家詞後，讀二窗猶覺局促，讀清代閨秀之作，真似漫游五大洲歸來，復到鄉下矣。

四　閨秀詞唐宋詞比較

詞意有厚不厚之别，即所謂耐讀不耐讀也。鍾蘊《梅花園詩餘》〔重叠金〕《美人曉妝》云："雨聲一夜沾花足。柔枝低壓闌干曲。曉起薄羅裳。微微指甲凉。　鏡中憔悴後。妝點偏宜瘦。瘦到不堪時。猶然去畫梅。"以此與飛卿之"小山重叠金明滅"相比，則温作如三棱分光鏡，望進去有光彩萬道；鍾作如一塊玻璃，注而觀之，乃無物也。又有活不活之别。許淑慧《瘦吟詞》〔長亭怨慢〕《咏楊花》云："似花似雪渾無緒。過眼韶光，這般滋味，數點霏微，畫檐飄盡向何許？斷腸堪寄，更莫問章臺路。便折得長條，已不是舊時著嫵。　遲莫。望天涯漠漠，忍見亂紅無數。池塘夢醒，倩鶯兒唤他重訴。却又被曉風吹去，更凄冷一天烟雨。算衹有、灞橋幾曲，綰愁千縷。"此詞亦殊佳好，然以與東坡之〔水龍吟〕《咏楊花》比，則一似寒蟲僵伏，一似游魚跳浪，活不活大不同矣。

五　閨秀咏物詞

閨秀詞咏物者最多：徐元瑞《綉閑詞》〔重叠金〕《咏睡鸜鵒》，莊盤珠《秋水軒詞》〔金縷曲〕《咏蜻蜓》，顧貞立《栖香閣詞》〔南鄉子〕《咏燕》，又〔满江紅〕《咏茉莉》，梁德繩《古春軒詞》〔南浦〕《咏萍》，楊繼端《古雪詩馀》〔瑶花〕《咏梔子花》，孫雲鶴《聽雨樓詞》〔沁園春〕《咏口》《咏指甲》《咏後鬢》，錢斐仲《雨花盦詩餘》〔綺羅香〕《咏枕》，李佩金《生香館詞》〔剔銀燈〕《咏燈》，關鍈《夢影樓詞》〔望湘人〕《咏簾影》，

〔一蕚紅〕《咏燈影》，其餘尚多。而咏柳絮、楊花、秋柳者尤不可勝數。更有咏虚事者：如趙我佩《碧桃館詞》〔沁園春〕《咏瘦》《咏悶》，朱中楣《鏡閣新聲》〔如夢令〕《咏嬌小》，吴藻《花簾詞》〔沁園春〕《咏嚏》《咏息》，亦别開生面者也。又張玉珍《晚香居詞》〔沁園春〕《咏七字》，全首用七字典故湊成，沈纕《浣紗詞》〔貂裘换酒〕《贈廣陵九校書》，句中暗嵌九數；則更玩笑之作，其工拙不足評矣。原夫詞旨，首在抒情，因情寫景，更屬自然。至於就物咏物，直似詩謎者，則於詞意爲失。蓋日長倦綉，喜試柔毫，而詞之情緒實無，遂轉而集思力於一物。此原清閨消遣之法，而淺薄者遽以是爲詞之内容，實爲大誤。余最不喜讀此類咏物詞（東坡〔水龍吟〕《咏楊花》自爲自來咏物之絶唱。），以其毫無境界可耐尋味也。

六　咏物詞之工與神

咏物詞亦可謂之難作，亦可謂之容易作；容易作得工，不容易作得神耳。以一物爲題，則思力易集中，衹要觀察精細，聯想豐富，輔以字句鍛煉，則詞未有不工巧者。若以此爲好，則極容易好。難處却在脱不掉描補之痕迹，難在作得活，難在有意境，因爲原没有不得不吐之情緒鬱乎其後也。譬如作畫，畫墻之匠亦能作工筆之樓臺山水，然以之與藝術家酒後興到之輕描淡寫相比，則一俗一清，一死一活，相雲壤矣。自來咏物之作有幾首不好，又有幾首能如東坡《咏楊花》之神者耶？

七　咏物詞體入微細

閨秀詞咏物詞固有體入微細者。錢斐仲《咏枕》句云："帶三分膩鬟花香，漬幾點相思情泪"，移咏他物便絶不可。孫雲鶴《咏指甲》云："雲母裁成，春冰碾就，裹住葱尖。憶緑窗人静，蘭湯悄試，銀屏風細，絳蠟輕彈。愛染仙葩，偶桃香粉，點上些兒玳瑁斑。支頤久，有一痕鈎影，斜印顋間。　摘花清露微沾。剖綉綫雙虹挂月邊。把霓裳悄拍，代他象板。藕絲自雪，换個連環。未斷先愁，將修更惜，女伴鐙前比并看。銷魂處，向紫荆花上，故逞纖纖。”句句扣定指甲，可謂工極。又《咏後鬟》云：“青縷針長，靈犀梳小，妝成内家。正蘭膏試後，微粘綉領，紅絲繫處，低襯銀乂。背面丰神，鏡中側影，愛好工夫著意加。端詳久，要雙分燕尾，雅稱盤鴉。　　春寒較重些些。被護耳貂絨一半遮。甚羅巾風掩，輕籠頸玉；鬟雲醉舞，欲度顋霞。蟬翼玲瓏，鸞釵勾惹，髻畔斜承半墜花。香閨伴，問垂髫攏上，幾許年華？”此的是後鬟，絶非鬟亦非髻也。又李佩金《生香館詞》咏燈句“一點疏花欲溜”，殊活。鄭蘭蓀《蓮目室詞》〔沁園春〕《題美人小幅》有句云“似當年何地，曾見真真”，亦殊傳神。

八　咏物詞聯想豐富

又咏物聯想豐富則更見好。阮恩灤《慈暉館詞》〔燭影摇紅〕《元宵燈宴》有句云：“疑似紅梅放了，衹須臾暖烘林表”，從燈想到紅梅，仍緊接扣住燈，絶好之句法也。孫雲鶴咏指甲句“剖綉綫雙虹挂月邊”，“雙虹挂月邊”五字增加許多美麗之影像，亦富於聯想之妙處。又趙友蘭《澹青閣詞》〔淡黄柳〕《咏新柳》“倦眼微開著暈碧”句，有東坡咏楊花句“倦損柔腸，困酣嬌眼，欲開還閉”之妙。

九　作詞字要用得活

作詞字要用得活。往往一字點上，頓覺眼前景物栩栩欲活，此非熟讀名家詞者不能領會也。紅杏尚書之“紅杏枝頭春意鬧”，衹著一“鬧”字，便寫盡無數春光；飛卿之“雙鬟隔香紅，玉釵頭上風”，衹一“風”字便把花朵顫裊之麗人寫得如生；正中之“柳外秋千出畫墻”，得神處全在一“出”字；東坡有句云：“榴花開欲然”，此“然”字寫榴花紅光耀眼，妙到無以複加矣。閨秀詞中此等句法不多。蕭恒貞《月樓琴语》〔蝶戀花〕首句“濃緑沉沉簾影瀉"，曹慎儀《玉雨詞》〔小重山〕《春夜》句"緑陰青欲滴"，周貽蘩《静一齋詩餘》〔蝶戀花〕《秋衾》首句"紅隱芙蓉香欲透"；此"瀉"字、"滴"字、"透"字用法差近之，然新穎已不及。至趙我佩〔虞美人〕句"睡起釵聲溜"，"溜"字實不大通，似活而實濫矣。女院同學劉君能爲詞，有句云："日落長天紅欲破"，寫落日絶妙之句也。又同學某君〔菩薩蠻〕句云："燈雪浸明融，鬢花欲溜紅"，"浸"字狀電炬白光，"欲溜紅"三字寫燈前紅花，明麗如在眼前，亦佳句也。

一〇　用字輕活處最難

作詞用字輕活處最難。曹慎儀〔賀新凉〕有句云："鬥輕寒簾纖細雨"，"鬥"字已殊佳，余偶思不如改作"逗"字，則更輕俏矣。

一一　詞句有極不通者

詞句固有極不通者。楊繼端〔驀山溪〕有句"更凍兩簾纖"，徐燦〔浣溪紗〕有句"細雨時拂兩眉尖"。此兩句細思之實甚可笑，然并不壞也。

一二　楊芸菩薩蠻

楊芸《琴清閣詞》〔菩薩蠻〕《送春》有句云："庭院李花香，風吹簾影凉。"按詞句中用李花者不多，桃李連用尚有之，若此句單用李花者殊少見也。

一三　月姊風姨

李佩金〔臨江仙〕《寄懷諸姊妹》第三首首句云："記得吹雲邀月姊"；吴綃《嘯雪庵詩餘》〔鳳凰臺上憶吹簫〕《别緒》有句云："惟是多情月姊，應照我兩處悠悠"；袁綬《瑶華閣詞》〔蝶戀花〕云："月姊多情特放蟾光滿。"余讀《花間》以下，及南北宋諸家詞，絶不見用“月姊”二字者。此名不知始於何人。月而姊之，殊似閨秀口調也。又孫蓀意《衎波詞》〔點绛唇〕《落花》有句云：“風姨輕薄，不管人憐惜”，〔沁園春〕《美人風箏》有句云：“封姨輕薄，肯借風吹。”“風姨”二字入詞者古亦無有也。此等字偶一入詞尚稱新穎，然總顯得纖巧；試以之嵌入有宋大家詞中，便覺得絶不相稱矣。

一四　閨秀詞用典

沈伯時《樂府指迷》云：“説桃不可直説破桃，須用‘紅雨’‘劉郎’等字，説柳不可直説破柳，須用‘章臺’‘灞岸’等字。”蓋謂宜用典入詞也。閨秀詞中用典者便極多。徐燦《拙政園詩餘》〔永遇樂〕提到桃花便云：“前度劉郎，重來江令，往事何堪説”；孫蓀意咏秋柳句便云：“風流張緒，當年姿韵”，“章臺人去遠，料近日楚腰瘦損”；左錫嘉《冷吟仙館詩餘》〔醉春風〕咏柳句亦云：“章臺何處訪”，“那回牽袖唱陽關”；錢孟鈿《浣青詩餘》〔长亭怨慢〕《咏楊花》亦云：“更莫問章臺路”；許德蘋《澗南詞》〔蘇幕遮〕《咏夢》句便云：“飛度華胥又到遼西矣”，“知否黄粱炊熟未”；吴尚熹《寫韵樓詞》〔蝶戀花〕《咏扇》句便云：“説到班姬恩義斷”；劉琬懷〔金縷曲〕《咏菊影》便云：“始信陶潛歸矣”，咏竹影便云：“點滴英皇啼血”；熊璉《澹仙詞》《咏秋蝶》則云：“問莊周醒否”；許德蘋《和漱玉詞》〔浣溪沙〕寫梅花便云：“壽陽空額費疑猜”；俞綉孫《慧福樓詞》〔江城子〕《咏落梅》亦云：“風流空想壽陽春”，凡此，均用典之例也。用典入詞，爲詞人習慣，然實爲大病。寫情用典，則是用别人之事説自己之心事，必不能真；寫物用典，則是用死的東西寫活的東西，必不能切。大概詞意不足則用典，詞語不足亦用典，皆偷巧偷懶之辦法，而人誤以爲非此不足以稱博，實爲可笑。試把《花間》讀爛，看其中有幾個典故耶？

一五　咏柳詞

孫蓀意〔翠樓吟〕《咏秋柳》云："瑟瑟疏疏，濛濛澹澹，斜陽畫出秋影。自鶯聲啼老，渾不是鏡中眉暈。愁春夢醒，剩咽露凉蟬，抱枝凄緊。憑誰認，風流張緒當年姿韵？　重省。嘗記年向灞橋驛岸，殷勤折贈。章臺人去遠，料近日楚腰消損。西風光景，看憔悴如斯，那禁離恨！長堤外，晚烟如雨，歸鴉成陣。"江瑛《緑月樓詞》〔解連環〕亦咏衰柳，詞云："塞鴻催晚，把緑窗、午睡被他輕唤。悄步來三徑全荒，剩衰柳絲絲，對人凄黯。織恨梭愁，絆不住斜陽一綫。聽西風更緊，薄暮栖烏，早又啼遍。　年來早霜尚淺。怎近來、閱世已無青眼？記去春緑到江南，送畫舸香車，繫情何限。今古榮枯，更消得幾回歌嘆！算衹有昏烟無情，凄然夢斷。"二詞一用典，一不用典，一便如隔霧看花，一便親切得多：可知用典之病矣。

一六　用典得失

典用得不切，與用得粗獷，與用得死板，尤要不得。俞綉孫《咏水仙》有"羞隨鄭婢泥中"，便是不切。劉琬懷〔望江南〕《雜咏廿四首》中如"遠樹倪迂新色畫，清茶陸羽舊時經"，"花信早紅江總宅，水光長緑伯鸞溪"，"梅里高風吴泰伯，伯陵雅迹宋坡仙"，"杏雨歸來虞學士，蕪城賦就鮑參軍"，"惲氏畫圖留粉本，陳家詞譜界烏絲"等句，毫無意思，便是粗獷。張玉珍咏七字，死用竹林七賢，子建七步，盧仝七碗等典，便是死板；然此本是游戲之品，可以不論。若徐燦〔青玉案〕《吊古》云，"戈船千里，降帆一片，莫怨蓮花步"，用典却用得活，則不討厭也。

一七　閨秀詞佳句

閨秀詞佳句殊不多，求其明麗者，余惟愛劉琬懷〔浣溪紗〕"海棠紅暖一簾風"，許淑慧〔荷葉杯〕"簾捲夕陽紅"，莊盤珠

〔菩薩蠻〕“溟濛兩歇雲猶聚，杏花紅過秋千去”，楊芸〔南歌子〕“晚凛如水浸明簾，低漾一重花影一重烟”，關鍈〔謁金門〕“風弄葉，篩碎半簾秋色”，張珊英《緯青詞》〔水龍吟〕“垂楊低蘸銀塘，浮萍乍碎波紋細”等句；求其淒清者，則余愛左錫璇〔鵲踏枝〕“月過西窗衾似水，人在天涯，秋在虫聲裏”，李珮金〔減蘭〕“雨昏燈瞑，窗外芭蕉敲夢冷”，顧翎《茝香詞》〔臺城路〕“一抹凉雲，三分冷雨，催送春陰歸去”，吴藻〔疏影〕“空庭似雪，有滿天露氣，满地明月”，又〔虞美人〕“一宵疏雨一宵風，無數海棠開得可憐紅”，又〔南鄉子〕“凉殺秋花一朵紅”，高佩華《芷衫詩餘》〔剔銀燈〕“落葉空階，吹來片片，冷逼一燈紅雨”等句；求其空廓者，余惟愛莊盤珠〔粉蝶兒〕“漾晴空春光如海”，吴藻〔蝶戀花〕“萬樹垂楊和雨織”兩句。

一八　兩聯新穎而工

詞中有對句。余於閨秀詞中惟愛兩聯：王貞儀《德風亭詞》〔惜余春慢〕“暖水霞蒸，黛痕烟亂”；李珮金〔臺城路〕“月淡垂烟，簾空化水”；兩聯俱新穎而工。

一九　閨秀詞寫景

閨秀詞之寫景者，余最愛錢斐仲〔生查子〕《雪夜憶永安湖》一闋。其詞云：“苍松十萬株，樓擁苍松内。一面有闌干，却與明湖對。　　橋連曲曲堤，堤上山如黛。雪壓釣魚舟，更在梅花外。”吴藻〔浣溪沙〕《湖心亭》云：“楊柳如絲織萬條。水風四面不通橋。紅泥一角緑周遭。”寫湖心亭恰傳其真。翁端恩〔臺城路〕《桃花村春望》有句云：“看緑波粼粼，野鷗乍起。一路桃花，淺深紅到半山裏。”明麗照眼，令我想到江南二月矣。

二〇　閨秀詞調尤俏者

閨秀之作，率皆清秀；而求其詞調尤俏者，余惟愛吴藻《花簾詞》。其〔蘇幕遮〕云："曲闌干，深院宇。依舊春來，依舊春來去。一片殘紅無著處。緑遍天涯，緑遍天涯樹。　柳花飛，萍葉聚。梅子黄時，梅子黄時雨。小令翻香詞太絮。句句愁人，句句愁人句。"俏皮之極。然用之過火時，如〔酷相思〕之"有夢也應該睡，無夢也應該睡"，則成濫調矣。此終是筆頭上賣弄小聰明，按其内容亦無意思可言也。

二一　左錫璇水調歌頭

左錫璇〔水調歌頭〕首二句云："離合自今古，斬不斷情關。"按第二句句法應首二字一頓，如東坡之"把酒問青天"，是。此句似不甚調也。

二二　咏楊花柳絮詞

咏物詞以咏楊花、柳絮者爲最多，蓋其可憐身世最足引起詞人之感慨也。東坡之〔水龍吟〕自爲千古絶唱，而閨秀吟咏之者亦多，則怨艾爲懷，畸零人尤與弱 絮有同感也。張縚英《淡菊軒詞》有〔瑣窗寒〕，蘇穆《貯素樓詞》有〔高陽臺〕，凌祉媛《翠螺閣詞》有〔柳梢青〕，高佩華《芷衫詩餘》有〔沁園春〕，莊盤珠《秋水軒詞》有〔蘇幕遮〕，鄧瑜《蕉窗詞》有〔滿庭芳〕，葛秀英《淡香樓詞》有〔减字木蘭花〕，屈惠纕《含香閣詩餘》亦有〔减字木蘭花〕，錢孟鈿《浣青詩餘》有〔長亭怨慢〕，屈秉筠《韞玉樓詞》有〔漁家傲〕，均咏柳絮之作。情緒不同，詞調亦異，其哀婉悱惻能盡之者惟莊盤珠之〔蘇幕遮〕，余最喜諷咏之。其詞云："早抽條，遲作絮。不見花開，衹見花飛處。繞砌縈簾剛欲住。打個盤旋又被風吹去。　野棠村，荒草渡。離却枝頭，總是傷心路。待趁殘春春不顧。葬爾空池，恨結萍無數。"

二三　咏絮詞

自東坡有"朝來雨過，遺踪何在，一池萍碎"之句，後之咏絮者遂多及萍。飛絮化作浮萍，始終總是傷心，實足令人增纏綿悱惻之感也。

二四　咏楊花未脱東坡巢窠

閨秀詞咏楊花、柳絮之作，鮮有能脱東坡之巢窠者。鄧瑜“如霧如烟，非花非雪”之句，完全是從“似花還似非花”句换脱出來；錢孟鈿“似花非雪渾無緒”句亦是。張綰英“待憑闌試覓遺踪，泪凝蘋影小”之句，則完全是從“朝來雨過，遺踪何在，一池萍碎”换脱出來。莊盤珠“恨結萍無數”，“恨”字則是從“離人泪”三字化出。故東坡之作，實已把楊花咏盡矣。

二五　左朱詞相似

左錫璇〔虞美人〕《元夜》詞云：“去年花下同吟玩。夜月春風院。綺羅香裏暗塵輕。譜得新詞彩筆共題燈。　　而今花月妍如故。人向天涯去。無聊懶倚曲闌干。却下簾兒怕見月團圓。”結構與朱淑真之〔生查子〕《元夜》詞完全一樣，情緒亦相似。

二六　鮑之芬如夢令

鮑之芬《三秀齋詞》〔如夢令〕首句“紅杏枝頭春吐”是從“紅杏枝頭春意鬧”换出來，惟“鬧”字與“吐”字喧静不同耳。

二七　咏落花送春不脱永叔巢窠

〔蝶戀花〕咏落花或送春者，往往不能脱永叔“庭院深深深幾許”之巢窠。黄琬璚《茶青閣詞》〔蝶戀花〕上半闋云：“庭院深深聞杜宇。無計留春，拚送春歸去。問春畢竟歸何處。桃花亂落楊花舞。”葛秀英〔蝶戀花〕下半闋云：“幾度問花花不語。瘦盡嫣紅，散落胭脂雨。踏作春泥香满路。多情燕子銜將去。”兩詞均從“雨横風狂三月暮。門掩黄昏，無計留春住。泪眼問花花不語。亂紅飛過秋千去”句化出來，其詞意詞句均差不多，然一是自已説話，一是學他人説話，高下便不可并論。

二八　閨秀詞與唐宋詞

商景蘭《錦囊詩餘》〔浪淘沙〕句云："窗外雨聲催，燭燼香微，衾寒不耐五更鷄。"是抄後主之"簾外雨潺潺，春意闌珊，羅衾不耐五更寒"句也。莊盤珠〔如夢令〕之"不是傷春病酒"，沈善寶之"忍見緑肥紅瘦"，是抄易安之"非關病酒，不是悲秋"，及"應是緑肥紅瘦"句也。

二九　吴藻詞與唐宋詞

吴藻〔菩薩蠻〕"風雨又黄昏，有人深閉門"句與少游之"欲黄昏，雨打梨花深閉門"，境略相似，惟味之薄厚大不同矣。"有人深閉門"句法與太白之"有人樓上愁"同。

三〇　後主詞之莫

後主之"獨自莫憑闌"，"莫"字是"暮"字。曹慎儀有句云："獨自莫登樓"，係偷此。不知其原意"莫"字偷没偷錯。

三一　劉琬懷望江南

劉琬懷〔望江南〕有聯云："楊柳風微鶯嘴滑，桃花漲足鴨頭香"，彩色絢艷可愛。然偶一得之則可，若專爲之，則似終日濃脂艷粉，反覺得討厭矣。

三二　錢莊浪淘沙

錢湘緑《夢軒遺詞》〔浪淘沙〕《房後小桃一株，移根未榮，賦此惜之》詞云："灼灼武陵源。風日暄妍。移來花塢夕陽邊。不見從前春爛漫，人爲花憐。　清泪衹如泉。酒向春烟。年年瘦損在花前。花更開時人在否，花爲人憐。"莊盤珠〔浪淘沙〕《海棠盛開，作小詞以志感》詞云："夢斷小紅樓。宿雨初收。鬧晴蜂蝶上簾鈎。一院海棠春不管，儂替花愁。　　吟賞記前游。轉眼都休。風前扶病强抬頭。知道明年人在否，花替儂愁。”二詞情調句法幾全相同，亦巧合也。

三三　閨秀回文詞

回文詞純是游戲，衹在賣弄筆墨而已。詞句正反兩妙已難，詞思更何能自然？東坡有回文〔菩薩蠻〕數首，閨秀之小有才者亦喜爲之。宗婉、沈纕、張玉珍、朱璵、繆珠蓀均作回文詞，調皆〔菩薩蠻〕，以其句法掉得轉頭也。又繆珠蓀《霞珍詞》雙拍回文〔南鄉子〕一闋，亦新巧。其詞云：“英落舞紅輕。惜我吟香酒病身。烟殆柳眉春好弄，啼鶯。裏院笙調乍晝晴。　　晴晝乍調笙。院裏鶯啼弄好春。眉柳殆烟身病酒，香吟。我惜輕紅舞落英。”

三四　詞境不活詞味不厚

閨秀之詞大抵均清婉悱惻，秀句可誦。而通病則在詞境不活、詞味不厚。至若縱横豪放之氣，猶不能求之於易安，况其餘乎？然此本不能以責於蕙心紈質之閨秀也。

覺園詞話

譚覺園◎著

譚覺園，生平不詳。《覺園詞話》分9期刊於1932年《勵進》第1、2、3、5、6、7、8、9、10期。楊傳慶、和希林《輯校民國詞話三十種》收録該詞話。

《覺園詞話》目録

覺園詞話

一　詞之興起

詞起自中唐，相傳李白爲長短句之創造者。考《尊前集》，載白詞十二首，内有最晚作品——如〔菩薩蠻〕〔憶秦娥〕等。然據《杜陽雜編》及《唐音癸籤》所注，〔菩薩蠻〕作於大中之初，樂府遍載李白歌詞，獨無〔憶秦娥〕等。且所收初唐、盛唐歌詞，皆爲五六七言之律絶，并無長短句之詞，是則此説不確明矣。《香奩集》韓偓《金陵雜言》：“風雨蕭蕭，石頭城下木蘭橈。烟月迢迢，金陵渡口去來潮。自古風流皆暗銷，才魂妖魂誰與招？彩箋麗句今已矣，羅襪金蓮何寂寥！”此種雜言詩，已爲詞之開端。韋江州之〔三臺令〕，乃脱胎於中唐樂府之六言《三臺》，如：“胡馬，胡馬，遠放燕支山下。跑沙跑雪獨嘶，東望西望路迷。迷路，迷路，邊草無窮日暮。”劉禹錫和白居易〔憶江南〕詞，依其句拍爲句，是爲填詞之先聲。〔三臺令〕〔憶江南〕爲最早創體。唐之歌詞，皆爲整齊之五言、六言、七言；而必雜以“和聲”“散聲”“泛聲”，然後方可被之管弦。使音之清濁、高低等，得合曲拍，於是而詞興矣。

二　詞者詩之餘

詞者詩之餘，曲者詞之餘。“詩言志，歌咏言”，則《三百篇》實爲濫觴。一變而爲樂府，再變而爲詩餘，浸假而爲詞餘矣。《三百篇》之音不傳，當爲詩餘時，雖號之爲樂府，而古樂府之音不傳。傳奇歌曲盛行於元，文士多習之。其後體例日多，内容日富。而必屬之專家，操觚之士，僅填文辭，惟梨園歌師，習傳腔板。近則西樂浸入，詞曲翻新，而腔板之學，將失傳矣。

三　先有小令後有慢詞

宋人《草堂詩餘》，以小令、中調、長調三者類分。舊譜據以爲例：五十八字以内爲小令，五十九字至九十字爲中調，九十一字以外爲長調。唐人之長短句，皆爲小令。其小令，實出於《子夜》《懊儂》等曲，後乃有慢詞，南北宋最盛。次有雙調、套數、雜劇及明代戲曲等。

四　詞以調爲主

詞以調爲主，調以字音爲主；音之平仄，固有定律，然平僅一途，仄兼上去入。近人填詞，不知音調，遇仄則以三聲概填，實屬大謬。蓋上去入三聲，其音迥異。上厲而舉，去清而遠，入短而促，抑揚配用，皆有不可假借者。如〔憶舊游〕一收句，必用平平去入平上平是也。否則歌時，必有澀舌棘喉之弊。然間有上去入，可三聲任用者。習者當審其音，度其拍而爲之。庶不致見笑識者矣。

（以上 1932 年第 1 期）

五　中原音韵

周挺齋著《中原音韵》，元人詞曲多本此。使作者通方，歌者協律，堪爲詞曲功臣。蓋欲作樂府，須先正言語；欲正言語，須先宗中原之音，如是而後方能字暢語俊，音調韵足。聲分平仄，字別陰陽，如東、紅之類，東爲下平，屬陰，紅爲上平，屬陽，以東、紅二字各調平仄，即可知平聲陰陽字音。皆爲填詞度曲之指針，用字造句之骨體也。

六　歌唱詞曲

歌唱詞曲，凡去聲當高，上聲當低，平入又當酌其高低，不可有混淆之弊；然其聲屬陰者則可，如世、再、翠等字。若屬陽者，則出口之初，宜稍平，轉腔始宜入高，平出去收，方能圓穩，否則陽去幾陰去矣。如被、動、泪等字。上聲固宜底出，但遇揭字高腔，板緊情急時，有所拘礙，則出口之初，宜稍高，轉腔始宜低，平出上收，方合拍奏。是以按譜填詞，以上去不相代爲好，而入之可帶平者，因長吟即肖平聲，讀則有入，唱即非入，因之詞中，常有以入作平者，曲中尤多，如張鳴善之《脱布衫》："草堂中夏日偏宜，正流金鑠石天氣。素馨花一枝玉質，白蓮藕樣彎瓊臂。"上曲中是以石、白作平也，然亦有用作上去者。如鑠、一、質作上也。玉作去也。學者務宜按其譜，叶其聲而讀之，切不可任意忽略也。

七　致力詞學必須多讀古名家作品

詞之拗調，其用仄聲處，重在去聲，即其去聲字，不可易上入聲也。因三聲之中，上入二者，可作平，去則獨異，吾人論聲，應以一平對三仄，論歌應以去對平上入，當用去聲之處，非去則不能激起，斷不能以平、上、入代之，如史邦卿之〔瑞鶴仙〕末句"又成瘦損"，又字，瘦字，必係去聲方可，否則激不起矣。各家詞譜，盡以●代仄，○代平，◎代不拘平仄，三者區别之而標於字旁，實則音韵之學，全未講求，所製詞曲，讀之尚可，唱之則必不能上口。苟欲致力詞學，必須多讀古名家作品，取同調者，綜合比較，三復誦之，口吻間自有此調音響，下字自能心手相應，而合音節矣。

八　詞調之音節

詞調之音節，是否合奏，全關乎宫、商、角、徵、羽五音，而五音復以平上去入四聲爲主，四聲不正，則五音廢矣。宜逐一考正，務得中正，苟有舛誤，雖具繞梁，終不足取。近代填詞諸家，不惟五音莫辨，即四聲，恐亦多有不明者，或半就格律，半越軌範者，而負填詞之名，實則已失詞之本質。夫格律雖機械萬分，但功候深到，渾厚有得者，開口便有格律，出字即合平仄，音節自然，無待雕琢，致汩没性靈焉。

九　曲决不可作詞

北宋之詞，多付箏琶，故嘽緩繁促而易流。南渡後，半歸琴篴，故滌蕩沉渺而不雜，唱《薤露》者俗樂增，歌《白雪》者雅音存。而元人之曲遂立一門，以文寫之爲詞，聲度之爲曲，於是度曲但尋其聲，填詞但求其意；總之，詞可作曲，曲决不可作詞。晁無咎謂子瞻詞曲子中縛不住，則詞皆曲也，詞字貴生動，詞句貴巧麗，絶忌參有死字板句，每調中必有警句，全部方克生動，上能脱香籢，下不落元曲始得稱爲作手。

（以上 1932 年第 2 期）

一〇　詞之十六字要訣

清、輕、新、雅、靈、脆、婉、轉、留、托、淡、空、皺、韵、超、渾爲詞之十六字要訣。清則眉目顯；輕則圓潤而不板；新則别開生面，可免陳腐；雅能避俗；靈能通變；脆乃聲響，動人聽聞；婉乃曲折，不致粗莽；轉則筆姿生動；留則可免一瀉無餘；托則不致窮迫，泥煞本題；淡則恬漠；空則超脱；皺能免滑易之弊；韵勝神乃傳；渾厚功乃到。作詞之初，當於此十六字，詳加揣摩，逐一研究，心有所得，然後下字造句，自入妙境矣。

一一　詞之用韵

詞之用韵，忌雜凑、生僻、聲啞、重複，惟製曲，可於一曲中重一韵，詞則不可，即字同意異，亦在所忌，然亦有例外，間用重韵者，如白樂天之〔長相思〕："汴水流，泗水流，流到瓜洲古渡頭，吴山點點愁。思悠悠，恨悠悠，恨到歸時方始休。"前後二句，係用重韵。王灼詞作"來匆匆，去匆匆"，劉克莊詞作"烟迢迢，水迢迢"，此乃定格，不可易者。又如劉克莊之〔一剪梅〕："束緼宵行十里强，挑得詩囊，抛了衣囊。天寒路滑馬蹄僵，元是王郎，來送劉郎。　酒酣耳熱説文章，驚倒鄰牆，推倒胡床。旁觀拍手笑疏狂，疏又何妨，狂又何妨！"上詞中囊、郎、妨皆爲重韵，前後闋三四兩句及六七兩句，不用重韵亦可，惟句法宜相仿佛。蔣捷詞前闋之"江上舟摇，樓上簾招"，"風又飄飄，雨又瀟瀟"；後闋之"銀字箏調，心字香燒"，"紅了櫻桃，緑了芭蕉"；易安詞之"纔下眉頭，又上心頭"，是其例也。總之，無任作何韵語，必使韵爲我所用，勿使我爲韵用。填詞尤宜考其譜，而押其韵，不可稍忽。今人押韵，多牽强，雕琢，因就韵而梏桎性靈，受韵支配，實做韵耳。

一二　用韵之難有礙於歌

用韵之難，有礙於歌。若捨音就字，則其音不能工；捨字就音，則其字不能確。如先天之不可溷於鹽咸或桓歡，雖不辨閉口之異，以其一爲微中空，一爲開故也。俗多以庚青奸真文，魚虞入齊微，實爲不倫。

一三　詞韵通押

詞譜間有載某調之平仄韵，可通押者。則凡所謂仄韵者，盡屬入聲，切不可通上去，因入聲之字，慢呼之即成平（前已略言。）。兹將應押仄韵而用入聲者，略爲舉出：〔江城子〕〔秦樓月〕〔蘭陵王〕〔看花回〕〔聲聲慢〕〔慶春宫〕〔慶佳節〕〔霜天曉角〕〔望梅花〕〔滿江紅〕〔兩同心〕〔丹凰吟〕〔好事近〕〔一寸金〕〔浪淘沙〕〔雨霖鈴〕〔西湖月〕〔解連環〕〔暗香〕〔淡黄柳〕〔六么令〕〔疏影〕……然亦有必押上聲者，如〔魚游春水〕〔秋宵吟〕

〔清商怨〕，又有必押去聲者，如〔玉樓春〕〔菊花新〕〔翠樓吟〕。一調中上去兼押者，亦所常見，未克枚舉。填詞時，必詳加考慮，庶不致有誤。

（以上 1932 年第 3 期）

一四　和韵詞

作詞乃以寫性情，應隨作者性情之所適，一韵中有千數百字，可任意選用，以求韵之工穩，即用定後，苟有不愜意者，亦可得而別改之，豈能受一二韵之束縛也。今日作詞，好用古人原韵，或和韵，或叠韵，且間有聯句者，殊不知文由情而生，韵隨句而用，有情有句（非完成句。），而後用韵，否則，是先有韵而後由韵生情造句也。如此所成之詞，决不免有削足適履之弊，生僻聲啞之虞，安能描寫性情哉？如方千里之和《片玉》，張杞之和《花間》，皆首首强叶是也。然亦有善用韵者，雖和韵猶如自作，乃爲妙協，蘇東坡和章質夫之〔水龍吟〕（楊花），不特獨翻新意，且用韵處，舉重若輕，遠勝原詞，并録之如左，以資比較。

章質夫原詞

燕忙鶯懶芳殘，正堤上、柳花飄墜。輕飛亂舞，點畫青林，全無才思。閑趁游絲，静臨深院，日長門閉。傍珠簾散漫，垂垂欲下，依舊被、風扶起。　蘭帳玉人睡覺，怪春衣、露沾瓊綴。綉床旋滿，香毬無數，方圓却碎。時見蜂兒，仰粘輕粉，魚吞池水。望章臺路杳，金鞍游蕩，有盈盈泪。

蘇東坡和詞

似花還似非花，也無人、惜從教墜。抛家傍路，思量却是，無情有思。縈損柔腸，困酣嬌眼，欲開還閉。夢隨風萬里，尋郎去處，又還被、鶯呼起。　不恨此花飛盡，恨西園、落紅難綴。曉來雨過，遺踪何在？一池萍碎。春色三分，二分塵土，一分流水。細看來不是，楊花點點，是離人泪。

（蘇詞多一字，因是字爲襯，非誤也，末二句斷句，係依萬氏注，與他譜有異，特此附注。）蘇固是大才，然亦偶一爲之，方能至此神妙之境，更非他人所敢望塵也。用古人韵與用自已韵（即叠韵。）皆類似和韵，毋庸贅述。叠韵有一叠再叠至十餘叠者，陳其年集中最多此體，皆爲逞才自喜之表現，實則多不免弄巧反拙耳。

一五　填詞之津梁

詞韵與詩韵異而源同，詞韵者，乃以詩韵分合而成也。唐人填詞，概用詩韵，迨宋始有《菉斐軒詞韵》，今已失傳。坊間流行之《詞林要韵》，題爲菉斐軒刊行本者，係後人僞托，乃曲韵非詞韵。《中原音韵》《中州全韵》（范善溱輯。），以入聲派入平上去三聲，故亦爲曲韵，而非詞韵。現所用者，爲《晚翠軒詞韵》，其内容可謂盡善盡美矣，該書分平上去爲十四部，入爲五部，共十九部，係取《詞林正韵》及《中州》《中原》《洪武》等韵，爲之照對，雖列韵較少，而常用者，均列入無遺，且入聲另列，尤爲填詞家應守之正軌，上去聲相并，以求便於通押，未開入聲借叶平上聲之例，而免有傳奇家方言爲叶之弊，此乃填詞之津梁，亦詞韵與曲韵之分疆也。

一六　詞體頗繁多

詞體頗繁多，對於詩之絶律而曰調，其一調，少者二三體，多者二三十體。萬紅友《詞律》者，改作訂《嘯餘譜》，乃作詞之一大證典，所搜羅詞體達六百六十調，一千一百八十餘。據康熙敕撰之《欽定詞譜》，則調詞少，而體更多，二百二十六調，二千二百六十體，要之，所有詞體，確在二千以上之譜，但暗記其平仄圖譜，大非易事，亦究有不能盡依用者。初學者，以《白香詞譜》或《填詞圖譜》，較爲適用。《白香詞譜》，尤以天虚我生之考正本爲妥善，每調之後，附有考正乃填詞法，可省學者冥行索埴之苦，且選詞精美，足資模仿，一一皆爲填詞家所習用者。惟調盡百闋，九牛一毛，病其太簡，可更備《填詞圖譜》或《詞律》一部，以便檢用。

（以上 1932 年第 5 期）

一七　詞派分南北

詞派分南北，北宋盛於文士，衰於樂工，南宋則反是。北主樂章，故情景但取當前，無窮高極遠之趣，善於重筆，是以能大，能拙；受地域影響，多北風雨雪之感，其妙處不在温柔、艷褻，而在高健、幽咽。南乃文人弄筆，彼此争名，變化易多，取材益豐，善用深筆，是以能細、能密，較北益工。然北宋無門徑，故似易而實難，南宋有門徑，故似深而反淺，因之又有豪放、婉約之分焉。北宋蘇東坡，南宋辛弃疾等爲豪放領袖；北宋晏氏父子，南宋姜白石，及李後主、柳耆卿、張子野、周美成、李易安、秦少游等均爲婉約名家。世人以北爲變體，南爲正宗，究有何根據？未免强立本支之别。况豪放、婉約之分，不過就其大體而言；豪放中未免無婉約者，婉約中亦未嘗無豪放者，如蘇東坡〔蝶戀花〕（春情）：“花褪殘紅青杏小。燕子飛時，緑水人家繞。枝上柳綿吹又少，天涯何處無芳草。　架上秋千牆外道。牆外行人，牆裏佳人笑。笑漸不聞聲漸杳，多情却被無情惱。”温柔纏綿，艷麗動人，不免婉約。又如辛弃疾〔清平樂〕（賀侂胄生日）：“如今塞北，傳得真消息：赤地人間無一粒，更五單于争立。　熊羆百萬堂堂，維師尚父鷹揚。看取黄金假鉞，歸來異姓真王。”[①] 弃疾作此詞時，因韓侂胄議伐金，辛示贊成，其忠義慷慨，有志中原，何非豪放之作，他如〔漢宫春〕“春已歸去”亦不失豪放。且婉約、豪放二派外，如陸務觀之《放翁詞》，朱希真之《樵歌》，既不婉約，復不豪放，另

① 此詞《全宋詞》定爲劉過作。

立一派，又何嘗不可？

（以上1932年第6期）

一八　詞體種類繁多

詞體種類繁多，分類亦不一致。大概可别之爲寫情、即景、懷古、叙事、咏物、書函、告誡、福堂、回文、集句諸體。前寫情、即景、懷古、叙事四者，可并用之，苟一詞之中，□□四者之妙，則爲詞之上乘矣。

一九　詞體之作法種類性質作用

詞之寫情，雖不能如詩之莊嚴，然絶不可流於荒淫靡艷之途；即景之作，字句必高古，胸襟必闊大，萬千氣象，皆入眼底，尤以詞中有畫爲貴；登臨懷古，或低首徘徊，或激昂慷慨，聲韵以洪亮較勝；叙事貴簡明詳盡，有情景。北宋以前詞家，咏物之作絶少，即間或有之，皆不過借物而遣其興，就事而言其情，毫未得咏物之旨趣；南渡後，填詞家目擊胡騎之縱橫，身丁國家之多難，而生禾黍之感，始寄托於詞中，蓋咏物而乏寄托，則失其咏物之宗旨而爲詞之下乘矣。咏物最忌拘而不暢，晦而不明，作詞過於認真，必不暢，過於寫遠，必不明，須在不真不遠之境，方能恰到妙處，所謂取其神，而不取其形也。質言之：取形必失之機械，取神必得之自然，即用意而不用事也。昔人作詩寄友，以代書柬，乃所常見，詞學昌明，作者争奇鬥艷，體裁日多，亦有以詞代柬者，情致纏綿，婉而易達，起結處，儼然如一尺牘。辛弃疾以告誡口腔作詞，開詞學中之新體，即以告誡之瑣言，填入詞譜是也。古人逞己之才，有將全闋之韵，悉用一字者，是曰福堂體，或曰獨木橋體，此體務以句法變幻無定，押韵處自然爲勝，但不免近於纖巧之作，究非大雅所宜。以回文體作詞，音調平仄必可倒順任意讀之者方可，否則無能爲力，然此亦屬險處求勝，詞人鬥巧之作。集成句而爲詩，則易；集成句而爲詞，則難；以其詩句齊整，而詞句參差故也。所集之句，咸宜巧合，不加絲毫牽强，字面亦不可複沓，非胸中富有者，何敢染指。各體之例過多，未可悉舉。以上皆就詞體之作法種類而言也。若就其性質及作用而分，可得左表：

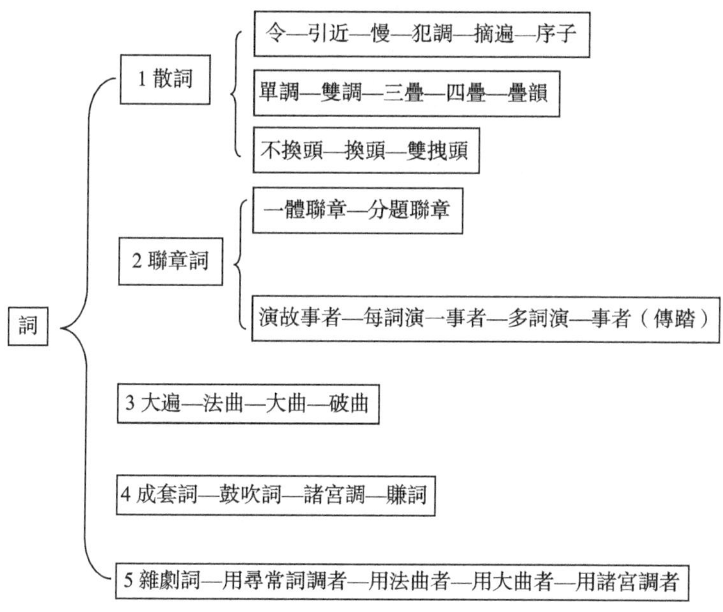

（以上 1932 年第 7 期）

二〇　詞有調同而句讀異者

詞有調同而句讀異者，亦有句讀同而調異者，平仄亦復如是，漫無定例，苦乏書爲之考證，雖有《詞律》、《詞譜》及《詩餘圖譜》等書，然彼此各有差異，句讀各有長短，其平仄多以○（平）●（仄）◒（應仄而平）◓（應平而仄）别之，更不無亥豕之混。如葉道卿〔賀聖朝〕之後闋起句“花開花謝，都來幾許”，據萬氏《詞律》，則與前〇起句同，爲“花開花謝都無語”七字句。陸務觀之〔沁園春〕“當日何曾輕負春”，“短艇湖中間采蓴”兩句，其最末三字皆爲平仄平，《詞律》則注爲可作仄仄平，諸如此類，不一而足，苟欲識其優劣，定其從捨，非有得於音韵之學者，何能妄加判斷焉。

二一 詞調源流

詞調多而難於稽考，究其源流，頗非易事，因其調名之來，多取諸昔人之名句，或典故，近代之作詞者，多不解其由來。據俞少卿所云：調名原起之説，起於楊用修及都元敬，而沈天羽掩楊論爲己説。兹將所考，不憚繁多，述之於次：

蝶戀花——取梁元帝“翻階蛺蝶戀花情”。

滿庭芳——取吴融“滿庭芳草易黄昏”。

點絳唇——取江淹“白雪凝瓊貌，明珠點絳唇”。

鷓鴣天——取鄭嵎“春游鷄塵塞，家在鷓鴣天”。

惜餘春——取太白賦語。

浣溪沙——取杜陵詩意。

青玉案——取《四愁詩》語。

踏莎行——取韓翃詩“踏莎行草道清溪”。

西江月——取衛萬詩“衹今惟有西江月”。

菩薩蠻——西域婦髻也。

蘇幕遮——西域婦帽也。（高昌女子所戴油帽。）

尉遲杯——尉遲敬德飲酒必用大杯也。

蘭陵王——每入陣必先歌其勇也。

生查子——張騫乘槎事也。（查，古槎字。）

瀟湘逢故人——柳渾詩句也。

滿庭芳——取柳柳州“滿庭芳草積”。

玉樓春——取白樂天詩“玉樓宴罷醉和春”。

丁香結——取古詩“丁香結恨新”。

霜葉飛——取杜詩“清霜洞庭葉，故欲别時飛”。

清都晏（宴清都）——取沈隱“朝上閶闔宫，夜宴清都闕”。

風流子——出劉良文選。

荔枝香——出《唐書》。（貴妃生日命小部奏新曲，未有名，適進荔枝至，因以名。）

解語花——出《天寶遺事》，明皇稱貴妃語。

解連環——出《莊子》“連環可解也”。

華胥引——出《列子》“黄帝晝寢，夢游華胥之國”。

塞垣春——“塞垣”二字出《後漢書 · 鮮卑傳》。

玉燭新——“玉燭”出《爾雅》。

多麗——妓名，善琵琶者。

念奴嬌——唐明皇宫人念奴也。

（以上 1932 年第 8 期）

二二　詞調之由來

詞調不下二千餘種，即宋人詞調，亦不下千餘，若一一推鑿，何能勝數，且僻詞甚多，又何能一一傅會載籍，右列之調，皆爲最通常者，然其所考，未嘗盡當，胡元瑞《叢談》駁斥用修之處頗多，總之，吾人志學於詞，略知其調之由來可也，何用自命考古爲。况調名之變更無定，取辭取意取事，三者隨人取捨，均無限制，故每一調雖屬一體，而調之名有至六七者，如東坡之〔念奴嬌〕《赤壁懷古》：“大江東去，浪淘盡，千古風流人物。故壘西邊，人道是，三國周郎赤壁。亂石崩雲，驚濤裂岸，捲起千堆雪。江山如畫，一時多少豪杰。　遥想公瑾當年，小喬初嫁了，雄姿英發。羽扇綸巾，談笑間，强虜灰飛烟滅。故國神游，多情應笑我，早生華髪。人生如夢，一尊還酹江月。”因全詞爲一百字，故名〔百字令〕或〔百字謡〕；复因句有“酹江月”，“大江東去”，故名〔酹江月〕，或〔大江東去〕〔大江西上曲〕；又因地在湖北嘉魚縣東北江濱，故名〔壺中天〕〔湘月〕〔淮甸春〕等。考東坡所游之赤壁，乃黄岡縣城外之赤壁，非嘉魚縣周瑜、劉備破曹操之赤壁也，蘇誤爲周郎赤壁，則亦不免文人不識地輿之笑。蘇素重才氣，放意無忌，不沾沾於音律，後闋第二三重句，句法皆有參差。元薩都剌步其原韵，特句法互異，前闋第二句作“望天低，吴楚眼中無物”，後闋第二三句作“東風輦路，芳草年年發”，守律而矯其誤，實屬佳作。後人以蘇詞有異，必於原調之外，另立一體，妄加割裂，殊爲多事。圖譜等，且以一字之故，列爲九體，使人無誰的從，似是任意臆説附會，則不如付之闕如，無使人徒資彈射可耳。苟如圖譜等之以一詞而列爲九體，恐詞調之起源，非墨楮簡籍所能盡載也。

（以上1932年第9期）

二三　詞有名同宫調異者

詞有名同，而所入之宫調異者，字數多尠，當亦隨之而異，如雙調〔水仙子〕與北劇黄鍾宫〔水仙子〕異，南劇越調過曲〔小桃紅〕與正宫過曲〔小桃紅〕異，玆將北正宫〔端正好〕與北仙吕宫〔端正好〕各列舉一首，以資證明。

正宫端正好　　費唐臣

道德五千言，禮樂三千券，本待經綸就舜日堯天，衹因兩角蝸蛮戰，貶得我日近長安遠！瑶臺昨夜蛟龍戰，玉鱗甲飛滿山川，憑夷飲罷瓊林宴，醉把鮫綃剪。

仙吕宫端正好　　無名氏

既相别，難留戀，爲昆仲撚指十年，臨行也將二弟丁寧勸，你若是居臺省，掌兵權，平天下，立山川，方稱了一世男兒願！

正宫之音，雄壯惆悵，仙吕之音，綿邈清新，前首爲六十字，後首爲四十五字。二者顯然有别。

二四　詞之體制

詞之體制，唐人長短句，皆爲小令，後演爲長調、中調，復有繫之以“犯”“近”，如〔四犯剪梅花〕，乃用〔解連環〕〔醉蓬萊〕〔雪獅兒〕，復用〔醉蓬萊〕，故名曰〔四犯〕，其餘尚有〔八犯玉交枝〕〔玲瓏四犯〕等乃“犯”也。〔荔枝香近〕〔訴衷情近〕等乃“近”也。除此而外，又有“偷聲”“減字”“添字”“合調”“雙調”“歌頭”等，南北劇有以“犯”“賺”“破”等名及字數同所入宫調之異，而名亦隨之不同者，如〔木蘭花〕與〔玉樓春〕同，以〔木蘭花〕歌之，即入“大石調”類是也。

二五　襯字

詞句字數有定，然每因受此限制，多難記憶，故常多增一二字，以資聯屬，而便記憶，即所謂襯字是也。如蘇東坡和章質夫之〔水龍吟〕，段其原詞多一字（詞見前。）之類是。後世不解其故，以爲多一字，或少一字，即另成一體，一律按腔以實之，因之以一調而成數體，又以其未便另行命名，乃别爲第一體，第二體，或概稱之爲又一體，但代遠人多，無由考其原調，删去襯字，以近於古，而使詞體不致雜亂。〔女冠子〕有一二四五體，而無三體；〔歸國謡〕則有第三、第二，而無第一體；〔賀聖朝〕則有一三，而無第二，想當時必以順次名之，而現傳者，次第多不相銜接，其中必有遺誤在，然後世以舊定次序，亦不敢另以次第名之，故學者常於所作調名之下，注爲第幾體藉以區别之，此皆不免近於迂也。

（以上 1932 年第 10 期）

水西軒詞話

卓　掞◎著

卓掞，原名祖茂，字幼庭，號炎男，福建侯官人。鴻中子。光緒十九年（1893）癸巳科舉人。辛亥後，回里課徒，年六十餘卒。其詞收入林葆恒《閩詞徵》卷六、《詞綜補遺》卷九十五。據《詞話》載，他曾求學於謝章鋌，與何振岱同學，與林葆恒爲鄉試同年。《水西軒詞話》《甲稿》一卷、《乙稿》一卷，民国二十一年（1932）鈔本，福建圖書館藏。陳昌强将其整理发表于《中國詩學》第十三輯（2010）。

《水西軒詞話》目録

水西軒詞話

水西軒詞話甲稿識語

素好弄翰，隨意塗改，約可數種，綜曰《筆記》。惜人事梗槃，未遑編纂。《詞話》亦筆記之一耳，緣未成帙，姑取《夢窗集》例，以干爲次，甲乙兩稿，多師友之作，風概交義，略及一二，亦存其人焉。適訒盦同年自海上寓書索觀，爰繕已成者爲甲稿，先郵商政，餘俟賡續云爾。壬申春侯官卓掞幼庭識。

水西軒詞話甲稿

一　先伯父詞

先伯父望岩孝廉韵語存者，有賦十篇、詩數十篇、詞十餘篇，綜名《抱琴室韵語》。詞尚有〔白蘋香〕《烏麓探梅》云："隱隱雲扁香古，溶溶雪海春嬌。犯寒獨自履山椒。不用輕勞青鳥。

數點剛含蓓蕾，幾生修到瓊瑶。月昏水淺縠魂銷。休便笛聲吹攪。"〔臺城路〕《湖上》云："清波門外湖頭路，漸展樓臺罨畫。榭影明漪，塔尖刺水，好趁瓜皮蕩下。閑愁休惹。甚花舫飛來，鬟衫淡雅。剛度三橋，風絲隱隱送香麝。　循堤又歸去也，有鞋弓淺印，無盡幽冶。弱柳飄綿，疏烟撲袖，錯認兜羅親把。笑聲微罷。説清曉輕妝，行過蘭若。付與山靈，游仙添夕話。”

二　先訓導公詞

先訓導公學詞於梁禮堂先生，窗課院課、賦物咏名勝外，擇題較佳者，尚有〔鳳栖梧〕《北郊掃墓》云：“五里春畦新雨足。步幽芳郊，刺眼秧針緑。路入村莊無幾屋。小籬犬吠停還續。
林嶂年年迎面熟。過墓知哀，欲郊山丘哭。殘日遠烟歸騎速。杜鵑花發眉雙蹙。”〔柳梢青〕《效少游體感賦》云：“鳳去臺空。玉津故址，舞翠歌紅。招展花枝，妍顰娥笑，春在屏風。　涉江多采芙蓉。夢回後、蓬山更重。斜月樓西，舊時明處，莫問歡悰。”又〔釵頭鳳〕《悼亡》云：“兜羅手[①]。櫻桃口。明波靚映彎柳。饕風虐。狂霖惡。東皇無力，任催花落。錯。錯。錯。　離何驟。欽難湊。空房怕見菱奩舊。春姿弱。香魂薄。祝卿來世，叙盟如約。諾。諾。諾。”又〔摸魚兒〕《閩俗每年六月迎倉神，舉城若狂，戲成》云：“正城闉、浹旬無雨，午窗清簟人倦。嬋娟傾巷銅街去，延佇綺羅笙管。狂客滿。甚扇底、窺臣佯避鄰娃面。嗔鶯語燕。忽拍手兜童，迎神來也，一陣噪聲亂。　誰家院，窣地湘簾不捲。依稀多少釵鈿。山容水態紅牆隔，衹覺小櫻微粲。渾不辨，笑人欲看儂，不及儂看顯。斜陽晚。便招颭花枝，綉鞋踏促，望斷軟塵遠。”公有《寶香山房詞》一卷。

又有〔沁園春〕《河居》云：“秀冶河干，武安橋側，是處吾家。便行路相逢，客持燕雀，刺船未過。童捕魚蝦，梁板鬢端，花盆覆底（地屬旗轄，梁板髻，花盆底鞋，旗婦裝束。），姊妹東鄰笑語嘩。悲歌者，有關東大漢，鐵板銅琶。　先棻甲第清華。怎再世、蝸居望不奢。但坐我春風，英才樂育，任人白眼，富貴何如。椎鬢山妻，垂髫稚子，菰飯蒓羹亦自嘉。無他好，衹曲終命酒，棋罷思茶。”

---

① 手，原稿蟲蛀，據《詞綜補遺》補。

前清閩垣七城，東井水三門，跨帶旗界，秀冶里河沿半段，劃入旗轄，公家於是最久。在公三十二歲以内事，此詞蓋同治辛未前所作也。銅駝荆棘，陵谷變遷，所謂武安橋者，今已罕知其名矣。余有《先祖悦軒公發喪録書後》，可備此詞之參考，并足以覘世變焉，姑附於後：

先優行悦軒公發喪録書後

會垣秀冶河沿，清時地半旗轄。武安橋側面，雙扉屹若，繪褒鄂像，旗人閥閲也。内屋二座，其後座左畔，先君所居。時爲先叔祖雨林公、先伯望岩公所居。先君娶先慈郭太宜人於是，生先兄兆增於是，喪先祖優行公、郭太宜人均於是。當帝政，駐防勢頗盛，行路之人，弗敢正眼以視，殆不減於今日軍閥也者。先君昆仲與旗士大夫，相視若德鄰，相契若益友。冬至，漢人搓粉餈爲圓，先君則以饋旗友。元旦，旗俗製面餃供祖先，亦持以報先君，歲以爲例，故媪王氏猶能道之。先君善弈，與旗弈人安君善，即録内安爺住王馬頭者是也。先君既他徙，安君往來數十年不斷。安君人亦慈和，余及常見之，蓋先君居其地久，情感所洽，滿漢不畛域也。此録乃志優行公訃喪人地，首滿洲，次師友，又次戚親姻族，係先君手筆，不忍弃，亦藉以考父親雅故，不獨痛我祖父，山丘華屋，亦爲昔人嘆息也已。(丙寅仲春作。)

水西軒詞話乙稿

一　閩詞

閩縣葉小庚太守撰《閩詞抄》四卷，始於宋徐昌圖，終於元洪希文，附以方外、閨媛，凡六十一家，爲詞逾千首。同年林訒庵提學近撰《閩詞徵》六卷，宋至元凡七十八家，視葉抄爲多，明至國朝凡一百四十三家，歷代閨媛凡三十八家，詞篇之多，視葉抄三倍之，裒然巨觀矣。杭大宗（世駿）謂“閩人鴃舌禽呼，不可以詞”，謝賭棋師《筆記》嘗駁之，無錫丁杏舲《聽秋聲館詞話》亦有“閩人不能詞”之謬論，提學不惜心力徵成此書，藉作丁説之反證，可助閩人張目，不屑作舌端辯論已也。

二　王弇州論詞

周、秦、張、柳爲詞正宗，蘇、辛斯爲别體，宋伶人評〔雨淋鈴〕〔酹江月〕之優劣，遂爲填詞定律。余甚是王弇州之言曰：“詞須宛轉綿麗、淺至儇俏。一語之艷，令人魂絶；一字之工，令人色飛。”弇州詞近豪爽，顧首推工艷如此。吾宗珂月人月取隋唐迄明之詞，都爲《古今詞統》，其言曰：“詞無定格，要以摹寫情態、令人展卷而魂動魄化者爲上，他雖素膾炙人口者弗録也。”意與弇州同。

三　詞寧輕勿重

詞寧輕勿重，寧薄勿厚，故有“曲子相公多輕薄”之誚，顧亦體格應爾歟？

四　詞與詩異者

數十年以來，海内詩派敬大曆而遠之，鄙竟陵不屑爲，相率爲幽澀瘦削之詩，以爲模合宋體。夫詞與詩異者，詞可幽不可澀，可疲不可削，盡有詩名動海内，而觀所爲詞，實未敢附和尊崇也。一花一草，一風一月，要眇悠揚，引人無盡，詞能之，詩不能也。

五　張子野詞

張子野詞曼妙幽冶，賦情能手，然如“清暑堂贈蔡君謨”之〔喜朝天〕莊而能華，“錢塘”之〔破陣樂〕穠而不縟。香奩、閨體，詩人分道揚鑣，子野於詞兼之。

六 劉小雲詞

劉小雲尚有〔壺中天〕《咏臨潼貴妃塘》云："故宫吊夢，甚情波吹透，御塘通熱（貴妃塘旁有御塘。）。天與驪山屏障好，大傘休烘蓉靨。水暖酥香，汗融脂膩，獨自生嬌怯。蛾鬟扶起，石蓮猶戀肌雪。　　漫説脂粉塘空（即涇香水。），吴娃魄冷，共銷魂雙絶。算逐鴟夷湖舫去，贏似禪堂啼血。羯鼓聲沉，驚涇劫醒，已證真妃列。怎生忘得（明皇詞句。），怪渠齋日凄咽。"又〔唐多令〕云："朧月印瑶宫。樹陰羅袂風。驀鶯山、同覓花叢。不惜杜娘金縷曲，幾度遇驚鴻。　　消渴對芙蓉。淡妝態自濃。便燈前、傷别匆匆。惆悵阮郎歸去後，衹一晌、夢華空。"小雲年逾六十，風懷不衰，此詞中年所作也。小雲嘗教讀大姓，一婢與目成。一夕眠醒，見素馨花撒置滿床帳間，則花球懸焉，心異之。明以問婢，婢云："昨侍小姐讀，君眠正酣，儂爲驅蚊下帳，并摘髻上花撒床上，其花球則儂所預懸，特君醉不覺耳。"小雲聞之大樂，欲求歡，婢曰："君如娶我，下定後，便可如命，否難從君也。"小雲歸告，被遣。數日，婢以問，小雲曰："已被老父另婚，絶我矣。"婢恚曰："先時君果金石，性命争之可也。"遽退出。是晚，小雲與同人會餐，另有一婢袖一裹授曰："某托致也。"小雲開視，遽輟餐，嚎啕大哭，座客皆愕，蓋裹中皆小雲贈物，婢以歸還也。余嘉此婢動情止義，小雲真不傷雅，猶有曹雪芹《情録》遺意，可作詞林佳話也。

七 何梅生詞

何梅生尚有〔翠樓吟〕《山寺集舊友咏詞》云："銀漢參横，高樓笛罷，因誰立閑庭宇。鸞吟天際遠，夢魂近有風吹去。傷懷誰訴。聽怨峽啼湘，聲聲清苦。休延佇。殘紅題遍，漫依瑶圃。　　舊侣。蘭社新成，共吹林禪室，小參蓮祖。撞天須法曲，愿牙板消除柔詒，潮音何許。帶幾點龕花，飄來香樹。山深處。鵑唤似水，悄然遲暮。”又〔解語花〕《紀夢》云：“霜初欲菊，露下飄桐，秋老天無雁。舊家池館。凝望處、千里夕陰遮斷。晨曦苦短。甚游興、新來都嫩。偏夜闌、猶得依稀，驀地見幽婉。　忽夢離魂不辨。怪偕來輕舸，停發烟岸。翠衫痕淺。燈窗裏、笑語詞鄰詩伴。離踪在眼。便是夢、也思量見。愁睡醒、斜月寒螿，依舊吴天遠。”梅生詞愛幽靚，女弟子張凝若、王耐軒均得其緒餘。

八　林述祖詞

侯官林述祖（鑒殷）卒業水師，爲教師有年，弟子居海軍要職者不少，著有《倚篷詞草》一卷。〔蘇幕遮〕《别意》四首之二云：“夕陽明，人影瘦。一曲陽關，一盞離尊酒。緊語叮嚀還未了。報導潮生，生迫人分手。　櫓聲微，帆勢陡。伊倚篷窗，儂倚垂楊樹。眼已穿雙腸轉九。密約秋來，秋盡歸來否。”詞爲别歡而作。“伊倚篷窗，儂倚垂楊樹”乃當時實景，倩畫家圖之，懸諸齋頭，并自署“倚篷老人”。〔柳梢青〕《己酉四月在梧桐庵作》云：“一片飛花。飄茵墜溷，誤盡年華。紅粉飄零，青衫淪落，同是天涯。　凄凉流水殘霞。回首處、春風絳紗。如許春光，無邊春色，知在誰家。”

其二云：“朔風尖，寒月皎。一盞殘燈，一縷餘烟裊。來扎重翻言了了。衹有歸期，兩字難分曉。　意綿綿，情悄悄。永夜思量，恨事知多少。滿臆酸辛無處表。夢裏尋伊，夢斷天涯渺。”〔蝶戀花〕云：“多事彼蒼生一我。到底何因，到底成何果。置在人間無一妥。年年錯紀光陰過。　偶爾偷閑還獨坐。驀地思量，所計應些左。負己負人全未可。彼蒼怎樣安排個。”

九　林韶可詞

閩縣林韶可（翊虞）秀才家貧，依陳仲起於京師，橐筆吏部。身材瘦雅，見之忘俗，耽吟咏，見予詩，喜次和。嘗同游江亭，聯七言長句以爲樂。今子敬已逝，撫琴猶神往也。〔滿江紅〕《次和述祖癸丑冬日作》云："把酒江山，拓多少、興亡眼界。又説甚、衆濁我清，昔通余介。荆棘地天徒自苦，户牖（叶平）日月還稱快。向紛紛、人海逐勞塵，真難耐。　一世雄，今安在。萬死奸，國終賣。嘆能幾成真，虎能遺害。滄海傷心灰劫盡，神州何日甌完再。衹汗青、莫便把千秋，將名敗。"

摩詰庵詞話

王澤浦◎著

王澤浦，生卒不詳。曾任教於南開大學中文系。著有《詩學研究》（震東印書館，1923），《中學生國文應讀書目提要》等。《摩詰庵詞話》刊於《益世報》1932年5月3日、4日、5日、18日、19日，7月4日、5日、6日、19日、20日。

《摩詰庵詞話》目録

摩詰庵詞話

一　靈體之辨

論詞常有靈體之辨。靈者，言外之境，亦可名爲外境；體者，字句也，亦可名爲内境。

言外之境者，神韵氣味是也；比之字句猶靈魂之於體魄也。睹之不見，聽之無聲，故名之曰靈。字句者，睹之可見。誦之有聲，故名之曰體。

靈有體始有所附，體有靈始有精神，否則如廟中土偶，不過軀殻耳。

靈之至，首貴妙悟，雖父子兄弟不能教也。體之工，衹在多讀，多作，多記；故體者可學而工，可力而能；靈者，半得於天性，半得于修養領會，故較體爲難。

二　各家語言獨到

古今詩詞，俱爲面前數萬字往復搬用；然後主用之，則有凄婉之美，正中用之，則有纏綿之妙；小山婉穩，東坡豪放，清真精深華麗，稼軒慷慨縱横，夢窗有“映夢窗，凌亂碧”之喻，玉田有“玉老田荒”之概。其餘草窗、碧山、白石、梅溪，下至竹垞、其年，樊榭、皋文等，莫不各有獨到，究其所自，豈非靈之使然歟？

三　李後主用字之工

詩詞中無一字虛設，一花一木皆與詞意有關。如李後主之“春花秋月何時了”，春秋并舉，因四季中，春秋最易生感；而春日之花，秋日之月，尤足動人；從此一句，後主之抑鬱已可想見。古人用字之工，於此可知。俞彦《爰園詞話》云：“古人好詞，即一字未易彈，亦未易改。即此可也。”

四　小令長調轉折處

小令轉折處，當在體外，從空處盤旋；故讀詞時，能領悟言外之曲折，方有生趣。長調多在字句中轉折，讀時作時，較易明了。

五　詩詞字句有别

詞中字句，與詩不同；故詞句不可入詩，而詩句亦不可入詞。朱服〔漁家傲〕詞云：“萬家楊柳青烟裹。戀樹濕花飛不起。”此二句雖爲七言律句，然與詩别。

六　詞中多熔化詩句

詞中多熔化詩句，如蘇東坡〔蝶戀花〕云：“紅燭自憐無好計，夜寒空替人垂泪。”杜牧詩云：“蠟燭有心還惜别，爲人垂泪到天明。”黄庭堅〔驀山溪〕云：“娉娉裊裊，恰近十三餘。”杜牧詩云：“娉娉裊裊十三餘，豆蔻梢頭二月初。”晁端禮〔鴨頭緑〕云：“向坐久疏星時度，烏鵲正南飛。”魏武帝《短歌行》云：“月明星稀，烏鵲南飛，繞樹三匝，何枝可依。”賀鑄〔青玉案〕云：“錦瑟華年誰與度。”李義山《錦瑟》詩云：“錦瑟無端五十弦，一弦一柱思華年。”以上所舉，皆用詩爲典者，其餘尚多，兹不備舉。

七　唐五代兩宋詞比詩

唐五代之詞，韵味濃厚，讀之有繞梁之感，如詩中之有漢魏也。北宋之詞，以風格言，婉約者有之，豪放者有之，精深者有之；以格調言，小令、中調、慢詞，無體不備，無體不工，如詩中之有盛唐也。南宋之詞，多句烹字煉，每出新裁，如詩中之有趙宋也。

八　風花雪月之功

風花雪月、蟲鳥苔林之屬，一經文人移用，即有無上靈機，可歌可泣，可喜可憂；故能美教化，移風俗。詩詞之功，豈可少哉。惟浮薄者，每謂詩詞僅吟風弄月，豈其然乎？

九　古人靈不可學

作詞可學于古人者體也，不可學者靈也。蓋人各有性情，故人各有靈，豈必同于古人哉！

一〇　小令不可呆板

小令必有一二句新意。其琢辭，要字字生動，句句靈活。萬不可呆板，如絶句雖寥寥二十餘字，然必東麟西爪，讀後有弦外之音，始爲佳作。

一一　轉韵處忌呆板

轉韵處最忌呆板，須有“山窮水複疑無路，柳暗花明又一村”之妙。而遇片轉者，亦然。

一二　詞中宜用痴語

詞中宜用痴語，讀時尤覺有味。周草窗〔瑶花〕云：“杜郎老矣，想舊事花須能説。”盧祖皋〔賀新凉〕云：“挽住風前柳，問鴟夷當日扁舟近曾來否？”范石湖〔醉落魄〕云：“惟有兩行低雁，知人倚盡樓月。”陸雲西〔睡鶴仙〕云：“對菱花説與相思，看誰瘦損？”此皆以痴語入詞也。

一三　詞中結句多用景語

詞中結句，多用景語。朱淑真〔菩薩蠻〕云："人憐花似舊，花比人應瘦。莫憑小闌干，夜深花正寒。"康與之〔謁金門〕云："試上小樓還不見，樓前芳草遠。"張緝〔謁金門〕云："睡起愁懷花自著，無風花自落。"李白〔憶秦娥〕云："音塵絶，西風殘照，漢家陵闕。"蓋此種結句皆情寄風花，興托雪月，自有言外之意；故詞家多用之。

一四　詞以情語結尾須慎

詞以情語結尾者亦有之。馮正中〔鵲踏枝〕云："夜夜夢魂休漫説，已知前事無尋處。"周清真〔風流子〕云："天便教人霎時相見，廝又何妨?"李易安〔如夢令〕云："無那，無那，好個凄凉的我!"王從叔〔阮郎歸〕云："别時言語總傷心，何曾一字真。"惟此種法，稍有不慎，情易失于太露；故不如以景語結尾者爲佳。

一五　宋以前詞同調字韵格不同

宋以前之詞，本以入樂，即歌曲也。當時詞家多精曉音律；製詞詩，專以歌唱便宜爲主，故同一詞也，各有不同。如〔千秋歲〕張子野作七十一字，秦少游則爲七十二字；周邦彦〔雙頭蓮〕一百三字，陸游則爲一百字，此字句之增減也。晁端禮〔鴨頭緑〕用平韵，聶冠卿用仄韵；〔如夢令〕秦觀用仄韵，吴文英用平韵，白居易之〔長相思〕前後一韵，劉光祖則前後二韵。史達祖之〔青玉案〕上闋"碧苔錢古，難買東君住"，與下闋"夜香初炷，猶自聽鸚鵡"，"古""駐"二字同韵；沈端節〔青玉案〕云："陽春有脚，又作南昌去"，下闋云："天顔應喜，千萬留王所。"此皆用韵之不同也。史達祖之〔青玉案〕上下闋第二句，皆作六字句，趙長卿則上闋用九字句，下闋用七字句，此句格之不同也。

一六　作詞忌用俗調

作詞忌用俗調。蓋俗調情意句法，早被前人道盡，萬不能脱出範圍。

一七　詞中俚語易傷雅

詞中俚語，用之不當，每易傷雅。趙長卿〔瑞鶴仙〕云："是虧他見了，多罵幾句也。"〔驀山溪〕(遣懷) 云："學些沓拖，也没意志，詩酒度流水，熟諳得無争三昧。風波歧路成敗，霎時間你富貴，你榮華，我自關門睡。"又〔水調歌頭〕(遣懷) 云："較甚榮和辱，争甚是和非。"此等詞頗似曲句。

一八　詞有人筆仙筆

詞有人筆，有仙筆。"亂石崩雲，驚濤裂岸，捲起千堆雪"(蘇東坡〔念奴嬌〕)，"做冷欺花，將烟困柳"(史達祖〔綺羅香〕)，"澄碧西湖，軟紅南陌"(吴夢窗〔沁園春〕)，此人筆也。"大江東去，浪淘盡，千古風流人物"(蘇東坡〔念奴嬌〕)，"聞時似雪，謝時似雪，花中奇絶，香非在蕊，香非在萼，骨中香徹"(晁補之〔鹽角兒〕)，"明月幾時有，把酒問青天。不知天上宫闕，今夕是何年?"(蘇東坡〔水調歌頭〕)，此仙筆也。人筆可學，仙筆不可學，祇在日常領會禪悟。

一九　權衡著筆變化

初學操觚，每黯於權衡，不知何處著筆。然禪悟後，處處是法，詞隨筆生，無字不工。

二〇　初學宜專學一家再溶會各家長處

余往日論詩，謂初學宜專學一家，專精後，再溶會各家長處，於詞亦然。先學一家取其有法可尋也；溶會諸家，始不爲一人之肖子。

二一　大詞小詞安排

張炎《詞源》曰："大詞之料，可以斂爲小詞。小詞之料，不可展爲大詞。"按作慢詞，必有實事作於心，然後順序達出。若斂爲小詞，可將情景縮減，於詞中尤爲含蓄。小詞之料，多耳目偶然之感，若展爲慢詞，必將一句之意，引爲數句。意少辭肥，勉成篇章，必不能動人。

二二　詞中結尾多用比興語

詞中結尾，每多用比興語。中主〔浣溪沙〕云："回首緑波三楚暮，接天流。"後主〔虞美人〕詞云："問君能有幾多愁，恰似一江春水向東流。"〔浪淘沙令〕云："别時容易見時難，流水落花春去也，天上人間。"馮正中〔鵲踏枝〕云："河畔青蕪堤上柳，爲問新愁，何事年年有。獨立小橋風滿袖，平林新月人歸後。"秦少游〔八六子〕云："正銷凝，黄鸝又啼數聲。"賀方回〔青玉案〕云："試問閑愁都幾許？一川烟草，滿城風絮，梅子黄時雨。"王雱〔眼兒媚〕："相思祇在，丁香枝上，豆蔻梢頭。"以上諸作，皆詞兼比興，故韵味深遠，使人有繞梁之感。

二三　詞中實景語

詞中實景語甚多。馮正中〔臨江仙〕云："路遥人去馬嘶沉，青簾斜挂裏，新柳萬枝金。"〔謁金門〕云："風乍起，吹皺一池春水。"謝逸〔江神子〕云："杏花村館酒旗風，水溶溶，揚殘紅，野渡舟横，楊柳緑陰濃。"

二四　寫景入神美語天成

"山抹微雲，天黏衰草"，及"露花倒影"等句，皆寫景入神，美語天成，自能沁人心目。故子戲之曰："山抹微雲秦學士，露花倒影柳屯田。"可知當時享名之盛矣。

二五 後主蝶戀花

辛未冬，晚雪初霽，余獨步庭中。淡月垂空，浮雲往返。至此始覺後主〔蝶戀花〕“朦朧淡月雲來去”之工也。蓋人非親臨其境，往往不知佳句之妙。

二六 白雨齋未免過責

《白雨齋詞話》云：“詩詞所以寄感，非以徇情也。不得旨歸，而徒騁才力，復何足重！唐賢云，枉抛心力作詞人，不宜更蹈此弊。”按亦峰論詞，必本諸忠厚，出之沉鬱，固是高論？然徇情之作亦屬不可，未免過責。蓋綺聲之作，所以寄情感，發幽思，心有所觸，皆可筆之竹帛。要之合于樂而不淫，哀而不傷足矣。陳氏於九泉之下，豈以爲然耶？

二七 古人詞煉句

“梳雲掠月”（馬浩瀾〔少年游〕），即梳鬢畫眉之意。“緑肥紅瘦”（李易安詞），即葉盛花謝之謂。此種煉句，詞中甚多。雖無關宏旨，然有時可免俗滑之病。

二八 人工與天然之别

宋子京之“紅杏枝頭春意鬧”（〔玉樓春〕），秦少游之“山抹微雲”（〔滿庭芳〕），琢句入神，固有金管之妙。但與“細雨夢回鷄塞遠，小樓吹徹玉笙寒”（中主〔浣溪沙〕）之妙不同，豈人工與天然之别乎？

二九 唐宋詞之不同

唐五代之詞，意在言内，宋詞多意在言表。唐五代之詞工於比興，宋詞長於賦筆。唐五代之詞美語天成，出於自然，宋詞琢句煉字，精工備至，出於人力。五代宋初之分，雖不中不遠矣。

三〇　靈勝與體勝

大家之詞以靈勝，故時有句法不工之病。小家之詞，多□調工正，以體勝。惟以靈勝者，有精神氣韵，以體勝者，僅優孟衣冠。

三一　詞人之天質學力

詞人之天質學力各得其半，無天質則不能領會。無學力則不能繪心。

三二　詩教與詞

古人論詩，每曰："詩以導情性。"又曰："温柔敦厚詩教也。"於詞亦然。必如此始能動人。故讀詞時必樂而不淫，哀而不傷，怨而不怒者，始爲上品。

三三　師于古出於己

學詞當師于古，而出於己。師于古始無野體之誚，出於己始無不化之譏。

三四　詞家論詞多貴沉著

詞家論詞，多貴沉著。沉著者，即情真，事情、景情之謂。使讀者咏之，知吾揮毫時，有不得不言之隱。如此自能使人哀，使人笑，而無浮淺之病。詞之啓源，肇自樂府。樂府有兩體之分，即音樂與歌章是也。大抵音樂由簡而繁，故歷代新樂日興，及隋唐尤甚。惟歌章則由散而整，兩漢之際，尚多雜言，及六朝以降，雜言漸少，故隋唐以來之樂章，率爲五七言詩。故以之入樂時梗塞，故不得不代以長短句。

三五　樂工采名章佳句加散聲以入樂

唐初歌詩，多爲樂工采當時名章佳句，加散聲以入樂。其後文人始有作詩入樂者。

三六　商調曲之水調歌

唐代歌詩有稍異於前代者，即采名作加疊入樂也。如商調曲之〔水調歌〕，凡十一疊，前五疊爲歌，后五疊入破，末爲徹。其辭云："平沙落日大荒西，隴上明星高復低。孤山幾處看烽火，戰士連營候鼓鼙（歌第一）。猛將關西意氣多，能騎駿馬弄雕戈。金鞍寶玟精神出，笛倚新翻水調歌。（第二）王孫别上緑珠輪，不羡名公樂此身。户外碧潭春洗馬，樓前紅燭夜迎人。（第三）隴頭一段氣長秋，舉目蕭條總是愁。袛爲征人多下泪，年年添作斷腸流。（第四）雙帶仍分影，同心巧結香。不應須换彩，意欲媚濃妝。（第五）細草河邊一雁飛，黄龍關裏挂戎衣。爲受明王恩寵甚，從事經年不復歸。（入破第一）錦城絲管日紛紛，半入江風半入雲。此曲袛應天上有，人間能得幾回聞。（第二）昨夜遥歡出建章，今朝綴賞度昭陽。傳聲莫閉黄金屋，爲報先開白玉堂。（第三）日晚笳聲咽戍樓，隴雲漫漫水東流。行人萬里向西去，滿目關山無限愁。（第四）千年一遇聖明朝，原對君王舞細腰。乍可當熊任生死，誰能伴鳳上雲霄。（第五）閨燭無人影，羅屏有夢魂。近來音耗絶，終日望君門。（第六徹）"

三七　江南弄肇詞之先聲

梁武帝江南弄，已肇詞之先聲。共七曲，句有定字，韵有定格。其長短錯落與詞相同。昭陽太子有《江南弄》三曲，沈約有《江南弄》四曲，皆與武帝辭同。兹各録一首於下："衆花雜色滿上林，舒芳耀緑垂輕陰。連手躞蹀舞春心。舞春心，臨歲腴，中人望獨踟躕。（梁武帝《江南弄》）""金門玉堂臨水居，一顰一笑千萬餘。游子去還原莫疏。原莫疏，意何極。雙鴛鴦，兩相憶。（昭明太子《龍笛曲》）""楊柳垂地燕差池，緘情忍思落容儀。弦傷曲怨心自知。心自知，人不見。動羅裙，拂珠殿。（沈約《陽春曲》）"按此與唐以後按譜填詞者□相似。

三八　詩詞由簡而繁

詞體初生，非突然别軌。始也，乃脱化於當時樂章。（即詩）由簡而繁。或易韵，或叠句，或增減字句。故中晚唐之作，仍不能脱詩之樊籬。

三九　由詩成詞

李賀《十二月詞·五月詞》云："雕玉插簾上，輕縠籠虚門。井汲鉛華水，扇織鴛鴦紋。回雪舞凉殿，甘露洗空緑。羅袖從徊翔，香汗沾寶粟。"按此即五律，惟後四句易爲仄韵。崔液《踏歌詞》云："庭際花微落，樓前漢已横。金臺催夜盡，羅袖拂寒徑。樂笑暢歡情，未半著天明。"按此爲五言六句詩，惟第五句亦用韵。皇甫松〔怨回紇〕云："祖席駐征棹，開帆候信潮。隔筵桃葉泣，吹管杏花飄。船去鷗飛閣，人歸塵上橋。别離惆悵泪，江路濕紅蕉。"此二韵詩相叠成詞也。又顧敻〔四换頭〕詞云："漠漠秋雲淡，紅藕香侵檻。枕倚小山屏，金鋪嚮晚扃。睡起横波慢，獨坐情何限。衰柳數声蟬，魂銷似去年。"此亦二韵小律詩相叠。惟上闋上下二聯，與下上下二聯，各自爲韵。

四〇　詩化爲詞

劉禹錫〔瀟湘神〕詞云："湘水流，湘水流。九疑雲物至今愁。君問二妃何處所，零陵香草露中秋。"此即七絶。唯第一句化爲三言二句。王建〔宫中調笑〕云："蝴蝶，蝴蝶，飛上金花枝葉。君前對舞春風，百葉桃花樹紅。紅樹，紅樹，燕語鶯啼日暮。"此即六言絶，唯第一句與第五句加以二言叠句。其用韵亦錯落有致。

名山詞話

錢振鍠◎著

錢名山（1875～1944），名振鍠，字夢鯨、號謫星，後更號名山，并以號行，晚年又别署藏之、庸人等，世居江蘇常州。十六歲即中秀才，十九歲中舉人，二十九歲成進士。曾任刑部主事。晚年寓居上海。著有《陽湖錢氏家集》《名山集》《名山詩集》《名山叢書》等。《名山詞話》輯自《名山集》與《錢氏家集》。

《名山詞話》目録

名山詞話

一　詞者詩之菁華

詞者，詩之菁華也，烏有詩餘之云乎？詞要極靈活，極自然，烏有填詞之云乎？

二　長調可誦者

詞長調可誦者，衹〔念奴嬌〕〔滿江紅〕〔金縷曲〕〔摸魚兒〕〔木蘭花慢〕〔沁園春〕〔水調歌頭〕〔一蕚紅〕近十調耳，其餘皆佶窟支離，可已而不已者也。宋人設此一重魔障，後世笨夫循之，而文其言曰律也。律亦何解于文理之不通哉！譬之〔金縷曲〕第四句"仄仄平平平仄仄"，固其宜也，律家多作"仄仄平平平平仄"，便覺難讀。捨眼前天籟不辨，而徇古人已經失傳之律，可笑也。長調雖以蘇、辛、秦、柳之才，可讀者十不及二三。若夫白石、白雲之屬則曾有一首可誦者乎？嗜痂者流，世固不乏，吾何怪。

三　各家詞風格

袁蘭村詞"不是客中渾不覺，如此春寒"，抑何藴藉！魏伯子"難消受，碧桃花下輕招手"，抑何冶艷！龔定盦"湖水湖風凉不管，看汝梳頭"，抑何擺脱！王采薇"夢入曉雲飛，緑遍天涯，不認門前柳"，抑何幽渺！莊盤珠《咏蘭》"草緑不逢人，空山忽見君”，抑何俊逸！近人周昀叔“容易黄昏捱遇，明朝還有黄昏”，抑何黯淡！

四　黄竹樵未刊詩詞

于房師光州吴粤生（鏡沆）處，見其鄉先輩黄竹樵未刊詩詞一册。詩服膺隨園、船山，能爲快心語，詞尤悲爽。《癸丑出山》〔金縷曲〕云：“也解幽栖好。奈無端、飢來驅我，紅塵又到。馮婦不嫌重搏虎，衹惜年華漸老。羞對他五陵年少。縱使邯鄲重入夢，怕黄粱、好境無多了。遲暮恨，與誰曉。　　長途托鉢沿門告。比當年簫聲吴市，争差多少？驢背風霜篷背月，博得形容枯槁。更五夜鄉心縈繞。回首高堂雲萬叠，想倚閭、惟盼兒歸早。夜不寐，心如攪。”又〔蝶戀花〕有云：“斜日西沉新雨歇，好風吹上纖纖月。”又云：“烟水溟蒙春似霧，垂楊陰裏花飛絮。”筆情秀潤，得未曾有。

（以上《名山三集》）

五　陽湖詞

或問陽湖詞。曰：衹有三句。王采薇“夢入曉雲飛，緑遍天涯，不認門前柳”是也。“夢入”句，淵如亡妻述作“歸夢到江南”，句雖平穩，然不及原句遠矣，原句確是夢境。更求其次，曰：莊盤珠《咏蘭》云“草緑不逢人，空山忽見君”。

六　清調平調

唐樂有清調、平調，而太白沉香亭詩名〔清平調〕。清調、平調既不同，又何以合爲一詩？可見詞曲無數調名，不無强生分别，又多一詞，并隸數調，義復何底？

七　高低平仄

冒鶴亭云：工尺衹有高低、無平仄，此名言也。既然有高低，便是平仄；唱曲者必無叠用高聲、低聲至四字之理，蓋聲之必以高低平仄相間者天也，非人之所能爲也。詞家往往叠用平仄至四字以上，叠仄更多，至有兩句全仄者。如柳七“暮雨乍歇”“小檝夜泊”之類，此亦有何法律？不過使歌者將中間仄聲唱作平聲而已。予謂：歌者既講高低，則不講平仄，原不足責，若文人下筆，轉以不通平仄之歌者爲律，則無識甚矣！

八　歌與誦與讀

古之歌與誦原相近。《語》《孟》言誦《詩》讀《書》，不言誦《書》讀《詩》。《記》：大功，誦可也。此誦原與讀書不同。歌既與誦相近，則斷無不利於誦轉利於歌之理。詞家多爲不可誦之詞以爲律，吾見其心勞日拙而已！

九　詞句讀法

鶴亭謂：嘌唱衹有音調，無句讀，此名言也。即以七絶言，我輩何不可於一句内隔斷讀之，何不可於上句下數字，下句上數字牽連聯讀之，讀且然，况於唱乎？詞家有同調而句不同者，正爲此也。譬如東坡“細看來，不是楊花點點，是離人泪”。以文義言，必以“楊花”句、“是”字句，何嘗不入律？若必云“不是”句、“點點”句，則文義先不通矣。文人奈何自處於不通地位乎？

一〇　柳永詞

東坡語少游：“别後乃學柳七作詞？”少游曰：“某雖無識，不至此。”柳七名家，何至爲蘇、秦所賤如此？今年觀《樂章集》，乃知蘇、秦所見必不謬。柳應制作〔醉蓬萊〕，首云“漸亭皋葉下，隴首雲飛”，全不稱題。仁宗見“漸”字已不悦，至“太液波翻”，遂詆云：比其不句。如“楊柳岸曉風殘月”，東坡至以艄公登溷相謔。遭此兩番狼藉，庶足消其生平罪過。

一一　汪憬吾論詞

黄浦灘詞客奉吴夢窗爲祖禰，偶於攤頭得之，竟不可解。昔汪憬吾貽書曾云：“海上詞家，學爲七寶樓臺，拆下不成片段，某則不爾。”渠與朱彊邨交好，而所見不同。彊邨有一聯云：“倔强猶昔，沉吟至今。”予爲之五體投地。八字千古矣，何以學夢窗詞爲？

一二　詞爲尤貴

晏元獻謂江都尉王琪曰：“每得句，或彌年未嘗强對，且如‘無可奈何花落去’，至今未能也。王應聲曰：“何不云‘似曾相識燕歸來’。”晏大喜。予謂文字是天地之寶，而詞爲尤貴。此二句亦如豐城之劍必合耳，天也，非人也。周櫟園云：“世間尤物尚不易得，况佳句乎？”誠哉言也！

一三　李笠翁詞

李笠翁爲人所輕，然其詞云：“燕子愁寒不下梁。惜時光。待得晴來事又忙。”即歐、蘇未能過也。自有詞以來，好詞不多幾首，而笠翁能得此，何可輕哉？

一四　王静安人間詞話

偶見王静安《人間詞話》，於不佞有同心焉，喜可知也。摘録如下：“梅溪、夢窗、玉田、草窗、西麓諸家詞雖不同，失之膚淺，雖時代使然，亦其才分有限也。近人弃周鼎而寶康瓠，實難索解。”“北宋詞有句，南宋以後便無句。”“朱子謂：梅聖俞詩，不是平淡，是枯槁。余謂玉田、草窗詞亦然。”“遺山‘池塘春草謝家春’一絶，夢窗、玉田輩當不樂聞。”“南宋以後詞爲羔雁。”“近人祖南宋、祧北宋，以南宋之詞可學，北宋不可學也。學南宋，不祖白石，則祖夢窗，以白石、夢窗可學，幼安不可學也。”“梅溪、夢窗諸家寫景之病，皆在一‘隔’字，北宋風流，渡江遂絶。”“白石〔暗香〕〔疏影〕，無一語道着。”“美成創調之才多，創意之才少。”案静安言詞之病在“隔”，詞之高處爲“自然”。予謂“隔”衹是不真耳，真則親切有味矣，真則自然矣。静安有〔蝶戀花〕下半闋云：“一樹亭亭花乍吐。除却天然，欲贈渾無語。當面吴娘誇善舞。可憐總被腰肢誤。”此亦静安之論詞也，“當面”兩字，狼藉時賢多矣。

一五　静安論詞

“池塘生春草”，古人會得者，不多幾人。静安舉以論詞，真不凡也。然静安具此高識，而於同時詞家，亦頗抬舉，此則見解自見解，交情自交情，不足怪也。

一六　盛唐七絶詞之祖

盛唐七絶，詞之祖也。南宋以來，競言律，試問其能作一首七絶，不失唐音者乎？然則其所謂可知矣。

一七　玉田語竟無是處

玉田云：“詞要清空，不要質實。清空則古雅，質實則凝澀晦昧。白石詞，如野雲孤飛，去留無迹。夢窗詞如七寶樓臺，眩人眼目，碎拆下來，不成片段。此清空、質實之説。”案玉田語竟無是處。質直亦是好處，從來質實文字安有凝澀晦昧者乎？不曰“絳雲在霄”，而曰“野雲孤飛”，寒儉之至。“七寶樓臺”非質實之謂也，且何故拆下？夢窗自拆耶，他人拆耶？若係自拆，原不算樓臺，若他人拆，於夢窗何與！惟其以澀昧指目夢窗，則不謬耳！

一八　稼軒詞

稼軒〔摸魚兒〕前半闋，猶寫眼前風景，後半闋“長門”事，求大用也。“蛾眉曾有人妒”，朝有忌者。玉環、飛燕指鄂、蘄輩。“斜陽烟柳”，直東南半壁垂盡光景。壽皇見此詞不悦，宜矣。予不喜詞家憂國憂民之説，惟此詞不在此例。

一九　詞須第一流爲之

胡致堂云："東坡詞，一洗綺羅香澤之態，使人登高望遠，舉首高歌，逸懷浩氣，超乎塵埃之外，於是《花間》爲皂隸，耆卿爲輿臺矣。"竊以爲詞須第一流爲之，歐、蘇是也。淮海、山谷，佳詞最少，已是第二流人物，況其餘。

（以上《名山八集》）

二〇　大食之花

大食國山樹花開如人首，不解語，人借問，惟頻笑，笑則雕落。見《酉陽雜俎》。予詞有云："今日相逢花也笑，明朝風雪都休道。"自謂有"得一知己，死可無憾"之意。大食之花，得無以遇知己而笑乎？猶幸其不解語，解語則更多事矣。予詞又有云："若使名花都解語，人間盡是傷心處。"

二一　名山逸詞

"我自識君君不識，却似天心明月。"此名山逸詞也。近復得一解："萬人翹首月華新，中有婆娑戴髮人。疑是清光遍照家，從來詩句會通神。"

二二　菩薩蠻詞

得廣州報一紙，載〔菩薩蠻〕一闋云："從前舊主埋香冢。檀郎別自賡同夢。莫復浪言情。唤儂儂不膺。　他人爲佛子。不謂干卿事。何苦太賢勞。挽人衣帶牢。"此詞用意殊不可解，以可誦，故録之。

二三　文章之事直難言其故

文章之事直難言其故。試以詞言：永叔之"飛絮濛濛，垂柳闌干盡日風"，東坡之"叩門都不應，倚杖聽江聲"，極是極常境界，入二公筆，便不可及。若他人無論其如何弄巧，纔下一筆，即落凡近。譬之一點墨，落在王逸少簡上，便覺飛舞，後之人雖盡其平生之技而不能及，此無他，有心與無心而已。惟無心者能與天通，此豈可語中人以下哉！

二四 阮翁之陋

阮亭詩餘初無可取，而又盡和《漱玉詞》，又藉口涪翁空中語，甚哉，阮翁之陋也！凡文字有不作，作則不當爲空中語，何也？空不敵實。人處其實，我處其空，尚可與古人較短長乎？阮公非特詞爲空中語，詩亦空中語也。彼既空矣，復何文字之可言？

二五 定庵詞

定庵詞："願得黄金三百萬，交盡美人名士，更結盡燕邯俠子。"世喜誦之。美人名士，衹是愛鈔，爲之氣索。較之衲衣乞食，短褐論文，猶爲彼善於此。

二六 杜蘭亭與王羽翔詞

無錫杜蘭亭詞之"清歌猶是去年聲，去年今日人無恙"，感逝作也，有北宋風韵。吾黨王羽翔詞云："自是傷春情獨厚，年年花落人消瘦。"亦陽湖詞之可誦者也。二君年甚少，然天生巧語，固有少年人偶然得之，而專門老宿終其身，不得一句者，難言，難言！

二七 繞屋青荷

茗柯詞云："繞屋青荷三萬柄，三更。都學芭蕉作雨聲。"既是荷葉，何必更學芭蕉，吾所不解。

二八 瑞鷓鴣詞

〔瑞鷓鴣〕《京口病中起登連滄觀偶成》云："聲名少日畏人

知。老去行藏與願違。山草舊曾呼遠志，故人今又寄當歸。　何人可覓安心法，有客來觀杜德機。却笑使君那得似，清江萬頃白鷗飛。”同題二首，要之皆頹唐語耳。而亭林遂摘其“當歸”句，引曹操以當歸遺太史慈事，謂幼安不得大用，有廉頗用趙之意。亭林但知老當歸朝事耳，於二首詞意全不明白，此事予《謫星筆談》已有辨。

二九　玉樓春詞

〔玉樓春〕：“平生插架昌黎句，不似拾柴東野苦。”東野一生坎坷，而身後遭東坡指摘，又被遺山目爲詩囚，又被稼軒笑爲拾柴，可爲重不幸矣。意此進退之命世豪杰，推尊太過，天道忌滿故乎。若無退之，三君必且顯微闡幽，必不輕薄如此。可見士君子於當世之名不須汲汲，君子疾没世不稱，“没世”二字，亦須看得遠。

三〇　清平樂詞

〔清平樂〕：“男兒玉帶金魚。能消幾許詩書。”奇語也。袁子才《古銀杏詩》云“人間用才不用長，八尺九尺皆棟梁”近之。

三一　鷓鴣天詞

〔鷓鴣天〕《讀淵明詩末句》云：“若教王謝諸郎在，未抵柴桑陌上塵。”語極佳。至他詞謂淵明似勝卧龍，近醉語矣。

三二　詞貴韵

詞貴韵。北宋韵，南宋不韵。東坡韵多，稼軒韵少。

三三　合律

七古不可作仄仄平平平平仄，有則必啞。如寧戚《飯牛歌》“長夜漫漫何時旦”，是古詩，原不以音調言，雖啞無妨。太白《遠別離》：“我縱言之將何補。”此句原非着力句，而句法渾成，故不爲病，若他人用之必成病矣。不謂詞家〔金縷曲〕，竟以此種句爲合律，决不可從。唐人七絕、七律皆可入樂，若以彼爲合律，則唐人律絕無一首合律者矣。稼軒〔金縷曲〕最多，爲此一句所誤，佳詞遂少，冤哉！

三四　望人之思我

"滿目山河空念遠，落花風雨更傷春。不如憐取眼前人。"與孔子能近取譬合，與《詩》"毋思遠人"合。雖然，孔子又云："未之思也，何遠之有?"又云："老而不教，死無思也。"不惟思人，且望人之思我。聖人誠痴心人也。

三五　律愈精詞愈下

世推宋詞合律者多不滿人意，何也？蓋尊前命伎，衹取可歌，豈暇待事意好句而爲之，故律愈精詞愈下，詞學蕪矣！

三六　顧默飛減蘭詞

女弟子顧默飛〔減蘭〕《寄妹》云："心期暗數，甚日斷紅吹又聚。芳草天涯，燕子歸來未有家。　春江霧雨，天意不知人意苦。鷓鴣多情，總説明朝好放晴。"

三七　稼軒拾東野詩

稼軒〔玉樓春〕："平生插架昌黎句，不似拾柴東野苦。"東野《忽不貧喜盧仝書船歸洛陽》詩有句云："我願拾遺柴，巢經於空虚。"稼軒拾其詩爲謔，可見古人駡人，衹以讀其書大熟之故，又見得東野時地不失爲太平。今拾柴值千金，尚何遺之可拾。

（以上《名山九集》）

三八　作詞之法

作詞之法，以調從詞，不可以詞從調。近來詞家，往往認定一調，做至十數首，宜其竭蹶也。

三九　采薇詞

采薇詞："夢入曉雲飛，緑遍天涯，不認門前柳。"真不許人間再道也。

四〇　填詞

詞家才説個"填"字，便是門外語。詞要極自然，極爽朗，方是上品，安用所謂填者？古今惡詞，胡塞亂凑，真所謂填詞也。

四一　寫無聊光景詞

笠翁詞"醒處思眠眠處醒"。近人周昀叔詞云："容易黄昏捱過，明朝還有黄昏。"寫無聊光景極真，天生好語也。

四二　五代詞陳陳相因

五代詞陳陳相因，稍能自振者，不過李煜、韋莊、馮延巳數人，人各有佳詞數首耳。其通病在於本唐詩中空套舊字，大家襲用，而罕能出新用意也。故詞家才説詩餘，便是一誤，再説填詞，便是再誤。

四三　庸詞惡詞

五代庸詞，病在詩餘；南宋惡詞，病在填詞。

四四　飛卿詞浮衍

飛卿詩新靈，而詞浮衍。人薄其詩而尊其詞，難與言！

（以上載《錢氏家集》）

唐宋詞選識語

汪　東◎著

汪東（1890～1963），原名東寶，後改名東，字旭初，號寄庵，别號寄生、夢秋等。早年肄業於震旦學院。1905年赴日留學，在東京加入同盟會。曾任中央大學文學院院長等。著有《夢秋詞》《詞學通論》等。《夢秋詞》（齊魯書社，1985）後附録，名爲《唐宋詞選識語》。本書即據此書整理。施蟄存先生曾加以整理刊於《詞學》第二輯（華東師範大學出版社，1983），名之爲《唐宋詞選評語》，據施蟄存先生説明，此篇爲一九三二年汪東在南京中央大學教授詞學課程的詞選教材中的評識語，爲沈祖棻録存。屈興國《詞話叢編二編》據《詞學》第二輯收録。

《唐宋詞選識語》目録

唐宋詞選識語

一　温庭筠菩薩蠻

按：《杜陽雜編》云："大中初，女蠻國貢雙龍犀霞錦，其國人危髻金冠，瓔珞被體，故謂之菩薩蠻。當時倡優遂製〔菩薩蠻〕曲，文士亦往往效其詞。"又《北夢瑣言》云："宣宗愛唱〔菩薩蠻〕詞，令狐相國假温飛卿新撰密進之。"蓋其時新聲流播，上下咸好斯製，而飛卿遂以擅場。然集中十餘首，未必皆一時作，故辭意有復重。張皋文比而釋之，以爲前後映帶，自成章節，此則求之過深，轉不免於附會穿鑿之病已。

詞宗唐、五代，猶詩之遵漢魏也。然唐人爲詞多以餘事及之，至温篇什始富，而藻麗精工，尤爲獨絶。詩與義山并稱，持校其詞，品猶差下。清王阮亭云："温、李齊名，然温實不及李。李不作詞，而温爲《花間》鼻祖，豈同能不如獨勝之意邪！"東謂物莫能兩大，心有所專，則力有所絀。阮亭之論，略得其平。若明人胡應麟氏既以李不如温，又評温如北里名娼，李如狹邪浪子，斯則未免輕詆古人，適自章其門户之隘而已。

二　李後主

詩言温、李，詞亦當舉温、李。後主身丁亡國之慘，遭室家之變，愁苦鬱結，發而爲詞。故其聲凄咽怨斷，動人心骨。或者議其温婉不若飛卿，乖風人之旨。不知情緣境遷，文由情立，未可執一以相概也。篤而論之，才思發越，後主爲優；氣息醇厚，温似尤勝。擬諸詩家，殆猶枚乘、傅毅之流，後主則子建之匹也。

三　韋莊

韋莊家世貴公子，銜命入蜀，遂被羈留。又寵姬爲王建所奪。雖身歷顯要，心所難堪。今按其詞，如〔歸國謡〕〔菩薩蠻〕，眷懷故國，情溢於辭。其餘若〔訴衷情〕〔女冠子〕〔謁金門〕〔應天長〕則并是傷離之作，所謂“情意凄怨”，固不獨《古今詞話》所指之〔荷葉杯〕〔小重山〕二詞而已。

四　馮延巳

唐五代詞勝處，温醇藴藉，後世所不能至。若夫窮其末流，或稍涉輕艷。宋人恢張其體，始極頓挫瀏亮之觀。而承先開後，以爲旋運者，則南唐後主與正中是也。《陽春》於含蓄之中寓沈著之思。近人馮煦謂其“俯仰身世，所懷萬端，繆悠其辭，若顯若晦，揆諸六義，比興爲多。類勞人思婦，羈臣逐子，鬱伊愴怳之所爲，世亶以靡曼目之，誣已”。此雖褒稱先世，亦庶幾天下之公言乎！

五　歐晏

宋初巨公，斷推歐、晏。《珠玉》承五代之緒，《六一》開北宋之風。揆諸詩家，其猶子昂、九齡之於唐代乎。

六　晏幾道

叔原爲西昆體詩，浸漬於義山者，功力甚至。故其詞亦沉思往復，按之逾深，若游絲裊空，若螺紋望匣。彼與義山詩境，蓋所謂以神遇者也。觀其自記篇後，感光陰之易遷，嘆境緣之無實，深情苦語，千載彌新。馮煦以爲古之傷心人，知味哉！

七　柳永

耆卿鋪叙長調，曲折盡意，尤善摹繪山川之狀，發抒羈旅之情，而才力矯健，每足包舉其文，不稍竭蹶。自清真而外，無有能與連鑣并轡者也。徒以留連坊曲，不矜細行，又好爲鄙言，以説歌者之口，當時名卿大夫頗有屏抑其詞，不屑稱道者，此本由薄其人故。若夫易代而後，專論文采，又寧得以悫悫之觀同悠悠之論乎？周止庵云："耆卿言近意遠，森秀幽淡之趣在骨。"又云："耆卿秀淡幽艶，實不可及，後人摭其樂章，訾爲俗筆，真瞽説也。"此言得我心矣。

八　蘇軾

東坡天才高曠，不可羈勒，其詞揮灑出之，若不經意。及其神思方運，興會飆發，若乘培風之翼而翺翔乎雲物之表，俯視下土，聲若蚊虻。况諸詩家，則太白也。後人無其天分，紛紛模擬，里醜效矉，何足道哉。

九　秦觀

馮煦云："少游詞寄慨身世，閑雅有情思，酒邊花下，一往而深。而怨悱不亂，悄乎得小雅之遺，後主後一人而已。昔張天如論相如之賦云：'他人之賦，賦才也；長卿之賦，賦心也。'予於少游之詞亦云：他人之詞，詞才也；少游之詞，詞心也。得之於内，不可以傳，雖子瞻之明雋，耆卿之幽秀，猶若瞠乎後者，况其下邪。"

一〇　賀鑄

方回詞采穠麗，時不免俗。情淺於少游，才薄於耆卿。蓋與子野爲儔，而非秦、柳之匹。然〔凌波〕一曲，遂成絶唱，子瞻繼聲，去之彌遠。故知才不相及，雖有定分，而天機偶至，又非人力所能加也。其詞多用舊調，易以新名，如〔横塘路〕即〔青玉案〕,〔將進酒〕〔行路難〕皆即〔小梅花〕,其餘相類者,不勝枚舉。寓聲之名,義蓋由此。

一一　周邦彦

詞至清真,猶文家之有馬、楊,詩家之有杜甫。吐納衆流,範圍百族,古今作者,莫之與京也。余曩有評述,略申大概,兹節録如下云:“兩宋詞家,巨手輩出,若與清真相校,品第略得而言。晏、歐諸公,承五代之餘緒,所作唯多小令,體格攸殊,未宜同論。耆卿崛起,慢詞始興,清真實從柳出,其鋪叙長調,氣力相鈞,而沉鬱之思,穠摯之采,固柳所不及也。蘇、辛天資卓絶,别立門户。蘇格尤高,苦多率直,辛才實麗,時患粗獷。清真奄有其長,并絶其短。少游婉約,遜彼渾成。梅溪雋快,患在纖巧。白石孤標絶俗,或時意竭於篇。碧山雅正爲宗,稍乏閎肆之氣。夢窗學清真最似,可謂遺貌取神,其佳處殆不多讓。然飣餖晦澀之病,即亦未能爲諱也。……”如上所論,雖不能盡,然沿波討源,差非各執。顧猶或以托意不深,爲清真病,此則身逢晏樂,不宜爲無病之呻。假令清真生丁末葉,其麥秀黍離之感,又豈在周、張諸人下耶?

一二　万俟咏

雅言詞名極盛,黄叔暘至有“詞聖”之目。今覽其體制格律,最與耆卿爲近。然但有雍容鋪叙之才,而無沉著透快之筆,此所以未可并論也。唯精於音律,在大晟府嘗按月律進詞,創調之功固不在周、柳之下,録此以示一斑。

一三　向子諲　蔡伸

仲道與向伯恭同官,屢有酬贈。薌林稍近豪放,苦少凝練之功;友古頗爲婉約,終乏沉深之致,要之其才約略相等。乃毛晋既謂其遜《酒邊》三舍,馮煦又謂:“子諲望而却步。”揚抑過情,皆非篤論也。

一四 李清照

易安能文，工詩畫，其詞尤卓然，足以名家。《漁隱叢話》載其論詞之言曰："江南李詞獨尚文雅，語雖甚奇，所謂亡國之音哀以思也。本朝柳屯田《樂章集》大得聲稱於世，雖協音律，而詞語塵下。又有張子野、宋子京兄弟、沈唐、元絳、晁次膺輩繼出，雖時時有妙語，而破碎何足名家。至晏丞相、歐陽永叔、蘇子瞻，學際天人，作爲小歌詞，直如酌蠡水於大海，然皆句讀不葺之詩耳。又往往不協音律。王介甫、曾子固，文章似西漢，若作小歌詞則人必絶倒。乃知詞別是一家，知之者少。後晏叔原、賀方回、秦少游、黄魯直出，始能知之。而晏苦無鋪叙，賀少典重，秦少游專主情致而少故實。譬如貧家美女，雖極妍麗豐逸，而終乏富貴態。黄即尚故實而多疵病。譬如良玉有瑕，價自減半矣。"易安天才既高，故持論少所許可。糾彈前輩，既中其病，又好譏切當世，惡之者衆，遂遭誣謗。謝綦崇禮一啓，千載引爲口實。至近世俞正燮始得博稽事實，以辨其妄。口舌之嫌，吁可畏已。

一五 趙鼎

忠憤之情，以藴藉出之。李慈銘曰："得全居士詞最爲艷發，似晏元獻。"

一六 朱敦儒

花庵稱希真天資曠逸，有神仙風致。《澄懷録》載：希真居嘉禾，陸放翁與朋儕詣之。笛聲自烟波起，頃之，棹小舟而至，則與俱歸。室中懸琴、筑、阮咸之類，檐間有珍禽，藍缶貯菓實脯醢，挑取奉客。其襟抱風度，蓋玄真子之流也。然《樵歌》三卷，寄情沖曠，而辭氣或傷局促。昔人評希真及白石詞，皆云似不食烟火人語。由今觀之，白石獨夐乎不可尚已。

一七　辛弃疾

蘇、辛并爲豪放之宗，然導源各异。東坡以詩爲詞，故骨格清剛。稼軒專力於此，而才大不受束縛，縱横馳驟，一以作文之法行之，故氣勢排蕩。昔人謂東坡爲詞詩，稼軒爲詞論，可謂確評。顧以詩爲詞者，由於詩境既熟，自然流露，雖有絶詣，終非當行。以文爲詞者，直由興酣落筆，恃才自放，乃其遒斂入範，則精金美玉，毫無疵纇可指矣。學蘇不至，于湖、放翁不失爲詩人之詞。學辛不至，雖二劉未免傖俗。况其下者邪？至潛夫論辛詞云："公所作大聲鏜鞳，小聲鏗鍧，横絶六合，掃空萬古，自有蒼生以來所無。其穠麗綿密者亦不在小晏、秦郎之下。"此固知者之言，非稼軒何足以稱是。

一八　張鎡

功甫以貴公子流寓海鹽，盛起園亭，豪侈甲天下，一時名勝，莫不與文酒之會。憑藉既隆，而文采亦足自振。數傳以後，遂有玉田，其淵源蓋有自矣。《玉照堂詞》本不傳，鮑氏知不足齋所刻名《南湖詩餘》，乃輯自《永樂大典》者，朱刻因之。唯《詞綜》别載〔蘭陵王〕一闋，在《南湖詩餘》之外，竹垞自言所見多抄本，知《玉照堂詞》亦其一也。

一九　姜夔

白石詞如藐姑冰雪，不受半點塵滓，然氣骨仍極深厚。若子野則失之薄，希真則失之淺矣。玉田稱其"清空騷雅"，最爲允愜。清劉熙載論詞，未甚當行，至謂白石"幽韵冷香，挹之無盡，在樂則琴，在花則梅"，亦庶幾得之也。

白石最工過片，出奇無窮，往往一二語使全局振起，有兩宋諸家所不能到者。結句每苦意盡。然如〔暗香〕、〔疏影〕及〔八歸〕等，皆精力充滿，首尾如一。正亦未可輕議。

二〇 陸游

《四庫提要》云："游生平精力，盡於爲詩，填詞乃其餘力。"楊慎《詞品》謂其纖麗處似淮海，雄快處似東坡。平心而論，游蓋驛騎於二家之間，奄有其勝，而皆不能造其極。要之詩人之言，終爲近雅，與詞人之冶蕩有殊。其短其長，具在是也。

二一 劉過

〔賀新郎〕"老去相如倦"、〔唐多令〕"蘆葉滿汀洲"二詞於流麗之中，仍歸沉著。世人但學稼軒粗豪，乃以龍洲爲藉口者，非唯不知辛，亦并不知劉矣。至其〔沁園春〕咏美人二首，最爲儇薄，而古今稱道弗置，此詞格之所以日靡也。

二二 盧祖皋

朱刻《蒲江詞》九十六首，最爲完善，若毛刻僅二十五首，則殘本也。其詞大都工整明蒨，然思力較弱，有如剪彩爲花，終少生氣。

二三 高觀國

〔解連環〕《柳》：竹屋詞少可取，而當時頗負盛名，故抄存一首，聊示梗概。

二四 史達祖

梅溪思路俊爽，用筆輕靈，快剪風檣，了無滯迹。持救平鈍蹇澀之弊，則良藥也。然純以巧勝，故骨格不莊，從此入手，易流佻薄。當時與竹屋齊譽，高固遠非其倫，至復擬諸清真，則雖出姜、張之口，猶爲溢美耳。

二五 方千里

和清真者三家，千里守律謹嚴，斯可爲法。若以詞論，則次於西麓，高於澤民。視美成猶滕、薛之於晋、楚也。

二六　吴文英

夢窗以麗贍之才，吐沉雄之思，鏤金錯采，而其氣不掩。尹惟曉擬之清真，正以其開合頓挫，潛氣内轉，與美成同法，非謂貌似也。世人學夢窗者，但知擷取字面，雕繢滿紙，生意索然。矯枉過正，則又或欲拜夢窗而廢之，斯爲兩失矣。玉田專主清空，故僅舉〔唐多令〕一首，以爲集中如是者不多。其實讀夢窗詞，須於穠采中求其空靈之迹。兹所選録，皆情辭相副，麗内有則，絶無過晦之病，庶幾使讀者知惟曉之果爲公言，而玉田所稱，猶有未盡也。

二七　蔣捷

晚宋諸家，竹山最爲沉咽。周止庵譏其有俗骨，是也。以與梅溪之纖等類而齊黜之，則非也。蓋詞涉纖巧，則境不能深。語歸沉著，即俗亦無礙。况其眷懷故邦，觸物興感，固有與《花外》《白雲》异曲而同工者矣。

二八　周密

草窗與夢窗并稱，儷辭琢句，亦有相似。然風骨沉厚殊不逮，其視夢窗，蓋延年之於康樂。顧其善者，亦復情文相生，豐約適體。若兹所録十餘篇，豈非庶幾所謂“炳若縟綉，凄若繁弦”者歟！

二九　王沂孫

碧山感懷家國，詞多比興。其咏物諸作，大都稱文小而旨極大，舉類邇而見義遠，非夫巧構形似者所得比也。至於閨襜淫褻之辭，刊削弗道，則其體始尊。玉田論詞，欲其“雅而正”，若碧山者，斯雅正之極則矣。

三〇　張炎

玉田之才，和而不肆。惟身當易代之際，茹亡國之痛，淒愴悲吟，不能自已。故抽緒綿邈，則境遇使然。吐辭紆徐，亦性分有定也。清初諸老，莫不翕然宗尚，至周止庵乃深譏之。平心而論，謂其“超軼周、秦，平睨姜、吴”，亦似微有不逮。然氣象寬展，足稱大家。至元以來，遂未有能過之者，以殿兩宋，不亦宜乎？

鄭校《清真集》批語

汪 東 黄 侃◎評

汪東，小傳見前《唐宋詞選識語》。黄侃（1886～1935），字季剛，又字季子，號量守居士。湖北蘄春人。治文字、聲韵、訓詁之學，成就卓越。著有《音略》《説文略説》《爾雅略説》《集韵聲類表》《文心雕龍札記》《日知録校記》《黄侃論學雜著》等數十種。《鄭校〈清真集〉批語》，爲汪東、黄侃批校鄭文焯校刊《清真集》之批語，爲沈祖棻、程千帆原藏本。此篇附於《夢秋詞》後，由周本淳先生校録。本書即據此整理。

《鄭校〈清真集〉批語》目録

四五　三部樂
四六　西河
四七　西河
四八　瑞鶴仙
四九　浪淘沙慢
五〇　浪淘沙慢
五一　西平樂
五二　南鄉子
五三　望江南
五四　浣溪沙
五五　浣溪沙
五六　夜游宫
五七　虞美人
五八　虞美人
五九　虞美人
六〇　醉桃源
六一　南浦
六二　醉落魄
六三　留客住
六四　月下笛
六五　晝錦堂
六六　女冠子

鄭校《清真集》批語

一　風流子

〔風流子〕：新緑小池塘。

〔汪批〕《揮麈録》：美成爲溧水令，主簿之室有色而慧，每出侑酒，美成爲〔風流子〕以寄意。新緑、待月皆主簿軒廳名。《御選歷代詩餘》引作"主簿之姬"。

二　華胥引

〔華胥引〕：川原澄映，烟月冥蒙，去舟如葉。岸足沙平，蒲根水冷，留雁唼。別有孤角吟秋，對曉風鳴軋。紅日三竿，醉頭扶起還怯。　　離思相縈，漸看看，鬢絲堪鑷。舞衫歌扇，何人輕憐細閲。點檢從前恩愛，□鳳箋盈篋。愁剪燈花，夜來和泪雙疊。

〔汪批〕李商隱《全溪作》："戰蒲知雁唼。"杜牧《初春雨中舟次和州》詩："蒲根水暖雁初浴。"杜牧《醉題》云："金鑷洗霜鬢，銀觥敵露桃。醉頭扶不起，三丈日還高。"方和作："粉脂香痕依舊，在綉裳鳳篋。"陳作："多謝征衫初寄，尚寶香熏篋。"

三　宴清都

〔宴清都〕：金城暮草。

〔汪批〕梁簡文詩："金城含暮秋。"齊王融《望城行》："金城十二重。"漢元始六年置金城郡。應劭曰："初築城得金，故曰金城。”與此無涉。

四　鎖窗寒

〔鎖窗寒〕《寒食》：暗柳啼鴉，單衣伫立，小簾朱户。桐花半畝，静鎖一庭愁雨。灑空階，夜闌未休，故人剪燭西窗語。似楚江暝宿，風燈零亂，少年羈旅。　遲暮。嬉游處。正店舍無烟，禁城百五。旗亭唤酒，付與高陽儔侣。想東園，桃李自春，小唇秀靨今在否。到歸時，定有殘英，待客携尊俎。

〔汪批〕王周詩：“剩斸東園種桃李，明年依舊爲君來。”張喬詩：“東園桃李芳已歇，猶有楊花嬌暮春。”百字作平，夢窗作“共歸吴苑”。《荆楚歲時記》：“去冬節一百五日，即有疾風甚雨，謂之寒食，禁火三日，造餳，大麥粥。”“想東園”七字可與上闋同，夢窗作“比來時，瘦肌更消”。《鄴中記》：“寒食三日煮粳米及麥爲酪，擣杏仁煮作粥。”《天寶遺事》：“天寶宫中至寒食節競築秋千，令宫嬪輩嬉笑以爲宴樂，呼爲半仙之戲。”金門歲節寒食妝萬花輿，煮桃花粥。寒食亦呼熟食。杜詩：“幾年逢熟食，萬里逼清明。”清明節唐中宗命侍臣爲拔河之戲。《夢華録》云：“京師清明日四野如市，芳樹園圃之間，羅列杯盤，互相酬勸，抵暮而歸。”

五　隔浦蓮近拍

〔隔浦蓮近拍〕：金丸落，驚飛鳥。

〔汪批〕顧況《洛陽陌》詩：“金丸落飛鳥，乘興醉青樓。”李贺《嘲少年》詩：“有時半醉百花前，背把金丸落飛鳥。”

六　早梅芳近

〔早梅芳近〕：故隱烘簾自嬉笑。

〔汪批〕李商隱《石城》詩：“簾烘不隱鈎。”

七　四園竹

〔四園竹〕：螢度破窗，偷入書帷。秋意濃，閑佇立，庭柯影裏，好風襟袖先知。

〔汪批〕齊己《螢》詩："透窗穿竹住還移。"又云："夜深飛過讀書帷。"杜牧《早秋》詩："微雨池塘見，好風襟袖知。"

八　驀山溪

〔驀山溪〕：空翠撲衣襟……周郎逸興，黄帽侵雲水。

〔汪批〕杜牧《睦州雨霽》詩："嵐翠撲衣裳。"又《發劉郎浦》（本淳按：非杜牧詩，待查。[1]）云："白頭厭伴漁人宿，黄帽青鞋歸去來。"杜甫《有懷台州十八司户》云："黄帽映青袍，非供折腰具。"仍是黄冠野服之意，曩以《鄧通傳》解之，未是。

九　齊天樂

〔齊天樂〕：荆江留滯最久……渭水西風，長安亂葉。

〔汪批〕漢曰荆江，曰荆州。隋唐曰江陵，曰南都。宋曰荆南。明清曰荆州府。又，賈島诗："西風吹渭水，落葉滿長安。"

"綀囊"汲古作"練"，草堂本并同，今從花庵。

〔汪批〕《晋書·車胤傳》："胤博學多通，家貧不常得油，夏月則練囊盛數十螢火以照書。"鄭氏誤從《花庵》改"綀"字，失考。

一〇　荔枝香近

〔荔枝香近〕：盡日惻惻輕寒……相依燕新乳……共剪西窗蜜炬。

〔汪批〕韓（偓）《夜深》："惻惻輕寒剪剪風。"温（庭筠）《醉

[1] 編者按：此爲杜甫詩。

歌》："檐柳初黄燕新乳。"温（庭筠）《湘東宴曲》："堤外紅塵蜜炬歸。"一作蠟炬。

又：舄履初會□□，香澤方薰遍。無端暗雨催人，但怪燈簾捲。回顧始覺驚鴻去雲遠。

〔汪批〕按此别是一體。舄履二句對文，用淳于髡事，不當妄增。"燈簾捲"，不辭。驚鴻喻人，加雲字反隔。元本似不可信。

一一　水龍吟

〔水龍吟〕《梨花》：素肌應怯餘寒，艷陽占立青蕪地。樊川照日，靈關遮路，殘紅斂避。傳火樓臺，妒花風雨，長門深閉。亞簾櫳半濕，一枝在手，偏勾引，黄昏泪。　　别有風前月底。布繁英，滿園歌吹。朱鉛退盡，潘妃却酒，昭君乍起。雪浪翻空，粉裳縞夜，不成春意。恨玉容不見，瓊英慢好，與何人比。

〔汪批〕《三秦記》："漢武帝園，一名樊川，一名御宿，有大梨如五升瓶，落地則破，以布囊盛之，名含消梨。"謝脁《謝隨王賜紫梨啓》："味出靈關之陰，旨介玉津之滋。"黄侃曰："縞夜當作縞袂。"按，縞夜字鄭氏以爲出六朝人賦，黄誤。"崇桃炫晝，積李縞夜"記出昌黎詩，鄭亦誤。（本淳按：王荆公詩《寄蔡氏女子二首》"積李兮縞夜，崇桃兮炫晝"，非韓詩，汪先生誤記。）

韓愈《李花》詩："風揉雨練雪羞比，波涛翻空杳無涘。"

一二　六醜

〔六醜〕《薔薇謝後作》：夜來風雨，葬楚宫傾國，釵鈿墜處遺香澤……一朵釵頭顫裊。

〔汪批〕陸龜蒙《重題薔薇》："穠華自古不得久，况是倚春春已空。更被夜來風雨惡，滿階狼藉没多紅。"徐夤《會仙亭咏薔薇》詩："落地遺鈿少妓争。"又《薔薇》詩："晚風飄處似遺鈿。"韓偓《舟行見拂水薔薇》詩："緑刺紅房顫裊時。"（本淳按：

《全唐詩》韓偓無此題并詩。①)

一三　塞垣春

〔塞垣春〕：玉骨爲多感，瘦來無一把。

〔汪批〕義山《偶成轉韵詩》："天官補吏府中趨，玉骨瘦來無一把。"

一四　滿庭芳

〔滿庭芳〕《夏日溧水無想山作》：衣潤費爐烟……如社燕。

〔汪批〕白居易《寄微之百韵》詩："潤銷衣上霧。"貫修《寄王滌》："梅月多開户，衣裳潤欲滴。"

〔黄批〕燕字韵。

一五　花犯

〔花犯〕《咏梅》：去年勝賞曾孤倚，冰盤共燕喜。

共燕喜。鄭校：共，汲古作"同"。從草堂。……共即供字……較同字義長。後人因此字宜平，誤會其意，遂改作"同"，不知"同"字與上句"孤倚"義未洽也。

〔黄批〕作"同"，是。

〔汪批〕燕喜雖與人同，而低徊勝賞，不妨孤倚，何嫌未洽邪?

一六　大酺

〔大酺〕《春雨》：紅糁鋪地。

〔汪批〕韓愈《送無本師歸范陽》詩："桃枝綴紅糁。"

一七　法曲獻仙音

〔法曲獻仙音〕：向抱影凝情處。

① 編者按：韓偓此詩見《全唐詩）卷六八〇，題作《三月二十七日自撫州往南城縣舟行見拂水薔薇因有是作》。周本淳先生誤記。

〔黄批〕證以夢窗詞，“處”字爲均。

一八　應天長

〔應天長〕《寒食》：正是夜堂無月，沉沉暗寒食。梁間燕，前社客。

〔汪批〕白居易《寒食夜》詩：“無月無燈寒食夜，夜深猶立暗花前。”《月令》：“擇元日，命民社。”鄭注：“謂近春者，前後戊日，元吉也。”

一九　玉樓春

〔玉樓春〕：大堤花艷驚郎目。

〔汪批〕古吴聲《襄陽樂》：“朝發襄陽城，暮至大堤宿。大堤諸女兒，花艷驚郎目。”

二〇　秋蕊香

〔秋蕊香〕：聞知社日停針綫

〔汪批〕張籍《吴楚歌詞》：“今朝社日停針綫，起向朱櫻樹下行。”

二一　菩薩蠻

〔菩薩蠻〕：浴鳧飛鷺澄波淥。

〔汪批〕杜甫《涪城縣香積寺官閣》詩：“浴鳧飛鷺晚悠悠。”

二二　漁家傲

〔漁家傲〕：蒲萄上架春藤秀。

〔汪批〕張謂詩：“昨夜蒲萄初上架。”

二三　定風波

〔定風波〕：休訴金尊推玉臂，從醉，明朝有酒遣誰持。

〔汪批〕韋莊《對梨花贈皇甫秀才》詩："且戀殘陽留綺席，莫推紅袖訴金卮。騰騰戰鼓正多事，須信明朝難重持。""訴"字即推辭之意，宋人詩常如此用。

二四　蝶戀花

〔蝶戀花〕《咏柳》：不待長亭傾別酒，一枝已入離人手。

鄭校：離人，汲古諸本并作"騷人"。仁和勞氏校汪氏振綺堂藏舊鈔本，"騷"字作"離"，當據訂。此傳抄者以離、騷二字連言互訛。

〔黄批〕既云不待長亭，則不當言離人，"騷"字義長。

〔汪批〕東按：仍當從鄭校作"離"。

二五　蝶戀花

〔蝶戀花〕：不見長條低拂酒，贈行應已輸纖手。

鄭校：纖手，汲古諸本并作"先手"。勞氏舊抄本"先"作"纖"，今從之。此以音近訛。

〔汪批〕吴圓《答李曜》詩："韶光今已輸先手。"自注：韶光，營籍妓名。

〔黄批〕此因不見長條，故云應有先摺者，作"纖"字無義。合上條觀之，勞氏抄殊不足據。

二六　蝶戀花

〔蝶戀花〕《早行》：轆轤牽金井

〔汪批〕張籍《楚妃怨》："梧桐葉下黄金井，横架轆轤牽素绠。"亦作姚月華詩。

二七　蝶戀花

〔蝶戀花〕：桃李香苞秋不展……歌板未終風色變。

鄭校：汲古本、元本并作"便"，疑本作"變"，以音訛。

〔黄批〕"便"字不誤，風色便，當去也。

〔汪批〕"秋"當作"愁"。趙冬曦詩："舉楫便風催。"

二八　蝶戀花

〔蝶戀花〕：滿手真珠露……却倚闌干吹柳絮。

〔江批〕姚合《游春》詩："摘花盈手露，摺竹滿庭烟。"李義山詩："閑倚綉簾吹柳絮。"

二九　綺寮怨

〔綺寮怨〕：江陵舊事，何曾再問楊瓊。

〔汪批〕元稹《和樂天示楊瓊》詩自注云，楊瓊本名播，少爲江陵酒妓，去年姑蘇遇，叙舊云云。

樂天有《寄李蘇州兼示楊瓊》詩，又有《問楊瓊》詩。

三〇　憶舊游

〔憶舊游〕：東風竟日吹露桃。

〔汪批〕韓（偓）《春晝》詩，藤垂戟户，柳拂河橋。李商隱《嘲桃》云："無賴夭桃面，平明露井東。春風爲開了，却擬笑春風。"

三一　拜星月慢

〔拜星月慢〕：似覺瓊枝玉樹相倚，暖日明霞光爛。

〔汪批〕七八兩句，可作六字句、八字句。

三二　青玉案

〔青玉案〕：良夜燈光簇如豆。

〔汪批〕此山谷詞。

三三　雙頭蓮

〔雙頭蓮〕：度曲傳觴，并韉飛轡，綺陌畫堂連夕，樓頭千里，帳底三更，盡堪泪滴。

〔汪批〕黄侃謂“陌”字是韵，宜斷句，“畫堂連夕”與下二句爲三排語。東按：“綺陌”承“并轡”言，“畫堂”承“度曲”言，意謂何時能如此，殊不可望，故樓頭帳底盡堪泪滴也。此二語亦分承。

三四　長相思

〔長相思〕《曉行》：箭水泠泠刻漏長

〔汪批〕閻朝隱《明月歌》：“雲霧四起月蒼蒼，箭水泠泠刻漏長。”

三五　大有

〔大有〕：九百身心。

〔汪批〕九百，宋元人語，謂痴騃也。

三六　解花語

〔解花語〕《上元》：自有暗塵隨馬。

〔汪批〕蘇味道《上元》詩：“暗塵隨馬去，明月逐人來。”

三七　過秦樓

〔過秦樓〕：巷陌馬聲初斷。

〔汪批〕黄侃曰“馬聲”，一本作“雨聲”。東按：作雨是也。此“馬”字以草書形近而訛。又按：“馬”字不誤，舊校非。

三八　解蹀躞

〔解蹀躞〕《秋思》：面旋隨風舞。

〔黄批〕面旋，萬氏《詞律》云當作“回旋”，可從。

〔汪批〕東按：柳耆卿詞〔夜半樂〕“回首斜陽暮”，今本亦誤作“面首”。

〔又〕按"面旋"乃宋人常語，六一、耆卿詞均有之，舊校大誤。

三九　紅林檎近

〔紅林檎近〕《咏雪》：暮雪助清峭，玉塵散林塘。

〔汪批〕王貞白《春日咏梅花》詩："靚妝纔罷粉痕新，迨曉風回散玉塵。"又陳寡言《山居》詩："掃雪玉爲塵。"又秦韜玉《春雪》詩："玉塵如糝滿春潮。"陸希聲《梅花塢》詩："凍蕊凝香色艷新。"

四〇　紅林檎近

〔紅林檎近〕《雪晴》：清池漲微瀾。

〔汪批〕許渾《看雪》詩："山明迷舊徑，溪滿漲新瀾。"

四一　滿路花

〔滿路花〕《咏雪》：

〔汪批〕此題"咏"字疑衍，蓋細玩詞本意本是見雪而有所感，故但題雪字，與咏物有别。抄者涉上〔紅林檎近〕題咏雪而誤。

四二　滿路花

〔滿路花〕：不是寒宵短。

〔黄批〕"短"字失韵，疑當作"矬"。方千里和作"座"字。

四三　尉遲杯

〔尉遲杯〕《離恨》：冶葉倡條俱相識。

〔汪批〕義山《燕臺》詩："冶葉倡條遍相識。"

四四　丁香結

〔丁香結〕：熏爐象尺。

〔汪批〕温庭筠《織錦詞》："象尺熏爐未覺秋，碧池已有新蓮子。"

四五　三部樂

〔三部樂〕《梅雪》：宫閣多梅……道爲君瘦損，是人都説。

〔汪批〕"宫閣"當作"官閣"。

〔黄侃校〕"道"字當在"是人都説"句上。

四六　西河

〔西河〕《金陵懷古》：夜深月過女墻來。

〔汪批〕《释名》："城上垣曰睥睨，亦曰陴，亦曰女墻。"《古今注》："女墻，城上小墻也。"

四七　西河

〔西河〕：終南依舊濃翠。

〔汪批〕終南一名太乙，一名中南，一名中條，在西安府南五十里，東西連亘藍田、咸寧、長安、鄠、盩厔五縣境。

四八　瑞鶴仙

〔瑞鶴仙〕：不記歸時早暮，上馬誰扶……任流光過郤，猶喜洞天自樂。

〔汪批〕李白詩："阿誰扶上馬，不省下樓時。"

鄭校："郤"同"隙"，非韵，草堂本并作"郤"，以形近訛。

〔汪批〕"却"字不當改作"郤"，黄侃謂當於"喜"字絶句。"郤"字爲韵，當絶句。詞中句法参差，乃所常有，鄭、黄説均非。

四九　浪淘沙慢

〔浪淘沙慢〕：弄夜色。

〔汪批〕"色"字千里不和，非韵，與第二首異，不必强同也。

五〇　浪淘沙慢

〔浪淘沙慢〕：映落照簾幕千家，聽數聲何處倚樓笛。

〔汪批〕杜牧《題宣州開元寺水閣》詩："深秋簾幕千家雨，落日樓臺一笛風。"

五一　西平樂

〔西平樂〕：元豐初，予以布衣西上，過天長道中。後四十年辛丑正月二十六日避賊復游故地，感嘆歲月，偶成此詞。

〔汪批〕神宗元豐元二年事。徽宗宣和二年庚子方臘反，三年辛丑。

身與塘蒲共晚……多謝故人，親馳鄭驛。

〔汪批〕李賀《還自會稽歌》："吴霜點歸鬢，身與塘蒲晚。"鄭當時字莊，孝景時爲太子舍人，常置驛馬長安諸郊，請謝賓客，夜以繼日，至明旦，常恐不遍。

五二　南鄉子

〔南鄉子〕：颸颸，池面冰澌乘水流。

鄭校：元本作"颼颼"。

〔汪批〕方、楊、陳三家和詞皆作"颼"，當從元本。

五三　望江南

〔望江南〕《春游》：九陌未沾泥。

〔汪批〕韓偓《初赴期集》詩："九陌無塵未有泥。"

五四　浣溪沙

〔浣溪沙〕：出簾踏韈趁蜂兒。

〔汪批〕杜牧《池州送孟遲先輩》詩："呼兒旋供衫，走門空踏襪。"

五五　浣溪沙

〔浣溪沙〕：樓上晴天碧四垂。

〔汪批〕韓（偓）《有憶》詩："泪眼倚樓天四垂"。

五六　夜游宫

〔夜游宫〕：沉沉千里，橋上酸風射眸子……爲蕭娘，書一紙。

〔汪批〕李贺《金銅仙人辭漢歌》："魏官牽車指千里，東關酸風射眸子。"楊巨源《崔娘詩》："清潤潘郎玉不如，中庭蕙草雪消初。風流才子多春思，腸斷蕭娘一紙書。"

五七　虞美人

〔虞美人〕：燈前欲去仍留戀，腸斷朱扉遠。不須紅雨洗香腮，待得薔薇花謝便歸來。　　舞腰歌板閑時按，一任傍人看。金爐應見舊殘煤，莫遣恩情容易似寒灰。

〔汪批〕此詞平仄二韵前後相協，與他詞用四韵者异體。

五八　虞美人

〔虞美人〕：細點看萍面。

〔汪批〕看，戈選本作"開"，用李義山詩，於義爲長，惜未詳所據。李《細雨》詩："氣凉先動竹，點細未開萍。"

五九　虞美人

〔虞美人〕：淡雲籠月松溪路。

〔汪批〕王昌齡詩："與君醉失松溪路。"

六〇　醉桃源

〔醉桃源〕：冬衣初染遠山青，雙絲雲雁綾。

〔汪批〕白居易《新樂府·繚綾》云："織爲雲外秋雁行，染作江南春水色。”

六一 南浦

〔南浦〕：菡萏裏風，偷送清香。

〔黄批〕依下闋句法，“風”上當脱一字。

六二 醉落魄

〔醉落魄〕：茸金細弱。

〔黄批〕“茸”字爲“茸”字之誤。

六三 留客住

〔留客住〕：乍見花紅柳緑，處處林茂……再三留住。

〔汪批〕“茂”字爲韵，尤侯音讀入魚虞者，如負、婦、否、畝等皆是。以下闋“住”字對證可知。《詞律》失注，乃强疑“緑”字爲以入叶去，疏矣。

六四 月下笛

〔月下笛〕：品高調側，人未識。想開元舊譜，柯亭遺韵，盡傳胸臆。

〔汪批〕杜牧《寄珉笛與宇文舍人》詩：“調高銀字聲還側，物比柯亭韵校奇。”

六五 晝錦堂

〔晝錦堂〕《閨情》：常是每年三月，病酒懨懨。

〔汪批〕韓偓《春盡日》詩：“把酒送春惆悵在，年年三月病懨懨。”又劉兼《春盡醉眠》詩：“時時中酒病懨懨。”

六六 女冠子

〔女冠子〕《雪景》：同雲密布。撤梨花柳絮飛舞。……亂飄僧舍，密灑歌樓，酒簾如故。

〔黄批〕“撤”字爲“撒”字之誤。

〔汪批〕鄭谷《雪中偶題》：“亂飄僧舍茶烟濕，密灑歌樓酒力微。”

孑樓詞話

林庚白◎著

林庚白（1897～1941），字凌南，又字衆難，自號摩登和尚。福建閩侯人。熱心政治，曾加入同盟會，辛亥革命後，被推爲衆議院議員。之後先後任南京國民政府外交部顧問、南京市政府參事，抗戰期間在重慶任立法委員，堅持抗戰。林庚白爲南社知名詩人，詩文創作頗多。著有《庚白詩存》《庚白詩詞集》《孑樓隨筆》《孑樓詩詞話》等。其詩稿後由柳亞子、林兆麗編訂爲《麗白樓遺集》。《孑樓詞話》輯自《麗白樓遺集》本《孑樓詩詞話》。

《孑樓詞話》目録

孑樓詞話

一 容若詞

詩以能用極平凡、通俗之語出之，而辭意深刻，有自然之美者，爲上上乘。此惟求之大家爲能。若名家則務言風骨，言神韵，言工力。其謀篇琢句之中，於此數者極其勝。不知彼大家之作，蓋不待雕鏤，已臻於此數者之絶詣矣。此於詞曲，亦莫不然。略舉梅村之五律，容若之短調爲例。梅村詩："消息憑誰寄，羈愁衹自哀。逾時游子信，到日老人開。久病吾猶在，長途汝却回。白頭驚起問，新喜出京來。"狀封建社會間父子之愛，離亂之情，何等逼肖，何等渾成，何等真摯！此較工部之"有弟皆分散，無家問死生"及"遥憐小兒女，未解憶長安"，幾突過之矣。容若詞："心灰盡，有髮未全僧。風雨銷磨生死别，夜來相對衹孤檠。情在不能醒。"其佳處又較後主之"流水落花春去也，天上人間"，更爲有力。"情在不能醒"五字，頗似爲近代沉溺於愛河者作寫照。味在弦外，彌足珍誦。

二 容若飲水詞

梅村詩，以五律爲最，直可與老杜分庭抗禮。唐以來一人而已，其得名蓋非偶然。淺者僅賞其長慶體之歌行，非能知梅村者。容若所著《飲水詞》，在清代詞苑中，無愧大家之地位。以余觀之，似又勝竹垞、樊榭，其才力、工力，皆遠軼朱、厲耳。

三　柳亞子磨劍室詞

柳亞子著有《磨劍室詞》，未刊行問世。雋語時出，如〔醜奴兒令〕云：“飄淪莫向天涯問，道是閑愁。不是閑愁，一往情深不自由。　何人慰我傷讒意，待數從頭。忍數從頭，往事零星記得不？”〔蝶戀花〕云：“小別無端愁寂寞，一日三秋，況是三旬約。雨横風凄樓一角，惱人衹怨天公惡。　因甚心情容易錯？見也尋常，去便思量著。香冷重衾驚夢覺，半床綉被渾閑却。”此闋中“見也尋常，去便思量著”，看似平淡，含意雋永，未經人道過。又題《李後主詞》之〔虞美人〕一闋云：“南朝自古多亡國。汝亦何須説。傷心剗襪下香階，此恨綿綿，流不斷秦淮。　不容卧榻卿酣睡，喝徹家山破。燕雲十六盡干休，至竟趙家天子有人不。”勇於滅同種而怯於排異族，蓋并狹隘之民族意識已久，不復爲中國士大夫階級所尚矣。亞子此詞，殆爲拯救此没落之民族而深有慨歟？

（更正：十五日我的《詩詞話》中，鈔了《磨劍室詞》數首。經亞子先生來信，囑爲更正如下：〔蝶戀花〕中“雨横風凄樓一角”，敬謹更正爲“風雨凄清樓一角”。又“香冷重衾驚夢覺”，敬謹更正爲“睡鴨香銷寒夢覺”。1933 年 7 月 17 日。）

四　雙照樓詩詞稿

精衛所刊《雙照樓詩詞稿》，亦時有佳構。五古如《林子超葬陳子範於西湖之孤山，詩以紀之》：“民國二年春，江色朝入檻。我從張静江，初識陳子範。容貌既温粹，風神亦夷淡。於中鬱奇氣，如山不可撼。落落語不煩，沉沉心已感。至今魂夢間，光采終未減。嗚呼夜漫漫，衆生同黯黮。束身作大炬，燭破群鬼膽。勞薪忽已熱，驚汨不能斬。故人有林君，收骨入深坎。秋墳鬱相望，楊花白如禫。下車苦腹痛，絮酒致煩僭。”其《譯囂俄共和二年之戰士詩》，捶今鑄古，尤所僅見。詩云：“吁嗟共和二年之戰士！吁嗟白骨與青史！萬人之劍齊出匣，誓與暴君决生死。暴君流毒遍四方，曰普曰奧遥相望。狄而斯與蘇多穆，就中北帝尤披猖。此輩封狼從瘈狗，生平獵人如獵獸。萬人一怒不可回，會看太白懸其首！漫漫歐陸苦淫威，孰往摧之吾健兒？嘆啃猛將爲指撝，步兵塞野如雲馳。鐵騎蹴踏風爲靡，萬衆一心無詭隨。勢若滄海蟠蛟螭，與子偕行兮和子以歌。大無畏兮死靡他，徒跣不恤霜露多，爲子落日揮天戈。日之所出，日之所没。南斗之南，北斗之北。山之高，水之深，何處不有吾健兒之足迹？陸沉之槍荷於肩，捉襟蔽胸肘已穿，晝不得食兮夜不得眠。身行萬里無歸休，意氣落落不知愁。試吹銅角聲啾啾，有如天魔與之游。健兒胸中何所蓄？目由之神高且穆。誰言艦隊雄？截海歸掌握。誰言疆場岩？靴尖供一蹴。吁嗟吾國由來多瑰奇，男兒格鬥如虹霓。君不見祖拔將軍破敵阿狄江之上，又不見馬索將軍耀兵萊因河之湄。蝥弧先登鋭無前，突騎旁出摧中堅。追奔冒雨複犯雪，水深及腹無過旋。受降城外看銜璧，鼓吹看營森列戟。王冠委地如敗葉，付與秋風掃踪迹。健兒一身經百戰，英姿颯爽衆中見。目炬爛如岩下電，短髮蓬蓬風掠面。神光朗四照，卓立迥高標。有如狻猊一躍臨岧嶢，怒鬣呼吸風蕭蕭。壯懷激越臨沙場，雄聲入耳如醉狂。甲刃相觸生鏗鏘，鐃歌傳翼隨風揚。鼓聲繁促笳聲長，間以彈雨聲滂滂。有如電霆百萬强，喑嗚叱咤毛髮張。嗚呼！砉然長嘯者何聲？赫尼俾將軍死猶生。革命之神懍然而長籲，蒼生億兆皆泥塗。誰無伯叔與諸姑？趣往救之勿踟躕，軀殼雖殄心魂愉。健兒聞之喜，萬萬同一唯。相將赴死如不及，前者雖僕後者繼。吁嗟乎！孰言窮黎天所戮？君看趯倒地球如蹴鞠！生平不識畏懼與憂患，力從長夜求平旦。由來衆志可成城，端賴一身都是膽。共和之神從指麾，百難千灾總不辭。若云共和在天路，便當與子籲雲去。”又〔八聲甘州〕詞有句云：“輕颸微颭枝頭露，似桃波醲面欲生寒。”〔念奴嬌〕詞有句云：“暮靄初收，月華新浴，風定波微剪。翛然携手，雲帆與意俱遠。”一則以娟秀擅，一則以淡遠勝。

五　廖仲愷詞

歲壬戌、癸亥之交，廖仲愷數出入於粤軍，蓋策之以討陳炯明也。有《安海感賦》之〔蝶戀花〕一闋云：“五里長橋橫斷浦，送盡離人，又送征人去。剩對山花憐少婦，向來椎髻圍如故。黯黯斜陽原上暮，罌粟淒迷，道是黄金縷。彩勝紅旗招展處，幾人涕泪傷禾黍。”其於農村婦女之力作，民間之遍種鴉片，與武人之挾鴉片以收功，慨乎其言之，可資爲後之史料。詞亦佳。

六　新蘅詞

張樊圃爲遜清咸同間詞客之一，有《新蘅詞》行世。偶於友人黄蔭亭處見其晚年所作數闋，皆集中未載者。録〔唐多令〕〔山花子〕各一首。〔唐多令〕云：“花片落空尊，春寒鎮掩門。擁單衾幾個黄昏。明月青溪烟柳暗，空愁煞，渡江人。　紈扇篋猶存，薰爐香復温。渺天涯，如夢如雲。流水三生萍再世，銷不得，是春魂。”〔山花子〕云：“火冷餳稀杏欲殘，梨花如雪壓東欄。一角新愁無著處，寄眉山。　天上鵑鶏驚夜午，簾前鸚鵡説春寒。剪燭爲君裁白紵，稱心難。”風致皆不惡。清代中於樊榭差近，而“流水三生”句則頗沉著，似後主之〔浪淘沙〕矣。

七　詩詞遣辭用字不忌平易通俗

凡詩詞，意欲其深，句欲其重，而遣辭用字不忌其平易通俗也。蓋深而重者，必能深入而淺出。擅此者，便是大家。看似平易通俗，實非僅平易通俗而已。中國往昔之思想界，囿於社會制度，故古人詩詞中之意境，已不足以應今世之用，必更求其深刻。剽竊古意已是次乘，若但辭句貌似古人者，斯其下焉矣。同、光以來詩人、詞客，可與語此者，詩人則前有江弢叔，而後有諸貞壯。詞客雖夥，什七以清真、夢窗爲宗匠，罔或直排二主之闥，得此中三昧者，似猶未覯。貞壯詩在朋儕中，端推第一，以較老輩，則其才力又遠勝弢叔、伯子。天下後世，自有定評，豈吾之阿私所好哉？

八　楊蕊淵詞

梁溪楊蕊淵，爲遜清詞人楊蓉裳之女公子。嘉道間頗蜚聲詞苑，所著《琴清閣詞》多才語，而世無刻本。余於章衣萍案頭，見其購自市肆之鈔本，雖未可以方駕《漱玉》，要較《芙蓉山館集》，似已跨灶矣。録〔高陽臺〕云："乍試生衣，猶欹單枕，曉窗幽蘿初殘。香篆縈青，重扉静掩雙環。嬌痴鸚鵡玲瓏語，唤雲英，移近闌干。捲疏簾，翠雨如烟，一片迷漫。　瘦人天氣添憔悴，任脂零粉膩，明鏡慵看。燕子來遲，小樓空貯春寒。閑愁衹在垂楊裹，被東風，吹上眉端。憑妝臺，細字蠶眠，寫遍冰紈。"〔南歌子〕云："匀泪欹珊枕，尋詩拂錦箋。晚凉如水浸疏簾。低漾一層花影一重烟。　蘭露飄殘月，桐蔭罨畫檐。藥爐聲沸夜無眠，祇覺年年多病是秋天。"〔聲聲慢〕云："明漪皺碧，纖雨飄香，佳游好是今朝。膩粉嫣紅，閑園共鬥春嬌。朦朧海棠睡醒，試新妝酒樣難描。簾影外，看幾絲垂柳，緑到無聊。　知否韶華晼晚，怕流鶯憔悴，坐老花梢。昨夜闌干，厭厭瘦盡夭桃。相看别饒鄉思，况家山烟水迢遥。風正緊，任飛吹過小橋。"斷句如：〔鬢雲鬆令〕之"薄暖輕寒，好倩花枝耐"，〔點絳唇〕之"更深也，月來窗罅，一樹梨花謝"，〔菩薩蠻〕之"莫勸餞春杯，荼蘼尚未開"，〔采桑子〕之"俏悄簾櫳，薄霧輕籠，春到緗桃第幾叢"，并皆有致。與蕊淵同時者，有李紉蘭、許林風，亦擅倚聲。林風有句云："人在看風冷似秋"，看似尋常語，而讀之使人低徊不能自已。遜清末葉，詩人詞客，競以雕鏤相標榜，往往辭浮於意。若更從嚴論列，則南宋詞已多此弊。南宋以後，尤難更僕。試尋繹其詞，幾於千篇一律，僅字句不同耳。如是者，雖聲律極精，辭藻至美，又安足貴？凡文藝之上乘者，意境勝於辭藻，詩詞亦莫不然。僅求律與辭之工，侈言風骨，全無意境，或雖有之，而陳陳相因，是塗澤而已，摹擬而已，不足以語於創作，充其量僅可自傲曰"吾述而不作”也。故中國詩詞之弊，至近百年而極。晚近耽於語體詩者，其剽竊歐、美、日本之辭與意，什九與此輩同是。亦不可以已乎？

九　陳寶琛詞

傀儡僞國，自僭號以來，亦復黨派紛歧，各挾日人或其他勢力以自重。遺老陳寶琛，曩應溥儀之召，有所參與，知難而退，未嘗復往。與交厚者，謂其識解，高鄭孝胥一等。余偶從友人處，見其客歲所賦二詞，於僞國之内訌，與感嘆所係，頗足以供研討，詞亦不惡。《咏殘棋》調〔壺中天〕云：“一枰零亂，欠猧兒、爲我從新翻却。越是收場須國手，不管饒先争著。休矣縱横，究誰勝敗，苟罷同丘貉。可憐燈下，子聲敲到花落。　兀自坐爛樵柯，神州累卵，眼看全盤錯。大好河山供打劫，試較是非今昨。蜩甲枯餘，玉麈輸盡，説甚商山樂？羡他岩老，夢邊那省飛雹？”《中秋待月》調〔南樓令〕云：“叢薄易黄昏。衆星檐際繁，好山河生怕幕吞。七賓催修成也未？一年事，夠銷魂。　秋色正平分，天風吹海雲。甚仙人，擎出金盆？衹要高寒挨得過，怎秋月，不如春？”意在弦外，可深長思矣。

一〇　白蕉詞

白蕉君數以詩詞相質，致力甚勤，進步亦猛。曩見其七律，有“落花庭院詩俱瘦，凉雨江城氣欲秋”之句，頗稱賞之。近辱見示〔浣溪沙〕一闋，乃幾欲突過古人。亟録於下：“減却相思意轉痴。櫻唇欲淡血紅脂。歡情偏笑那家兒。　今日休言還有恨，這番非夢更無疑。斜陽猶挂最高枝。”下半首尤使人低徊不自已。又爲余誦煉霞女士句云：“憐我影成孤，何如影也無。”殊沉著，故是佳句。

一一　林巘楨蝶戀花詞

咏物與悼亡之作，余所見以張之洞之《牡丹》一絶、林巘楨之〔蝶戀花〕一闋爲最佳。張詩云：“一夜狂風國艷殘，東皇應是護持難。不堪重讀元興賦，如咽如悲獨自看。”哀感頑艷，蓋不獨爲牡丹而作也。此詩南皮詩集中，竟未載入，不可不舉以公諸同好。林詞云：“行近城陰天慘碧，添個凄惶，雨别黄昏密。柳似煩冤苔似泣，一行舟施横風入。　　憐汝幽樓還自惜，剪紙招魂，獨對前和立。從此風萍隨浪迹，一生腸斷重陽日。”蓋送其亡婦殯所作也，無一字一句不極沉痛纏綿之致。此叟亦工詩，有咏月句云：“能入世間千種意，始知明月是天才。”直發古人所未發。又游杭有句云：“凉生平野千林雨，酒醒孤城一拍笳。”亦悠然使人神往。

一二　程時奎浣溪沙詞

歲己巳之冬，閩有政變，省府委員，被擒於盧興邦者六人，且禁錮之於延平。此六人者，爲林知淵、程時奎、鄭寶菁、吴澍、陳乃元、許顯時。既入陷阱，六人計無出，則惟日夕以讀書吟詩，遣此浮生。程時奎有〔浣溪沙〕一闋，余見而美之，爰取以實吾《詩詞話》：“鎮日樓頭聽雨聲。一春來去總無情。花朝過了又清明。　　逆水送將孤棹返，晚風吹向萬山行。夢中何日是歸程?”頗有北宋人之風格。

一三　煉霞女士一剪梅詞

白蕉過談，出所鈔煉霞女士〔一剪梅〕詞，甚美。録如下：“相見何如祇愴神？眉上愁顰，襟上啼痕。相思何苦太殷勤？有限温存，無限酸辛。　　相憶何時最斷魂？倚盡斜曛，坐盡燈昏。相憐何事忒情真？減了厨珍，瘦了腰身。”上半闋之“相思何苦太殷勤？有限温存，無限酸辛”數語，不僅纏綿，尤極深刻。涉筆及此，憶及仲鳴詞，有“依舊雲鬟，依舊眉彎，依舊梨渦宛轉看”之句，格調與此頗仿佛，而情境略異。

一四　章衣萍詞

章衣萍詞，讀者頗病其淺薄。平心而論，衣萍工力誠未深造，音律亦未工穩，而才語則間亦有之。如“素手偷親親不得，在人前”，刻畫封建社會中男女之交際，良複神似。又〔摸魚兒〕詞，有句云：“君記取，是瞞了那人，來訴匆匆語。”此中情景，呼之欲出，蓋有婦使君，别有所歡，而於故劍，又未能恝然。其矛盾之情緒，至可味。殆昔賢所謂“未免有情，誰能遣此”。

一五　煉霞女士詩詞

煉霞女士詩詞，前此已略有采録。頃復見其《月夕書懷》云：“碧天如水月輪明，照徹闌干分外清。頗費安排惟畫債，最難消受是才名。愁腸怯酒偏成泪，病骨宜詩别有情。惆悵夜深簾影外，懊儂猶唱一聲聲。”〔浣溪沙〕云：“曲曲簾櫳剪碧波。芭蕉葉大柳絲拖。閑情可似别情多？　　細雨濕殘香夢影，晚風吹皺小眉窩。病深愁密怎禁它？”又：“絲雨濛濛薄暮時。飛花滿院濕胭脂。一春心緒更誰知？　　自是多愁何必諱，本來添病不關痴。銀燈孤影負相思。”斷句如：“慣懶有因偷戀夢，避愁無計學忘情。”“金縷薄羅輕似蝶，珍珠小字瘦如人。”并極工致。偶從友人案頭，得翠眉女士〔長相思〕一闋，白描聖手，亦良不惡，輒及之。詞云：“更一聲，漏一聲，愁煞明朝郎要行，此時愁更真。　　坐不寧，卧不寧，衹是思量那個人，背人涕泪零！”極旖旎纏綿之致。出諸女子，可謂勇矣。

一六　白蕉羅敷艷歌

白蕉有《羅敷艷歌》三闋，深入淺出，讀之黯然。必如是，則詞之爲詞，乃可以不朽。矧其爲雅俗共賞，尤戛戛乎難，此勝於務求堆砌與晦澀而自矜其沉博、艱深者，何啻天壤！白蕉真才人也。亟録之：“最難收拾秋情緒，笑也無名，愁也無名。每到花時暗自驚。　　宵來獨自成孤酌，酒也盈盈，眼也盈盈。待不思量泪已零。"其二云："尊前不把嫌疑避，笑靨生渦，俏語微酡。曾記相憐傅粉何。　　此情竟遣成追憶，盼斷姮娥，鎮日誰過。孤館秋情特地多。"其三云："無言終是多情思，心上微波，眼上微波，并向秋宵伴酒魔。　　依依今古傷心别，車影如梭，日影如梭，猶怕年時未易過。"此數詞，字字平凡，字字深刻，使人如"桓子野聞歌，輒唤奈何"！余頗慫恿白蕉恣爲之，當無愧一代作者。

韋齋雜説

易　孺◎著

易孺（1874～1941），字季複，號大厂、韋齋、大岸、岸公、大厂居士等。廣東鶴山人。精研書畫、篆刻、碑版、樂理等。歷任暨南大學、國立音樂院等教授。著有《大厂詞稿》《孺齋丁戊集》《大厂畫集》《韋齋曲譜》《孺齋自刻印存》等存世。《韋齋雜説》刊於《詞學季刊》創刊號（1933年4月）。張璋等編《歷代詞話續編》收録該詞話。

《韋齋雜説》目録

韋齋雜説

於詞有一種偏矯固執之鄙見。不敢求知於人，尤不願强人附我。在素志編定一備具完足之詞論，未成書之先，更不欲爲鱗爪之紀載。兹以本刊付印。榆生先生甚盼草一作，兼旬未報，再不容緩，扶病率書，不成片段，聊表所企而已。

一　唱詞之法亡

唱詞之法亡，而填詞者愈衆，此可以謂之乘人之危，而巧取豪奪。填詞者衆，求唱詞之法者寡，是謂因陋就簡，畏難苟安。

二　唱詞之法

作有好詞，填有好詞，大衆吟賞字句，不必管宫調配合與否，尤不必問聲韵協和與否，亦何嘗不是豪舉，不是快事？而且於所謂文學占一重要位置，依然加冕不墜。又何必自尋煩惱，摇破舟，追絶港耶？以上是許多人向我呆子不宣諸口而默示以意者也。但我現尚未能唱詞，即唱詞之法，亦未盡行搜集。雖然，不知老之將至，尚日日在繼續努力，單人努力。

三　以後必可以唱詞

以後必可以唱詞，一、記譜法即仿五綫，稍事研討，十日可了，百日可習，卒歲可成。未知其理，不習其術，鄙夷之，畏之，斯亦已矣。二、器音備而易，鋼琴、大風琴，音域袤延齊一，唱詞僅占中央稍迤左右二小區，以一指打之，所需音，即隨應而出，絶無技術之難我。習其宫調，半載已成，籍亦咸備而當。（如蕭友梅氏、王光祈氏所著。）居今日尚弃而不講唱詞之法，是謂入寶山空回。

四　四聲清濁

四聲清濁，在複音音樂之歌唱中，原無所需，如四部合唱一歌，每歌一字，已具四聲，且各呈清濁，主四聲法者，已失效用。惟唱詞爲一種獨歌性，不利用合唱。且賦徒歌性，樂聲僅伴奏之職，而主調音符，亦僅詔人以某字唱某音而已。所以唱詞，吾定爲一種純妙之雅音。而且并不如流行稱爲單調，故有微美之伴奏樂可，即一竹一木（如我國之笛或簫、外國之長笛 Flute。）亦可。

五　唱詞最重念清字音

原於上則，故唱詞最重念清字音，使人一聆而感受辭意之美，不需要樂聲以混之，此爲唱詞要律，亦即爲作詞填詞要義。吾人能知宫吕而按尋之以製一詞，謂之自度腔。則用字之四聲清濁，自可就律支配。若填入之調，必須將所欲填之詞，按宫吕唱過，審其何字可以於清濁上通融，何字萬不能苟且，是爲最大規程，捨此不講，吾不欲與之言矣。

六　簫或笛音域太狹

我國之簫或笛，音域太狹，不敷旋宫轉調之用。如荀勗所作，須分出十二笛（即簫）。梁武亦造十二笛，均不能備各調。今若秉一外國之笛（Flute），吹以協之，則無論何調之詞，均可浹洽。此何等省事而易爲乎！

七　五綫譜以記欲唱之詞音

綜上以言，今日有五綫譜以記欲唱之詞音，有鋼琴風琴，一打便成欲唱之詞調，有笛（Flute）一吹便出欲唱之調聲。而譜紙及樂器，隨處可得。笛（Flute）更便於携帶，此是最好機會，如何再能不群起而研究唱詞也。

八　毛西河自誇能唱詞

昔毛西河（蕭山毛奇齡）嘗自誇能唱詞，（見其所著《詞話》"予少不檢，曾以度曲知名"一段。）而"崇禎甲寅"一段，尚有"詞雅則音譜，音譜則弦調"之語。此又鄙見之所最信仰者也。

九　用外國記譜法

用外國記譜法，及外國樂器，是爲適用而普及，并能留傳起見，若唱風歌味，與夫唱法，自有我在。或創或因，其權在我。非强人以就調，實利用其物質耳。大厂附志。